DEUSES
&
MONSTROS

SHELBY MAHURIN

DEUSES & MONSTROS

Tradução de
Glenda d'Oliveira

1ª edição

— *Galera* —
RIO DE JANEIRO
2022

EDITORA-EXECUTIVA
Rafaella Machado

COORDENADORA EDITORIAL
Stella Carneiro

EQUIPE EDITORIAL
Juliana de Oliveira
Isabel Rodrigues
Lígia Almeida
Manoela Alves

PREPARAÇÃO
Angélica Andrade

REVISÃO
Juliana Pitanga

DIAGRAMAÇÃO
Abreu's System

TÍTULO ORIGINAL
Gods and Monsters

CIP-BRASIL. CATALOGAÇÃO NA PUBLICAÇÃO
SINDICATO NACIONAL DOS EDITORES DE LIVROS, RJ

M182d

Mahurin, Shelby
    Deuses e monstros / Shelby Mahurin ; tradução Glenda d'Oliveira. – 1ª ed. – Rio de Janeiro : Galera Record, 2022.
    (Pássaro e serpente ; 3)

    Tradução de: Gods & monsters
    ISBN 978-65-5981-098-7

    1. Ficção americana. I. D'Oliveira, Glenda. II. Título. III. Série.

22-75355
                                                        CDD: 813
                                                        CDU: 82-3(73)

Camila Donis Hartmann – Bibliotecária – CRB-7/6472

Copyright © 2021 by Shelby Mahurin

Publicado mediante acordo com *HarperCollins Children's Book*,
um selo da HarperCollins Publishers.

Todos os direitos reservados.
Proibida a reprodução, no todo ou em parte, através de quaisquer meios.
Os direitos morais da autora foram assegurados.

Texto revisado segundo o novo Acordo Ortográfico da Língua Portuguesa.

Direitos exclusivos de publicação em língua portuguesa somente para o Brasil adquiridos pela
EDITORA GALERA RECORD LTDA.
Rua Argentina, 120 – Rio de Janeiro, RJ – 20921-380 – Tel.: (21) 2585-2000,
que se reserva a propriedade literária desta tradução.

Impresso no Brasil

ISBN 978-65-5981-098-7

Seja um leitor preferencial Record.
Cadastre-se e receba informações sobre nossos
lançamentos e nossas promoções.

Atendimento e venda direta ao leitor:
sac@record.com.br

Para Jordan, *que não é apenas uma amiga, é uma irmã*

PARTE I

Quand le chat n'est pas là, les souris dansent.
Quando o gato sai, os ratos fazem a festa.
— Provérbio francês

UM NINHO DE RATOS

Nicholina

Mirica, eufrásia, beladona
Presa de uma víbora, olho de coruja
Pitada de flora, borrifo de fauna
Para fins justos ou possessão desleal

Icor de amigo e icor de inimigo
Uma alma maculada com trevas como uma noite sem estrelas
Pois no escuro os espíritos adejam
Uns aos outros em voo suave.

O feitiço é familiar, ah, sim, bem familiar. Nosso favorito. Ela nos deixa lê-lo com frequência. O grimório. A página. O feitiço. Nossos dedos percorrem cada traço de pena, cada letra esmaecida, e formigam com expectativa. Prometem que jamais estaremos sós, e acreditamos neles. Acreditamos *nela*. Pois não estamos sós — nunca sós —, e ratos vivem em ninhos com dúzias de outros ratos, com *hordas* deles. Eles se entocam para criar os filhotes, suas crianças, e encontram cantinhos quentes e secos com alimento e magia em abundância. Encontram cantinhos sem doenças, sem morte.

Nossos dedos se fecham ao redor do pergaminho, criando novas marcas.

Morte. Morte, morte, *morte*, nossa amiga e inimiga, certeira e forte, chega para todos.

Mas não para mim.

Os mortos não recordam. Tema a noite em que sonham.

Rasgamos o papel, deixando-o em pedacinhos. Pedacinhos raivosos que espalham-se como cinzas na neve. Como lembranças.

Ratos se entocam em bandos — protegem-se e esquentam uns aos outros —, mas quando um filhote adoece no ninho, eles o comem. Isso mesmo. Devoram, devoram, devoram a fim de alimentar a mãe, o ninho. O último a nascer é sempre adoentado. Sempre pequenino. Vamos comer o ratinho doente, e ela nos nutrirá.

Ela nos nutrirá.

Vamos vitimar seus amigos, seus *amigos* — um rosnado escapa da minha garganta ao pensar na palavra, na promessa vazia —, e alimentá-los até estarem gordos de luto e culpa, de frustração e medo. Aonde formos, eles nos seguirão. E então os devoraremos também. Quando entregarmos o ratinho doente à mãe, no Château le Blanc — quando seu corpo murchar, quando *sangrar* —, sua alma ficará conosco para sempre.

Ela nos nutrirá.

Jamais estaremos sós.

L'ENCHANTERESSE

Reid

A bruma pairava sobre o cemitério. As tumbas — antiquíssimas, caindo aos pedaços, cujos nomes há muito haviam sido erodidos pelos elementos — pontilhavam o céu de onde olhávamos, à beira do penhasco. Até o mar ficou em silêncio. Na luz sinistra que antecede a madrugada, finalmente entendi o significado da expressão *"silêncio sepulcral"*.

Coco passou a mão cansada nos olhos antes de gesticular para a igreja além da névoa. Pequena, de madeira e com parte do telhado ruído. Luz nenhuma bruxuleava do outro lado das janelas.

— Parece abandonada.

— E se não estiver? — Beau bufou, balançando a cabeça, mas parou de repente com um bocejo. Continuou falando mesmo assim. — É uma *igreja*, e nossos rostos estão estampados nas paredes de toda Belterra. Até um padre do campo nos reconheceria.

— Tudo bem então — a voz cansada transmitia menos fel do que ela provavelmente intencionara —, durma aqui fora com o cachorro.

Ao mesmo tempo, nos viramos para o cão branco espectral que nos seguia. Ele tinha aparecido nos limites de Cesarine, pouco antes de termos concordado em viajar pela costa em vez de pela estrada. Já tínhamos percorrido La Forêt des Yeux o suficiente para uma vida inteira. Por dias, o cão havia nos seguido, sem nunca chegar perto o bastante para ser tocado.

Desconfiados e confusos, os *matagots* desapareceram logo depois de sua chegada. Não retornaram. Talvez o cão também fosse um espírito inquieto — um novo tipo de *matagot* —, talvez, apenas um mau augúrio. Quem sabe fosse essa a razão por que Lou ainda não tinha lhe dado um nome.

A criatura nos vigiava agora, seu olhar como um toque fantasmagórico em meu rosto. Apertei a mão de Lou com mais força.

— Passamos a noite inteira caminhando. Ninguém vai nos procurar dentro de uma igreja. É um esconderijo como outro qualquer. *Se* não estiver abandonada — falei por cima de Beau, que já começara a interromper —, vamos embora antes que nos vejam. De acordo?

Lou abriu um largo sorriso para o príncipe. Tão largo que eu quase conseguia contar todos os seus dentes.

— Está *com medo?*

Ele lhe lançou um olhar vacilante.

— Depois dos túneis, você também deveria estar.

O sorriso dela se desfez, e Coco se enrijeceu de maneira perceptível, desviando o olhar. A tensão fez com que a minha própria coluna se empertigasse. Mas Lou não voltou a falar, e depois soltou minha mão para ir até a porta. Girou a maçaneta.

— Está destrancada.

Sem dizer uma palavra, Coco e eu a seguimos, cruzando o limiar. Beau juntou-se a nós no saguão um segundo depois, observando, com uma suspeita desvelada, o cômodo escurecido. Uma camada espessa de poeira recobria os candelabros. Cera tinha caído no chão de madeira e petrificado por entre as folhas secas e demais detritos. Uma rajada de vento soprou. Tinha gosto de salmoura. De podre.

— Este lugar é assombrado pra cacete — murmurou Beau.

— Olha a boca. — Franzindo o cenho para ele, fui até o oratório. Senti um aperto no peito ao ver os bancos dilapidados. — Este lugar foi sagrado um dia.

— Não é assombrado. — A voz de Lou ecoou no silêncio. Ela parou atrás de mim para olhar em direção a um dos vitrais. O rosto plácido de Santa Madalena a encarou de volta. A santa mais jovem de Belterra, Madalena tinha sido venerada pela Igreja por ter presenteado um homem com um anel abençoado. Graças ao adorno, sua esposa negligente voltara a se apaixonar por ele, recusando-se a sair de seu lado, mesmo depois de ele ter embarcado em uma jornada perigosa pelo oceano. Ela o seguiu para dentro das ondas e se afogou. Mas as lágrimas de Madalena a reviveram. — Espíritos não podem habitar um solo sagrado.

Beau franziu a testa.

— Como é que você sabe disso?

— Como é que você *não* sabe? — rebateu ela.

— É melhor descansarmos. — Envolvi os ombros de Lou com um braço, guiando-a até um dos bancos próximos. Parecia mais pálida do que o normal, com círculos escuros debaixo dos olhos e os cabelos desgrenhados por causa da corrente de vento durante os dias árduos da viagem. Mais de uma vez, quando ela achava que eu não estava olhando, eu vira seu corpo inteiro convulsionar, como se lutasse contra uma enfermidade. Não seria nenhuma surpresa. Ela tinha passado por um bocado. Todos nós tínhamos. — Os aldeões vão acordar em breve. Vão investigar qualquer ruído.

Coco se ajeitou em um dos bancos, fechou os olhos e puxou o capuz para cobrir a cabeça, escondendo-se de nós.

— Alguém devia ficar de vigia.

Embora eu tenha aberto a boca para me voluntariar, Lou interrompeu:

— Eu fico.

— Não. — Balancei a cabeça, sem conseguir lembrar a última vez que ela dormira. Sua pele estava fria e pegajosa contra a minha. Se estava *mesmo* lutando contra alguma doença, precisava de repouso. — Você dorme; eu vigio.

Um som reverberou do fundo de sua garganta ao pousar a mão em minha bochecha. Seu polegar roçou meus lábios, permanecendo ali. O olhar fixo na minha boca.

— Preferia ficar de olho em você. O que vou ver em seus sonhos, Chass? O que vou ouvir em seu...

— Vou ver se encontro comida na copa — resmungou Beau, passando por nós com brutalidade. Por cima do ombro, lançou um olhar de repulsa para Lou. Meu estômago roncou ao observá-lo se distanciar. Engolindo em seco, ignorei a dor da fome. A pressão repentina e indesejada em meu peito. De leve, afastei a mão dela de minha bochecha e tirei o casaco. Entreguei-o a ela.

— Vá dormir, Lou. Acordo você quando o sol se pôr, e depois podemos... — as palavras queimavam minha garganta — ... podemos continuar.

Para o Château.

Para Morgane.

Para a morte certa.

Não voltei a verbalizar minhas preocupações.

Lou deixara evidente que iria para o Château le Blanc com ou sem nossa companhia. Apesar dos meus protestos — apesar de tê-la lembrado do *porquê* tínhamos procurado aliados para começo de conversa, do porquê *precisávamos* deles —, Lou insistira que podia cuidar sozinha de Morgane. *Você ouviu Claud.* Insistira que não hesitaria desta vez. *Ela não pode mais me tocar.* Insistira que colocaria a casa secular de suas ancestrais abaixo até não sobrar nada, junto com toda a sua gente. *Vamos reconstruir a partir do zero.*

Reconstruir o quê?, eu perguntara, com cautela.

Tudo.

Nunca a vira agir como se nada mais lhe importasse, com tamanha intensidade e determinação. Não. Obsessão. Na maioria dos dias, um brilho feroz iluminava seus olhos — uma espécie de fome selvagem — e, nos outros, nenhuma luz os tocava. Estes eram infinitamente piores. Ela observava o mundo com uma expressão morta, recusando-se a se dar conta da minha presença e das minhas tentativas débeis de confortá-la.

Apenas uma pessoa era capaz disso.

E ele estava morto.

Lou me puxou para o seu lado, acariciando minha garganta quase como se não percebesse o que fazia. Ao toque frio, um arrepio percorreu minha coluna, e um desejo repentino de me afastar me dominou. Ignorei-o. O silêncio preenchia o cômodo, espesso e pesado, salvo pelos roncos de meu estômago. A fome era uma companhia constante agora. Nem conseguia lembrar quando tinha sido a última vez que comera até me satisfazer. Com a Troupe de Fortune? No Buraco? Na Torre? Do outro lado do corredor, a respiração de Coco foi se regularizando aos poucos. Eu foquei no som e nas vigas do teto para me distrair da pele fria de Lou e da dor em meu peito.

Mas segundos depois gritos eclodiram da copa, e a porta da capela se abriu com violência. Beau irrompeu por ela, passando cheio de pressa pelo púlpito.

— Periclitante! — Ele gesticulou ferozmente em direção à saída enquanto eu me levantava. — Hora de dar no pé! Agora, *agora*, *vamos*...

— Parado! — Um homem envelhecido com vestimentas de padre avançou capela adentro, brandindo uma colher de pau, da qual um ensopado amarelado gotejava, como se Beau tivesse interrompido sua refeição matinal. Os pedacinhos de legumes na barba grisalha e desgrenhada que escondia a maior parte de seu rosto confirmaram minhas suspeitas. — Disse para *voltar* aqui...

Parou de maneira abrupta, escorregando um pouco ao avistar o restante de nós. Por reflexo, virei para esconder o rosto nas sombras. Lou jogou o capuz por cima da cabeça e dos cabelos brancos e Coco se levantou, pronta para correr. Mas era tarde. O reconhecimento brilhou nos olhos escuros do homem.

— Reid Diggory. — O olhar sombrio me percorreu da cabeça aos pés antes de mirar em um ponto atrás de mim. — Louise le Blanc. — Sem conseguir se conter, Beau, no saguão, pigarreou, e o padre o examinou brevemente antes de bufar e balançar a cabeça. — Sim, também sei quem é você, garoto. E *você* — acrescentou para Coco, cujo capuz ainda mergulhava seu rosto na escuridão. Leal à sua palavra, Jean Luc acrescentara o cartaz de procurada dela ao lado dos nossos. Os olhos do padre se aguçaram na adaga que Coco desembainhara. — Guarde isso antes que se machuque.

— Perdão por termos entrado sem permissão. — Levantei as mãos em súplica, dirigindo um olhar feio para Coco como uma advertência. Devagar, fui para o corredor, direcionando-me pouco a pouco para a saída. Atrás de mim, Lou seguia meus passos. — Não era nossa intenção.

O homem soltou um bufo de escárnio, mas abaixou a colher.

— Vocês invadiram a minha casa.

— É uma igreja — a apatia deixava a voz de Coco sem entonação, e sua mão caiu como se de repente não fosse mais capaz de suportar o peso da adaga —, não uma propriedade privada. E a porta estava destrancada.

— Talvez para nos atrair — sugeriu Lou, com deleite inesperado e inclinando a cabeça para o lado, encarando o padre com uma expressão de fascínio. — Como uma aranha e sua teia.

A testa do padre se franziu diante da mudança brusca no rumo da conversa, e a minha também. A voz de Beau deixou a nossa confusão evidente:

— O quê?

— Na parte mais sombria da floresta — explicou ela, arqueando uma sobrancelha — vive uma aranha que caça outras aranhas. Nós a chamamos de *L'Enchanteresse*. A Feiticeira. Não é, Coco? — Quando a outra não respondeu, ela prosseguiu, sem se abalar. — *L'Enchanteresse* se esgueira para dentro da teia de seus inimigos, desfazendo os fios de seda, fazendo com que acreditem que fisgaram sua presa. Quando as aranhas chegam para se refestelar, ela ataca, envenenando-as lentamente com seu veneno especial. Ela as saboreia por dias a fio. É de fato uma das poucas criaturas no mundo animal que gostam de infligir dor.

Todos a encaramos. Até Coco.

— Isso é bem perturbador — disse Beau, por fim.

— É *inteligente*.

— Não — ele disse, o rosto se contorcendo em uma careta. — É *canibalismo*.

— Precisávamos de abrigo — interrompi, um pouco alto demais. Desesperado demais. O padre, que vinha assistindo à discussão entre os dois com uma carranca desconcertada, voltou a atenção para mim. — Não percebemos que a igreja estava ocupada. Já estamos de saída.

Ele continuou a nos examinar em silêncio, franzindo os lábios de leve. Ouro se ergueu diante de mim. Questionando. Sondando. Protegendo. Ignorei a pergunta silenciosa. Não precisaria de magia ali. O padre empunhava apenas uma colher. Ainda que fosse uma espada, as linhas em seu rosto demonstravam sua idade avançada. Sua feição enrugada. Apesar da altura, o tempo parecia ter erodido sua massa muscular, deixando um senhor magrelo em seu rastro. Podíamos correr dele sem problemas. Peguei a mão de Lou em preparação, lançando um olhar a Coco e a Beau. Ambos concordaram com um único movimento de cabeça.

Com uma carranca, o padre levantou a colher como se quisesse nos deter, mas, naquele momento, uma nova onda de fome invadiu meu estômago. O ronco reverberou como um terremoto pelo cômodo, impossível de ignorar. No silêncio que se seguiu, o homem desviou o rosto para olhar feio para Santa Madalena, com os olhos se estreitando. Após mais um momento, resmungou a contragosto:

— Quando foi a última vez que comeram?

Não respondi. O calor fazia minhas bochechas formigarem.

— Estamos de saída — repeti.

Seus olhos encontraram os meus.

— Não foi isso o que perguntei.

— Já faz... alguns dias.

— Quantos dias?

Beau respondeu por mim:

— Quatro.

Outro grunhido da minha barriga interrompeu o silêncio. O padre balançou a cabeça. Com uma expressão de quem preferiria engolir a colher de pau, perguntou:

— E... quando foi a última vez que dormiram?

Mais uma vez, Beau pareceu não conseguir se conter.

— Tiramos um cochilo nos barcos de uns pescadores duas noites atrás, mas um deles nos pegou antes do nascer do sol. Tentou nos prender com a rede, o bobalhão.

Os olhos do homem voaram para as portas da igreja.

— É possível que ele os tenha seguido até aqui?

— Acabei de dizer que era um bobalhão. Foi o Reid que acabou o prendendo na rede.

Aqueles olhos me encontraram outra vez.

— Não o machucou. — Não era uma pergunta, e não respondi. Em vez disso, pressionei a mão de Lou e me preparei para correr. Aquele homem, aquele homem *santo*, logo tocaria o alarme. Precisávamos estar a quilômetros de distância antes que Jean Luc chegasse.

Lou não parecia partilhar de minha preocupação.

— Qual é o seu nome, clérigo? — perguntou com curiosidade.

— Achille. — A carranca retornou. — Achille Altier.

Embora o nome me soasse familiar, não sabia de onde. Talvez ele tivesse feito uma romaria até a Cathédral Saint-Cécile d'Cesarine. Talvez eu o tivesse conhecido enquanto ainda era Chasseur. Examinei-o com suspeita.

— Por que não chamou os caçadores, padre Achille?

O homem parecia profundamente incomodado. Com os ombros irradiando tensão, olhou para baixo, para a colher.

— Vocês deviam comer — disse com aspereza. — Tem ensopado lá dentro. Deve dar para todos.

Beau não hesitou.

— Que tipo de ensopado? — Quando lhe lancei um olhar feio, ele deu de ombros. — Ele podia ter acordado a cidade inteira assim que nos reconheceu...

— Ainda pode fazê-lo — lembrei, com a voz severa.

— ... E meu estômago está prestes a se devorar — terminou. — O seu também, pelo que parece. Precisamos comer. — Fungou e perguntou a padre Achille: — Tem batata no ensopado? Não é minha comida preferida. Por causa da textura.

O homem semicerrou os olhos e apontou bruscamente com a colher em direção à copa.

— Desapareça da minha frente, garoto, antes que eu mude de ideia.

Beau inclinou a cabeça em derrota antes de passar por nós, mas Lou, Coco e eu não nos movemos. Nos entreolhamos com desconfiança. Após um longo momento, o padre soltou um suspiro.

— Podem dormir aqui também. Só por hoje — acrescentou, de maneira irritada —, contanto que não me perturbem.

— É manhã de domingo. — Coco finalmente tirou o capuz. Seus lábios estavam rachados e o rosto, pálido. — Os aldeões não vão chegar para a missa daqui a pouco?

O homem soltou outro bufo de escárnio.

— Há anos não faço uma missa.

Um padre recluso, é óbvio. O estado de degradação da capela fazia sentido. Em outra ocasião, eu teria desdenhado daquele homem por falhar em sua obrigação como líder religioso. Teria o repreendido por virar as costas para sua vocação. Para Deus.

Como as coisas haviam mudado.

Beau ressurgiu com uma tigela de barro e se escorou de maneira casual contra o batente da porta. O vapor do ensopado subia e rodopiava diante de seu rosto. Quando meu estômago voltou a roncar, ele abriu um sorrisinho sarcástico.

— Por que está nos ajudando, padre? — perguntei entredentes.

Com relutância, o olhar do homem percorreu meu rosto pálido, a cicatriz horrenda de Lou e a expressão apática de Coco. Os sulcos profundos sob nossos olhos e o contorno descarnado de nossas bochechas. Depois desviou os olhos, encarando o vazio acima de meu ombro, com seriedade. — De que importa? Vocês precisam comer, eu tenho comida. Vocês precisam de um lugar para dormir, eu tenho bancos vazios.

— A maior parte dos membros da Igreja não nos receberia de braços abertos.

— A maior parte deles não receberia nem as próprias mães de braços abertos, se fossem pecadoras.

— Verdade. Mas as queimariam se fossem bruxas.

Ele arqueou uma sobrancelha, irônico.

— É o que está querendo, garoto? A fogueira? Quer que eu aplique sua punição divina?

— Creio — começou Beau devagar, parado à porta — que ele esteja apenas observando que *o senhor* é um membro da Igreja... A menos que seja o pecador da história? Não é bem-vindo entre seus pares, padre Achille? — Olhou de maneira sugestiva para os arredores dilapidados.

— Embora abomine tirar conclusões precipitadas, nossos amados patriarcas com certeza teriam enviado alguém para reparar esta pocilga se não fosse o caso.

Os olhos do clérigo ficaram sombrios.

— Olhe o tom.

Interrompi antes que Beau pudesse provocá-lo mais, abrindo os braços. Em descrença. Em frustração. Em... tudo. A pressão aumentava em minha garganta diante da bondade inesperada daquele desconhecido. Não fazia sentido. Não podia ser real. A história horrível que Lou havia contado — uma aranha canibal nos atraindo para dentro de sua teia — parecia mais provável do que um padre nos oferecendo abrigo.

— Você sabe quem somos. Sabe o que fizemos. Sabe o que vai acontecer se pegarem o senhor nos abrigando aqui.

Ele me examinou por um longo momento, a expressão imperscrutável.

— Não sejamos pegos, então. — Com um *humf* poderoso, marchou em direção à porta da copa. Ali, porém, fez uma pausa, encarando a tigela de Beau. Tomou-a dele no segundo seguinte, ignorando os protestos do príncipe e a empurrando para mim. — Vocês são apenas crianças — resmungou, sem encontrar meus olhos. Quando meus dedos envolveram o recipiente, com meu estômago se contraindo de maneira dolorosa, ele o soltou, endireitou a batina, esfregou a nuca e apontou com a cabeça para a comida. — Não vai valer a pena comer se deixar esfriar.

Depois virou-se e deixou o cômodo.

ESCURIDÃO MINHA

Lou

Escuridão.

Amortalha tudo. Me envolve e me aperta, fazendo pressão contra meu peito, garganta e língua, até *ser* eu. Encurralada dentro de seu cerne, afogando-me em suas profundezas, me curvo por cima de mim mesma até não existir mais. Sou a escuridão. Esta escuridão é minha.

Dói.

Eu não deveria sentir dor. Não deveria sentir nada. Não tenho forma nem matéria, sou uma manchinha em toda a Criação. Amorfa. Sem vida, pulmões, braços nem pernas para controlar. Não posso ver nem respirar, e, ainda assim, a escuridão... ela cega. A pressão sufoca e asfixia, crescendo a cada segundo até me desfazer. Mas não posso gritar. Não posso pensar. Posso apenas ouvir — não, *sentir* — uma voz se desenrolando dentro das sombras. Uma voz bela e terrível. Ela serpenteia ao meu redor, *através* de mim, e, com doçura, sussurra promessas de esquecimento. Promessas de descanso.

Renda-se, murmura, *e esqueça. Pare de sentir dor.*

Por um segundo, ou milhares, hesito, considerando a proposta. Me render e esquecer é mais atraente do que resistir e lembrar. Sou fraca, e não gosto da dor. A voz é tão bonita, tão tentadora, tão forte, que quase deixo que me consuma. E ainda assim... não posso. Se ceder, perderei algo importante. *Alguém* importante. Não consigo lembrar quem.

Não consigo lembrar quem *sou*.

Você é a escuridão. As sombras se aproximam, e eu me curvo ainda mais. Um grão de areia debaixo de infinitas ondas escuras. *Esta escuridão é sua.*

E, mesmo assim, aguento firme.

A CHAMA DE COCO

Reid

Coco se recostou na lápide ao meu lado. Uma estátua erodida de Santa Madalena erguia-se acima de nós, avultando, com o rosto de bronze recoberto pelas sombras do crepúsculo cinzento. Embora tivesse fechado os olhos há muito tempo, Coco não dormia. Tampouco falava. Apenas esfregava uma cicatriz na palma da mão com o polegar da outra, repetidamente, até irritar a pele. Eu duvidava que ela estivesse notando o que fazia. Duvidava que estivesse notando qualquer coisa.

Tinha me seguido até o cemitério depois de Lou ter saqueado a copa em busca de carne vermelha, insatisfeita com o peixe que padre Achille preparara para a ceia. Não havia nada de inerentemente errado na maneira com que Lou atacara o bife, mesmo que ainda não estivesse de todo cozido. Fazia dias que estávamos famintos. O desjejum de ensopado e o almoço de pão duro e queijo não tinham aplacado a nossa fome. E mesmo assim...

Sem explicação, meu estômago se contraiu.

— Ela está grávida? — perguntou Coco após um longo momento. Seus olhos se abriram, e ela inclinou a cabeça para o lado para me encarar. Sua voz estava sem entonação. — Me diga que vocês dois têm tomado cuidado. Me diga que não temos outro problema.

— Ela sangrou faz duas semanas, e desde então a gente não... — Limpei a garganta.

Coco assentiu e observou o céu outra vez, fechando os olhos e soltando um suspiro pesado.

— Ótimo.

Então a encarei. Embora não tivesse chorado desde La Mascarade des Crânes, suas pálpebras permaneciam inchadas. Restos secos de lápis de olho preto ainda salpicavam suas bochechas. Os rastros de lágrimas.

— Você... — As palavras ficaram presas em minha garganta. Tossindo para liberá-la, tentei outra vez: — Vi uma banheira lá dentro, se você precisar tomar um banho.

Seus dedos se fecharam ao redor do polegar, como se ainda pudesse sentir o sangue de Ansel nas mãos. No Doleur, naquela noite, tinha as esfregado até ficarem em carne viva. Queimara as roupas na pousada Léviathan, onde tantos dos nossos planos tinham dado errado.

— Estou cansada demais — murmurou ela, por fim.

A dor já familiar do luto queimou minha garganta. Familiar demais.

— Se precisar falar sobre...

Ela não abriu os olhos.

— Não somos amigos.

— Somos, sim.

Ela não respondeu, então me virei, lutando para reprimir uma cara feia. Certo, Coco não queria ter aquela conversa, e eu ainda menos. Cruzando os braços para me resguardar do frio, tinha acabado de me ajeitar para uma longa noite de silêncio, quando a expressão feroz de Ansel se formou atrás de minhas pálpebras fechadas. Sua convicção feroz. *Lou é minha amiga*, tinha me dito um dia. Dispusera-se a segui-la até o Château le Blanc antes de mim. Guardara seus segredos. Aguentara o peso dos problemas dela em seus ombros.

A culpa me atacou. Afiada e cheia de dentes.

Gostando ou não, Coco e eu *éramos* amigos.

Me sentindo estúpido, me forcei a falar.

— Só estou dizendo que, depois da morte do arcebispo, falar me ajudou. Falar sobre *ele*. Então... — Dei de ombros, tenso, com o pescoço quente e os olhos ardendo. — Se precisar... se precisar falar sobre o que aconteceu... eu estou aqui.

Ela abriu os olhos.

— O arcebispo era um filho da puta doentio, Reid. Compará-lo ao Ansel é desprezível.

— É, bom... — Fitei-a, severo —, não podemos escolher quem amamos.

Ela severamente desviou o olhar depressa. Para minha vergonha, seu lábio tremeu.

— Sei disso.

— Sabe?

— Óbvio que sei — respondeu, com um toque de sua antiga mordacidade. O fogo iluminava suas feições. — Sei que não é minha culpa. Ansel me amava, e... e só porque eu não o amava da *mesma forma* não significa que o amava menos do que você. Eu certamente o amava mais do que *você*. — Apesar da afirmação veemente, sua voz falhou na última parte. — Então pode pegar o seu conselho, sua condescendência e sua *pena* e enfiar tudo no rabo. — Mantive o rosto impassível, recusando-me a aceitar a provocação. Ela podia se enfurecer, eu podia aguentar. Levantando-se em um pulo, Coco apontou um dedo para mim. — E não vou ficar sentada aqui e deixar você me *julgar* por... por... — Seu peito arquejou com uma respiração truncada, e uma única lágrima escorreu por sua face. Quando a gota caiu entre nós, crepitando contra a neve, o corpo inteiro de Coco se curvou. — Por algo que eu não podia evitar — terminou, tão baixo que quase não escutei.

Devagar, um pouco desajeitado, me levantei para ficar a seu lado.

— Não estou te julgando, Coco. Nem sinto pena de você. — Quando ela bufou, balancei a cabeça. — Não mesmo. Ansel era meu amigo também. A morte dele não foi culpa sua.

— Ansel não foi o único que morreu aquela noite.

Juntos, olhamos para o fio de fumaça subindo da lágrima caída.

Depois, para o céu.

Mais fumaça obscurecia o sol poente, sombria e ameaçadora acima de nós. Pesada. Deveria ter sido impossível. Já fazia dias que viajávamos. O céu ali, a quilômetros e quilômetros de distância de Cesarine — onde o vapor cinzento ainda serpenteava das entradas de túneis, da catedral, das catacumbas, do castelo, dos cemitérios e das pousadas e dos becos —, deveria estar limpo. Mas as chamas sob a capital não eram simplesmente fogo. Eram um fogo preto, antinatural e interminável, como se tivesse nascido das entranhas do próprio Inferno.

Era o fogo de Coco.

Um fogo cuja fumaça era capaz de tragar um reino inteiro.

Sua chama era mais quente do que uma comum, consumindo tanto os túneis quanto as pobres almas presas dentro delas. Pior, de acordo com o pescador que nos surpreendera — um pescador cujo *irmão* tinha sido um noviço da ordem dos Chasseurs —, ninguém era capaz de extinguir aquelas labaredas. Rei Auguste as contivera apenas quando postou um caçador em cada uma das entradas. Suas Balisardas impediam que o flagelo continuasse a se espalhar.

Parecia que La Voisin falara a verdade. Quando eu a puxara para um canto na pousada, antes de ela fugir para a floresta com suas Dames Rouges sobreviventes, sua advertência fora explícita: *o sofrimento de Coco alimenta o fogo. Só vai parar quando ela parar.*

Toulouse, Thierry, Liana e Terrance tinham ficado presos nos túneis.

— Continua não sendo sua culpa, Coco.

Seu rosto se contorceu enquanto encarava a estátua de Santa Madalena.

— Foram as minhas lágrimas que começaram o incêndio. — Sentando-se devagar, dobrou os joelhos contra o peito e abraçou as pernas. — Estão todos mortos por minha causa.

— Não estão todos mortos.

Imediatamente, minha mente voou para Madame Labelle. Para as correntes de cicuta, para a cela úmida. Para os dedos rígidos do rei em seu queixo, em seus lábios. Meu sangue ferveu de raiva. Embora aquilo me tornasse desprezível, uma centelha de alívio também se acendeu. Por causa do fogo de Coco, rei Auguste — meu *pai* — tinha coisas mais importantes do que minha mãe com que se preocupar.

Como se lesse meus pensamentos, Coco disse:

— Por ora.

Merda.

— Temos que voltar — falei, sério, sentindo o vento aumentar ao redor. Imaginei o cheiro de corpos queimados na fumaça, do sangue de Ansel no chão. Mesmo armado com as Dames Rouges e os *loup-garou*, mesmo armado com o *Homem Selvagem*, ainda assim tínhamos sido derrotados. Mais uma vez, a tolice extrema do nosso plano me sobressaltou. — Lou não quer me escutar, mas talvez escute *você*. Deveraux e Blaise ficaram para procurar os outros. Podemos ajudá-los, e depois disso podemos...

— Não vão encontrá-los, Reid. Já disse. Todos os que ficaram nos túneis estão mortos.

— Os túneis mudaram antes — repeti pela décima segunda vez, procurando algo em minha mente, qualquer coisa, que eu pudesse ter deixado escapar em nossas discussões anteriores. Se persuadisse Coco, ela poderia persuadir Lou. Tinha certeza disso. — Talvez tenham mudado outra vez. Talvez Toulouse e Thierry estejam presos em uma passagem segura, sãos e salvos.

— E talvez Liana e Terrance se transformem em gatos domésticos na lua cheia. — Coco nem se deu ao trabalho de levantar o rosto, e sua voz se tornou perigosamente apática outra vez. — Esqueça, Reid. Lou tem razão. Isto tem que acabar. O plano dela é tão bom quanto qualquer outro... melhor, até. Pelo menos estamos seguindo adiante.

— Então qual foi o *sentido* de reunirmos aliados? — Me esforcei para não deixar a frustração transparecer em minha voz. — Não podemos matar Morgane sozinhos.

— E evidentemente não podemos matá-la com aliados.

— Então encontraremos outros! Voltaremos a Cesarine e pensaremos em uma estratégia com Deveraux...

— O que, *exatamente*, você espera que ele faça? Quem são esses aliados que você acha que vai encontrar? Quer que Claud simplesmente... faça-os crescer em árvores? — Seus olhos se tornaram severos. — Ele não pôde salvar Ansel na Mascarade des Crânes. Nem sequer foi capaz de salvar a *própria* família, o que significa que tampouco pode nos ajudar. Ele não pode matar Morgane. Aceite, Reid. Este é o nosso caminho daqui para a frente. Não podemos ficar procurando fantasmas em Cesarine.

Relaxei o maxilar. Uma onda de calor subiu por minha garganta. Não sabia o que fazer.

— Minha mãe não é um fantasma.

— Sua mãe sabe se virar.

— A *vida* dela...

— ... só depende de quão bem ela consegue mentir. — Vindo da cozinha da igreja, Beau caminhava em nossa direção de maneira casual, apontando preguiçosamente para o céu enfumaçado. — Nosso pai deve estar desesperado para dar cabo deste fogo, ainda que precise da ajuda de uma bruxa para isso. Contanto que as nuvens literalmente continuem pairando sobre as nossas cabeças, sua mãe estará segura. Perdão por bisbilhotar, aliás — acrescentou. — Queria saber se algum de vocês notou a minha barba nova. — Fez uma pausa. — Além disso, já faz meia hora que Lou não pisca os olhos.

Franzi o cenho.

— O quê?

— Ela não pisca — repetiu, sentando-se no chão ao lado de Coco e levando a mão até a nuca da moça. Os dedos começaram a massagear com gentileza a região. — Nem uma vez sequer. Passou os últimos trinta minutos olhando em silêncio para o vitral. É desagradável. Conseguiu assustar até o padre.

A ansiedade perfurou meu estômago.

— Você cronometrou as piscadas dela?

— Você não? — Beau ergueu uma sobrancelha, incrédulo. — Ela é a *sua* esposa... ou amiga, ou amante, ou qualquer que seja o título que adotaram. É óbvio que tem algo de errado com ela, irmão.

O vento começou a soprar mais forte ao nosso redor. Nos limites da igreja, o cão branco ressurgiu. Pálido e espectral. Silencioso. Observador. Eu me forcei a ignorá-lo e a focar em meu irmão e suas observações asininas.

— E você não tem barba nenhuma — falei de maneira irritada, gesticulando para seu queixo —, já que estamos fazendo comentários óbvios. — Olhei de relance para Coco, que ainda escondia o rosto nos joelhos. — Todos sofrem de maneiras diferentes.

— Estou dizendo que isso ultrapassa o *diferente*.

— Você vai chegar a algum lugar com isso? — Encarei-o de cara feia. — Todos sabemos que recentemente ela passou por... mudanças. Mas continua sendo Lou. — Sem querer, voltei o olhar para o cão misterioso. Ele me fitou de volta, com uma imobilidade sobrenatural. Nem o vento agitava seu pelo. Ficando de pé, levantei a mão e soltei um assovio baixo. — Aqui, garoto. — Me aproximei. Mais um pouco. Ele não se moveu. Para Beau e Coco, murmurei: — Ela já deu um nome a ele?

— Não — respondeu Beau de maneira insinuante. — Nem percebeu a presença dele, aliás.

— Você está ficando obcecado.

— Você está desviando o assunto.

— E você continua não tendo uma barba.

A mão voou para o queixo.

— E *você* continua não tendo...

Mas parou quando várias coisas aconteceram ao mesmo tempo. De repente, o vento começou a soprar mais forte, e o cão virou e desapareceu em meio às árvores. Um *cuidado!* em um tom de alarme cruzou o ar — a voz era familiar, familiar *demais*, e nauseantemente fora de lugar em meio à fumaça e às sombras —, seguido de um ruído ensurdecedor de metal se quebrando. Olhamos todos para cima, com horror estampado nas faces. Tarde demais.

A estátua de Santa Madalena se quebrou na cintura, e seu busto despencou em direção a Beau e Coco. Soltando um berro, ela o segurou e tentou arrastá-lo para fora do caminho, mas as pernas dos dois...

Avancei para a frente, abraçando a figura caída no ar e aterrissando com força enquanto Beau e Coco tiravam os pés do trajeto do metal. O tempo parou por um milésimo de segundo. Beau passou os olhos pelo corpo inteiro de Coco em busca de ferimentos enquanto ela cerrava os olhos, estremecendo com um soluço. Fazendo uma careta por causa da dor em meu flanco, tentei recuperar o fôlego, me sentar, para...

Não.

Esquecendo a dor, girei, ficando de pé para encarar a recém-chegada.

— Olá, Reid — sussurrou Célie.

Com o rosto pálido, tremendo, ela segurava uma bolsa de couro contra o peito. Cortes e arranhões superficiais maculavam a pele de porcelana, e a bainha do vestido pendia em frangalhos ao redor de seus pés. Seda preta. Reconheci-o do funeral de Filippa.

— Célie. — Eu a encarei por um momento, sem conseguir acreditar no que via. Ela não podia estar ali. Não poderia ter cruzado a mata sozinha, vestindo apenas um vestido de seda e sapatilhas. Mas o que mais explicaria a sua presença? Não tinha simplesmente chegado *por acaso* naquele exato local, naquele exato instante. Tinha... só podia ter nos seguido. *Célie*. A realidade me atingiu em cheio, e eu segurei os ombros dela, resistindo à vontade de sacudi-la, abraçá-la e repreendê-la. Pude sentir meu coração batendo em meus ouvidos. — O que *diabos* você está fazendo aqui? — Quando a moça se afastou, com o nariz franzido, abaixei as mãos e cambaleei para trás. — Perdão. Não quis...

— Não me machucou. — Os olhos de Célie, grandes e cheios de pânico, baixaram para minha camisa. Com atraso, notei o líquido escuro, metálico, viscoso. O tecido se colava a minha pele. Franzi a testa. — É só que... Bem, você está coberto de sangue.

Perplexo, girei o tronco, levantando a camisa para examinar as costelas. A dor indistinta que sentia parecia mais com a de um hematoma do que com a de uma ferida.

— Reid — chamou Beau, sério.

Algo em sua voz deteve meus movimentos. Devagar, segui seu dedo até onde Santa Madalena jazia na neve.

Lágrimas de sangue escorriam pelas suas bochechas.

LA PETITE LARME

Reid

Após um momento de conversa apressada e sussurrada, como se a estátua pudesse ouvir, voltamos para a segurança da capela.

— Foi aquele cachorro maldito — disse Beau, atirando-se no banco, ao lado de Coco. Perto do púlpito, Lou se levantou. A luz das velas iluminava metade de seu rosto, banhando o restante em sombras. Um arrepio percorreu minha coluna diante da imagem ctônica, como se ela tivesse sido partida em duas. Parte Lou e parte... algo diferente. Algo sombrio.

Ela franziu o cenho, e seus olhos voaram de Célie para mim.

— O que está acontecendo?

— *Nada* — respondi, com mais aspereza do que intencionava, virando-me com uma carranca para Célie. — Não está acontecendo nada. Ela vai voltar para casa amanhã de manhã.

Célie levantou o queixo. As mãos apertaram a alça da bolsa de couro com mais força, tremendo de leve.

— Não vou.

— Célie. — Exasperado, guiei-a até o banco ao lado de Lou, que não fez menção de cumprimentá-la. Estranho. Pensei que as duas estivessem tentando criar um laço depois do que enfrentaram em La Mascarade des Crânes. — Acabou de ver como é perigoso aqui. Todos no reino nos querem mortos.

— *Eu* não quero. — Beau cruzou os tornozelos sobre o banco à sua frente, jogando um braço por cima dos ombros de Coco. Quando seu olhar se voltou para Célie, ela corou. — Obrigado pelo aviso, aliás, mademoiselle Tremblay. Parece que todos esqueceram os bons modos. Que horror. Aquela estátua teria nos esmagado se não fosse por você.

— Estátua? — perguntou Lou.

— A estátua no cemitério... caiu — murmurei. Não mencionei as lágrimas.

Ignorando nós dois, com as bochechas ainda ruborizadas sob o olhar atento de Beau, Célie se curvou em uma reverência profunda. — V--vossa Alteza. Não foram apenas eles que esqueceram os bons modos. Por favor, me perdoe.

Ele arqueou uma sobrancelha, abrindo um sorriso torto para mim por cima da cabeça abaixada da moça.

— Gosto dela.

Coco puxou o capuz para esconder o rosto. Embora não tivesse se aconchegado no braço de Beau, também não se afastara.

— Ela não devia estar aqui.

— É aquele cachorro — repetiu o príncipe, enfático. — Aonde vai, catástrofe segue. Ele também estava lá quando o pescador tentou nos afogar.

Célie franziu o cenho.

— Mas o pescador não... — Ao notar nossos olhares, parou abruptamente, com o rubor aumentando ainda mais. Levantou um ombro delicado. — O barco virou por causa de uma onda. Não lembram?

— Você andou nos *seguindo*? — perguntou Lou.

Célie recusou-se a olhar para qualquer um de nós.

Me sentei pesadamente, descansando os antebraços nos joelhos.

— O que está fazendo aqui, Célie?

— Eu... — Com uma expressão honesta, dolorosamente vulnerável, ela alternou o olhar entre Lou, Beau e Coco antes de cravá-lo em mim. — Queria ajudar.

— Ajudar — repetiu Lou, sarcástica.

Célie franziu o cenho ao perceber o tom.

— Creio... creio que tenho recursos que possam ser de valia ao grupo em sua busca pela M-M... — Ela quebrou a frase no meio outra vez, ajustando a bolsa de couro e empertigando-se. — Em sua busca pela Dame des Sorcières.

— Não consegue nem dizer o nome dela — murmurei, massageando as têmporas.

— Não preciso dizer o nome dela para matá-la.

Matá-la.

Nossa...

Uma gargalhada inesperada soou de Lou, que abriu um sorriso largo e levantou as mãos para bater palmas uma, duas, três vezes. O brilho estranho retornara a seus olhos.

— Ora, ora, parece que o gatinho enfim mostrou as garras. Estou impressionada. — Sua risada cravou minha pele, rasgou meu estômago. — Mas minha mãe não é nenhum rato. Como planeja matá-la? Vai fazer uma mesura? Convidá-la para tomar um chá?

É, eu obviamente tinha interpretado mal o relacionamento entre as duas.

A julgar pelo maxilar trincado de Beau, ele fizera o mesmo.

— Deixe-a em paz, Lou.

Célie lhe lançou um breve olhar agradecido. Encorajada, continuou com a voz mais firme:

— Não sei *como* matá-la... não precisamente, *ainda* não... mas tenho informações. Estava correto, Vossa Alteza. — Ela tirou um envelope liso da bolsa. Reconheci a letra de Jean Luc na frente. — Rei Auguste adiou indefinidamente a execução de sua mãe. Ele planeja utilizar a magia dela para erradicar o fogo.

Beau assentiu para mim.

— Não falei?

Quando ela me estendeu o envelope, passei os olhos por seu conteúdo antes de o devolver.

— Obrigado por isto, Célie. De verdade. Mas não posso deixar que fique. E se algo acontecer com você? Eu não conseguiria viver comigo mesmo. — Fiz uma pausa, voltando a franzir o cenho. Pensando nisso...
— O que os seus pais disseram sobre o seu plano?

Ela fungou, em tom de reprovação.

— Nada.

Minha expressão ficou ainda mais sombria.

— Não sabem que você está aqui, sabem? — Beau abriu um sorriso torto, arqueando uma sobrancelha. — Espertinha. Melhor pedir perdão do que permissão, suponho.

Grunhindo diante das implicações, enterrei o rosto nas mãos.

— *Célie.*

— *O quê?* — Sua compostura leve se perdeu em um instante, e me empertiguei. Perplexo. Desde que a conheci, Célie jamais *explodira* desta maneira. — Não precisa se preocupar se vão enviar o reino inteiro atrás de mim, Reid. Da última vez que desapareci, se passou um *bom* tempo antes de a ajuda chegar, caso você não se lembre. Deus nos proteja da possibilidade de alguém suspeitar que meu pai não tem controle sobre a própria casa.

Fiquei estático a fim de esconder meu choque. Embora soubesse que Monsieur Tremblay falhara como pai, tinha, aparentemente, subestimado o quanto.

— Jean Luc vai vir atrás de você. E vai trazer toda a ordem dos Chasseurs com ele.

Ela sacudiu a carta diante de meu rosto.

— Jean Luc sabe que estou aqui. Pelo amor de Deus, ele *ficou olhando* enquanto eu roubava a carruagem de meu pai, e me repreendeu durante o processo inteiro. — Eu a encarei. Também jamais a vira furtar qualquer coisa. Nem falar o nome de Deus em vão. Célie expirou fundo, enfiando o envelope no manto. — De qualquer forma, achei que *você* apreciaria minha intervenção. Se eu estiver viajando na companhia do seu notório bando de bruxas e fugitivos... Perdão, Vossa Alteza... Jean não vai poder prendê-los sem me prender junto. E isso não vai acontecer. Ele não vai continuar perseguindo vocês.

— Ah, queria ter visto a cara dele. — O rosto de Beau se contorceu como se estivesse sentindo uma dor física. — Mais provas de que Deus existe, e de que Ele me odeia.

— Não importa. — Eu me levantei, ansioso para encerrar aquela discussão. Para encontrar padre Achille, alertá-lo da situação e pedir um lençol extra para a noite. — Você não pode vir com a gente.

Possessa, com uma fúria silenciosa e a postura ereta, ela me observou passar. Seus dedos estavam empalidecidos ao redor da alça da bolsa de couro.

— O que *não posso* — disse ela enfim, entredentes — é encarar meus pais nos olhos. Querem que finja que nada aconteceu. Querem retornar à vida de antes. Mas não podem me obrigar. — Sua voz ficou perigosamente baixa. — *Você* não pode me obrigar. Só de pensar em ficar sentada à toa em casa... fazendo reverências para nobres, bebendo *chá*... enquanto Morgane continua à solta... a ideia me deixa fisicamente enjoada. — Quando não parei de andar, ela continuou, em desespero: — Ela me prendeu naquele caixão com Filippa por semanas, Reid. *Semanas*. Me torturou e mutilou aquelas crianças. Se tem algo que *não posso*, é ficar sem fazer nada.

Parei, petrificado, perto do púlpito. Sem dúvidas tinha escutado mal. Sem dúvidas o sentimento repentino de terror em meu peito... não tinha motivo. Não me virei.

— Ela o quê?

Uma fungada.

— Não me faça repetir — pediu.

— Célie... — Quando enfim me reaproximei, com a náusea se rebelando em meu estômago, ela interrompeu meu avanço com um gesto de mão. Lágrimas escorriam abundantemente por suas bochechas. Ela não as escondeu. Não as limpou. A mão retirou a alça da bolsa do ombro e atirou o conteúdo no chão podre: joias, *couronnes*, pedras preciosas e até um cálice. Os demais fitaram o pequeno tesouro, curiosos, mas eu ainda não tinha conseguido superar as palavras de Célie. Não podia parar de... imaginá-las.

Filippa era alguns anos mais velha do que nós. Diferente de Célie, comportava-se como se fosse minha irmã. Um tipo de irmã distante e cheia de reprovação, mas ainda assim uma irmã. A ideia de que Célie ficara presa com seu cadáver — *meses* após o enterro — fazia meu estômago se revirar violentamente. Engoli a bile.

— Não furtei só a carruagem de meu pai — sussurrou a moça no silêncio, e gesticulou para a pilha brilhante. — Furtei o cofre também. Presumi que precisaríamos de fundos para a viagem.

Beau se levantou para examinar melhor, puxando Coco consigo.

— Como foi que você *conseguiu* carregar tudo isto? — Ele fitou os braços de Célie com uma descrença desvelada enquanto Lou seguia em seu encalço.

Coco cutucou as moedas com a ponta do pé, desinteressada.

— E onde está a sua carruagem?

Célie finalmente deixou a bolsa cair. Os dedos se flexionaram.

— Deixei no estábulo da pousada.

— E seu lacaio? — Ajoelhando-se, Beau mexeu na bolsa com cuidado, como se tivesse sido feita de pele humana. Talvez tivesse. Monsieur Tremblay já havia lidado com objetos mágicos perigosos. Foi esse o motivo por que as bruxas tinham matado Filippa. — Seu cocheiro?

— Vim sozinha.

— *O quê?* — Embora Beau também tenha se virado para ela, foi a *minha* voz que rasgou a atmosfera. — Você perdeu o juízo?

Lou gargalhou outra vez, imensamente satisfeita com toda a situação.

Lançando um olhar feio para minha esposa, caminhei de volta para o grupo, estava prestes a explodir. Respirei fundo. Mais uma vez.

— Pronto. Acabou. Vou falar com padre Achille, e ele vai encontrar alguém para escoltar você de volta a Cesarine ao nascer do sol. — Com brutalidade, comecei a enfiar todas as joias dentro da bolsa de couro outra vez. Mesmo pesada com as joias, permanecia leve. Talvez não fosse pele humana, mas com certeza era mágica. Maldito Tremblay. Maldita *Célie*. Se uma bruxa a encontrasse com aquilo, teria o mesmo fim de Filippa. Talvez fosse isso mesmo o que queria. Talvez, depois de La Mascarade des Crânes, ela desejasse a morte.

Mas com certeza não seria eu quem a ajudaria.

— *Pare.* — Coco tomou meu braço de súbito, com uma voz afiada que eu não ouvia havia muitos dias. Seus dedos tremiam. Tirando o capuz, arrancou um medalhão de minha mão. Quando o levantou sob a luz das velas, seu rosto, ainda mais pálido agora, quase cinza, foi refletido pela superfície dourada. Filigranas se enroscavam ao redor do diamante no centro do pendente oval. O desenho que formavam lembrava... ondas. Baixinho, com frieza, ela perguntou: — Onde você conseguiu isto?

Lou surgiu atrás do ombro de Coco em um instante. Com o reflexo dos diamantes, seus olhos tinham um brilho quase prateado.

Célie foi esperta o bastante para dar um passo para trás.

— Eu... eu já disse. Tirei do cofre do meu pai. — Ela olhou para mim em busca de afirmação, mas eu não podia lhe dar. Jamais vira aquela intensidade, aquela *possessão*, nos olhares de Coco nem de Lou. A reação delas era... perturbadora. Qualquer que tivesse sido a relíquia que Célie inadvertidamente trouxera até nós, era importante. — Era minha joia favorita quando criança, mas... mas ela não abre. Papai não conseguiu vendê-la por causa disso.

Coco estremeceu como se tivesse sido insultada antes de retirar uma adaga do manto. Eu me coloquei depressa na frente de Célie.

— Ah, por favor — rosnou Coco, furando a ponta do dedo. Uma única gota de sangue caiu no diamante, formando um círculo perfeito. Então, incrivelmente, afundou sob a superfície da pedra, o carmim intenso rodopiando lá dentro. Quando a cor se dissipou, o medalhão se abriu.

Todos nos inclinamos para perto, hipnotizados, observando a superfície cristalina dentro do objeto.

Lou se retraiu e se afastou.

— *La Petite Larme* — disse Coco, com a voz se suavizando e a raiva momentaneamente esquecida.

— A Pequena Lágrima — ecoou Beau.

— Um espelho feito de uma gota de L'Eau Mélancolique. — Com uma expressão imperscrutável, Coco encarou seu reflexo antes de voltar a atenção para Célie. Seu lábio se franziu com desgosto mais uma vez. — Não abria porque não pertence a você. Pertencia à minha mãe.

***

Teríamos ouvido o eco do ruído mesmo se um alfinete tivesse caído na capela. Até padre Achille — que irrompera pela porta da copa vestido com um avental, segurando um prato cheio de espuma de sabão e resmungando sobre o barulho — parecia ter se dado conta de que tinha interrompido um momento tenso. Seus olhos se fixaram em Célie e no ouro a seus pés.

— Célie Tremblay — disse, ríspido. — Você está bem longe de casa.

Embora ela tenha aberto um sorriso educado, também era frágil. Apreensivo.

— Perdão, monsieur, mas não creio que tenhamos sido apresentados.

— Achille — respondeu, franzindo a boca. — Padre Achille Altier.

Coco fechou o medalhão. Em silêncio, puxou o capuz e cobriu a cabeça outra vez.

— Bonito avental. — Beau sorriu para as rosas pintadas à mão. Os traços grossos e irregulares de pincel pareciam feitos por uma criança. Em azul, vermelho e verde.

— Foram minhas sobrinhas quem fizeram — resmungou o padre.

— Destaca bastante os seus olhos.

Padre Achille atirou o prato nele. Embora Beau tenha conseguido segurar a porcelana escorregadia contra o peito, a água ainda assim espirrou em seu rosto com o impacto. O homem assentiu com satisfação justificada.

— É o seu último prato usado que lavo, garoto. Pode cuidar do resto você mesmo... e da copa também, graças a ela. — Apontou um polegar para Lou, irritado. — Já tem um balde e um esfregão esperando por você.

Beau abriu a boca para protestar, indignado, mas Célie interrompeu.

— Padre Achille. — Fez outra reverência, embora não tão profunda desta vez. Não tão rebuscada. Com uma reprovação mal disfarçada, olhou para o avental florido, para a batina amassada e para o estado dilapidado da capela. — É um prazer conhecê-lo.

Padre Achille se agitou, sem jeito, diante dela, como se não estivesse acostumado à tamanha polidez. Se eu não o conhecesse, chegaria a pensar que estava desconfortável sob o escrutínio de Célie. Quem sabe até envergonhado.

— Conheci sua mãe — disse ele, enfim, como se fosse uma explicação. — Quando ainda morava em Cesarine.

— Entendo. Direi a ela que manda seus cumprimentos.

Ele bufou outra vez.

— Melhor não. Eu disse que a conheci, não que gostava dela. — Diante da expressão escandalizada de Célie, resmungou: — Era recíproco, garanto a você. Agora — empertigou-se com tanta dignidade quanto conseguiu reunir —, não é da minha conta perguntar o que faz em Fée Tombe, mademoiselle Tremblay. Não é minha responsabilidade dizer a estupidez que seria você se juntar a este bando. De modo que não vou. Pois não me importa. Apenas certifique-se de que não vai criar problemas antes de partir.

Dei um passo à frente ao mesmo tempo que ele girava nos calcanhares.

— Ela precisa que alguém a escolte de volta a Cesarine.

— Reid. — Célie chegou de fato a bater o pé desta vez. — Pare de ser tão... tão...

— Cabeça dura? — sugeriu Beau.

Padre Achille franziu o cenho para nós por cima do ombro.

— Não sou babá de ninguém.

— Viu? — Triunfante, ela sorriu, apontando para o ar. — Ele não vai me levar de volta, e a jornada é perigosa demais para ser feita sem companhia. Devo permanecer aqui. Com vocês.

Trinquei o maxilar.

— Você não teve problema algum em fazer a jornada perigosa antes.

— É, mas... — Algo semelhante a nervosismo cruzou o seu olhar, e o sorriso dela se desfez. — Eu... pode ser que tenha contado uma mentirinha antes. Muito pequena e boba — acrescentou depressa ao notar minha expressão. — Disse que deixei a carruagem no estábulo, mas, na verdade, hum... *na verdade*, pode ser que eu tenha feito uma curva errada...

— Curva errada onde? — exigi.

— No farol.

O padre virou-se lentamente.

— Perdi vocês de vista logo antes do amanhecer. — Nervosa, Célie retorcia as mãos à altura da cintura. — Quando cheguei à bifurcação na estrada, eu... eu escolhi o caminho que se distanciava da aldeia. Nunca nem sonhei que iriam procurar abrigo em uma igreja. Dei muita sorte em ter os encontrado outra vez, de verdade...

— *Querida Célie* — interrompeu Beau. — Por favor, vá direto ao ponto.

Ela corou mais uma vez, abaixando a cabeça.

— A-ah, sim, Vossa Alteza. Perdão. Quando me aproximei do farol, algo se moveu dentro das sombras. Aquilo... aquilo assustou Cabot, é óbvio, e ele quase nos atirou do penhasco na pressa de fugir. Uma roda acabou quebrando. Consegui liberar Cabot antes de a carruagem despencar no mar... ou ao menos *teria* conseguido liberá-lo, se a criatura não tivesse arrancado o carro dele primeiro. — Ela estremeceu. — Nunca vi um monstro assim antes. Ele tinha cabelos longos e desgrenhados e o rosto estava escondida em sombras. Os dentes eram brancos, afiados. Fedia a podre também. Carne apodrecida. Tenho certeza de que teria nos comido se eu não tivesse escapado na garupa de Cabot. — Expirou profundamente, erguendo os olhos para encontrar os meus. — Então, foi *Cabot* que deixei no estábulo, não a carruagem. Simplesmente não posso tentar retomá-la enquanto está sob o controle daquela criatura, mas também não posso arriscar viajar sem ela. *Tenho* que ficar aqui com vocês, Reid, ou nunca vou conseguir voltar para casa.

— *Cauchemar* — murmurou Lou.

Cansado, estendi a mão para ela.

— O quê?

Com um sorrisinho, ela entrelaçou os dedos nos meus. Ainda pareciam gelo.

— Não disse nada.

— Disse, sim...

— Um *cauchemar* de fato começou a morar no farol. — Diante de nossos olhares inexpressivos, padre Achille acrescentou, contrariado: — Um pesadelo. Pelo menos é assim que os aldeões o chamam. A criatura chegou aqui em Fée Tombe há três dias, e estão todos aterrorizados. — Ele fez uma carranca e balançou a cabeça. — Os tolos planejam atacar o farol amanhã de manhã.

Algo em sua expressão me fez parar.

— Esse tal *cauchemar* chegou a ferir alguém?

— Eu conto? — perguntou Célie. — Ele quase matou a mim e Cabot de susto!

Coco soltou um bufo de escárnio sob o capuz.

— Que tragédia teria sido.

— Coco — repreendeu Beau. — Não se rebaixe. Se quer ser maldosa, pelo menos seja esperta.

— Não quero ser maldosa de maneira alguma — respondeu ela, com doçura. — Teria ficado triste pelo cavalo.

— Como é? — Célie girou para encará-la, com a boca aberta, incrédula. — Eu... eu sinto muito pelo colar da sua m-mãe, Cosette, mas eu não *sabia*...

Eu a interrompi:

— O *cauchemar* feriu alguém?

Padre Achille deu de ombros.

— Como se fizesse diferença.

— Faz diferença para mim.

— A multidão está a caminho, garoto. Você vai acabar se matando.

— Você não se importa.

— Verdade. — As narinas do padre inflaram. — Não me importo. *Cauchemars* são notoriamente cruéis, mas esta criatura não atacou ainda. Ontem à noite invadiu o açougue e roubou restos de carne, mas isso é tudo que sei. — Quando desviei o olhar para Lou, então para Beau, Achille trincou os dentes e, como as palavras lhe causassem uma dor física, disse: — Não devia se meter nisso, garoto. Essa luta não é sua.

Mas uma multidão queimando viva uma criatura inocente me parecia exatamente a minha luta. Fariam o mesmo com Lou, se tivessem a chance. O mesmo com Coco. Com minha mãe. Comigo. A raiva já conhecida, densa e viscosa, borbulhou em meu estômago. Aqueles aldeões não eram os únicos que tinham culpa. Embora não tivessem problema em queimar um ser inocente, Morgane tinha torturado e mutilado meus irmãos e irmãs — o sofrimento era um dano colateral de uma guerra que eles não tinham escolhido. Uma guerra que este *cauchemar* não tinha escolhido.

Já bastava.

Uma parada rápida no farol não nos atrasaria. Podíamos advertir o *cauchemar* antes do ataque — quem sabe até liberá-lo — e ainda assim partir antes do nascer do sol. Era a coisa certa a se fazer. Lou podia ter escolhido o caminho errado para nós, mas aquilo me parecia um passo na direção correta. Talvez nos colocasse em uma nova rota. Uma rota melhor.

No mínimo, iria atrasar um pouco nossa chegada ao Château le Blanc. E talvez...

— Sou contra. — A voz de Coco ecoou ríspida de debaixo do capuz. — *Cauchemars* são perigosos, e não podemos nos dar ao luxo de perder tempo com distrações. Devemos seguir para o castelo.

Lou deu um sorriso e assentiu.

— Se ajudarmos esse *cauchemar* — murmurei —, talvez ele nos ajude em troca. *Aí* está seu aliado misterioso, Cosette. Nem precisa de árvores.

Embora não pudesse ver seu rosto, podia sentir seu olhar desaprovador.

Balançando a cabeça, entreguei um lençol a Célie antes de retornar ao meu banco. Lou não soltou minha mão. Seu polegar percorria as veias em meu pulso.

— Precisamos da carruagem de Célie. Ela voltando para casa ou não — falei.

A moça levantou a cabeça depressa.

— Uma carruagem aceleraria consideravelmente a viagem.

— É. — Eu a examinei por um longo momento. Ou melhor, *reexaminei*. Um músculo em meu maxilar contraiu diante de sua expressão esperançosa, de sua postura determinada. Aquela não era a Célie que conheci a vida inteira. — Aceleraria.

Levantando as mãos para o céu, Achille marchou em direção à copa para se livrar de nós.

— Tolos, todos vocês — disse, por cima do ombro, com uma voz sombria. — Um *cauchemar* fica ainda mais forte à noite. Ajam assim que o sol raiar, antes que os aldeões ataquem. Seja lá o que façam, não deixem que os vejam. O medo torna as pessoas estúpidas. — Com um último olhar para mim e Célie, balançou a cabeça. — Mas a coragem faz a mesma coisa.

UMA PRESENÇA INSIDIOSA

Lou

Das trevas, uma voz surge.

Não *aquela* voz. Não a voz terrível que murmura e chama. Esta é mais afiada, mordaz, cortante. Familiar. Não me tenta. Ela me... me *repreende*.

Acorde, exige. *Você ainda não está morta.*

Mas não conheço essa palavra. Não compreendo morte.

Ninguém compreende. Não é essa a questão — ou talvez seja exatamente a questão. Você está se esvaindo.

Esvaindo. A escuridão proporciona esquecimento. Um doce alívio.

Foda-se. Você se esforçou demais e por tempo demais para desistir agora. Ande. Você quer mais do que esquecimento. Você quer viver.

Uma risadinha fantasmagórica reverbera pelas sombras. Pelo breu infindável. O som me rodeia, acariciando os limites irregulares de minha consciência e apaziguando os fragmentos quebrados em meu centro. *Renda-se, ratinho. Deixe-me devorá-la.*

Tudo em mim dói. A dor se intensifica a cada pulso da escuridão até eu não suportar mais.

É seu coração. A voz cortante retorna, mais alta. Mais alta até do que a pulsação rítmica. *Tu-tum. Tu-tum. Tu-tum.* Por reflexo, me retraio, mas não posso me esconder do som. Da dor. Ele ecoa, onipresente, ao meu redor. *Continua batendo.*

Tento processar a sensação e enxergar através da escuridão para onde um coração pode estar batendo. Mas continuo sem ver nada.

Não se esconda dela, Lou. Aceite sua dor. Use-a.

Lou. A palavra me é familiar, como o ar que se expira em uma risada. O fôlego antes de um pulo, a surpresa quando se voa em vez de cair. É um suspiro de alívio, irritação e decepção. Um grito de raiva ou de paixão. Sou... eu. Não sou a escuridão. Sou algo diferente. E esta voz... é minha.

Aí está você, diz — eu digo —, com um alívio evidente. *Já era hora.*

Nas asas de uma compreensão, porém, vem outra. Eu me flexiono abruptamente, fazendo força contra o breu esmagador, que responde à altura, não mais simples escuridão agora, mas uma presença. Uma presença insidiosa. Parece errada, de alguma forma. Alienígena. Não deveria estar aqui — onde quer que *aqui* seja —, pois este lugar... me pertence também. Como meu pulso. Como meu nome. Embora eu me tensione outra vez, testando minha força, me esticando mais, empurrando e empurrando e *empurrando*, só encontro uma resistência férrea.

A escuridão é imóvel como uma pedra.

UM JOGO DE PERGUNTAS

Reid

As pontas dos dedos de Lou percorriam minha perna seguindo o ritmo constante da respiração dos demais. A cada inspiração, ela as trazia para cima. A cada expiração, girava o pulso, correndo o dorso das mãos perna abaixo. O vento assobiava pelos vãos da capela, arrepiando meus braços. Continuei rígido sob o toque dela, com o coração acelerado em minha garganta por causa da fricção sutil. Tenso. À espera. Seus dedos foram gradualmente subindo, subindo e *subindo* por minha coxa, em uma sedução lenta, mas segurei seu pulso e deslizei a mão para cobrir a dela. Para detê-la.

Uma emoção estranha congelou meu sangue enquanto eu olhava para sua mão sob a minha. Devia ter sentido a dor, a pressão do desejo familiar, o *calor*, que me deixava quase febril quando nos tocávamos. Mas o nó em meu estômago... não era desejo. Era algo diferente. Algo *errado*. Meia hora antes, enquanto os demais se aprontavam para dormir, uma sensação de temor começou a me envolver. O temor apenas se intensificou quando Beau, o último a adormecer, finalmente caiu no sono, deixando a mim e Lou a sós.

Pigarreando, apertei seus dedos. Forcei um sorriso. Rocei um beijo contra sua palma.

— Vamos acordar cedo amanhã. Teremos que partir de Fée Tombe depois de libertarmos o *cauchemar*. Vamos ter mais alguns longos dias de estrada pela frente.

Soava como uma desculpa.

Era uma desculpa.

Um som baixo reverberou da garganta dela. Não usava a fita no pescoço desde que tínhamos deixado Cesarine. Meu olhar resvalou até a cicatriz, já sarando, mas ainda inchada, vermelha. Ela a acariciou com a mão livre.

— Como é que se liberta um *cauchemar*?

— Acho que podemos tentar ter uma conversa razoável com ele. Convencê-lo a retornar à floresta.

— E se não conseguirmos?

Suspirei.

— Só podemos adverti-lo a respeito da multidão. Não podemos forçá-lo a nada.

— E se ele decidir *comer* os aldeões? Se o nosso aviso lhe der a oportunidade de fazê-lo?

— Não vai — respondi com firmeza.

Ela me estudou com um meio sorriso.

— Você desenvolveu uma grande afinidade por nós, não foi? — O sorriso se alargou. — Monstros.

Dei um beijo em sua testa. Ignorei o cheiro que não me era familiar em sua pele.

— Vá dormir, Lou.

— Não estou cansada — ronronou, com os olhos brilhantes demais na escuridão. Pálidos demais. — Dormimos o dia inteiro. — Quando sua mão subiu novamente por meu peito, eu a segurei, entrelaçando nossos dedos. Ela interpretou errado o movimento. Entendeu o gesto como um convite. Antes que eu conseguisse piscar, Lou tinha levantado um joelho por cima de meu colo para se posicionar em cima de mim, levantando nossas mãos de maneira desajeitada acima de nossas cabeças. Quando arqueou a lombar, pressionando o peito contra o meu, foi como se um buraco tivesse surgido em meu estômago. Merda.

Lutei para manter o olhar impassível. É óbvio que ela queria... queria me tocar. Por que não? Há menos de um mês, eu costumava ansiar por ela como se fosse um viciado. A curva sutil de seu quadril. A onda espessa dos cabelos, o brilho travesso nos olhos. Eu não conseguia resistir à necessidade de tocá-la a cada momento do dia — a presença da minha própria *mãe* não me detivera. Mas, mesmo naquela época, era muito mais do que algo meramente físico.

Desde o início, Lou me despertara. Sua presença era contagiante. Mesmo furioso, exasperado, eu nunca perdera o interesse de estar junto dela.

Agora, olhava para Beau, Coco e Célie, orando para que um deles se mexesse. Torcendo para que abrissem os olhos e nos interrompessem. Mas não acordaram. Continuaram adormecidos, ignorando a minha luta interna.

Eu amava Lou. Sabia disso. Sentia em meus ossos.

Mas também não conseguia olhar para ela.

O que havia de errado *comigo*?

Senti raiva quando ela moveu a língua na minha orelha, mordiscando o lóbulo. Dentes demais. *Língua* demais. Outra onda de repulsa me percorreu. *Por quê?* Seria por ela ainda estar chorando a perda de Ansel? Por *eu* estar chorando a perda de Ansel? Por ela ter atacado sua ceia como se fosse um animal raivoso, por só ter piscado duas vezes na última hora? Tentei afastar os pensamentos, irritado com Beau. *Comigo.* Ela andava se comportando de modo mais estranho do que o normal, era verdade, mas aquilo não justificava a minha pele querer repelir seu toque.

Pior: aqueles pensamentos — o temor que pairava sobre mim, a aversão inquietante — pareciam uma traição. Lou merecia mais.

Engolindo em seco, virei para encontrar seus lábios. Ela me beijou, com intensidade e sem hesitação, e minha culpa apenas aumentou. Mas Lou não parecia perceber a minha resistência. Chegou mais perto. Moveu os quadris contra os meus. Desajeitada. Voraz. Quando levou a boca até meu pescoço, balancei a cabeça, derrotado. Não adiantava. Minhas mãos pousaram em seus ombros.

— Precisamos conversar.

As palavras saíram por conta própria. Ela parou, surpresa, e algo semelhante a… insegurança cruzou seus olhos pálidos. Cheguei a me odiar por aquilo. Eu só vira Lou insegura mais ou menos duas vezes ao longo de todo nosso relacionamento, e nenhuma das duas ocasiões tinha sido boa para nós. Mas a insegurança desapareceu tão rápido quanto veio, sendo substituída por um brilho malicioso.

— A conversa também envolve língua, não é?

Com firmeza, mas de leve, deslizei-a para longe de meu colo.

— Não. Não envolve.

— Tem certeza? — Ronronando, ela se recostou em mim, sedutora. Ou pelo menos era a intenção. Mas o movimento não tinha sua delicadeza usual. Inclinei-me para longe, estudando seus olhos luminosos demais. As bochechas coradas.

— Tem algo de errado?

Me diga o que é. Vou consertar.

— Me diga você. — Outra vez, suas mãos procuraram meu peito. Segurei-as, frustrado, pressionando os dedos gélidos em uma advertência.

— Converse comigo, Lou.

— Sobre o que você gostaria de conversar, *querido* marido?

Inspirei fundo, ainda observando-a cuidadosamente.

— Ansel.

Seu nome caiu entre nós como uma carcaça. Pesado. Morto.

— Ansel. — Ela tirou as mãos, com uma expressão amarga. Seus olhos tornaram-se distantes. Bloqueados. Encarou um ponto acima de meu ombro, com as pupilas expandindo e contraindo em movimentos diminutos, quase imperceptíveis. — Você quer falar sobre Ansel.

— Quero.

— Não — respondeu, sem entonação. — Eu quero falar sobre você.

Meus próprios olhos se estreitaram.

— Eu, não.

Ela não respondeu na hora, ainda fitando o ponto com toda a atenção, como se estivesse procurando... o quê? As palavras certas? Lou jamais ligara para as palavras certas antes. Na verdade, se regozijava em dizer as erradas. Para ser sincero, também me regozijava em ouvi-las.

— Vamos fazer um novo jogo de perguntas, então — disse ela, de repente.

— O quê?

— Como fizemos na pâtisserie. — Ela assentiu rapidamente, quase como se para si mesma, antes de me encarar, depois inclinou a cabeça para o lado. — Você não comeu o seu rolo de canela.

Fiquei confuso.

— O quê?

— Seu rolinho. Você não comeu.

— É, ouvi da primeira vez. Só... — Balançando a cabeça, tentei novamente, perplexo: — Não gosto tanto de doces quanto você.

— Hum. — Lou lambeu os lábios de maneira obscena. Quando seu braço deslizou para trás de mim no banco, resisti à vontade de me inclinar para a frente. Quando os dedos passaram por meus cabelos, no entanto, não pude evitar. Ela me seguiu como uma praga. — Carne de veado é deliciosa também. Bem salgada. Tenra. Pelo menos — acrescentou com um sorriso esperto — quando se come da fonte. — Encarei-a, confuso. Depois, horrorizado. Queria dizer *cru*. — O *rigor mortis* faz com que a carne fique dura. É preciso deixar o animal pendurado durante uma quinzena inteira para dissolver o tecido conectivo. É óbvio que fica difícil evitar as moscas assim.

— Quando foi que você comeu *carne de veado crua*, porra?— perguntei, incrédulo.

Seus olhos pareceram brilhar ao ouvir as palavras, e ela vibrou, empolgada e inclinando-se para mim.

— Você devia experimentar. Pode ser que goste. Mas não acho que um caçador teria necessidade de esfolar um veado naquela sua torre de marfim. Me conte, você já passou fome?

— Já.

— Fome *de verdade*, quero dizer. Passou frio? Do tipo que congela suas entranhas e transforma você em uma pedra de gelo?

Apesar da hostilidade das palavras, sua voz não continha desdém. Apenas curiosidade. Curiosidade *genuína*. Lou balançava para a frente e para trás, sem conseguir se aquietar, enquanto me fitava. Olhei feio para ela.

— Sabe que já.

Ela inclinou a cabeça para o lado.

— Sei? — Depois de franzir os lábios, assentiu uma vez. — Sei. É. O Buraco. Terrivelmente frio, não era? — Perguntou Lou enquanto seus dedos médio e indicador subiam por minha perna. — E você continua com fome mesmo agora, não continua?

Deu um risinho quando coloquei sua mão de volta em seu colo.

— Qual — pigarreei — é sua próxima pergunta?

Eu podia lhe dar corda. Podia jogar aquele jogo. Se significasse que poderia alcançá-la, que poderia desvendar o que tinha... *mudado* nela, ficaria ali a noite inteira. Eu a ajudaria. *Ajudaria mesmo*. Porque se fosse mesmo dor pela perda sofrida, Lou precisava falar sobre aquilo. *Nós* precisávamos falar. Outra pontada de culpa me apunhalou quando olhei para as mãos de Lou, estavam entrelaçadas com força.

Eu devia estar segurando aquelas mãos. Mas não conseguia me forçar a fazê-lo.

— Aaah, perguntas, perguntas. — Lou levou os nós dos dedos entrelaçados aos lábios, refletindo. — Se você pudesse ser outra pessoa, quem seria? — Outro sorriso. — A pele de quem você vestiria?

— Eu... — Olhei para Beau de relance, sem pensar. O movimento não passou despercebido por ela. — Não ia querer ser nenhuma outra pessoa.

— Não acredito em você.

Na defensiva, rebati:

— Quem você seria, então?

Ela abaixou as mãos até o peito. Com os dedos ainda entrelaçados, parecia que estava rezando, não fosse o brilho calculista em seus olhos, o sorriso feroz.

— Posso ser quem eu quiser.

Pigarreei, me esforçando para ignorar os pelos se eriçando em minha nuca. Perdido.

— Como você sabe tanto sobre *cauchemars*? Passei a vida estudando o oculto, e nunca nem ouvi falar dessas criaturas.

— Você *eliminava* o oculto. Eu convivia com ele. — Ela inclinou a cabeça para o lado. O movimento fez um novo arrepio percorrer minha coluna. — Eu *sou* o oculto. Aprendemos mais nas sombras do que jamais seria possível na luz. — Quando não respondi, ela perguntou de maneira abrupta e simples: — Como você escolheria morrer?

Ah. Fitei-a, satisfeito. *Lá vamos nós.*

— Se pudesse escolher... acho que seria de velhice. Gordo e feliz. Cercado pelas pessoas que amo.

— Não iria preferir morrer em batalha?

Um suspiro estupefato. Um baque nauseante. Um halo escarlate. Afastei minha última lembrança de Ansel, encarando-a olho no olho.

— Não escolheria uma morte assim para ninguém. Nem para mim mesmo. Não mais.

— *Ele* escolheu.

Embora meu coração tenha se contraído, embora apenas a menção ao seu nome causasse uma pressão desconfortável em meus olhos, inclinei a cabeça.

— Escolheu. E vou honrá-lo por isso todos os dias da minha vida, que ele tenha escolhido ajudar você e lutar ao seu lado. Que tenha escolhido confrontar Morgane com você. Ele era o melhor entre todos nós. — O sorriso dela enfim se dissolveu, e eu peguei sua mão. Apesar da temperatura gélida, não soltei. — Mas você não tem que se sentir culpada por nada disso. Ansel tomou aquela decisão por ele; não por você, nem por mim, mas por *si mesmo*. Agora — falei com firmeza antes que ela pudesse interromper — é a sua vez. Responda à pergunta.

Seu rosto permaneceu imperscrutável. Impassível.

— Não quero morrer.

Esfreguei sua mão gelada entre as minhas, tentando aquecê-la.

— Sei disso. Mas se tivesse que escolher...

— Escolheria não morrer — respondeu.

— Todos morrem, Lou — falei, com gentileza.

Ela se aproximou do meu rosto, passando a mão no meu peito. Em meu ouvido, sussurrou:

— Quem disse, Reid? — Acariciou minha bochecha e, por um ínfimo segundo, me perdi em sua voz. Se fechasse os olhos, podia fingir que era uma Lou diferente que me tocava daquela maneira. Podia fingir que o toque gelado pertencia a outra pessoa... a uma ladra de boca suja, uma herege ou uma bruxa. Podia fingir que seu hálito cheirava a canela e que os cabelos cascateavam, longos e castanhos, por cima dos ombros. Podia fingir que era tudo parte de uma brincadeira elaborada. Uma brincadeira de *mau gosto*. Ela teria rido e dado um peteleco em meu nariz àquela altura. Dito que precisava relaxar. Em vez disso, seus lábios pairavam acima dos meus. — Quem disse que temos que morrer?

Engolindo em seco, abri os olhos, e o feitiço se quebrou.

MEU NOME É LEGIÃO

Lou

Há poucas vantagens em se perder posse do corpo — ou melhor, perder *consciência* do corpo. Sem olhos para ver e ouvidos para escutar, sem pernas para andar nem dentes para *comer*, passo meu tempo flutuando na escuridão. Mas... é sequer possível *flutuar* sem um corpo? Ou estou meramente existindo? E esta escuridão não é *exatamente* escuridão, é? O que significa...

Meu Deus. Estou agora existindo dentro de Nicholina le Clair.

Não. *Ela* está existindo dentro de *mim*, a vadia ladra de corpos.

Com sorte, estou menstruada. Ela mereceria tal punição.

Embora eu aguarde sua reação, impaciente, nenhuma risadinha fantasmagórica responde minha provocação, de modo que volto a tentar. Mais alto desta vez. Gritando meus pensamentos — é possível tê-los sem um cérebro? — para dentro do abismo. *Sei que pode me escutar. Espero que meu útero esteja se rebelando contra você.*

A escuridão pareceu se mover, mas continuou em silêncio.

Tentando me concentrar, faço força contra a presença opressiva. Nem se move. Tento novamente, com mais força. Nada. Não sei quanto tempo tento. Não sei quanto tempo já se passou desde que recuperei a consciência. O tempo não tem sentido aqui. Neste ritmo, recuperarei meu corpo em aproximadamente trezentos anos, despertando em uma tumba, mais pó do que esqueleto. Pelo menos minha mãe não pode matar um esqueleto. Pelo menos eles não têm úteros.

Acho que estou enlouquecendo.

Com um último empurrão brutal, luto contra um acesso de raiva. As emoções são... diferentes aqui. Correm soltas, descontroladas, na ausência de um corpo para limitá-las, e, às vezes, em momentos assim, sinto a mim mesma — qualquer que seja a forma que eu tenha tomado — resvalar para dentro delas, completamente. Como se eu me *tornasse* a emoção.

Reid teria odiado isto aqui.

A imagem dele invade minha consciência, e uma nova emoção ameaça me consumir. Melancolia.

Será que ele notou que não sou eu mesma? Alguém notou? Será que se dão conta do que aconteceu comigo?

Volto a focar em Nicholina, na escuridão, antes que a melancolia me engula viva. Não é bom ruminar estes pensamentos, mas, ainda assim, um frio debilitante se esgueira pela névoa, meu subconsciente, diante de outra reflexão indesejada: como poderiam ter notado? Mesmo antes de La Voisin e Nicholina terem nos traído, eu não estava sendo eu mesma. Ainda sinto as beiradas craqueladas, as fissuras em meu espírito que eu mesma tinha criado.

Uma delas é mais dolorosa do que as outras. Uma ferida aberta.

Eu me afasto por reflexo, embora a ferida lateje com olhos da cor de uísque, cílios curvados e uma risada suave, lírica. Machuca, com um braço esguio envolvendo meus ombros, e a mão quente na minha. Pulsa com empatia, com um sotaque fingido e uma garrafa de vinho roubada, com rubores tímidos e não-bem-aniversários. Arde com o tipo de lealdade que já não existe mais neste mundo.

Ele não chegou a completar dezessete anos.

Ansel sacrificou tudo, me deixou descoberta e sangrando, e eu permiti que Nicholina rastejasse para dentro da fissura. Foi assim que o paguei — me perdendo completamente. Um ódio por mim mesma se revira, feio e tóxico, no âmago de minha consciência. Ele merecia algo melhor. Merecia *mais*.

Eu lhe daria mais. Com Deus ou a Deusa, ou apenas a escuridão da merda da minha alma como testemunha, eu lhe daria. Me certificaria de que não tinha morrido em vão. Uma voz desconhecida me assusta ao murmurar: *uau, bravo*.

A bruma de trevas se contrai com o meu susto, mas luto contra ela com ferocidade, procurando aquela nova presença. Não é Nicholina. Certamente não sou *eu*. O que significa que... há mais alguém aqui.

Quem é você?, pergunto com bravata fingida. Pelas tetas da Mãe, quantas pessoas — ou espíritos, entidades, ou *o que for* — podem caber em um único corpo? *O que você quer?*

Não precisa temer. Outra voz. Tão desconhecida quanto a última. *Não podemos machucá-la.*

Nós somos você.

Ou melhor, nós somos ela, acrescenta uma terceira.

Isso não é resposta!, explodo. *Me digam quem são!*

Uma breve pausa.

Então uma quarta voz finalmente diz, *não lembramos*.

Uma quinta agora. *Em breve você também não lembrará.*

Se eu tivesse esqueleto, aquelas palavras teriam me gelado até os ossos. *Quantos... quantos de vocês estão aqui?*, pergunto baixinho. *Não conseguem lembrar seus nomes?*

Nosso nome é Legião, as vozes respondem em uníssono, sem perder um segundo. *Porque somos muitos.*

Que inferno. Definitivamente são mais do que cinco vozes. Estavam mais para cinquenta. Merda, merda, *merda*. Vagamente, lembro o versículo que recitaram de uma passagem na Bíblia do arcebispo, que ele me emprestara na Torre dos Chasseurs. O homem que dissera aquelas palavras tinha sido possuído por demônios. Mas aquelas vozes... não eram demônios, eram? Nicholina estava possuída por *demônios*?

É uma pena, mas não sabemos, diz a primeira, amigável. *Vivemos aqui há incontáveis anos. Podemos ser demônios ou camundongos. Enxergamos apenas o que nossa mestra enxerga, ouvimos apenas o que nossa mestra ouve.*

Camundongos.

Ela fala com a gente às vezes, acrescenta outra, e de alguma forma percebo sua intenção travessa. Apenas *sei*, como se seu fluxo de consciência tivesse se fundido ao meu. *É brincadeira, aliás. Nosso nome não é Legião. É um nome besta, se quer saber nossa opinião.*

Usamos "Legião" sempre que recebemos um recém-chegado.

A reação é sempre interessante.

Mas desta vez tiramos a fala direto das suas lembranças. Você é religiosa?

Não é educado perguntar se alguém é religioso.

Ela não é mais alguém. *É uma de nós. Já sabemos a resposta, de qualquer forma. Estamos apenas sendo educados.*

Pelo contrário, é bem mal-educado bisbilhotar a memória dela.

Poupe o sermão para quando as lembranças tiverem ido embora. Olhe aqui. Ainda estão frescas.

Uma sensação desconfortável de formigamento me domina enquanto as vozes discutem entre si, e, mais uma vez, instintivamente sei que estão vasculhando minha consciência — a *mim*. Imagens de meu passado lampejam e desaparecem na bruma mais rápido do que consigo acompanhar, mas as vozes só fazem mais pressão, vorazes, querendo mais. Eu dançando ao redor do mastro com Estelle, eu me afogando no Doleur com o arcebispo, eu me debatendo no altar sob minha mãe...

Parem. Minha própria voz, afiada, corta o fluxo de lembranças, e as vozes recuam, surpresas, mas admoestadas. Como deviam. São como uma infestação de moscas em meu subconsciente. *Meu nome é Louise le*

Blanc, e definitivamente ainda sou um alguém. *Diria para ficarem bem longe da minha cabeça, mas como nem tenho certeza de que esta é a minha cabeça, vou presumir que uma separação é impossível a esta altura. Agora, quem foi o último a chegar aqui? Alguém se lembra?*

Por um segundo maravilhoso, o silêncio reina antes de todas as vozes começarem a falar ao mesmo tempo, discutindo a respeito de quem estava lá por mais tempo. Me dou conta de meu erro tarde demais. As vozes não são mais indivíduos, mas uma espécie inquietante de coletivo. Uma colmeia. Minha irritação rapidamente se transforma em raiva. Ansiando por mãos com que pudesse estrangulá-las, tento falar, mas uma nova voz interrompe.

Eu sou o mais novo aqui.

As demais cessam de imediato, irradiando curiosidade. Até eu estou curiosa. Esta voz soa diferente do restante, é grave, baixa e masculina. Também se identificou como *eu*, não *nós*.

E você seria...?, perguntei.

Se fosse possível para uma voz franzir a testa, seria o que esta estaria fazendo. *Acho... acho que um dia me chamei Etienne.*

Etienne, ecoam as outras. Seus sussurros vibram como asas de insetos. O som é desconcertante. Pior — *sinto* o momento em que manifestam seu nome completo, tirado das lembranças dele. Das *minhas* lembranças. *Etienne Gilly.*

Você é irmão de Gaby, digo horrorizada enquanto me lembro ao mesmo tempo que as vozes se lembram. *Morgane o assassinou.*

As vozes praticamente tremem com expectativa enquanto nossas memórias se sincronizam, preenchendo as lacunas para pintar um panorama completo: como Nicholina o possuíra e entrara na floresta sob o pretexto de caçar, como o levara até onde Morgane aguardava. Como Morgane o abduzira, o torturara nas entranhas de uma caverna escura e úmida a poucos quilômetros do acampamento de sangue. E La Voisin

— como ela soubera tudo o tempo inteiro. Como praticamente entregara de bandeja as cabeças de Etienne e Gabrielle a Morgane.

Parte de mim ainda não consegue acreditar, não consegue processar o choque diante de sua traição. Minha humilhação. Josephine e Nicholina tinham se aliado a minha mãe. Embora não gostasse delas, jamais suspeitara de que fossem capazes de tamanha crueldade. Sacrificaram membros do próprio coven para... para quê? Retornar ao Château?

Isso, sussurra Etienne.

Ele sabe porque vira tudo acontecer através dos olhos de Nicholina, mesmo depois do verdadeiro Etienne ter perecido. Testemunhou o próprio corpo profanado, apoiado na minha tenda. Assistiu, impotente, enquanto Morgane capturava Gabrielle para lhe dar o mesmo destino, enquanto minha mãe atormentava sua irmãzinha, e depois quando Gaby enfim escapou de La Mascarade des Crânes.

Mas...

Fico confusa. Há *lacunas* consideráveis em sua memória. Um buraquinho ali, um vazio acolá. Meu próprio envolvimento na mascarada de crânios, por exemplo. A cor dos cabelos de Gaby. Mas cada espaço vazio é preenchido enquanto penso a respeito, enquanto minhas lembranças suplementam as dele, até a cronologia estar quase completa.

Apesar de estar... *morto*, ele tinha testemunhado tudo como se tivesse estado lá.

Como?, pergunto, desconfiada. *Etienne, você... você morreu. Por que não fez a transição?*

Quando Nicholina me possuiu, me juntei à consciência dela, e... acho que nunca parti.

Puta merda. Meu choque se intensifica até se tornar verdadeiro horror. *Nicholina possuiu todos vocês?*

Posso senti-las percorrer nossas memórias outra vez, costurando os pedacinhos soltos que formam nosso conhecimento coletivo de Nicholina, La Voisin, magia de sangue. A escuridão parece vibrar agitada enquanto elas contemplam o resultado fantástico e *impossível*. E ainda assim... com que frequência Nicholina falava de camundongos? Gabrielle alegou que ela e La Voisin comiam corações para permanecerem eternamente jovens. Outros murmuravam sobre artes ainda mais sombrias. A compreensão atinge a todos ao mesmo tempo.

De alguma forma, Nicholina aprisionara as almas nesta escuridão com ela para sempre.

A sua também, diz a voz cerimoniosa, fungando. *Você é uma de nós agora.*

Não. A escuridão parece se alastrar quando me dou conta da verdade em suas palavras, e, por um momento, não consigo falar. *Não, ainda estou viva. Estou em uma* igreja, *e Reid...*

Quem garante que estamos todos mortos?, pergunta a voz travessa. *Talvez alguns de nós também estejam vivos, em algum lugar. Talvez nossas almas estejam meramente fragmentadas. Parte aqui, parte lá. Parte em todo lugar. Em breve a sua vai se estilhaçar também.*

Quando a escuridão se move novamente, mais pesada agora — esmagando-me sob seu peso —, as outras sentem minha histeria crescente. Suas vozes se tornam menos amigáveis, menos cerimoniosas, menos travessas. *Sentimos muito, Louise le Blanc. É tarde demais para você. Para todos nós.*

NÃO. Me debato contra as trevas com toda a minha força, repetindo a palavra uma e outra vez como se fosse um talismã. Procuro por um padrão dourado. Por *qualquer coisa*. Há apenas escuridão. *Não, não, não, não...*

Apenas a risada arrepiante de Nicholina responde.

O FAROL

Reid

Pelas portas da capela, os primeiros raios da aurora iluminavam padre Achille, criando um halo. Ele aguardava enquanto eu acordava os demais. Ninguém dormira bem. Surgiram bolsas embaixo dos olhos de Célie, embora ela tivesse dado seu melhor para corar as bochechas com beliscões. Coco bocejava enquanto Beau grunhia e estalava o pescoço. Meu pescoço também doía, apesar dos dedos firmes de Lou massageando os músculos tensos. Me afastei do toque com um sorriso de desculpas, gesticulando para a porta.

— Os aldeões só acordam daqui a mais ou menos uma hora — disse Achille, entregando uma maçã a cada um de nós enquanto passávamos. — Lembrem-se do que lhes disse: não deixem que os vejam. Os Chasseurs têm um posto não muito longe daqui. Vocês não vão querer ninguém os seguindo até... aonde quer que estejam indo.

— Obrigado, padre. — Guardei a fruta no bolso. A casca não brilhava. Não era vermelha. Mas era mais do que ele nos devia. Mais do que outros teriam nos dado. — Por tudo.

Ele me fitou com firmeza.

— Não há de quê. — Quando assenti, me preparando para guiar os demais pelo pátio da igreja, ele segurou meu braço. — Tome cuidado. *Cauchemars* são considerados arautos de tragédias. — Levantei uma sobrancelha, incrédulo, e ele acrescentou, em um tom contrariado: — Eles sempre são vistos antes de algum evento catastrófico.

— Uma multidão raivosa não é um evento catastrófico.

— Nunca subestime o poder de uma multidão. — Beau colocou casualmente o braço em volta dos ombros de Coco enquanto esperavam, recostados em uma árvore. A névoa prendia-se ao contorno de seus capuzes. — As pessoas são capazes de crueldades indescritíveis quando estão em massa. Vi com meus próprios olhos.

Padre Achille soltou meu braço e se afastou.

— Eu também. Cuide-se.

Sem dizer mais nada, desapareceu dentro do saguão da capela, fechando a porta com firmeza atrás de si.

Uma sensação estranha pulsou em meu peito enquanto eu o observava partir.

— Me pergunto se vamos ter a chance de revê-lo um dia.

— Improvável — respondeu Lou. A bruma espessa quase engolia sua silhueta discreta. Atrás dela, uma forma branca deslizou através da névoa, e olhos cor de âmbar lampejaram. Franzi o cenho. O cão retornara. Ela não o notou, estendendo o braço em direção à colina. — Vamos?

O vilarejo de Fée Tombe tinha sido batizado assim por conta das rocas de hematita. Pretas e cintilantes, as pedras saíam do mar e estendiam-se por quilômetros e quilômetros em formas desconjuntadas que lembravam asas de fadas — algumas altas e finas com veios de prata que pareciam teias de aranha, outras baixas e atarracadas com filões vermelhos. Até as menores se avultavam acima do mar como grandes seres imortais. Lá embaixo, ondas rebentavam em navios naufragados. Ao longo do penhasco, os mastros e vigas quebrados pareciam dentes.

Célie tremia na brisa gélida, e fez uma careta de dor quando seu pé ficou preso e se torceu entre duas pedras. Beau lhe lançou um olhar solidário.

— Você sabe que não é tarde demais para voltar.

— Não. — Ela levantou o queixo, teimosa, antes de liberar o pé. Mais pedras deslizaram da trilha e caíram no oceano. — Precisamos da minha carruagem.

— Da carruagem do seu *pai* — resmungou Coco. Com uma mão na parede do penhasco à sua esquerda, enquanto a outra segurava *La Petite Larme* com força, ela passou pela garota. Beau a seguiu, cuidadoso, com passos cautelosos pelo chão irregular à medida que a trilha ia se estreitando e subindo. Sendo o último do grupo, eu segurava o tecido do manto de Lou.

Nem precisava ter me preocupado. Ela movia-se com a graça de um gato, sem nunca escorregar nem tropeçar. Cada passada era leve e ágil.

Célie ficou com as bochechas vermelhas enquanto tentava acompanhar nosso ritmo. Sua respiração começou a ficar ofegante. Quando tropeçou de novo, me aproximei de Lou, envolvendo-a com os braços, e, para Célie, murmurei:

— Beau está certo, Célie. Pode esperar na capela enquanto lidamos com o *cauchemar*. Antes de partir, voltamos para pegar você.

— *Não* vou ficar esperando na capela — respondeu, furiosa, com as saias e os cabelos voando ferozmente ao vento.

Ao passar por Célie, Lou lhe deu tapinhas na cabeça.

— Óbvio que não vai, gatinho. — Depois, lançou um olhar de soslaio por cima do ombro, para onde o mar rebentava lá embaixo. — De qualquer forma, não precisa se preocupar. Gatos têm nove vidas. — Ela deu um sorriso aberto. — Não têm?

Minha mão apertou mais seu manto, e a puxei para trás, abaixando-me para falar em sua orelha:

— Pare com isso.

— Parar com o quê, querido? — Virou a cabeça para me encarar. Olhos imensos. Inocentes. Deu uma piscada. — Estou apenas a *encorajando*.

— Está a aterrorizando.

Ela se virou para tocar meus lábios com o dedo indicador.

— Talvez você não esteja dando a ela o crédito que merece.

Depois se virou para longe de meu alcance e passou por Célie sem olhar para trás. Assistimos, com diferentes níveis de inquietação, enquanto ela partia. Quando desapareceu atrás da curva no encalço de Coco e Beau, os ombros de Célie relaxaram um pouco. Respirou fundo.

— Ela continua não gostando de mim. Achei que depois de...

— Você gosta dela?

Com um segundo de atraso, Célie franziu o nariz.

— Lógico que não.

Inclinei o queixo para indicar que devíamos continuar.

— Então isso não é um problema.

Célie ficou calada por um longo momento.

— Mas... *por que* ela não gosta de mim?

— Cuidado. — Fui rápido em estabilizá-la quando tropeçou, mas ela se desvencilhou e acabou topando contra a parede. Resisti à vontade de revirar os olhos. — Ela sabe que nós dois temos uma história. E... — Pigarreei, incisivo — Lou ouviu quando você a chamou de prostituta.

Nesse momento, foi ela quem se virou para me encarar.

— Ela o quê?

Dei de ombros e continuei andando.

— Nas celebrações do Dia de São Nicolau, ela entreouviu nossa... discussão. Acho até que encarou tudo muito bem, considerando tudo que foi dito. Podia ter nos assassinado ali mesmo.

— Ela... ela me *ouviu*...? — Com os olhos se arregalando com agitação palpável, ela levou a mão aos lábios. — Ah, não. Ah, não, não, *não*.

Não pude resistir desta vez. Meus olhos se reviraram até encararem o céu.

— Tenho certeza de que já a chamaram de coisa pior.

— Ela é uma *bruxa* — sibilou Célie, levando a mão ao peito. — Pode... pode me *amaldiçoar*, ou, ou...

— Ou *eu* posso. — O sorriso que meus lábios desenharam pareceu mais rígido do que o usual. Como se tivesse sido entalhado em granito. Mesmo depois de Lou ter arriscado a vida para salvá-la nas catacumbas, Célie ainda a considerava uma inimiga. Era óbvio que considerava. — Por que nos seguiu, Célie, se nos despreza tanto assim? — Diante de sua expressão, balancei a cabeça com uma risada autodepreciativa. Frágil, quebradiça. A reação dela não era sem motivo. Os convidados de La Mascarade des Crânes teriam vindo atrás de nós se Coco não tivesse incendiado os túneis? Teriam trazido seu próprio fogo? Sim, teriam, e não podia culpá-los por isso. Eu teria feito o mesmo um dia. — Esqueça.

— Não, Reid, espere, eu... Não quis... — Embora ela não tivesse me tocado, algo em sua voz me fez parar. Me fez virar. — Jean Luc me contou o que aconteceu. Me contou... sobre você. Sinto muito.

— Eu, não.

Ela ergueu as sobrancelhas, confusa.

— Não?

— Não.

Quando não continuei, as linhas na sua testa se aprofundaram ainda mais. Ela pareceu ainda mais confusa.

— Ah. Sim... lógico. Eu... — Expirando o ar preso, ela colocou a mão de forma abrupta nos quadris e seus olhos brilharam outra vez com aquele temperamento explosivo que não me era familiar. — Bom, nem eu... nem eu sinto muito, quero dizer. Que você esteja diferente agora. Que *eu* esteja diferente. Eu não sinto muito.

Embora tenha falado com honestidade e não com rancor, suas palavras ainda assim deviam ter machucado. Não machucaram. A energia inquieta vibrando sob minha pele pareceu se assentar, sendo substituída por um calor peculiar. Talvez paz. Talvez... conclusão? Ela tinha Jean Luc agora, e eu, Lou. Tudo entre nós mudara. E aquilo... não era ruim. Era *bom*.

Desta vez o meu sorriso foi genuíno.

— Somos amigos, Célie. Vamos ser amigos para sempre.

— Ótimo. — Fungou, empertigando-se e lutando contra um sorriso. — Como sua *amiga*, é meu dever informá-lo de que seu cabelo está desesperado por um corte e que estão faltando dois botões no seu casaco. Fora isso, tem um chupão no seu pescoço. — Quando minha mão voou para a pele sensível no pescoço, ela riu e passou por mim, com o nariz empinado. — Devia cobri-lo para não escandalizar ninguém.

Essa era ela.

Com um risinho, acompanhei seu passo. Era agradável. Familiar. Após outro momento de silêncio confortável, Célie perguntou:

— O que vamos fazer depois de advertir o *cauchemar*?

A paz que eu sentia se partiu, bem como meu sorriso.

— Vamos continuar para o Château.

A mão dela pousou na clavícula outra vez. Um tique nervoso. Que dizia muita coisa.

— E... e depois? Como exatamente vamos derrotar Morgane?

— Olhe por onde anda. — Gesticulei com a cabeça para um desnível no caminho. Mas ela logo perdeu o equilíbrio. Não a ajudei desta vez, e ela se estabilizou sem minha ajuda. — Lou quer colocar fogo no castelo até não sobrar nada. — O peso morto voltou ao meu peito. A minha voz. — Com todos lá dentro.

— E como ela vai fazer isso?

Dei de ombros.

— Como é que as bruxas costumam fazer qualquer coisa?

— Como funciona, então? A... a magia? — Sua expressão ficou um pouco mais tímida, e abaixou a cabeça rapidamente. Virou-se para me encarar outra vez. — Sempre quis saber.

— Sempre?

— Ah, não se faça de sonso, Reid. Sei que você também. — Fez uma pausa sutil. — Antes.

Antes. Uma palavra tão simples. Mantive o olhar impassível.

— É dar e receber. Para Lou conseguir destruir o Château, vai ter que sacrificar algo de igual valor para ela.

— Como o quê? — A voz de Célie continha curiosidade.

Não sei. A confissão queimava. Lou não me dera detalhes. Nem revelara estratégias. Quando a pressionamos, apenas sorriu e perguntou: "Estão com medo?". Beau respondera imediatamente com um *sim* retumbante. Eu mesmo concordara, em silêncio. O plano inteiro — ou a falta de um — me deixava inquieto.

Como se Deus o tivesse arrancado de dentro de meus pensamentos, o grito de meu irmão cortou o ar. Célie e eu olhamos para cima ao mesmo tempo para ver parte da parede do penhasco ruir. Pedras choveram sobre nós, golpeando primeiro meus ombros e braços, e depois a cabeça. Uma dor aguda me tomou por inteiro, e minha visão escureceu. Por instinto, atirei Célie para fora da zona de perigo, e Beau... ele...

O horror se enroscou em meu estômago como uma víbora mortal.

Em câmera lenta, assisti enquanto ele perdia o equilíbrio, sacudia os braços de maneira ensandecida ao tentar, sem sucesso, encontrar algo em que se agarrar entre as pedras que caíam. Não havia nada que eu pudesse fazer. Não tinha como ajudar. Mesmo assim, avancei, avaliando a distância entre nós, querendo, desesperado, alcançar alguma parte dele antes que despencasse para o mar lá embaixo...

A mão de Coco voou por entre os destroços e segurou o pulso de Beau.

Com outro grito, ele começou a balançar segurando nos dedos dela, como um pêndulo. Ergueu a outra mão para agarrar a beirada da pedra e, juntos, os dois lutaram para puxá-lo de volta. Corri para ajudar, com o coração martelando em um ritmo frenético. Adrenalina — um *medo* completo e puro — corria em meu sangue, alargando minhas passadas e encurtando meu fôlego. Mas quando os alcancei, os dois estavam caídos em um amontoado de pernas e braços. Os peitos subiam e desciam com irregularidade enquanto eles também tentavam recuperar o ar. Acima de nós, Lou estava parada no topo do penhasco. Olhava para baixo com a sombra de um sorriso. Apenas uma curva discreta nos lábios. O cão branco rosnou e desapareceu atrás dela.

— Deviam ter mais cuidado — comentou baixinho, antes de se virar.

Beau olhou com raiva para ela, incrédulo, mas não respondeu. Sentando-se, limpou a testa com a mão trêmula e olhou para o braço. Sua boca se retorceu em uma careta feia.

— Maldição. Rasguei a *merda* da minha manga.

Balancei a cabeça, xingando entredentes, com amargor. A *manga*. Tinha quase morrido, e era com a *merda da manga da camisa* com que se importava. Com um estremecimento, quase uma convulsão, abri a boca para lhe dizer exatamente o que ele devia fazer com a tal manga, mas um ruído engasgado estranho escapou de Coco. Fitei-a com alarme... depois incredulidade.

Não era engasgo coisa alguma.

Era uma *risada*.

Sem uma palavra, com os ombros ainda tremendo, ela rasgou o tecido da manga oposta que saíra ilesa. Beau deixou o queixo cair, indignado, enquanto tentava afastar o braço.

— *Com licença*. Foi minha mãe quem me deu esta camisa!

— Agora estão as duas iguais. — Ela agarrou os braços dele e riu ainda mais. — Sua mãe vai aprovar quando vir. Quer dizer, *se* ela voltar a ver você um dia. Você quase morreu, afinal. — Deu um tapa no peito dele como se partilhassem de alguma piada hilária. — Quase *morreu*.

— É. — Beau sondou o rosto de Coco com suspeita. — Você já disse isso.

— Posso consertar sua camisa, se quiser — ofereceu Célie. — Tenho agulha e linha na bolsa... — Mas parou de falar quando Coco continuou a rir de maneira alucinada. Então a risada se transformou em algo mais sombrio. Enlouquecido. Beau a puxou para seus braços sem hesitação. Os ombros dela começaram a tremer por um motivo completamente diferente, e Coco enterrou o rosto na curva de seu pescoço, soluçando de maneira incoerente. Um dos braços de Beau envolveu a cintura dela enquanto o outro amparava suas costas, e ele a abraçou com força, com ferocidade, murmurando palavras baixinhas no ouvido dela. Palavras que eu não podia escutar. Que não *queria* escutar.

Desviei o olhar.

Aquela dor não era para mim. Aquela vulnerabilidade. Eu me senti um intruso. Observando os dois juntos — a maneira como Beau a balançava com gentileza, a forma com que ela se agarrava a ele como se sua vida dependesse disso —, um nó me subiu à garganta. Qualquer um podia ver onde aquilo ia dar. Coco e Beau vinham dançando ao redor um do outro por meses a fio. Mas a desilusão inevitável era evidente. Nenhum dos dois estava em condições de começar um relacionamento. Havia mágoa demais compartilhada entre ambos. Pesar demais. Ciúmes. Rancor. Mesmo em condições ideias, os dois não eram certos um para o outro. Como água e óleo.

Olhei para cima, para Lou. Nós também éramos as pessoas erradas um para o outro.

E tão, tão, certas.

Com um suspiro, recomecei a andar, os passos pesados. Meus pensamentos ainda mais. Célie me seguiu em silêncio. Quando alcançamos Lou, entrelacei seus dedos frios nos meus, e nos viramos para encarar o farol.

* * *

Vários minutos mais tarde, Beau e Coco se juntaram a nós. Embora os olhos dela continuassem inchados e vermelhos, não chorava mais. Pelo contrário, mantinha os ombros retos. Altiva. Cheia de buracos, a camisa de Beau ainda fumegava levemente, revelando mais pele do que seria prudente no inverno de janeiro. Não comentaram sobre o que ocorrera, e nós tampouco.

Estudamos o farol em silêncio.

Erguia-se da terra como um dedo torto clamando pelos céus. Uma única torre de pedra. Suja. Dilapidada. Escura contra a aurora. Nenhuma chama dançava sob o telhado pontiagudo.

— O empregado do estábulo disse que ninguém acende mais as tochas — comentou Célie, com a voz baixa. Não perguntei por que sussurrava. Os pelos em minha nuca tinham se eriçado inexplicavelmente. As sombras ali pareciam mais espessas do que seria natural. — Disse que já faz anos.

— O empregado do estábulo gosta muito de fofocar. — Beau nos fitou, nervoso. Mantinha o braço firme ao redor da cintura de Coco. — Nós já... Alguém já chegou a ver *de fato* um *cauchemar*?

— Já disse — começou Célie. — É um monstro enorme cheio de dentes e garras, e...

— Querida, não. — Beau levantou a mão livre, com um sorriso forçado. — O que eu quis perguntar — ele procurou pelas palavras certas por um momento antes de dar de ombros — era se *alguém mais* já viu um? De preferência alguém que não tenha saído correndo aos berros?

Coco lhe lançou um sorriso. Rindo. Parecia deslocado em seu rosto soturno. Com um susto, me dei conta de que não conseguia lembrar a última vez que ela sorrira de maneira genuína. Já tinha sorrido alguma vez? Que eu tivesse visto? Quando Coco deu um beliscão nas costas dele, Beau soltou um grito e deixou o braço cair.

— Você mesmo tem um lindo falsete — disse ela. — Tinha quase esquecido.

Embora seu sorriso tenha ficado ainda mais largo diante da indignação dele — a surpresa dele —, a bravata parecia frágil. Delicada. Eu não queria vê-la ruir. Com um tapinha no ombro de Beau, falei:

— Se lembra da bruxa em Modraniht?

Sua boca se tornou uma linha fina.

— Não falamos nela.

— *Eu* lembro. — Coco me lançou um olhar satisfeito, que apareceu e desapareceu em um segundo. Tão breve que podia tê-lo imaginado. — Ela bem que gostou do seu espetáculo, não gostou?

— Sou um cantor excelente — fungou Beau.

— É um *dançarino* excelente.

Ri, apesar de tudo.

— Eu me lembro de Beau correndo aos berros naquela noite.

— O que é isto? — O príncipe olhou de mim para ela, com a testa e o nariz se franzindo em alarme. — O que está acontecendo aqui?

— Ela já *falou* qual é a aparência de um *cauchemar*. — Embora Coco não olhasse para Célie, nem sequer reconhecesse sua existência, eu suspeitava que aquela admissão seria o único pedido de desculpas que Célie receberia. — Não seja um babaca. Escute.

Com um longo suspiro sofredor, Beau inclinou a cabeça em direção a Célie. Ela se endireitou um pouco mais.

— Perdão, madame — resmungou ele, soando como uma criança petulante. — O que *quis* perguntar é se alguém já tinha *enfrentado* um *cauchemar*. Alguma experiência real pode ser a diferença entre sobrevivermos ilesos ao encontro ou termos nossas cabeças atiradas ao mar.

— É disso que você tem medo? — Foi a vez de Lou inclinar a cabeça a fim de estudá-lo. Tinha ficado atipicamente quieta desde que chegamos ao farol. Atipicamente imóvel. Até aquele momento, seus olhos não tinham se desprendido das sombras espessas na base da torre. — Decapitação?

A expressão confusa de Beau se equiparava à dela.

— Eu... bem, isso não me parece muito agradável, não.

— Mas é disso que você tem medo? — pressionou ela. — É o que assombra seus sonhos?

Beau soltou um bufo de escárnio diante da pergunta peculiar, sem se importar em esconder a exasperação.

— Alguém que afirma não ter medo de ser decapitado é um mentiroso.

— Por quê? — Coco semicerrou os olhos. — O que é, Lou?

O olhar dela retornou às sombras. Fitava-as como se tentasse desvendar algo. Como se escutasse uma língua muda.

— Um *cauchemar* é um pesadelo — explicou, como se aquela não fosse uma informação importante. Ainda distraída. — Sua aparência vai ser diferente para cada um de nós, ele vai assumir a forma de nossos maiores medos.

Um momento de silêncio aterrorizante se passou enquanto processávamos suas palavras.

Nossos maiores medos. Uma sensação sinistra percorreu minha coluna, como se mesmo naquele momento a criatura nos vigiasse. Nos estudasse. Eu nem sequer *sabia* qual era meu maior medo. Jamais pensara muito a respeito. Jamais o expressara em voz alta. Parecia que o *cauchemar* o faria por mim.

— Você já... você já enfrentou um? Um *cauchemar*? — perguntou Coco.

Um sorriso malicioso se abriu no rosto de Lou, que ainda observava as sombras.

— Uma vez. Há muito tempo.

— Que forma ele tomou? — quis saber Beau.

Os olhos dela voaram para os dele.

— Isso é muito pessoal, Beauregard. Que forma ele vai tomar para *você*? — Quando Lou deu um passo em sua direção, ele deu outro para trás, depressa. — Não é decapitação. Também não é afogamento. — Ela deixou a cabeça pender para o lado e se aproximou, cercando-o. Não sorria. Não zombava. — Não, seu medo não é tão vital assim, é? Você teme algo diferente. Algo periférico. — Quando Lou inspirou fundo, com os olhos brilhando ao descobrir a resposta, agarrei sua mão e a trouxe de volta para o meu lado.

— Esta não é a hora, nem o lugar — repreendi, firme. — Precisamos nos concentrar.

— Por favor, Chass — ela acenou para a porta apodrecida —, você primeiro.

Todos encaramos a entrada. Ninguém se moveu.

Olhei para trás, para a aldeia, para as dúzias de pontinhos de luz. O sol tinha raiado. Os aldeões tinham se reunido. Começariam a avançar em breve. Tínhamos meia hora — talvez quarenta e cinco minutos — até nos alcançarem. Alcançarem o monstro desavisado lá dentro.

Não devia se meter nisso, garoto. Essa luta não é sua.

Endireitei os ombros.

Com um suspiro profundo, fiz um movimento para abrir a porta, mas Célie — *Célie* — se adiantou.

Sua mão parecia menor e mais pálida do que o normal contra a madeira escura, mas não hesitou. Empurrou com toda a força — uma, duas, três vezes —, até as dobradiças finalmente se abrirem com um rangido. O som perfurou o silêncio da madrugada, assustando um par de garças que voaram das vigas. Beau xingou e deu um salto.

Lou também.

Com um último suspiro profundo, entrei.

LE CAUCHEMAR

Reid

Os andares mais baixos não tinham janelas para deixar entrar o sol da manhã, de modo que o interior do farol permanecia escuro. O ar úmido, parado. Havia pedaços de vidro quebrado por todo o chão, brilhando na faixa estreita de luz que entrava pela porta. Uma criatura pequenina e assustada passou correndo por cima deles, e os estilhaços tilintaram sob as patinhas. Olhei com mais atenção.

Espelhos. Espelhos quebrados.

Cada um refletia diferentes peças do cômodo circular — ganchos enferrujados nas paredes, cordas enroladas e vigas recurvadas no teto. Em um canto havia uma cama mofada ao lado de um pote de ferro escurecido. Resquícios do último guardião que vivera ali. Me embrenhei mais no espaço caótico, observando enquanto os reflexos mudavam. Primeiro os olhos arregalados de Célie. Depois a boca tensa de Beau. Agora os ombros rijos de Coco. Lou mantinha a mão em minha lombar.

Fora nossos passos, nenhum outro som quebrava o silêncio.

Talvez a criatura já tivesse ido embora. Talvez padre Achille tivesse se enganado.

A porta se fechou com um estrondo atrás de nós.

Tanto Coco quanto Célie saltaram para cima de Beau, com gritos idênticos. Mas ele, de alguma forma, desviou das duas, dando um pulo para o lado com um xingamento feroz. As garotas não tiveram alternativa exceto apoiarem-se uma à outra enquanto eu passava por elas, abrindo a porta com força outra vez.

— Está tudo bem — falei com firmeza. — Foi o vento.

O mesmo vento acariciou minhas bochechas, trazendo consigo uma risada suave.

Era...?

Meu coração quase parou.

Olhando depressa ao redor, girei por completo. Os outros imitaram meu movimento, com expressões de pânico.

— O que foi? — Coco tirou uma faca da manga. — Ouviu alguma coisa?

Meu coração batia acelerado em meus ouvidos.

— Achei que ouvi... — *O arcebispo*, quase terminei, mas as palavras ficaram presas em minha garganta. Achei que tinha ouvido o *arcebispo*. Mas não podia ser. Não estava lá. Ele nunca ria. Eu não o *temia*.

Era uma repetição do que acontecera na Forêt des Yeux. Em vez de árvores, era o *cauchemar* que zombava de mim, deturpando meus pensamentos e os transformando em pesadelos. Podia ter se escondido nas sombras. Célie descrevera uma fera enorme, mas talvez pudesse se transmutar. Não sabíamos nada a respeito da criatura e de suas habilidades. De seu apetite.

Tomei fôlego para me estabilizar.

Cauchemars *são notoriamente cruéis, mas esta criatura não atacou ainda.*

Cruel ou não, não tinha ferido ninguém. Aquela risada... era fruto da minha imaginação. Um mecanismo de defesa que o *cauchemar* cultivara a fim de se proteger. De se *proteger*, não atacar. Nem matar, mutilar ou devorar.

Ainda assim, suas táticas não eram exatamente as mais encantadoras. Um momento depois, quando a risada retornou, tirei uma faca da bandoleira, girando na direção da fonte do ruído.

Não tinha mesmo sido o *cauchemar*.

Tinha sido Lou.

Abaixei a adaga.

Sem perceber, ela se inclinou para olhar pelo cômodo, ainda rindo baixinho.

— Posso sentir o cheiro do medo neste lugar. É potente. Vivo. — Quando a encaramos, perplexos, ela apontou para as paredes. — Não conseguem sentir? Encharca as cordas — Os dedos viraram para o assoalho —, pinta o vidro. O espaço inteiro está empapado de medo.

— Não — respondi, rígido, querendo estrangular minha esposa. — Não sinto cheiro de nada.

— Talvez seja o *seu* medo que sinto, não o *cauchemar*. — Quando o vento voltou a soprar, seu sorriso se dissolveu, e ela inclinou a cabeça para o lado outra vez, à escuta. — Mas parece diferente. Parece... — Guardou para si as palavras que teria falado, mergulhando em silêncio. Sua mão agarrou o tecido das costas de minha camisa. — Acho que devíamos ir embora.

Surpreso com sua reação — e, de alguma forma, ao mesmo tempo não surpreso —, me aproximei da escada em caracol no centro do cômodo. A madeira estava semiapodrecida. Com cuidado, testei com o pé o degrau mais baixo. Se curvou sob meu peso.

— Vamos embora. Depois de avisar a criatura e de pedirmos para nos ajudar.

Por um breve momento, achei que Lou fosse discutir. Seu lábio se retorceu e seus olhos ficaram sombrios. Mas igualmente depressa sua expressão se desanuviou, e ela abaixou a cabeça em um pequeno aceno positivo, passando por mim para chegar à escada.

Subimos os dois andares seguintes em fila única. Um passo de cada vez. Devagar. Com cautela. Pausamos apenas para inspecionar os cômodos em estado desastroso, mas o *cauchemar* — se é que estava lá — permaneceu escondido.

— O que foi isso? — Beau virou a cabeça para a porta à direita, em direção ao grunhido ameaçador atrás de si. — Ouviram...? — Algo rangeu lá em cima, e outra rajada de vento subiu pela escadaria. Ele girou para encarar Coco. — Foi você?

Os olhos dela voavam para todos os lados.

— Por que eu estaria *gemendo*?

O fato de ele não responder foi a prova do tamanho de seu pânico. Beau quase tropeçou em Célie enquanto ela se abaixava para tirar algo da escada mofada. Na escuridão, o objeto brilhou por entre seus dedos. Um estilhaço de espelho. Endireitando-se, ela o brandiu à frente como se fosse uma faca.

Um momento de silêncio passou enquanto a encarávamos.

— O quê? — perguntou, na defensiva, com o rosto pálido. — Ninguém me deu uma arma.

Para minha surpresa, Coco respondeu se abaixando também para pegar seu próprio pedaço de vidro. Manteve-o estendido à frente na mão livre, em adição à faca na outra, e assentiu uma vez em direção a Célie. Depois, cutucou Beau. Ele olhou de uma para a outra, chocado.

— Não pode estar falando sério. É mais provável que acabemos ferindo a nós mesmos do que ao *cauchemar* com essas porcarias.

Revirando os olhos, pressionei uma adaga contra a palma aberta de meu irmão antes de escolher meu próprio pedaço de vidro. Diante do olhar incrédulo de Célie, um canto de minha boca se curvou para cima.

— O quê? — Dei de ombros e continuei subindo, sem olhar para trás. — Foi uma boa ideia.

Seguimos em silêncio para o último andar. Quando a porta lá embaixo se fechou com outro baque, o sussurro de Beau se seguiu rapidamente:

— Sou tão desfavorável a lavar roupa suja quanto qualquer outra pessoa, mas talvez... dadas as circunstâncias... pode ser que seja útil... discutirmos nossos medos? — O degrau sob seus pés soltou um grunhido ameaçador, e o príncipe deu um suspiro pesado. — Por exemplo, se um de vocês pudesse reiterar como jamais *sonharia* em me ignorar ou se esquecer de mim, seria fantástico. É uma ideia ridícula, eu sei, mas para fins de...

— Quieto — cortou Lou. A escada dava em uma porta. Lou inclinou a cabeça outra vez, hesitando, antes de a abrir e deslizar para dentro. Eu a segui, quase a esmagando quando me levantei. Tinha parado de repente para estudar o andar superior: um espaço aberto sem paredes para nos proteger dos elementos. Apenas um punhado de vigas sustentava o telhado, e o sol entrava por todas as direções, banindo qualquer resquício de sombras. Soltei um suspiro aliviado. O *cauchemar* não estava lá. Não tinha *nada* lá, exceto uma enorme bacia onde se costumava acender o fogo no farol. Embutida no centro do piso de pedra, estava vazia. Nada de madeira ou cinzas. A não ser por...

Lou ficou completamente imóvel, com o vento soprando os cabelos pálidos em seu rosto.

Não estava vazia coisa alguma.

De dentro da bacia, uma figura enorme se ergueu.

Coberto por um tecido imundo, investiu contra nós com as mãos escuras estendidas. Me joguei para o lado de Lou, mas ela já tinha se movido, avançando com a rapidez de um raio. Quando atacou com a lâmina, acertando o torso da fera, o inimigo pulou para trás como se fosse um urso enorme. Embora um capuz escondesse seus cabelos, rosto e *dentes*, atacou Lou com uma pata gigantesca, e ela voou pelo ar. Mergulhei atrás dela, segurando seu pulso antes que pudesse escorregar da beira da laje, enquanto os outros atacavam, com as facas e espelhos cintilando na luz do sol.

— Parem! — O vento carregou meu grito para longe. — Não o machuquem! Viemos *avisar* a criatura, não... *parem!*

O *cauchemar* se desequilibrou para trás, com as mãos ainda levantadas, mas não hesitou em espalmar para longe o pedaço de vidro de Coco e rugir quando ela cortou sua coxa. Ela dançou para fora do alcance do ser monstruoso antes que ele pudesse envolver seu pescoço com as mãos — e foi então que o primeiro terror veio.

Embora Lou tivesse nos advertido, nada poderia ter me preparado para o horripilante choque de medo. De *dor*. Minha visão ficou turva, me cegando, e eu escorreguei, caindo de joelhos. A julgar pelos gritos sobressaltados dos outros, estavam enfrentando experiências semelhantes.

Um quarto escuro, com correntes mais escuras ainda. Frias contra minha pele. Erradas. Sangue escorre de meus pulsos para o chão em um gotejar incessante. Conto cada gota. Ela retorna de uma em uma hora. Três mil e seiscentos segundos. Três mil e seiscentas gotas. Quando a porta se abre com um rangido, na gota número três mil quinhentos e sessenta e dois, engasgo em um grito. Um serrote. Ela o levanta na luz das velas.

— Será que está nos seus ossos? Como nos deles?

Caí com as mãos no chão enquanto a mulher sem rosto se aproximava. Tentando respirar, em desespero. Balançando a cabeça. Forçando meus olhos a verem a realidade, não o vislumbre de ossos — a verem Lou, contorcendo-se no chão, ao meu lado, a verem Coco, em posição fetal, Beau estirado de costas, e Célie trêmula e de olhos arregalados.

Atirei meu estilhaço de vidro, e ele se fincou, com a ponta mais afiada, no ombro da criatura. Me levantando depressa, arranquei outra faca da bandoleira. O *cauchemar* não cedeu. Uma espécie de vibração emanou de seu peito, mas ignorei o rosnado e avancei. Os outros lutavam para se juntar a mim, em vão. Outra onda de medo nos incapacitou antes que pudéssemos alcançar a criatura.

Só. Estou só. Onde ele está? Onde ele está, onde ele está, onde ele está...

Trinquei os dentes e continuei, desorientado, tropeçando contra a luz branca bruxuleante, como se fosse um bêbado.

— Fale. — Uma voz alta, imperiosa. A voz dela. — Ou vou arrancar fora os olhos do seu irmão. Uma punição adequada, não é? Ele o deixou mudo.

Vou deixá-lo cego. — *Mas não consigo falar. Drogado. A droga. Toma meu sistema. A algema em meu pescoço me sufoca. Gemer. Tento gemer, mas ela apenas ri. Os gritos dele preenchem o ar. Suas súplicas.*

Meu Deus.

Nada daquilo estava certo. Eu não tinha medo de torturas. Eu não era *mudo*...

Mais imagens lampejaram. Pedaços, um horror fragmentado. Um maxilar inchado. Uma fome irrepressível. Seringas vazias, a dor ardente de infecção. Uma risada de gelar os ossos e pão velho, duro. E em meio a tudo, um pânico agudo e insuportável.

Onde ele está, onde ele está, onde ele está...

Lobos uivando.

Eucalipto.

Cabelos de luar.

Cabelos de luar.

Balancei a cabeça rápido, com a visão se desanuviando junto com a de Lou. Com um grito de guerra estridente e adaga pronta, ela avançou. Eu a segurei pela cintura, girando-a para longe do *cauchemar*. Ele ainda agitava as mãos de maneira frenética, como se... como se tentasse me dizer algo. Meu estômago se revirava com violência.

— Espere. Acho... acho que está...

Em um movimento desajeitado e desarticulado, o *cauchemar* tirou o capuz.

Encarei-o.

Diferente da descrição de Célie, o *cauchemar* não tinha a pele envolta em sombras e dentes afiados. Os cabelos estavam desgrenhados, mas os olhos inchados inspiravam mais medo do que seu homônimo. O maxilar quebrado evocava mais fúria. Minha visão se fixou na coxa lacerada, nas faixas de um vermelho vivo e raivoso de doença na pele marrom. No sangue seco na calça maltrapilha. Este *cauchemar* tinha sido torturado. De forma terrível.

Também não era *cauchemar* nenhum.

Era Thierry St. Martin.

Lou se retorceu para se livrar de mim, correndo em direção a ele novamente. Incrédulo, segurei seu pulso.

— Lou, pare. *Pare*. É...

— Me solte — exigiu, furiosa, ainda se debatendo com ferocidade. Frenética. *Fora de si*. — Me deixe matá-lo...

A raiva insurgiu, quente e repentina. Apertando-a, puxei-a para trás, ao meu lado, e a mantive ali.

— Chega. Não vou pedir outra vez. É Thierry. Lembra? Thierry St. Martin.

Ao ouvir seu nome, Thierry se escorou aliviado contra a bacia de pedra. Senti sua presença em minha mente — vi uma imagem de meu próprio rosto — antes de ele dizer uma única palavra arrastada.

Reeeiddd.

Resisti à vontade de me aproximar, de passar o braço por seus ombros para servir de apoio. Ele parecia prestes a desmoronar. Abaixando a voz em uma tentativa de tranquilizá-lo, murmurei:

— Estou aqui. Vai ficar tudo bem. Lou o reconhece agora. Não é, Lou?

Finalmente, ela parou de se debater, e a soltei.

— Reconheço. — disse, com a voz baixa, e olhou de mim para Thierry por um longo momento. Permaneci completamente imóvel, desconfiado do brilho estranho em seus olhos: selvagens e acesos, como os de um animal encurralado. — Eu o reconheço.

Depois, virou-se e fugiu.

* * *

Topando com os outros e empurrando-os para longe, Lou não desacelerou nem mesmo quando alcançou a porta. Célie se desequilibrou para trás, girando os braços com o impacto, mas Coco a segurou pelo cotovelo antes que caísse em queda livre escada abaixo. Xingando com ferocidade, Beau lançou insultos atrás de Lou, mas ela não parou. As sombras a engoliram quando correu para fora de vista.

Fraco, Thierry levantou a mão. Parecia que havia quebrado dois dedos. Com a voz engasgada pela urgência e lenta pela concentração, disse: *peeeeguem... Lou.*

Não parei para pensar. Para hesitar. Para analisar a determinação se firmando em meu peito. Aquela sensação — o senso inflamado de justiça, de certeza do que era correto — me era familiar. De uma maneira inquietante, até.

Ela descia as escadas sob mim com rapidez antinatural, e àquela altura já estava quase no térreo. Dentro de segundos, estaria saindo pela porta.

— Lou! — Meu grito reverberou com uma fúria inesperada. Não entendia por que minhas mãos tremiam e meus dentes trincavam. Não entendia *por que* tinha que alcançá-la. Mas tinha. Precisava detê-la do mesmo modo que precisava respirar. Beau tinha razão: havia algo de errado. Muito, muito errado. Ia além da magia dela. Além da morte de Ansel. Era mais do que dor e pesar.

Como uma fruta deixada no sol até apodrecer, Lou tinha rachado ao meio, e algo pestilento crescera em seu interior.

Talvez tivesse ocorrido durante La Mascarade des Crânes. Talvez antes, talvez depois. Não importava. *Tinha* acontecido, e embora meus instintos tivessem tentado me advertir, eu os ignorara. Agora impeliam meus pés para a frente, mais rápido. Mais rápido ainda. Diziam que se Lou chegasse àquela porta — se desaparecesse nos penhascos —, eu jamais tornaria a vê-la. Isso não podia acontecer. Se eu conseguisse apenas alcançá-la, *conversar* com ela, poderia consertar as coisas. Poderia *consertá-la*. Não fazia sentido, mas era o que era. De repente, aquela caçada tinha se tornado a mais importante de minha vida. E eu não voltaria a ignorar meus instintos.

Quando ela acabou de descer os degraus, respirei fundo.

Depois me apoiei no corrimão espiralado e pulei por cima dele.

O ar cheio de umidade rugia em meus ouvidos enquanto eu descia até o chão. Com os olhos arregalados por cima do ombro, Lou avançou para a porta.

— Mer... — O palavrão terminou em um berro quando aterrissei em cima dela. Girando para ficar de costas, Lou agitou as mãos diante de meu rosto, de meus olhos, mas agarrei seus pulsos e os mantive presos contra o chão. Quando ela continuou a pinotear e se debater, montei em sua cintura, com os pedaços de vidro se fincando em meus joelhos enquanto lutávamos. Mas meu peso a mantinha encurralada. Imobilizada. Ela golpeou meu maxilar com a cabeça. Trincando os dentes, empurrei minha testa contra a dela. Com força.

— Para — rosnei, pressionando o corpo contra o dela. Os outros desciam as escadas em uma cacofonia de gritos. — O que há de *errado* com você? Por que está fugindo?

— O *cauchemar*. — Debateu-se mais, arquejando febrilmente. — Ele... ele se transformou em... em Thierry... — Mas a mentira se dissolveu em sua boca enquanto Thierry manquejava à frente. Nos estilhaços dos espelhos, seu ódio, muito real, se refratava de todos os ângulos. Assim como seus ferimentos, também muito reais. Coco chegou em seguida, ajoelhando-se ao nosso lado. Estendeu o antebraço ensanguentado no ar acima da boca de Lou, deixando a ameaça silenciosa mais do que evidente.

— Não me obrigue a fazer isto, Lou.

O peito de Lou subia e descia rapidamente sob o meu. Sentindo que a batalha estava perdida, mostrou os dentes em um sorriso meloso.

— É assim que você trata uma amiga, Cosette? Uma irmã?

— Por que fugiu? — repetiu Coco. Não restava nenhum resquício de ternura em sua expressão ao fitar a amiga. A irmã. Em vez disso, os olhos dela cintilavam frios e impenetráveis. As duas poderiam ter sido perfeitas desconhecidas. Não, inimigas. — Por que o atacou?

Lou escarneceu:

— Todos atacamos.

— Não depois de ver o rosto dele.

— Ele me assustou. Olhe só para o estado...

Ao ouvi-la, Thierry fechou as mãos em punhos. Beau fez uma careta ao notar os dedos roxos.

— Talvez devêssemos retornar à capela, procurar suprimentos. Você precisa de cuidados médicos...

Eeela, interrompeu Thierry, a palavra engasgada, sufocada dentro de nossas mentes.

Célie fez um ruído de surpresa ao perceber a intrusão mental, com os olhos voando freneticamente de mim para Thierry.

— *Ela*, quem? O que aconteceu com você? — Minha voz ecoou alta demais no cômodo arruinado, com minhas bochechas coradas e pescoço tenso refletidos nos espelhos quebrados. Minha aparência era a de alguém desequilibrado. Fora de controle. — Onde esteve?

Mas parecia que ele não podia responder. Vislumbres de imagens lampejaram alucinadamente mais uma vez, uma mais incoerente do que a outra. Quando o olhar sombrio de Thierry se fixou de maneira significativa em Lou, um buraco se abriu em meu estômago. Minhas mãos se transformaram em gelo.

— Me conte, Thierry. Por favor. — falei entredentes, enjoado com a sensação de apreensão e arrependimento.

Ele gemeu e se escorou, recurvado, contra a balaustrada. *Ela.*

Célie balançava a cabeça como se tentasse se livrar de uma mosca irritante. Mas não conseguia arrancar a voz dele de sua mente assim. Não conseguia impedir a magia.

— Mas... mas o que Louise tem a ver com... — gaguejou, atordoada, depois olhou, boquiaberta, para os ferimentos de Thierry antes de desviar os olhos rapidamente — Com a sua desdita?

— Ele não pode responder. Ainda não. — O olhar feroz de Coco não deixava Lou. — Está exausto e ferido, e é preciso muita magia para conseguir falar.

— Ele foi... você acha que ele foi torturado?

— Acho.

— Mas *por quê*? Por quem? — perguntou Célie, evidentemente horrorizada.

Coco semicerrou os olhos.

— Ele já respondeu isso.

Ao mesmo tempo, todos olhamos para Lou, mas sua atenção permaneceu fixa em Coco. As duas se encararam pelo que pareceu uma eternidade, sem piscar nem revelar uma centelha de emoção, antes de um sorriso lento e sinistro surgir no rosto de Lou.

— Duas belas princesas, uma de ouro e outra de vermelho era — cantarolou, com uma voz familiar e ao mesmo tempo desconhecida. — Ambas resvalaram para as trevas, e agora a dourada já era.

Um arrepio subiu pela minha coluna ao ouvir aquelas palavras estranhas. Ao ver o seu sorriso. E seus olhos — algo se agitou neles ao nos fitar. Algo... sinistro. Lampejaram quase prateados, como...

Como...

Minha mente rejeitou violentamente a possibilidade.

Lou gargalhou.

Retraindo-se, Coco xingou, ofegante.

— Não. — Repetia a palavra como um mantra, com a mão voando para a clavícula, arrancando do pescoço o colar da mãe. — Não, não, não, não, *não*. — Quando passou o medalhão pelo antebraço ensanguentado, ele brilhou escarlate por um breve instante antes de se abrir com um clique. Ela o estendeu com força na minha direção. — Levante-a. Levante-a *agora*.

Eu me apressei a obedecer, mas Lou deu o bote com a rapidez de uma víbora, com os dentes afundando na carne tenra de minha bochecha. Me joguei para trás com um rugido. Levantando o joelho com uma força alarmante, ela acertou minha virilha. Me curvei com a pontada de dor ardente. Minha visão apagou, e uma onda de náusea me fez estremecer. Vagamente, ouvi quando Lou se levantou. Mas não conseguia me mover. Não conseguia *respirar*.

Célie cutucou minhas costelas com a bota.

— Levante-se — disse, com a voz baixa e cheia de pânico. Ouvi vidro sendo esmagado e corpos caindo com um baque em algum ponto adiante. Ela chutou meu flanco de leve outra vez. — Ela está fugindo. *Levante-se!*

Com um gemido, me forcei a obedecer. Embora tudo doesse da cintura para baixo, fiquei de pé para me juntar a Beau e Thierry perto da porta, onde lutavam para conter Lou. Ela sibilava e cuspia enquanto Coco tentava forçar a amiga a ingerir seu sangue. Com um homem a segurando de cada lado, me coloquei atrás de Lou, envolvendo sua cintura com um braço e levando a outra mão a seus cabelos. Puxei sua cabeça para trás. O movimento deixou seu rosto livre para Coco, que agiu depressa, passando o sangue em seu braço pela boca de Lou.

Ela gritou e convulsionou no mesmo instante. Bolhas se formaram onde o sangue tocara seus lábios.

— O que está acontecendo? — perguntei, alarmado. Meu estômago se rebelava de medo, arrependimento e uma *determinação* traiçoeira. Não a soltei. — O que você fez?

— Achei que seu sangue fosse apenas *contê-la*... — A voz desesperada de Beau ecoava a minha própria. Ele assistiu, horrorizado, enquanto as costas de Lou se arqueavam, enquanto ela finalmente caia, flácida, em nossos braços.

Coco deu um passo atrás, seus olhos flamejando com a satisfação.

— O sangue de um inimigo envenena.

O sangue de um inimigo envenena.

Palavras sem sentido. Ridículas. E ainda assim...

A compreensão me arrebatou instintivamente, mesmo enquanto minha mente insistia em protestar.

Beau chacoalhava Lou com uma histeria crescente e a respiração arquejante. Seu rosto estava vermelho.

— Que *cacete* significa isso? — Ele a sacudiu com mais força. — Ela está... Nós a...? — Mas Coco apenas segurou o queixo de Lou, forçando uma pálpebra a se abrir. *Ela não está morta*, repeti as palavras, tentando acalmar o ritmo tonitruante de meu coração. Tentando ignorar minha apreensão, que só aumentava. *Não está morta. Não está morta. Não está morta. Está apenas...*

— Você mesmo disse que obviamente havia algo errado com ela. — Coco pegou o medalhão do chão. Lou estremeceu. — Disse que era mais do que um simples pesar.

— Não significava que devíamos *envená-la* — retrucou Beau, incrédulo. — Ela continua sendo *Lou*. Continua sendo minha *irmã*.

— Não. — Coco balançou a cabeça com veemência. — Não é.

Levantando o espelho no medalhão para Lou, finalmente revelou a dura verdade: eu segurava longos cabelos pretos em meu punho, não brancos. A cintura que envolvia tampouco era a certa. Embora não conseguisse sentir seus ossos sob meus dedos, podia ver cada costela em seu reflexo. A pele tinha uma aparência doentia. Extremamente pálida, não o tom reluzente cheio de sardas que eu amava. E era marcada por cicatrizes — muitas cicatrizes.

Meu pulso desacelerou até voltar a um ritmo monótono e constante enquanto eu processava o fato. Um veneno por si só. Senti seu toque gelado em meu peito, senti-o se cristalizar ao redor de meu coração.

Quando deslizou por minhas costas e minhas pernas — me debilitando —, meus joelhos cederam, e desmoronei, levando o corpo de Lou comigo. Fitei o rosto sem vida em meu colo. Os círculos escuros sob seus olhos tinham escurecido ainda mais desde o dia anterior. As bochechas tinham ficado mais sulcadas. Ela vinha lutando contra um veneno diferente. Uma doença.

Nicholina le Clair.

O fogo emanou do gelo como lava, derretendo tudo em seu caminho. Minhas mãos tremiam. Meu peito arquejava.

— Expulse-a — rosnei.

NÃO HÁ ROSA SEM ESPINHOS

Reid

Coco foi depressa até a porta, abrindo-a com brutalidade e permitindo que o sol entrasse no cômodo deplorável. Mas o sol... o sol não conseguia banir as sombras agora. Apenas refratava um arco-íris de luz pelos cacos de espelho, e os espelhos... também não funcionavam direito. Refletiam Lou de volta para mim.

Aquela não era Lou.

— Expulse-a — repeti, envolvendo a Lou impostora em meus braços. Meus ombros e costas arquearam para escudá-la do próprio reflexo. Ela nem se mexeu. Sob meus dedos, seu pulso parecia frágil e fraco. A pele estava ainda mais fria do que o normal. — Expulse-a *agora*.

— Precisamos sair daqui. — Coco voltou depressa para meu lado, enganchando o braço no meu. Tentou me levantar, e, naquele instante, vozes raivosas ecoaram até nós, vindas do penhasco adiante. Os aldeões. A multidão. — Eles vão chegar a qualquer momento. — Depois acrescentou, em direção a Thierry: — Existe alguma saída pelos fundos?

Ele assentiu com um esforço absurdo. Mas continuava incapaz de falar, de modo que apontou para a cama. Beau correu para movê-la. Embaixo, um amontoado de cordas e recipientes enferrujados escondiam um alçapão. Chutando tudo para o lado, ele se esforçou para levantar a maçaneta de ferro. — Graças a Deus você tem uma carruagem, Célie.

— Eu não... Bem, na verdade, eu... — Ela retorceu as mãos freneticamente antes de terminar de um só fôlego: — O eixo entre as rodas quebrou nas pedras.

Beau girou para encará-la.

— *O quê?*

— O mecanismo inteiro está completamente destruído. Não podemos usá-la.

— Você disse que tinha uma carruagem! — Beau começou a forçar a portinhola com uma determinação renovada. — Isso implica uma que seja *funcional*.

Célie bateu o pé, com os olhos arregalados fixos na porta.

— É, bem, ninguém teria me deixado vir se tivesse falado a verdade!

— Explique — falei através dos meus lábios dormentes, ignorando os dois. Minha voz falhava enquanto olhava para Coco. — Por favor.

Ela se ajoelhou ao nosso lado, com o rosto se suavizando um pouco ao levar a mão à testa de Lou.

— *La Petite Larme* reflete a verdade. Não mente.

— Como?

— Já disse. Seu espelho veio de uma gota de L'Eau Mélancolique. Essa água tem propriedades mágicas. Às vezes cura, às vezes fere. — Coco virou e olhou para a porta aberta, esticando o pescoço para conseguir ver lá fora. O sol tinha nascido por completo. Nosso tempo acabara. — Mas sempre diz a verdade.

Balancei a cabeça com um movimento lento e desorientado, mesmo enquanto as vozes dos aldeões começaram a ficar mais altas. Entrariam em nosso campo de visão a qualquer segundo.

— Não. Estou perguntando como foi que *ela*... Como ela está dentro de... — Mas não consegui terminar a pergunta. Minha garganta se fechou ao redor das palavras. Baixei os olhos para Lou outra vez. Para as bolhas em seus lábios. Um ódio por mim mesmo revirava meu estômago. Eu não notara. Como podia não ter *notado*?

— Tem um feitiço no grimório da minha tia — explicou Coco apressadamente. Já era possível ouvir algumas vozes. Palavras distintas. Ela redobrou os esforços em me puxar para ficar de pé. — Um feitiço de possessão. Magia antiga. — *Possessão*. Fechei os olhos enquanto a voz de Coco ficava sombria. — Minha tia nos traiu.

— Mas *por quê*? Prometemos o Château a ela...

— Talvez Morgane tenha feito o mesmo.

— Uma mãozinha aqui? — pediu Beau, ofegante. Meus olhos se abriram depressa enquanto Célie corria para ajudá-lo.

— Mas não faz *sentido* — insisti, com a voz cada vez mais ríspida. — Por que ela se aliaria à bruxa que abusou do seu coven sempre que teve a oportunidade?

Dobradiças rangeram quando Beau e Célie finalmente conseguiram abrir o alçapão. As vozes do lado de fora ficaram mais altas. Determinadas. Agitadas. Quando nem eu nem Coco nos movemos, Beau acenou com agitação em direção ao túnel de terra. — Vamos?

Coco hesitou apenas um segundo antes de assentir. Célie levou um pouco mais de tempo.

— Temos certeza de que é seguro? — Com um pânico evidente, ela espiou dentro do buraco escuro. Dois círculos brancos idênticos envolviam suas íris. — A última vez...

Mas, ao passar, Coco tomou seu cotovelo e as duas desapareceram juntas dentro do túnel. Beau abandonou a portinhola — que caiu, totalmente aberta, com um barulho estrondoso de madeiras se chocando — para ajudar Thierry a movimentar-se pelo espaço. O peito do bruxo subia e descia com dificuldade a cada respiração. A cada passo. Era muito nítido que seu corpo inteiro estava entrando em colapso. Depois de passá-lo para Coco, Beau finalmente virou-se para mim.

— Hora de ir.

— Mas Lou...

— Vai morrer se continuarmos aqui. Os aldeões vão colocar este lugar abaixo. — Estendeu a mão. — Anda, irmãozinho. Não temos como ajudá-la se estivermos mortos.

Tinha razão. Tomei Lou nos braços e segui atrás dos demais.

Beau deslizou para dentro do buraco atrás de nós, recolocando com um braço desajeitado a cama no lugar, escondendo o alçapão. Xingou, baixinho mas com violência, quando a porta se fechou com força em seus dedos. Imediatamente, passos retumbaram acima de nós. Não nos demoramos, correndo sem dizer mais nada.

O túnel acabava a mais ou menos um quilômetro e meio do longo do penhasco. Na base, uma trilha cheia de pedras levava à praia. Areia escura cintilava na luz da manhã, e as rochas de Fée Tombe escarneciam de nós, macabras e sobrenaturais. Como entidades vivas. Estremeci e deitei o corpo de Lou na areia, cuidando para permanecer na sombra do penhasco. Se algum dos aldeões pensasse em olhar para baixo em busca de seu *cauchemar*, não nos avistaria ali. Não desceriam com suas tochas e forquilhas.

Girei para encarar Coco, que havia tirado um frasco de mel da mochila. Deu-o para Thierry beber antes de, delicadamente, levantar o antebraço aos lábios dele. Thierry engoliu uma, duas vezes, e as contusões em seu rosto começaram a esmaecer de imediato. Com um suspiro que sacudiu seu corpo inteiro, ele caiu contra as pedras. Em questão de segundos perdeu a consciência.

Mas ficaria bem. Sararia.

Lou também.

— Cure-a. — A palavra não admitia contestação. — Você tem que curá-la.

Coco olhou para a amiga de relance antes de se abaixar para vasculhar a bolsa, com o rosto coberto por uma máscara de calma. Seus olhos, no entanto, permaneciam tensos e o maxilar, trincado.

— Não tem como *curá-la*. Está possuída, Reid. Nicholina a...

— Então expulse Nicholina! — rugi, fazendo com que minha própria máscara explodisse em uma onda de fúria. De impotência. Quando Coco se empertigou, olhando feio para mim em uma resposta silenciosa, afundei a cabeça nas mãos. Agarrei meus cabelos, puxei, arranquei, *qualquer coisa* para combater a dor feroz em meu peito. A vergonha corava minhas bochechas. — Perdão. Não foi a minha intenção. Desculpe. Só... por favor. Expulse Nicholina dela. Por favor.

— Não é tão simples assim.

— É, sim. — O desespero tomava conta da minha voz agora. Abaixei as mãos, me virando abruptamente. Caminhei. De um lado para o outro. Um, dois, três, quatro, cinco, seis. Um, dois, três, quatro, cinco, seis. Cada vez mais rápidos, meus passos criavam um caminho irregular pela areia. — No Evangelho de Marcos, Jesus expulsou os demônios de um homem para dentro de uma vara de seis mil porcos...

— Isto não é a Bíblia, Nicholina não é um demônio, e eu não sou o filho da *porra* de Deus. — Ela estendeu as palmas abertas, sua armadura rachando aos poucos, e apontou para a areia e para as ondas ao redor. — Está vendo algum porco por aqui?

— O que estou *querendo dizer* é que existe uma maneira de expulsá-la. Só precisamos encontrá-la — respondi entredentes.

— E o que aconteceu com os possuídos depois que Jesus os purificou?

— Não seja estúpida. Eles foram *curados*.

— Foram mesmo? — Seus olhos brilharam, e ela arrancou um frasco de sangue de dentro da mochila. — O corpo humano não foi feito para abrigar mais de uma alma, Reid.

Virei para encará-la, gesticulando as mãos de maneira exasperada.

— O que você quer dizer?

— Quero dizer que isto não termina do jeito que queremos que termine — explodiu Coco. — Quero dizer que mesmo que *por um milagre* consigamos expulsar Nicholina, Lou não vai ser mais a mesma. Depois de ter tocado outra alma de uma maneira tão íntima, não só simbolicamente como em um soneto, mas ter *de fato tocado* outra alma, ter partilhado o mesmo *corpo*... não sei se Lou vai sair ilesa.

— Quer dizer... A alma dela pode estar...

— Fragmentada. Isso. — Coco marchou adiante, caindo de joelhos ao lado da amiga com um impacto maior do que o necessário. Afastou a areia escura dos cabelos pálidos de Lou. Espelhei seus movimentos do outro lado de minha esposa, retirando os grãos. — Parte dela pode acabar indo com Nicholina. Ela *toda* pode acabar indo com Nicholina. Ou — Coco tirou a rolha do frasco, e o fedor acre de magia de sangue invadiu de súbito meus sentidos — pode ser que Lou já nem esteja mais aqui. Ela não estava bem. Nicholina não teria sido capaz de possuí-la se estivesse. O espírito dela já estava fraco. Vulnerável. Se forçarmos Nicholina para fora, Lou pode acabar... — Inspirou, estremecendo. — Pode acabar se tornando uma casca vazia.

— Você não sabe se isso vai acontecer mesmo — rebati com ferocidade.

— Você está sendo voluntariamente ignorante.

— Estou sendo *esperançoso*.

— Acha que não quero *acreditar* que Lou vai ficar bem? — Ela balançou a cabeça em uma expressão de repulsa. Não, pena. Sentia pena de mim. Meus dentes trincaram até começarem a doer. — Que Nicholina vai sair fácil, que Lou vai acordar e sorrir daquele jeito sarcástico e pedir para comer a merda de um rolo de canela? Acha que não *quero* fingir que os últimos três meses nunca aconteceram? Os últimos três *anos*? — Sua voz falhou na última palavra, sua armadura finalmente ruindo, mas Coco não se acovardou. Não desviou os olhos. Mesmo quando lágrimas escorreram por suas bochechas, quando cada emoção lampejou com nitidez em seus olhos. Cada medo reprimido. Sua voz perdeu a entonação ao continuar: — Está me pedido para ter esperança, Reid, mas não posso. Não quero. Mantive a esperança viva por muita coisa e por muito tempo. Agora estou cansada dela, doente por causa dela. E para quê? Minha mãe me deixou, Ansel morreu e minha tia me traiu. A pessoa que mais amo neste mundo foi *possuída*. — Bufou em meio às lágrimas, em meio à fumaça que subia da areia, e levou o frasco aos lábios de Lou. — Por que eu deveria ter esperança?

Agarrei seu pulso para parar o movimento. E a obriguei a olhar em meus olhos.

— Porque ela é a pessoa que você mais ama neste mundo.

Ela me fitou por cima de nossas mãos. Os dedos apertaram o vidro.

— Me solte.

— O que está fazendo?

— *Curando* Lou. — Desvencilhou o pulso, limpando as lágrimas, furiosa. — Porque, aparentemente, não posso curar a mim mesma. Estou doente por causa da esperança, mas não posso me livrar dela. Continua aqui, mesmo agora. Me envenenando. — Quando olhou para Lou, uma das lágrimas escorreu por sua bochecha até a garganta da amiga. Até a cicatriz. Juntos, observamos, em um silêncio cheio de ansiedade, a gota chiar contra a pele de Lou, transformando a marca prateada em algo diferente.

Uma videira cheia de espinhos e rosas.

Delicada, complexa — ainda prateada e em alto-relevo —, a cicatriz parecia menos com uma desfiguração, e mais com uma obra de arte.

E era.

Atrás de nós, Célie inspirou, surpresa. Um pequeno som de assombro.

— *Il n'y a pas de roses sans épines.*

Não há rosa sem espinhos.

Coco ficou calada, encarando a cicatriz com uma expressão assustadoramente apática. Eu mal ousava respirar. Uma piscada. Duas. Quando seus olhos se abriram na terceira, a determinação tinha se cristalizado neles, afiada e flamejante. Quase chorei.

— Meu sangue envenenou Lou porque Nicholina assumiu o controle. Não posso usá-lo para curá-la — explicou, e levantou o frasco mais uma vez. — Então vamos usar o sangue da minha tia. Não vai expulsar Nicholina, mas vai combater os efeitos do meu. É poderoso... mais poderoso do que qualquer outra coisa na terra. É raro também. Surrupiei da tenda dela quando estávamos no acampamento. — Coco sorriu. Um sorriso verdadeiramente assustador. — Tenho certeza de que ela não vai se importar.

Abrindo os lábios de Lou, virou o conteúdo inteiro do frasco entre eles. Depois, mel.

A cor voltou de imediato às bochechas de Lou, e sua respiração se aprofundou. As bolhas na boca desapareceram. Mas a cicatriz transformada permaneceu. Se olhasse com mais atenção, parecia até... ondear na brisa. Inconscientemente, levantei a mão para tocá-la, mas Beau pigarreou, me sobressaltando. Ele tinha se aproximado mais do que me dera conta.

Deixei a mão cair.

— O que acontece quando ela acordar? — perguntou.

O sorriso de Coco se desfez.

— Exorcizamos Nicholina.

— Como?

O silêncio reinou absoluto. As ondas rebentavam na orla. Uma gaivota solitária cantava no céu. Enfim, Célie sugeriu, hesitante:

— Você disse... disse que o medalhão do meu pai...

— O medalhão da minha *mãe* — corrigiu Coco.

— Isso. — Célie assentiu depressa, dando seu melhor para não parecer estar horrivelmente, terrivelmente, fora de seu campo de conhecimento. — D-disse que a magia do medalhão da sua mãe vem de L'Eau Mélancolique. Mostrou o reflexo verdadeiro de Nicholina.

— E?

— Você disse que as águas podem curar.

— Também disse que podem ferir. Foram originadas das lágrimas de uma mulher enlouquecida. — Coco se levantou, guardando os frascos vazios na mochila. Permaneci ao lado de Lou, acompanhando o subir e descer de seu peito. Suas pálpebras começaram a tremelicar. — São voláteis. Temperamentais. A probabilidade de matarem Lou é tão grande quanto a de a recuperarem. Não podemos arriscar.

Entre uma respiração e outra, uma ideia surgiu. Meu olhar voou para Célie. A bainha vazia em minha bandoleira — logo acima do coração — pesava mais do que o usual. Não sentia sua ausência desde Modraniht.

— Precisamos de uma Balisarda, Célie. — Eu me levantei, desajeitado. A areia voou para todo lado quando corri em direção a minha amiga. — Jean Luc... você tem como contatá-lo, não tem? — Ela murmurou algo ininteligível, com os olhos baixando para a bota como se a estudasse com interesse. — Se pedir, Jean vai trazer a Balisarda dele para você, e podemos...

— Podemos o quê? — perguntou Beau, perplexo. Célie agachou-se para pegar uma concha branqueada, escondendo o rosto. — *Cortar* Nicholina fora?

— Só precisamos fazer uma incisão com a lâmina — respondi, pensando rápido. É. Poderia funcionar. Tirei a concha da mão de Célie e a atirei para longe. Ela a observou voar pelo ar com uma expressão desolada, ainda recusando-se a me encarar. — As Balisardas dissipam encantamentos. Exorcizaria Nicholina...

Beau levantou a mão de uma maneira casual e zombeteira.

— E quão profunda essa incisão teria que ser, irmão? Seria um corte simples no braço ou será que uma punhalada no coração dela bastaria?

Eu lhe lancei um olhar de reprovação antes de tomar as mãos de Célie.

— Escreva para ele, Célie. — Depois, em outra explosão de inspiração, me virei para Coco. — Você poderia transportar a carta até ele usando magia, como fez com sua tia no Buraco.

— Usar magia para transportar uma carta até a Torre dos Chasseurs? — Coco revirou os olhos. — Eles o amarrariam em uma fogueira ao raiar do sol.

Célie puxou suas mãos das minhas. Primeiro de modo gentil, e depois com firmeza. Com relutância, ela me olhou nos olhos.

— Não importa. Ele não vai vir.

— Não seja ridícula. Jean é apaixonado por você...

— Não, Reid — insistiu Célie. — O conclave está reunido em Cesarine para eleger um novo arcebispo. Foi por isso que ele não me acompanhou, para começo de conversa. A presença dele foi requisitada pelos padres, pelo *rei*. Não pode vir, e eu não posso lhe pedir... não isto. Não por Lou. Sinto muito.

Encarei-a por um momento.

Não isto. Não por Lou. O tom imperativo de sua voz perfurou minha esperança. Meu otimismo tolo. Ela tinha acabado de... fazer pouco caso de nós? Como se *isto* não fosse tão importante quanto o conclave da Igreja? Como se isto não fosse decidir mais tangivelmente o destino do reino? Lou podia não ser a única peça no tabuleiro, mas sem dúvida era a mais importante. Só um tolo não reconheceria esse fato.

Jean Luc não era um tolo. Tampouco Célie.

Quando falei, minha voz estava coberta de gelo. Minhas veias também.

— Lou arriscou tudo por você.

Ela ficou surpresa com o meu tom. Sua boca se abriu e fechou como a de um peixe.

— Eu... Reid, é óbvio que sou muito grata por isso! Jamais tive a intenção de... negar o heroísmo ou envolvimento dela em meu resgate, mas Lou... — Com as bochechas ruborizando, aproximou-se, como se fosse falar uma palavra feia. — Reid, ela é uma *bruxa*. Se houvesse a menor *possibilidade* de Jean abandonar suas responsabilidades para salvá-la... de renunciar seu juramento como Chasseur... Com certeza eu perguntaria, mas...

— Mas nós somos uma bruxa — Nicholina gargalhou cheia de alegria, sentando-se na areia —, então você nem sequer vai arriscar a pergunta. Uma pena. Uma peninha tão, tão bonitinha, você é. Uma boneca de porcelana tão, tão bonitinha.

Segurei suas mãos atrás das costas dela, mantendo os pulsos presos. Beau juntou-se a mim, pronto para ajudar se ela começasse a se debater. Mas não se debateu. Apenas olhou com serenidade para Coco, que se agachou à sua frente.

— *Bonjour, notre princesse rouge.* Tenho que dizer que sua aparência está péssima.

— A sua está melhor do que nunca.

— Ah, sabemos disso. — Sorrindo com os lábios de Lou e os dentes de Lou, olhou para si mesma. — Esta pele nos cai bem.

Chamas explodiram em meu peito ao ouvi-la dizer as palavras. *Esta pele.*

— Ela não é uma casca — rosnei, apertando seus pulsos até ameaçarem quebrar. Eu sabia que não devia. Mas não podia evitar. Eu queria machucá-la, *forçá-la* a sair usando violência, se necessário. Quando ela riu, inclinando a cabeça para trás com deleite e se escorando em meu peito, senti minhas mãos girarem. Um segundo mais, e os ossos fraturariam. Apenas um segundo mais. *Um.*

Ela gemeu de prazer.

— Isso, Reid. *Isso.* — Passando a língua pelos dentes, ela descansou a cabeça em meu ombro. — Me machuque. Machuque este corpo. Esta casca. Nós vamos gostar. Vamos saborear cada ferida.

Eu me afastei no mesmo instante, com as mãos tremendo. O sangue ribombava em meus ouvidos. Entre um batimento cardíaco e outro, Beau prendeu os pulsos dela. Sua boca se enrijeceu quando ela virou para esfregar o rosto no peito dele.

— Humm. Um *príncipe*. Provei seu primo uma vez.

Coco segurou o queixo dela, obrigando-a a encará-la nos olhos.

— Fetiches são consensuais, Nicholina. Vamos removê-la de um jeito ou de outro. Não vai ser prazeroso. Não vai ser consensual. Mas vai doer.

— Aaah, me diga, vai ser com a espada sagrada do capitão? Como é que ele vai ajudá-los? Vai meter, meter, meter...

— Ninguém vai meter nada em lugar nenhum — interrompeu Beau.
— Nem espada sagrada, nem nada. Também não vamos usar mais força do que o necessário — acrescentou, olhando de maneira sugestiva para mim e Coco. — Nicholina pode ser, bem, *Nicholina*, mas está se escondendo dentro de Lou. Vai saber o que Lou pode ver e ouvir? O que pode sentir?

Nicholina voltou a rir.

— Já falei que ela está morta, está morta eu falei. A de ouro se foi, e fui eu que fiquei.

Ignorei-a, assentindo, com uma respiração profunda. Lou não estava morta. *Não estava*. Reprimindo uma névoa vermelha de raiva, tomei seus pulsos das mãos de Beau. Embora sentisse uma repulsa física — dela e de *mim mesmo* —, esfreguei a pele vermelha com os polegares. Era Lou. Era Nicholina. Não podiam ser a mesma pessoa, e, no entanto, de alguma forma, agora eram.

Um padrão dourado se enroscou em nossas mãos. Devagar, com cuidado, eu o alimentei até o filtro vermelho em minha visão começar a desbotar. À medida que minha raiva se dissipava, as marcas no pulso dela também desapareciam. Não podia curá-la com uma Balisarda, mas *talvez* pudesse curá-la com magia. Fechando os olhos, sem fôlego, mas esperançoso, lancei minha rede de ouro em busca de uma resposta. Uma cura, uma solução. Qualquer coisa que expulsasse a presença de Nicholina. Os padrões se espiralaram e ondularam, mas nenhum se conectou. Apenas flutuaram para o nada. Frustrado, puxei um a um para examiná-los, para analisar seu custo, mas não senti nada vindo deles. Nenhum ganho. Nenhuma troca. Aqueles padrões não eram funcionais. Quando selecionei um ao acaso, estalando os dedos, o cordão caiu flácido em minha mão em vez de se dispersar.

Tentando me concentrar mais, tentei de novo. Nada.

Embora não tivesse praticado magia rotineiramente, não havia esperado que meus padrões simplesmente... murchassem. *Podiam* murchar? Não. Não, Nicholina com certeza estava me bloqueando de alguma forma. Pelas várias tentativas que fizera de me livrar de minha magia, sabia que não *podia* ir embora fácil assim. Talvez minha intenção estivesse equivocada.

Voltei a me focar. *Ajude-me a exorcizar Lou.*

Nada.

Ajude-me a expulsar Nicholina de Lou.

Os padrões flutuaram sem rumo.

Ajude-me a curar Lou. Ajude-me a machucar Nicholina. Ajude-me a fazê-la voltar a ser como antes.

Os padrões continuaram a vagar. Uma veia estava quase estourando em minha testa. Tinha me desligado completamente da conversa dos outros. *Por favor.* Por favor. *Ajude-me a salvá-la.*

Com o último pedido, os padrões vibraram, ficando mais brilhantes e convergindo em um único cordão. Aquelas vozes familiares sussurravam em meu ouvido — *salvá-la, salvá-la, salvá-la* — enquanto eu seguia o padrão até um rosto.

Até... até o rosto de Morgane.

Quando compreendi o que estava acontecendo, meu corpo inteiro se retraiu em horror, e meus olhos se abriram. Não aquilo. *Qualquer coisa menos aquilo*. O preço seria alto demais, não importava o resultado.

Ainda orbitando em torno de Nicholina, os demais me olharam.

— Er... — Beau franziu a testa. — Está constipado, irmão?

Lancei o padrão para fora de minha mente. Não podia usá-lo. *Não ia*.

— Minha magia não vai funcionar.

— Se você estivesse escutando — gesticulou com a cabeça para Coco —, saberia que ela acabou de dizer que a magia de uma bruxa não pode desfazer a de outra. Tem que ser um tipo diferente. Algo antigo. Poderoso.

— O que ela tinha em mente?

— O que *eu* tenho em mente, na verdade. — Fungando, ele arrumou o punho de renda da camisa. Uma ostentação ridícula. O tecido da manga ainda pendia, destruído, de seus ombros. — Vocês todos obviamente se esqueceram de que temos um deus a nossa disposição.

— Ah, *sim*. Rei da floresta, o deus da galhada. — Nicholina balançava para a frente e para trás, ainda rindo como uma maníaca. — De todos os seus nomes, escolheu *Claud*.

Coco a ignorou, com os lábios se franzindo ao meditar profundamente.

— Eu *poderia* transportar uma carta até ele, mas se Claud ainda estiver nos túneis, a carta vai queimar antes que ele a veja.

Beau a olhou como se ela fosse estúpida.

— Ele é um *deus*.

Me dei conta do que ele queria dizer ao mesmo tempo que Coco.

— Rezamos para ele — murmurei.

— Não. — Beau balançou a cabeça, cheio de desgosto. — *Você* reza para ele. Claud gosta mais de você do que de mim.

— Todos gostam mais de mim do que de você.

— Coco, não.

— Não gosto de nenhum dos dois — respondeu ela, irritada. — E também não rezo.

— Por que não? — perguntei.

— Anda logo com isso, Reid.

Todos me encararam: Beau com petulância, Coco com impaciência e Célie com apreensão. Um calor me subiu pela garganta diante do julgamento em seus olhos, embora ela tentasse escondê-lo. Em sua defesa, não disse uma palavra. Não expressou qualquer objeção, qualquer reprovação. Nicholina não teve problemas em fazer isso por ela. Sua voz flutuou até mim, melodiosa.

— Reze, caçador. Reze para os deuses antigos. O seu deus vai se importar? Será que vai abrir a terra para o engolir?

Eliminei o nó de incerteza da minha garganta.

— Deus não nega a existência de outras divindades. Ele... ele apenas nos ordena a não adorar nenhum outro deus antes Dele. — Quando ela inclinou a cabeça para trás, com um sorriso que quase partia seu rosto em dois, concentrei minha atenção nas ondas. No horizonte. Tinha um trabalho a fazer. Diferente de Coco, eu *sabia* como rezar. Tinha rezado todos os dias, múltiplas vezes, pela maior parte de minha vida. Rezar para Deveraux não seria diferente.

Mas era. Deveraux não era uma divindade sem nome nem rosto. Era um violinista, pelo amor de Deus.

Fiz uma careta diante da profanidade.

Dedos delicados tocaram meu cotovelo. O rosto sincero de Célie me encarava. Ela engoliu em seco, obviamente dividida.

— Talvez você pudesse... começar como faria se fosse o Pai Nosso — sussurrou.

Eu iria para o Inferno. Ainda assim, assenti, fechando os olhos e tentando me desassociar. Compartimentalizar.

Pai Nosso que estais... em Cesarine, santificado seja o Vosso Nome.

Senti o olhar dos outros queimando em minhas faces. Senti seu fascínio. Eu parecia um completo e total idiota. Não ia funcionar. Deveraux era *um* deus, não *o* Deus, e se é que eu ainda não fora condenado antes, agora seria. Não havia por que continuar com tanta cerimônia. Irritado, chamei: *Deveraux? Não sei se pode me escutar. Provavelmente não pode. Sou eu, Reid.* Nada aconteceu. Tentei novamente. *Nicholina possuiu Lou, e precisamos exorcizá-la. Por favor. Pode vir nos encontrar? Estamos em uma pequena aldeia no litoral norte de Belterra, chama-se Fée Tombe. Fica a mais ou menos três dias do Château le Blanc. Provavelmente já sabe disso tudo. Ou não sabe, e estou falando comigo mesmo que nem um idiota.*

Fiz outra careta, abrindo um olho.

Beau sondou os penhascos por um momento antes de pigarrear.

— Bem, foi decepcionante. — Olhou para o céu. — Ele é o deus da natureza selvagem, certo? Ou eu ouvi errado naquele discursinho pretensioso dele?

Coco semicerrou os olhos para tentar ver mais longe na praia.

— Rei da flora e da fauna.

— Francamente, o silêncio dele é um insulto. Podia ao menos enviar um pássaro para cagar na nossa cabeça ou coisa assim. — Beau soltou um bufo irritado e virou-se para mim. — Tem certeza de que está rezando certo?

Fiz uma careta para ele.

— Quer tentar?

— Não sejamos precipitados. Talvez você devesse tentar mais uma vez.

Forcei meus olhos a se fecharem. Fiz outra oração em direção ao horizonte com toda a minha concentração. *Por favor, Claud, responda. Precisamos de ajuda. Precisamos de* você. Quando ainda assim o deus não respondeu, o calor pinicou meu pescoço. Abri os olhos. Balancei a cabeça.

— O silêncio dele já é resposta suficiente.

Beau colocou as mãos nos quadris.

— O que vamos fazer, então? Temos uma bandoleira vazia, um deus negligente, e — gesticulou para Nicholina, desgostoso — uma poetisa horrível. Ah, não me olhe assim. Seu trabalho, na melhor das hipóteses, é pouco original e, na pior, juvenil. — Franziu ainda mais o cenho ao passar os olhos por cada um de nós. — O que mais podemos fazer?

Estou doente por causa da esperança, mas não posso me livrar dela. Continua aqui, mesmo agora. Me envenenando.

A única resposta foi o som das ondas rebentando.

E lá estava.

Encontrei os olhos de Coco.

— Não temos escolha.

Balançando a cabeça, arrependida, ela fechou os olhos e sussurrou:

— As Águas Melancólicas.

PARTE II

La nuit porte conseil.
A noite traz aconselhamento.
— Provérbio francês

MORTE NAS ÁGUAS

Nicholina

O caçador e a princesa planejam me punir com suas cordas envenenadas, mas nos deleitamos com a fricção. Esfregamos até nossos pulsos estarem em carne viva. Até os pulsos *dela* estarem em carne viva. Porque é o ratinho e seu caçador quem sofrem mais — ela não pode sentir, mas *ele* pode. Sabe que ela está presa. Ela também sabe. Não vê o ouro como nós vemos. Embora o invoque, embora suplique, o ouro não pode ouvir. Não deixamos. E se vozes que não são as nossas murmuram advertências, se chiam — se sabem que não pertencemos —, os padrões não podem consertar nada. Apenas obedecer.

Nós só podemos obedecer.

Ainda que algo esteja *de fato* errado. Ainda que, sob a magia dourada, uma nova presença se insinue. Uma nova presença aguarde. Não gosto dela. Não posso usá-la. Sem o conhecimento do ratinho, a presença se enrosca como uma cobra se preparando para dar o bote, para proteger. É uma dádiva, e nos assusta.

Não podemos ter medo.

Não era para eles terem descoberto, suspeitado. Agora estão pegando as mochilas para ir a L'Eau Mélancolique. Águas odiosas. Águas malditas. Escondem segredos, mas os revelam também, ah, sim. Mas não podem revelar este. Não o meu. Não podem transparecer sua verdade.

O principezinho nos vigia enquanto os demais se aprontam, mas vigia mais a princesa. Não importa. Não queremos fugir. Eles buscam L'Eau Mélancolique, mas Château le Blanc é irmã delas. São vizinhas. Não vamos nos debater. Não vamos lutar. Embora nossa mão direita esteja dormente, não sabem que nossa esquerda ainda se movimenta. Sente dor. Podemos nos mover com dor. E o ouro não pode responder ao ratinho, não, mas tem que responder a nós. Embora eu o tema — embora ele não confie em mim —, nós enviaremos uma mensagem. É necessário.

Ouro explode em um borrifo delicado enquanto as letras se entalham em nossa pele. Em nossas costas. ELES SABEM. E depois: MORTE NAS ÁGUAS.

Nossa senhora não ficará satisfeita conosco.

Estou decepcionada, Nicholina, dirá ela. *Mandei você matar todos eles.*

Olhamos para nossos pulsos. Para o borrão vermelho de sangue ali. O sangue dela. A Princesse Rouge. *Mate todos*, dirá ela. *Exceto as princesas.*

Exceto as princesas.

Mais potente que a dor — mais potente que a magia —, nossa fúria ferve e borbulha, um veneno por si só. Tóxica. Não devemos matá-la. Embora ela tenha abandonado a família, abandonado minha mestra, temos que obedecer.

Temos que deixar nossa senhora orgulhosa. Temos que provar a ela. Então se dará conta de nosso valor, é isso mesmo, ela se dará conta de nosso amor. Jamais voltará a falar da sobrinha traidora outra vez. Mas os demais...

Vou afogá-los em L'Eau Mélancolique.

Acham que me encurralaram com suas cordas, com suas ameaças e com seus venenos, mas as ameaças são vazias. Não sabem nada sobre a dor. Não, não, não, a dor *real* fica à margem do sangue e da pele. Fica além de bolhas e queimaduras.

Fica nas profundezas.

Os camundonguinhos continuam a chiar enquanto o caçador me puxa para ficar de pé. Pedras margeiam a trilha à beira da floresta. Acima de nós, a densa fumaça ainda escurece o céu da tarde. Lá embaixo, as ondas rebentam tumultuosamente. Alertam sobre a chegada de uma tempestade. De calamidade. *Não tema, ratinho,* dizemos à princesa, inspirando fundo. Deleitados. *Os mortos não lembram.*

Não *estou morta.*

Logo vai estar, prometemos. *Logo, logo sua mãe devorará seu corpo, e nós devoraremos o restante. Como um rato em uma armadilha.*

Há quem diga que é você o rato agora, Nicholina.

Ah, é?

Meus camundongos insistem, sempre curiosos, e sorrimos quando o caçador nos olha feio por cima do ombro.

— Tem algo de engraçado aqui? — explode. Embora nosso sorriso se alargue, não respondemos. Ele não suporta nosso silêncio. Deixa-o ansioso, e ele solta o ar pelo nariz, resmungando uma promessa de violência. Nós a recebemos de braços abertos. Nos *refestelamos* com ela.

O ratinho continua sem ouvir as palavras dele. Rimos porque ele tampouco ouve as dela.

É verdade, insiste ela. *Não era para os outros terem descoberto sobre a traição de La Voisin. Sobre* você. *Mas você falhou no farol, e Morgane não esquecerá. Conheço minha mãe. Você traiu a confiança dela. Morgane vai matá-la na primeira oportunidade — como um* rato *em uma* armadilha.

Bufamos pelo nariz dela, deixando de sorrir. *Nossa senhora nos protegerá.*

Sua senhora vai sacrificá-la pelo bem de todos. Da mesma forma como minha mãe me sacrificará. Como se sentisse algo dentro de nós — não sente *nada* —, ela descaradamente confronta nossa consciência. Sentimos cada chute e cada cotovelada, embora não tenha pés nem braços. Não importa. Ela não pode nos tocar, e logo desbotará, misturando-se aos demais. Logo será nossa. *Escolheu o lado errado, Nicholina. Você perdeu. Reid e Coco jamais nos deixarão chegar perto do Château outra vez.*

Meus camundonguinhos chiam e sibilam sua incerteza. *Ela não sabe de nada*, tranquilizo-os. *Fiquem quietos, camundongos.*

— Os mortos não recordam, tema a noite em que sonham. Pois em seu peito está a memória...

O caçador nos arrasta com brutalidade, e tropeçamos. Um corvo se sobressalta em um abeto próximo.

Tem três olhos.

Você sabe o que vai enfrentar, Nicholina. Não é tarde demais para evitá--lo. Ainda pode abrir mão de meu corpo e se aliar a nós antes que Morgane e Josephine a traiam. Porque vão *trair você. É só uma questão de tempo. Eu, Reid, Coco e Beau... nós podíamos proteger...*

Amargura pulsa por nós ao ouvir a promessa. Promessas, promessas, promessas vazias. Têm um sabor nefasto, acrimonioso, e vamos sufocá-la com elas. Vamos rechear sua garganta com olhos, olhos, *olhos*, até ela não poder mais respirar sob seu peso. Sua consciência não vacila sob nossa pressão. Fazemos mais força. Restringimos, contraímos e comprimimos até que ela enfim se retrai, transformando-se em uma pequenina mancha desesperançada e dura. Uma mácula em nosso ninho. *Você acha que é esperta*, sibilamos, *mas somos mais. Ah, sim, somos. Vamos matar todos... sua preciosa família... e você esquecerá cada um deles.*

NÃO...

Mas seu pânico não significa nada. Tem gosto de vazio, como sua promessa. Ela já está morta.

E em breve seus amigos se juntarão a ela.

UM BANDO DE CORVOS

Reid

Nicholina parou de repente de caminhar. Seu rosto tremia e sofria espasmos enquanto ela resmungava o que soava como *odioso* repetidas vezes. A boca se contorcia ao pronunciar a palavra.

— O que é odioso? — perguntei, com suspeita, puxando-a para a frente. Ela cedeu um único passo. Seus olhos se fixaram em uma árvore distante no limiar da floresta. Um abeto. — O que está olhando?

— Ignore-a. — Coco nos olhou de relance por cima do ombro, escondendo-se mais no manto. Ao longo da costa, o vento soprava com maior intensidade do que dentro de La Forêt des Yeux. O frio, mais pronunciado. — Quanto mais rápido chegarmos a uma aldeia, mais rápido encontraremos pérolas negras para Le Cœur Brisé.

— Pérolas — zombou Beau e chutou um seixo para o mar. — Que pagamento ridículo.

— Le Cœur protege L'Eau Mélancolique. — Coco deu de ombros. — As águas são perigosas. *Poderosas.* Sem pagamento, ninguém pisa em sua orla.

Ao lado de Thierry, Célie franziu o nariz enquanto eu forçava Nicholina a dar mais um passo. Dois.

— E acha que vamos encontrar essas... pérolas negras na próxima aldeia?

— Talvez não na *próxima*. — Coco marchou de volta para nós a fim de empurrar Nicholina. Ela parecia ter criado raízes. Continuava encarando o abeto, inclinando a cabeça para o lado em contemplação. Olhei com mais atenção, e os pelos em minha nuca se eriçaram. Um corvo solitário estava empoleirado lá em cima. — Mas existe um monte de aldeias de pescadores no caminho daqui até L'Eau Mélancolique.

Pior: o cão branco reaparecera, nos seguindo com aqueles olhos sinistros e silenciosos. Com um xingamento cheio de pânico, Beau chutou outro seixo na direção dele, que desapareceu em uma pluma de fumaça branca.

— As pérolas negras não são... raras? — perguntou Célie, com delicadeza.

São. Thierry também notara o corvo. Fez uma cara feia. Embora não tivesse nos contado seus planos, eu suspeitava que viajaria conosco enquanto continuássemos seguindo rumo ao norte. Rumo ao L'Eau Mélancolique. Rumo ao Château le Blanc. Morgane torturara tanto seu irmão quanto ele — aquilo ficara evidente em suas lembranças —, e, no entanto, Thierry estava aqui conosco. Toulouse, não. *Mas qualquer coisa pode ser comprada pelo preço certo*, disse ele baixinho.

— *Anda*, Nicholina — mandou Coco, segurando a extremidade da corda junto comigo. As palavras sobressaltaram Nicholina, e nos demos conta tarde demais do erro. Com um sorriso vingativo, ela levou o dedo indicador em gancho à palma da mão.

Uma única pena caiu da asa do corvo.

— Ah, *merda*... — Apressada, Coco tentou recobrir as cordas com seu sangue, mas o cheiro pungente de magia já tomava o ar. A pena tocou o chão da floresta. Alarmado, puxei com força os pulsos de Nicholina, mas ela golpeou meu nariz com a cabeça, jogando-se de costas em cima de mim. Caímos no chão enquanto a pena começava a... *mudar*.

— Um rato em uma armadilha — sibilou. — Quem são os ratos agora?

Os delicados filamentos escuros se multiplicaram, primeiro devagar e depois ganhando velocidade. Derretendo-se e tornando-se uma massa disforme de argila. Dela, outra ave se formou, idêntica à empoleirada na árvore. A segunda grasnou e, da primeira, uma segunda pena caiu. Outro pássaro surgiu. Três agora. Todos idênticos. Nicholina deu uma gargalhada.

Mas não tinham terminado ainda. Em cinco batimentos cardíacos, outros cinco pássaros tinham se formado. Multiplicavam-se cada vez mais rápido. Dez. Vinte. Cinquenta.

— Pare com isso. — Esmaguei suas mãos, que deviam ter estado dormentes e inúteis, nas minhas, mas ela se desvencilhou enquanto os pássaros se reuniam acima de nossas cabeças em uma massa escura horripilante. Eram muitos. Talvez centenas. — Reverta o padrão. *Agora*.

— Tarde demais. — Rindo com deleite, ela saltitava na ponta dos pés. — Olhe, caçador. Um bando de corvos. Vão bicar, bicar e bicar sua pele até esburacada ficar, ficar, ficar. — A nuvem pestilenta acima de nós crescia como se fosse um maremoto prestes a arrebentar. — Ouviu, caçador? Corvos. Um bando de assassinos. Diga, o que vão comer primeiro: seus olhos ou sua língua?

Então a onda rebentou.

As aves mergulharam como se fossem uma entidade única, arremetendo para nós com uma velocidade alarmante. Embora eu tenha levantado as mãos contra o avanço, buscando desesperadamente por um padrão, elas atacavam com foco único. Garras cortavam meu rosto, meus dedos. Bicos abocanhavam as articulações. Outros arrancavam sangue de minha orelha. Coco derrubou Nicholina no chão, e as duas lutaram na neve enquanto os corvos avançavam para os outros, bicando a pele e puxando os cabelos.

Grasnos raivosos abafavam os berros de pânico de Célie, os xingamentos ferozes de Beau e os gritos indignados de Nicholina. Estiquei o pescoço para vê-la se retorcer enquanto Coco recobria as cordas com sangue. Mas as aves não pararam. Meu próprio sangue escorria por meus antebraços e pescoço, mas mantive a cabeça baixa, procurando. Ouro respondeu, uma rede emaranhada.

Ali.

Puxei o padrão com toda a força, e uma rajada poderosa de vento afastou os pássaros. Me escudei enquanto era também carregado. Um sacrifício necessário. Precisava de espaço para respirar. Para *pensar*.

Não consegui nem um, nem outro. Mais corvos desceram para substituir os anteriores, grasnando, indignados.

Não adiantava. Eram muitos. Eram *padrões* demais também. Agarrando Nicholina, corri em direção aos penhascos com garras em meu pescoço. Coco corria atrás de mim com Beau, e Thierry tomou Célie nos braços para nos seguir.

— Reid! — Não desacelerei ao ouvir o grito incrédulo de meu irmão. — O que estamos *fazendo*?

Não. Mantive o foco, procurando incessantemente pelo cordão correto. Se quiséssemos sobreviver com olhos e línguas intactos, teríamos que pular. Minha visão ficou turva só de pensar em saltar. Madame Labelle me dissera que, com o padrão correto, uma bruxa era capaz de voar. Deveraux dissera que se não acreditasse que podia, nem um cardeal seria capaz de fazê-lo.

Bem. Estávamos prestes a colocar ambas as teorias à prova.

Se está ouvindo, Deveraux, por favor, por favor, nos ajude...

Não tive a chance de terminar a oração.

Um rugido ensurdecedor fez tremer a parede do penhasco, as árvores, e uma asa ametista partiu as nuvens de fumaça lá em cima. Uma *enorme* asa ametista. Membranosa. Com pontas afiadas como navalhas. Um arco de fogo encobria a forma gigante de um corpo serpentino. Uma perna escamosa apareceu. Um rabo cheio de espinhos.

Um dragão inteiro surgiu.

O DRAGÃO E SUA DONZELA

Reid

Eu só conseguia encarar a fera enquanto ela mergulhava em nossa direção. Rugiu outra vez, e mais fogo derramou da enorme boca. O calor quase criou bolhas em minha pele. Finalmente recuperando os sentidos, caí no chão, cobrindo o corpo de Lou enquanto os corvos acima de nós berravam de agonia. Os corpos incendiados caíam ao redor de nós como uma chuva macabra — quando caíam. O dragão incinerava a maioria ainda no ar. Enclausurava outros com os maxilares brutais, devorando-os inteiros.

Coco e companhia tinham se abaixado comigo, cobrindo as cabeças como se os braços pudessem protegê-los das chamas do dragão. Apenas Thierry não. Também caíra, mas não se acovardara, olhando para o dragão com uma expressão incompreensível. Eu poderia ter jurado que parecia... *alívio*. Mas não podia ser. Tínhamos pulado da panela direto para o fogo. Literalmente.

Mesmo com magia, com adagas — ainda que eu tivesse minha Balisarda —, não tínhamos qualquer esperança de nos protegermos contra um *dragão*. Tínhamos que fugir. Naquele instante. Enquanto ainda tínhamos uma chance. Precisávamos apenas de uma distração. Depressa, manipulei a teia dourada de padrões. Algo ruidoso. Algo grande. Algo para retardar a fera enquanto corríamos em direção ao penhasco. Talvez eu pudesse fazer uma árvore cair? Uma *floresta* inteira? Isso. Uma gaiola de madeira para...

Para um dragão que cuspia fogo.

Fechei os olhos. *Merda*.

Mas meu tempo tinha acabado. Teria que ser o suficiente. Tentando me preparar para as consequências, juntei os cordões dourados em minha palma. Mas antes que eu pudesse puxá-los, o dragão resfolegou e a fumaça nos engoliu. Olhei para cima. Avistei uma chama em miniatura em meio ao vapor. Meus olhos se estreitaram, tentando ver melhor. Não era fogo coisa alguma, era cabelo. Cabelos vermelhos. Uma pessoa.

Seraphine sorriu para mim de cima das costas do dragão.

A terra tremeu quando ele aterrissou com outro rugido, balançando a cabeça monumental. Entre uma piscada e outra, seus chifres se espiralaram em cachos lilases, e a cauda ondeou até restar apenas cetim escuro. Olhos reptilianos piscaram e se tornaram castanhos. Escamas ametistas alisaram até se tornarem pele novamente.

— *Thierry* — disse Zenna, com uma voz baixa e rouca, e pegou Seraphine, cuja transformação estava completa, nos braços antes de a colocar de pé depressa. As duas correram para o colega de trupe. Encarei-as, boquiaberto. Todos nós. Até Nicholina.

Zenna. Seraphine. Ele as alcançou assim que a segunda estendeu os braços, e Thierry a levantou do chão para girá-la. *Estão aqui.*

— E você também. — Zenna não parecia nada satisfeita. — Imagine nossa surpresa quando Claud finalmente sentiu sua presença... de todas as regiões ao norte de Belterra. Não nos túneis onde passamos semanas procurando vocês. — Tomou uma das mãos dele. — Ficamos muito preocupados, Thierry. Pode, por favor, nos dizer onde esteve? E onde está Toulouse?

A expressão de Thierry ruiu.

Eu me levantei, puxando Nicholina comigo.

— Você... você é...

— Um dragão, sim. — Zenna soltou um suspiro de impaciência, e fumaça saiu de suas narinas. Depois de avaliar o estado de Thierry uma última vez, ela casualmente limpou o sangue dos lábios. Tinham sido pintados de dourado. Combinavam com as flores bordadas no vestido. — *Bonjour, Mort Rouge*. Vamos todos processar a situação juntos? Ande. Tome um momento.

— Vai demorar bem mais do que só *um momento*. — Beau se levantou, trôpego, e espalmou a calça em vão. — Isto é... Não consigo acreditar... Compartilhamos uma cama, e você nunca me *contou*? Dormi com um dragão! — Girou para me encarar como se eu não tivesse escutado, com os braços abertos. — Um dragão de verdade!

Coco se levantou mais rápido do que seria humanamente possível.

— Você *o quê*?

Ele levantou as mãos com igual rapidez.

— Foi absolutamente platônico. — Quando os olhos dela se estreitaram de maneira perigosa, Beau recuou um passo em minha direção. Ignorei. Nicholina tinha tentado deslizar para longe de mim. Puxei-a de volta, com uma carranca. — Eu estava com frio — continuou Beau, na defensiva —, então Seraphine me ofereceu seu lugar na cama.

Seraphine descansava a cabeça no ombro de Thierry. Recusava-se a soltar seu braço. Ele apertou sua mão com igual ternura, como um irmão faria com a irmã.

— Tem noites que não consigo dormir — disse ela.

— É, exato. — Beau assentiu para Coco. — Ela é extraordinariamente gentil, esta criatura, chegou a ler para mim até eu...

— *É mesmo?* — Coco bateu palmas, com um sorriso aterrorizador. — Me conte mais. Conte *tudo* sobre a noite fria que passou entre Zenna e Seraphine.

— Bem, não continuou fria depois disso — explicou Beau, dolorosamente ignorante ou determinado a provar sua inocência. — Acordei febril. Foi terrível. Quase morri de calor.

— Minha temperatura é de fato mais alta do que a dos seres humanos — comentou Zenna.

— Está vendo? — Beau assentiu outra vez, como se aquilo resolvesse a questão, enquanto eu apertava as amarras de Nicholina. — Diga a ela, Zenna. Diga que foi platônico.

Zenna arqueou uma sobrancelha outra vez.

— Faz diferença?

A expressão de Coco imitava a dela.

— É, Beauregard. Faz?

Ele olhou de uma para a outra com horror.

— Não me faça amarrar seus tornozelos também, Nicholina. — Eu a segurei à minha frente quando tentou se desvencilhar outra vez. — Não duvide. Vou carregá-la até L'Eau Mélancolique se precisar.

Ela se recostou em mim, esfregando a bochecha contra meu peito como um gato.

— Acho que ia gostar disso, caçador. Ah, sim. Acho que ia gostar muito disso.

Imitando minha própria carranca, Zenna inspirou fundo. Se detectou um novo cheiro vindo de Lou, não comentou, balançando a cabeça e retornando a atenção para Thierry.

— Onde está seu irmão, Thierry? Onde está Toulouse?

Embora tenha ficado rijo, o jovem soltou um fôlego resignado. *Toulouse continua preso no Château. Eu... escapei.*

— Château le Blanc? — Os olhos de Zenna lampejaram dourados. As pupilas se retraíram até se tornarem meras fendas. — Por quê? O que aconteceu?

Thierry balançou a cabeça, relutante. *Morgane nos capturou nos túneis. Ou melhor, ela nos capturou.* Acenou com o queixo em direção a Nicholina, que deu um risinho e se inclinou para a frente, estalando os lábios como se lhes soprasse um beijo. Zenna rosnou, mas Thierry continuou sem se abalar. *Quando as tochas se apagaram, ela atacou. Tinha cortado meu braço antes de me dar conta do que estava acontecendo. Bebeu meu sangue. Quando comandou que Toulouse e eu ficássemos trancados fora de La Mascarade des Crânes — que aguardássemos seu retorno —, não tivemos escolha. Tivemos que obedecer.* Olhou para mim com uma expressão apologética. *Ouvimos seus gritos, mas não podíamos intervir. Sinto muito.*

Respondi a seu olhar com o meu com tanta solenidade quanto era capaz de transmitir enquanto Nicholina tentava rodopiar em meus braços. Como se estivéssemos dançando.

— Não culpo vocês pelo que aconteceu.

Ele assentiu. *Ela foi nos buscar depois. Ela e a mestra, La Voisin. As duas nos entregaram, junto com os lobos, a La Dame des Sorcières, sem hesitação. Morgane estava... curiosa sobre nós. Sobre nossa magia. Ela nos incapacitou com suas injeções e nos levou para o Château.*

Fumaça escapava por entre os dentes trincados de Zenna.

Não posso reviver os horrores que ela nos infligiu lá. Não vou. Ela queria... queria descobrir qual era a fonte de nossa magia. Testar seus limites. Estudar as diferenças entre a nossa e a dela. Creio que tenha feito o mesmo com os lobos. Assistiu em silêncio enquanto eu, Beau e Coco forçávamos Nicholina contra o chão como tínhamos feito no farol. Coco a obrigou a abrir a boca. Nicholina deu uma cabeçada no rosto de Coco. *Ou talvez ela apenas goste de causar dor. De qualquer forma, ela fez experimentos conosco.*

— Thierry — disse Seraphine.

— Vou arrancar a cabeça dela dos ombros — ameaçou Zenna. — E vou comê-la.

Célie aguardava, prendendo a respiração.

— Como você escapou?

No final, a minha voz me salvou. Thierry soltou uma risada irônica. *As bruxas de vigia aquela noite eram mais jovens. Nunca tinham cuidado de mim antes. Alguma espécie de celebração estava a todo vapor lá em cima, e elas chegaram tarde, ébrias, para administrar a injeção. Eu só conseguia sentir minhas mãos. Meus pés. Apaguei o lampião, esperei que destrancassem a porta. Quando abriram, projetei minha voz para o fim do corredor. Eu as desorientei. Quando elas viraram para o outro lado, eu... eu...* Fechou os olhos. Como se não pudesse suportar a lembrança. *Eu as dominei.*

— Elas mereceram — disse Zenna, arisca.

Talvez. Mas seus últimos gritos alertaram as demais sobre minha fuga. Não consegui encontrar Toulouse. Tinham nos separado, usado um para torturar o outro... Ele parou de súbito, com o peito arfante. Enfim, sussurrou: *Não tive escolha senão deixá-lo para trás.*

Seraphine tocou o ombro dele.

— Não tinha como salvá-lo sem salvar a si mesmo antes.

Me perdi na floresta. Minha intenção era voltar. Preciso *voltar.* Lágrimas não derramadas cintilavam nos olhos escuros quando ele finalmente os abriu. *Não posso deixá-lo sozinho.*

Zenna se curvou para olhar nos olhos do amigo.

— E não vamos. Vamos retornar ao Château le Blanc para resgatar Toulouse. E os lobos. Depois, vamos colocar aquele castelo abaixo com Morgane le Blanc e suas Dames Blanches dentro. Isso eu lhe prometo.

— Promessas, promessas — resmungou Nicholina, entredentes. — Promessas *vazias*. Minha senhora vai estar a salvo, sim, minha senhora vai estar esperando.

— Sua senhora vai *ficar* esperando. — Reajustei a força de minhas mãos para enfatizar minhas palavras. Os corvos não podiam reaparecer. Tínhamos que ser mais vigilantes. Dali até L'Eau Mélancolique, eu a soltaria apenas para Coco recobrir as cordas. Se ela ainda planejava levar Lou a Josephine, *Morgane*, teria que arrastar meu cadáver pelo caminho.

— Como chegaram aqui? Disse que Claud *sentiu* Thierry? — perguntei a Zenna, expirando lenta e pesadamente.

Ela voltou os olhos dourados para mim.

— Claud não é como você. Nem sequer é como eu.

— Eu sei, mas... Por que não sentiu a presença de Thierry antes? Por que não pôde encontrá-lo nos túneis? Antes de Morgane... — Me detive antes de fazer a pergunta seguinte. Nicholina a fez por mim.

— Antes de Morgane *torturá-lo*?

Fumaça voltou a escapar do nariz de Zenna.

— Claud nunca alegou ser a divindade suprema, caçador. Ele é apenas divino. Não é onisciente nem onipotente. Sentiu, *sim*, a presença de Thierry nos túneis. Mas quando o Fogo Infernal começou — lançou um olhar nefasto em direção a Coco —, ele perdeu a conexão. Pensamos que a magia do fogo tinha encoberto a presença de Thierry. Não nos demos conta de que era o Château le Blanc. Quando Thierry escapou do feitiço do castelo três dias atrás, Claud voltou a senti-lo. Voei para o norte a fim de encontrá-lo imediatamente. — Depois de piscar com um par de pálpebras secundárias, verticais, seus olhos ficaram castanhos novamente. — Seraphine e eu passamos dias vasculhando estas montanhas. Não podíamos voar baixo o suficiente para uma busca mais eficaz sem arriscar sermos expostas, o que nos forçou a *caminhar*. — Seu lábio se retorceu ao pronunciar as palavras.

Seraphine lhe deu tapinhas no braço.

— Quando chegamos a Fée Tombe esta manhã, Zenna finalmente captou o cheiro de Thierry. Ainda fresco. Seguimos para o farol, onde encontramos uma multidão raivosa.

— Vocês já tinham fugido — rosnou Zenna —, mas os seguimos. — Um sorriso cruel recurvou os lábios pintados. — Os corvos foram apenas uma coincidência saborosa. De nada.

— Esperem um pouco. — Levantando um dedo, olhando para as duas, Beau franziu a testa, incrédulo. Talvez indignado. — Quer dizer que Claud não as enviou para *nos* ajudar? Não ouviu nossas preces?

Zenna arqueou uma sobrancelha.

— Sua arrogância é assombrosa.

— É dificilmente *arrogante* esperar a assistência de um amigo...

— Ele não é seu amigo. É um *deus*. Se chamar, vai ouvir. Mas não vai — acrescentou, firme, com os olhos se estreitando — responder sempre. Você não tem um deus à sua disposição, nenhum de vocês tem. Ele é parte do Mundo Antigo, e, portanto, está sujeito às Leis Antigas. Não pode intervir diretamente.

A testa franzida de Beau transformou-se em uma carranca.

— Vocês podem nos ajudar, então? Nicholina possuiu Lou. Precisamos exorcizá-la — disse antes que Beau começasse uma discussão.

— Não insulte minha inteligência. — Com as narinas infladas mais uma vez, Zenna inclinou-se para a frente a fim de encarar Lou nos olhos. — Sim, reconheço a praga que vocês chamam de Nicholina. Muito tempo atrás, a conheci por um nome diferente. *Nicola*.

Nicholina deu uma guinada, rosnando.

— Não falamos nesse nome. Não falamos!

Zenna inclinou a cabeça para o lado.

— Mas sou apenas um dragão. Não posso exorcizar ninguém.

— As Águas Melancólicas podem — respondi, depressa. — Estamos indo para lá. Talvez vocês pudessem... juntar-se a nós.

Prendi o fôlego enquanto esperava, mal ousando alimentar esperanças. Com um dragão do nosso lado, chegaríamos ao L'Eau Mélancolique em um dia. Podíamos voar até lá. Ela poderia nos proteger.

Nicholina — mesmo a própria Morgane — não se atreveria a ameaçar um *dragão*.

Zenna não respondeu de pronto. Em vez disso, recuou, afastando-se de nós. Empertigou-se. Alongou o pescoço.

— Bruxas estão se reunindo no Château le Blanc. Nós as avistamos nas montanhas, pela floresta. Mais do que jamais vimos. Se quisermos resgatar Toulouse, precisamos agir depressa. Sinto muito.

— Mas podemos ajudar! Ninguém conhece o castelo como Lou. Depois que encontrarmos as pérolas para Le Cœur, depois que a exorcizarmos...

— Depois que Toulouse *morrer*, você quer dizer. — Seus dentes continuaram a se alongar. Os olhos lampejaram dourados. — Vou deixar uma coisa bem evidente, caçador: Louise le Blanc pode ser o centro do seu universo, mas não é do meu. Já tomei minha decisão. Cada segundo que perco discutindo com você é um segundo em que Toulouse pode perder a vida.

— Mas...

— Cada segundo que perco discutindo com você é um segundo em que posso acabar decidindo comer você.

— Ele entende — interveio Coco suavemente, colocando-se à frente de mim e de Nicholina. Levantou a mão para me fazer recuar. Nicholina avançou para tentar mordê-la. — Vão. — Coco acenou com a cabeça. — Salvem Toulouse e os lobos. Acabem com o Château. Apenas... certifiquem-se de matar Morgane no processo. — Gesticulou para as carcaças de corvos ao redor. — Dois pássaros e tal.

Zenna assentiu enquanto Thierry movia-se para apertar meu ombro, mas considerou os dentes de Nicholina e decidiu que era melhor não arriscar. *Nós vamos nos reencontrar em breve*, mon ami.

Consegui forçar um sorriso ameno. Zenna tinha razão, era óbvio. Lou era *minha* prioridade. Toulouse era a deles.

— Boa sorte, *frère*. Tenham cuidado.

Os dois se afastaram em direção ao penhasco sem dizer mais nada. Mas Seraphine demorou-se um pouco conosco, como se procurasse palavras e não as encontrasse. Enfim, sussurrou:

— Queria poder ajudar mais.

Coco chutou um corvo incendiado para o lado.

— Vocês ajudaram bastante.

— Vamos matar Morgane se tivermos a chance — prometeu.

Zenna não se transformava como os lobisomens. Seus ossos não rachavam nem quebravam. Em vez disso, realizava a transformação com a graça e pompa de um artista, levantando um braço elegante no ar. O outro segurava a cauda do vestido. Com um floreio de cetim, rodopiou, e no centro do giro, seu corpo inteiro explodiu para cima. Para fora. Como uma chama que nasce de uma centelha.

— Que linda — murmurou Célie enquanto Zenna estendia uma garra incrustada com pedras preciosas a Thierry. Ele a escalou, e Zenna o puxou para as escamas ametista lisas entre suas asas.

Seraphine sorriu.

— Ela é mesmo, não é?

Depois, o dragão tomou sua donzela, e eles alçaram voo em direção aos céus.

LITANIA

Lou

Reid, Coco, Beau, Ansel, Madame Labelle. Reid, Coco, Beau, Ansel, Madame Labelle.

No escuro, repito os nomes como em uma litania. Imagino cada rosto. Os cabelos acobreados de Reid, as maçãs pronunciadas do rosto de Coco, o arco da sobrancelha de Beau, a cor dos olhos de Ansel. Até o tecido do vestido de Madame Labelle quando a vi pela primeira vez: seda cor de esmeralda.

É uma cor bonita, comenta Legião, lembrando as paredes folheadas a ouro e o piso de mármore do Bellerose, a grande escadaria e as jovens nuas. *Um lindo... bordel?*

É isso mesmo que vocês estão vendo. Peitos.

Aproximam-se, escutando cada nome com fascínio e examinando cada lembrança. Exceto Etienne. Sua presença permanece separada das demais, mais fraca agora. Apagada. Esqueceu-se do próprio nome outra vez, de modo que repito para lembrá-lo. *Vou continuar repetindo. Reid, Coco, Beau, Ansel, Madame Labelle. É Etienne. Você é Etienne.*

Sou Etienne, sussurra ele.

Também tivemos esperança um dia. Legião enrosca-se nele, não para apoiar, mas para tranquilizá-lo. Só veem uma saída para nossa situação, mas me recuso a aceitá-la. *Me recuso.* Em vez disso, me recordo do aroma da pâtisserie de Pan, do creme doce nos rolos de canela. Do vento em meus cabelos enquanto pulo de telhado em telhado. Da sensação de voar. Da primeira luz da aurora em minhas bochechas. *Esperança não faz diferença.*

Esperança faz toda *a diferença*, respondo com ferocidade. *Esperança não é a doença. É a cura.*

Enquanto meditam sobre minhas palavras, a escuridão fica saturada com sua confusão, seu ceticismo. Não permito que maculem meus pensamentos. *Reid, Coco, Beau, Ansel, Madame Labelle. Reid, Coco, Beau, Ansel, Madame Labelle.*

Mas a escuridão se rarefez em alguns pontos, e neles posso enxergar vislumbres de... Nicholina. Suas lembranças. Deslizam pela superfície das sombras, tão escorregadias e brilhosas quanto óleo na água, misturando-se com as minhas. Fragmentos de uma canção de ninar aqui. Cabelos ruivos e mãos quentes ali, um sorriso clandestino e um eco de risada — uma risada genuína, não daquele tipo sinistro e artificial que ela tem agora. Ternura envolve essa lembrança em particular, e me dou conta de que não se trata de sua risada. Vem de outra pessoa, alguém que ela amou um dia. Uma irmã? A mãe? Uma pele pálida, sardenta. Ah... um amante.

Reid, Coco, Beau, Ansel...

O pânico finalmente me domina. Tem mais alguém, não tem? Esqueci... *quem* eu esqueci?

Legião murmura com pesar. *Esperança não importa.*

Sou Etienne, suspira ele.

A escuridão se desloca, revelando o templo do Château le Blanc. Mas aquele lugar... nunca o vi antes. Sangue corre como um rio do templo pela parede da montanha, encharcando os cabelos e as bainhas dos vestidos das bruxas caídas no caminho. Não as reconheço. Exceto uma.

Nicholina está parada no centro da clareira, com sangue gotejando das mãos e da boca.

Meu Deus.

Nunca tinha visto um massacre assim. Nunca tinha visto tanta *morte*. Imbui tudo, revestindo cada feixe de grama e permeando cada raio de luar. Paira como uma doença, espessa e repulsiva em meu nariz. E Nicholina se refestela, com os olhos luminosos e prateados enquanto se vira para La Voisin, que sai do templo escorregadio de vermelho. Atrás dela, arrasta uma mulher amarrada. Não consigo enxergar seu rosto. Não sei dizer se está viva ou morta.

Quando me aproximo para ver melhor, horrorizada, a cena retorna para as trevas, e uma voz familiar percorre minha coluna.

Você teme a morte, ratinho?

Não me retraio, recitando seus nomes. *Reid, Coco, Beau, Ansel.* Depois — *todos temem a morte. Até você, Nicholina.*

A risadinha fantasmagórica reverbera. *Se você não conseguir dominar esse medo tão simples, não vai sobreviver a L'Eau Mélancolique. Ah, não mesmo. Nosso marido planeja nos batizar, mas ele não sabe. Não entende. Nossa senhora vai detê-lo.* A imagem de um dragão lampeja — está lá e depois não está mais, antes que consiga ver nitidamente. *E mesmo que não o detenha, as águas jorram, jorram, jorram, jorram, e lá todos se afogam, afogam, afogam, afogam.*

Surpresa e perplexidade pairam entre nós agora. L'Eau Mélancolique? Embora vasculhe a memória tentando reconhecer o nome, a escuridão parece apenas se condensar em volta dele. Conheço as palavras. Eu as *conheço.* Só não consigo — não consigo me *lembrar* delas. Pânico renovado se insurge com essa compreensão, mas... não. Não vou me render. Faço pressão contra a escuridão, com raiva.

Reid, Coco, Beau, Ansel. Se Reid planeja me batizar naquelas águas, tem que ter um motivo. Tenho que confiar nele. *Sei nadar.*

Não tem nada a ver com nadar. Outra imagem surge em meio às brumas escuras. Uma mulher. Caminha com determinação em direção a um oceano anormalmente calmo — tão calmo que lembra a face de um espelho. Infindável. Cintilante. Não desacelera ao entrar nele, e a água... parece absorver seus movimentos. Nem uma única ondulação agita a superfície. Ela continua andando, submergindo os joelhos. Os quadris. Os seios. Quando a cabeça afunda, ela não reemerge. *Você não é a primeira a procurar o abraço das águas. Muitos vieram antes de você, e muitos virão depois. Ela adora seus amantes. Beija cada um deles até adormecerem, colocando-os na cama e curando-os com salmoura.*

Um pensamento me atinge como um raio. *O que acontece com você se eu morrer?*

Você viu uma Ascensão, responde ela. Sinto mais do que vejo quando ela volta a atenção para Etienne, que estremece sob seu escrutínio. Ele esqueceu seu nome outra vez. *A alma pode viver por tempo indefinido sem um corpo.*

Indefinido não é para sempre.

Não.

Então... você poderia *morrer se eu morrer.*

Não acontecerá.

Por que não?

Outra risadinha. *Minha senhora está no Château. Trará meu corpo com ela. Se você sucumbir à sedução das águas, retornarei a ele. Você morrerá, e eu viverei.*

Como sabe que seu corpo está mesmo lá?, pergunto, pressionando com mais força. Repetindo os nomes. *Você falhou, Nicholina. Minha mãe a atacou, e você a desafiou abertamente. Sua senhora precisa mais dela do que de você. Talvez seu corpo não esteja lá. Talvez você* realmente *acabe morrendo.*

Não *falhei.* A escuridão convulsiona com agitação ao ouvir as palavras, e Legião chia e cospe. Mas a emoção pertence apenas em parte a eles. Não, também sentem... curiosidade, e lá — bem no fundo de sua essência — um desejo, uma ânsia prevalece. Uma espécie de esperança.

Minha senhora me deu a missão de levar você a Morgane le Blanc — Nicholina cospe o nome —, *e é isso que farei, independente da sua família repulsiva. Veremos quem dança e quem se afoga.*

Reid, Coco, Beau.

Rindo outra vez, Nicholina se retira.

Reid, Coco, Beau. Reid, Coco. Reid, Coco. Reid, Coco...

Aguente firme, diz Etienne.

E desliza para dentro de Legião outra vez.

Acorde, ratinho.

Desperto como se me levantasse de um sono profundo, e imediatamente sinto que algo mudou. Embora a escuridão ainda amortalhe tudo, ela se dissipa em fiapos sinistros com as palavras de Nicholina, que voam ao vento. Colando-se a árvores, pedras e...

E pessoas.

Estudo o homem a meu lado. Com cabelos acobreados desgrenhados e cordas na mão, ele marcha por uma trilha na montanha, discutindo com uma jovem. *Olhe para eles, Louise. Olhe uma última vez. Sua família.* Uma pausa odiosa. *Já se esqueceu deles?*

Embora seus nomes surjam devagar, como se emergindo de piche, me agarro a cada um como se minha vida dependesse daquilo. Reid e Coco. *Não.*

Os olhos escuros de Coco — tão escuros que eram quase pretos — levantaram-se para o céu antes de pousarem em mim. Não. Não em mim. Em Nicholina.

— Mesmo com as pérolas, sabe que estamos caminhando para uma armadilha, não sabe?

Nicholina solta um risinho.

Balançando a cabeça, Reid nos puxa para andarmos mais rápido. Minha visão fica mais turva a cada passo.

— Não necessariamente.

Vão morrer, cantarola Nicholina. *Todos eles. Minha senhora virá. Arrancará fora seus corações.*

Não vão. Ela não vai.

— Não temos escolha. — As palavras de Reid não permitiam uma discussão. — As Águas Melancólicas são nossa única esperança.

— E depois? E aí, o que vamos fazer, Reid? — Os dois me fitam por um longo momento. — Château le Blanc fica lá perto. Com Lou de volta... se Zenna não tiver colocado o castelo abaixo... *talvez* fosse possível entrarmos despercebidos para... colocar um fim em tudo.

As outras duas pessoas andando à frente desaceleram ao ouvir a conversa. Ambas tinham cabelos escuros. Ambas eram desconhecidas.

— Era *Nicholina* quem queria invadir o Château — responde Reid de maneira categórica —, não Lou. O que significa que é a última coisa que deveríamos fazer. Morgane e Josephine podem estar esperando...

Mas sua voz começou a ficar mais fraca enquanto a cena se distorcia.

Diga adeus, Louise. As sombras se adensam e solidificam em escuridão novamente. Me esmaga sob seu peso, e sou carregada para longe — para longe de Reid, para longe de Coco, para longe da luz. *Não voltará a vê-los.*

Vou, sim.

As palavras são baixinhas e pequenas, tão insignificantes que Nicholina nem sequer as ouve. Mas os outros ouvem. Embora Etienne não esteja mais lá, Legião me envolve com sua presença, me abraçando em seu interior. Mas sua intenção não é ferir, não é me absorver. Eles me mantêm à parte, distinta. Me mantêm inteira. *Esperança não é a doença.* Entoam sua própria litania agora. Sua própria prece. *É a cura.*

OUTRO TÚMULO

Reid

Célie emergiu das árvores vestida com uma calça justa e botas de couro até o joelho. Tinha escondido a bainha de uma camisa esvoaçante dentro da cintura da calça. A camisa de Jean Luc. Reconheci os pontos na gola, nas mangas. Com linha em tons de azul-escuro — o azul dos Chasseurs — e dourado. Na cabeça, trazia um chapéu de abas largas com penas. No rosto, vestia uma barba falsa cuidadosamente aparada.

Beau caiu na gargalhada.

— O quê? — Ela olhou depressa para si, alisando a camisa. Verificou o estado dos cabelos e escondeu uma mecha solta dentro do chapéu. — Não está convincente?

— Ah, está bem convincente. Você parece uma idiota.

A meu lado, no chão, Nicholina ria. Tínhamos amarrado seus pulsos outra vez, revestindo as mãos com o sangue de Coco. Não poderia mover nem um dedo sequer, mesmo que tentasse.

Perplexa, talvez até escandalizada pela franqueza crua de Beau, Célie arqueou as sobrancelhas quase até os cabelos.

— Cosette está sempre de calça...

— Mas não de *barba* — argumentou Beau. — Você não precisa de disfarce, Célie. Seu rosto não está nos cartazes de procurados.

— Bem, foi... foi só que pensei... — O rosto de Célie estava em chamas. — Talvez eu não seja procurada pela Coroa, mas meu pai vai acabar enviando alguém para me encontrar. Jean Luc tem espiões pelo reino inteiro. Eu não devia tomar precauções? — Diante de nossos olhares impassíveis, levantou o queixo em desafio e repetiu: — Cosette e Louise estão sempre de calça.

Beau estendeu as mãos com um sorriso torto.

— Aí está.

Os olhos da moça se estreitaram.

— Vossa Alteza, por favor, não se ofenda, mas você é bem menos agradável do que eu gostaria de acreditar.

Ainda rindo, ele jogou um braço nos ombros de Coco.

— Não ofende, lhe garanto.

Coco o empurrou para longe.

— Ele ouve isso com frequência.

Chamando Célie com um dedo, Beau a guiou até a primeira aldeia.

Tínhamos decidido que os dois ficariam encarregados de procurar as pérolas negras. Embora não fosse o ideal, Coco e eu precisávamos ficar com Nicholina. Não podíamos carregá-la pelas ruas amarrada e com as mãos ensanguentadas. Eu ficava arrepiado só de pensar na possibilidade de ela *abrir a boca* caso encontrássemos um vendedor.

Quando alcançamos a terceira aldeia, já tinha escutado a voz dela o suficiente para uma vida inteira.

Estava deitada em uma pedra nos limites da floresta, gemendo e forçando as amarras. As mãos pendiam, flácidas e inúteis, dos pulsos. Como carcaças sangrentas.

— Estamos *famintas*. Podemos visitar só um vilarejo? Só um? Só unzinho, só unzinho, para um cafezinho? — Me lançou um olhar maldoso. — Só unzinho para um rolinho?

Desviei os olhos das mãos cheias de bolhas. Não suportava olhar para elas.

— Cale a boca, Nicholina.

Coco descansava dentro das raízes de uma árvore nodosa enquanto aguardávamos. Com a unha mexia no corte recém-feito na palma da mão.

— Ela não vai parar até você parar.

— Oooh, ratinho esperto. — Nicholina sentou-se de repente, fazendo uma expressão zombeteira para mim. — Não vivemos apenas sob a pele *dela*, não, não, não. Vivemos aí embaixo da *sua* também. É quente, molhado e cheio de *respirações... curtas... e raivosas...*

— Juro por Deus que se você não parar de falar...

— Vai fazer o *quê*? — Com uma gargalhada, puxou as cordas outra vez. Puxei-as de volta. Ela quase caiu da pedra. — Vai ferir esta pele bonita? Vai golpear esta carne cheia de sardas? Vai nos punir, marido, com umas boas *pancadas*?

— Ignore — disse Coco.

O calor inundava meu rosto. Meu pescoço. Minhas mãos apertaram as cordas. Podia ignorá-la. Podia. Ela queria uma reação. Eu não lhe daria o prazer.

Mais alguns minutos se passaram em silêncio. Então...

— Temos que nos aliviar — anunciou Nicholina.

Fiz uma carranca e balancei a cabeça.

— Não.

— Talvez nas árvores? — continuou, como se eu não tivesse falado. — Talvez elas mereçam. Árvores safadinhas, safadinhas. Talvez até nos *espiem*. — Ficando de pé, gargalhou da própria piada pervertida. Puxei suas amarras com irritação.

— Eu disse que não.

— Não? — Incredulidade, ainda fingida, ainda dissimulada, como se de alguma forma já esperasse minha negativa, tingia sua voz. A voz de *Lou*. O som me fez sentir dor e me enfurecer em iguais medidas. — Quer que façamos xixi na calça? A sua própria esposa?

— Você não é minha esposa.

Uma onda nauseante de arrependimento me percorreu ao pronunciar as palavras familiares. Com a lembrança. O anel que dera a Lou um dia, a aliança com uma madrepérola, pesava em meu bolso. Como um tijolo. Ficou guardada comigo desde Léviathan, e eu ansiava por devolvê-la. Colocá-la de volta no dedo a que pertencia. Eu o faria em L'Eau Mélancolique. Eu me casaria com ela bem ali, na praia. Como da última vez, mas da maneira correta. Real.

Nicholina abriu um sorriso felino.

— Não, não somos sua esposa, somos? O que faz de nós... o quê, exatamente? — Uma pausa. Inclinou-se para a frente, roçando o nariz no meu. Me afastei depressa. — Ela lutou, sabe — murmurou, ainda sorrindo. Meu corpo inteiro ficou imóvel. Meu interior. — Gritou seu nome. Devia tê-la ouvido nos momentos finais. Absolutamente aterrorizada. Absolutamente *deliciosa*. Nós saboreamos sua morte.

Não era verdade. Lou continuava lá dentro. Nós a libertaríamos.

— Ela não consegue escutá-lo, meu bem. — Nicholina franziu os lábios em um espetáculo falso de comiseração melosa, e me dei conta de que eu tinha falado em voz alta. — Os mortos não têm ouvidos. Ela não vai escutar seus gritos, e não vai ver suas lágrimas.

— Basta — disse Coco com aspereza. Embora eu pudesse ver que estava tentando puxar a corda de mim, não sentia o movimento. Meu punho permanecia cerrado. Sangue ribombava em meus ouvidos. — Cale a boca, Nicholina.

Ela lutou, sabe.

Nicholina riu como uma menininha e deu de ombros.

— Está bem.

Gritou seu nome.

Respirei fundo. Inspirei pelo nariz. Expirei pela boca. Várias e várias vezes.

Devia tê-la ouvido nos momentos finais. Absolutamente aterrorizada.

Eu devia ter estado lá.

É sua culpa, é sua culpa, é sua culpa...

Beau e Célie retornaram, e Coco finalmente conseguiu tirar a corda de mim. Olhando feio para as mãos vazias dos outros dois, explodiu:

— Nada? De novo?

Célie deu de ombros, impotente, enquanto Beau levantava as mãos vazias em um gesto apático.

— O que quer que façamos, Cosette? Que caguemos pérolas? Não somos *ostras*.

Célie inflou as narinas.

— Ostras não cagam *pérolas*, seu...

— Merda? — terminou Nicholina.

Coco fechou os olhos, forçando uma respiração profunda, depois olhou para o céu. Embora fumaça ainda obscurecesse o sol, já devia ser fim de tarde.

— O próximo vilarejo fica a duas horas daqui. É o último antes de L'Eau Mélancolique. — Sua expressão ficou rígida, e nossos olhares se encontraram. Com o maxilar ainda trincado, assenti uma única vez. — Reid e eu também vamos procurar.

— O quê? — Beau olhou de mim para ela, incrédulo. — Célie e eu somos *perfeitamente* capazes...

— Tenho *certeza* de que isso é verdade — explodiu Coco —, mas não é hora para discussões. Precisamos encontrar essas pérolas. É nossa última chance.

— Mas... — Célie inclinou-se para a frente, aflita — ... Mas Nicholina...

Coco levantou um punho. Amarrara a corda em volta do pulso. O movimento forçou Nicholina a se aproximar, e Coco a encarou nos olhos. Cada palavra prometia violência.

— Nicholina vai se comportar. Nicholina não quer morrer, e está usando o rosto da bruxa mais famosa de Belterra. — Puxou-a mais para perto ainda. Nicholina tinha parado de sorrir. — Se fizer uma cena... se sair um *tiquinho* da linha... vão jogá-la na fogueira ali mesmo em Anchois. Nicholina entende isso, não entende?

Ela fez uma careta zombeteira.

— Vocês não nos deixariam queimar.

— Pode ser que não consigamos salvá-la. — A expressão de Nicholina era uma carranca agora, mas não disse nada. Embora eu tenha estendido a mão para pegar as cordas de volta, Coco balançou a cabeça e começou a caminhar. — Ela fica comigo — disse por cima do ombro. — Você não consegue colocá-la na linha, mas eu consigo. É o que Lou teria querido.

Anchois contava com três ruas de terra. Uma levava ao porto, onde dúzias de barcos pesqueiros ondulavam na água escura. A segunda abrigava as moradias decrépitas dos aldeões. Na terceira havia um mercado com carrinhos e quiosques vendendo peixe. Embora o sol já tivesse se posto por completo, a luz de tochas ondulava nos rostos dos ambulantes enquanto eles vendiam suas mercadorias. Fregueses passavam de braços dados por entre eles, chamando amigos. Familiares. Alguns carregavam pacotes de papel pardo. Outros tinham colares com pendentes feitos de conchas nos pescoços. Pedacinhos de ágata brilhavam nos cabelos de crianças travessas. Velhos pescadores reuniam-se na praia para beber cerveja em grupos de duas ou três pessoas. Reclamando das esposas. Dos netos. Dos joelhos.

Coco olhou para a rua do mercado, tentando ver por entre os pequenos espaços abertos na multidão. Tinha amarrado uma das mãos de

Nicholina à sua. As mangas de seus mantos escondiam todas as bolhas. O sangue.

— É melhor nos separarmos. A busca vai ser mais eficiente assim.

Puxei Célie para longe de um carrinho com pedras de divinação.

— Está bem. Vocês dois vão para a doca, perguntem se alguém ouviu falar em pérolas negras na área. Nós vamos procurar pelo mercado.

Um brilho maravilhado se acendeu nos olhos de Célie enquanto observava um jovem tirar uma flauta rudimentarmente talhada do bolso para fazer uma serenata para outro. Um grupo próximo de moças deu risadinhas. Uma até se destacou das demais, corajosa o suficiente para dançar. Célie assentiu, entusiasmada.

— Tudo bem. Vamos fazer isso.

Coco nos olhou, incrédula.

— É isso que você fica fazendo nas aldeias, Célie?

Beau bufou e balançou a cabeça. Rebelde.

Com firmeza, tomei Célie pelo cotovelo para tranquilizar a outra:

— Se estiverem aqui, vamos encontrá-las.

Embora ainda parecesse duvidar, Coco cedeu com um aceno de cabeça, mexendo no medalhão da mãe pendurado no pescoço. Reajustou o capuz.

— Está bem. Mas é melhor vocês fazerem uma boa busca pelo mercado, e não ficarem lembrando os velhos tempos. — Apontou um dedo para o meu nariz. — E estejam à vista quando voltarmos. Quero ver mãos. — Apontando com o queixo para Beau e Nicholina, me deixou sozinho com Célie em um silêncio humilhante.

O calor pinicava minhas orelhas. As bochechas de Célie estavam vermelhas como dois tomates.

— Obrigada, Cosette — resmunguei, amargo. Forçando meu maxilar a relaxar, tomei um fôlego profundo, ajustei meu próprio chapéu e guiei Célie pela rua. Quando o mercador agitou suas pedras de divinação em nossa direção (ele as tinha talhado com espinhas de peixe), continuei em frente. — Não lhe dê ouvidos. Ela passou... por momentos difíceis.

Célie se recusava a fazer contato visual comigo.

— Acho que ela não gosta de mim.

— Coco não gosta de ninguém, só de Lou.

— Ah. — Por uma fração de segundo, o ressentimento lampejou em suas feições de boneca, mas ela logo suavizou o rosto com um sorriso polido, empertigando-se. Sempre uma lady. — Talvez você tenha razão. — Seu sorriso tornou-se genuíno quando avistou uma loja de doces um pouco decrépita. — Reid, olhe! — Apontou para as latinhas de docinhos de amêndoa na janela. Calisson. — Seus favoritos! Temos que comprar. — Deu um tapinha em sua bolsa de couro, que eu levava em meu ombro, onde ficava batendo contra a minha. E tentou me puxar em direção à porta cor-de-rosa do estabelecimento.

Não me movi.

— Viemos procurar pérolas negras. Não doces.

Mesmo assim, ela continuou puxando meus pulsos.

— Só vai levar dois minutinhos...

— Não, Célie.

Como se a repreenda de Coco tivesse atingido o chão entre nós como um raio, Célie soltou minhas mãos. As bochechas dela ficaram ruborizadas novamente.

— Muito bem. Vá na frente.

Caminhamos por dois minutos inteiros até Célie parar de novo. Com a raiva esquecida, ela espiava um grupo de homens reunido em volta de um barril.

— O que eles estão fazendo? — perguntou, com os olhos grandes e cheios de uma curiosidade infantil.

Olhei por cima dos ombros deles ao passarmos. Um punhado de *couronnes* de bronze imundas ocupava o topo do barril. Um par de dados de madeira.

— Apostando.

— Ah. — Esticou o pescoço para poder ver também. Quando um dos homens piscou para ela, gesticulando para que se aproximasse, revirei os olhos. Belo disfarce. Ela bateu na bolsa outra vez. — Acho que eu gostaria de tentar apostar. Por favor, me dê minha bolsa.

Bufei e continuei andando.

— De jeito nenhum.

Ela fez um ruído indignado.

— Como é que é?

Embora mal tivesse tido a chance de conhecer Violette e Victoire, imaginei que fosse assim que um irmão mais velho devia se sentir. Exasperado. Impaciente. Enternecido.

— Reid.

Ignorei.

— *Reid.* — Ela bateu o pé. Quando ainda assim não virei, sem dar ouvidos ao pedido irrazoável, ela pareceu explodir, correndo atrás de mim e segurando a bolsa com ambas as mãos. Chiando como um gato. Suas unhas chegaram a arranhar o couro. — Solte minha bolsa *agora mesmo.* É a... você... esta é a *minha* bolsa. Não pode controlá-la, e não pode *me* controlar. Se eu quiser apostar, vou apostar, e *você...* — Finalmente girei, e ela girou comigo. Estendi a mão para estabilizá-la quando tropeçou para trás. Célie a estapeou para longe com um rosnado nada digno de uma dama. — *Passe agora a minha bolsa.*

— Está bem. Aqui. — Joguei-a para ela, mas acabou escorregando de seus dedos. Moedas e joias derramaram-se na neve. Xingando, me ajoelhei para bloquear a visão dos homens com meus ombros. — Mas você prometeu nos ajudar. Precisamos das suas *couronnes* para comprar as pérolas.

— Ah, sei muito bem que precisam da minha ajuda. — Lágrimas de raiva brilharam em seus olhos quando se abaixou, guardando vários artigos preciosos de volta na bolsa. — Talvez seja *você* quem está precisando de um lembrete. — Olhei feio para os transeuntes interessados. Minhas mãos juntaram-se às dela depressa, e embora ela tenha tentado estapeá-las para longe...

Me endireitei de supetão, envolvendo os dedos no vidro familiar. Vidro cilíndrico. Vidro frio. As unhas de Célie fincaram-se nos nós dos meus dedos enquanto eu o levantava.

— Espere! — gritou.

Tarde demais.

Fitei a seringa em minha palma.

— O que é isto?

Mas eu sabia o que era. Nós dois sabíamos. Ela ficou completamente imóvel, com as mãos juntas à altura da cintura. Não piscava, nem respirava. Eu não a culpava. Caso se movesse, a fachada chorosa podia acabar rachando, e a verdade podia escorrer pelas fendas.

— Onde foi que conseguiu isto? — perguntei, com a voz áspera.

— Jean me deu — sussurrou, hesitando por um instante —, quando contei que estava de saída.

— Quando contou que estava vindo nos encontrar.

Ela não me contradisse.

— Sim.

Meus olhos voaram para seu rosto.

— Pretendia usá-la?

— O quê? — Sua voz falhou e ela agarrou meu antebraço, sem notar Coco e Beau surgindo em meio à multidão. Não tinham nos avistado ainda. — Reid, eu jamais...

— Ainda está chorando.

Esfregou o rosto depressa.

— Você sabe que choro quando estou chateada...

— Por que está chateada, Célie? Achou que tinha perdido sua injeção? — Meus dedos se fecharam ao redor do vidro. Mas a seringa cheia de cicuta não se aqueceu. Os padres a chamavam de A Flor do Diabo. Crescia na colina onde Jesus tinha sido crucificado. Quando o sangue dele tocara as pétalas, tornaram-se venenosas. — Não devia fazer diferença se tivesse perdido. Não ia usá-la de qualquer forma.

— Reid. — A mão em meu braço foi escorrendo. Mesmo agora, Célie ansiava em tê-la em sua posse. — Era só uma precaução. Nunca planejei usá-la em você ou... ou em ninguém mais. Tem que acreditar em mim.

— Eu acredito. — E acreditava. Acreditava que ela não tinha *planejado* usá-la. Mas se nossa reunião tivesse sido malsucedida, não teria hesitado. O fato de que a tinha trazido, *escondido*, significava que estivera preparada para nos ferir. Guardei a seringa no bolso. — Sabe que é veneno, não sabe? Veneno comum. Bruxa ou não, ele incapacitaria você muito mais rápido do que a mim. Também derrubaria Jean Luc. Rei Auguste. Todos eles. — Sua expressão demonstrou confusão, confirmando minhas suspeitas. Pensara que era uma arma direcionada unicamente contra bruxas. Balancei a cabeça. — Porra, Célie. Tem mesmo tanto medo assim de nós? De mim?

Ela se retraiu ao ouvir o palavrão, com o rubor subindo às bochechas. Mas não foi de vergonha. Foi de *raiva*. Quando levantou o queixo, sua voz não tremia.

— Está mesmo me perguntando isso? É *óbvio* que tenho medo de você. Uma bruxa assassinou Filippa. Uma bruxa me trancou em um caixão com os restos da minha irmã. Quando fecho os olhos, ainda consigo sentir a carne dela em mim, Reid. Ainda posso sentir o *cheiro*. Minha *irmã*. Agora morro de medo do escuro, de dormir, de sonhar, e mesmo acordada mal consigo respirar. Estou presa em um pesadelo que não tem fim.

Minha própria raiva foi murchando até ficar pequenina. Se transformou em vergonha.

— Então, sim — continuou ela, feroz, com mais lágrimas escorrendo pela face —, trouxe uma arma contra bruxas. Escondi de você. Como poderia ter feito diferente? Eu gostando ou não, você também é um bruxo agora. É um deles. Estou tentando... de verdade, eu estou... mas não pode me pedir que não queira me proteger. — Tomou um fôlego profundo, estabilizador, e encontrou meus olhos. — Na verdade, não pode me pedir nada. Não vou viver em outro túmulo, Reid. Você seguiu adiante. É hora de eu fazer o mesmo.

Embora uma centena de palavras de conforto tenha passado pela minha cabeça, não as expressei. Não bastavam para o que ela tinha sofrido. Nenhuma palavra bastaria. Entreguei-lhe a seringa de volta. Ela a tomou no mesmo instante, levantando-a à altura dos olhos com uma expressão verdadeiramente aterrorizante. Não como Lou. Não como Coco. Não como Gabrielle, ou Violette, ou Victoire. Mas como Célie.

— Na próxima vez que vir Morgane, vou cravar esta agulha no coração dela — prometeu Célie.

E acreditei.

UM SIMPLES FAVOR

Reid

Beau, Coco e Nicholina nos encontraram pouco depois. Levei-os para a sombra de um quiosque abandonado, longe dos sussurros dos aldeões.

— Então — Coco olhou para nós dois com expectativa. — Encontraram?

Nicholina dava um risinho abafado enquanto Célie guardava a seringa no bolso.

— Nós, ah... perdão, mas Reid e eu acabamos... bem, nos *distraindo*.

Coco franziu o cenho.

— Se distraindo?

— Ainda não encontramos as pérolas — interrompi, recolocando a bolsa no ombro. — Temos que continuar procurando.

— As águas jorram, jorram, jorram — cantou Nicholina, com o rosto escondido no capuz do manto. — E lá vocês se afogam, afogam, afogam.

Coco levantou a mão para massagear a têmpora.

— Isto é um pesadelo. Ninguém nas docas sabia de merda nenhuma. Um deles chegou até a jogar um *anzol* em nós quando perguntamos sobre pérolas negras. Deve ter ouvido rumores sobre L'Eau Mélancolique. — Suspirou. — Pescadores. São no máximo supersticiosos, mas temem melusinas mais do que tudo. Não me surpreenderia se ele chamasse os Chasseurs. Vão dominar estas ruas ao amanhecer.

Beau levantou uma pilha de cartazes amassados.

— Pelo menos ele não nos reconheceu.

— E não vamos estar mais aqui ao amanhecer — disse, gesticulando, e os últimos resquícios de minha raiva se voltaram para os papéis. Beau soltou um grito baixo quando pegaram fogo, deixando os cartazes caírem no carrinho. Nossos rostos foram reduzidos a cinzas em questão de segundos. — As barracas vão fechar logo. Vamos continuar procurando até termos virado este mercado do avesso.

Uma hora mais tarde, nos reunimos no fim da rua. Mal-humorados. De mãos abanando.

Nicholina balançava ao vento. Um fio de cabelo branco se desgarrou de seu manto.

— Afogam, afogam, afogam.

Com uma carranca, Coco olhou novamente para a multidão. Mas o ajuntamento mal podia ser chamado de multidão agora. A maior parte dos residentes já tinha retornado a suas casas. Apenas alguns ainda dançavam na rua. Trôpegos de vinho, seguravam-se uns nos outros e riam. Perto da água, apenas os pescadores mais ferrenhos permaneciam. E os mais embriagados.

— Melhor irmos embora. Não há nada aqui. Amanhã damos meia--volta e...

Beau fez um movimento brusco com a mão.

— Eu já *disse*. Procuramos em todo lugar. Não vamos encontrar pérola nenhuma nas outras aldeias.

Eu também passava os olhos pelos carrinhos mais próximos de nós. Corais branqueados. Sinos feitos de pedaços de madeira trazidos pelo mar. Cestas feitas de algas entrelaçadas, copos de sal marinho cristalizado, jarras de anchovas. Jarras e *jarras* de anchovas. Frustrado, Beau derrubou uma, e o vidro se espatifou. Célie deu um pulo para trás, com um grito sobressaltado. Quando o óleo encharcou as botas dela, Beau soltou uma risada, e ela reagiu jogando um peixinho em seu rosto.

Crianças. Eu estava cercado de crianças.

— Basta. — Com a voz ríspida, me virei uma última vez para me assegurar de que não tinha deixado passar nada. Mas meu desespero não deu em nada. Anchois não tinha pérolas, negras ou não.

— Perdão. — Célie fungou de maneira altiva. — Não vai voltar a acontecer.

— Você vai ficar fedendo a peixe por *pelo menos* quinze dias — comentou Beau.

Expirando com força pelo nariz, me virei para encará-lo.

— Podia pelo menos *tentar* parar de provocar todo mun...

Uma plaquinha de madeira atrás dele chamou minha atenção. Um nome familiar.

LA CURIEUSE MADAME SAUVAGE
PREÇOS SOB CONSULTA

Franzi a testa e empurrei Beau para o lado. Madame Sauvage. Conhecia aquele nome. Mas de onde eu conhecia? A placa — meio escondida, meio apodrecida — ficava entre uma barraquinha que vendia pentes finos e um barril de óleo de peixe. Apontei para ela.

— Aquilo não estava ali antes, estava?

Os olhos de Coco se estreitaram ao seguirem meu dedo.

— Não estou vendo nada.

— Olhe. Está bem... — Pisquei, e as palavras morreram em minha língua. Estava apontando para o barril, não para a placa. Porque não *havia* uma. Abaixando o dedo, balancei a cabeça. Pisquei outra vez. — Eu... deixa pra lá.

— Não há nada lá — disse Nicholina, com a voz inesperadamente séria. Puxou a mão de Coco. — Nada, nada.

Coco bufou com impaciência antes de fechar seu manto.

— Se *já* terminou... — Mas seus olhos se arregalaram quando olhou para trás. — Aquilo... aquilo não estava ali antes.

Devagar, como se eu quisesse encurralar um animal assustado, meus olhos voltaram para o ponto entre a barraquinha e o barril. Sem dúvidas, a placa tinha se materializado novamente. Um tecido de seda cor de esmeralda e de berinjela ondeava da carreta atrás dela. Como se tivesse estado ali o tempo inteiro.

— Magia — murmurou Célie.

Coco e eu trocamos um olhar desconfiado antes de nos aproximarmos devagar.

Embora eu mantivesse a mão ao redor do cabo de uma faca em minha bandoleira, não *achava* que a carreta em si era perigosa. Joias de todos os formatos e cores reluziam nas prateleiras abarrotadas. Joias de verdade. Com pedras e metais preciosos, nada de espinhas de peixe nem tentáculos de polvo. Uma variedade de frascos empoeirados. Flores secas. Livros com capas de couro. Nos fundos, uma cobra escarlate e dourada dormia dentro de um reservatório de vidro. Célie aproximou-se, fascinada.

Respirei fundo, tentando sem sucesso reprimir o desconforto.

Não, não parecia perigoso, mas ali, exibindo-se cheia de orgulho na prateleira do meio, três pérolas negras repousavam em uma cama de veludo. Não podia ser coincidência. Quando Beau se moveu com voracidade em direção a elas, eu o detive com um aceno negativo de cabeça, olhando ao redor à procura da dona. A misteriosa Madame Sauvage. Embora não estivesse à vista, tinha colado um pedaço de papel na placa:

VOLTO EM BREVE

Coco segurou uma ponta de seda esmeralda entre dois dedos.

— Perfeito. Deixa as coisas bem mais fáceis.

— Fáceis demais — concordei, antes de me dar conta do que quisera dizer. — Espere. Você quer *furtá-las?*

— Sou uma ladra, Reid. — Com a expressão repentinamente alerta, ela olhou da barraquinha para a rua, analisando o terreno. Acompanhando o casal mais próximo. Passaram por nós de mãos dadas, sem perceber nossa presença. Quando me coloquei na frente dela, bloqueando sua visão, Coco deu um sorrisinho. — Lou também é uma ladra, sabe. E assim que a tivermos salvado, pode ficar de molho na sua virtude até seus dedos ficarem murchos. Até lá... — Passou por mim, levantando o ombro de modo casual. — Precisamos dessas pérolas. E é melhor que ninguém veja nossos rostos. — Seus olhos brilharam ao notar algo atrás de mim, e ela riu, atirando algo em minha direção. — Perfeito. Uma recompensa pelo seu silêncio.

Segurei a calça de couro contra o peito.

— Não tem graça.

— *Au contraire.* Lou vai precisar de uma boa risada depois de tudo isto. — Seu sorriso se desfez. — Você me pediu para ter esperança, Reid, mas esperança não significa nada sem ação. Vou fazer o que for preciso para salvá-la. *O que for preciso.* Você está disposto a fazer o mesmo? Ou Lou vai ser vítima da espada dos seus princípios?

Olhei feio para ela.

— Fantástico. Agora. Não se mexa. Você é uma excelente barreira.

Com o maxilar trincado, fechei o punho no couro, apertando-o, e a observei enquanto desfilava em direção às pérolas. Quando Nicholina moveu-se para derrubá-las com o cotovelo, peguei sua corda, desamarrando-a de Coco com dedos ágeis. Amarrei-a no meu pulso. Quando Coco olhou para mim, assenti. Aquilo não era certo nem saudável, mas Lou também não estava nem uma coisa nem a outra. O *mundo* não estava. Depois de L'Eau Mélancolique, pagaria Madame Sauvage com juros. Encontraria uma dúzia de pérolas negras para substituir aquelas três e...

Espere.

Só três?

— Somos cinco — falei.

— Não deve ser um problema. — Com o coração saltando pela boca, girei em direção à nova voz. As mãos de Coco ficaram estáticas acima das pérolas. Uma senhora, com os ombros recurvados e o rosto enrugado, margeou a carreta. Um lenço verde-oliva envolvia os cabelos grisalhos. Inúmeras argolas brilhavam em suas orelhas, e anéis nos dedos das mãos e dos pés. Estava *descalça*. Arrastava um manto esmeralda atrás de si. Deu um sorriso, revelando dentes tortos. — Seres humanos comuns não podem entrar em L'Eau Mélancolique. As águas os enlouquecem.

Sob o capuz, Nicholina chiou, encolhendo-se para perto de mim. Estudei a mulher.

— Nós já... já nos encontramos antes, madame?

— Talvez sim? Ou talvez não. Tenho um daqueles rostos, receio. *Le visage de beaucoup, le visage d'aucun.* O rosto sempre visto...

— ... é um rosto nunca lembrado — terminei o antigo provérbio sem pensar. Mas...

Seu sorriso tornou-se sugestivo.

— Olá, queridinhos. Sejam bem-vindos ao meu relicário de curiosidades. Como posso servi-los hoje?

Finalmente a reconheci ao ouvir suas palavras. Prateleiras diferentes se ergueram em uma rápida sucessão, como punhaladas em minha memória: ratos dançarinos e besouros de vidro, dentes pontiagudos e asas de borboletas. Uma marionete feia, um anel de madrepérola e... uma mulher idosa.

Uma mulher idosa que sabia mais do que deveria.

Algum interesse em copos-de-leite? Dizem que simbolizam humildade e devoção. As flores perfeitas para acabar com qualquer desavença entre amantes.

Punhaladas não plenamente saradas, todas elas. Ainda sangrando nas extremidades.

— Madame Sauvage — falei, com o lábio se retorcendo.

Ela sorriu, benevolente.

— *Bonjour*, Reid. Que prazer revê-lo. — Seu sorriso se desfez ao fitar Nicholina, cujo rosto permanecia escondido. — Oh, céus. — A mulher deu uma risadinha baixa e aguda. — Eu cumprimentaria nossa bela Louise, mas parece que outra pessoa tomou posse... — Parou de repente, inclinando a cabeça para o lado. — Ora, ora, ora... mais do que uma única pessoa, creio, e alguém poderoso, para completar. — Seu sorriso voltou a se abrir por completo e ela bateu palmas, deleitada. — Louise le Blanc, amaldiçoada *e* abençoada. Que *fascinante*.

Mais de uma pessoa? Fiquei confuso. A velha estava falando de Nicholina, é óbvio, mas... *abençoada*?

— Você saberia — rosnou Nicholina, com algo semelhante a medo. — Ah, sim, você saberia reconhecer...

— Ah, ah, ah. — Com uma sacudidela de dedos de Madame Sauvage, a voz da outra cessou. Seu corpo pareceu criar raízes. — Já falou *demais*, Nicola. Não quero ver nem sangue, nem segredos derramados na minha carreta. Por favor, fique quieta e observe.

— Como é que...? — perguntei.

— Vocês três se conhecem? — interrompeu Célie, perplexa.

Madame Sauvage deu uma piscadela. O gesto não caía bem em seu rosto murcho.

— Pode-se dizer que sim, eu acho. Na última vez que nos encontramos, a briga entre esses dois quase quebrou minhas janelas. — Embora a senhora tivesse adotado um ar de indiferença cuidadosa, a curiosidade brilhava nos olhos escuros. — Suponho que nossos pombinhos tenham se reconciliado?

Ainda incrédulo e confuso, joguei a calça de couro em cima de uma prateleira próxima.

— Não é assunto seu.

Ela soltou um *hunf*, mas o sorriso travesso permaneceu inabalável. Seus olhos voaram de mim para Célie, demorando-se onde Beau e Coco estavam parados, perto da cobra.

— Assim é, e no entanto... parece que estão, de novo, precisando de ajuda.

— Quanto quer pelas pérolas? — perguntou Coco.

— As pérolas — repetiu a idosa, baixinho. Parecia cheia de energia. — Bem, querida, as pérolas têm um valor quase inestimável. O que está disposta a dar em troca?

Qualquer coisa.

Nicholina continuava sem se mover.

— Temos dinheiro — falei automaticamente. — Muito dinheiro.

— Oh, céus. — Madame Sauvage voltou a dar aquela risadinha e balançou a cabeça. — Ai, ai, ai, ai, ai. Isso não vai dar conta, vai? Não sujo minhas mãos com dinheiro.

Um lampejo de surpresa cruzou o rosto de Coco.

— *O que* a senhora quer, então?

— Seja o que for — resmungou Beau —, não pode ser bom.

Agora Madame Sauvage dava um sorriso largo.

— Ah, não, Vossa Alteza, está enganado! Não tema, não é nada nocivo. Veja, meu negócio se baseia em simples favores. Coisinhas pequenas, mesmo. Trivialidades.

Franzi a testa.

— Não há nada de simples em favores.

— Que favor? — perguntou Coco, meio apreensiva e meio impaciente.

— Diga logo de uma vez para acabarmos com isso.

— Sim, sim. — O sorriso da velha se alargou impossivelmente.

— Como disse, é muito simples: um favor por uma pérola. Perdão — acrescentou a Beau e a Célie, inclinando a cabeça —, mas é verdade, L'Eau Mélancolique não é lugar para pessoas comuns. É sombrio e perigoso, meus caros. Há mais do que monstros se escondendo em suas profundezas.

Beau soltou um bufo de descrença.

— O que vamos fazer, então? Ficar batendo papo na orla?

— Como a senhora sabe tanto sobre L'Eau Mélancolique? — perguntaram Coco e Beau ao mesmo tempo.

— Diga quais são os favores. — Levantei a voz para ser ouvido sobre as deles. Aquele carreta estranha tinha surgido realmente do nada. Aquela senhorinha ainda mais estranha parecia estar ciente de todos os nossos planos, parecia conhecer Nicholina. Na verdade, parecia mais... curiosa do que nefasta, e que escolha nós tínhamos? Precisávamos das pérolas. As pérolas *dela*. Podíamos lidar com as consequências depois.

A senhora esfregou as mãos cheias de artrose.

— Comecemos pelo mais fácil, sim? Só um beijo.

Só um beijo.

O silêncio caiu como uma faca com a ponta virada para baixo. Mas em vez de se fincar aos nossos pés, pairava acima de nossas cabeças. Afiada e mortal. Ninguém se atrevia a olhar para o outro. Não encarei Célie nem Nicholina. Nenhuma das duas me lançou uma espiada. Beau e Coco fitavam o chão de maneira resoluta.

— Entre... quem? — perguntei, enfim

Gargalhando, Madame Sauvage levantou um dedo torto em direção a Beau e Coco.

A faca encontrou seu alvo.

Beau ficou rijo. Coco, boquiaberta. Mas a tensão que enrijecia a minha coluna foi embora de uma vez só, e tentei não suspirar de alívio. Célie não teve problema algum em fazê-lo. Recostou-se, curvada, contra um cesto de besouros, soltando uma risadinha trêmula.

— Os mentirosos, é óbvio. — Madame Sauvage assentiu com o que poderia ter sido encorajamento. Ou deleite. — Vão se beijar, e a verdade vai aparecer. Há verdade em um beijo — acrescentou para mim e Célie de maneira conspiratória. A jovem assentiu, embora eu suspeitasse que não era porque concordava. Não. Era porque faria qualquer coisa para evitar a ira de Madame Sauvage.

Assenti junto com ela.

— Não estou mentindo a respeito de nada — resmungou Coco, quase sem mover os lábios.

Beau soltou um bufo ao ouvir o comentário.

Embora fosse solidário à situação difícil de Coco — de verdade —, apertei seu ombro e disse:

— O que for preciso, certo?

Ela fez uma carranca para mim.

Reprimi um sorriso. Não estava me divertindo com a situação. Não mesmo.

Empurrando minha mão para longe com um xingamento entredentes, ela deu um passo à frente. Parou. Fechou os olhos e inspirou fundo. Quando os abriu outra vez, uma determinação férrea tinha se solidificado no interior deles. Assentiu uma vez para Beau, que parecia estranhamente relutante. Mas ele não se retraiu diante do olhar dela. Não aliviou a tensão com uma piada. Apenas a encarou, imóvel.

— Anda logo — disse Coco. — Rápido.

Ele fez uma careta, mas deu um curto passo adiante, abaixando a voz.

— Se me lembro bem, Cosette, você não gosta de fazer as coisas com pressa. — Outro passo. Os dedos de Coco tremiam. Ela os fechou no tecido da saia. — Não comigo.

— Não gosto de nada com você.

Um canto da boca de Beau se recurvou para cima enquanto ele olhava para ela, mas meu humor evaporou com a expressão dele. Não queria ver as emoções em seus olhos. Não queria ver a ternura. A dor. Ainda assim, sua relutância transparecia. Não queria beijá-la. Não ali. Não naquele momento. Não assim.

— Mentirosa — sussurrou o príncipe.

Então baixou os lábios até os dela.

Um segundo se passou com os dois ali, com os corpos rígidos e distantes. Os lábios mal se movendo. Dois segundos. Três. Com um suspiro resignado, Beau começou a recuar, mas Coco...

Revirei os olhos.

Ela não deixou. Suas mãos subiram até o pescoço dele, para os cabelos, segurando-o. Não. Trazendo-o mais para perto. Aprofundando o beijo. Quando, com um suspiro, os lábios dela se abriram, Beau não hesitou, a envolveu com os braços e a puxou contra si. Mas não bastava. Não para Coco. Ela apertou mais, agarrando-se a ele com ainda mais força, até ele dar uma risada e começar a fazê-la caminhar para trás. Quando as costas de Coco encontraram a prateleira mais próxima, ele a levantou e a colocou sentada lá, afastando seus joelhos para se colocar entre eles. Devagar, comedido. Sem pressa. Até ela morder o lábio dele. Então Beau pareceu perder o controle.

Ao meu lado, Célie assistia às mãos dos dois ficarem desesperadas e suas respirações mais altas, com olhos arregalados e estupefatos. As bochechas da moça estavam em chamas.

— Oh, céus — disse.

Desviei o olhar.

— Já estava para acontecer há muito tempo.

— E *como* está acontecendo — comentou Madame Sauvage, com uma sobrancelha erguida e tom sugestivo.

Fiz uma careta.

— *Quantos* anos a senhora tem?

— Ainda sou muito jovem, garoto. Muito jovem.

Certo. Com *aquela* imagem na mente, pigarreei. Beau tinha acabado de deslizar a mão até a canela de Coco, enganchando-a atrás do joelho para trazer a moça mais para perto. Os dedos acariciavam a pele. Repeti o som, mais alto, e sorri apesar de tudo.

— Alô! Sim, perdão! — Meu sorriso se alargou quando ele se afastou abruptamente, como se estivesse emergindo de águas profundas. Piscando devagar e respirando fundo. — Parece que vocês dois não notaram, mas *nós também estamos aqui*.

Mas mesmo assim ele continuou sem nos dar atenção. Encarava Coco. Ela o encarava. Nenhum dos dois falou por vários segundos. Finalmente, com uma gentileza infinita, Beau roçou os lábios contra a testa dela e recuou, ajeitando a saia de Coco de volta no lugar.

— Terminamos isto mais tarde.

A compostura dela pareceu voltar imediatamente. Seu bom-senso. Coco pulou da prateleira depressa, derrubando uma cesta de olhos de vidro, que espalharam-se pelo chão da carreta. Quando tropeçou em um deles, quase topando com Nicholina, Beau a segurou pelo braço. Ela tentou se desvencilhar.

— Não me *toque*. Estou bem. — Escorregou em outro olho, chutando-o com violência em resposta. — Já disse que estou *bem*.

A expressão de Beau ruiu diante da explosão de Coco, e ele fez uma carranca, liberando-a.

— Repita mais uma vez. — Quando ela se afastou com passos incertos, quase atirando outra cesta ao chão, ele balançou a cabeça. — Talvez assim eu acredite em você.

Com olhos reluzentes e os braços apoiados na própria cintura, ela o observou se distanciar. Seus ombros se curvaram, como se o beijo tivesse aberto nela uma ferida física. Desviei os olhos depressa quando seu olhar encontrou o meu.

— Nem uma palavra — disse, ríspida, passando por mim para sair para a rua. Não foi atrás de Beau.

— Ah, *l'amour*. — Madame Sauvage os observou com uma expressão melancólica. — Eu disse que a verdade seria revelada. — Quando bateu palmas mais uma vez, virando os olhos com toda intensidade para mim, me retrai. — Agora. É sua vez, meu jovem. Estenda a mão, por favor.

— Preferiria... não — respondi, duvidoso.

— Bobagem. Quer sua pérola, não quer?

Olhei para Beau e Coco.

— Depende.

Mas não dependia, não de verdade, e ambos sabíamos disso. Engolindo em seco, estendi a mão. Para minha surpresa, a senhora tirou uma bolsinha da manga e derramou seu conteúdo na minha palma. Célie se aproximou, inclinando a cabeça para o lado.

— Sementes? — perguntou, confusa.

E eram mesmo sementes.

Madame Sauvage fechou meus dedos ao redor delas com um sorriso gentil.

— Sementes. Sua tarefa é simples, meu caro: plante-as.

Franzi a testa para os grãozinhos mundanos.

— Plantá-las?

A idosa virou-se para se ocupar das mercadorias no carro, recolocando os itens em seus devidos lugares.

— O que mais se faz com sementes?

— Eu... — Balançando a cabeça, guardei-as de volta no saquinho. — O que são? — *Que pergunta estúpida*. Tentei de novo. — Onde... onde quer que as plante? Quando?

— Essas decisões são suas.

Quando lancei um olhar incrédulo para Célie, ela deu de ombros, gesticulando primeiro para as pérolas, depois para a rua. Coloquei as joias no saco, junto com as sementes. Madame Sauvage não me deteve, tirando um camundongo vivo de dentro da manga e atirando-o no recipiente da cobra. Falou com a víbora enquanto ela se desenroscava. Como se fossem mãe e bebê. Célie gesticulou para a rua outra vez. Com mais urgência desta vez. Com ênfase.

Mas não me parecia certo simplesmente *partir*. E Nicholina... ela continuava muda e imóvel. Era óbvio que Madame Sauvage não era uma simples vendedora ambulante.

— Por que está aqui, Madame Sauvage? Como... como foi que a senhora nos encontrou?

Ela olhou para cima como se estivesse surpresa que ainda estivéssemos parados ali.

— Por que *você* está aqui, jovem? Já tem suas pérolas. Agora ande, vá.

Fez outro aceno de mão, e Nicholina arfou. Cambaleou. No segundo seguinte, avançou para Madame Sauvage com um rosnado, mas puxei meu pulso depressa, forçando-a a parar. O capuz deslizou para trás, e ela olhou feio para nós dois, com uma fúria silenciosa.

— Não é muito agradável, é? Perder a autonomia do corpo? — Madame Sauvage nos expulsou da carreta sem qualquer cerimônia. — Uma lição para você se lembrar, Nicola. Agora vão. Vocês têm assuntos mais importantes para tratar, não têm?

Célie agarrou meu braço quando não me movi, me puxando pelos degraus abaixo.

Sim. Sim, devíamos partir logo, mas...

Meu olhar pousou em uma vitrine de doces e folhados próxima à cobra. *Com certeza* não estavam lá antes. Dividido entre trepidação e curiosidade, entre medo e naturalidade inexplicável, acenei com a cabeça para as guloseimas.

— Quanto... quanto custa o rolo de canela?

— Ah. — A expressão de Madame Sauvage se iluminou de repente, tirando o pãozinho do mostruário e o embrulhando em papel pardo. Desceu a escadinha atrás de nós antes de estendê-lo em minha direção.

— Para você? É de graça.

Eu a estudei, suspeitoso.

— Não se aflija. — Ela pegou a placa da lama. Um gesto estranhamente mundano em meio àquelas circunstâncias tão misteriosas. — Vamos vos reencontrar em breve, Reid Labelle. Plante as sementes.

Com uma piscadela alegre, evaporou-se diante de nossos olhos, levando a placa e a estranha carreta consigo.

LE CŒUR BRISÉ

Reid

— Chegamos — anunciou Coco, baixinho.

Quinze minutos atrás, ela tinha nos obrigado a parar, a deitar Nicholina no chão e enfiar um comprimido para induzir o sono por sua goela abaixo. Não tinha sido bonito. Nem divertido. Eu tinha marcas de dente nas mãos para provar.

Estávamos sob a sombra de um cipreste solitário — ou ao menos eu achava que fosse um cipreste. Sob a fumaça e as nuvens, escuridão profunda caíra novamente. A floresta atrás de nós estava misteriosamente silenciosa. Até o vento cessara, mas uma pitada de salmoura ainda temperava o ar. Mas não havia nada de ondas. Não dava para escutar barulho nenhum vindo do mar. Nem de gaivotas. Não havia qualquer sinal de vida. Remexendo os pés, inquieto, olhei para a trilha adiante. Estreita e rochosa, desaparecia dentro de uma neblina tão densa que eu poderia cortá-la com uma faca. Um arrepio percorreu minha coluna ao pensar no que poderia estar à espreita em seu interior. Apesar de não ter percebido indícios de Morgane e Josephine, os pelos em minha nuca se eriçaram.

— E agora?

Coco parou ao meu lado.

— Seguimos em frente. Até o fim.

— Para dentro *disso?* — Beau também deu um passo adiante, parando do outro lado. Espiava a neblina com desconfiança. — Podemos não escolher esse caminho?

— L'Eau Mélancolique fica logo depois.

— É, mas obviamente deve existir uma entrada menos ameaçadora.

— Le Cœur Brisé está em todos os lugares. Ninguém *entra* nas Águas Melancólicas sem ele.

Célie engoliu em seco.

— Mas... só temos três pérolas. Madame Sauvage disse que pessoas comuns não têm permissão para se aproximar das águas. Disse que pode nos enlouquecer.

— As águas podem enlouquecer qualquer um. Pessoa comum ou bruxa. — Coco empertigou-se, ainda fitando as brumas. — Mas você tem razão. Só temos três, então... vamos caminhar juntos o quanto Le Cœur permitir, mas apenas eu, Reid e Nicholina vamos continuar até a orla. — Seus olhos voaram para os meus. — Se passarmos no teste.

— Que *teste?* — perguntei, com agitação crescente. — Ninguém disse nada sobre teste nenhum.

Ela fez um gesto ríspido.

— Você vai passar. — Mas olhando de relance para Nicholina, acrescentou: — Já ela, não tenho tanta certeza assim, mas ele só nos testou uma vez. Então talvez agora também não...

Beau se agarrou àquela nova informação, girando para apontar um dedo para Coco. Triunfante. Furioso.

— *Sabia* que você estava escondendo algo.

— Lou e eu brincávamos em L'Eau Mélancolique quando crianças — cortou Coco. — Não é nenhum segredo. É óbvio que topamos com Le Cœur uma ou duas vezes. Ele gostava de nós, então nunca nos pediu pérolas. Em vez disso, levávamos travessuras para ele.

Célie pareceu confusa.

— Mas você disse que precisávamos de pérolas negras.

Com um bufo impaciente, Coco cruzou os braços e desviou os olhos.

— E precisamos. *Precisávamos...* só não todas as vezes. Teve um dia que Lou as transformou em aranhas quando ele as tocou. Ele morre de medo de aranhas.

Um momento de silêncio.

— E ele *gostava* de vocês? — perguntou Beau, perplexo.

— Gostava mais de mim do que de Lou.

— Chega. — Ergui Nicholina mais alto, seguindo em frente. Feixes de neblina se estenderam para me cumprimentar, envolvendo minhas botas. Meus tornozelos. Chutei-os para longe. Estávamos tão perto. Perto *demais*.

— Não viemos até aqui para dar meia volta e ir embora.

MAS É O QUE FARÃO. Uma voz abrupta, familiar, retumbou ao meu redor, *através* de mim, e cambaleei, quase derrubando Nicholina para dentro das brumas. Pela reação dos outros — Célie chegou a gritar —, também tinham ouvido. A névoa a meus pés se adensou visivelmente, envolvendo minhas pernas por completo. Senti a pressão como um torno. Em pânico, pulei para trás, e a bruma me libertou. Mas não parou de espessar. Não parou de falar. SE NÃO PUDEREM BEBER DAS ÁGUAS E DERRAMAR SUA VERDADE.

Quase pisei em Célie em minha pressa de recuar.

— O que foi? — Ela se agarrou ao meu braço e ao de Nicholina, se agarraria a qualquer coisa que a ancorasse à realidade. Mas aquela *era* nossa realidade: possessões, augúrios materializados como cães, dragões que tomam forma humana, *névoas* falantes. Jamais acabaria. — É Le Cœur?

A neblina escureceu lentamente, retraindo-se como uma aranha faria com sua teia. Fazendo brotar pernas e braços. Uma cabeça. Um par de olhos gélidos e escuros como carvão. Apesar da voz ameaçadora, os olhos se suavizaram ao avistar Coco enquanto o dono dava um passo à frente. De compleição robusta e poderosa — mais alto até do que eu —, o homem deu uma risada reverberante e abriu os braços para ela. Coco hesitou apenas um segundo antes de correr para ele.

Com a voz soluçante de alegria e talvez lágrimas, ela afundou o rosto no peito do homem e disse:

— Senti sua falta, Constantino.

Beau os encarava, boquiaberto, enquanto se abraçavam. Eu teria achado sua expressão cômica se a revelação não tivesse sido como um golpe na cabeça.

Constantino. *Constantino*. Conhecia o nome, óbvio. Como poderia esquecer? Quando estávamos no Bellerose, muitos meses atrás, Madame Labelle tinha me mantido cativo em meu assento ao falar nele, tecendo magia com seu conto trágico sobre dois amantes. Sobre anéis mágicos e oceanos de lágrimas e bruxas e homens santos. Sobre Angélica e *Constantino*. O santo que presenteara a Igreja com a espada abençoada, a Balisarda original. Eu carregara uma parte dele comigo por anos, ignorante do fato de que sua espada não tinha, na verdade, sido abençoada, mas encantada por sua amante. Ela queria protegê-lo. Ele queria a magia dela. Quando não conseguiu reivindicar o poder da mulher, Constantino acabou tirando a própria vida no lugar.

Não podia ser o mesmo homem. Óbvio que não. A história dizia que ele tinha morrido, e, ainda que não tivesse, já teria milhares de anos àquela altura. Estaria morto havia muito tempo. E Coco... Coco não dissera nada sobre conhecer Constantino durante a narrativa de Madame Labelle. Ela teria nos contado. Com certeza. A vida de Lou estivera tangencialmente ligada a ele e a Angélica, cujo amor malfadado fora a centelha que fizera eclodir a guerra entre a Igreja e as Dames Blanches. Ela teria nos contado. *Teria mesmo*.

— Constantino. — Beau repetiu o nome devagar, testando-o na língua. Recordando. — Conheço esse nome. Você não devia estar morto?

Coco ficou tensa ao ouvir as palavras rudes, mas Constantino apenas deu uma risadinha. Bagunçando os cabelos da moça, ele se desvencilhou com gentileza de seus braços.

— Minha reputação fala por mim.

— Você é Le Cœur Brisé? — perguntei, incrédulo. — O Coração Quebrado?

Os olhos escuros luziram.

— A ironia não me passa despercebida, eu lhe garanto.

— Mas você não... não é *o* Constantino. Não é aquele Constantino. — Quando o homem simplesmente continuou me observando, expirei um fôlego rápido e desviei o olhar para Coco, incapaz de articular a explosão repentina e dolorosa de emoção que sentia. Ela não nos contara. Tinha... omitido a informação. Não mentira, não exatamente, mas tampouco dissera a verdade. Cheirava a traição.

— Certo. — Balançando a cabeça, tentei recuperar o foco. — Como?

— Quem liga? — resmungou Beau em um tom quase inaudível.

Constantino estendeu os braços

— Fui amaldiçoado pela eternidade, caçador, porque desejei mais.

Coco lhe lançou um olhar de soslaio.

— Acho que fez um pouquinho mais do que isso.

— Tem razão, obviamente, Cosette. Parti o coração de uma mulher no processo... meu único e verdadeiro arrependimento em vida.

— Constantino pulou desses penhascos. Quando Angélica chorou seu mar de lágrimas, as águas... o reviveram — disse Coco, revirando os olhos, e gesticulou para a neblina ao redor. A mesma da qual ele tinha se formado. — Sua magia lhe dá vida. Agora ele serve de alerta.

Todos a encaramos.

— O que isso quer dizer? — perguntou Beau, por fim.

— Quer dizer que Isla meteu o nariz onde não foi chamada — respondeu Constantino, surpreendentemente aprazível, dadas as circunstâncias.

Passou a mão pelo braço, depois pelo peito nu. Não estava vestido, exceto por um pedaço de pano ao redor da cintura; suas pernas ficavam semiobscurecidas pelas brumas. A condensação se aderia à sua pele e cacheava seu cabelo. — Ela observou tudo o que aconteceu entre mim e Angélica, e quando as águas intervieram, entrou em cena para me amaldiçoar a proteger as mulheres destas águas, e sua magia, para sempre.

Os olhos de Célie corriam de um lado para outro.

— As mulheres destas águas?

— As melusinas. — O rosto de Constantino se contorceu em desgosto. — Mulheres-peixe. Mulheres *volúveis*.

— Sedutoras — acrescentou Coco. — As mulheres que moram aqui também são contadoras da verdade. Algumas são videntes. As águas lhes deram habilidades estranhas.

Meus braços começaram a queimar, então mudei Nicholina de posição.

— Quem é Isla?

Constantino bufou em resposta.

— A rainha das melusinas.

— Irmã de Claud — disse Coco ao mesmo tempo.

— Uma deusa, então? — perguntou Célie.

Constantino abaixou a cabeça, inclinando-a.

— Há quem a chame assim. Outros discordariam. De qualquer forma, é muito antiga e poderosa. Mas se vocês estão querendo uma audiência com ela, tenho que adverti-los: ela não pode interferir em assuntos humanos. Não sem consequências.

Coco tocou o braço dele.

— Não viemos aqui para isso, Constantino. Pelo menos, ainda não.

— Olhou para Nicholina, para Lou em meus braços, e seu corpo inteiro pareceu murchar outra vez. Constantino seguiu o olhar dela, com os olhos afiados percorrendo a pele pálida de Lou, as bochechas descarnadas. Fez um "hummm" baixinho, compreendendo a situação.

— Louise está doente.

— E possuída — acrescentei, um pouco desesperado.

Ele arregalou os olhos.

— Acham que as águas vão curá-la.

— Curaram você, e você estava morto — argumentou Beau.

Constantino repartiu a névoa com as mãos, os fiapos de fumaça enroscando-se por entre seus dedos. Me pareceu um gesto ocioso. Apático.

— É verdade. Se existe algo capaz de curá-la, seriam estas águas. Embora tenham começado como meras lágrimas, tornaram-se tão sencientes quanto o pulso dentro de uma Dame Rouge, tão conectadas à terra quanto uma Dame Blanche. Angélica era vidente, e sua magia lhes deu forma. As águas veem coisas que não podemos ver, sabem coisas que não podemos saber. Sou parte delas agora, e, ainda assim, nem mesmo eu tenho ciência do futuro como elas. Vivi uma centena de vidas humanas, e, ainda assim, nem mesmo eu compreendo seu conhecimento.

Foi difícil tirar as pérolas da mochila enquanto sustentava o peso de Nicholina. Beau estendeu os braços para ajudar. Com relutância, a entreguei antes de bruscamente empurrar as pérolas a Constantino. Para minha surpresa, suas mãos eram sólidas. Quentes. Estava realmente vivo.

— Nosso pagamento — expliquei.

Seus dedos se fecharam ao redor das pérolas. Seus olhos voaram para Coco.

— Tem certeza?

Ela assentiu, resoluta.

— Ela é minha melhor amiga.

Constantino deu de ombros, e as pérolas se dissolveram dentro da névoa.

— Muito bem. É responsabilidade dela, então. — Ao restante de nós, perguntou: — Quem vai acompanhar as belas donzelas?

Dei um passo à frente

— Eu.

— Óbvio. — Seus olhos me percorreram da cabeça aos pés. Ele fez um *hunf*, como se estivesse desgostoso. Como se a lama em minhas botas, talvez a bandoleira em meu peito, o ofendesse. — Ouvi falar de seus feitos, Reid Diggory. Fiquei sabendo de sua glória em meu legado. De toda a morte e sangue nas suas mãos e nas mãos de seus irmãos. — Fez uma pausa para me deixar responder, mas não lhe dei esse gostinho. Não esbocei nenhuma reação. — Para falar a verdade, você me lembra uma versão muito mais jovem de mim mesmo.

— Não sou nada parecido com você.

Ele inclinou a cabeça.

— O tempo muda a todos nós, não é?

— Blá-blá-blá, besteirada misteriosa, advertências agourentas. — Beau reposicionou Nicholina em seus braços com movimentos rígidos e desajeitados, exalando um suspiro descontente. — Vamos continuar parados aqui, ou...?

— Já captei a mensagem. — Constantino sorriu, e, com um aceno de mão, Beau e Célie desapareceram. Os dois simplesmente... desapareceram. O peso de Nicholina retornou, sólido, para meus braços.

— Para onde você os mandou? — perguntou Coco, falando mais alto por causa do pânico. — Quer dizer... estão a salvo?

Os olhos de Constantino brilharam, espertos.

— Ninguém está a salvo aqui, Cosette. Nem mesmo você. Eu protegia você e sua amiga quando eram crianças. Mas agora você é adulta e busca as águas para interesse próprio. Não posso mais manipular as regras. Você também vai ter que beber e falar a verdade. Agora... — Deu um passo para o lado, gesticulando em direção ao caminho à frente, ainda escondido pela neblina semissólida. — Vamos?

Consegui vê-la engolindo em seco.

Quando dei um passo adiante, porém, ela entrelaçou o braço no meu, correndo para me acompanhar.

— Nunca bebeu antes? — perguntei baixinho. Embora não conseguisse ouvir Constantino nos seguindo, sentia sua presença atrás de nós enquanto caminhávamos. A trilha fazia uma decida leve e regular, apesar das pedras. O silêncio ainda recobria tudo. — Em nenhuma das vezes que visitou?

— Só uma vez — sussurrou ela —, quando tentei ver minh... — Mas parou de repente, apertando meu braço com força. — Quando Lou e eu tentamos nadar nas águas. Constantino nunca nos obrigou a beber. A gente costumava só ficar brincando pela orla.

— E aquela vez?

Ela estremeceu.

— Foi horrível.

— O que você viu?

— O que eu mais queria no mundo.

— O que era?

Ela bufou, mas não retirou o braço.

— Como se eu fosse contar para você. Já falei uma vez. Não vou repetir.

— Você não pode estar falando sério. — Uma dor começara a latejar em minha têmpora direita. — Como posso saber o que esperar se não...

— Não pode — interrompeu Constantino, materializando-se bem à nossa frente. Paramos de supetão. — Ninguém sabe o que a água vai mostrar. Desejos, temores, forças, fraquezas, lembranças... ela vê verdade e exige verdade em troca. Tudo que você precisa fazer é reconhecer.

Depois, a névoa atrás de Constantino começou a rarear. Movia-se lentamente, de maneira deliberada, cada feixe de vapor deslizando para longe revelando um espelho de água vasto e inacreditavelmente liso. Estendia-se pelo espaço entre duas montanhas, até não ser mais possível ver a olho nu. Em direção ao horizonte. Além. A lua — prateada como uma moeda recém-cunhada — brilhava, ofuscante e vívida, na superfície vítrea. Não havia fumaça. Nem ondas.

Nem se ouvia um único ruído sequer.

Constantino fez um movimento com o pulso, e, das brumas, três cálices se formaram, solidificando-se em ferro simples. Aguardavam na areia à beira d'água. Quase a tocando, mas sem alcançá-la. Com delicadeza, coloquei Nicholina no chão. Não se moveu quando abri sua pálpebra e verifiquei seu pulso.

— O que você *fez* com ela? Está quase inconsciente.

— Foi uma solução simples para induzir o sono: lavanda, camomila, raiz de valeriana e sangue. — Coco deu de ombros, nervosa. — Talvez eu tenha exagerado um pouquinho.

— Ela bebe — anunciou Constantino, sua forma começando a esvaecer — ou morre.

Não pude reprimir um rosnado de frustração.

— Você é mesmo um filho da puta, sabia disso?

Quando Constantino levantou as mãos, elas se dissolveram em brumas. Deu outro sorriso arrogante.

— Sou um simples guardião. Bebam das águas e derramem sua verdade. Se vocês forem bem-sucedidos, têm permissão para entrar em suas profundezas curativas. Se falharem, vão deixar este lugar e nunca mais voltar.

— Não vou a lugar nenhum... — Mas assim que as palavras saíram de minha boca, senti a névoa me comprimir como se fossem algemas de ferro e compreendi que permanecer ali depois de falhar não seria uma opção. A neblina, ou Le Cœur, ou as águas, ou a própria magia, não permitiriam. As algemas só se dissiparam quando murmurei uma concordância sucinta. Ainda assim, sentia sua presença, é óbvio, pairando acima de minha pele. Uma advertência.

— Bebam das águas — repetiu Constantino, já quase imaterial — e derramem sua verdade. — Só conseguia ver seus olhos. Quando encontraram Coco, os dois globos se suavizaram, e um fiapo de neblina se estendeu para acariciar o rosto dela. — Boa sorte.

Ele nos deixou sozinhos sob o luar, olhando para nossos cálices.

A VERDADE DAS ÁGUAS

Reid

Ainda me lembro do exato momento em que recebi minha Balisarda. Após cada torneio, um banquete era dado para homenagear os campeões e dar-lhes as boas-vindas à irmandade. Os convidados que não pertenciam à ordem dos Chasseurs ou à Igreja eram poucos, e as celebrações nunca duravam muito tempo — um discurso rápido, a refeição mais ainda. Nada de brindes. Nada de música. Nada de festa. Um acontecimento modesto. Mas, na manhã seguinte, o espetáculo de verdade começava. O reino inteiro rumava à Cathédral Saint-Cécile d'Cesarine para assistir à cerimônia de iniciação. Aristocratas e plebeus trajavam suas melhores vestimentas. Noviços margeavam o corredor. Na capela, o arcebispo aguardava com as Balisardas dos iniciados. Adornavam a mesa da Eucaristia, polidas e resplandecentes em suas caixas de veludo.

Eu fora o único iniciado em minha cerimônia. Minha Balisarda era a única.

Jean Luc ficou ao fim do corredor, com as mãos entrelaçadas às costas. O rosto sério. O corpo rígido. Célie se sentou na terceira fila com os pais e a irmã. Ela tentou fazer contato visual comigo enquanto eu marchava pelo corredor, mas não consegui olhar para ela. Não conseguia olhar para qualquer coisa senão a Balisarda. Chamava por mim como um canto de sereia, com a safira brilhando aos raios de sol que se infiltravam pelas janelas.

Repeti meus votos no automático. Ombros retos e altivos. Depois, o arcebispo ignorou a tradição, me abraçando, mas sua demonstração pública não me envergonhou. Fiquei satisfeito com ela. Comigo mesmo. E por que não ficaria? Eu tinha treinado religiosamente por anos a fio — tinha sangrado, suado e me sacrificado —, tudo por aquele momento.

Mas quando finalmente estendi a mão para pegar minha Balisarda, hesitei. Apenas por um segundo.

Parte de mim já sabia, mesmo na época, que aquela espada — aquela vida — me traria dor. Parte de mim já sabia que eu iria sofrer.

E a escolhi mesmo assim.

Da mesma forma como escolhia agora.

Meus dedos envolveram o metal frio do cálice, e me ajoelhei para enchê-lo. Nenhuma ondulação agitou a água quando toquei a superfície. O movimento pareceu ser absorvido. Franzindo a testa, tentei submergir a mão, agitar e criar movimento, mas topei com uma parede invisível. Fiz mais pressão. Minha mão parou a um fio de distância do espelho d'água — tão perto que eu podia sentir o frio invernal emanando. Ainda assim, não consegui tocar. Com um suspiro pesado, desisti. Constantino tinha me avisado.

Fitei o cálice de ferro com suspeita. Não seria agradável.

— Espere. — Coco segurou meu antebraço antes que eu tivesse tempo de levar o copo à boca. — Lou primeiro. Não sei o que vai acontecer quando bebermos, mas duvido que seremos capazes de ajudá-la.

— Não acho que *poderíamos* ajudá-la mesmo se quiséssemos. — Ainda assim, abaixei a mão. — Não sabemos o que as águas mostrarão a ela. Como podemos lutar contra um inimigo invisível?

— Não estou dizendo que ela não consegue travar sua própria batalha. — Coco revirou os olhos e se inclinou para encher os outros dois cálices. — Estou dizendo que ela está inconsciente. Vai precisar de ajuda para beber.

— Ah. — Apesar da seriedade da situação, senti um calor subindo pela garganta. Eu me apressei a ajudar a levantar Lou, puxando-a gentilmente para meu colo. — Certo.

— Incline a cabeça dela para trás.

Obedeci, lutando contra o instinto de estapear o cálice para longe quando Coco o levou aos lábios de Lou. Porque Coco tinha razão: se alguém entre nós era capaz de passar naquele teste, esse alguém era Lou. Segurei-a firme e, devagar e com cuidado, Coco abriu sua boca e entornou a água lá dentro.

— Calma. Calma — pedi.

Coco não tirou os olhos de sua tarefa.

— Cale a boca, Reid.

Não aconteceu nada quando a água fria tocou a língua de Lou. Coco entornou um pouco mais. O líquido escorreu por um canto da boca dela. Nada.

— Não está engolindo — falei.

— Pois é. *Muito obrigada pela informação...* — Mas Coco parou de repente quando os olhos de Lou se abriram de uma só vez. Nós a encaramos. Hesitante, Coco pousou a mão na bochecha da amiga. — Lou? Como você está se sentindo?

Os olhos dela se reviraram, e a boca se abriu para soltar um grito violento... mas nenhum som se seguiu. O silêncio ainda reinava. As águas, porém, se agitaram em uma estranha espécie de reconhecimento. Segurando seus ombros, impotente, assisti enquanto ela arranhava o rosto e puxava os cabelos. Como se quisesse arrancar Nicholina de dentro de si à força. Virava a cabeça com violência, sem parar.

— *Merda.*

Eu estava com dificuldades para segurá-la, mas Coco me empurrou para trás, engolindo o conteúdo de seu cálice de uma só vez.

— Rápido! — Ela jogou a taça para longe, amparando-se na orla. — Beba agora. Quanto mais cedo tivermos revelado nossas verdades, mais cedo vamos poder levar Lou para dentro da... — Mas seus olhos também se reviraram, e, embora o corpo não tenha convulsionado como o de Lou, Coco caiu para o lado, comatosa, com a bochecha pousando na areia. Os olhos ainda se reviravam.

Eu a vira assim somente uma vez. Sem enxergar nada. Enxergando tudo.

Um homem que leva em seu coração morrerá.

Xingando com amargura e lançando um último olhar para Lou, que estava mole em meu colo, engoli o conteúdo do meu cálice. Como se fosse possível, a água tinha um gosto ainda mais gelado do que seu toque. Sobrenaturalmente fria. Cruelmente fria. Queimava minha garganta enquanto engolia, tornando-se gelo em meu estômago. Em meus braços e pernas. Em minhas veias. Depois de poucos segundos, ficou difícil me mexer. Tossindo, com ânsia de vômito, tirei Lou do colo enquanto o primeiro tremor agitava meu corpo. Quando caí para a frente, com as mãos e os joelhos na areia, os cantos de minha visão tinham embranquecido. Estranho. Devia ter escurecido, não clareado, e...

De repente, a queimação em meus pulmões desapareceu e minha visão ficou límpida. Pisquei, surpreso. Outra vez. Não era possível. Não tinha bebido o suficiente? Me empertigando, olhei primeiro para o cálice vazio, depois para Lou e Coco. A surpresa desapareceu aos poucos, transformando-se em confusão. Em medo. Tinham desaparecido dentro da névoa tão completamente quanto os outros. Eu me levantei depressa.

— Lou? Coco?

— Aqui! — gritou Lou, das margens.

Surpreso e aliviado, corri em direção à sua voz, espiando através das brumas e da escuridão. Embora a lua ainda banhasse a paisagem com a luz prateada suave, quase não iluminava agora. Feixes brilhavam em meio à neblina de maneira intermitente. Em certo momento, me cegaram. No outro, me desorientaram.

— Onde você está? Não consigo...

A mão de Lou encontrou a minha e ela veio à tona, sorrindo, sã e salva. Fitei-a, incrédulo. A pele pálida e doentia de antes agora brilhava reluzente, salpicada de sardas. Os cabelos curtos e brancos de antes agora caíam livres, longos e lustrosos pelas costas, castanhos, escuros novamente. Segurei uma mecha entre meus dedos. Até as cicatrizes tinham sarado. Exceto... exceto uma.

Passei um dedo pelos espinhos e rosas em sua garganta. Os olhos dela se fecharam ao meu toque. Névoa ondeava ao redor de seu rosto, envolvendo-a em uma cortina de fumaça etérea.

— Gostou? Coco podia ganhar uma boa grana com isso... transformando o macabro em macabramente belo.

— Você sempre foi bela. — Com a garganta apertada, mal consegui pronunciar as palavras. Lou abraçou minha cintura, descansando o rosto em meu peito. — Está... melhor?

— Quase. — Sorrindo outra vez diante de minha expressão receosa, ela ficou na ponta dos pés para me beijar. — Vem. Quero te mostrar uma coisa.

Eu a segui sem titubear, com meu coração na boca. Uma voz no fundo de minha mente advertia que as coisas não podiam ser tão fáceis — me dizia que não devia confiar —, mas quando Lou entrelaçou os dedos nos meus, me puxando mais para dentro da neblina, deixei. Sua mão estava mais quente do que a sentia fazia séculos. E aquele aroma no ar — de magia, baunilha e canela —, eu o inspirei fundo. Uma sensação inerente de paz se espalhou de meu peito para o restante do corpo. É óbvio que não hesitei. Era Lou. Não era uma Balisarda, e eu não estava avançando pelo corredor da capela. Não estava fazendo meu juramento. Já o tinha feito.

— Como você exorcizou Nicholina? O que as águas mostraram? — perguntei, como se estivesse em um sonho.

Ela sorriu por cima do ombro, radiante.

— Não me lembrava de você ser tão conversador, marido.

Marido. O termo parecia tão adequado que me aqueceu. Me embriagou. Sorri e joguei um braço sobre seus ombros, trazendo-a para mais perto. Ansiando por seu calor. Por seu sorriso.

— E não me lembro de *você*...

...*dizer sua verdade*, repreendeu minha mente. *Você também não disse. Isto não é real.*

Meu sorriso se desfez. É óbvio que era real. Conseguia senti-la contra mim. Desacelerando até parar, segurei-a mais firme e a virei. Quando Lou olhou para mim, arqueando uma sobrancelha familiar, meu fôlego ficou preso na garganta. Ela parecia radiante de felicidade, radiante mesmo. Senti como se eu pudesse voar.

— Me diga — pedi baixinho, colocando uma mecha de cabelos atrás de sua orelha. — Me diga o que viu.

— Deixe que eu mostre a você.

Franzi a testa. A pele dela... estava mesmo brilhando? Lou acenou, e a névoa ao redor de nós tornou-se menos densa, revelando um altar de pedra às suas costas. Em cima, uma jovem estava deitada, prostrada, atada e amordaçada. Tinha dificuldades até para aguentar o peso da própria cabeça, que pendia da beirada. Seus cabelos — brancos como a neve e a lua, brancos como o vestido — tinham sido trançados. A trança pendia da nuca para a bacia de pedra sob sua garganta. Eu me aproximei, alarmado. A jovem parecia... não. Ela me dava a *sensação* de ser... familiar. Com os olhos turquesa, poderia ter sido uma Lou de dezesseis anos, mas não era exatamente isso. Era alta demais. Forte demais. A pele pálida e desprovida de sardas.

— Olhe para ela, amado — ronronou Lou com uma adaga na mão. Fitei a arma, incapaz de entender de onde tinha surgido. Incapaz de compreender por que ela a estava segurando. — Não é encantadora?

— O que você está fazendo?

Ela atirou a faca no ar, observando-a rodopiar, para cima, para baixo, e a pegou pelo cabo outra vez quando caiu.

— Tenho que matá-la.

— O quê? Não. — Tentei me colocar entre as duas, mas meus pés se recusavam a se mover. A névoa tinha avançado enquanto eu observava a jovem, solidificando-se ao nosso redor. Minha respiração acelerou. — Por quê? Por que você vai fazer isso?

Ela me lançou um olhar de pena.

— Pelo bem de todos, é óbvio.

— Não. Isso... não, Lou. — Balancei a cabeça com veemência. — Matar aquela criança não vai resolver nada...

— Não é uma criança *qualquer*. — Ela andou casualmente em direção ao altar, ainda lançando a adaga no ar e a capturando repetidas vezes. A menina assistia de olhos arregalados, debatendo-se mais e mais, enquanto a cena se desenrolava. As águas desapareceram, e montanhas de verdade se formaram. Um templo em meio ao prado. Dezenas de mulheres em volta, dançando freneticamente sob o luar. Trigêmeas de cabelos pretos e uma bruxa com coroa de azevinho. Mas a menina no altar não conseguia escapar. A névoa a mantinha presa como um porco destinado ao abate enquanto Lou apontava a faca para sua garganta. — *Esta* criança. Eu, sozinha, estou disposta a fazer o que precisa ser feito, amado. Eu, sozinha, estou disposta a sacrificar. Por que você não consegue enxergar? Vou salvar a *todos*.

Senti a bile subindo por minha garganta.

— Você não pode fazer isso. Não... ela, não. Por favor.

Lou me fitou com tristeza, a adaga ainda suspensa acima da menina.

— Sou filha da minha mãe, Reid. Farei qualquer coisa para proteger aqueles que amo. Você... — Tocou a ponta da lâmina no pescoço da jovem — não mataria por mim?

Incrédulo e furioso, quase quebrei as pernas tentando me libertar.

— Eu não mata...

A mentira tornou-se densa e rachou antes que pudesse terminar de pronunciá-la. Como cinzas em minha língua. Minhas cinzas.

Eu *tinha* matado por Lou. O arcebispo não era inocente, não mesmo, mas os outros... e os que vieram antes dele? Eu os tinha matado por motivos menos nobres do que o amor. Eu os matara por obrigação, por lealdade. Eu os matara por glória. Mas... isso também não era exatamente verdade. *Beba das águas e derrame sua verdade.*

Agora eu conseguia ver as rachaduras em sua magia. Essa Lou tinha sido tão convincente. Tão perfeita. Como a Lou que eu preservara em minha memória. Mas a realidade não era perfeita, e ela também não — nem antes, nem agora. Um dia me dissera que era doloroso lembrar dos mortos da maneira como eles eram de fato, em vez de como gostaríamos que tivessem sido. A memória era algo perigoso.

O tempo muda a todos, não muda?

Eu já não era o menino que ansiava por sua Balisarda, que a segurara pela primeira vez cheio de reverência e orgulho, e, ainda assim, parte de mim se lembrava dele. Parte de mim ainda sentia aquela ânsia, aquele desejo. Agora, talvez pela primeira vez, eu enxergava a verdade com nitidez. Tinha matado o arcebispo porque amava Lou. Tinha matado inocentes porque amava o arcebispo. Porque amava meus irmãos, minha família. Sempre que encontrava um lar, lutava com unhas e dentes para não o perder.

Como Morgane.

Uma linha fina escarlate molhou a lâmina de Lou. Coloriu o pescoço da menina como se fosse uma fita.

— Você me disse uma vez que eu era igual a minha mãe. — Lou encarava o sangue na adaga, mesmerizada. — Estava certo. — Antes que eu pudesse reagir, ela cortou a garganta da menina, virando para me encarar enquanto a outra sufocava e gorgolejava. Seus movimentos se desaceleraram em questão de segundos. O vermelho manchava a pedra branca de maneira irrevogável. — Você estava certo.

Beba das águas e derrame sua verdade.

— Estava. — A névoa ao redor de meus pés se desfez quando proferi a palavra, e marchei adiante com determinação, engolindo a bile. Não olhei para a menina. Não memorizei seu rosto. Meu peito se partiu ao meio com o esforço. Aquilo não era real. Ainda não. *Nunca seria*; não se eu pudesse evitar. — É, Lou, você é igual à sua mãe. — Peguei seu queixo, forçando-a a me encarar. — Mas eu também sou.

Assim que as palavras deixaram meus lábios, um sorriso largo se abriu no rosto dela.

— Muito bem, Reid.

O chão começou a ruir, o altar e o templo se esfarelando até se tornarem areia branca e água parada. Uma espécie de vibração encheu meus ouvidos, e o queixo de Lou desapareceu entre meus dedos. Eu segurava apenas ar. Areia friccionou meus joelhos, e olhei para o cálice no chão. Toquei-o com cuidado. Ainda estava frio.

— Você voltou. — A voz de Constantino, brincalhona, perfurou o silêncio quando me sentei, estarrecido. — Depois de Coco, aliás. — Deu uma piscadinha para ela, que estava sentada a meu lado, imóvel, abraçando aos joelhos.

Ao notar meu olhar ansioso, ela resmungou:

— Estou bem.

— Falou a sua verdade?

— Até a última palavra.

— Não vai repetir, certo?

— Jamais.

Constantino deu uma risadinha antes de olhar para Lou, que começava a despertar. Esfregou as mãos, na expectativa.

— Ah, excelente. Bem na hora.

Fui para o seu lado enquanto ela abria os olhos. Seu olhar voou de mim para Coco, e depois para a infinidade de areia para além de nós, então levantou o tronco depressa, virando o pescoço para trás.

— Lou? — chamei, confuso, erguendo a mão para tocar sua testa.

A mordida em sua pele não tinha sarado (nem eu esperava que tivesse, não ainda), e sua aparência era ainda mais pálida do que o usual. Tão branca quanto os cabelos. Arrastou-se para trás, ainda sondando a praia freneticamente.

— Onde elas estão? — Sua voz saiu aguda, meio infantil, e meu coração afundou. No fim das contas, não era Lou. — Onde estão escondidas? Onde estão esperando? Estão perto, estão perto. Têm que estar aqui.

Encarei-a com repulsa. Com pena.

— Não há mais ninguém aqui, Nicholina. Só você.

— Não, não, não. — Ela se balançava para a frente e para trás como Coco tinha feito antes, sacudindo a cabeça freneticamente. Fazendo caretas. — É uma armadilha. Estão aqui. Com certeza estão, à espera, escondidas, espiando pela névoa...

Coco se ajoelhou diante dela, segurando seu queixo com os dedos.

— Elas não estão vindo. Aceite. Siga em frente. Melhor ainda: mude de lado. Nicholina, minha tia não é a pessoa que você quer que ela seja. Morgane é ainda pior. Não valorizam você. Não a aceitam. Você é uma ferramenta para elas, um meio para um fim, igual ao restante de nós.

— *Não*. — Nicholina pronunciou a palavra com um rosnado gutural, então levou novamente as mãos ao rosto, arranhando a pele. Quando pulei para intervir, as unhas laceraram meu peito. — *Você*. Vou entregar você com o ratinho, sim, sim, sim, e vamos cortar seu coração em pedacinhos...

Constantino fez um som de reprovação, gesticulando com as mãos. As brumas responderam ondulando ao redor de Nicholina em um tornado violento, prendendo-a em seu interior. Ela urrou de raiva.

— Vão matar nós duas, ratinho estúpido. Ratinho estúpido, *estúpido*. Não podemos dançar, não, mas *podemos* nos afogar. No mar, mar, mar, podemos nos afogar. Não existe esperança. Só *doença*.

Depois, voltou a falar.

Calor inundou meu corpo inteiro.

— Achei que você não estava... — a voz estava mais grave do que antes, e ela trincou os dentes, concentrada — preocupada com a possibilidade de morrer? Ou... finalmente... aceitou a verdade?

Lou.

Eu não conseguia respirar. Não conseguia acalmar meu coração. Era ela. Era *Lou*.

As águas deviam ter enfraquecido Nicholina o suficiente para que ela emergisse, ou... ou talvez exigissem a verdade, mesmo naquele momento. Sabiam que Nicholina não pertencia. Sabiam de quem era o corpo que ela estava possuindo.

Constantino suspirou.

— Eu até estava achando graça na briguinha de vocês. Mas não estou mais. Digam suas verdades, todos vocês, ou deixem este local em paz. Não tenho a noite toda.

— Mesmo? — Lou lutou para sorrir, ainda ofegante. — O que mais... você tem para fazer? Este é... o seu único propósito de vida... não é?

Ele olhou feio para ela.

— Encantadora como sempre, Louise.

Ela se curvou, tentando sem sucesso esconder a careta quando Nicholina as jogou contra a prisão de brumas.

— Eu... tento.

— Sua verdade — insistiu ele, ríspido.

O rosto de Lou convulsionou, e quando ela abriu a boca outra vez, eu já não tinha certeza de quem falava: ela ou Nicholina. De qualquer forma, sua verdade se derramou sem cerimônia. Forte e sem esforço.

— Sou capaz de grandes crueldades. — As palavras pairaram no ar entre nós, tão vivas quanto a névoa. Esperavam, prontas, pela minha resposta. Pela minha elucidação. Pela minha própria verdade.

Eu a olhei nos olhos.

— Todos somos.

Como se expirasse em um suspiro, as palavras se dissiparam. A bruma foi embora junto, deixando Lou estatelada na areia. Constantino assentiu.

— Muito bem. Uma das provas mais difíceis da vida é reconhecer nossos próprios reflexos. Hoje, vocês viram a si mesmos. Beberam das águas e derramaram sua verdade. — Estendeu a mão em direção à orla. Uma emoção que eu não soube identificar brilhava em seus olhos. Talvez tristeza. Melancolia. — Agora vão. Deixem que sua sabedoria flua por suas veias e os restaurem. — A Coco, murmurou: — Espero que viva sua verdade, Cosette.

Ela fitava as águas com uma expressão idêntica.

— Também espero.

Na quietude daquele momento, Nicholina irrompeu em direção à trilha com um berro feroz. Um berro desesperado. Agarrei-a antes que conseguisse escapar, jogando-a por cima do ombro. Os punhos dela batiam em minhas costas, mais fracos do que deveriam ter sido. Suas mãos ainda estavam doídas e em carne viva. Quando tentou chutar minha virilha, detive sua canela, segurando-a longe. Minha própria esperança inflava em meu peito. Brilhante e selvagem.

— Você vai acabar se machucando.

— Me solte! — Ela mordeu meu ombro como um animal raivoso, mas a lã grossa do casaco preveniu maiores estragos. — Você vai nos matar! Está me ouvindo? Vamos nos afogar! Não podemos dançar sob essas águas. Somos pesados demais, somos muitos, *demais*...

— Chega. — Marchei com ela para a água com determinação férrea. Dessa vez, meus pés submergiram sem resistência. Tinham nos dado permissão para entrar. Para curar. Atrás de nós, Constantino desaparecera, deixando Coco sozinha. Ela fez um rápido aceno positivo de cabeça. — Vamos acabar com isto agora, Nicholina. Dê. O. Fora. Da. Minha. Esposa.

Ela berrou enquanto a atirava de cabeça para dentro das águas.

MATHIEU

Lou

A água estava congelando — de uma maneira chocante e paralisante. Meus músculos se contraíram com o contato, meu fôlego se esvaiu em um sopro doloroso e estupefato. Meus pulmões imediatamente urraram em protesto.

Que maravilha do caralho. *Reid* do caralho.

É óbvio que a intenção era boa, mas o bruto heroico não podia ter testado antes a temperatura das águas? Talvez dado um mergulho ele mesmo? Eu com certeza não conseguiria dançar se virasse um bloco de gelo. E meus olhos — eu não conseguia ver *nada*. O pouco luar que brilhava lá em cima não conseguira penetrar as profundezas, mergulhando-nos no breu absoluto. Um desfecho justo para Nicholina. Um gostinho de seu próprio veneno. Se fosse possível, eu pensaria que ela gostava da escuridão menos do que eu, e em sua completa histeria, se debatia alucinadamente, lutando por controle. Afundando a nós duas como um tijolo.

Pare com isso. Trincando os dentes doloridos, me esforcei para mover braços e pernas em sincronia. Ela se agitava na direção oposta, e nossas saias se emaranhavam em torno de nossos pés, grossas, pesadas e perigosas. Afundamos mais um centímetro, e outro, e outro, o pânico de uma alimentando o da outra, elevando-se a uma espécie de frenesi coletivo. *Nicholina*, chamei com aspereza, ignorando o retumbar de meu coração, que quase explodia em meu peito. *Pare de se debater. Precisamos trabalhar juntas, ou vamos morrer as duas. Sou uma boa nadadora. Deixe-me tomar o controle...*

Jamais.

As vozes a ecoaram. *Jamais, jamais, jamais.* Eram um enxame ao redor de nós, tomadas por pânico e histeria, e afundamos ainda mais depressa, pesadas por causa do manto e do vestido. Eu puxava o primeiro enquanto Nicholina tentava afrouxar o segundo. Xingando sem parar, me uni a ela, e juntas — milagrosamente sincronizadas — desfizemos os nós com os dedos duros e desajeitados. Ela chutava a saia enquanto eu tentava dar conta do manto. Em questão de segundos, ambos flutuaram para longe pela água escura, de uma maneira sinistra e vagarosa, antes de desaparecerem por completo.

Mesmo assim, afundávamos.

Merda. Era como nadar em óleo, em piche. Meus pulmões ardiam enquanto me esforçava para me erguer, e Nicholina finalmente começou a espelhar meus movimentos, em desespero. *Isso mesmo. Continue. Pé esquerdo, pé direito, pé esquerdo, pé direito.*

Dançamos, dançamos, dançamos.

Mas não estávamos dançando coisa nenhuma. Pontos brancos já brotavam em minha vista, e minha cabeça latejava com a falta de oxigênio. Uma dor lancinante perfurava meus ouvidos. E... e algo mais. Algo pior. Tarde demais, me dei conta de que o véu de Nicholina — a escuridão que escudava seu subconsciente — tinha evaporado por completo. As águas o tinham levado embora. Enfim, todos seus pensamentos, emoções e temores inundavam nossa consciência compartilhada com uma nitidez estarrecedora. Vislumbres de rostos lampejavam. Fragmentos de memórias, com pedacinhos de sentimentos atados a cada um. Fervor, afeição, ódio, vergonha. Era demais. Eram muitos. Eu não os queria.

Mas as emoções não pararam de vir — tão intensas, tão *dolorosas* —, e a força bruta de seu ser se chocou contra mim como um maremoto.

Minha magia também.

Ouro e branco explodiram com uma intensidade ofuscante em todos os lugares ao mesmo tempo. Embora eu tenha tentado capturar um padrão — um padrão para nadar, para proteger, para *qualquer coisa* —, as emoções de Nicholina sobrepujavam tudo. Me fustigavam.

O que você está fazendo? O que você está fazendo? Ela me incitava a continuar, com a voz desesperada, compreendendo tarde demais o que tinha acontecido. Não tinha percebido que o véu se fora. Mesmo quando tentou conjurá-lo outra vez, as águas o dilaceraram impiedosamente. *Dance, ratinho! Precisa dançar! Direita, esquerda, direita, esquerda, direita!*

Mas não eram as águas que nos afogavam agora. Era ela. A intensidade das emoções roubava o pouco de fôlego que nos restava, nos puxando para baixo sob seu ataque. Afundávamos cada vez mais, a cada nova onda. Não. Afundávamos *dentro* de cada nova onda. Uma luz adentrou a escuridão.

E, de repente, não estávamos mais nas Águas Melancólicas.

Lavanda roçou a ponta de meus dedos. O aroma perfumava o ar de verão, doce, pungente e inebriante, e, lá em cima, uma única nuvem pesada flutuava. Olhei ao redor, desconfiada. Conhecia aquele lugar. Conhecia as montanhas ao redor, o riacho que corria à margem do campo. Quando criança, tinha brincado ali com frequência, mas não havia lavanda na época, apenas grama e tocos retorcidos de antigas pereiras. Manon me dissera que, um dia, aquele vale tinha sido um bosque, mas Morgane o incendiara em um acesso inexplicável de fúria antes de nascermos. A lavanda tinha precedido as árvores? Ou tinham vindo depois?

Algo se moveu a meu lado e me retesei instintivamente, virando para ver o que era.

Meu coração deu um pulo.

— Você é... *você* — falei, incrédula.

Nicholina me encarava de volta, os olhos maiores do que nunca. A pele mais pálida. As cicatrizes em seu peito brilhavam, brutais e terríveis, na luz ofuscante do sol, e o vestido preto — maltrapilho e sujo — parecia deslocado naquele lugar alegre. Olhando para meu corpo, levantei as mãos experimentalmente, e elas responderam sem hesitar. Flexionei os dedos. Ao vê-los se esticarem, fechando-se outra vez na direção das palmas, uma bolha de riso me subiu pela garganta — *minha* garganta. Não nossa.

Sem conseguir me conter, ergui o rosto para o sol, saboreando seu calor. Apenas por um instante. Não sabia onde estávamos, não sabia *como* estávamos ali, e não me importava. Eu me sentia... inteira. Uma sensação curiosa fluía por meus braços e pernas, como se a água não apenas tivesse me restaurado, mas me fortalecido. Me dado poder. Ou talvez eu tivesse finalmente morrido e ido para a Terra do Verão. Ou seria o Paraíso? Nenhuma das duas hipóteses explicaria a presença de Nicholina, mas o que mais poderia ser?

Uma onda afiada e inesperada de pânico interrompeu meu devaneio, e meu sorriso foi embora tão rápido quanto tinha vindo. Pois não tinha sido *meu* pânico. Não, a emoção viera de outra pessoa. Grunhi alto ao me dar conta: Nicholina também reconhecia aquele local. Embora seus pensamentos viessem depressa demais para eu ser capaz de desfiá-los, um sentimento de anseio os permeava. Desespero.

Merda.

Balancei a cabeça.

Embora nossos corpos estivessem separados, parecia que nossas consciências não estavam, e nenhum deus seria cruel o bastante para me atar a Nicholina para sempre, o que significava... o que significava que aquele não era nenhum Paraíso. Olhei feio para o céu azul cristalino.

A nuvem solitária parecia zombar de mim, e não pude reprimir uma risadinha áspera. Ela tinha tomado a forma de uma cruz em chamas.

Pior: agora eu não conseguia mais sentir minha magia. Com cuidado e curiosidade, tentei invocar os padrões dourados em minha mente, mas eles não responderam. Embora o véu entre mim e Nicholina não tivesse sido restaurado, os padrões tinham simplesmente... se evaporado. Qualquer que fosse a magia que alimentava o lugar, estava evidente que não era como a minha. Tampouco era como a dela. Era mais poderosa do que ambas, e tinha nos deixado igualmente nuas e destituídas.

Quando uma voz familiar cantarolou uma canção de ninar atrás de nós, viramos ao mesmo tempo. O pânico de Nicholina se transformou em terror, entrelaçado com minha própria curiosidade mórbida.

— Quem são? — perguntei, observando duas figuras se aproximarem.

Uma mulher esbelta de cabelos pretos, talvez da mesma idade que eu, saltitava de mãos dadas com um menininho de pele pálida. Olheiras profundas drenavam a vida dos olhos da criança, mas ainda assim ele ria, ofegante, e tentava acompanhar o passo da mulher. Percebendo a dificuldade dele, a jovem o levantou em seus braços. Caíram no chão juntos, ainda rindo, rolando pelo campo de lavanda. Não notaram nossa presença.

— Cante para mim, *maman* — implorou o menino, estirando-se sobre o peito dela. Envolveu os bracinhos frágeis ao redor do pescoço da mãe. — Cante para mim. *S'il vous plaît*.

Ela o apertou com delicadeza. Adoração e ansiedade brilhavam em igual medida nos olhos claros. Meu coração se contraiu. A meu lado, Nicholina estava imóvel, sua atenção toda voltada para o rosto da criança.

— E que canção devo cantar, *mon bébé?* — perguntou a moça.

— Você sabe qual!

O nariz dela se franziu, contrariada, e ela alisou os cabelos do filho para trás para tirá-los de sua testa. Eram pretos como os dela.

— Não gosto dessa. É muito... sombria.

— Por favor, *maman*. — Os olhos pálidos do menino procuraram os da mãe avidamente. Na verdade, ele parecia uma versão em miniatura da moça. — É a minha favorita.

Ela bufou com uma exasperação enternecida.

— *Por quê?*

— É assustadora! — Ele sorriu, revelando um dente da frente quebrado e covinhas na bochecha. — Tem monstros!

Revirando os olhos, a mãe suspirou.

— Tudo bem. Mas só uma vez. E não... não cante comigo desta vez, está bem? Por favor? — Eu teria franzido a testa diante do pedido estranho se não tivesse sentido a agitação ecoando por Nicholina. Se não soubesse o que aconteceria em três semanas. Aquele menininho... ele não melhoraria. Teria uma morte lenta e dolorosa nos dias seguintes, e aquele... aquele não era meu inferno, no fim das contas.

Era o de Nicholina.

Mas ela não tinha sido sempre Nicholina. Um dia, fora Nicola.

Eu não conseguia desviar o olhar.

Fechando os olhos, a mulher deitou-se novamente em meio à lavanda, e o menino aninhou o rosto na curva de seu pescoço. Eu já sabia qual era a letra da música antes mesmo de ela ter começado a cantar. Ressoava em meus ossos.

— *Sob a lua vermelha, uma agitação perturba as folhas.* — Em um tom agudo e cristalino de soprano, ela cantava a sinistra canção de ninar, ainda acariciando os cabelos do menino. — *O véu se afina, os ghouls sorriem, sacudindo as telhas.*

Ele deu uma risadinha enquanto ela continuava.

— *Um noivo ouve seu chamado, acorda do sono eterno, para buscar sua amada, sua Geneviève, que se casou com seu Louis. Para além da janela iluminada, canta Genieviève* — Apesar do pedido da mãe, o menino começou a cantarolar junto — *para o bebê em seu peito. O noivo começa a chorar.* — Ela hesitou, a mão parando nos cabelos do filho enquanto ele continuava a canção sem ela.

— *Os mortos não recordam, tema a noite em que sonham. Pois em seu peito está a memória...*

— De um coração que não bate — disse a mulher baixinho, sem cantar. O menino sorriu, e, juntos, terminaram a canção perturbadora. — *Sob a lua de sangue, uma agitação perturba as folhas. O véu se afina, o bebê sorri, e até os ghouls hão de sofrer.*

O menino soltou uma risada alta de deleite.

— Ele era um *zumbi*. Não era, *maman*? O noivo era um zumbi.

— Acho que era um *ghoul* — respondeu ela, sem foco nos olhos. Ainda segurava a cabeça do filho contra o peito, com mais força do que o necessário. — Ou quem sabe uma espécie diferente de espírito. Um espectro.

— Vou virar um espectro também, *maman*?

Ela fechou os olhos como se sentisse dor.

— Jamais.

Depois, a conversa se perdeu. Com o estômago revirando de náusea, observei enquanto os dois finalmente se levantavam, caminhando de mãos dadas de volta ao lugar de onde tinham vindo. Nicholina não piscava. Olhava para as costas do menininho com um anseio nu e cru, sem nem sequer perder tempo olhando para a mulher. A mãe do menino. Nicola.

— Qual era o nome dele? — perguntei baixinho.

Ela respondeu com a mesma suavidade:

— Mathieu.

— Mathieu le Claire?

O menininho foi ficando cada vez menor a distância.

— Eu só tinha dezessete anos — ela sussurrou em vez de responder à pergunta, perdida em lembranças.

Testemunhei os eventos em sua mente com tanta nitidez quanto observava o campo de lavanda à frente: como ela tinha amado um homem, um jovem de pele pálida e cabelos ruivos da aldeia na montanha, e como tinham concebido um filho que amaram infinita, completa e incondicionalmente. Como o homem tinha morrido de maneira inesperada por causa do frio, como o filho deles tinha adoecido pouco depois, como ela tinha tentado tudo, da magia à medicina, para curá-lo. Tinha até chegado a levá-lo a um padre, ou a versão mais próxima de um, em uma terra distante, que explicara que a doença de Mathieu era uma "vingança divina" e os mandou embora.

Nicholina o matou. Tinha sido a primeira vida que tirara.

Na época, não conhecia La Voisin. E se tivesse conhecido, talvez Mathieu estivesse...

— Fora de meus pensamentos, ratinho — rosnou ela, sacudindo a cabeça como se tentasse se livrar de uma mosca irritante. — Não queremos ver, não queremos ver...

— Você tinha dezessete anos — repeti lentamente suas palavras, girando para olhar ao redor outra vez, estudando a silhueta das montanhas. Quando eu costumava brincar ali, ainda criança, havia um penhasco que lembrava o nariz torto de uma anciã. Mas a pedra que formava a verruga não estava visível, e aquilo não podia estar certo. Montanhas não se *moviam*. — Quantos anos você tem *agora*, Nicholina?

Ela chiou por entre dentes manchados e exageradamente afiados, a raiva se avivando como gravetos incandescentes. E senti pena. Um dia, aqueles dentes tinham sido lindos. *Ela* tinha sido linda. Não apenas o rosto e o corpo, mas também seu espírito — o tipo de espírito que levava uma mãe aos confins da terra na esperança de salvar o filho, o tipo que amava com todo o seu ser. O tipo que não poupava esforços. Sim, Nicola fora linda de todas as maneiras que importavam — e das que não importavam também —, mas a beleza se apagava com tempo.

E Nicholina vivera tempo demais.

Como foi que você ficou assim? Certa vez, sentadas no escuro em meio à sujeira da pousada Léviathan, eu tinha lhe feito essa pergunta. Na época, ela não me deu uma resposta adequada. Não precisava me dar uma agora. Eu já sabia sem ela nem sequer precisar abrir os lábios rachados, sem precisar trazer à tona aquela voz juvenil e perturbadora. Ela tinha vivido tempo demais, e o tempo a tinha devastado e transformado em uma casca murcha da mulher que fora um dia.

Ao notar minha pena, ou talvez ao se lembrar do filho morto, a fúria a dominou. Como um animal selvagem, bárbaro e encurralado, cuspiu:

— Quer ir para o Inferno, Louise le Blanc? Podemos atender ao seu pedido. Ah, sim, vamos carregar você para baixo, baixo, baixo...

Quando avançou, envolvendo meu pescoço com os dedos esqueléticos, ondas escuras nos arrebataram outra vez. Esmagaram a lavanda, engolfaram o sol e nos puxaram para dentro de sua corrente traiçoeira. Meus pulmões inquietaram-se em agonia quando compreendi, de uma maneira cristalina e pontiaguda como uma faca, o que estava acontecendo.

Não estávamos no Inferno nem no Paraíso.

Com os ouvidos estalando e a visão escurecendo, me debati contra as mãos de Nicholina, mas os dedos ultrapassaram a superfície da carne, cravaram-se na consciência, vasculharam a memória. Nós duas lutamos, atiradas sem misericórdia de onda em onda, até Nicholina conseguir me agarrar outra vez, quase esmagando minha traqueia. Eu sentia a pressão por todo o corpo. Na cabeça, no peito, no coração. Houve uma explosão branca ao redor quando me libertei, e despencamos de cabeça dentro de outra lembrança.

Através de uma cortina.

A audiência ficou em silêncio quando caímos no palco, e um terror insidioso brotou quando vi a cena diante de nós: Reid me prendendo contra seu peito, com meu corpo imóvel em seus braços. Meus cabelos longos e castanhos, o rosto ensanguentado e roxo. O vestido rasgado. Olhei, em pânico, para a direita, de onde o arcebispo sairia em pouco tempo. E a plateia — quem estaria me espreitando? Alguém me reconheceria? Finalmente me encontrariam?

Nicholina se aproveitou de meu terror, me segurando pelos cabelos e puxando meu rosto para cima.

— Olhe para você, ratinho. Sinta o cheiro do seu medo, mesmo agora, tão espesso e delicioso. Tão magnífico. — Inspirou fundo contra as cicatrizes em meu pescoço. — E você teme tantas coisas, não teme? Teme sua própria mãe, o próprio pai. Teme o próprio *marido*. — Quando passou a língua pela extensão do meu pescoço, girei para me desvencilhar, batendo com a parte de trás da cabeça em seu rosto e cambaleando para a frente. Ela passou a mão pelo nariz ensanguentado antes de levá-la aos lábios. A língua se insinuou para fora como se fosse a de uma cobra. — Mas você devia saber a *sorte* que teve de tê-lo enganado, ah, sim, porque se não tivesse... seu ratinho enganador... ele jamais a teria amado. Se tivesse sabido quem você é, jamais a teria *abraçado* sob as *estrelas*.

Olhei por cima do ombro para onde eu e Reid ainda nos encarávamos, petrificados. Dos bastidores do teatro, Estelle chegou para me ajudar. Nicholina riu.

— Você a jogou na fogueira, Louise. Seu medo a fez *queimar* — disse.

Quando Reid me atirou para longe, fiz uma careta, assistindo a meu corpo alquebrado se chocar novamente contra o palco.

Mas ali... no olhar dele...

Reid também estava assustado.

Estava assustado e, mesmo assim, se levantou quando os empregados do teatro chegaram. Embora suas mãos tremessem, Reid não os confrontou, não se acovardou, não suplicou e não fugiu. E eu tampouco o faria. Medo era inevitável. Todos fizemos escolhas, e todos sofremos as consequências. Todos sentimos medo. O *truque* era aprender a conviver com aquele medo, aprender a continuar seguindo em frente apesar dele.

— Eu não queria que nada disso tivesse acontecido — murmurei, ansiando por estender a mão e tocar o rosto dele. Contornar o sulco entre as sobrancelhas na testa franzida. Dizer que ia ficar tudo bem. — Mas fico feliz que tenha.

Endireitando os ombros como Reid fizera, virei para encarar Nicholina. Seus olhos queimavam com uma luz prateada, e o peito subia e descia com rapidez. Como eu, ela lutava para recuperar o fôlego, e, mesmo assim, aquela força pressionando meus braços e minhas pernas também era sua. As águas tinham curado a nós duas. E, de repente, entendi.

As Águas Melancólicas *curavam*.

Não exorcizavam presenças malévolas.

Eu mesma teria que fazer isso.

Trincando os dentes, avancei na direção dela.

O QUE É SE AFOGAR

Lou

Assim que toquei sua pele, ela rolou, e as águas nos arrebataram novamente. Nicholina bateu os dentes perto da minha garganta. Abrindo sua boca à força — e *mantendo-a* assim —, comecei a nadar com a corrente, não contra. Mas eram muitas as correntes rodopiando agora, algumas quentes e outras frias, algumas familiares e outras estranhas. Centenas, milhares. E eu ainda não conseguia respirar, não conseguia *pensar*, enquanto imagens corriam pela água: fragmentos de rostos, pedaços do céu, visões, cheiros e sensações. Todas me chamavam e ameaçavam ao mesmo tempo, como dedos recurvados no escuro. Me puxavam em todas as direções, agarrando meus cabelos e rasgando meu vestido. Meu pânico se transformou em algo vivo enquanto eu lutava para nadar, para afastar os dentes de Nicholina. Como conseguiria exorcizá-la sem me afogar no processo?

No encalço daquele pensamento veio outro, rápido, súbito e determinado.

Talvez eu pudesse afogar *Nicholina* — se não com água, com emoções. Ou ambas.

Instintivamente, me lancei para dentro de uma corrente desconhecida, e nós duas mergulhamos para o templo vizinho ao Château le Blanc.

Sangue ainda embebia a parede da montanha, e no centro estava Nicholina, sua boca escorrendo como a de um animal selvagem — *Nicholina*, não Nicola, pois em sua mão havia um coração humano.

O triunfo nos percorreu, quente e inebriante. Triunfo e uma vergonha terrível.

Estimulei a última emoção, abanando as chamas enquanto nos digladiávamos. Ficou mais quente. Transformou-se em uma arma em minhas mãos, e a brandi como uma faca, lacerando-a. Perfurando seu coração. Aquela vergonha... poderia matá-la, se eu permitisse.

— O que foi que você fez, Nicholina?

— O que era *necessário*. — Seus dentes finalmente afundaram em meus dedos, e gritei, cortando minha pele quando os puxei. Ela cuspiu sangue. — Matamos nossas irmãs, sim, e não sentimos vergonha — mentiu, continuando no mesmo fôlego: — Nós a teríamos matado também. Teríamos matado pela nossa senhora.

— Matado quem...?

Mas Nicholina me atacou com fervor renovado enquanto assistíamos a La Voisin arrastar uma mulher inconsciente pelos degraus do templo. Desviei, virando o pescoço com uma urgência poderosa e inexplicável para ver o rosto da moça. La Voisin me concedeu o desejo atirando-a no chão, mas a Nicholina do passado pulou na direção delas, obstruindo minha visão. A Nicholina do presente girou e avançou em minha direção outra vez. Agradeci a qualquer que fosse o deus que estivesse escutando — às próprias águas — por terem rescindido nossos poderes naquele lugar. Quando ela atacou, agarrei seu pulso, torcendo-o. Tinha aptidão o suficiente para me virar sem magia, mas teria sido impossível lutar contra um espectro.

Vou virar um espectro também, maman?

O pensamento me fez hesitar, me deixando *nauseada*, e Nicholina rodopiou, com o cotovelo encontrando meu peito com força. Quando me curvei, incapaz de respirar, ela agarrou minha garganta novamente. Dessa vez, não soltou.

Ela sabia que as regras do jogo tinham mudado.

Me mate, sussurrei dentro de sua mente, incapaz de dizer as palavras em voz alta. Provocando-a ainda mais, mesmo enquanto a agonia crescia em meus pulmões e a pressão aumentava atrás de meus olhos. Minhas veias capilares arrebentavam em pequenos estouros de dor antes de se regenerarem. Não importava. Agarrei os pulsos dela e me aproximei com propósito letal, encarando seus olhos sinistros. *Me mate, ou mato você.*

Ela rosnou, apertando com mais força, seu próprio impulso assassino em guerra contra a lealdade que tinha a La Voisin, que ordenara que ela não me matasse. Que lhe dissera que eu era de Morgane.

Ela vai matar você se você ceder, sibilei. *Ou eu vou, se você não ceder. De um jeito ou de outro, você morre.*

Sufocando com a própria ira, ela mostrou os dentes e me derrubou no chão encharcado de sangue. Alimentei aquela fúria. Alimentei, incentivei e assisti enquanto a consumia.

— Ela vai nos perdoar, sim — suspirou Nicholina, completamente ensandecida. — Nossa senhora vai entender...

Você está fedendo a medo, Nicholina. Talvez você tivesse mesmo razão... talvez nós duas sejamos parecidas. Talvez você também tema a morte. Forcei um sorriso, apesar da pressão atordoante em minha cabeça. Cordas pendiam entre nós, como os fios de uma marionete — porque Nicholina *era* uma marionete. Se eu cortasse as amarras, cairia. Se afogaria. As palavras subiram por minha garganta destroçada como estilhaços de vidro. Como facas. Forcei-as a passar por minha língua inchada, arfando.

— Em breve... você vai se juntar a Mathieu... na Terra do Verão.

Ouvindo o nome do menino em meus lábios, Nicholina fez um som gutural, esquecendo sua mestra, esquecendo tudo, exceto a própria sede de sangue. Ela pressionou o joelho em meu estômago, inclinando o corpo inteiro, com toda sua força, contra minha garganta. Seus cotovelos trincaram.

E, assim, eu tinha vencido.

Dando um impulso para cima com toda minha força, soquei seus braços na altura dos cotovelos, desarmando-a, e enganchei um pé no dela. O ar retornou em uma onda desorientadora enquanto eu rolava para cima de Nicholina. Golpeei seu rosto uma, duas vezes, antes de tomar impulso contra seu peito e me levantar. Quando cambaleei para trás, ofegante, La Voisin tinha se abaixado, apoiando um joelho ao lado da mulher inconsciente. Segurou o queixo dela com força e levantou seu rosto.

Quase perdi o equilíbrio.

Coco me encarou.

Balancei a cabeça, incrédula, ainda confusa pela falta de oxigênio. Não podia ser Coco. Tinha que ser outra pessoa... alguém quase *idêntico*...

De repente, Nicholina me atacou por trás e afundamos outra vez no turbilhão gélido das águas. Com uma risada aguda e maníaca, ela nos forçou para dentro de uma corrente ainda mais fria. Fiquei tensa instintivamente, lutando contra o puxão, mas era tarde demais.

Aterrissamos em um quartinho destruído na Torre dos Chasseurs. Pedaços de mobília quebrada ocupavam o lugar. Peguei um pedaço de uma das colunas da cama enquanto rolávamos. Quando tentei enfiá-lo no peito dela, Nicholina se jogou para o lado e a madeira acabou atingindo seu braço. Incansável, torci, saboreando seus gritos.

— Desista. — Mergulhei em busca de outro pedaço de madeira. — Você está *sozinha*. Seu marido, seu filho... eles *se foram*. Estão *mortos*. Josephine vai matar você também, e, se não matar, Morgane com certeza vai. As coisas estão fora do seu controle...

Ela arrancou o pedaço de madeira do braço e o usou para bloquear meu ataque.

— Não estamos sozinhos, ratinho. *Nunca* estamos sozinhos. — Rindo baixinho, olhou para trás de mim. — Não como você está.

Não lhe daria a satisfação. Não olharia. *Não...*

Como uma mariposa atraída pela luz, olhei por cima do ombro, seguindo o som da voz de Reid. Temia o som dela. A expressão em seu rosto. Nicholina gargalhou sem se mover para atacar.

Já escolhera sua arma.

Também estava tentando me afogar.

Reid se agigantava acima de minha forma patética, com a voz alta, raivosa e magoada. O corpo da irmã de Estelle ainda esfriava a nossos pés, mas não olhávamos para ela. Tínhamos olhos apenas um para o outro.

— Sou um Chasseur! — rugiu, retorcendo as mãos. Os nós de seus dedos estavam brancos. — Fiz um juramento para caçar bruxas... caçar *você*! Como pôde fazer isso comigo?

— Você... Reid, você também fez um juramento a *mim*. — Ouvi minha própria súplica apaixonada com um arrependimento amargo. — É meu marido, e eu, sua esposa.

A expressão dele ficou sombria, e meu estômago se revirou. Uma dor começou a crescer no fundo de minha garganta.

— Não é minha esposa.

Um desespero frio e familiar congelou meus ossos ao ouvir aquelas palavras. Quantas vezes as tinha ouvido? Quantas vezes aquela exata cena atormentara meus pesadelos?

— Viu? — Nicholina se aproximou, deixando um rastro de sangue pingado. Mas a ferida no braço já tinha sarado. Desviei os olhos de Reid para estudar a pele pálida de Nicholina. As águas a tinham curado. Ela se deu conta disso no mesmo instante que eu, e um sorriso terrível atravessou seu rosto. Girou o pedaço de madeira ensanguentado entre os dedos. — Uma sorte você tê-lo enganado. Sorte, sorte, *sorte*.

Peguei meu próprio fragmento para nos igualarmos, levantando-o no alto.

— Ele teria me amado de qualquer jeito.

Depois, estávamos nos afogando outra vez, presas em novas correntes. Quando ela tentou cravar o pedaço de madeira em meu crânio, ele explodiu em um gêiser, espirrando em cheio no rosto dela enquanto deixávamos para trás a lembrança anterior. Queimando-a. Nicholina voltou a gritar, e naquele momento vi outra cena lampejar: uma tenda escura com figuras encobertas, minha mãe e La Voisin. Apertavam mãos em meio à fumaça de sálvia queimada enquanto Nicholina esperava em um canto. Seu coração se rebelava.

— Não podemos fazer isso — resmungava, seguindo sua mestra para fora da tenda. Seu rosto e ombros tremiam, em nítida agitação. — Não com as crianças.

Sem aviso, La Voisin virou-se e a estapeou no rosto.

— Fazemos o que é necessário. Não se esqueça do seu lugar, Nicholina. Você queria uma cura para a morte, e eu lhe dei. Minha benevolência tem limites. Você vai me seguir, ou revogo a dádiva. É isso o que quer?

Nicholina foi açoitada por humilhação e mágoa, arrancando-nos da lembrança. *Viu?*, minha voz ecoou cheia de crueldade até aos meus próprios ouvidos. Mas não podíamos continuar assim para sempre. Tinha chegado a hora de uma de nós encontrar seu fim — e uma de nós o *encontraria*. Eu preferiria morrer a voltar à tona com Nicholina. *Ela não ama você. Não é uma irmã nem uma mãe, ela não é sua família. Você não significa nada para ela. Desista, e vá em paz. Você não precisa temer a morte, Nicholina. Mathieu vai...*

Ela se agitou com ferocidade, me puxando para a corrente mais fria de todas.

Máscaras cintilantes.

Um espaço aberto cavernoso.

E... e Ansel.

Uma cratera se abriu em meu estômago quando entendi qual era a intenção dela. Minhas unhas afundaram na carne do braço de Nicholina. Não mais para machucá-la, mas para *escapar*. Cada fibra de meu ser queria se retrair e afastar a lembrança, mas não adiantava. Eu não conseguia detê-la.

E, depois de tudo, me afogaria.

Ela aterrissou, igual a um gato, no fundo do anfiteatro, e eu caí estatelada a seus pés. Tonta, engatinhei para longe antes que Nicholina pudesse me tocar, antes que pudesse forçar meus olhos a se virarem para o grupo no centro do palco primitivo. Eu não podia olhar. Não podia passar aqueles últimos instantes preciosos fitando a mim mesma, Coco ou Beau, nem mesmo Reid — o alívio horrendo em nossas expressões. Pensávamos que tínhamos vencido. Pensávamos que Claud tinha chegado para nos salvar, que tínhamos escapado da profecia de Coco, que finalmente havíamos derrotado minha mãe.

Tínhamos pensado tantas coisas.

Morgane se aproximava do túnel dos fundos, que ficava próximo de onde Ansel estava. Próximo demais. O rosto bonito do rapaz se franziu em concentração enquanto olhava primeiro para minha mãe, depois para Claud, e por último para mim.

Tinha olhado para mim, e eu não notara.

Eu corria para ele agora.

Racionalmente, sabia que a lembrança se desenrolaria independentemente da minha presença, da minha interferência. Meus pés, no entanto, não eram racionais. Tampouco meu coração. Ambos me levavam adiante com uma urgência tola enquanto Morgane começava a aplaudir. Parando na frente dele, olhei ao redor, desesperada, em busca de algo que pudesse usar para escudá-lo, para protegê-lo. Meus olhos encontraram a faca caída. Me agachei para pegá-la, triunfante, mas meus dedos atravessaram o cabo, transformando-se em fumaça antes de se recomporem.

— Não. — Olhei para eles. Não fazia sentido. Eu tinha... tinha tocado na madeira na Torre dos Chasseurs. Tinha apunhalado Nicholina, pelo amor de Deus. — *Não*. — Com minha recusa veemente, os olhos de Claud pareceram lampejar na minha direção antes de reencontrarem Morgane novamente.

— Não podemos mudar o passado, ratinho, nem mesmo nas nossas lembranças. Não de verdade. — Nicholina franziu os lábios em uma comiseração melosa. Os olhos prateados cintilavam. — Não podemos salvá-lo, não. Está morto. Está morto, está morto, com *aquela* faca no crânio. — Apontou com o queixo para a arma, que permanecia firmemente no chão. Nicholina avançou enquanto Morgane recuava. — Uma peninha. — Quando fez menção de acariciar a face de Ansel, estapeei sua mão para longe, me erguendo entre os dois. Ela sorriu. — Uma peninha tão bonitinha. Ele era a *sua* família, não era, Louise? A única pessoa que nunca a traiu.

Fiz uma carranca sem voltar meu olhar para ela. Minha atenção permanecia em Morgane, que tagarelava sobre regras e jogos, ainda se afastando.

— Coco nunca... — Mas Nicholina sabia de algo que eu não sabia, segredos de Coco e de... sua mãe. Ela riu da expressão que fiz, dos meus olhos arregalados e do meu queixo caído enquanto aqueles segredos se tornavam meus também. — Não. — Balancei a cabeça, com uma nova onda de choque me arrebatando. — Coco teria me...

Morgane avançou, e eu só podia ficar parada, imaterial entre os dois, enquanto ela afundava a faca através de mim. Meu corpo ondeou ao contato. Ossos se fraturaram. Quando Ansel desmoronou de joelhos, acompanhei seu movimento, tentando sem sucesso segurar o corpo sem vida, envolvendo braços invisíveis ao seu redor para amparar a queda.

Ainda perplexa. Ainda entorpecida. Seu sangue encharcou meu vestido, e minha mente simplesmente... desapareceu.

— Talvez você não merecesse a ira da sua mãe — refletiu Nicholina, rodeando-nos, despreocupada, enquanto Morgane escapava para dentro do túnel, enquanto meus próprios gritos perfuravam a noite —, ou o ódio do seu caçador. Mas *isto* — Ela balançava, cheia de empolgação, para a frente e para trás —, isto você mereceu, Louise.

Cortando impiedosamente os meus próprios fios, como se eu fosse a marionete, ela repetiu as palavras que eu dissera a ele:

— Você destrói tudo que toca, Ansel. É uma *tragédia* ver como você é incapaz. — *Snip. Snip.* — Diz que não é nenhuma criança, Ansel, mas é, sim. Você *é...* — *Snip.* — É como... é um menininho brincando de faz-de-conta, de se fantasiar com casacos e sapatos dos adultos. Deixamos você vir conosco para alívio cômico, mas agora já não temos mais tempo para joguinhos. A vida de uma mulher está em perigo... a *minha* vida está em perigo. Não temos o luxo de falhar.

Snip, snip, snip.

Como se a minha vida tivesse mais valor do que a dele.

Como se a vida dele não tivesse sido tão valiosa quanto as de todos nós juntas.

Na época, eu já sabia. Sabia como ele era melhor do que nós. Encarei seu perfil, os olhos arregalados sem enxergar. Sangue chapava seus cabelos. Escorria pelo pescoço gracioso, manchava as costas do casaco.

— Você o *amava*, Louise? — Nicholina ecoou a zombaria de minha mãe. — Viu quando a luz deixou aqueles olhinhos castanhos tão bonitos?

Por que eu nunca disse a ele? Por que não o abracei uma última vez?

Fechando os olhos, caí de joelhos, pressionando a testa contra a bochecha de Ansel. Não podia senti-lo, é óbvio. Não podia sentir nada. Era aquela a sensação de se afogar? Que estranho. Eu não podia nem sequer me forçar a chorar... nem quando Coco arrancou a faca da base do crânio de Ansel, nem quando Reid abriu os lábios dele. Nem quando Nicholina pairou acima de mim, a adaga descartada na mão.

Ela não mudaria o passado me matando.

Parte de mim já tinha morrido.

O QUE É NADAR

Reid

Não parei para desamarrar minhas botas nem para tirar o casaco. Quando ela entrou na água, comecei a segui-la, já com o tornozelo submerso.

Um rosnado baixo reverberou atrás de mim.

Ficando tenso, virei. Olhos cor de âmbar me refletiam. Pelos brancos reluziam sob o luar.

Xinguei baixinho.

A *porra* do cão.

Percorria a trilha, com os pelos eriçados e os dentes à mostra. Resfolegando, agitou a cabeça antes de gemer uma vez. Duas. Os olhos encaravam os meus como se tentasse... me comunicar algo. Quando se aproximou, desembainhei uma faca. Eu me sentia inquieto.

— Nem mais um passo — avisei, ameaçador. Colocando as orelhas para trás, o animal voltou a rosnar, dessa vez mais alto e feroz, e me desobedeceu. Eu me virei para Coco. — Como foi que ele chegou aqui? Onde está Constantino?

— Deixe o cachorro para lá. — Ela assistia a nosso embate enquanto tirava as próprias botas depressa. — Não está machucando ninguém.

— Sempre que algo catastrófico acontece conosco, este cachorro está por perto. É um *mau augúrio*...

— Lou deve estar se *afogando*. — Os dedos dela se moveram para o corpete. Desviei rapidamente os olhos. — Mergulha de uma vez, cacete...

Nós dois congelamos, sentindo o cheiro ao mesmo tempo: pungente, mas doce, mal discernível na brisa. Meu nariz ainda queimava com o odor familiar.

Magia.

Não era a minha, nem a dela. Era magia de outra pessoa. O que significava que...

O grito de Célie cortou a noite. As orelhas do cão ficaram em pé, mas em vez de se virar na direção do som, ele continuou com os olhos fixos em um ponto dentro das águas. Meu sangue gelou. Indeciso — imobilizado pelo medo —, não me movi rápido o suficiente. Não consegui bloquear a passagem.

Com uma agilidade sobrenatural, o animal passou voando por mim, direto para as profundezas das Águas Melancólicas.

Depois disso, minha decisão foi fácil.

Mergulhei atrás.

O REFRÃO FINAL

Lou

Nicholina não atacou de imediato. Embora eu mantivesse os olhos fechados, a cena ainda estava marcada a fogo em nossa consciência compartilhada. Sem pressa, ela levantou a adaga pela cortina de fumaça, admirando o sangue de Ansel na lâmina enquanto eu permanecia recurvada sobre seu cadáver, agarrando, desesperada, os ombros dele. Pelos olhos dela, vi como eu me tornara uma figura deplorável. E ela se deleitava. Deleitava-se com aquela dor terrível dentro de mim, aquele veneno sombrio e tóxico. Era idêntica à dela.

Eu deveria ter me forçado a levantar, a lutar, a fugir, a *qualquer coisa*. E se não conseguisse ficar de pé, deveria ter me arrastado. Deveria ter erguido os punhos e dado vazão à raiva, mesmo em meio ao zumbido em meus ouvidos, deveria ter cuspido no rosto dela antes que cravasse a faca em minhas costas.

Mas não conseguia fazer nada. Não conseguia nem levantar a cabeça.

— *Meu aniversário é só no mês que vem* — *disse ele, acanhado, mas pressionou a garrafa contra o peito mesmo assim. A fogueira lançava uma luz bruxuleante em sua alegria tímida.* — *Ninguém nunca...* — *Pigarreou e engoliu em seco.* — *Nunca recebi presentes antes.*

Nunca recebera um presente de aniversário.

— *Estou cansado de todo mundo ter que me proteger. Queria proteger a mim mesmo, para variar, ou pelo menos...* — *Quando franzi ainda mais a testa, ele também suspirou e escondeu o rosto nas mãos, esfregando as mãos nos olhos.* — *Só quero dar alguma contribuição ao grupo. Não quero mais ser o idiota desajeitado. É pedir muito? Só... só não quero ser um peso.*

Um peso.

— *Ela não para de olhar para você.* — *Ansel tropeçou em um galho jogado, quase caindo de cara na neve. Absalon saltou com agilidade para fora do seu caminho.*

— *É lógico. Sou incontestavelmente linda. Uma obra-prima feita de carne e osso.*

Ansel bufou com uma risada.

— *Como é?* — *Ofendida, chutei neve na direção dele, que quase perdeu o equilíbrio de novo.* — *Acho que não escutei certo. A resposta correta seria: "Deusa Divina, claro que a tua beleza é uma dádiva sagrada dos Céus, e nós, mortais, somos abençoados de poder contemplar teu rosto".*

— *Deusa Divina.* — *Ria ainda mais agora, espalmando a neve do casaco.*
— *Está bem.*

Tentando respirar, meio rindo e meio soluçando em meio ao choro, eu balançava para a frente e para trás, incapaz de suportá-lo por mais um segundo sequer — o buraco enorme e vazio em meu peito onde um dia Ansel estivera. Onde Estelle, minha mãe, Manon, meu pai, Coco, Beau e até Reid estiveram. *Eu* também estive lá. Feliz, inteira, sã e salva. O que *tinha acontecido*? O que nos levara até aquele ponto? Com certeza não tínhamos feito nada para merecer aquela vida. Se alguém como Ansel recebera apenas negligência, solidão e dor por todos seus esforços, por sua *bondade*, que esperança o restante de nós poderia ter? Eu tinha mentido, matado e trapaceado — picotara o tecido de minha alma em pedacinhos —, e ali estava, viva, apesar de tudo. Ele merecia coisa melhor. Merecia *mais*, muito mais do que tinha recebido. Em outros tempos, eu teria gritado e me insurgido contra a injustiça de tudo, contra a falta de sentido, mas nenhuma raiva no mundo poderia mudar as coisas agora. A vida era assim.

E Ansel estava morto.

Dali a um dia, uma semana, um mês, eu com certeza estaria segurando o corpo sem vida de Reid, ou o de Coco. O próprio pai de Beau provavelmente o mataria, da mesma forma como minha própria mãe acabaria me matando. *A realidade* é que só havia um fim possível para esta história. Eu fui uma idiota de acreditar que poderia ser diferente. Estúpida e ingênua.

— Será rápido — mentiu Nicholina em um sussurro, debruçando-se sobre mim. Os dedos acariciaram a parte de trás da minha cabeça, e seus cabelos fizeram cócegas em minha bochecha. Ao redor, a caverna inteira sucumbiu ao Fogo Infernal. — Indolor. Você vai vê-lo em breve, ratinho. Vai poder dizer exatamente o que ele significava para você.

Mas se eu morresse ali, a morte dele não teria significado nada.

Meus olhos se abriram de súbito ao perceber a crueldade daquele fato, e fitei as chamas diante de mim, anestesiada. Ansel merecia coisa melhor. Merecia mais do que minha autopiedade. Reunindo minhas últimas forças — os últimos resquícios —, ergui a cabeça. Ela levantou a faca. Nossos olhos se encontraram no espaço de um batimento sincronizado de nossos corações.

Então algo se moveu no túnel.

A confusão nos percorreu antes de virarmos. O fogo de Coco tinha expulsado todos os que estavam na lembrança para dentro do túnel, e ninguém deveria ter reaparecido. Tínhamos todos fugido para Léviathan depois de La Mascarade des Crânes. Alguém tinha retornado? Talvez para buscar o corpo de Ansel? Instantaneamente descartei o pensamento. Ainda que alguém *tivesse* milagrosamente atravessado o fogo amaldiçoado, aquela era *minha* lembrança. Deveria ter terminado assim que eu desapareci para perseguir Morgane. Por que não tinha?

Da fumaça, um cão branco emergiu.

Nicholina mostrou os dentes para o animal, o que de repente me fez entender tudo que estava acontecendo um segundo antes de o cão se transformar. Se estivesse de pé, minhas pernas teriam cedido. Como estava no chão, me ajoelhei devagar, o zumbido em meus ouvidos se aprofundando até virar uma reverberação. Um estrondo de sangue, esperança e medo. Aquilo não podia estar acontecendo. Não podia ser *real*.

Ansel se aproximava, vindo em minha direção.

— Olá, Lou. — Ao ver minha expressão estupefata, ele sorriu, o mesmo sorriso tímido que dera milhares de vezes e o mesmo sorriso tímido que eu queria poder ver mais milhares de vezes. Vestia um casaco azul-claro impecável, com borlas e botões dourados — senti um aperto no coração com a familiaridade —, e estava com as mãos nos bolsos da calça. Um eterno novato. Não havia sangue em seu corpo, nem nos cabelos, nem na pele, e os olhos castanhos brilhavam mesmo no escuro.

— Sentiu minha falta?

Eu o encarei por um longo segundo, engolindo em seco. Então...

— Ansel. — Minha voz falhou ao pronunciar seu nome.

Os olhos dele se suavizaram enquanto ele se aproximava e parava na minha frente, estendendo a mão esguia para me ajudar a levantar. Mal ousando respirar, aceitei, hesitante, e me maravilhei com seu calor. Quando ele olhou para seu corpo desfigurado, no chão, seu sorriso se enfraqueceu um pouquinho, e ele balançou a cabeça.

— O que está fazendo aqui, Lou?

Eu ainda não tinha uma resposta.

Mas não importava, porque o choque de Nicholina já tinha passado. Ela gritou com uma histeria maníaca, recuando com deleite.

— Ah, o ratinho bebê. O polegarzinho, o filhotinho. — Sua expressão se endureceu. — O garoto que não sabe a hora de desistir.

Ele a olhou de modo igualmente hostil, com os dedos ainda entrelaçados aos meus.

— Ninguém aqui vai desistir.

Ela avançou de repente, acertando-o com a faca, e Ansel evaporou me lançando uma piscadela. Meu coração se contraiu com sua ausência. Quando ela girou para encontrá-lo — golpeando com a lâmina a esmo pela fumaça e berrando uma torrente de xingamentos —, Ansel ressurgiu às suas costas sem um único ruído e deu um toque em seu ombro. Nicholina deu um pulo, sobressaltada.

Soltei uma risada inesperada.

Ansel sorriu outra vez.

Recuperando-se depressa, Nicholina atacou, com mais força e mais velocidade dessa vez. Ansel não se moveu, mas permitiu que o metal o perfurasse — não fosse pelo fato de que a faca não o perfurou coisa alguma. Simplesmente ficou *presa* a poucos centímetros de seu peito, imobilizada no ar como se Nicholina a tivesse cravado em uma parede de tijolos invisível. O sorriso dele se alargou.

— Você não pode me matar. Já estou morto.

— Não tenho medo dos mortos — rosnou ela.

Ele inclinou-se para perto.

— Você provavelmente é a única pessoa que deveria temê-los. Nos últimos tempos, conheci alguns dos seus inimigos, Nicholina... almas fragmentadas, bruxas vingativas e até alguns dos filhos do rei. Estão todos aguardando você.

Eu me aproximei, enganchando o braço no dele e ignorando o arrepio que percorreu minha espinha ao ouvir suas palavras. A certeza contida nelas. Em vez disso, resolvi me concentrar na sensação eufórica de formigamento em meu peito, o calor que se espalhava por mim. O braço de Ansel era sólido. Real. Eu não poderia ter reprimido o sorriso ainda que tentasse. E não tentei.

— Aposto que eles têm um monte de planos divertidos para você — brinquei.

Ele inclinou a cabeça.

— "Divertido" é um dos adjetivos.

— Está *mentindo*. — Nicholina avançou outra vez, e ele se colocou na minha frente, bloqueando a faca. O movimento tinha uma espécie de graça, ou talvez de confiança, que ele nunca alcançara em vida. Fascinada, morbidamente curiosa (e algo mais, algo que pesava em meu peito), tirei a adaga de onde estava suspensa no ar, dei dois passos para trás, e a atirei na direção dele.

Ele a capturou sem hesitar — sem nem sequer *olhar*, o atrevido —, e ri outra vez, sem conseguir me conter. A sensação pesada em meu peito se abrandou um pouco quando ele corou.

— Que mudança interessante — comentei.

— Há várias acontecendo. — Ansel arqueou uma sobrancelha antes de colocar a faca de volta em minha mão. Embora Nicholina tenha pulado para recuperar a arma, não parecia ser capaz de passar por ele para me alcançar. A parede que ele erguera não vacilava. Ansel nem percebeu os esforços dela, então o imitei. — A Lou que conheci não teria desistido — continuou ele, baixinho. Meu sorriso se desfez. — Teria lutado, e teria vencido.

Minhas próprias palavras mal eram audíveis.

— Sem você, ela não teria — disse com lábios dormentes.

— Você nunca precisou de mim, Lou. Não como eu precisava de você.

— E olha só onde você acabou. — Fechei os olhos, uma lágrima pesada escorrendo por minha bochecha. — Sinto tanto, Ansel. Eu... eu devia ter protegido você. *Jamais* devia ter deixado você vir comigo.

— Lou.

Meu queixo tremeu.

— Lou — repetiu ele, com a voz gentil. — Olhe para mim. Por favor.
— Quando mesmo assim não olhei, ele virou completamente as costas para Nicholina, me puxando para um abraço. Meus braços envolveram o torso esbelto por vontade própria, e, embora tremessem, o seguraram com força. Força demais. Como se nunca mais fossem soltá-lo. — Eu não *queria* ser protegido. Queria ajudar você...

— E ajudou...

— Sei que ajudei — respondeu ele com firmeza, me apertando antes de se afastar. Meus braços permaneceram onde estavam. Removendo-os um de cada vez, Ansel se desvencilhou com delicadeza, mais forte agora do que antes. Forte, gracioso e confiante. Outra lágrima escorreu. — E vou ajudá-la novamente. — Fez um aceno de cabeça em direção a Nicholina, que se debatia contra a barreira invisível. — Você vai ter que matá-la.

— Já tentei.

— Tente mais. — Apertou meus dedos ao redor do cabo da adaga. — Uma ferida no braço não vai adiantar. As águas curaram as duas dos ferimentos superficiais. Também não vai conseguir afogá-la. — Olhou por cima do ombro para onde Nicholina continuava enfurecida, quase invisível, e um lampejo de pena cruzou os olhos castanhos cálidos dele. — Ela já conviveu tempo demais com as próprias emoções. Já está anestesiada.

— Não está anestesiada para o filho.

Ele se virou para olhar para mim.

— Você preferiria matá-la devagar? Fazê-la sofrer?

— Não. — A palavra saiu espontaneamente. Franzi a testa, me dando conta de sua verdade. Apesar de todas as coisas hediondas que ela fizera... a mim, a Etienne, a Deus sabe a quem mais... eu não conseguia esquecer o sentimento de anseio que ela sentira no campo de lavanda com Mathieu, o desespero, a impotência e a vergonha. O medo. *Não podemos fazer isto,* dissera a La Voisin. *Não com as crianças.* Uma repugnância queimou meu estômago e subiu até a garganta. Ainda assim, ela tinha feito. Ainda assim, as tinha matado. E talvez aquilo fosse, por si só, uma punição.

Vou virar um espectro também, maman?

Jamais.

— Acho... — falei as palavras baixinho, meus pensamentos se emaranhando em voz alta. — Acho que ela já sofreu o suficiente. — As articulações dos meus dedos se fecharam ao redor da faca. — Mas isto não vai matá-la permanentemente, vai? Nicholina disse que o corpo dela está no Château.

— Só existe um jeito de descobrir.

Com um movimento, Ansel fez a barreira cair, mas Nicholina não nos atacou de imediato. Com olhos semicerrados, de repente desconfiados, ela recuou enquanto eu me aproximava. Sentia minha determinação. E isso a assustava. Sem me abalar, continuei adiante, decidida, me movendo para bloquear o túnel, a rota de fuga mais fácil. Embora ela desviasse com uma agilidade incrível — fizesse fintas ainda mais rápidas —, ainda compartilhávamos a mesma consciência, e eu respondia todos os seus movimentos à altura. Em silêncio, Ansel assistia a nossa dança, com a fumaça escura ondeando ao redor da silhueta esguia.

Não demorou muito. Não com ele atrás de mim.

Não com Nicholina tão inacreditavelmente sozinha.

Antecipei o terceiro blefe dela, segurando seu pulso e a prendendo contra a parede de pedra. Línguas de fogo lambiam a superfície, mas não podíamos sentir o calor. Pressionei o antebraço contra sua garganta. Nicholina começou a arranhar meu rosto, mas Ansel surgiu, capturando suas mãos e as subjugando com facilidade. Ela se arqueou para longe da parede em resposta, chiando e cuspindo — com os olhos acesos e revirando de medo —, mas se aquietou inesperadamente quando levantei a faca. Nossos olhos se encontraram e ela sustentou o meu olhar, quando um nome irradiou por nossa consciência.

Mathieu.

Respirei fundo e desci a faca.

A lâmina deslizou por entre os ossos do esterno dela em um movimento nauseante e viscoso, e a deixei lá, projetando-se para fora do ponto onde ficava o seu coração. Ela me encarou, sem piscar, enquanto seu corpo desmoronava em nossos braços.

— Sinto muito — falei. Não sabia se era verdade.

Com um último fôlego irregular, ela me segurou e sussurrou:

— Os mortos não deviam se lembrar, mas eu me lembro. — Seus olhos encontraram os meus outra vez enquanto a luz finalmente os deixava. — Me lembro de tudo.

Nicholina deslizou de nossas mãos, desaparecendo dentro da névoa escura, e se foi.

Olhamos para o ponto de onde ela tinha evaporado.

Naqueles segundos, uma espécie de manto pesaroso nos cobriu, abafando o crepitar das chamas e o ruído de pedras desmoronando. Em breve, o anfiteatro inteiro ruiria. Eu não conseguia me importar. Um nó se solidificou em minha garganta enquanto eu olhava para Ansel, e enquanto ele me olhava de volta com um sorrisinho triste.

— Já vai tarde. — Engolindo em seco, forcei uma risada. — Ela era um grande pé no saco.

Era um grande eufemismo.

— Obrigada — continuei, tagarelando agora. — A gente devia pensar seriamente em procurar uma armadura para você da próxima vez. Imagine só: você montado em cima de um garanhão branco, tirando o capacete em câmera lenta e balançando toda essa cabeleira ao vento. — Engoli mais uma vez, sem conseguir desalojar o nó nem encará-lo, e olhei para baixo. — Coco com certeza ia amar. Até Beau, provavelmente.

Àquela altura, o fogo tinha consumido o corpo dele completamente. A bile me subiu à garganta, e desviei os olhos, com novas lágrimas se formando. *Aquele* era o Inferno, sem dúvidas, e mesmo assim eu não podia me obrigar a partir. Meus pés tinham criado raízes. Sentia uma espécie de puxão inexplicável no estômago quanto mais nos demorávamos ali, como uma coceira, mas resisti. Iria me levar para longe daquele lugar. Para longe dele. Eu sabia disso tão visceralmente quanto sabia que, de um jeito ou de outro, aquele momento teria que acabar.

Mas ainda não.

Nada passava despercebido por ele, e Ansel balançou a cabeça em uma exasperação enternecida.

— Vou perguntar outra vez, Lou... o que está fazendo aqui?

Bati o ombro no dele.

— Você deveria saber. Parece que está nos seguindo desde... desde... — As palavras murcharam em minha língua, e tentei de novo. — Desde.. — *Merda*. Abaixei os olhos mais uma vez antes de rapidamente me arrepender da decisão. O corpo de Ansel ainda queimava a nossos pés. *Merda dupla*.

— Desde que morri? — completou ele, solícito.

Meus olhos voaram para os dele, e minha expressão ficou séria.

— Você é um babaca.

Dessa vez, foi ele quem bateu o ombro no meu, voltando a sorrir.

— Pode falar as palavras, sabe. Não vão me deixar nem um pouco menos morto.

Dei um tapinha em Ansel, afastando-o.

— Para de *falar* isso...

— Isso o quê? A verdade? — Gesticulou, as mãos abertas. — Por que você tem tanto medo da verdade?

— Não tenho medo.

Ele me encarou com um olhar honesto.

— Não minta para mim. Pode mentir para o resto do mundo, mas eu a conheço. Você é minha melhor amiga. Mesmo que eu não tivesse passado as últimas semanas a seguindo, mesmo assim saberia que você é uma das pessoas que conheço que mais sente medo.

— Todos têm medo da morte — resmunguei, petulante. — Quem disser que não, está bêbado.

Sem conseguir evitar, meus olhos deslizaram até o corpo dele outra vez. Senti uma fúria renovada. Tinha uma quantidade finita de tempo disponível com Ansel, e lá estava eu, discutindo acima de sua pira improvisada. Talvez, no fim das contas, as águas não tivessem me curado. Talvez o que quer que tivesse se quebrado dentro de mim não tivesse mesmo conserto.

Apesar das palavras ríspidas, de sua insistência de que aquela era nossa nova realidade, ele levantou meu queixo com um dedo gentil. Sua testa estava franzida de preocupação. Ainda era Ansel.

— Me desculpe. Não olhe se isso a chateia. — Ele continuou em um tom mais suave: — Ninguém deseja morrer, mas a morte vem para todos.

Bufei. Foi um som raivoso e feio.

— Não venha com essa merda para cima de mim. Não quero clichês.

— Não são clichês.

Abaixando a mão, ele deu um passo atrás, e não me contive. Olhei para baixo novamente.

— Óbvio que são. — Lágrimas quentes marejavam meus olhos, deixando rastros incendiários por minhas bochechas. Limpei-as furiosamente. — A morte não é um final feliz, Ansel. É doença, podridão e traição. É fogo e dor e... — Minha voz falhou. — E nunca poder dizer adeus.

— A morte não é, de jeito nenhum, um final, Lou. É o que estou tentando dizer a você. É o começo. — Ainda mais baixo, acrescentou: — Você já viveu com medo por tempo demais.

— Foi o medo que me ajudou a sobreviver — disse, ríspida.

— O medo a impediu de viver.

Recuei para longe do cadáver, das chamas, do brilho sábio em seu olhar.

— Você não...

Ele não me permitiu concluir a frase, fazendo um meneio com a mão. A cena diante de nós se dissipou — tão simples quanto fumaça desaparecendo —, dando lugar a outra: uma lareira crepitante, piso de pedra lisa e uma mesa de madeira reluzente. Acima, havia panelas de cobre penduradas e vasinhos de eucalipto no peitoril da janela. Flocos de neve caíam do lado de fora das vidraças, iluminados pela luz das estrelas.

Reid tirou uma pedra de assar do forno, e os rolos de canela crepitaram e soltaram fumaça. Estavam um pouco queimados, com os topos um tom mais escuro de marrom do que deveriam, mas Reid mesmo assim se virou para mim — exorbitantemente satisfeito consigo próprio —, sorrindo e corado pelo calor. Coco e Beau estavam sentados à mesa, batendo o que parecia ser creme para os pãezinhos. Baunilha e especiarias perfumavam o ar.

Afundei na cadeira ao lado, com os braços e as pernas trêmulas. Ansel ocupou o último assento livre.

Sôfrega, assisti enquanto Beau tirava um rolo da pedra, molhava no creme e enfiava a guloseima inteira na boca sem dizer uma palavra.

— Fic'u qu'mado — protestou, o rosto retorcido de desagrado. Ou talvez de dor. O vapor ainda subia dos pães e de sua boca aberta.

Coco abanou o hálito da frente de seu rosto, revirando os olhos.

— Você é nojento.

— E você — Beau engoliu com dificuldade e segurou o encosto da cadeira dela, puxando-a para perto e se inclinando com um sorriso torto — é linda.

Ela bufou e o empurrou, servindo-se de dois rolos de canela.

Ansel assistia à cena com um sorriso surpreendentemente contente.

— Onde estamos? — sussurrei, olhando ao redor. Um gato preto estava deitado perto da lareira, e a distância, talvez em outro quarto, talvez na casa vizinha, uma mulher e sua filha cantavam versos familiares. Um jogo de boliche ecoava da rua lá embaixo, bem como gritos e risadas de crianças. — Nunca estive aqui antes.

Apesar disso, o lugar parecia... familiar. Como um sonho de que eu quase conseguia me lembrar.

Reid derramou um pouco do creme sobre dois outros pãezinhos com uma precisão experiente e concentração absoluta, antes de me entregar. Não vestia o casaco de Chasseur, nem a bandoleira ao redor do peito. Suas botas estavam à porta, e no terceiro dedo da mão esquerda havia uma aliança de ouro simples, que brilhava à luz do fogo. Quando olhei para o anel de madrepérola em meu próprio dedo, meu coração quase explodiu.

— Estamos no Paraíso, é óbvio — respondeu ele com um sorriso lento e afetuoso. Deu até uma piscadela.

Em verdade te digo que hoje estarás comigo no Paraíso.

Encarei-o, incrédula.

Coco roubou os rolos de canela antes que eu tivesse a chance de tocá-los, jogando metade do conteúdo da tigela de creme sobre a obra prima de Reid. Dando um sorrisinho torto para a carranca súbita dele, ela empurrou o prato de volta para mim. Seus olhos já não brilhavam mais de dor. Nem de mágoa.

— Pronto. Consertei para você.

Ansel apertou minha mão sob a mesa.

— Era o que você queria, não era? Um lar na Costa Leste, cercada pela sua família?

Minha boca deve ter se aberto.

— Como foi que...?

— É tudo um pouco doméstico demais para você, não? — Beau semicerrou os olhos para o cômodo. — Nada de homens nus com morangos e chocolate... — Reid lhe lançou um olhar assassino. — Nada de montanhas de ouro nem fontes de champanhe.

— Isso aí é o seu Paraíso, Beau. — Coco sorriu com doçura. — E um horrendamente clichê, aliás.

— Ah, para, vai. Não me diga que você estava esperando algo menos escandaloso que ursos dançantes e comedores de fogo. — Beau franziu o cenho quando avistou o gato ronronando perto da lareira. — Aquele...? Me diga que não é para ser Absalon.

Irritada com o tom depreciativo, respondi:

— O que é que tem? Sinto falta dele.

Reid grunhiu.

— Era um espírito angustiado, Lou. Não um animal de estimação. Você devia estar feliz que ele não esteja mais aqui.

Coco se levantou para tirar um deque de cartas de um armário próximo. A familiaridade do movimento, a intimidade — como se tivesse feito aquele exato gesto centenas de vezes antes — me enervou. Jamais tínhamos tido um lar de verdade, nós duas, mas aquele lugar, cercadas por pessoas que amávamos, parecia perigosamente próximo dessa ideia.

Em um mundo diferente, poderia ter sido Louise Clément, filha de Florin e Morgane. Talvez tivessem se amado, adorado um ao outro, enchendo nosso lar na Costa Leste com pãezinhos de canela e eucaliptos em potes... e crianças. Muitas e muitas crianças. Poderíamos ter sido felizes. Uma família.

Família. Aquele tinha sido um pensamento errante nas catacumbas, onde eu estivera cercada por poeira e morte. Tinha sido só um sonho idiota. Mas agora meu peito doía ao olhar de Coco para Reid e depois para Beau. Para Ansel. Eu podia até não ter encontrado pais ou irmãos ou irmãs, mas mesmo assim tinha encontrado uma família. Sentada com eles a minha mesa — no meu lar —, no fim das contas, aquele sonho não parecia mais tão idiota.

E eu o queria. Desesperadamente.

— Nunca se sabe. — Coco levantou um ombro casualmente ao fechar a gaveta. — Talvez Absalon tenha encontrado paz.

Paz.

Com um suspiro resignado, Beau se serviu de outro rolo de canela.

Mas eu não conseguia esquecer a palavra, mesmo quando os olhos de Ansel encontraram os meus e a leveza da cena se desintegrou. Até o fogo na lareira pareceu escurecer. Aquela sensação em meu estômago... tinha retornado com ainda mais força. Dessa vez, eu não conseguia discernir exatamente aonde queria me levar. Parte parecia me carregar para longe daquele lugar, para longe de Ansel, mas a outra... Inclinei a cabeça, estudando-a com mais atenção.

A outra parecia me empurrar *para* ele.

Um canto de sereia.

Com outro aceno triste de cabeça, ele se inclinou para a frente. Abaixou a voz até sussurrar.

— Não, Lou.

Beau levantou um dedo, apontando para nós de maneira acusadora.

— Parem. Nada de segredinhos aqui.

Coco retornou à sua cadeira e cortou o deque. As cartas estalavam entre seus dedos hábeis.

— Também odeio quando ficam sussurrando. — Seus olhos voaram para Ansel, e acrescentou, ainda que em tom brincalhão: — *Eu* sou a melhor amiga dela, só para você saber. Se é para Lou ficar de segredinho com alguém, esse alguém deveria ser eu.

— *Deveria* ser eu. — Reid cruzou os braços, olhando atentamente o deque na mão dela. — E eu vi isso aí.

Coco tirou a carta de dentro da manga, sorrindo sem remorso.

— Estou bem, Lou — continuou Ansel em um tom de voz baixinho, ignorando os outros. Nem sequer olhou na direção deles quando os protestos retornaram. Quando meu queixo começou a tremer e o cômodo ficou embaçado por causa das lágrimas, ele ergueu a mão para acariciar minhas costas, me consolando. — Estou bem. E você também vai ficar.

As lágrimas caíam grossas e rápidas, salgadas em meus lábios, e meu corpo inteiro tremia. Eu me forcei a olhar para o rosto dele, memorizá-lo — a cor de seus olhos e a curva de seu sorriso, o som de sua voz e o cheiro de suas roupas, como a luz do sol. Pura luz do sol. Esse era Ansel. **Sempre o mais cálido de todos nós.**

— Não quero que você vá embora.

— Eu sei.

— Vou voltar a vê-lo?

— Não em um longo tempo, espero.

— Não posso mesmo ir com você?

Ele olhou para Reid, para Coco e para Beau, que tinham acabado de começar um jogo de tarô. Beau xingou energicamente quando Coco venceu a primeira rodada.

— É isso mesmo o que você quer? — perguntou. *É.* Eu me engasguei com a palavra, o rosto quente e contorcido, antes de balançar a cabeça.

— Foi o que pensei.

Apesar disso, ele não fez menção de se levantar, feliz em continuar sentado comigo pelo tempo que precisasse. Não me forçaria a ir, me dei conta. Eu mesma teria que tomar a decisão.

O puxão em meu estômago ficou mais intenso, mais insistente. Cerrei os punhos contra ele e abaixei a cabeça, com os ombros tremendo. Ainda não. *Ainda não, ainda não, ainda não.*

— Mas não posso simplesmente *deixá-lo*. Não posso. Eu... nunca mais vou ver você corar outra vez. Nunca vou poder ensinar a você o resto de "Liddy Peituda", e nunca... nunca vamos ter a chance de visitar a confeitaria do Pan, nem de colocar aranhas no travesseiro de Jean Luc ou de ler *La Vie Éphémère* juntos. Você me prometeu que leria comigo, lembra? E nunca cheguei a mostrar a você o sótão onde eu vivia. Você nunca pescou um peixe...

— Lou. — Quando olhei para cima, ele não estava mais sorrindo. — Preciso encontrar a paz.

Paz.

Engoli a palavra com dificuldade, meus olhos úmidos e inchados.

Paz.

Era desconhecida e estranha em minha língua. Amarga.

Paz.

Mas... a dor em meu peito se expandiu para o triplo de seu tamanho. Também parecia certa. Expirando suavemente, fechei os olhos, resoluta. Já tinha cometido incontáveis erros na vida — e me arrependia de poucos —, mas faria a coisa certa por Ansel. Ele não passaria nem mais um momento me seguindo, inquieto, preso em um mundo ao qual não pertencia mais. Não consertaria mais meus erros. Eu não fazia ideia de como ele tinha conseguido permanecer aquele tempo todo — se tinha sido escolha dele ou minha —, mas eu não podia continuar prendendo ele ali. Finalmente lhe daria o que precisava. O que merecia.

Merecia paz.

Assentindo, entorpecida, permiti que o puxão em meu estômago me pusesse de pé. Ansel se levantou comigo, e a cena ao redor de nós começou a rodopiar e a se distorcer em ondas.

— Algo do que acabou de acontecer foi real? — perguntei enquanto Reid, Coco e Beau continuavam a jogar, ignorando as águas. A pressão beliscava meus ombros. — Ou me afoguei e imaginei tudo?

Os olhos de Ansel brilharam.

— Um pouco dos dois, acho.

Nós nos encaramos, nenhum querendo se mover.

— Não acho...

— Engraçado que...

— Você primeiro — insisti.

Uma pontada de melancolia surgiu em sua expressão

— Você acha que... antes de ir... poderia cantar o último refrão para mim? — Esfregou o pescoço, tímido novamente. — Se quiser.

Como se eu tivesse escolha.

— *Ao filho chamaram Abe* — cantei com uma risadinha lacrimosa —, *ao irmão Verde Gabe. Depois Bele, Adele e Keen Kate. Logo vieram outras dúzias chorando, mas mesmo assim os dois continuaram transando, mesmo do lado de fora do Paraíso.*

O rosto de Ansel queimava de vergonha, em um vermelho-escarlate tão vívido que rivalizava com sua figura em minhas outras lembranças, mas também sorria de orelha a orelha.

— Que indecente.

— Óbvio que é — sussurrei. — É uma canção de bar.

Os olhos dele brilhavam com muita intensidade agora, também marejados. Apesar disso, sorria.

— Você já foi a um bar?

Quando assenti, com um sorriso tão largo que doía e o peito apertado, apertado, *apertado*, ele balançou a cabeça, horrorizado.

— Mas você é uma *mulher*.

— Existe um mundo inteiro fora das portas desta igreja, sabe. Poderia mostrá-lo a você, se quisesses.

Seu sorriso se dissipou devagar, e Ansel tocou minha bochecha, abaixando-se para roçar um beijo em minha testa.

— Obrigado, Lou. Por tudo.

Agarrei seu pulso com desespero enquanto os últimos resquícios da casa desapareciam e o incômodo em meu estômago se transformava em ardência. A pressão em meus ombros se intensificou, e meus ouvidos estalaram. Gritos penetraram a cortina de fumaça densa de minha consciência, ecoando ao redor como se viessem de debaixo da água.

— Para onde você vai agora?

Ele olhou para onde Coco havia estado sentada à mesa, embaralhando cartas e rindo. A melancolia em sua expressão retornou.

— Tenho mais um adeus para dar.

A ardência em meu peito se tornou quase insuportável. Agulhas de gelo perfuravam minha pele.

— Eu amo você, Ansel.

Minha visão ficou turva enquanto as ondas rebentavam de verdade, chocantes e brutais. Embora me arrastassem para longe, eu me lembraria de seu sorriso até o dia que morresse. Até o dia que tornasse a vê-lo. Os dedos de Ansel se soltaram dos meus e ele foi puxado para trás, como um farol na escuridão.

— Eu também amo você.

Com um movimento forte, me impulsionei para cima.

Para o medo.

Para a dor.

Para a *vida*.

OUTRO PADRÃO

Reid

Emergimos juntos. Água pingava do rosto dela, reluzente e sardento, e dos cabelos, longos e castanhos. Agarrou minha camisa enquanto tentava recuperar o fôlego, tossindo, e depois virou o rosto para o céu, abrindo um sorriso. Os olhos azul-esverdeados encontraram os meus, e ela finalmente falou:

— Tem algo no seu bolso, Chass, ou isso tudo é só alegria de me ver mesmo?

Não pude evitar. Joguei a cabeça para trás e ri.

Quando eu a encontrara flutuando sob a superfície — com o corpo mole e frio, e os cabelos brancos ondeando de maneira sinistra ao redor —, tinha temido o pior. Eu a segurei. Sacudi. Nadei para a superfície e gritei seu nome. Nada tinha funcionado. Em um acesso de raiva, cheguei até a mergulhar outra vez para procurar o cão branco, mas sumira.

Mas, enquanto emergíamos pela segunda vez, algo havia mudado: suas pernas começaram a se mover. No começo, devagar, e então mais rápido. Mais forte. Trabalhavam em sincronia com as minhas, e assisti, com assombro, aos cabelos dela crescerem, mais longos a cada pernada, e a cor retornando a cada fio. À sua pele.

Estava sarando diante de meus olhos.

Esmagando-a contra mim, nos girei dentro da água. A superfície não se agitou com o movimento. Não me importei.

— Lou — disse seu nome, desesperado, afastando as mechas longas de seu rosto. — Lou. — Beijei sua boca, suas bochechas, seu pescoço. Beijei cada centímetro que conseguia alcançar. Ainda rindo. Ofegante. Ela ria comigo, e o som fez centelhas se acenderem em meus ossos. Era leve. Radiante. Se parasse de nadar naquele momento, eu teria flutuado. Teria *voado*. Voltei a beijá-la. Jamais pararia de beijá-la. — Lou, você...?

— Estou bem. Sou eu. — Envolveu meu pescoço com os braços e me puxou para mais perto. Enterrei o nariz na curva de seu pescoço. — Me sinto... Me sinto melhor do que me sentia há séculos, para ser sincera. Como se pudesse voar ou brandir um machado ou... ou erguer uma estátua em minha homenagem. — Ela levantou minha cabeça para me beijar outra vez. Quando nos afastamos, sem fôlego, acrescentou: — Seria feita de rolos de canela, óbvio, porque estou *morrendo* de fome.

Minhas bochechas doíam de tanto sorrir. Minha cabeça latejava, acompanhando o ritmo do meu coração. Não queria que acabasse.

— Tenho um na minha...

O grito de Coco na orla nos pegou desprevenidos, e viramos enquanto o mundo voltava a entrar em foco. Coco estava com os joelhos submersos dentro da água, encarando o mar como se tivesse visto um fantasma.

— Ansel — sussurrou Lou, me liberando para poder se manter ereta com mais facilidade.

Franzi a testa.

— O quê?

— Ele queria dizer adeus. — Com um sorriso mais suave, ela me beijou outra vez. — Eu amo você, Reid. Não digo isso tanto quanto deveria.

Fiquei imóvel. Um calor se irradiou por meu peito ao ouvir as palavras, alcançando a ponta dos dedos das mãos e dos pés.

— Eu também amo você, Lou. Sempre amei.

Ela bufou, brincalhona.

— Sempre nada.

— Sempre, sim.

— Não me amava quando topei com você na confeitaria do Pan...

— Óbvio que amei — protestei, erguendo as sobrancelhas ao máximo. — Amei aquele seu terno horrível, aquele bigode horroroso e...

— Com licença. — Ela se afastou, fingindo uma expressão de indignação. — Meu bigode era *magnífico*.

— Concordo. Devia usá-lo mais vezes.

— Não me provoque.

Eu me aproximei, roçando o nariz no dela. Sussurrando em seus lábios:

— Por que não?

Em resposta, os olhos de Lou brilharam, maliciosos, e ela envolveu minha cintura com as pernas, quase nos afogando. Eu não conseguia nem me importar.

— Você me corrompeu de uma maneira terrível, Chass. — Com um último beijo atordoante, lento e profundo, ela se desvencilhou e deu um peteleco no meu nariz. — Vou usar o bigode para você mais tarde. Por enquanto, a gente devia...

Então Coco voltou a gritar.

Imediatamente percebi que aquele grito não tinha sido como o anterior — percebi antes do corpo de um homem cair com um baque na praia, antes de Lou me soltar de repente. Eu a segurei outra vez, envolvendo-a em um abraço protetor.

Pois reconheci o corpo do homem.

Constantino — um ser imortal feito de água e névoa — estava morto. Coco correu para a orla, soltando outro grito.

— Constantino! — Suas mãos se agitavam acima dele, impotentes, enquanto Lou e eu observávamos com um horror silencioso. Uma sensação gélida percorreu minha espinha ao ver os olhos arregalados dele. A boca aberta e mole. O buraco sangrento no peito. — Constantino! — Coco o sacudia ferozmente agora, sem conseguir processar o que acontecera. Seu choque, não, sua *negação*, espelhava a minha. Constantino não podia ter morrido — as melusinas o tinham amaldiçoado com a eternidade.

Ninguém está a salvo aqui, Cosette.

Os nós dos dedos de Lou ficaram pálidos em meus braços.

— Como é possível?

Minha mão apertou sua cintura com mais força.

— Não sei.

Quando Coco continuou a sacudir Constantino, a histeria crescendo, Lou começou a nadar, determinada, em sua direção.

— Certo. Podemos consertar isso. As águas o trouxeram de volta uma vez, o que significa...

Segurei-a pelo tecido do vestido.

— Espere...

Uma risada aguda, de gelar o sangue, ecoou pelos penhascos e alcançou a orla, e Morgane le Blanc emergiu do caminho de névoas que levava à praia. Uma dúzia de bruxas a seguia. Postaram-se atrás dela em um arco — uma formação defensiva — com os olhos aguçados e as bocas crispadas. Resolutas. Coco correu de volta para as águas, arrastando o corpo de Constantino consigo.

— Ora, que gracinha. — Com os cabelos brilhando ao luar, Morgane aplaudiu. Seus olhos foram de onde eu e Lou estávamos para Coco, que levantava um cálice de prata aos lábios de Constantino em uma última tentativa de revivê-lo. O lábio da bruxa se retorceu. — Deve estar tão orgulhosa, Josephine. Olhe só como sua querida sobrinha se preocupa com o guardião. — A Coco, disse: — Está morto, *mon petit chou*. — Levantou os dedos manchados. — Você deve saber que a magia não pode permanecer viva sem um coração.

— Como... Como foi que você...? — gaguejou Coco enquanto fitava Constantino, impotente. — Ele é o *guardião*. Como você o matou?

Morgane arqueou uma sobrancelha.

— Não matei.

La Voisin surgiu. Uma substância escura recobria suas mãos. Eram do tamanho do buraco no peito de Constantino.

— Eu matei.

Coco se levantou devagar.

— Tolo. Trouxemos nossas pérolas negras, é óbvio, mas mesmo assim ele insistiu em nos confrontar. — Embora Morgane estalasse a língua com reproche, o som não tinha sua usual veia melodramática. Estava com olheiras arroxeadas sob os olhos, como se não dormisse havia dias. A pele estava mais pálida do que o normal. Queimaduras marcavam seu rosto e seu peito, e os cabelos pareciam queimados em alguns pontos. — Infelizmente, para Constantino, somos as duas bruxas mais poderosas do mundo. Agora, tenho que admitir, o dragão nos pegou de surpresa. Roubou meus brinquedinhos quebrados, quase colocou minha casinha de boneca abaixo, mas não importa. Já foi embora, e não vão nos pegar desprevenidas outra vez. — Olhou para as águas, nitidamente insatisfeita. — Estamos aqui agora.

— Um dragão? — sussurrou Lou. — Quem...?

— Zenna.

No fim das contas, ela tinha salvado os outros. Voara de volta para Cesarine.

Coco parecia de pedra, imóvel como estava.

— O que você fez, *tante*?

La Voisin, com uma expressão impassível, sustentou o olhar severo da sobrinha. Sua expressão não revelava nada. Com um aceno quase indiscernível de cabeça, no entanto, três bruxas de sangue marcharam à frente. Entre elas flutuavam duas figuras amarradas e amordaçadas.

Com os olhos arregalados, debatiam-se em vão contra a magia que as mantinha presas.

Beau e Célie.

Lou xingou baixinho.

— O que precisava ser feito — respondeu La Voisin, simplesmente.

Um momento de silêncio se passou enquanto as duas se encaravam.

— Não. — Os olhos de Coco ardiam, as mãos se cerrando em punhos. Deu um passo curto à frente, e as águas... se agitaram sob seus pés. Os olhos de La Voisin acompanharam o movimento, semicerrando-se infinitesimalmente. — Isso não é resposta, e Morgane le Blanc também não é. Quantas vezes pedimos a ajuda dela? Quanta gente nossa morreu de frio e de doenças? Quanta gente morreu de *fome* enquanto ela se omitia?

La Voisin ergueu uma sobrancelha.

— Da mesma forma como você se omitiu?

Coco não se retraiu.

— Não estou me omitindo agora.

— Não. Está *ativamente* atrapalhando.

— Você nos traiu.

— Estou perdendo a paciência — disse Morgane com malevolência discreta. Seus dedos tremeram.

— Criança tola. — La Voisin falou como se não tivesse ouvido. — Se fosse por você, continuaríamos a adoecer e a passar fome. Para quê? — Seu olhar sombrio encontrou a mim e a Lou. — Por eles? — Com o lábio se retorcendo, balançou a cabeça em um movimento lento, serpenteante, como uma víbora preparando-se para o bote. — Você é a Princesse Rouge. Um dia, eu a teria encorajado a se pronunciar. Teria respeitado sua opinião. Mas agora sua empatia soa vazia. Você não se importa com a nossa gente. Não nos vê como sua família. Pode protestar contra minha traição, Cosette, mas você nos traiu muito antes. Morgane prometeu segurança ao nosso coven dentro do Château le Blanc — Seus olhos pareceram ficar mais severos quando ela pronunciou o nome — em troca de Louise. Eu faria coisas muito piores do que trair você para alcançar meu objetivo. Chegou a hora de você escolher um lado.

Ela deu um passo para o lado de Morgane ao completar a frase, alta e implacável. Juntas, as duas formavam uma imagem notável. Ambas majestosas, ambas belas. Duas rainhas em seus postos de direito. Enquanto Morgane possuía uma espécie de glamour obscuro — sempre a protagonista do espetáculo —, Josephine não ostentava adornos. Era crua. Uma estudiosa da realidade árdua e da verdade desoladora. A malícia nos olhos da primeira parecia comicamente radiante ao lado da astúcia calculista e fria dos olhos da outra. A franqueza. Ela não tentava escondê-la.

La Voisin detestava Morgane.

— Os fins justificam os meios — murmurou, por fim. — Se não permanecermos juntas, falharemos.

Coco encarou a tia como se visse a verdade pela primeira vez.

— Tem razão. — As Dames Rouges na praia ficaram imóveis diante da resposta inesperada da jovem. Reconheci algumas de nosso tempo juntos na pousada Léviathan. — Eu *era* uma criança — continuou, a voz ficando mais decidida a cada palavra. Mais apaixonada. — Era uma criança com medo do meu direito inato... de liderar, de falhar. De decepcionar *você*. Temia as responsabilidades que aquela vida me daria. Sim, fugi, e sinto muito por isso.

Olhou para sua gente, abaixando a cabeça e aceitando sua parcela de culpa nas dificuldades que enfrentaram. Elas a fitaram com uma mistura de suspeita e admiração.

— Não sou mais aquela criança. Vocês *são* minha família, e quero protegê-las tanto quanto minha tia. Mas a vida *dela* — apontou um dedo para Lou — vale tanto quanto a de vocês. — Coco se virou para a tia novamente. — Morgane estava caçando os filhos do rei. Encontramos Etienne, filho dele, decapitado em nosso próprio acampamento, e Gabrielle desapareceu logo depois. Morgane foi a responsável, *tante*. Mas você já sabe disso, não é? Você mesma os ofereceu? Entregou sua própria gente? — Quando Josephine não respondeu, confirmando suas suspeitas, Coco expirou com força, movendo-se para ficar entre nós e a tia com cuidado deliberado. — Já escolhi meu lado.

Lou ficou imóvel ao ouvi-la. Mas as bruxas de sangue se reanimaram. Murmúrios se espalharam entre algumas. Se em apoio ou discordância, eu não sabia dizer.

A expressão de La Voisin não mudou após a declaração da sobrinha. Em vez disso, fez um movimento ríspido para as bruxas mais próximas.

— Peguem-na. — Quando hesitaram, lançando olhares ansiosos a Coco, La Voisin virou-se lentamente para encará-las. Embora eu não pudesse ver sua expressão, dessa vez as mulheres correram para obedecê-la.

Coco deslizou para trás enquanto elas se aproximavam, e as águas se agitaram outra vez. Continuaram se agitando.

As bruxas se detiveram na orla, relutantes em prosseguir, até que a mais corajosa deu um passo hesitante à frente.

Quando seu dedo tocou as águas, o corpo inteiro convulsionou e — como se uma mão espectral tivesse capturado seu pé — escorregou, desaparecendo dentro das profundezas. As águas engoliram seu grito sem nem sequer uma oscilação na superfície. Sinistras e imóveis sob o luar.

A bruxa poderia muito bem nunca ter existido.

Morgane fez um *tsc* enquanto as outras bruxas hesitavam. Sua voz soou severa. Implacável.

— Acho que regras são regras. Coisinhas terríveis. Como se alguma de nós aqui tivesse tempo de sobra para *falar nossa verdade*. Mas não tema, *tata* — disse a Josephine, cujo maxilar se trincou diante do epíteto diminutivo. — Os pobrezinhos terão que sair de lá em algum momento, e temos todo o tempo do mundo. — Estalou os dedos ensanguentados, e Beau e Célie caíram de pé. — *Estes* dois, no entanto, não têm. O que me diz, querida? — gritou para Lou. — Como devo brincar com eles?

— Você é doente — rosnou Beau, as veias no pescoço aparentes enquanto lutava para se mover.

Ela apenas abriu um sorriso. Nada caloroso. Do manto, retirou a injeção de Célie, atirando a seringa para dentro da água.

— Mas talvez eu já esteja cansada de brincar. Venha cá, Louise, ou vou matá-los. Este jogo terminou.

Lou começou a nadar imediatamente, mas meus dedos agarraram seu vestido. Não a soltei. Não podia.

— Reid, não...

Mostrando os dentes, Morgane estalou os dedos outra vez. Espadas surgiram nas mãos de Beau e Célie. Então mais um estalo e Beau avançou, a lâmina cortando o flanco de Célie, fazendo sangue brotar. Com um movimento de dedo de Morgane, Célie reagiu com um soluço, sua espada se fincando no ombro de Beau. Soldadinhos de brinquedo.

— Sinto muito — disse a jovem, sem fôlego, com os braços tremendo enquanto tentava combater a magia de Morgane. — Sinto muito...

— Estou bem. — Beau se esforçava desesperadamente para confortá-la enquanto bloqueava os ataques, com os dentes trincados. A respiração rasa. — Vamos ficar bem...

Célie o acertou novamente, dessa vez na coxa.

O sangue jorrou.

Com um grito selvagem, Coco correu para a frente enquanto Lou se contorcia em meus braços. No entanto, Morgane balançou a mão, e, quando Coco saiu da água, uma gaiola de vidro caiu ao seu redor. Ela começou a socar as paredes, furiosa, e fios se enroscaram ao redor de seus pulsos e tornozelos.

Mostrando os dentes, La Voisin avançou para intervir.

— Os fins, Josephine... — Morgane balançou a outra mão, e os fios a pressionaram ainda mais, estendendo os braços e pernas de Coco a ponto de ser doloroso. Uma boneca em uma caixa — justificam os meios. Não foi o que você disse?

La Voisin parou. Seu corpo estremecia, colérico.

— Minha sobrinha fica ilesa.

— Ela *está* ilesa. — Os olhos brilhantes de esmeralda encontraram Lou. Beau e Célie continuavam batalhando, o sangue espirrando pela areia. — Por enquanto.

— Tem que me soltar, Reid — suplicou Lou. — Ela não vai parar...

— Não.

Mantive a voz baixa e balancei a cabeça impetuosamente. Tentei ignorar meu próprio pânico, que só aumentava. Tinha de existir outra saída. Meus olhos escrutinaram as bruxas outra vez, avaliando. Treze no total: seis Dames Rouges, a julgar pelas cicatrizes na pele, e sete Dames Blanches. As primeiras precisariam de contato físico para fazer mal, mas as segundas podiam atacar a qualquer momento. Minha mente procurava delirantemente por uma vantagem. *Qualquer* vantagem. Seria possível que L'Eau Mélancolique afetasse nossa magia? Que a reprimisse? Se pudéssemos de alguma forma atrair Morgane para dentro das águas... testei meus padrões. Os cordões dourados responderam de imediato. *Merda.*

Pior ainda: um cordão continuou brilhando com mais intensidade do que o restante, pulsando com insistência. O mesmo cordão que eu não podia puxar. Que não *ia* puxar.

Salve-a, sussurrava a magia. *Salve todos eles.*

Continuei ignorando.

Coco gritou quando as amarras a apertaram mais, e Lou se aproveitou de minha distração, enfim se libertando.

— Olhe, *maman*, olhe. — Agitou as mãos em um gesto tranquilizador. — Vou brincar agora. Vou até trocar de brinquedo com você: eu em troca de Beau e Célie. — Embora eu ainda balançasse a cabeça, querendo alcançá-la, Lou nadou para longe e seguiu em frente, decidida: — Mas não pode machucá-los mais. É sério, *maman*. Nenhum deles. Beau, Célie, Reid, Coco... estão a salvo daqui em diante. Ninguém toca neles.

O padrão pulsou. Minha cabeça continuou a balançar.

Morgane não pareceu particularmente surpresa com o pedido de Lou, nem riu, dançou ou provocou como teria feito em outras ocasiões.

— Você sabe que isso pode ser um problema, filha. Com a sua morte, o príncipe e o caçador também vão morrer.

— Você presume que vou morrer.

— *Sei* que você vai morrer, querida.

Lou deu um sorrisinho, e senti como se eu tivesse recebido um golpe físico. Apenas alguns dias antes, temi que jamais fosse voltar a ver aquele sorrisinho outra vez. Meu corpo ficou tenso com um comedimento mal controlado.

— Acho que vamos ter que jogar para descobrir — disse ela.

Recomeçou a nadar em direção ao litoral outra vez.

— Não. — Segurei-a pelo braço. Ela não tinha sofrido por tanto tempo, não tinha sacrificado tudo, literalmente caminhado pelo fogo, exorcizado a porra de um *demônio*, para desistir tão fácil agora. Coco dissera que uma vida não valia mais do que outra, mas estava errada. A vida dela valia mais. A de Beau e de Célie valiam mais. E Lou... a vida de Lou valia mais do que todas as outras. Eu me certificaria de que ela a vivesse. Eu me certificaria de que *todos* eles vivessem. — Você não pode fazer isso.

Ela deu um impulso para cima para me beijar em uma última súplica desesperada.

— Não posso matá-la se continuar me escondendo, Reid — sussurrou contra minha bochecha. — Lembre-se do que a sua mãe disse... fechar meus olhos não vai fazer com que os monstros não me enxerguem. Preciso jogar. Preciso *vencer*.

— Não. — Cerrei meu maxilar. Não conseguia parar de balançar a cabeça. — Não assim.

— Ou mato minha mãe, ou ela me mata. É a única maneira.

Mas não era. Não era a única maneira. Ela não sabia, é óbvio. Tinha me recusado a expressar em voz alta qual era a alternativa, me recusado a reconhecê-la até em meus próprios pensamentos. O cordão de ouro vibrava com expectativa.

Lou já dera tanto. Tinha ido ao Inferno e voltado para nos salvar, fragmentando-se no processo. Não podia morrer agora. E se não morresse... ela falava sobre matar a mãe como um ato corriqueiro, como se matricídio não fosse algo indescritivelmente hediondo. Como se não fosse antinatural. Como se não fosse despedaçá-la por completo outra vez.

— Não.

Minha decisão se solidificou enquanto eu segurava seu rosto. Enquanto tirava as gotinhas de água de seus cílios.

Tão linda.

— Vocês testam minha paciência, crianças. — Morgane balançou a mão, e Beau, Célie e Coco desmoronaram com movimentos idênticos, como brinquedos esmagados sob a sola de um sapato. Beau e Célie ficaram inconscientes, e Coco mordeu o lábio para reprimir um grito. Os olhos cor de esmeralda de Morgane se encheram de ódio. — Talvez você esteja certa, bruxinha de sangue. Talvez eu simplesmente mate todos vocês de uma vez.

— Não seja tola — cortou La Voisin. — Aceite os termos. O príncipe e a garota são insignificantes. Vão morrer em breve de qualquer jeito.

Morgane virou para encará-la.

— Você se *atreve* a me dar ordens...?

Vagamente, ouvi suas vozes ficarem mais altas, mas meu mundo inteiro tinha se estreitado para conter apenas o rosto de Lou. O padrão dourado. Ele lutava por minha atenção, quase ofuscante agora, apontando, reto e mortal, para o alvo. Nos conectando. Exigindo ser reconhecido. Esperança e desespero lutavam em meu peito. Um não existia sem o outro.

Eu encontraria meu caminho de volta para ela. Já o fizera uma vez. Podia fazê-lo de novo.

E ela finalmente estaria segura.

— Vou encontrá-la outra vez, Lou — sussurrei, e sua testa se franziu em confusão. Eu a beijei até que a ruguinha de dúvida fosse embora de sua face. — Prometo.

Antes que pudesse responder, acariciei uma mecha do cabelo dela.

O padrão explodiu em uma chuva de ouro.

Então não vi mais nada.

PARTE III

C'est l'exception qui confirme la règle.
A exceção confirma a regra.
— Provérbio francês

A DÚVIDA SE INSINUA

Nicholina

Sem um corpo, a dor desaparece, igual ao tato, ao olfato e ao paladar. Não há sangue enquanto voamos do oceano para o céu. Não há magia. Nem morte. Aqui somos... livres. Somos uma rajada de vento. Somos o frio do inverno. Somos um sopro de neve nas montanhas — girando, rodopiando e dançando —, castigando os narizes das bruxas lá embaixo. Nossa senhora caminha com elas. Chama-as pelos nomes.

Não chama pelo nosso.

Ansiosos agora, flutuamos em frente, para cima, para cima, para *cima* da montanha, enquanto flocos de neve passam por nós, por dentro de nós. *Não está aqui*, tremulam, resmungam. *Não conseguimos encontrá-lo.*

Nosso corpo, nosso corpo, nosso corpo.

Nossa senhora não terá nos esquecido.

Nós nos movemos mais rápido, buscando, voando em meio às árvores. O castelo. Ela terá levado nosso corpo para o castelo. Mas não há castelo, há apenas neve, montanhas e pinheiros. Não há ponte. Não há ninguém para nos receber, ninguém para permitir nossa entrada. Se *ela* tivesse ficado — a das palavras odiosas, a dos padrões dourados —, se o espírito dela tivesse se fragmentado, teríamos encontrado o castelo. Teríamos encontrado nosso corpo.

Mas não fragmentou. Não ficou.

Agora está sozinha.

Você falhou, Nicholina.

Palavras odiosas.

Sua senhora precisa mais dela do que precisa de você.

Nossa senhora não nos esqueceu.

Talvez seu corpo não esteja mesmo lá. Talvez você realmente *acabe morrendo.*

Espiralamos com agitação e medo, e corremos pela encosta. Já começamos a sentir que estamos nos espalhando, derivando, perdendo propósito. Não podemos permanecer muito tempo sem um corpo, ou nos tornaremos algo distinto. Algo impotente e pequeno. Um gato, uma raposa ou um rato. Há muitas formas de se tornar um *matagot*, ah, sim, mas não nos tornaremos. Nós, não. Não fomos esquecidos.

Algo se esgueira pela folhagem, e mergulhamos, arrancando um guincho de medo da criatura. Não importa. Precisamos de um corpo até nossa senhora retornar. Até a senhora *dela* nos mostrar o caminho. Mulher odiosa, igual à filha. Bruxa odiosa.

Nós nos agachamos no corpo da raposa e aguardamos. O tempo passa de maneira diferente para os animais. Rastreamos sombras, tremendo dentro das raízes de uma árvore. Para nos escondermos de águias. De raposas. Sentimos o cheiro de nossa senhora antes de vê-la, e ouvimos suas palavras afiadas e impacientes. Discute com Morgane. Fala da filha de Morgane.

Deixamos a raposa e seguimos atrás delas enquanto torres e torreões começam a se formar. Uma ponte. Fogo assolou todas as estruturas. Ao redor, damas brancas tecem e entrelaçam padrões invisíveis na pedra. Na madeira. Nas janelas, nos arcos e nas telhas. Não nos importamos com reparos. Mergulhamos até a entrada, nos escondendo de olhares curiosos, serpenteando pela fumaça. Sentimos a força de atração de nosso corpo agora. Nós o sentimos aqui.

Nossa senhora não nos esqueceu, no fim das contas.

Subimos a escadaria, cruzamos o corredor e entramos em um pequeno quarto desprovido de adornos. Mas nosso corpo não está na cama. Não está recostado no travesseiro. *A cama está vazia*, gritamos, decepcionados. *A cama está disponível*. Respiramos, ofegante e tremendo, enquanto procuramos. Enquanto nos deixamos levar pela força de atração de nosso corpo. Então o encontramos no chão duro de pedra. *Mas a cama está vazia.* Uma onda de confusão serpenteia ao nosso redor. *A cama está disponível.*

Nosso corpo parece um cadáver nas sombras do canto do quarto. A aparência doentia e pálida. Marcado por tantas cicatrizes. Pairamos acima dele, com o arrependimento nos percorrendo. Uma pontada de dor. Não há fogo para esquentar o cômodo. Nem velas para iluminar. Não importa. Não sentimos frio, não, e nossa senhora sabe disso. Ela sabe. Sabe que a dor é passageira. Vai se deleitar com nossa presença.

Você falhou, Nicholina.

Não importa.

Sua senhora precisa mais dela do que precisa de você.

A dor é passageira.

Você escolheu o lado errado, Nicholina. Não é tarde demais para mudar de ideia. Ainda pode se aliar a nós antes que Morgane e Josephine a traiam. Porque vão trair você. É apenas questão de tempo.

Nossa senhora jamais nos trairia.

Lentamente, afundamos dentro de nós, primeiro um dedo da mão, depois um dedo do pé, então uma perna, um braço e o peito, até nosso corpo inteiro se assentar com uma respiração pesada. Pesada. Tão pesada. Tão cansada. Imagens de lavanda, de espectros e de menininhos doentes e cadavéricos lampejam. Lembranças de família. A palavra está com um gosto diferente do que costumava ter antes. Um dia, teve gosto de conforto, de amor e de calidez. Não lembramos qual é a sensação de calidez agora. Não lembramos o que é o amor. Dentro *dela* nós tínhamos sentido — uma faísca fugaz dentro das sombras, dentro da escuridão. Ela sentia com tanta intensidade. Nós nos agarramos àquela sensação agora, àquela lembrança. Nós nos agarramos ao calor que sentimos quando ela olhava para o caçador, para a família.

Nossos olhos não abrem enquanto jazemos nesta pedra fria e dura. Não nos movemos para a cama. Nossa senhora não nos queria lá.

Às vezes pensamos que nossa senhora não nos quer nem um pouco.

ANGÉLICA

Lou

Sem aviso, Reid cai de cara na água, e foi aí que...

Foi *aí* que perdi a cabeça completamente.

Novos gritos explodiram da orla enquanto eu mergulhava em sua direção, jogando um braço sobre os ombros dele e o girando para ficar de costas, enganchando seu braço no meu e aninhando sua cabeça em meu pescoço. O cheiro pungente e intenso de magia impregnava seu corpo. Embora seu peito ainda subisse e descesse, o movimento parecia curto e difícil. Como se estivesse sentindo uma dor terrível.

— Reid! — Eu o sacudi, desesperada, lutando para continuar flutuando. Acabamos afundando os dois. Água queimava minha garganta, meus olhos. Sufocando, bati as pernas com mais força, impulsionando-nos para a superfície por alguns preciosos segundos. Eu sabia nadar bem, sabia mesmo, mas nadar segurando um homem de mais de cem quilos de peso morto era totalmente diferente. — *Reid!*

Os gritos ao redor se intensificaram, e olhei para a orla. Meu coração foi parar em minha garganta sofrida.

Morgane perdera consciência junto com Reid.

Qualquer que tivesse sido o feitiço que ele lançara, tinha afetado minha mãe também, e o caos reinava absoluto. As Dames Blanches mais próximas dela gritavam e corriam para a mestra, arrastando-a para longe de Josephine, de Coco, de nós.

— Não sejam tolas! — Os berros veementes de Josephine cortaram as brumas, que tinham caído sobre nós outra vez, ainda mais densas. — Esta é a nossa chance! Peguem a garota!

Mas nem as bruxas de sangue se atreviam a colocar um pé dentro das águas — não quando a superfície continuava a se agitar.

Nem quando Coco se levantou, sem amarras depois de Morgane ter caído.

Nem quando voltou a entrar nas águas ou levantou as mãos. Seus olhos sombrios recaíram primeiro sobre Constantino, depois sobre Beau e Célie — ainda inconscientes e encharcados de sangue —, e eles queimavam com desejo de vingança.

— Deveria ter pensado melhor antes de nos seguir até aqui, *tante*. Nasci nestas águas. Sua magia é minha também.

Eu me debatia sob as ondas, emergindo a tempo de ver Josephine cerrar os punhos.

— A magia é *dela* — disse, ríspida. — Não sua. Nunca sua.

— Sou parte dela.

— Você é *minha*. — A última fibra de controle de Josephine pareceu ceder, e ela desembainhou uma longa adaga torta do manto. Suas mãos tremiam. — Ela abandonou você. *Me* abandonou. Ela...

— Está a caminho — terminou Coco, sombria, olhando de relance para a própria mão levantada. Um novo corte que eu não notara cruzava sua palma. Sangue escorria para as águas, e, com um sobressalto, me dei conta de que não tinham sido os passos de Coco que acordaram L'Eau Mélancolique.

Tinha sido seu sangue.

E as águas não estavam apenas ondulando agora.

Estavam *se movendo*, abrindo-se no centro como se os céus tivessem desenhado uma linha do ponto onde Coco estava até o horizonte. Erguiam-se de ambos os lados, crescendo e crescendo e *crescendo* — como duas ondas gigantes idênticas —, até que um caminho cheio de pedras se formou no oceano. Estreito o bastante para uma pessoa caminhar livremente. Eu me agarrei a Reid enquanto as ondas nos açoitavam, com as correntes nos puxando para baixo antes de nos empurrarem para cima outra vez. Quando gritei o nome de Coco, tossindo, cuspindo água e nadando desesperada para a orla, ela se virou para nós. Os olhos se arregalaram, em pânico, antes de submergirmos novamente.

Quando reemergimos, outra corrente nos carregou entre um fôlego e outro. Esta, porém, parecia determinada não a nos afogar, mas a nos levar até Coco. Não lutei contra, não questionei, totalmente concentrada em manter a cabeça de Reid acima da água. Meus braços tremiam com o esforço. Minhas pernas estavam rígidas.

— Vamos, Chass. — Pressionei novamente a parte de trás de sua cabeça contra a curva de meu pescoço. — Estamos quase lá. Segure firme. Vai, *vai*...

De repente, a corrente começou a nos puxar para baixo, e despencamos das águas gélidas direto para o caminho de pedras. Quando aterrissamos, atordoados e tremendo, Coco correu até nós, puxando meus braços e mãos, afastando os cabelos de Reid do rosto e verificando seu pulso. Ignorava completamente Josephine e as bruxas de sangue. Elas ainda não se atreviam a entrar no L'Eau Mélancolique, nem mesmo pelo caminho que tinha sido aberto.

— Está ferida? — quis saber Coco, olhando cada centímetro de meu corpo em movimentos apressados e desajeitados. — Você...?

Peguei suas mãos e sorri.

— Você está com uma aparência terrível, *amie*. Estas olheiras devem ser do tamanho da cabeça do Beau.

Coco descansou a cabeça em meu ombro, suspirando de alívio.

— Você é você.

— Sou eu.

— Graças a Deus.

— Graças a *Ansel*.

Ela riu com um suspiro fraco, levantando a cabeça... e congelou. Seu olhar se fixou em algo acima de meu ombro, algo mais adiante no caminho. Seu reflexo prateado, uma mera manchinha na escuridão, brilhava com intensidade refletido nos olhos de Coco. Quem ou o que quer que fosse aproximava-se vindo não da orla, mas das profundezas de L'Eau Mélancolique. Um rosto surgiu em meus pensamentos, saído das lembranças de Nicholina, e a suspeita fez os pelos em minha nunca se eriçarem. Minha pele se arrepiou inteira.

Quando Josephine ficou pálida como papel, eu soube. Quando tropeçou — de fato *tropeçou* — um passo para trás, segurei Reid com mais força em meu colo, com o coração batendo acelerado em meus ouvidos. Várias bruxas de sangue fugiram sem dizer uma palavra. Meu olhar permaneceu fixo em Coco enquanto o pontinho prateado ia ficando cada vez maior. Mais próximo. Próximo demais para ser ignorado.

Virei para olhar por cima de meu ombro.

E lá estava ela.

Um arrepio percorreu meu corpo inteiro ao vê-la: alta e escultural, com volumosos cachos escuros e a pele negra, quase idêntica a Coco em todos os aspectos. Exceto pelos olhos, que, em algum ponto entre a lembrança de Nicholina e aquele momento, tinham adquirido um tom pálido e gélido. Seu vestido combinava com a coloração peculiar — o tecido iridescente cambiava entre branco, verde, roxo e azul — agitando-se na brisa enquanto a mulher se aproximava. Como uma maldita princesa de contos de fada.

Parou a um passo de distância. É possível que meu queixo tenha caído. Minha boca deve ter se aberto como a de um peixe. De perto, ela era ainda mais bela do que a distância: o rosto tinha um formato perfeito de coração e os lábios, impecavelmente volumosos. Pó prateado salpicava as bochechas e o nariz dela, bem como a testa e as clavículas, e joias de pedra da lua cintilavam em seus dedos, pulsos, orelhas e pescoço. Ela tinha trançado os cabelos ao redor de um diadema ornamentado com uma gota de opala. A pedra preciosa brilhava contra sua testa.

Os cabelos e o vestido da mulher continuaram a ondular levemente, mesmo depois da brisa ter cessado.

Ela sorriu para mim.

— Angélica — murmurei, assombrada.

— Irmã — sibilou Josephine.

Mas foi a acusação sussurrada de Coco que mudou tudo.

— Mãe.

* * *

Com uma inclinação graciosa de cabeça, Angélica assentiu. Aguardava com postura impecável e imobilidade sobrenatural, os ombros retos e as mãos entrelaçadas à altura da cintura em uma posição familiar. Quantas vezes eu vira Josephine se portar daquela maneira? Quantas vezes não sentira o desejo incontrolável de torcer aquele pescoço longo e elegante?

Era assombroso como duas pessoas com as mesmas feições podiam ser tão diferentes.

Olhei para Coco.

Era perturbador quando havia uma terceira pessoa.

— *Sœur.* — Com a voz macia como seda, Angélica falou com uma confiança calma. — *Fille.* — Levantou a mão como se fosse tocar o rosto de Coco, mas a deixou cair de volta ao lado do corpo. Desolada. — Senti sua falta.

Embora Coco não tivesse aberto a boca, seus olhos diziam tudo. Cintilavam com emoção não derramada sob o luar.

Franzi a testa, semicerrando os olhos, e o brilho ao redor do rosto de Angélica diminuiu levemente.

Mais do que levemente.

Poderia até tê-la chamado de horrenda naquele instante.

Mas, para ser sincera, era provável que eu fosse especialmente sensível quando o assunto era mães que abandonam os filhos à mercê de outros parentes cruéis. Madame Labelle deixara Reid, e o arcebispo acabara exercendo o papel de pai. Morgane tentara me matar, e, de alguma forma, eu terminara com o arcebispo também. Embora linda, Angélica tinha deixado Coco nas mãos da tia. Não era diferente das outras duas. Era podre por dentro.

Nesse caso, era só um acaso que a podridão tivesse cheiro de lírios.

Aceitando que a filha não iria, ou talvez não *conseguisse*, responder, Angélica voltou o olhar para Josephine, que se aproximara devagar de Beau e de Célie. Os lábios perfeitos se franziram.

— Não machuque as crianças, Josie. Sua briga é comigo.

Josephine olhou feio enquanto levantava a cabeça de Célie. Suas mãos não eram desnecessariamente cruéis, mas cuidadosas e firmes ao segurarem o pescoço dela. Não. Cuidadosas, não. Práticas. Eficientes. Ela mataria Célie se necessário, da mesma forma como matara Etienne.

— O que você vai fazer? — perguntou à irmã. — Não pode sair das águas.

Coco e eu trocamos um olhar breve e confuso.

Angélica apenas tirou uma adaga incrustada com pedras preciosas da bainha em sua coxa — em sua *coxa* — e suspirou.

— Temos mesmo que fazer isso, *sœur*? Nós duas sabemos o estrago de que sou capaz de fazer mesmo daqui. — Para ilustrar o argumento, levou a adaga contra o peito e cortou, direto entre os seios, sem hesitação. A lâmina perfurou tecido e pele como se fossem manteiga, deixando uma linha espessa de sangue em seu rastro.

Josephine soltou um chiado, e a mão voou até seu próprio peito, onde uma ferida idêntica se formara.

Minha confusão aumentou enquanto encarava o ferimento. As lembranças de Nicholina não tinham revelado nada semelhante. Não que eu tivesse sabido o que procurar.

— Que merda está acontecendo? — sussurrei para Coco. Josephine e Angélica ainda encaravam uma à outra com as expressões ferozes, sangrando, em um embate silencioso. — Você me disse que sua mãe estava morta.

— Disse que minha *tia* tinha dito que ela estava morta.

— E agora?

Ela deu de ombros, tensa.

— Agora parece que as duas estão ligadas por um pacto de sangue.

— Pacto de sangue?

— É um feitiço perigoso entre Dames Rouges. Entrelaça a vida e a magia delas.

Olhei outra vez para as feridas idênticas.

— Ah, merda.

Ela assentiu.

— É por aí mesmo.

Mas no encalço daquela percepção desagradável veio outra.

— Isso significa que não podemos... não podemos matar sua tia sem matar sua mãe também?

— Aparentemente é isso.

Um buraco se abriu em meu estômago quando Josephine reajustou a mão que segurava Célie, pressionando a adaga contra a nuca dela.

— Sua ameaça é vazia, como sempre, *sœur*, enquanto você fica na barra da saia de terceiros e se esconde para que eu não possa alcançá-la.

— Deu uma risada áspera. A única vez que eu a ouvira rir. — Não. Não vai fazer estrago nenhum, não vai se machucar para me atingir, ou já o teria feito séculos atrás.

Certo. Então eu não podia matá-la. Testando padrões rapidamente, segui cada um até seus sacrifícios. Só precisava derrubar a faca da mão de La Voisin, era simples. Uma rajada de vento, talvez. Um espasmo de dedos.

— Espere — sussurrei para Coco enquanto procurava. — Se você achava que sua mãe estava morta, por que estava tentando invocá-la?

— Não estava. Eu só... as águas falaram comigo. E eu obedeci.

— Você deu seu *sangue* a elas — Lancei um olhar incrédulo a Coco por cima do ombro — porque pediram com educação? Pelo menos disseram "por favor"?

— Nasci delas — resmungou, na defensiva.

— Entregue Louise — insistiu Josephine, ignorando nossa conversa baixa e fervorosa. Angélica mantinha a lâmina na lateral do corpo, pendendo, frouxa, da mão. Seu sangue pingava da ponta até o chão do oceano, e pérolas negras se formavam de cada gota. Olhei outra vez para Constantino. — Entregue Cosette — Os dedos de Josephine apertaram a própria adaga —, ou me livrarei desta criança patética. Me livrarei do príncipe mortal.

Nem ferrando.

Trincando os dentes em uma explosão pungente de ódio, cerrei os punhos, e minha raiva incendiou um dos padrões. Observei enquanto crepitava entre nós duas, sentindo o calor me deixar. O cordão se desintegrou em cinzas douradas enquanto Josephine gritava, derrubando a faca e amparando a mão queimada. Sorri com satisfação e agitei os dedos.

— Está na hora de se mandar, *Josie*.

Angélica levantou a mão em um movimento enfático, e as águas responderam, ultrapassando a orla para tomar Célie e Beau, deixando ambos aos nossos pés. Mas não pararam. Continuaram a encharcar a areia, reivindicando a praia e levando os cálices prateados para longe. Perseguiam a barra do vestido de Josephine com determinação consciente, e ela não teve escolha senão recuar depressa. Pelo jeito, Josephine temia a estranha magia que fortalecia aquelas águas da mesma forma que Nicholina temia o escuro.

Mesmo assim, se recusava a ceder.

No entanto, quando se virou para gritar ordens às Dames Rouges remanescentes — dizendo que não arredassem o pé —, seus olhos se arregalaram, e finalmente compreendeu que tinha perdido aquela batalha. As bruxas de sangue já tinham fugido para os penhascos. Josephine estava sozinha.

— Vá embora daqui, *sœur* — disse Angélica. Pelo tom férreo de sua voz, eu sabia que era o aviso final. — E nunca mais volte. Não posso garantir sua segurança se continuar a provocar Isla.

— *Isla.* — O rosto de Josephine se contorceu ao pronunciar o nome. As águas, porém, continuaram avançando, forçando-a para trás até ter subido em uma das primeiras pedras do caminho que levava à praia. — O Oráculo. Sua *mestra*.

— Minha *amiga*. — Com outro aceno de Angélica, a altura das águas cresceu, e Josephine pulou para trás, afastando-se. Movia-se com agilidade surpreendente para uma velhota milenar. — Seria inteligente da sua parte respeitá-la — continuou Angélica. — Embora reine lá embaixo, está ciente da guerra aqui em cima. Você não gostaria de tê-la como inimiga. — Uma luz peculiar surgiu nos olhos pálidos enquanto ela refletia. — Mas parece que você já desagradou os irmãos dela. — Para nós, acrescentou: — A Deusa Tríplice e o Homem Selvagem.

O senhor tem família, Monsieur Deveraux?

Tenho, sim. Duas irmãs mais velhas. Criaturas aterrorizantes, preciso dizer.

— Todos esses anos, eu estive observando você, Josephine. — A tristeza suavizou a voz de Angélica, e o brilho etéreo foi deixando seus olhos aos poucos. — Tive esperança por você. Acha que sou uma covarde, mas você é uma tola. Não aprendeu nada com os nossos erros?

Josephine não reagiu de maneira visível às palavras condoídas da irmã. Apenas continuou recuando, com o rosto imperscrutável e os olhos queimando como chamas gêmeas na escuridão.

— Não existem erros, irmã. — Sorriu para cada uma de nós. — Acho que nos veremos em breve.

Depois se virou, com o manto ondeando às suas costas, e desapareceu na noite.

MENTIRA POR OMISSÃO

Lou

No momento seguinte, desmoronei ao lado de Reid, e Coco seguiu meu exemplo ao lado de Beau e de Célie. Para minha surpresa, Angélica se ajoelhou também, acariciando a face de Constantino com as costas da mão esguia. Diferente da irmã, sua expressão exibia suas emoções orgulhosamente, para quem quisesse ver. Agora ela parecia... melancólica.

Gesticulei para as águas inundando a praia, ao mesmo tempo irritada e impressionada.

— Da próxima vez, talvez fosse melhor começar por aí.

Ela riu baixinho.

Balançando a cabeça e resmungando — sua risada era melodiosa como a porra de um sino —, pressionei a orelha contra o peito de Reid para escutar seu coração. As batidas estavam fortes e constantes. Quando verifiquei a temperatura, a pele estava quente — mas não quente demais — sob meu pulso. Então levantei suas pálpebras, acendendo uma luz na ponta de meu dedo com um resto de raiva. As pupilas se contraíram como deveriam. Certo. Voltei a me sentar, aliviada. Ele estava perfeitamente bem, apenas... adormecido. Devia ter roubado a consciência de Morgane para nos dar tempo de fugir, sacrificando a sua própria em troca. Eu só precisava acordá-lo. Enquanto procurava por um padrão com esse exato objetivo, não conseguia reprimir a curiosidade. Olhando de soslaio para Angélica e Constantino, perguntei:

— Ele não a traiu?

Os olhos pálidos dela encontraram os meus.

— Traiu.

Coco não levantou o olhar. Tensão irradiava do maxilar trincado, dos ombros rígidos. Tomou minha adaga para reabrir o corte na palma da mão. Mas, como eu, parecia que ela também não conseguia se conter:

— E você continuou o amando mesmo assim?

— Não precisa fazer isso, querida. — O olhar de Angélica voou para a parede de água a nossa direita. Em resposta, um filete se retorceu em nossa direção como uma serpente. Alcançou primeiro Beau, tocando a ferida profunda em sua perna e fluindo para dentro de sua pele. O ferimento se fechou quase que imediatamente, seguido pelo outro em seu ombro. Um segundo feixe se desenrolou em direção a Célie, e um terceiro se estendeu até Angélica. Todas as feridas dos três desapareceram.

— Viu? — Angélica sorriu, e talvez eu tenha perdido o ar por alguns segundos. Forcei uma carranca para compensar. — Não se fatigue. — Ela olhou outra vez para o corpo sem vida de Constantino, o olhar demorando-se no buraco em seu peito, antes de engolir com dificuldade. O movimento a fez parecer quase humana. — Mas, sim, Cosette. Eu o amei da maneira como todos amamos as coisas que não deveríamos amar... exageradamente. Ele me magoou como todas essas coisas sempre fazem. — A tristeza palpável se insinuou outra vez em sua voz. — Sinto muito que esteja morto.

Sinto muito que esteja morto. E, simples assim, ela se tornou algo estranho e alheio para mim outra vez.

As mãos de Coco seguraram firme a gola de Beau enquanto os olhos dele tremelicavam e se abriam. Não agradeceu à mãe por tê-lo curado. Eu não a culpava. Em vez disso, me arrastei mais para perto, puxando

Reid comigo, e encostei meu ombro no dela em apoio silencioso. Coco respondeu ao toque com mais pressão, soltando a camisa de Beau enquanto ele se sentava.

— O que aconteceu? Onde está Mor... — Seus olhos se esbugalharam quanto notou Angélica. Em sua defesa, ficou parado parecendo um idiota por cerca de três segundos antes de se virar para Coco. Então deu mais algumas piscadas. — Ela é...?

Coco assentiu em um movimento rígido. Quando a mão subiu ao pescoço para segurar firme o medalhão, os olhos de Angélica a seguiram e se arregalaram com incredulidade.

— Você... usa meu colar — disse. A afirmação como uma pergunta.

— Eu... — Coco encarou o chão com uma atenção feroz. — É, uso.

Uma espécie de instinto protetor fervoroso alfinetou meu peito diante do desconforto evidente de Coco. Talvez devesse estar furiosa com ela por nunca ter me contado sobre a mãe. Quantas vezes não tínhamos conversado sobre Angélica? Quantas vezes ela tinha escolhido não me contar? Uma mentira por omissão continuava sendo uma mentira. Eu mesma não tinha aprendido aquilo do jeito mais doloroso?

Nicholina chamara isso de traição. Talvez eu devesse estar chateada, mas não estava. Todos tínhamos segredos. Eu, sem dúvidas, guardava vários. Embora não soubesse por que ela não tinha me confiado aquilo, *sabia* que Coco tinha apenas seis anos na última vez que vira a mãe. Sabia que não precisava de plateia para aquele encontro. O que *precisava* era de tempo para processar os fatos, para decidir que tipo de relacionamento queria com Angélica. Para decidir se sequer queria mesmo um relacionamento com Angélica.

Resoluta, me decidi por um padrão para despertar Reid, dando um peteleco em seu nariz para brandir o cordão, ansiosa para distrair os outros daquela situação dolorosamente constrangedora. Uma noite insone para mim em troca de acordá-lo agora. Simples, mas eficiente.

Nada que causasse muito estrago. Com Reid desperto, poderíamos seguir em frente. Poderíamos reunir nossos aliados e marchar até Château le Blanc, ou retornar a Cesarine, ou... bem, não sabia exatamente, mas poderíamos fazer *algo* além de ficar ali encarando um ao outro, de papo para o ar.

Dei outro peteleco no nariz de Reid, esperando o padrão que tinha conjurado se dissipar. Nem se moveu. Tentei outra vez, cerrando os punhos. O cordão se retraiu, enroscando-se e formando algo diferente. Os outros padrões em minha rede... fizeram o mesmo. Ficaram irremediavelmente emaranhados, de uma maneira que me impossibilitava de seguir qualquer um, ou até de os compreender, como se a própria magia tivesse ficado confusa.

Franzi o cenho para Reid.

Que merda ele tinha *feito*?

Distraída por meus padrões sem sentido, não vi nem ouvi Angélica se mover atrás de mim. Sua mão pousou em meu ombro.

— Ele não vai acordar — disse, gentil. — Não até estar pronto.

Lancei a ela um olhar irritado, me desvencilhando de seu toque.

— O que isso quer dizer?

— A mente dele precisa de tempo para sarar. — Abaixou a mão sem se ofender, entrelaçando os dedos em uma postura perturbadoramente calma. — Ele tem sorte de estar vivo, Louise. Este feitiço poderia ter feito um estrago irreparável.

— *Que* feitiço? — Quando ela não respondeu, as linhas em minha testa se intensificaram, até formarem uma carranca. Eu me levantei, com as bochechas mais quentes do que o usual. Claud, Constantino, Angélica... qual era o *sentido* da onisciência, da onipotência, se ninguém as usava? Balancei a cabeça. — Se a mente de Reid sofreu algum dano, por que você não pode curá-lo? Curou todos os outros!

Ela apenas voltou a sorrir, um sorriso horrível, cheio de piedade.

— Apenas ele pode se curar.

— Isso é um monte de mer...

— Não se preocupe, Louise. — Um vislumbre do brilho sobrenatural retornou aos olhos de Angélica, e, mesmo contra minha vontade, recuei um passo. — Os ferimentos não são fatais. Tenho certeza de que ele vai acordar. Mas ainda não é possível enxergar o caminho que ele precisa percorrer.

As águas veem coisas que não podemos ver, sabem coisas que não podemos saber. O aviso de Constantino se repetiu em minha mente. *Angélica era vidente, e sua magia lhes deu forma.*

— O seu caminho, por outro lado, é nítido. — Gesticulou para a trilha estreita nas águas. Levava direto ao coração de L'Eau Mélancolique. Na luz prateada da lua, as brumas das paredes fluidas cintilavam como pontinhos de diamante. Ela olhou para Coco quase como se pedisse perdão. — Sinto muito, *fille*, que nosso encontro tenha sido tão cheio de complicações. Quando você me chamou...

— Eu não sabia que estava chamando — interrompeu Coco.

Angélica assentiu, apesar de algo parecido com mágoa lampejar em seus olhos.

— Lógico que não. Quando chamou pelas *águas*, eu ouvi. Senti sua necessidade e... bem, precisei responder. — Sua voz ficou mais gentil ao continuar, embora falasse com a mesma certeza. — Há muito que você não compreende, Cosette. Sei que está com raiva de mim, com razão, mas não podemos nos dar ao luxo de perder tempo com longas explicações e pedidos de desculpa.

Coco enrijeceu diante das palavras objetivas, e apertei seu braço. Mas Angélica tinha razão; não era a hora nem o lugar para aquela conversa. Não com Morgane e Josephine tão perto, não com um cadáver aos nossos pés, não quando estávamos encurraladas entre duas paredes colossais de água. Eu as olhei, nervosa, quando uma longa barbatana prateada passou.

— Para isso — continuou Angélica, fisgando novamente minha atenção —, você precisa entender três coisas. Primeiro, não é mais seguro para mim sair destas águas. A benevolência de Isla me protege, e ela arriscou muito ao permitir que eu permanecesse aqui. Minha irmã vive com medo da minha magia, com medo da própria Isla, mas, se Josephine tivesse tentado entrar, eu não teria como impedi-la. Porque, da mesma forma como esta magia é sua por direito de nascimento, também é dela por conta de nosso pacto de sangue.

Angélica não nos deu outra chance de interromper.

— Em segundo lugar, você precisa entender que durante sua vida inteira, Cosette, eu a observei. — Aqueles olhos azuis rodopiavam com um tom de branco, e novos arrepios eriçaram os pelos de meus braços. Os de Coco também. — Sei por onde andou e quem amou. Sei que vasculhou o reino inteiro... de La Forêt des Yeux a Le Ventre a Fée Tombe... em busca de aliados contra Morgane. Fez amizade com a Fera de Gévaudan e com o Homem Selvagem. Encantou dragões e bruxas e lobisomens.

Pela primeira vez, ela hesitou, o branco em seus olhos mais intenso. A mim, perguntou:

— Ainda deseja derrotar sua mãe?

— É lógico, mas o quê...?

— Isla se provaria uma amiga poderosa.

Coco segurava meu braço com tanta força que quase perdi a sensação nele. Mas sua voz não vacilou.

— Seja lá o que você esteja querendo dizer, *maman*... diga de uma vez.

— Tudo bem. — Acenou para as águas outra vez, e filetes fluidos responderam, entrelaçando-se no ar para formar uma rede líquida. Assemelhavam-se muito a raízes de uma árvore de vidro, transparentes, luminosos e luzidios. Deslizando sob Reid, levantaram seu corpo e o suspenderam à altura de nossas cinturas. Segurei sua mão. Quando

Angélica gesticulou para o caminho à frente, as águas obedeceram. Reid flutuou para longe e corri para acompanhá-lo, arrastando Coco comigo. — Pare! O que está...?

A mãe dela falou com voz tensa:

— Queria poder lhe oferecer uma escolha, *fille*, mas, na verdade, você já fez uma. Quando chamou as águas, pediu um favor. Agora precisamos pedir outro de você em troca.

Coco parou, incrédula.

— Mas eu não sabia...

As águas começaram a se fechar atrás de nós, bloqueando o caminho para a praia. Nós duas as encaramos, aterrorizadas.

— Isla deseja falar com você em Le Présage, Cosette... com você e seus amigos. — O lindo rosto de Angélica se franziu com uma expressão de arrependimento. — Receio que tenham que vir comigo.

O NINHO DE UMA PEGA

Lou

Le Présage.

Eu já tinha ouvido o nome uma vez, falado em meio a risinhos ofegantes na Festa do Mastro. Uma bruxa sugeriu que procurássemos o lugar enquanto rodopiávamos e dançávamos no calor escaldante do auge do verão. Manon se recusou, repetindo a história que a mãe contara sobre melusinas que afogavam bruxinhas ingênuas. Na época, todas acreditamos. Afinal, melusinas eram *mesmo* criaturas sedentas por sangue. Traiçoeiras e misteriosas. O monstro escondido debaixo de nossas camas — ou em nosso quintal, como era, de fato, o caso. Em certos dias, bem cedo pela manhã, eu chegava até a conseguir ver as brumas na praia da janela do meu quarto. Só quando fui pela primeira vez brincar com Coco que me dei conta de que as melusinas não eram de modo nenhum uma ameaça. Tinham domínio sob um mundo inteiro lá embaixo — um mundo separado do restante de nós, maior e muito mais estranho do que o nosso. Tinham pouco interesse nos assuntos das bruxas.

Pelo menos até agora, era o que parecia.

Eu lançava olhares discretos às águas escuras enquanto seguíamos pela trilha estreita. Elas permaneciam entrelaçadas sob Reid, carregando-o, à medida que mais água inundava o caminho atrás de nós, nos impelindo a seguir em frente. Beau parecia compartilhar de minha inquietação.

Quase pisou em meu calcanhar na pressa de fugir dos rostos serpentinos pressionados contra as paredes de água.

— Mulheres-peixe, hein? — murmurou ao pé do meu ouvido.

— Diz a lenda que conseguiam andar em terra firme, mas nunca vi acontecer.

Seu corpo inteiro estremeceu.

— Não gosto de peixes.

Outro rosto prateado passou como um relâmpago pelas águas, mostrando a língua bifurcada para ele.

Angélica olhou por cima do ombro enquanto continuava à frente, nos guiando.

— Façam qualquer coisa, mas não as insultem. As melusinas são incrivelmente vaidosas, mas insípidas, jamais. Valorizam a beleza quase tanto quanto o refinamento... boas maneiras são o que há de mais importante para uma melusina... mas, quando provocadas, seu temperamento é feroz.

Diante da expressão alarmada de Beau, Coco acrescentou:

— Adoram ser bajuladas. Não vai ser um problema para você.

— Bajulação. — Beau fez um aceno sério de cabeça para si mesmo, guardando a informação. — Certo.

— São muito bonitas, então? — perguntou Célie, que segurava a bolsa de couro pendurada no ombro com ambas as mãos. As unhas quebradas estavam cheias de terra e os cabelos escapavam, desgrenhados, do coque banana. Sangue e sujeira manchavam a pele branca e o veludo da calça que um dia fora elegante. A borda de renda da camisa agora flamulava gentilmente ao vento. — Já que valorizam tanto a beleza?

— Elas são. — Angélica inclinou a cabeça com um sorriso quase travesso. — Mas não são seres humanos. Nunca se esqueça disso, criança... a beleza pode ter dentes. — Célie franziu a testa, mas não tornou a abrir a boca, e Angélica voltou a atenção para Coco, que a ignorava com todo o cuidado. Fitou a filha por um longo momento, pensando, antes de pigarrear. — Está se sentindo bem, Cosette? Seus ferimentos sararam?

— É Coco. — Ela olhou de cara feia para um peixe bonito que passava, com as nadadeiras douradas se agitando. — E já sobrevivi a coisa pior.

— Não foi o que perguntei.

— Sei o que perguntou.

Um momento constrangedor se passou antes de Angélica voltar a falar:

— Não está com frio?

— Estou bem.

E mais outro.

— Preciso dizer que seu cabelo está muito lindo. — Angélica tentou de novo. — Olhe como está comprido.

— Pareço um rato afogado.

— Besteira. Você jamais pareceria um rato.

— Mas acho que está um pouco pálida — comentou Beau, tentando ajudar. — Um pouco cansada.

As duas lançaram olhares frios para ele, que deu de ombros, sem demonstrar arrependimento. Quando nos deram as costas outra vez, dei uma cotovelada nas costelas dele, sibilando:

— Seu babaca.

— O quê? — perguntou Beau, esfregando as costelas doloridas. — Deve ser a primeira vez que as duas concordam com alguma coisa. Só estou tentando ajudar.

Após mais algumas tentativas débeis de iniciar uma conversa — que Coco bloqueou com facilidade e eficiência admiráveis —, Angélica foi direto ao ponto.

— Temos um longo caminho até chegarmos a Le Présage, filha. Gostaria de conhecê-la melhor, se você estiver disposta.

Coco bufou e chutou uma pedrinha coberta de alga, que caiu na água e molhou minha bainha arruinada.

— Por quê? Você disse que me observou a vida inteira. Já deveria saber de tudo.

— Talvez. Mas não sei o que você pensa. — Angélica inclinou a cabeça para o lado, com os lábios franzidos, como se estivesse tomando uma decisão. Após mais alguns segundos, disse: — Não sei por que usa meu colar, por exemplo.

Sutil como um tijolo.

— Fico me perguntando como deve ser — comentou Coco com amargura, ainda observando o peixe dourado — querer uma explicação e nunca receber. Deve ser terrivelmente frustrante, não acha?

Depois do comentário, Angélica não forçou mais nenhuma conversa horripilantemente constrangedora.

Já eu, tentava não pensar muito. Angélica dissera que os ferimentos de Reid não eram fatais. Dissera que despertaria. E Isla... Embora soubesse pouco sobre a mulher misteriosa a quem chamavam de Oráculo, ela *de fato* se provaria uma poderosa aliada contra Morgane e Josephine. Com nossos outros aliados ocupados, fazia sentido fazer a vontade de Isla. Era evidente que Josephine a temia.

Não sei quanto tempo se passou antes de meus calcanhares começarem a doer. Podiam ter sido apenas alguns momentos. Podiam ter sido horas. Em um segundo, a lua brilhava no auge, delineando a silhueta de Reid com uma luz prata, e, no segundo seguinte, tinha mergulhado atrás de uma parede de água, banhando-nos em sombras. Só então notei o brilho estranho e fosforescente sendo emanado das águas.

— O que é aquilo? — sussurrei.

— Um tipo especial de plâncton — respondeu Angélica, a voz igualmente baixa. — Embora aqui nós os chamemos de "estrelas marinhas". Iluminam as águas ao redor da cidade.

O brilho azulado refletia nos olhos arregalados de Célie. Ela levou a mão à parede mais próxima, onde milhares de pontinhos de luz mal discerníveis rodopiavam juntos para formar uma única onda resplandecente e pulsante.

— São como vagalumes.

Angélica sorriu, assentindo e levantando o queixo para indicar que olhássemos adiante. O que parecia ser um portão dourado dividia a trilha em dois, colossal e ornamentado, expandindo-se para dentro das planícies vazias de água dos dois lados e subindo até os céus. Se não fosse pela alga crescendo por suas espirais e pontas, se pareceria com o portão do Paraíso.

Para além dele, a água desaparecia.

— Eu lhes apresento: Le Présage. — O sorriso de Angélica ficou mais acentuado quando paramos todos ao mesmo tempo. — E lá, no centro, Le Palais de Cristal.

Todos encaramos, com os pescoços esticados, o círculo de terreno seco e montanhoso no coração de L'Eau Mélancolique. Cavernas tinham sido esculpidas na pedra que margeava os limites da cidade, na montanha mesmo, à medida que o chão do oceano se erguia em um pico turbulento. No cume, coruchéus de vidro despontavam — cruéis, pontiagudos e belos — das ruínas de um enorme navio naufragado. Mastros quebrados e velas cortadas brilhavam, azulados, sob a luz das estrelas marinhas.

— Aquilo... aquilo é terra firme? — Beau olhou de Coco para mim e outra vez para Coco em busca de uma explicação, mas Coco não pareceu notar; sua boca estava levemente aberta enquanto contemplava a cidade, e a mão livre segurava novamente o medalhão.

— Eu... eu me lembro deste lugar — sussurrou. Os olhos escuros procuraram os meus, repletos de uma certeza repentina. De esperança. Sorrindo, soltei seu braço e Coco deu um passo cambaleante à frente. — Já estive aqui. Le Présage. — Pronunciou as palavras como se as estivesse saboreando, sorrindo de volta para mim. Sua raiva, seu ressentimento, ambos momentaneamente esquecidos. A memória era uma coisa estranha e maravilhosa. — A Cidade do Oráculo. Le Palais de Cristal.

Angélica espelhava os movimentos da filha, perto o suficiente para tocá-la. Ainda assim, não se atrevia.

— Você nasceu aqui.

Coco se virou para encará-la, quase sem fôlego por causa da expectativa, e o dique finalmente ruiu.

— Como? Como nasci aqui se você não pode sair? Meu pai é um tritão? É Constantino? Por que a Cidade do Oráculo fica em terra firme? Como é possível que exista terra firme no meio das Águas Melancólicas?

Angélica riu diante da explosão de perguntas de Coco — sua risada *realmente* soava como os badalos de um sino — e acenou para que continuássemos em direção ao portão. As estrelas marinhas nos seguiram. Embora não falassem e eu mal conseguisse enxergá-las, pareciam quase... *curiosas*. Como espíritos.

— Não é sempre assim, terra firme — respondeu Angélica. — Já disse. Melusinas são seres muito cordiais. Não iam querer que seus convidados se sentissem desconfortáveis.

— Então secaram a cidade inteira? — perguntou Beau, incrédulo. — Só para a gente conseguir respirar?

Até o dar de ombros de Angélica irradiava elegância e graça.

— Por que não o fariam?

— Isso significa que elas *conseguem* caminhar em terra firme? — perguntei, levando um dedo para dentro das águas por impulso. As estrelas marinhas se aglomeraram ao redor da articulação, iluminando o formato do meu osso através da pele. Flexionei-o, fascinada, assistindo enquanto giravam e rodopiavam, desesperadas para me tocar. Deixavam uma sensação fria de formigamento em seu rastro.

O sorriso de Angélica se desfez, e ela deu um tapa na minha mão.

— Pare com isso. — Levantou meu dedo à altura dos olhos, revelando milhares de furinhos vermelhos pequeninos. Marcas de dentes. — Vão comer você se deixar. — Arranquei minha mão da dela com um som indignado, limpando o sangue no vestido e olhando feio para as criaturinhas carnívoras. — E não estamos em *terra firme* — continuou, resoluta. — Não se enganem. Permanecemos no chão do oceano, onde melusinas podem criar pernas.

— Criar pernas? — O rosto de Beau se contorceu, enojado, enquanto um punhado de sombras humanoides veio nadando em nossa direção, margeando o portão, com as caudas metálicas luzindo. Eu me aproximei de Reid. — Tipo sapos?

A expressão de Angélica ficou tempestuosa enquanto os rostos das melusinas foram tomando forma em meio às águas. Três mulheres e três homens. Embora os corpos apresentassem uma gama de formatos distintos — de largos e brutos a finos e delicados —, todos eram mais longos do que os de seres humanos, como se tivessem sido esticados, e todos se moviam com uma espécie de graça líquida. Suas cores variavam do prateado mais pálido ao negro mais escuro, mas todos cintilavam sutilmente, monocromáticos e salpicados de escamas peroladas. Os dedos ligados por membranas estavam fechados ao redor do que eu só conseguia descrever como lanças. Talvez tridentes.

Fossem o que fossem, suas armas brilhavam cruelmente afiadas, e eu não tinha nenhum interesse em ser o alvo de suas lanças.

— Beau — murmurei, sorrindo agradavelmente enquanto os rostos hostis se aproximavam cada vez mais. — Peça desculpas, seu idiota sem noção.

Ele recuou, quase quebrando meu pé. Pisei em seus dedos em retaliação. Ele xingou com vontade, rosnando:

— Não é possível que me escutaram.

Coco falou através do próprio sorriso fixo, imitando Célie, que fazia uma cortesia profunda, e deu uma cotovelada em Beau quando não as imitou:

— Boa ideia. Vamos arriscar.

— Foi uma pergunta legítima...

As melusinas não pararam ao alcançar as paredes de água, deslizando facilmente através delas e pisando — *pisando* com pés reais — no caminho, com as caudas bifurcadas transformando-se em pernas diante de nossos olhos. As escamas das nadadeiras desapareceram, e uma pele luminosa envolveu os pés, os tornozelos, as canelas, as coxas e...

Um momento de silêncio se passou, e a expressão de alarme de Beau se desfez imediatamente, substituída por um sorriso amplo e arrogante.

Estavam nus.

E, contrariando a afirmação de Angélica, a aparência deles era *muito* humana. Célie fez um ruído de surpresa.

— *Bonjour, mademoiselle* — Beau cumprimentou a criatura à frente, curvando-se para beijar a mão de dedos esguios. Hesitou por um segundo ao notar que ela tinha uma articulação extra em cada um. Todos agarraram a lança com firmeza ao apontá-la para o rosto dele, sibilando e revelando um par de presas finas.

— Como ousa me tocar sem permissão?

A melusina macho mais próxima levantou o tridente para enfatizar as palavras. Diferente da fêmea, trazia uma corda dourada grossa ao redor do pescoço, com o pendente de esmeralda do tamanho de um ovo de ganso. Outras duas esmeraldas idênticas cintilavam nas orelhas delicadas.

— Ele também nos comparou a anfíbios. — Quando inclinou a cabeça, o movimento foi predatório. Os olhos prateados cintilaram, ameaçadores. — Parecemos anfíbios?

Angélica se curvou em uma profunda e perfeita reverência.

— Ele não quis ofender, Aurélien.

Beau levantou mãos apaziguantes, assentindo depressa.

— Não quis ofender.

A fêmea semicerrou os olhos escuros para ele. No rosto fino emoldurado pelos longos — *longos* — cabelos prateados, eles eram... desconcertantes. E grandes demais. De fato, tudo em suas feições e na de seus pares parecia de alguma forma desproporcional. Não eram exatamente feias. Apenas... estranhas. Assombrosas. Como um belo retrato feito para ser estudado, não admirado. Ela não abaixou a arma.

— Ainda não ouvi um pedido de desculpas. O príncipe humano nos acha feios? Nos acha estranhos?

Acha.

A resposta subiu a meus lábios quase que por vontade própria, mas mordi a língua no último instante, franzindo a testa e desviando o olhar. O movimento, no entanto, atraiu a atenção da melusina, e seus olhos escuros voltaram-se para mim, passeando pela extensão de meu rosto. Avaliando. Sorriu com astúcia sombria, e um buraco se abriu em meu estômago quando me dei conta.

As mulheres que moram aqui são contadoras da verdade.

Beba das águas, e derrame sua verdade.

Por Deus.

Beau, que engolira a própria resposta com um som estrangulado, me lançou um olhar de pânico. Eu lhe devolvi outro com intensidade total. Se não podíamos mentir, se tínhamos sido forçados a entrar em um reino onde *literalmente* só se podia dizer a verdade...

Se ele não acabasse nos matando, eu com certeza iria.

De qualquer forma, estaríamos todos mortos até o fim da noite.

Beau voltou a tentar falar, mantendo os olhos cuidadosamente fixos no rosto da melusina. Seu pomo de adão subiu e desceu contra a ponta da lança.

— É óbvio que não se parece em nada com um sapo, *mademoiselle*, e eu sinto muitíssimo pelo comentário. Na verdade, a senhorita é muito... — A mentira ficou presa em sua garganta, e sua boca se abriu e se fechou, como os peixes que aglomeraram-se para assistir ao nosso inevitável desfecho. — Muito...

— Encantadora — terminou Célie, com a voz sincera e firme. — Vocês são encantadores.

As melusinas observaram Célie com curiosidade desvelada, e a fêmea de cabelos prateados abaixou lentamente a lança. Beau engoliu em seco quando ela inclinou a cabeça. Os demais seguiram seu exemplo, alguns fazendo reverências profundas, outros, cortesias. Aquele que Angélica chamara Aurélien chegou até a estender a mão para a jovem, pressionando um brinco de esmeralda contra a palma de sua mão.

— Você é bem-vinda aqui, Célie Tremblay. — A boca da melusina de cabelos prateados se torceu quando ela voltou o olhar para Beau. — Mais do que seus companheiros.

Célie fez uma nova cortesia, menor dessa vez.

— É um prazer conhecê-la, mademoiselle...?

— Sou Elvire, a Mão do Oráculo. — A melusina sorriu, aprovando a educação impecável de Célie, e outro membro do grupo colocou ao redor de seu pescoço um colar de bonitas pérolas brancas. Pareciam ridículas contra o vestido esfarrapado, mas Célie não pareceu se importar.

— Obrigada. — Levantou a mão, surpresa, acariciando-as com gentileza antes de colocar o brinco de esmeralda na orelha furada. Ela parecia um pássaro... uma pega. — Vou cuidar de todos eles com todo o cuidado.

Beau a fitou, incrédulo.

— Caem bem em você. — Elvire assentiu antes de gesticular para os companheiros. — Estamos aqui para escoltá-los até a Cidade do Oráculo. Estes são Aurélien — apontou para o tritão ornamentado com joias, mas nu —, Olympienne — outra sereia, do tom de lilás mais pálido e com diamantes nos dentes —, Leopoldine — uma terceira com correntes finas de ouro reluzindo ao longo do torso cor de carvão —, Lasimonne e Sabatay. — Terminou apontando para dois tritões negros como ônix. Um deles ostentava rubis nos mamilos enquanto os olhos leitosos do outro brilhavam. Tinha trançado os cabelos com algas marinhas. — Estamos simplesmente encantados em conhecê-la. Se me der o prazer de caminhar ao meu lado, mademoiselle Célie, eu apreciaria muito a sua companhia.

Quando Célie assentiu, Elvire estendeu um braço, e as duas começaram a andar com os braços dados, tão altivas e polidas quanto qualquer dupla de aristocratas passeando pelo parque em Cesarine. Sabatay gesticulou para que Angélica e Coco seguissem atrás das outras duas, enquanto Leopoldine e Lasimonne se postavam cada um de um lado de Reid. Aurélien seguiu atrás dos outros dois sem olhar para trás. Apenas o tridente encrustado com cracas nos direcionou uma olhadela, gesticulando para seguirmos em frente.

E foi *assim* que Beau e eu acabamos no final de uma procissão para entrar na cidade.

* * *

Le Présage era diferente de tudo que eu já tinha visto. Como suspeitei, as melusinas viviam como pegas, construindo suas casas a partir dos restos de navios naufragados, de corais e de pedras, usando tesouros engolidos pelo mar para decorar as janelas e os quintais. Um busto de mármore desgastado estava afundado no lodo de um jardim repleto de algas nos limites da cidade. A estátua tinha diamantes fixados em ambos os olhos. Mais adiante, funcionários oficiais guiavam melusinas em direção à calçada de uma avenida fervilhante. Em vez de tijolos ou pedras, a rua havia sido pavimentada com moedas diferentes — *couronnes* de ouro, prata e bronze, bem como outras de origem estrangeira que não reconheci. Uma pedra preciosa aqui e ali. Uma concha errante.

— É sempre tão... cheio assim? — perguntou Beau, arqueando as sobrancelhas. Dezenas de melusinas se aglomeravam para nos ver passar, com olhos luminosos e peles lustrosas. Muitas trajavam vestidos que já tinham saído de moda havia centenas de anos — exagerados e floreados — e outras, como nossos guardas, estavam nuas. Um tritão com um colar de ossos e capuz perolado piscou para mim a distância. Sua companheira tinha pintado o corpo inteiro da cor do ouro, decorando o coque banana trançado apenas com um garfo.

A única característica que todas as melusinas pareciam ter em comum eram pernas.

— Não caminhamos há muitos anos — explicou Aurélien.

De uma esquina da rua, um grupo de polvos da cor de argila surgiu de repente, puxando uma carruagem dourada. Mas sua tinta havia se desintegrado na água salgada, e a maior parte da madeira estava podre, deixando metade do teto afundado. Ainda assim, as melusinas mais próximas batiam palmas alegremente, e o casal lá dentro — um deles usava um monóculo, pelo amor de Deus — acenava como se fizesse parte da realeza. E talvez fizesse. Talvez, naquele mundo submerso, reis e rainhas possuíssem polvos e carruagens. Talvez também costurassem dentes de tubarão em véus e decorassem as perucas empoadas com talheres dourados.

A cidade inteira cintilava com ares de opulência burlesca e antiquada. Eu estava adorando tudo aquilo.

— Quero uma peruca. — Não me cansava de olhar ao redor enquanto avançávamos pela rua, passando por pequenas lojinhas com vasos de algas marinhas vermelhas à frente. Uma melusina passeava com a tartaruga de estimação presa a uma coleira dourada. Outra descansava em uma banheira na esquina, derramando água nas pernas com uma jarra. Transformaram-se em caudas de obsidiana diante de nossos olhos.

Mercadores anunciavam produtos que iam de bolinhos de concha fritos e pernas de caranguejo a brincos de ostra e pérola e caixinhas de música. A luz das estrelas marinhas bruxuleava de maneira sinistra em cada um dos rostos, a única fonte de iluminação na cidade inteira. — *Por que* as melusinas usam perucas?

— E vestidos? — completou Coco, observando o casal mais próximo de nós. Ambos exibiam saias com pesadas caudas de veludo com brocados e... corpetes. Apenas corpetes. Sem camisas. Sem camisolas. — Como ficam com as nadadeiras? As saias não pesam debaixo da água?

— Uma melusina pode se afogar? — perguntei por curiosidade.

Olympienne alternou a cabeça cor de lavanda entre nós duas, refletindo. Franziu os lábios lilases.

— Não seja boba. É óbvio que melusinas não se afogam. Temos guelras. — Mostrou o pescoço, revelando fissuras peroladas nas laterais do pescoço. — E pulmões. — Inspirou fundo. — Mas, sim, infelizmente, trajes bonitos como esses podem ser um problema debaixo da água. Justamente por isso estávamos ansiosos pela sua chegada.

— Para poderem usar vestidos? — Beau franziu a testa enquanto um menino passava vestindo calças escarlate e um manto esvoaçante. Mostrou os dentes afiados para nós. — Secaram a cidade inteira para usar... vestidos.

— Secamos a cidade inteira porque somos anfitriões corteses — retrucou Lasimonne, com a voz inesperadamente grave. — A oportunidade para trajar nosso tesouro é apenas um bônus agradável.

Trajar nosso tesouro. Hum. Fazia sentido. Onde mais uma melusina presa debaixo da água encontraria roupas tão suntuosas, senão em navios naufragados? Talvez as argolas de rubi nos mamilos de Lasimonne tivessem vindo do navio do qual nos aproximávamos naquele exato instante, destroçado na base do Le Palais de Cristal.

— Quanto tempo leva para secar a cidade? — Olhei para um beco escuro que parecia dar direto em um abismo, onde jurei que tinha visto um olho enorme piscar. — E o que tem lá embaixo?

— Uma lula gigante. Não, não a provoque. — Aurélien me guiou de volta para a avenida central com a ponta do tridente.

— Isla previu sua chegada meses atrás. — Sabatay jogou a trança por cima do ombro torneado e gesticulou para que continuássemos em frente. O palácio se erguia diante de nossos olhos. — Desde o momento em que você escolheu se casar com o caçador em vez de fugir ou permitir que as autoridades a trancafiassem na prisão.

Beau pigarreou, olhando para as águas muito acima. O reflexo das estrelas marinhas refletia fraco em seus olhos escuros.

— E, mesmo assim, Constantino insistiu que eu e Célie *não* entrássemos aqui. Chegou até a dizer que os seres humanos que bebem das águas enlouquecem.

Elvire olhou para nós por cima do ombro.

— E vocês *beberam* das águas, por acaso?

— Eu... — Beau franziu o cenho e olhou para Célie. — Bebemos?

Ela balançou a cabeça devagar, a testa se franzindo também.

— Não sei. Tive um sonho muito perturbador enquanto estava inconsciente, mas achei...

Elvire deu tapinhas no braço dela, compreensivo.

— Sonhos nunca são apenas sonhos, mademoiselle Célie. São nossos desejos mais profundos e nossos segredos mais sombrios tornados realidade, sussurrados apenas sob o manto da noite. Neles, temos liberdade para conhecer a nós mesmos.

Sob a luz fantasmagórica, a pele de Beau parecia se tornar pálida, e o príncipe engoliu em seco, visivelmente perturbado.

— Não derramei verdade nenhuma.

Elvire arqueou uma sobrancelha prateada.

— Não, *Vossa Alteza?* — Quando ele não respondeu, apenas ficou confuso e desanimado, ela riu baixinho. — Não tema. Você não vai enlouquecer por isso. Entrou nestas águas a convite do Oráculo, e ela vai proteger sua mente durante sua estadia.

Minha própria confusão aumentou quando mais guardas baixaram um passadiço apodrecido para permitir que subíssemos a bordo do navio.

— É a única entrada adequada a seres humanos para dentro do Palais de Cristal — explicou Aurélien, usando o tritão para nos encorajar a continuar.

Hesitantes, seguimos os demais, subindo na madeira fraca, que cedeu um pouco e se curvou sob nosso peso.

Uma melusina voluptuosa nos aguardava no topo, com os cabelos prateados arrumados em um penteado elaborado e os olhos cinza turvos por conta da idade. Linhas de expressão marcavam os cantos de sua boca.

— *Bonsoir* — cumprimentou com uma cortesia profunda, a cauda do vestido cintilando às suas costas, no deque. Não se adornara com garfos nem monóculos, o que lhe conferia ares da perfeita aristocrata humana. Até a cor e o tecido do vestido, seda cor de berinjela ornamentada com fios dourados, teriam sido o auge da moda em Cesarine. — Bem-vindos ao Palais de Cristal. Sou Eglantine, a dama de companhia do Oráculo e governanta deste palácio. Estou aqui para cuidar de vocês e servi-los durante sua estadia em nosso lar.

Com a mesma graça impecável e a confiança inata de Angélica, Eglantine se virou para as portas colossais à nossa esquerda. Por algum milagre, a água não tinha erodido a estrutura que se seguia — talvez a cabine do capitão? —, como tinha feito com a maior parte do tombadilho. Algumas tábuas de madeira tinham se quebrado ou apodrecido por completo, deixando para trás buracos consideráveis através dos quais o brilho da luz de velas bruxuleava, vindo do andar de baixo. Música também. Apurei os ouvidos para tentar escutar fragmentos da canção melancólica, mas Aurélien me empurrou para a frente outra vez, forçando-me a cruzar as portas até chegar a uma escadaria imponente. Cobertas por um carpete bolorento e iluminadas por candelabros dourados, as escadas pareciam descer em direção à barriga do navio.

Olhei para os coruchéus de cristal acima de nós.

— Não vamos subir?

— Hospedes não têm permissão para acessar as torres. — Aurélien me cutucava de maneira mais insistente agora. — Apenas o Oráculo e a corte os habitam.

— Você é parte da corte, então?

Inflou o peito musculoso, que era de um tom peculiar, entre o cinza e o branco. Como névoa.

— Sou, sim.

Dei tapinhas em seu tridente.

— É lógico que sim.

Com fascínio relutante, segui Beau escada abaixo. Um dia, as paredes tinham sido decoradas com papel de parede, mas o tempo e a água desintegraram tudo, deixando apenas retalhos do padrão listrado. O carpete fazia ruídos molhados a cada passo que dávamos.

— Quando vamos encontrar Isla? — perguntei, sorrindo enquanto Leopoldine passava um longo dedo pela chama de uma vela. Ela o recolheu depressa, um segundo depois, examinando a queimadura fresca com a testa franzida. — Vai ter comida?

Embora os guardas tenham ficado tensos com a pergunta, como se estivessem ofendidos, Eglantine soltou um risinho.

— É óbvio que vai. Tanta comida quanto vocês forem capazes de comer. — Meu estômago roncou em agradecimento. — Preparamos um banquete especial só para vocês. Depois que tiverem se banhado, vamos nos juntar a Isla para jantar.

— *Só* com ela? — perguntou Coco, semicerrando olhos com suspeita.

Um brilho sabichão se acendeu nos olhos de Eglantine.

— Bem, eu seria omissa se não mencionasse o quanto a corte inteira está ansiosa para conhecê-los. Especialmente você, Cosette. — Lançou uma piscadela para Coco de maneira conspiratória, e exatamente nesse momento decidi que eu gostava dela. — Olhe só como você cresceu! Sempre foi linda, *chérie*, mas tenho que dizer que os seios são um acréscimo fantástico.

Eu definitivamente gostava dela.

Coco empertigou-se orgulhosamente — ou talvez em desafio —, evidenciando os tais acréscimos enquanto os guardas se preparavam para nos deixar.

— Quer se sentar ao nosso lado no banquete de hoje, mademoiselle Célie? Apreciaríamos a sua companhia — disse Elvire.

Célie piscou uma vez, olhando para cada um dos rostos esperançosos, antes de abrir um sorriso largo.

— Eu adoraria.

— Excelente. — Olympienne mostrou os dentes de diamante enquanto Leopoldine abria um cordão de ouro entre os seios, colocando-o em seguida ao redor da cintura de Célie. Sabatay enfeitou o coque da moça com uma alga marinha, e Beau, Coco e eu... bem, nós todos assistimos obviamente chocados enquanto Célie se transformava em um ninho de pássaros. — Até mais tarde, *mon trésor*.

Partiram sob o olhar vigilante de Eglantine.

— Suas acomodações ficam logo depois do corredor... um quarto individual para cada um, é óbvio. A menos que você e o príncipe humano queiram compartilhar, Cosette.

Beau abriu um sorriso torto enquanto a tensão enrijecia a coluna de Coco.

— Não será necessário — respondeu a moça, sucinta. Angélica virou o rosto para longe a fim de esconder o sorriso atrás da mão. — Obrigada.

— Muito bem. Vou deixá-los aqui então. — Eglantine parou diante de outra porta apodrecida. Uma cortina bordô cobria a passagem, escondendo o cômodo do corredor. — Esta ala inteira é de vocês. — Acenou com a cabeça para as outras portas ao longo da passagem. — Toquem os sinos quando terminarem de se banhar, e virei buscá-los. Há algo mais que possa providenciar para deixá-los mais confortáveis?

Célie olhou, relutante, para sua calça arruinada.

— Talvez um vestido limpo?

— Ah! Que distração a minha! — Eglantine afastou a cortina, apontando para o armário enferrujado ao lado de uma rede. — Há roupas de todos os tipos e tamanhos em cada cômodo, selecionadas a dedo pelo próprio Oráculo. Considerem todas suas.

A FITA VERDE

Lou

Coco entrou comigo no quarto enquanto Beau e Célie seguiram pelo corredor em busca de privacidade. Em um canto, vapor subia de uma banheira dourada. O que um dia devia ter sido um biombo feito de seda estava dobrado ao lado, mas o tecido tinha se decomposto havia muito tempo. Tinham-no substituído por algas marinhas.

Com um bocejo, Coco desamarrou os cordões da camisa antes de a despir por cima da cabeça. Embora tenha ido ficar ao lado de Reid, não me dei ao trabalho de tapar seus olhos. Ele não tinha nem sequer se mexido desde que havíamos entrado em Le Présage, e se nem os dotes estupendos de Coco o despertavam, era possível que estivéssemos mais encrencados do que eu tinha imaginado.

Peguei uma tigela da penteadeira, enchendo-a com água.

Mas, por outro lado, estávamos falando de *Reid*. Se abrisse os olhos naquele instante, teria voltado a desmaiar logo depois.

Ele ficaria *bem*.

Coco olhou para a tigela enquanto despia a calça, depois tirou um lenço do armário, enrolando-o nos cabelos.

— Vai dar banho nele?

— Nah. — Empurrando meu ombro contra o de Reid, rolei-o para dentro da rede, e seu leito mágico estourou abaixo de nós, encharcando novamente o carpete. — Pelo menos não agora.

Ela arqueou uma sobrancelha e entrou na banheira, recolhendo sal marinho de um pote ao lado e esfregando a substância granulosa na pele. Quando levantei o pulso de Reid para submergir sua mão dentro da tigela, Coco balançou a cabeça e suspirou.

— Me diga que não vai fazer o que acho que vai fazer.

Dei de ombros.

— Sua mãe disse que ele vai acordar. Só estou dando uma mãozinha.

— Ela disse que ele acordaria *quando estivesse pronto*.

— E? — Observei a calça de Reid com atenção total, acomodando-me na rede ao lado dele, com as costas contra a parede bolorenta. Minha *magia* não funcionava, mas... — Talvez já esteja pronto.

Os lábios dela tremeram ao seguir o meu olhar. O peito de Reid subia e descia ritmicamente, mas, fora isso, ele nem se movia.

— Ou talvez não — respondeu.

— Bem, vamos descobrir dentro de alguns minutos, né?

— Achei que você fosse ficar mais preocupada.

— Passei a vida inteira preocupada, Coco. Nada mudou.

Mas era mentira. Tudo mudara. Eu tinha feito uma promessa a Ansel — a mim mesma — quando o deixei para trás, naquelas águas. Não permitiria que o medo me controlasse por nem mais um momento. Não. Nem mais um segundo sequer.

Os lábios de Coco estremeceram mais enquanto ela esfregava a pele.

— Ele vai ficar furioso quando acordar.

Quando acordar.

Arqueei uma sobrancelha diabólica.

— A ponto de... fazer xixi nas calças?

Ela soltou uma gargalhada, debruçando-se sobre a beirada da banheira para acompanhar melhor os acontecimentos seguintes.

— Ai, meu Deus. Que *terrível*.

— Foi brilhante, e você sabe. — Absurdamente satisfeita comigo mesma, me levantei assim que um verdadeiro exército de camareiras entrou no quarto. Todas carregavam jarras de água fervente.

— Já terminou, milady? — perguntou uma a Coco.

Quando ela assentiu, a camareira lhe estendeu um roupão de seda aberto, e Coco, lançando um rápido olhar de dúvida para mim, hesitou antes de vesti-lo. Escondi o sorriso com a mão. Não podia falar por Coco, mas ninguém tinha me servido e paparicado assim desde que eu fugira do Château aos dezesseis anos. Será que ela já tinha tido a oportunidade de ser cuidada e mimada alguma vez na vida? Meu sorriso se alargou enquanto outra jovem lhe mostrava frascos de óleos perfumados para pele e cabelos. As outras ocuparam-se de esvaziar a banheira e depois enchê-la novamente.

— Vêm dos gêiseres embaixo do palácio — explicou uma camareira através do vapor. Selecionou um vestido para Coco e o deixou no encosto de uma cadeira ornamentada (ainda que um pouco mofada) em um canto. — Nós os visitamos com frequência para nos banharmos, mas esta é a primeira oportunidade que temos de usar suas águas assim. O que achou do banho? — perguntou a Coco. — Foi agradável?

— Muito. — Devagar, Coco passou os dedos pela renda do vestido. — Obrigada.

A camareira sorriu.

— Muito bem. Precisam de algo mais?

Coco tocou a barriga com a mão, hesitante.

— Na verdade, estou me sentindo um pouco enjoada.

— Traremos um chá de gengibre. Acabamos de coletar de um navio a caminho de Amandine. Vai acalmar seu estômago.

Esperei as camareiras saírem antes de tirar a camisola ensanguentada e afundar na banheira. A água quase me escaldou, mas me deliciei com o calor, a catarse. Inclinando a cabeça para trás, esfreguei o couro cabeludo, desalojando a areia e a sujeira grudadas. Nem me lembrava qual tinha sido a última vez que estivera verdadeiramente limpa.

Olhei de relance para Reid, que não tinha nem molhado as calças, nem despertado.

Coco tirou a mão dele da tigela.

— Precisamos usar a criatividade. Você podia...

Uma batida discreta soou da entrada, e nós duas nos viramos ao mesmo tempo.

— Sou eu — disse Célie, baixinho. — Posso entrar?

Ao ouvirmos sua voz, congelamos, trocando olhares de pânico. Não era que *desgostássemos* de Célie. Tínhamos até arriscado o pescoço para salvá-la, mas não... tínhamos passado tempo significativo com ela. Não tínhamos forjado laços fora de La Mascarade des Crânes. Não éramos *amigas*.

Coco gesticulou para a cortina. *Vai*, disse com movimentos labiais. *Responda.*

Gesticulei com agitação para meu corpo nu.

Coco deu de ombros, os cantos da boca se curvando para cima. *Quem se importa? Você é sexy para...*

— Pode entrar! — falei, espirrando sal marinho molhado no rosto convencido de Coco, molhando o roupão dela com um *splat* assim que Célie colocava a cabeça para dentro do quarto. — Oi, Célie. Está tudo bem?

Um rubor delicado se espalhou por suas bochechas. Também tinha tomado banho e vestia seu próprio roupão, o tecido drapeado chegando até o queixo.

— Está. — Puxando a cortina para o lado com alguma hesitação, deu um passo à frente sem olhar para nós, focando na ostentosa bandeja de ouro e vidro em suas mãos. Em cima, havia um jogo de chá rachado. — Só... ouvi vocês conversando. Aqui — estendeu a bandeja para nós de repente —, passei por uma das camareiras no corredor. Ela ralou um pouco de gengibre e fez um chá para as suas dores de estômago, e me... me ofereci para trazer.

Coco me lançou um olhar, obviamente esperando que eu tomasse as rédeas da conversa. Fiz uma cara feia para ela. Fazia sentido, é lógico, uma vez que Célie não era a ex-amante grudenta de *Beau*, mas mesmo assim... Qual era a reação adequada em uma situação desse tipo? A moça não tinha amigos, e os horrores pelos quais tinha passado... Dei um suspiro. Na última vez que falara com ela, Célie ainda cultivava um ódio profundo por mim, me acusando de ter roubado Reid por meio de magia. Naquela mesma noite, tinha corrido para meus braços.

Não. A lembrança fez com que meu estômago, já cheio de nós, se revirasse. Para os braços de Reid.

Tinha corrido para *ele*, não para mim. Provavelmente ainda me considerava uma prostituta. Tinha dito isso mesmo, antes de beijar meu marido no baile de celebração do Dia de São Nicolau. Os nós em meu estômago se emaranharam ainda mais, e o silêncio se estendeu enquanto eu a encarava, e ela olhava para tudo, menos para mim.

Certo. Me sentei ereta dentro da banheira, odiando aquele clima constrangedor. Não tinha outro jeito. Eu teria que perguntar.

Coco soltou um suspiro alto pelo nariz antes que eu tivesse a oportunidade de falar. Lançando um olhar impaciente em minha direção, começou a dizer "Obrigada" ao mesmo tempo em que eu perguntava "Você ainda é apaixonada por Reid?".

Sobressaltada, Célie finalmente ergueu o olhar, e o rubor queimava em suas bochechas até se tornar um vermelho vivo ao me ver nua. Cambaleou um passo para trás, e a bandeja deslizou para fora de uma de suas mãos. Embora tenha feito o melhor que pôde para conseguir se endireitar, sua mão ainda se agitava freneticamente, e acabou indo se apoiar em Reid...

Ah, merda.

Meus olhos se arregalaram. Com um gritinho, ela soltou Reid, e a bandeja voou pelos ares, com a porcelana se espatifando contra a parede e o carpete enquanto chá espirrava para todo lado. O líquido gotejava de seu lindo roupão enquanto Célie se ajoelhava, tentando, sem sucesso, consertar as coisas ao seu redor.

— Eu... eu sinto muito. Que desastrada...

Fui inundada pela culpa e passei as pernas por cima da beirada da banheira para sair, procurando algo com que me cobrir. Coco atirou outro robe em minha direção. Me apressei a amarrá-lo na cintura enquanto Célie continuava tagarelando, ajoelhada no carpete encharcado e coletando os fragmentos de porcelana em vão.

— Não queria... Ah, as camareiras vão ficar tão chateadas. E sua dor de estômago...

Eu me ajoelhei ao lado dela, tomando sua mão antes que se cortasse. Os olhos de Célie encontraram os meus. Estavam marejados de lágrimas.

— Nossa dor de estômago vai passar, Célie. — Com gentileza, tirei os pedaços quebrados de suas palmas, colocando-os no chão outra vez. — Tudo vai passar.

Ela ficou em silêncio por um longo momento, apenas me encarando. Eu a fitei de volta com uma calma fingida e aguardei, embora só quisesse me levantar e procurar o conforto e a familiaridade da presença de Coco em meio àquela situação dolorosamente constrangedora. Célie não tinha ninguém para reconfortá-la. Não tinha nada que lhe inspirasse familiaridade ali. E, embora não fôssemos amigas, tampouco éramos inimigas. Nunca tínhamos sido.

Quando ela voltou a falar, sua voz não passava de um sussurro. Quase inaudível.

— Não. Não estou apaixonada por ele. Não mais. — Parte da tensão deixou meus ombros. Estava dizendo a verdade. As águas não teriam permitido o contrário. — E sinto muito. — Sua voz ficou ainda menos audível, mas ela não abaixou os olhos. As bochechas brilhavam em um escarlate vívido. — Você não é uma prostituta.

Coco se ajoelhou a nosso lado, segurando um roupão limpo. Bufou, com um ar de brincadeira, destruindo o clima inesperado de sinceridade do momento.

— Ah, mas ela é uma safada, e eu também sou. Você não nos conhece muito bem... — estendeu o robe, arqueando uma sobrancelha sugestiva — ainda.

Célie olhou para suas roupas, como se tivesse acabado de se dar conta de que estava encharcada de chá.

— Pegue. — Coco pressionou o roupão contra as mãos dela antes de gesticular para o biombo.

Célie corou de novo, olhando de mim para Coco.

— Vocês duas devem me achar tão pudica.

— E daí? — Agitei a mão acima do jogo de chá quebrado, e o padrão dourado conectando os pedacinhos se dissipou. Uma pontada me perfurou o peito enquanto os fragmentos se recompunham. Levantei a mão para massagear o local, dividida entre suspirar e fazer uma careta. O perdão era algo doloroso. Um sacrifício por si só. — Você não devia se importar com o que a gente pensa, Célie... Nem com o que ninguém pensa, aliás. Não entregue seu poder de bandeja assim aos outros.

— Porque quem se importa se você for pudica? — Coco puxou Célie com ambas as mãos para levantá-la, depois gesticulou para mim. — Quem se importa se formos duas biscates? São apenas palavras.

— E nunca vamos conseguir agradar a todos, não importa o que a gente faça. — Com uma piscadela, tirei uma fita de cetim do armário, amarrando-a ao redor do pescoço antes de cair na rede outra vez. Reid balançou ao meu lado e ignorei o nó de pânico em meu peito. Ele não tinha nem sequer se mexido. Em vez disso, dei um peteleco em sua bota e acrescentei: — Se é assim, melhor vivermos de acordo com os nossos próprios termos. Ser pudica ou prostituta é melhor do que ser o que eles querem que sejamos.

Célie piscou, com os olhos enormes, e sussurrou:

— O que eles querem que sejamos?

Coco e eu trocamos um longo olhar sofrido antes de ela responder com simplicidade:

— Deles.

— Seja pudica com orgulho, Célie. — Dei de ombros, segurando instintivamente o tornozelo de Reid. — A gente vai ser biscate e feliz.

Ele despertaria em breve, sem dúvidas. E se não despertasse, Isla — o Oráculo e a irmã de Claud, uma *deusa* — nos ajudaria a consertar tudo. Só precisávamos jantar com ela primeiro. Olhei feio para a escova na penteadeira. Seguindo meu olhar, Coco a pegou antes que eu pudesse derreter o cabo dourado e transformá-lo em minério.

Levando a mão ao quadril e sorrindo em uma expressão desafiadora, ela disse:

— Está na hora, Lou.

Então olhei feio para ela.

— Todo mundo sabe que não é bom pentear os cabelos enquanto ainda estão molhados. Os fios ficam mais fracos por causa da água. Podem quebrar.

— Vamos pedir para uma das camareiras vir acender a lareira, então? — Quando não abri a boca, ela balançou a escova debaixo do meu nariz. — Foi o que pensei. *De pé.*

Revirando os olhos, deslizei para fora da rede e arrastei os pés até a cadeira mofada. Ficava em frente a um grande espelho dourado cuja vidraça ficara turva com o passar dos anos. Serpentes de ouro se entrelaçavam para formar a moldura. Fitei meu reflexo, rabugenta: faces sulcadas, sardas evidentes, cabelos longos e emaranhados. Água ainda pingava das pontas, molhando a seda fina de meu roupão. Mas não estava com frio — as melusinas tinham lançado alguma espécie de feitiço para manter a temperatura amena e confortável.

Antes que Coco levantasse a escova até meus cabelos — eu tinha minhas suspeitas de que secretamente ela gostava de me torturar —, Célie deu um passo hesitante à frente, com a mão estendida.

— Posso?

— Er... — Coco encontrou meus olhos no espelho, em dúvida. Quando assenti uma vez, com alguma curiosidade (bastante curiosidade), ela entregou a escova a Célie e se afastou. — As pontas ficam cheias de nós — advertiu.

Célie sorriu.

— As minhas também.

— Posso pentear o cabelo sozinha, viu? — resmunguei, mas não a detive enquanto ela separava uma pequena mecha de cabelos e começava o trabalho.

Embora sua pegada fosse firme, as mãos moviam-se com uma gentileza surpreendente.

— Não ligo de pentear. — Com a paciência de uma santa, Célie começou a desembaraçar dois cachos. — Pip e eu costumávamos pentear os cabelos uma da outra toda noite. — Se ela sentiu quando fiquei tensa, não comentou. — Dispensamos nossa camareira quando eu tinha dez anos. Ela se chamava Evangeline. Eu não entendia para onde ela tinha ido, mas Pippa... Pippa já tinha idade o suficiente para perceber. A gente costumava entrar escondido no escritório do papai, sabe, onde fica o cofre. Pippa gostava de roubar o livro fiscal dele, sentar-se à escrivaninha e fazer as contas, fingindo fumar charutos, enquanto eu brincava com as joias da nossa mãe. Ela sabia que nossos pais tinham perdido tudo em um investimento malsucedido. Só fiquei sabendo quando todos os diamantes de *maman* desapareceram.

Quando conseguiu desfazer o nó por completo, passou para outra mecha.

— *Père* disse para não nos preocuparmos, é óbvio. Disse que daria um jeito em tudo. — Seu sorriso se desfez no reflexo turvo do espelho. — Foi o que fez, de certa forma. Aos poucos, as joias de *maman* retornaram, junto com um monte de outros objetos estranhos e incomuns. Trocou a fechadura do cofre logo depois... uma fechadura impossível que nem eu conseguia abrir. Não na época, pelo menos.

— E Evangeline voltou? — perguntei.

— Não. — Ela balançou a cabeça, pesarosa. — Evangeline se recusou a colocar o pé em nossa casa depois disso. Disse que éramos amaldiçoados. Contratamos outra empregada, mas Pip insistia em pentear meus cabelos mesmo assim. Acho que queria me distrair. Os contatos de *père* sempre faziam visitas à noite.

— Ela parece ter sido uma irmã maravilhosa.

Ao falar da irmã seu sorriso se tornou caloroso e genuíno.

— Ela era.

Ficamos em silêncio por apenas um momento, enquanto Célie penteava meus cabelos com uma precisão profissional, até que Coco me surpreendeu ao perguntar:

— E sua mãe?

Célie respondeu sem hesitação, com praticidade, como se Coco não tivesse feito uma pergunta excepcionalmente pessoal, mas apenas a questionado sobre a cor do céu.

— Minha mãe se esforçava. Não era particularmente maternal, mas nos dava o que podia: presentes, na maioria das vezes, mas em certas ocasiões se juntava a nós no salão enquanto bordávamos ou tocávamos piano. Lia histórias para a gente. Podia ser austera às vezes... ainda mais depois da morte de Pip... mas... era seu jeito de expressar amor.

Coco não fingia mais estar interessada no próprio reflexo.

— Acha que ela sente sua falta?

— Espero que sinta. — Célie deu de ombros com um movimento delicado, colocando a escova sobre a penteadeira. Deixou meus cabelos, agora arrumados, cascatearem por minhas costas. — Mas vou vê-la em breve. Quem sabe? Talvez fique até orgulhosa que eu tenha ajudado a livrar o mundo de Morgane.

Meu olhar encontrou o de Coco no espelho. Sua mágoa era evidente. *Minha mãe se esforçava.*

Não devia ter sido um elogio incrível, mas era. A mãe de Célie tentara, e, ao tentar, tinha dado mais à filha do que nossas próprias mães tinham nos dado. Inconscientemente, minha mão subiu até a fita de cetim ao redor de minha garganta. Uma marca do amor de minha mãe.

— Por que a esconde? — perguntou Célie de repente. Ergui o olhar para vê-la me fitando, encarando minha cicatriz. Até Coco parecia ter retornado de seus pensamentos, com os olhos se semicerrando para a fita esmeralda. Arqueou uma sobrancelha, e Célie gesticulou com a cabeça em sua direção. — Coco deixa as cicatrizes à mostra.

— As cicatrizes de Coco não são vergonhosas. — Inclinei a cabeça, fixando um olhar afiado no reflexo dela. — Por que não deixa as *suas* cicatrizes à mostra, Célie?

Ela desviou os olhos.

— Não tenho nenhuma.

— Nem todas as cicatrizes são visíveis.

— Está evitando a pergunta.

— Você também.

Com um suspiro, Coco se juntou a Célie atrás de mim, passando as mãos pelos meus cabelos. A sensação era confortável e familiar. Ela se inclinou, com o rosto pairando ao lado do meu, e nossos olhares se encontraram mais uma vez.

— Quantas vezes eu já disse? Nenhuma cicatriz é vergonhosa.

Com a boca bem fechada em sinal de resolução, ela puxou a ponta da fita, que caiu do meu pescoço, revelando a cicatriz. Mas já não era minha cicatriz. Ou pelo menos não era a cicatriz que eu conhecia.

Surpresa, tracejei as linhas finas com a ponta dos dedos, seguindo a curva graciosa de folhas, as espirais delicadas de pétalas. Como um colar de prata, transformava o meu pescoço em algo raro e belo. Algo primoroso. Quando engoli em seco, as folhas pareceram piscar para mim à luz bruxuleante das velas.

— Quando foi que isto aconteceu?

— Quando descobrimos que você tinha sido possuída. — Coco se empertigou, puxando um banquinho para o lado de minha cadeira.

A julgar pelos restos de tecido, um dia tinha sido forrado de veludo, embora a cor e a estampa originais tivessem se perdido havia muito tempo. Era apenas cinza agora, as pernas curvadas tão podres quanto o restante daquele lugar. Coco gesticulou para que Célie (que parecia mais pálida do que antes, com as mãos entrelaçadas, apreensiva) se sentasse.

— Quando, apesar de tudo, decidi ter esperança. As minhas lágrimas a transformaram.

Esperança não é a doença. É a cura.

Depois, Coco deslizou as mãos pelos cabelos soltos de Célie, surpreendendo-me outra vez. Pela maneira como Célie se enrijeceu, pela maneira como seus olhos se arregalaram, Coco a surpreendera também. Trançou as madeixas pretas em uma trança única, amarrando as pontas com minha fita e criando um laço perfeito com o cetim esmeralda.

— Vocês duas deviam exibir suas cicatrizes — murmurou.

Célie trouxe a trança para frente por cima do ombro para fitá-la, acariciando as pontinhas da fita com um espanto silencioso. Coco descansou a bochecha no topo de minha cabeça, e seu cheiro familiar, terroso mas doce, como uma xícara de chá recém-preparada, me envolveu.

— Elas significam que vocês sobreviveram.

O ORÁCULO E O OURIÇO-DO-MAR

Lou

Naquela noite, com um vestido de chiffon amarelo do tom das calêndulas e bordado floral, cada rosa escura cintilando como pólvora, segui Englantine por um labirinto de passagens. Coco ia ao meu lado. Seu vestido de cetim marfim — a saia menos volumosa do que a minha, com um corpete justo e fios dourados que formavam filigranas delicadas — se estendia às nossas costas em uma cauda longa. O traje de uma verdadeira *princesse*. Célie deslizava do outro lado de Coco, majestosa, elegante e completamente acostumada a situações como aquela. O rosa-claro discreto de seu corpete trazia cor às suas bochechas, e as vinhas de zimbro subindo por suas saias evidenciavam seu corpo esbelto.

Fazíamos um belo trio, nós três juntas. Mais de uma cabeça se virou ao passarmos.

Até Beau teve que olhar duas vezes enquanto saía de seu quarto, olhos indo do diadema de pérolas no cabelo de Coco para o brinco de esmeralda na orelha de Célie, à fita da mesma cor em seu pulso.

— Que Deus nos ajude. — Ele balançou a cabeça e seguiu atrás de nós, colocando as mãos nos bolsos da calça de veludo. Soltou um assovio baixo. — Embora o Paraíso jamais tenha sido capaz de criar uma vista dessa.

— A gente sabe. — Coco ergueu uma sobrancelha por cima do ombro, cada passo revelando um pouco da pele macia de sua coxa graças à fenda nas saias.

Como o restante do navio, o salão ostentava extravagância com seus painéis que, um dia, haviam sido folheados a ouro e os lustres cintilantes, mesmo quebrados. Diferente de nossas cabines, no entanto, o pé-direito alto do cômodo fazia com que se estendesse para muito além de nossas cabeças, com os tetos pintados atipicamente altos para uma embarcação. O ar não cheirava a mofo, mas à magia, doce, agradável e pungente. Uma mesa de jantar dourada percorria toda a extensão do salão enorme, e, em cima, pratos e travessas de uma variedade estranha cobriam cada centímetro. À porta, uma melusina macho de uniforme fez uma profunda reverência e quase derrubou a peruca.

— *Bonjour, mes demoiselles.* — Ele se empertigou outra vez com a altivez tranquila de um aristocrata. Em uma bochecha empoada, tinha desenhado um coraçãozinho preto. — Por favor, permitam-me que as acompanhe até seus assentos.

Eglantine piscou para nós antes de se retirar.

Seguimos o mordomo em fila única até chegarmos à cabeceira da mesa, onde um verdadeiro trono de conchas e pérolas aguardava vazio, junto com duas cadeiras de cada lado. O mordomo sentou Coco e Célie juntas com uma eficiência treinada antes de se virar para mim. Ignorou Beau por completo. Com outra reverência curta, murmurou:

— O Oráculo se juntará a nós em breve. Pediu que vocês começassem experimentando a alface do mar. — Fez uma pausa para fungar com o longo nariz. — É o prato favorito de nossa senhora.

— Lembrem-se — falou Célie em voz baixa, mantendo a expressão agradável enquanto o funcionário retornava a seu posto — das boas maneiras. — Sorriu para os aristocratas mais adiante à mesa. Eles nos observavam sem pudor, alguns devolvendo o sorriso, e outros sussurrando por trás de leques pintados. — Não queremos desrespeitar nossa anfitriã.

Elvire surgiu sem aviso acima do ombro dela. Agora que estava trajada, exibia um vestido feito de velas esmaecidas de embarcações, que complementara com um cinto de corda e uma tiara de esmeraldas. O adorno de cabeça combinava perfeitamente com o brinco de Célie. Suspeitei que não fosse coincidência. Tocando-o com reverência, Elvire inclinou a cabeça.

— *Bonjour*, mademoiselle Célie. Seu vestido é magnífico.

Atrás, Leopoldine e Lasimonne se inclinaram para a frente cheios de interesse cômico, atentos a todas as palavras de Célie. Sem preâmbulos, as melusinas sentadas ao lado de Célie se levantaram educadamente e ofereceram os assentos aos guardas, que aceitaram com igual cortesia. Foi tudo muito civilizado. Quase meloso.

— Você tem que experimentar o *sargassum* — insistiu Lasimonne, servindo colheradas das folhas amareladas no prato de Célie e derramando molho verde sobre elas. — É o prato preferido do Oráculo.

Olhei para a comida com suspeita, sentindo como se tivesse me preparado muito mal para um exame.

— Achei que o prato favorito dela fosse alface do mar...

Ele olhou imóvel para mim antes de se virar para Leopoldine, que assentiu, séria.

— É verdade. *Sargassum* era o favorito de *ontem*.

Por Deus.

— Oh, céus. — Horrorizado, Lasimonne levou a mão ao peito antes de se curvar profundamente por cima do prato de *sargassum* de Célie. — Mil perdões, *mademoiselle*. É óbvio que deve então experimentar a alface do mar. Valha-me. O Oráculo não esquecerá uma falha assim.

Beau e eu trocamos olhares atônitos.

Em silêncio, primeiro me servi de uma montanha de alface do mar, depois servi Beau.

— À direita do garfo de mesa — murmurou ele discretamente enquanto eu estudava os talheres de diferentes jogos aos dois lados do prato. Finquei uma folha com o garfinho, mas antes que pudesse levá-lo à boca, Beau me deteve com uma balançada ríspida de cabeça. — Corte primeiro. Você foi criada em um celeiro, por acaso?

Senti minhas bochechas ficando coradas enquanto retornava a folha ao prato, à procura da faca apropriada.

Elvire sorvia goles do líquido borbulhante em sua taça enquanto Célie cortava a própria alface em pedacinhos exemplares.

— Verdade, o Oráculo baniu Guillaumette por completo pela mesma gafe na semana passada — começou Elvire.

— Mulher insípida — acrescentou Leopoldine, com ares conspiratórios. — Nunca gostei dela.

Elvire a fitou com um olhar frio, levantando uma sobrancelha prateada.

— É mesmo? Ela não é a madrinha da sua filha?

Do nada, Leopoldine se ocupou da própria bebida, incapaz de responder.

— Onde está Angélica? — Me concentrei em cortar a alface do mar em quadrados perfeitos, querendo evitar que Elvire, Leopoldine ou os polvos na rua se ofendessem e resolvessem me dar de comer à lula gigante. — Ela vai se juntar a nós?

Lasimonne me encarou como se *eu* fosse a lula gigante.

— É óbvio que vai. — Embora tivesse ficado evidentemente exasperado pelo fato de eu ter aberto a boca, ainda assim não hesitou em me servir uma taça do líquido borbulhante. Tão educado. Tão fascinante. Se eu derrubasse o conteúdo de meu prato no colo dele, será que me agradeceria? — É a mais querida das acompanhantes do Oráculo. Ouso dizer até que chegará junto com a Nossa Senhora.

Mordi a língua antes que perguntasse *quando* seria aquilo — depois a passei pelos dentes para me certificar de que não tinha nenhum pedacinho de alface do mar preso neles. Parecia que atrasos não eram gafes tão hediondas quanto esquecer qual era a comida favorita da Senhora das águas. Levando a taça aos lábios, apenas assenti. E me engasguei.

Era água do mar.

Com um sorriso forçado, Beau deu tapinhas em minhas costas enquanto eu tossia, pisando no meu pé sob a mesa.

— Pronto, pronto. — Ele me entregou um guardanapo dobrado antes de se dirigir aos demais: — Por favor, perdoem minha querida irmã. Pelo jeito, ela tem um reflexo faríngeo muito sensível.

Bufei outra vez, sem conseguir me conter, e chutei o pé de Beau para longe.

Outras duas melusinas uniformizadas entraram no salão de jantar, cada uma trazendo uma enorme concha. Em sincronia, as levaram aos lábios e sopraram. O chamado reverberou pelo cômodo, agitando travessas e lustres, enquanto as melusinas ao redor da mesa se levantavam.

Em seguida, o Oráculo entrou.

Eu só conseguia encará-la.

Basicamente, era a mulher mais bela que eu já vira.

Os cabelos cascateavam como água pelos ombros enquanto ela flutuava para o salão, lançando seu olhar prateado e etéreo em nossa direção. Quando seus olhos encontraram os meus, não vi íris nem esclera, mas o luar tranquilo refletido no mar, espuma sedosa margeando o litoral. Vi as cristas das ondas e escamas cintilantes — criaturas primordiais de dentes e sombras que despertavam com a escuridão. Vi tempestades capazes de arruinar reinos, segredos revelados e segredos guardados. Segredos afogados em profundezas infindáveis.

Depois, ela sorriu para mim, e um arrepio percorreu minha espinha. No sorriso, vi o caos.

Caos puro e absoluto.

Angélica seguia em seu rastro, com a cabeça baixa e as mãos entrelaçadas. Encontrou os olhos de Coco enquanto se aproximaram, piscando sorrateiramente para a filha, antes de retomar a postura pia. O Oráculo olhava apenas para mim. Eu me empertiguei da maneira mais discreta possível, muito ciente das minhas palmas suadas, mas, fora isso, não me acovardei. Uma vez, Claud descrevera a si mesmo como a Natureza selvagem, e, ao presenciar sua forma verdadeira, acreditei. O Oráculo não precisava assumir sua forma natural para que eu compreendesse. Da cor nebulosa e indescritível de seus cabelos e pele aos movimentos líquidos de seu corpo, ela *era* o oceano. E o oceano afogava aqueles que não sabiam nadar.

— *Je vous voir*, Louise. — Para minha grande surpresa, sua voz possuía uma nota apaziguadora e tranquila, como as águas imóveis na aurora. — *Bienvenue* ao Palácio de Cristal. Eu aguardava ansiosamente a sua chegada.

Fiz uma reverência junto com os demais.

— É um prazer estar aqui. Obrigada por interferir na praia.

Os olhos prateados, tão semelhantes aos de Angélica, mas ao mesmo tempo tão diferentes, reluziram, brincalhões.

— Ah. A praia. Vamos falar muito sobre essa feliz coincidência mais tarde. Primeiro, devemos jantar. — Fez um aceno de cabeça positivo para outra melusina fardada, que se apressou em puxar a cadeira para ela. Seu vestido, confeccionado inteiramente de longos cordões de pérolas cintilantes, tilintou baixinho quando ela se sentou. O restante da corte seguiu seu exemplo. Quando o Oráculo estalou os dedos, a aristocrata sentada à direita de Coco ficou de pé depressa, cedendo o lugar à Angélica sem uma palavra. — Experimentaram a alface do mar salgada, correto?

— Experimentamos, milady. — Também retornei a meu assento, limpando a palma das mãos na coxa, sob a mesa. — Foi... — As águas me impediam de mentir. Tentei de novo. — Uma experiência singular.

— Ora, vamos. — O sorriso dela se alargou, e, por conta própria, a imagem de um tubarão faminto me veio à mente. Apertei a saia com os punhos fechados, mentalmente me repreendendo. — Não há motivo para subterfúgios entre amigos. O que achou, de verdade?

— Fiquei feliz de ter tido a oportunidade de experimentar.

— Feliz. — Ela repetiu a palavra devagar, curiosa. — Há expressões piores, suponho. *Eu* fico feliz que tenha achado... qual foi mesmo a palavra curiosa que usou? — Bateu com um dedo nos lábios. — *Singular*. Agora — voltou a estalar os dedos —, podem levar daqui. Estou cansada do fedor. — Os serventes se apressaram a remover todos os pratos de alface do mar salgada da mesa. — *S'il vous plaît* — continuou o Oráculo antes que eles pudessem terminar o serviço —, estou com desejo de algo mais substancioso hoje. Tragam a *neige marine* para os nossos convidados *singulares*.

No fim das contas, talvez não fosse uma voz tão tranquilizadora.

Minhas palmas continuaram suando.

Ficamos sentados em um silêncio desconfortável enquanto mais pratos eram passados adiante pela mesa. Isla não pareceu notar. Apenas continuou sorrindo enquanto os funcionários serviam pequenas porções de uma substância cinzenta e grudenta a cada convidado. Quando levou uma colherada à boca, fez uma pausa, sondando o cômodo para ter certeza de que todos estavam prestando atenção. E estavam, é lógico. O rosto de todas as melusinas estava virado como se ela fosse o próprio sol. Isla abanou a mão elegante, com uma risada.

— Comam, *mes enfants*, e se divirtam.

Os filhos obedeceram, e o som delicado de talheres tilintando e vozes baixas logo preencheu o silêncio. Elivire, Leopoldine e Lasimonne retomaram a conversa com Célie no mesmo instante, e Angélica começou a falar com uma Coco resignada, deixando Beau e eu sozinhos para sofrer com o peso do olhar de Isla.

— Diga-me — ronronou ela, debruçando-se por cima de Beau para tomar minha mão pegajosa. Ele se enrijeceu, mas não reclamou. — Quais foram suas últimas palavras para Reid?

Tirei os olhos de minha *neige marine* para encará-la, surpresa.

— Perdão?

— As últimas palavras que você disse ao seu amante... quais foram?

— Eu... — Olhando para Beau, franzi o cenho. — Não me lembro.

O sorriso dela se tornou perverso.

— Tente.

Ficando cada vez mais inquieta, me concentrei em recordar, soltando um suspiro pesado enquanto os fios de nossa conversa retornavam.

— Disse "ou mato minha mãe, ou ela me mata. É a única maneira".

Aquele sorriso. Aqueles olhos. Não eram de modo nenhum águas tranquilas, mas a calma no olho do furacão. Talvez fossem o próprio furacão. Inexplicavelmente, entendi que a conversa fiada tinha terminado. Ela liberou minha mão e retornou a seu assento, limpando a boca com tapinhas delicados de um guardanapo.

— É mesmo?

— Se não fosse, eu não teria conseguido pronunciar.

Beau pisou em meu pé outra vez.

— E... você lembra quais foram as últimas palavras dele para você? — perguntou Isla com malícia.

Não precisei me esforçar para lembrar.

— Ele prometeu que me encontraria.

— Encontrá-la? — Quando piscou como se... como se quisesse me provocar, a inquietação fez os pelos em minha nuca se eriçarem. Não era uma conversa apropriada para se ter à mesa, era? Tínhamos acabado de nos conhecer, e melusinas valorizavam a boa etiqueta. Minha suspeita apenas aumentou quando ela perguntou:

— Ele está adormecido lá embaixo, não está?

— Está. — Me esforcei para manter o tom calmo, para não perder a compostura. Ainda assim, não pude deixar de sondar suas feições em busca de uma pontinha da atitude calorosa do irmão dela. Do bom humor. — Tentei acordar Reid, mas não consegui. Na verdade... — Pigarreei tão delicadamente quanto era capaz, jogando a cautela para o alto. — Tinha esperança de que a senhora pudesse... agilizar o processo.

Um triunfo inexplicável lampejou nos olhos indescritíveis.

— Ah, é? — Embora sua voz permanecesse cheia de leveza, conversacional, suas palavras traíam o tom. — Tinha *esperança* ou já partia do princípio de que eu o faria?

Minhas sobrancelhas se franziram diante da expressão.

— Nunca *partiria do princípio*...

— Não? — Ela levantou a mão casualmente, e um servente correu para encher sua taça. — Meus espelhos mentem, *l'oursin*? Você não está secretamente tramando uma aliança?

— Eu... — Incrédula, encontrei os olhos de Coco do outro lado da mesa. Mas ela não interveio. Não ousava interromper. — Não *tramo* coisa alguma, milady. *Gostaria* de forjar uma amizade durante nossa visita, mas não espero uma.

— *Gostaria*? Quer dizer que não deseja mais a minha amizade?

— Não, milady. Quer dizer, *sim*, desejo. É só... — espalmei as mãos, desamparada — que isto não parece estar indo muito bem.

— O que você *espera*, Louise, quando trata deuses e deusas como seus serviçais pessoais? — Isla bebeu um gole da água do mar, ainda me estudando. — Para ser sincera, não consigo compreender o que meus irmãos veem em você, nem por que deixam passar a sua arrogância. Quando mandei Angélica buscá-los, eu esperava... algum tipo de esplendor... um magnetismo, talvez... mas agora, conhecendo você, vejo que não possui nem um nem outro. Aurore deu sua benção a um ouriço-do-mar.

A primeira centelha de raiva se acendeu em meu peito. *A benção de Aurore? Ouriço-do-mar?*

— Foi por isso que me convidou? Para satisfazer sua curiosidade?

Ela não respondeu, virando-se para Beau.

— E você, principezinho? Acha Louise inteligente?

Ele pousou a colher com cuidado no prato antes de responder.

— Acho.

— Acha que ela é extraordinariamente inteligente?

— S... — Mas a mentira ficou presa em sua garganta, e seu olhar procurou o meu, subitamente em pânico. Arrependido. Minha raiva aumentou. Ele não podia mentir, não ali, não preso na teia de magia de Isla, nem mesmo para poupar meus sentimentos. Aquela descoberta doía, mas não o bastante para me marcar. Eu podia não ser *extraordinariamente inteligente*, mas tinha inteligência o suficiente para saber que Isla queria me machucar. Queria me chocar e me espantar. Eu só não entendia por quê.

— Como pensei. Diga-me então, principezinho, você acha Louise extraordinariamente bela?

Ele franziu a testa, com olhos indo de mim até Isla. O olhar dela, porém, nunca deixou o meu. Beau me encarava com intensidade perturbadora. Com uma *nitidez* perturbadora. Tentou afrouxar a gola da camisa antes de murmurar:

— É óbvio que a acho bonita. Ela é... — Engoliu em seco outra vez, incapaz de formar as palavras — ...Ela é *como* uma irmã para mim.

— Que curioso. Mas o que perguntei foi se achava a beleza dela *extraordinária*. Louise está dentre as mulheres mais belas que você já conheceu? — Quando ele não respondeu de imediato, ela inclinou a cabeça. — Entendo. Você a considera extraordinariamente valente, então? — Outra vez, não respondeu. — Não? Extraordinariamente genuína, talvez? Extraordinariamente justa? — Beau permaneceu calado, engolindo em seco as palavras que não conseguia pronunciar. As gotas de suor se aglomeravam em sua testa por causa do esforço. Pisava em meu pé com força o suficiente para fazer meus ossos estalarem.

A pressão provocou uma vibração peculiar em meus ouvidos, e minha visão focou apenas na expressão de superioridade de Isla. Como *ousava* nos tratar assim? Éramos hóspedes em seu reino. Ela tinha nos *convidado*... e para quê? Para nos atormentar? Para nos instigar e pressionar até explodirmos? Uma indignação quase infantil me inundou diante da injustiça.

Isla deveria ser nossa aliada.

— Eu não... Por que você está fazendo essas perguntas? — começou Beau, com esforço.

Ela ignorou, prosseguindo, implacável:

— Louise é uma líder nata, Beauregard? Uma visionária?

— Ela... Não assim...

— Ela lhe ofereceu riquezas em troca da sua lealdade? Ofereceu magia?

Ele quase se engasgou com a resposta.

— Ela é extraordinária em *algum* sentido?

— Ela... — Beau olhou para mim, desamparado, as bochechas ficando vermelhas.

Do outro lado da mesa, Célie nos lançava olhares discretos, ainda fingindo escutar o que Elvire dizia. Coco nem se dava ao trabalho de fingir. Encarava Isla com olhos que queimavam de ódio enquanto o zumbido em meus ouvidos ficava cada vez mais alto.

— ... é exatamente o que eu temia — terminou Isla por ele. — Ela é ordinária. Dolorosa e intoleravelmente ordinária, e, mesmo assim, inspira a lealdade e a devoção de minha irmã, de meu irmão e a *sua* própria. — Com um bufo de escárnio, ela balançou a cabeça e fez sinal para trazerem um novo prato. — Uma benção desperdiçada, sem dúvida.

— Não sou abençoada.

— Você nem se dá conta, não é? Eu não devia estar surpresa. Aurore pode dizer o que quiser de Morgane, mas pelo menos sua mãe possui um pouquinho de noção.

Meus dedos tremeram com a comparação. Com o insulto. Fechei-os em punhos, encarando, sem enxergar, a alga dulse salteada.

— Por que nos chamou aqui?

Mais uma vez, ela ignorou a pergunta, debruçando-se por cima de Beau para retirar o grampo de diamante dos meus cabelos.

— Me ajude a entender, Louise. Por que eles a seguem? Só a vi falhar... eu a vi assassinar, mentir e trapacear. De fato, tal qual um ouriço-do-mar, seu único feito, em toda a vida, foi ter sobrevivido. E tudo em detrimento de todas as pessoas da sua amada família, mas, ainda assim, eles permanecem. Por quê?

— Talvez seja meu extraordinário senso de humor. — As palavras saíram pesadas de meus lábios. Severas.

Calor irradiava de meu peito para meus braços e pernas, meu corpo inteiro tremia. A periferia de minha visão começou a ficar branca. *Ordinária*. Ela pronunciou a palavra como se fosse uma ofensa. Algo banal e grosseiro, inferior.

— Não. — Ela fez um movimento despretensioso com as mãos, fazendo meu grampo cair no chão com um ruído metálico. Vagamente, me dei conta de que a mesa tinha ficado em silêncio. Todos os olhos tinham se voltado para mim. — Não acho que seja isso. Mesmo com a bênção de Aurore... mesmo com seus preciosos aliados... você não tem o que é necessário para vencer esta guerra, Louise le Blanc. Minha irmã simplesmente escolheu errado.

O calor continuou a se espalhar. Mais quente do que a raiva. Mais quente do que a vergonha. Assustado, Beau fitou minha mão quando bati na mesa.

— A senhora fala de bênçãos — comecei, as palavras jorrando descontroladamente —, mas que bem me fizeram a *lealdade* e a *devoção* do Homem Selvagem e da Deusa Tríplice? Minha mãe, minha própria *mãe*, a pessoa que mais deveria ter me amado no mundo, tentou me matar três vezes. Assassinou meu melhor amigo na minha frente. Desde então, passei dias, talvez *semanas*, possuída por Nicholina. Mais cedo, hoje mesmo, ela quase me afogou nestas águas malditas, onde minha mãe também tentou me matar. *Mais uma vez.* Agora Reid está desacordado sob um feitiço que não consigo desfazer enquanto a senhora me insulta diante da sua corte inteira. — Meu peito subia e descia, ofegante. — Se esta é a *benção* de uma deusa, odiaria saber qual é sua maldição.

Isla apenas sorriu.

Com um dedo, ela empurrou a travessa entre nós — ainda coberta — na minha direção. O gesto irreverente só me deixou mais enfurecida ainda. Eu me levantei, pronta para ir embora, para pegar o corpo de Reid e *partir*, quando meus olhos pousaram no domo de prata. No meu reflexo.

Tarde demais, notei o aroma agudo de magia.

Os olhos de Coco demonstravam assombro e temor enquanto ela também se levantava.

— Lou?

Mas eu não reconhecia meu reflexo. Olhos castanhos redondos me fitavam de volta, e madeixas da cor de trigo, lisas, tinham substituído as minhas. Bochechas coradas tomaram o lugar das sardas. Meu vestido pendia de ombros diminutos, com o excesso de tecido se acumulando a meus pés. Encarei-o, o calor em meu peito se convertendo aos poucos em algo diferente... algo inocente, jovial, curioso, *vivo*.

Sem perceber, tinha me transformado na Donzela.

Quando Isla se levantou para ir até mim, a corte inteira também a seguiu. Ela passou roçou um dedo na minha garganta. Imaculada agora.

— O que você dizia?

Engoli em seco contra a unha dela, recusando-me a olhar para qualquer um dos presentes. Em especial para o meu reflexo.

— Como... como é possível?

— Claud avisou Morgane. Disse a ela o que aconteceria se insistisse em nos desafiar. Morgane planejou sua possessão mesmo assim.

— Mas isso... — Beau empurrou o prato para longe, boquiaberto — isso significa...

— Isso, principezinho. — Isla se colocou atrás de mim, jogando meus cabelos por cima dos ombros. — O ouriço-do-mar se tornou La Dame des Sorcières. Uma pena, se quer saber minha opinião, mas tenho que admitir que é útil.

— Morgane sabe? — perguntou Coco, ríspida.

Angélica ficou tensa, as íris rodopiando como turbilhões até não estar mais enxergando o salão, mas algo diferente. Um *lugar* diferente.

— Sabe. — Ela retornou ao presente logo depois, balançando a cabeça e fazendo uma careta. — Não está nada satisfeita.

Falei através de lábios dormentes:

— Por que a senhora nos trouxe até aqui?

As mãos de Isla apertaram meu pescoço, e ela enfim, *enfim*, respondeu:

— Minha querida Angélica acredita que devemos nos aliar a você nesta sua guerra tediosa contra Morgane. — Senti quando deu de ombros, como se discutíssemos o clima, e não minha vida e sobrevivência. — Tenho que confessar, não é de meu interesse. Nem a sua morte, nem a da sua mãe vão nos afetar aqui. — Moveu-se para meu lado, oferecendo a mão. Não tive escolha senão aceitá-la. Enganchando meu braço no seu, Isla me levou para um passeio pelo salão enquanto os outros nos seguiam com os olhos. Ninguém se atrevia a voltar a comer.

— Mas não sou nenhuma tola.

Não a corrigi.

— Você nos apresenta uma oportunidade única, para mim e para minha gente, e mais do que ninguém, para Angélica. Você sabe que eu a valorizo muito — acrescentou.

Angélica mantinha a cabeça baixa e as mãos entrelaçadas, igual ao restante das melusinas.

— Há mais ou menos vinte anos, seu anel foi roubado enquanto ela se divertia lá em cima, criando esta beleza que é sua amiga. — Gesticulou vagamente em direção à Coco. — Você já ouviu falar nesse anel. Até o chamava pelo nome. — Estendendo o braço para o meu, levantou minha mão direita para acariciar o dedo anelar livre. — Chegou até a brandir sua magia. Mas não o conhece tão bem quanto nós o conhecemos. Não é um simples anel de imunidade e invisibilidade, como sua gente tola acredita. E o mais importante: não pertence a vocês. Não pertence a *nenhuma* de vocês. É o Anel de Angélica... é a própria essência de seu poder... e nós o queremos de volta.

Livre de culpa, quase ri quando me dei conta da verdade. Nua, crua e deliciosa. Mesmo com toda sua inteligência, beleza e valentia extraordinárias, lá estava ela... precisando da minha assistência. Da assistência de um ouriço-do-mar.

— Se a senhora sabe que o usei, também sabe que não o tenho mais. Está com minha mãe. Trancafiado no Château le Blanc.

— Exatamente.

— Não estou entendendo o que a senhora deseja de mim. Tenho um cérebro ordinário, sabe como é. Se o anel é tão importante, certamente a senhora pode recuperá-lo sozinha, não?

Quando ela me virou de repente para encará-la, seu sorriso era severo e radiante, e as unhas se cravaram de maneira dolorosa em meu antebraço, mais longas e afiadas do que antes. Quando tentei protestar, ela levou um dedo aos meus lábios, e senti o gosto metálico de sangue. *Meu* sangue.

— Ah, ah, ah. — Seu olhar baixou para a minha boca, para o seu dedo, antes de ela voltar a me encarar. — Não me desrespeite, ou vai ficar sem ouvir minha proposta.

Olhei irritada para ela em um silêncio rebelde.

O Oráculo ergueu uma sobrancelha maliciosa.

— Não posso recuperar o anel eu mesma porque não posso intervir diretamente. Minhas melusinas não podem fazê-lo por mim porque não podem deixar estas águas sem ele. Entende agora, *mon pouffiasse*? É, como vocês costumam dizer, um negócio em que todos saem ganhando.

Suas palavras reverberaram em meus ouvidos enquanto o restante de seus dedos se fechava ao redor de meu rosto, apertando minhas bochechas com força o suficiente para machucar.

— Amanhã, vocês retornarão à superfície e roubarão o Anel de Angélica da sua mãe. Então, e *só* então, meu povo se juntará a vocês na batalha.

O MAIS BELO TOM DE AZUL

Lou

Uma hora mais tarde, no deque, Angélica puxava Coco para um canto enquanto Aurélien, Olympienne e Sabatay cercavam Célie, fazendo suas despedidas chorosas. De verdade. *Lágrimas* legítimas escorriam das faces cor de lavanda de Olympienne. Bufando, Beau reajustou a mochila e começou a descer o passadiço. Na metade do caminho, virou e apontou com o queixo na minha direção para me chamar.

— Vai logo.

Pendurei minha mochila no ombro. Depois do jantar, Isla não perdera tempo em nos expulsar de seu reino. Podia ser a criatura mais convencida que existia, mas pelo menos tinha *de fato* nos fornecido provimentos para a jornada à nossa frente. O que incluía novas mudas de roupas. Dessa vez, trajes adequados e razoáveis, quentes também. Além disso, eu tinha prendido uma nova bainha para minha adaga ao redor da coxa, por via das dúvidas.

Reid flutuava atrás de nós, ainda comatoso, enquanto Elvire e Leopoldine nos escoltavam até os portões da cidade. A cada passo, a agitação que eu vinha tentando evitar ficava mais e mais impossível de ignorar. Deixava meus dentes trincados, provocando uma pulsação dolorosa em minha têmpora direita.

Apesar de minhas súplicas, Isla não o tinha acordado. Insistira que não podia intervir. Eu insistira que não podíamos roubar o Château le Blanc arrastando um homem de quase dois metros de altura e mais de cem quilos *inconsciente* com a gente.

Para falar a verdade, eu imaginava que ele já teria acordado àquela altura. Fazia horas que estava inconsciente.

Não se preocupe, Louise. Os ferimentos não são fatais. Tenho certeza de que ele vai acordar.

Minha cabeça continuou latejando.

Os outros caminhavam para os portões em silêncio, aparentemente ignorando nosso problema gigantesco, menos Beau, que me lançou mais do que um olhar ansioso.

Achei que ele estivesse preocupado com a possibilidade de eu me transformar na Donzela a qualquer instante. Eu mesma estava meio preocupada. Mesmo agora, ainda não tinha certeza de como o fizera, mas tentei não pensar muito sobre o arrepio em minha pele — a sensação inebriante de abandono selvagem. Curiosamente, tinha me feito lembrar de... telhados. Se fechasse os olhos, conseguia quase *sentir* o vento emaranhando meus cabelos, meus braços se abrindo, enquanto me impulsionava para cima, para a frente, das telhas para o ar. Naqueles segundos preciosos, uma euforia agitou meu estômago. Naqueles segundos preciosos, eu poderia ter voado.

Quando minhas mãos começaram a ondear, meus olhos se abriram. Beau ainda me encarava.

— O que foi? Diga de uma vez — disse, ríspida.

— Está tudo bem? Está aceitando — apontou com o queixo para as minhas mãos — isso tudo numa boa?

Fitei-o com suspeita.

— E *você*, está?

Ele inclinou a cabeça, refletindo, antes de um sorriso feroz se abrir em seu rosto.

— Acho que é a coisa mais impressionante e do caralho que já vi. Você é uma... Lou, você é uma *deusa* agora.

— Deusa Divina. — Retribuí o sorriso, apesar das palavras de Isla ainda reverberarem, altas e verdadeiras, em meus ouvidos. *Minha irmã escolheu errado.*

— Rainha dos ouriços.

O sorriso dele se desfez, e olhou, resoluto, para a nuca de Elvire.

— Falando nisso. Queria... me desculpar. — Pigarreou. — Por mais cedo.

— Ah. — Expirei com uma risadinha. — Não precisa.

— Preciso, sim...

— Você só falou a verdade.

— *Não era* a verdade. — Balançou a cabeça, agitado. — É o que estou tentando dizer. Isla, ela... ela deturpou minhas palavras... — Limpando a garganta, ele voltou a tentar, abaixando a voz para que os outros não pudessem escutar. — Eu acho você extraordinária, *sim*. Talvez não extraordinariamente valente, ou justa, ou genuína, mas extraordinária mesmo assim. — Quando revirei os olhos, educadamente em dúvida, ele se colocou na minha frente, forçando-nos a parar. — Quem mais teria aceitado o filho mimado de um rei? O aristocrata insensato? O caçador sacrílego? Aos olhos do rei, nós não somos nada. — Sua voz ficou ainda mais baixa. — Você deu a todos nós um lugar, um propósito, quando não tínhamos nenhum. É por causa de *você* que estamos aqui, Lou. E não me importa a verdade das águas... você *é* minha irmã. Nunca se esqueça disso.

Ele acelerou o passo para acompanhar Coco e Célie sem me dar a chance de responder. Provavelmente era melhor assim.

Eu não conseguiria falar com a emoção presa na garganta.

* * *

Quando finalmente chegamos à orla de L'Eau Mélancolique, a água que sustentava o peso de Reid explodiu — a última gota da magia de Angélica se dissipando —, e ele despencou na areia. De imediato, me ajoelhei a seu lado.

— Merda. — Verifiquei seu pulso outra vez e abri as pálpebras para avaliar as pupilas. Tudo parecia perfeitamente saudável.

Soltando um suspiro pesado, cutuquei suas costelas. Nada. Dei um peteleco em seu nariz. Nada. Soprei seu rosto e olhos, desamarrei a bota para fazer cócegas no pé, cheguei até a lhe dar um tapa na cara. Nada, nada, *nada*. Senti um aperto de frustração no peito enquanto o arrastava até a água. Quando não obtive qualquer reação ao jogar água em seu rosto, xinguei com vontade e me preparei para afundar a cabeça de Reid inteira — seu *corpo* inteiro, se necessário —, mas Beau me deteve com a mão, impaciente.

— Não acho que afogá-lo seja uma opção.

— Funcionou comigo...

— Você já tentou magia, certo? — Os olhos dele acompanharam o caminho até as montanhas.

Eu não o culpava. Naquele exato momento, Morgane e Josephine podiam estar à espreita. Ainda assim... por mais que Isla tivesse insistido que não se envolveria, eu duvidava que fosse perdoar tão rápido um ataque contra sua gente. Constantino estivera sob sua proteção. A bruxa que quisesse invadir aquela praia outra vez teria que ser muito corajosa — ou talvez muito burra. Morgane e Josephine não eram nem uma coisa, nem outra.

Ali, estávamos seguros. Por enquanto.

— Os padrões estão todos emaranhados. — Resisti à vontade de descontar a raiva em Beau outra vez, dada sua confissão recente. Não devia ter sido fácil admitir aquilo tudo em voz alta. Eu apreciava sua coragem. — Não consigo entender nada.

Coco aproximou-se, hesitante.

— Eu podia tentar algo com o sangue dele.

Minha mente rechaçou a ideia de imediato. A última vez que Coco bebera o sangue de alguém, tinha previsto a morte de Ansel, e eu já estava cansada de interpretar errado o futuro.

— Angélica disse... — começou Célie, mas eu a interrompi, impaciente.

— Não temos tempo para conselhos enigmáticos. Ele precisa acordar *agora*.

Célie se agachou a meu lado, colocando a mão em minhas costas para me confortar, e me senti a maior babaca do mundo.

— Desculpe — murmurei. — Só não sei mais o que fazer. Se a gente não o acordar, não vamos conseguir recuperar o Anel, e se não recuperarmos o Anel, não vamos poder contar com a ajuda das melusinas contra Morgane. E sem as melusinas...

— Eu entendo. — A mão dela desenhava círculos tranquilizadores. — Pelo menos Reid está bem. Está mesmo. Olhe para ele. — Forçando meus olhos a se abrirem, observei a respiração de meu marido, cada subir e descer do peito eram um pequeno alento para mim. Célie sorriu. — Ele pode estar apenas dormindo. Um sono encantado, talvez, mas...

Seus olhos se arregalaram.

— O quê? — Fiquei de pé em um pulo. — O que foi, Célie?

— Uma das histórias que minha mãe costumava ler para mim — disse, sem fôlego e batendo palmas. — Era sobre uma princesa que tinha sido amaldiçoada com sono eterno. A única maneira de quebrar o feitiço era com o beijo de amor verdadeiro.

Coco bufou de escárnio e se atirou na areia.

— Isso é um conto de fadas, Célie. Não é real.

— Acabamos de tomar banho, jantar e conversar debaixo da água no palácio real das melusinas, onde polvos passeavam de coleira e a Deusa do Mar nos serviu *alface do mar*. — O rosto de Célie corou. — Nada disto deveria ser real.

Beau ergueu uma sobrancelha.

— É um argumento muito válido.

— Está bem. — Com um suspiro cansado, Coco rolou para se deitar de costas, entrelaçando as mãos sobre o peito. — Dê um beijo nele, então. Mas um beijo dos bons. Só seja rápida. E quando acabar inevitavelmente dando errado, vou picar o dedo dele, e aí vamos fazer progresso de verdade.

Olhei para a expressão cheia de expectativa dos três, sentindo-me profundamente ridícula. *Beijo de amor verdadeiro.* Célie parecia ter confundido aquele pesadelo com um romance arrebatador, com direito ao cavaleiro de armadura reluzente chegando no último momento para salvar sua bela donzela. Olhei irritada para os lábios de Reid. Para não ser injusta, a história *tinha* começado assim, era uma vez, havia muito tempo. Ele atravessara o reino inteiro para me salvar do altar de sacrifícios de Morgane. Talvez pudéssemos trocar os papéis agora que era ele quem estava em apuros. E que mal podia fazer um beijo?

Com uma expiração forçosa pelo nariz, segurei os ombros de Reid e me debrucei sobre seu corpo.

Lá vai nada.

Meus lábios roçaram os dele em uma leve carícia, e os abri devagar, tocando sua língua com a minha. Apenas por um segundo. Apenas por uma respiração. Meus olhos se fecharam com o sentimento simples de alegria que o ato trazia — que beijar Reid trazia. Deus, como sentia sua falta. Por tempo demais, nossas vidas estiveram emaranhadas, mas ao mesmo tempo separadas, intrinsicamente entrelaçadas, mas ao mesmo tempo distantes. Era minha culpa. E culpa dele também.

Mas mais do que tudo, era culpa de Morgane.

Ele não acordou.

Suspirando, derrotada, descansei a cabeça no peito de Reid e escutei seu coração bater. Quantas vezes não tinha me deitado naquela exata posição, contando cada batimento? Ele costumava acariciar meus cabelos, percorrer minha coluna com os dedos, mesmo em momentos de grande tensão em nosso relacionamento. Mas quando estava tudo bem, ele me envolvia com os braços fortes e...

Uma mão pesada pousou sobre minhas costas.

Meus olhos se abriram depressa.

Atrás de mim, Célie arquejou, surpresa, e Coco arquejou, surpresa — até *Beau* arquejou, surpreso —, enquanto eu me apoiava nos cotovelos para erguer o tronco, olhando para o rosto de Reid, em choque. Ele piscou de volta para mim, e aqueles olhos... eram do mais belo tom de azul. Uma risada escapou de minha garganta quando notei sua testa franzida.

— A bela adormecida desperta.

Suas mãos pousaram em minha cintura, leves dessa vez

— Como é que é?

Passando a ponta do dedo pelos cílios escuros, me inclinei para beijá-lo outra vez. Ele se afastou antes que eu pudesse.

— Você passou um tempinho adormecido, Chass. Ficamos preocupados que não fosse acordar. — Ri e rocei o nariz no dele. Reid franziu ainda mais o cenho. — Você não vai nem *acreditar* o que aconteceu, onde estivemos. — Não fiz uma pausa para deixá-lo adivinhar. — Fomos para debaixo da água, Reid. Para o chão do oceano de L'Eau Mélancolique. Você também, é óbvio, mas inconsciente. — Meus pensamentos rodopiavam em um borrão de empolgação incoerente. Por onde começar? Tanta coisa tinha acontecido em um período tão curto. — Caminhamos com melusinas em Le Présage... Você sabia que elas podem criar pernas?

E jantamos com o Oráculo no Palais de Cristal. O Oráculo é irmã de Claud, lembra? Isla. Conhecemos Isla, e ela é a maior *escrota*...

De repente, ele ficou tenso, e sua testa ficou ainda mais sulcada, até a expressão se transformar em uma legítima carranca.

— Perdão, *mademoiselle*, mas acho que houve um mal-entendido aqui. Por favor — ele me levantou de seu colo, colocando-me com firmeza na areia —, permita que me apresente. Sou o Capitão Reid Diggory. — Pigarreou de maneira enfática. — E agradeceria se a senhorita limitasse o uso de uma linguagem tão vulgar perto de mim no futuro.

Bufei, sem acreditar.

— Parece até piada vindo de *você*, monsieur *Merda*. — Os olhos dele se arregalaram comicamente diante do palavrão, e ri alto. Ele não. — Está bem — falei, ainda me sentindo leve com a empolgação vertiginosa. A atitude espinhosa de Reid não podia furar minha bolha. Estava acordado, eu estava acordada, e estávamos juntos. Finalmente. — Vou participar deste... seja lá o que for. Algum tipo de preliminar?

Ficando de pé, ofereci a mão a ele. Reid a encarou como se fosse mordê-la. Dando de ombros, espalmei as mãos nos bolsos traseiros da calça. Se os olhos dele estavam arregalados antes, naquele instante quase saíram para fora da órbita.

— *Bonsoir*, capitão Diggory. — Rindo outra vez, me curvei em uma cortesia teatral. — Meu nome é Louise le Blanc, filha da infame Morgane le Blanc, e estou positivamente *deleitada* em conhecê-lo. Vejo que não está vestindo o uniforme oficial, mas pouco importa. Vamos acender a fogueira agora, ou...?

Reid semicerrou os olhos, focando em meu rosto, e, sem aviso, ficou de pé em um pulo.

— O que foi que você disse?

Meu sorriso se desfez diante da súbita ferocidade em sua voz. Olhei de relance para Coco e Beau, que me encararam de volta, chocados. Célie se levantou devagar atrás de mim.

— Meu nome é Louise le Blanc — repeti, com menos teatralidade dessa vez. Para alguém tão estoico quanto Reid, ele era um ator mais talentoso do que eu teria esperado. — E estou deleitada em conhec...

— Você é filha de Morgane le Blanc? Uma bruxa?

Um sinal de alerta começou a soar em minha mente.

— Bem, sim...

Ele me derrubou no chão antes de eu terminar a frase.

Aterrissamos com impacto, rolando, e o antebraço dele colidiu com minha garganta. Perdi o fôlego com uma expiração dolorosa.

— Hum... *ai*. — Ofegante, empurrei o peito de Reid, que nem se moveu. O braço permaneceu onde estava. Com isso e o peso de seu corpo, eu mal conseguia respirar. — Tudo bem, Chass, já fomos longe demais brincando de faz de conta... — Ele pressionou com mais força, até pontos de luz começarem a explodir em minha visão.

Certo. Não estava mais achando graça.

Impulsionando a cabeça para trás, bati minha testa com força no nariz dele, complementando com uma joelhada na virilha quando ele se afastou. Quando Reid se curvou com um grunhido, me apressei para sair de debaixo dele.

— Qual é o seu problema? — rosnei, segurando o pescoço. — Está tentando me matar?

Ele ofegou e mostrou os dentes.

— Você é uma bruxa.

— Sou. E daí?

Ignorando, levou a mão depressa à bandoleira, desembainhando uma faca e procurando uma segunda — a que ficava acima do coração. Mas não estava lá. A bainha permanecia vazia. Ele verificou as demais em frenesi, tateando com os dedos uma a uma, antes de se dar conta do que já sabíamos. Toda emoção desapareceu de seu rosto. Com uma calma mortal, perguntou:

— Onde esta minha Balisarda?

Comecei a me aproximar devagar de Coco.

— Pare com isso, Reid. Está me assustando.

Ele também avançou devagar, atento, dando um passo a cada passo que eu dava.

— Onde está?

— Uma árvore comeu. — Coco agarrou meu cotovelo e me puxou para seu lado. Nós o observamos se aproximar. — Ao sul do reino. Bas e os bandidos dele nos atacaram na estrada, e Lou atirou a sua Balisarda para me proteger. — Ela fez uma pausa, em dúvida. — Você não se lembra?

— Você. — O olhar de Reid faiscou com reconhecimento ao focar em Coco. — É uma curadora na Torre. — Depois, os olhos se fixaram no ponto em que ela me segurava firme no braço, e seus lábios se retorceram. — Está mancomunada com esta bruxa?

— Eu... — Ela parou quando balancei a cabeça, sentindo um buraco se abrir em meu estômago com a sensação de (déjà vu). Tinha tido aquela exata conversa com Bas depois que tentara me matar em La Forêt des Yeux. Será que Reid...?

Não.

Minha mente ficou paralisada, sem querer completar o raciocínio. Não era possível. Não *podia* ser possível. Será?

— Quem sou eu? — Minha voz falhou enquanto me colocava diante de Coco, avançando para ele e sua faca. O movimento pareceu surpreendê-lo. Não atacou de imediato. Em vez disso, me encarou com uma expressão confusa enquanto eu abaixava a lâmina em sua mão com cuidado. — Como nos conhecemos?

Ele a levantou outra vez, apontando-a para o meu rosto.

— Não nos conhecemos.

Não, não, não.

— Se é uma piada, Reid, já foi longe demais.

— Não faço piadas.

A verdade da afirmação se fragmentou em meu peito, e soltei uma expiração profunda, absorvendo sua dor. Ninguém era tão proficiente em brincar de faz de conta desse jeito. O que significava... que ele tinha me esquecido. Da mesma forma que Bas, ele se esquecera, só que dessa vez eu não podia reverter o padrão. Eu não o tinha lançado. Mas qual seria sua extensão?

E *por que* ele estava agindo assim?

Procurei por uma resposta, lembrando a maneira como desmoronara em meus braços. A maneira como Morgane fizera o mesmo na praia. Se ele tinha mesmo se esquecido de mim, significaria que...?

Merda.

— Tem certeza? — perguntei. — Pense bem, Reid. Por favor. Pense. Sou a Lou, lembra? Sou sua... — Olhei para o dedo anelar despido de joias, e as rachaduras em meu peito aumentaram. Eu tinha devolvido o anel da mãe dele. *Burra. Burra demais.* — Sou sua esposa.

Os olhos dele se endureceram.

— Não tenho esposa.

— Calma. — Dei um pulo para trás quando ele golpeou e levantei as mãos, em sinal de rendição. — *Sou* sua esposa. Talvez não *legalmente*, mas no sentido bíblico...

Talvez a menção ao livro sagrado dele tivesse sido um erro.

Com um rosnado, Reid investiu contra mim outra vez. Desviei, chutando a parte de trás de seu joelho no processo. Ele não cambaleou como eu planejara, e sim girou com uma agilidade assustadora. Dessa vez a faca pegou minha camisa, mas me contorci para longe no último segundo. Acabou rasgando minha manga.

— *Maldição.* — O tecido flamulou, inútil, ao vento. — Só uma vezinha que seja, gostaria de manter minhas roupas *intactas*...

Ele investiu novamente com velocidade inesperada, capturando a manga rasgada para me puxar para perto, levantando a faca com o intuito de cravá-la fundo em meu peito. Eu detive seu pulso, mas, fisicamente, não era páreo para sua força. A lâmina desceu mais e mais, e — não pela primeira vez em minha vida — encarei a morte nos olhos.

Eram do mais belo tom de azul.

Algo pesado se chocou contra as costas de Reid, propelindo a faca e ajudando-a a cobrir a distância final. Sangue jorrou quando perfurou minha pele, enquanto Beau socava a cabeça do irmão com ambos os punhos. Coco logo se juntou a ele, chiando enquanto batia nos cotovelos de Reid, arremessando a faca para longe. Quando ele virou — puxando Beau por cima do ombro e o atirando no chão —, Coco arrancou outra adaga da bandoleira dele e cortou o antebraço. O cheiro amargo da magia de sangue invadiu o ar.

— Não queremos machucá-lo, Reid — disse ela, ofegante —, mas se não parar de ser um grande pé no saco, vou acabar castrando você.

As narinas de Reid se arreganharam.

— Cria do diabo.

Ela mostrou os dentes em um sorriso.

— Em carne e osso.

Ele começou a se mover para atacá-la, mas Beau o segurou pelo tornozelo.

— Pare com isso agora. É uma ordem do seu... do seu príncipe herdeiro — terminou, sem jeito. Reid congelou e olhou com a testa franzida para ele.

— Vossa Alteza? O que faz aqui?

— Isso mesmo. — Beau se engasgou com uma tosse, ainda com dificuldades para respirar. Apontou para o peito. — Estou no comando. Eu. E ordeno que pare agora.

— Mas você é... — Reid balançou a cabeça com brusquidão, como se estivesse sentindo dor — ... você é meu... é meu irmão? — Tocou a têmpora. — *É meu irmão.*

Beau se atirou no chão outra vez.

— Ah, graças a Deus. Você lembra. — Agitou a mão e voltou a tossir. — Abaixe a faca, Reid. Está em desvantagem numérica, ainda que mesmo sozinho valha por três, e não tenho nenhum interesse em vê-lo castrado. — Voltou-se para Célie, que estava distante, com o rosto pálido. — Você quer vê-lo castrado?

Foi a vez de Reid de ficar branco como papel.

— Célie. — Em vez de soltar as armas, ele correu para o lado dela, a raiva moralista se transformando em ira. Empurrou a moça para ficar atrás dele. — Para trás, Célie. Não vou deixar que a machuquem.

— Ah, pelo amor de Deus — resmungou Coco.

— Reid. — Com hesitação, Célie o empurrou pelas costas, mas ele não se moveu. Os olhos de Reid encontraram os meus, e, neles, ódio queimava mais intensamente do que qualquer emoção que eu já vira. Podia sentir seu calor lamber minha pele, primevo e visceral. Eterno. Como o fogo infernal de Coco. — Reid, isto é desnecessário. Elas... Louise e Cosette são minhas amigas. — Ela tentou mostrar a fita verde ao redor do pulso a ele. — Está vendo? Não vão me machucar. Também não vão machucá-lo. Apenas nos dê uma chance de explicar.

— O quê? — Ele girou para encará-la, agarrando a fita e a arrancando. — Você as chama de *amigas*? São *bruxas*, Célie. Mataram a sua irmã!

— Mataram. *Obrigada* por me lembrar tão gentilmente. — Puxou o cetim de volta, fazendo uma carranca e se distanciando dele. — Deve ser uma surpresa para você saber que meus ouvidos funcionam bem. Sei quem elas são. Mais importante ainda, *você* sabe quem elas são, basta parar de agir como um bárbaro e *nos escutar*.

— Eu não... — Balançou a cabeça outra vez, semicerrando os olhos.

A confusão anuviou seu olhar, e uma esperança estúpida e *inútil* brotou em meu coração. Ele sabia que era verdade. Óbvio que sabia. Com certeza sabia pelo menos que algo estava muito errado. Com certeza se daria conta do que acontecera se seguisse aquela linha de pensamento, e então reverteria o padrão. *Tinha* que reverter. Esquecer-se de mim era uma coisa, mas aquele... aquele não era Reid. Aquele era um assassino *fanático*. Deve ter feito algo de errado quando lançara o feitiço, talvez puxado dois cordões em vez de um só.

Rejeitei a ideia assim que surgiu, sabendo em meu coração que não era verdade. Reid não tinha feito nada de errado.

Simplesmente... se esquecera de mim.

De si mesmo.

De tudo.

— Lembre, Reid — sussurrei, lágrimas embargando minha voz. — Por favor. Não sei o que você ganhou fazendo isso, mas devolva. Não vale o que perdeu. — Quando levantei a mão para tocá-lo, sem conseguir resistir, as articulações de seus dedos se fecharam com mais força ao redor das facas. Empurrou Célie para trás mais uma vez.

— Não sei do que está falando.

— O padrão. — Os sons da praia desapareceram enquanto eu retorcia as mãos, implorando para que ele olhasse para mim. Para que ele me *visse*. — É a sua magia. Só você pode reverter. Perdeu a consciência dentro de L'Eau Mélancolique. Pense naquele momento. Lembre-se do que escolheu esquecer.

— Lou. — Coco balançou a cabeça com tristeza. — Não.

— Ele precisa entender. Posso ajudá-lo...

— Ele *já* entendeu. É essa a questão. Ele fez a escolha que achou necessária. Precisamos respeitá-la.

— Respeitar? — Minha voz se elevou, histérica. — Como vou *respeitar*? Como vou respeitar *isto*? — Agitei os braços em um movimento abrangente, perigosamente próxima de um colapso nervoso. — Se ele não me ama... se nem sequer se lembra de mim... qual é o sentido disto tudo, Coco? Qual é o sentido de *tudo* por que passamos? Toda a dor, todo o sofrimento, toda a *morte*?

Lágrimas surgiam também em seus olhos enquanto segurava minhas mãos.

— Ele fez isto por *você*, Lou. Se Morgane esqueceu, então quer dizer que você talvez... que talvez você esteja finalmente a salvo.

Arranquei a mão da dela.

— *Nunca* estarei a salvo, Coco. Ainda que Morgane *tenha* me esquecido, Josephine não esqueceu. Auguste e seus Chasseurs não esqueceram. Como vamos vencer esta *guerra* se Reid não sabe distinguir amigo de inimigo?

— Não sei. — Ela balançou a cabeça, desamparada. — Realmente não sei. Só sei que ele salvou nossa vida.

Então Reid envolveu a cintura de Célie, puxando-a para longe de nós. Fechei os olhos para a cena. Para os dois juntos. Ele tinha feito um sacrifício em prol do bem maior, e, ainda assim, meu sangue escorria do altar.

— Vocês duas são insanas — disse ele, ríspido. — Vamos, Célie. Precisamos ir embora daqui.

A voz de Célie se elevou em protesto.

— Mas não quero...

— Está cometendo um erro, Reid — advertiu Coco.

Ele soltou uma risada baixa e sombria.

— Não se preocupe. Vou voltar para dar conta de você, bruxa. E da sua amiga. Vou até trazer os meus próprios amigos. Talvez façamos uma grande fogueira.

— Ah, você vai voltar, sim, meu irmão. — Beau se levantou. — Não tem mais para onde ir. Mas não vai levar Célie.

— Com todo o respeito, *irmão*..

— Respeito significa honrar o pedido da senhorita — interrompeu Coco. — Ela não quer ir, e *você* não quer arrumar briga comigo, Reid. Não sem a sua Balisarda.

A ameaça pairou como um peso no ar.

Finalmente abri os olhos.

Reid engoliu em seco em agonia palpável enquanto avaliava a situação: duas bruxas contra um caçador desarmado com seu príncipe blasfemo e seu amor de infância no fogo cruzado. O Chasseur dentro dele — a parte governada pelo dever, pela honra, pela coragem — recusava-se a partir. O homem em seu interior sabia que era necessário. Coco não estava blefando; ela o machucaria *de verdade* se fosse preciso. Ele não sabia que eu não permitiria. Nem que ele mesmo podia usar magia.

Não se lembrava de mim.

Apontando as facas para nossos rostos, falou baixinho, com violência:

— Eu vou voltar.

Eu o assisti desaparecer pelo caminho de volta com uma sensação avassaladora de vazio.

Coco pressionou minha cabeça contra seu ombro.

— Ele vai voltar.

PEDRAS E GRAVETOS

Reid

Meus passos acompanhavam o ritmo do meu coração. Mais e mais rápidos. Cada vez mais. Minha pele corava com calor e suor enquanto eu subia a colina correndo, pulando pedras e plantas. Só tinha me aventurado tão longe ao norte uma única vez na vida. Logo depois de fazer meu juramento. Meu capitão na época, um homem sem força de espírito chamado Blanchart, estava tentando provar sua valentia ao arcebispo. Tinha ouvido rumores sobre a presença de melusinas na área e ordenou que meu contingente investigasse. Depois de caminhar dias a esmo naquela névoa maldita, não tínhamos nem sequer encontrado a praia.

Se a bruxa sardenta estava falando a verdade, Blanchart estava certo. Havia melusinas na área. Depois que tivesse me livrado do demônio em questão, eu retornaria e...

Bufando, saí da trilha.

Ela era uma bruxa.

É óbvio que não estava falando a verdade.

Em vez de me embrenhar pela floresta, margeei as árvores em direção ao sul. Havia um vilarejo próximo. Meus irmãos e eu tínhamos alugado quartos para passar as noites ali. Sem me dar conta, olhei para baixo, para meu peito. Minha bandoleira. A bainha vazia acima de meu coração. Pedacinhos de lembranças se aglomeravam e picavam como um enxame de abelhas. Rostos zombeteiros. Neve manchada de sangue. Dor ardente, carroças pintadas e mel amargo...

Uma *árvore* comera minha Balisarda.

Quase tropecei ao me dar conta. Uma confusão de imagens se seguiu. Formavam um panorama cheio de buracos, um quebra-cabeça com peças perdidas. Havia cabelos lilases. Mantos estrelados. Troupe de Fortune. As palavras perfuravam minha mente provocando uma dor inacreditável, e, dessa vez, pisei em falso. Tinha viajado com eles, por um curto período. Tinha atirado facas ao seu lado.

Por quê?

Fechando os olhos com força contra pensamentos tão rebeldes, foquei na única faca que importava. A única faca que eu *reivindicaria*. Queimaria a floresta inteira se necessário. Derrubaria a árvore demoníaca e cavaria até suas raízes não passarem de meros gravetos.

Bas e os bandidos dele nos atacaram na estrada, e Lou atirou a sua Balisarda para me proteger. Você não se lembra?

Ah, lembrava. Eu me lembrava da bruxa cheia de cicatrizes, que deslizara como uma serpente para dentro de nossa Torre sob o disfarce de curadora. Eu me lembrava do Bastien St. Pierre, aquele desgraçado, e do meu próprio ferimento terrível. Mas *não* me lembrava de sua cúmplice — a bruxa sardenta. A que me fitava como se alguém tivesse morrido.

Eu sou sua esposa. Talvez não legalmente, mas no sentido bíblico...

Lembre, Reid. Sabia meu nome. Ela me *chamara* pelo nome.

Se ele não me ama... se nem sequer se lembra de mim... qual é o sentido disto tudo, Coco?

Ira escaldante agilizou ainda mais meu passo. O vento me açoitava agora, queimando meu rosto e deixando minhas orelhas dormentes. Como se fosse possível que eu me rebaixasse assim com uma bruxa. Como se fosse possível eu me casar com *qualquer* pessoa, que dirá uma noiva de Satã.

— *Lou* — vociferei o nome, sentindo o ar ficar preso ao pronunciá-lo. Um nome odioso para um ser odioso, e Célie...

Meu Deus.

Eu tinha deixado Célie sozinha com eles.

Não. Balancei a cabeça. Não sozinha. O príncipe herdeiro, meu *irmão* — ele também estava lá. Estava até compartilhando alguma espécie absurda de camaradagem com as criaturas, como se fossem sua família, e não eu. Talvez pudesse proteger Célie. Mas, por outro lado, talvez não. Independentemente de como ele se sentia em relação a elas, bruxas não tinham família. Eu não podia arriscar. Não com ela.

Virei e, como pensei, um vilarejo familiar surgiu diante de mim. Se é que dava para chamar assim. Havia uma única rua, que ostentava uma paróquia e uma pousada, com um bar no andar de baixo. O povoado tinha sido construído com o único objetivo de abrigar marinheiros à procura de trabalho, viajando de uma cidade portuária para a outra. Alguns me encararam enquanto eu passava. Não importava.

Sem desacelerar o passo, segui para a paróquia ao fim da rua. Meu punho quase derrubou a porta. Uma. Duas. Três vezes. Enfim, um menino alto cheio de manchas na pele colocou a cabeça para fora. Os olhos se arregalaram ao notar minhas bochechas vermelhas e minha altura. Minha fúria palpável. Soltou um gemido antes de tentar bater a porta na minha cara. Incrédulo, eu a detive antes de se fechar e empurrei com força para abrir outra vez.

— Sou o Capitão Reid Diggory e...

— Você não pode entrar aqui! — Os braços fracos do jovem tremiam com o esforço de tentar fechar a porta. Segurei firme. — Você... você...

— ... preciso dos seus serviços — terminei, ríspido, perdendo a paciência e abrindo por completo a porta, que bateu na parede de pedra gasta. Os homens do lado de fora do bar se viraram para encarar. — Há bruxas na área. Convoque seu padre. Se não houver

Chasseurs próximos, vou precisar de um grupo de homens fisicamente aptos para...

O menino plantou os pés no limiar quando fiz menção de entrar.

— Padre Angelart não está aqui. Está... está em Cesarine, para o conclave, não é?

Franzi a testa.

— Que conclave? — Mas o jovem apenas balançou a cabeça, engolindo em seco. Franzi ainda mais o cenho. Quando tentei passar mais uma vez, ele abriu os braços, barrando a entrada. A impaciência despertou a fúria em mim. — Saia do caminho, garoto. Isto é urgente. Aquelas bruxas estão mantendo o príncipe herdeiro e uma senhorita da aristocracia como reféns. Quer a vida de inocentes pesando na sua consciência?

— *Você* quer? — A voz do menino falhou ao lançar o desafio, mas mesmo assim ele não se moveu. — Vai, vai. Xô. — Apontou com a cabeça para a rua, abanando as mãos para me enxotar como se eu fosse um cão sarnento. — Padre Angelart não está, mas eu... eu também tenho uma faca. Vou abrir seu estômago, vou, sim, antes dos caçadores chegarem. Este é um lugar sagrado. Não... não toleramos o seu tipo aqui!

Cerrei os punhos, resistindo à tentação de estapear suas mãos para longe. De forçar passagem.

— E que tipo seria esse?

O corpo inteiro do menino tremia. Se era com raiva ou medo, eu não sabia dizer.

— Assassinos. — Parecia querer cuspir em mim. Era raiva. — *Bruxos*.

— Do que você está falando... — Minhas próprias palavras raivosas falharam enquanto as lembranças retornavam. Um templo. O arcebispo. E... e eu. Eu o tinha apunhalado e matado. Um frio nauseante me percorreu. Extinguiu minha fúria. Minha mente, no entanto, continuava a exibir as imagens, pulando de uma para a seguinte antes de ficar confusa.

Cambaleei um passo para trás. Levantei as mãos. Podia sentir o sangue nelas, ainda podia sentir seu calor úmido em minhas palmas.

Mas... mas não fazia *sentido*. Tudo que senti na vida era amor por meu patriarca. Respeito. A não ser... Me esforcei para focar na lembrança, a paróquia diante de mim desaparecendo.

Também senti que queria vingança. Amargura. As emoções voltaram devagar, com relutância. Como segredos vergonhosos. O arcebispo tinha mentido. Embora eu não conseguisse me lembrar — embora a memória tremesse, distorcida —, eu sabia que ele tinha me traído. Traído a *Igreja*. Tinha se deitado com uma bruxa, e eu... só podia ter sido por esse motivo que eu o matara.

Eu não era mais um Chasseur.

— Algum problema aqui? — Um marinheiro musculoso barbudo pressionou meu ombro com a mão, arrancando-me de meus pensamentos. Dois companheiros o flanqueavam. — Este homem está incomodando, Calot?

Em vez de alívio, um pânico renovado fez com que os olhos do jovem se arregalassem. Olhou da mão do pescador em meu ombro para meu rosto, onde meu maxilar estava trincado e minha boca se transformara em uma linha reta.

— Remova sua mão, senhor — falei, entre lentes. — Antes que eu o faça.

O homem deu uma risadinha, mas obedeceu

— Muito bem. — Devagar, virei a cabeça para lhar para ele. — Você parece uma árvore de tão grande, e não quero encrenca. Por que não vamos ali tomar uma cerveja e deixamos o coitado do Calot em paz?

O menino apontou para algo ao lado de onde estávamos antes que eu pudesse responder. Um papel. Flamulava na brisa do fim da tarde, colado ao quadro de mensagens próximo à porta. Olhei com mais atenção. Um retrato de meu próprio rosto me encarava.

REID DIGGORY

PROCURADO VIVO OU MORTO

SOB SUSPEITA DE ASSASSINATO, CONSPIRAÇÃO E BRUXARIA

RECOMPENSA DISPONÍVEL

A sensação de náusea em meu estômago aumentou dez vezes.

Não podia ser verdade. Embora minha memória estivesse... *estranha*, com certeza saberia se eu... se...

Engoli bile. Havia lacunas demais. Não podia ter certeza de *nada*, e aqueles homens... seu comportamento amigável evaporou no mesmo instante.

— Puta merda — murmurou um.

Seu companheiro se apressou em arrancar a espada da bainha. Levantei as mãos em um gesto conciliatório.

— Também não quero encrenca. Vim aqui para reunir um grupo de homens. Há bruxas a uns cinco quilômetros daqui. Duas. Elas...

— Sabemos quem são — rosnou o homem barbudo, apontando um dedo para os outros cartazes. Mais homens do bar se aproximavam. Desembainhavam armas. Calot se encolheu dentro das sombras do saguão. — Você viaja com eles. Dizem até que uma delas é sua esposa. Mort Rouge e Sommeil Éternel, é como chamam vocês dois. — Também retirou um conjunto de facas do cinto. Brilhavam, afiadas e polidas, ao sol poente. Usadas com frequência. — Vocês mataram o arcebispo. Incendiaram a capital.

Semicerrei os olhos. Uma centelha de raiva antiga se acendeu. De repulsa.

— Jamais me casaria com uma bruxa.

— Isto é alguma especie de pegadinha? — perguntou o amigo do homem, em dúvida.

O barbudo acenou com o queixo.

— Vá até Hacqueville. Veja se aquele Chasseur ainda está lá. Vamos segurá-lo aqui.

— Aquele Chasseur? — Minha voz se tornou severa. — Quem?

Em vez de responder, o homem avançou, e a raiva borbulhando em meu estômago explodiu. Colidimos com um impacto de fazer tremer os ossos, e Calot soltou outro guincho antes de fechar a porta da paróquia. Atirei o homem contra a madeira.

— Isto é ridículo. Estamos no mesmo...

O amigo ileso se jogou nas minhas costas, envolvendo um braço ao redor de meu pescoço. Agarrando-o pelos cabelos, puxei-o por cima dos ombros e tirei uma faca da bandoleira. Os dois recuaram para fora de alcance quando cortei o ar com a arma.

— Está bem. Querem me desafiar? Vão perder. Sou o capitão mais jovem da história dos Chasseurs...

— *Era*. — O homem barbudo me circundava. O amigo se afastou. — Você *era* um capitão dos Chasseurs. Agora é um bruxo.

— Chamem os Chasseurs. — Com um rosnado, tirei outra faca, apontando-a para os dois e recuando em direção à parede da paróquia — Chamem todos eles. Há bruxas perto daqui, e levaram uma pessoa que eu...

Investiram contra mim ao mesmo tempo. Embora eu tenha conseguido desviar do homem barbudo, a espada do amigo me cortou na lateral. Trincando os dentes, bloqueei o contra-ataque, mas outros marinheiros tinham chegado para ajudar... muitos homens. Demais. Lâminas luziam por todo lado, e onde uma falhava, um punho acertava. Uma bota. Um cotovelo. Uma bainha se chocou contra meu crânio, e vi estrelas embaçando minha visão. Quando me dobrei, alguém me deu uma joelhada no rosto. Outra em minha virilha, minhas costelas. Eu não conseguia respirar. Não conseguia pensar. Protegendo a cabeça com os braços, tentei abrir passagem pela multidão, mas caí de joelhos, cuspindo sangue. Os golpes continuavam. Gritos violentos e frenéticos ecoavam de todos os lugares ao mesmo tempo. Minha cabeça girava.

Uma energia estranha e sussurrante vibrava em meu peito, crescendo e crescendo até...

— Basta! — Uma voz familiar interrompeu o burburinho e o pé em minhas costas desapareceu. — Parem! Deixem-no!

Senti quando se aproximou. Meus olhos estavam tão inchados que tinham se fechado. Ainda assim, duas mãos se engancharam sob meus braços e me levantaram até eu estar outra vez na vertical, e seu braço envolveu minha cintura ensanguentada.

— Jean Luc — falei com a voz rouca, abrindo o olho direito. Nunca me sentira tão feliz em vê-lo.

— Calado — respondeu ele, ríspido.

Retiro o que disse.

Ele fez um arco no ar com a Balisarda, e os homens que estavam mais próximos pularam para trás soltando protestos.

— Esta criatura pertence à Igreja agora, e vamos lidar com ela da maneira apropriada... em uma fogueira em Cesarine. Acharam que seus punhos poderiam matá-la? Que uma espada fincada no coração bastaria? — Fez uma careta de desdém como só ele era capaz de fazer. — Bruxas têm que *queimar*. Aqui, agora, observem enquanto domino esta criatura! — Quando levantou uma seringa, empurrei-o para me afastar, mergulhando em direção às minhas facas caídas. Ele riu, frio, e chutou meus joelhos. Caí estatelado na neve. Inclinando-se para mim para chegar bem perto, fingiu enterrar a agulha em meu pescoço enquanto sussurrava: — Coopere.

Meus músculos relaxaram com alívio.

Ele me virou de barriga para cima com a ponta da bota.

— Você aí — apontando para o homem barbudo, gesticulou com o queixo em direção ao cavalo —, me ajude a deslocar o corpo. Vai estar queimando na fogueira dentro de uma quinzena. — Com pressa, o homem obedeceu, e, juntos, os dois me levantaram. — Na sela — mandou Jean Luc.

O homem hesitou, confuso.

— Perdão, senhor?

Jean Luc semicerrou os olhos quando se deu conta de seu erro.

— É para *amarrá-lo* na sela. Vou arrastá-lo até Cesarine.

— Arrastá-*lo*?

— Arrastá-*la* — estourou Jean Luc. — Vou arrastar a *criatura* até Cesarine, seu bestalhão impertinente. Talvez queira se juntar a ela?

Os dois me atiraram atrás do cavalo em silêncio. Ninguém voltou a falar enquanto Jean Luc atava uma corda longa ao redor de meus pulsos e depois montava outra vez. Eu o observava, incrédulo.

— Podem ir embora agora. — Colocou o cavalo em um trote, e meu corpo se revoltou contra mim quando me coloquei de pé, trôpego. No último segundo, Jean Luc gritou: — Obrigado pela assistência na apreensão do criminoso. Informarei o rei sobre a sua... — Olhou ao redor. — Qual é o nome deste lugar horrendo?

— Montfort — respondeu o barbudo, com raiva.

— E a recompensa? — gritou outro.

Jean Luc ignorou os dois, arrastando-me para dentro da floresta.

— Você se divertiu demais com a cena toda — comentei, sombrio.

Já fora da aldeia, com mais violência do que seria necessário, Jean Luc desamarrou a corda.

— Demais. — Não sorriu e empurrou meu peito com uma expressão assassina. — O que diabos há de errado com você? Onde está Célie?

Esfreguei os pulsos, de repente alerta. Minha cabeça ainda latejava.

— Está com as bruxas.

— O quê? — O rugido de Jean Luc desalojou os pássaros das árvores mais próximas, e ele investiu contra mim outra vez. — Que bruxas? *Quem?*

Sob circunstâncias normais, eu não teria recuado. Mas, naquele momento, já tinha sofrido duas fraturas nas costelas, uma concussão e um nariz quebrado. Meu orgulho estava ferido o bastante. Não precisava de outra derrota nas mãos de Jean Luc.

— Não sei. Duas. — Comecei a andar rumo ao norte, cuidando para *circundar* Montfort. — Coco e... e Lou. O príncipe herdeiro também estava lá. Tentei trazer Célie comigo, mas ela se recusou. Gosta deles.

— Ela *gosta* deles? — Jean Luc correu para me alcançar. — O que significa isso?

— Como você sabia que eu estava aqui? — perguntei, em vez de responder.

— Não sabia. Estou seguindo Célie desde que tramou este esquema insano. Sabia que ela levou a carruagem do pai?

— Depois de ter roubado o cofre dele — acrescentei, surpreendendo até a mim mesmo.

— Ela roubou o pai? — Com a voz fraca, Jean Luc balançou a cabeça. — Você se provou uma terrível influência... você e aquela bruxa. Não *acredito* que deixou Célie lá. — Atirou as mãos para o alto, mais agitado do que eu. — Você estar lá era o *único* motivo pelo qual permiti que ela fosse. Este lugar, esta merda de reino inteiro, é perigoso. Era para você ter *protegido* Célie. Agora ela está sabe Deus onde com apenas um príncipe idiota como proteção. — Soltou um suspiro pesado, balançando a cabeça, em desespero. — Esta pode ter sido a coisa mais estúpida que já fez na vida, Reid. Nem deveria me surpreender. Você não pensa direito desde que conheceu... — Cerrou os punhos, aparentemente possesso. Inspirou fundo. Depois outra vez. — Sempre que *ela* está por perto, é como se todos os pensamentos coerentes desaparecessem da sua mente.

— Ela quem? Célie?

Ele girou para me encarar, os olhos enfurecidos.

— Não. *Não* Célie. Lou. Sua *esposa*.

Minha esposa. Perdi o controle ao ouvir as palavras repulsivas, agachando-me para pegar uma pedra e atirar em seu rosto. Ele desviou por pouco, com os olhos arregalados.

— Pare de dizer essas *coisas* — rosnei.

— Qual é o seu problema? — Ele também pegou uma pedra, lançando-a na minha direção. Não me movi a tempo. Quando arranhou meu ombro, grunhi, mas ele apenas se abaixou outra vez para pegar mais munição: um graveto. — De dizer *que coisas*? Que ela é sua esposa? Mas *é*. Eu mesmo assisti à cerimônia insossa...

— Cale a boca! — Me atirei com os braços ao redor dos joelhos dele, e caímos os dois na neve. — Cala! A! Boca! Eu *jamais* me associaria com uma criatura daquelas! — Rolamos, sem conseguirmos acertar um ao outro. — Jamais *tocaria* em uma...

— Você a tocou um bocado, pelo que eu percebi. — Jean Luc mostrou os dentes e empurrou meu rosto com a mão, libertando-se. — O que foi, Reid? Problemas no paraíso? Eu avisei que uma coisa assim nunca poderia dar certo, mas você não me ouviu. Estava completamente obcecado por ela... e continua, pelo jeito. Ah, não, não tente negar, e também não alimente nenhuma ideia idiota sobre Célie. Você fez a sua escolha. Ela superou...

Bufei e me levantei.

— Você é patético. Acha que ela pertence a você? Acha que *permitiu* que ela viesse? Não a conhece mesmo, conhece? — Quando ele agarrou a frente do meu casaco, enfurecido, forcei-o a me largar, resistindo ao desejo de quebrar seu nariz. — Ela não é um objeto. É uma pessoa, e mudou desde a última vez que a viu. Melhor ir se preparando.

— Se você...

Passei por ele com uma cotovelada.

— Você não precisa se preocupar comigo. — A verdade nas palavras me chocou. Onde antes houvera atração, até paixão, agora, quando pensava em Célie, sentia apenas uma espécie platônica de afeição, como sentiria por um parente. Com o cenho franzido, tentei identificar a fonte da mudança, mas não consegui. Embora tivesse tentado negar, racionalizar, era evidente que algo tinha acontecido dentro de minha cabeça. Algo não natural. Algo tipo bruxaria. Marchei rumo ao norte, determinado a consertar tudo, sem me importar com o preço. As bruxas saberiam. Deviam ter me enfeitiçado elas mesmas. Seu último ato neste mundo seria desfazer o que fizeram.

— Preocupe-se consigo mesmo, Jean. Célie não vai ficar feliz em saber que você passou esse tempo todo a seguindo. Implica falta de confiança.

Ele fez uma careta e desviou o olhar. Ótimo.

— Agora — recomecei, aproveitando o silêncio —, devíamos começar a traçar uma estratégia para quando as encontrarmos. Não tenho mais minha Balisarda, mas você tem. Vai precisar incapacitar a sardenta.

— Franzi a testa. — A magia de Coco é diferente. Precisa nos tocar para fazer mal, então deixe que cuido dela eu mesmo. Devo conseguir subjugá-la antes que possa derramar sangue.

Jean Luc balançou a cabeça, perplexo.

— Por que teríamos que incapacitar qualquer uma das duas?

— Porque são bruxas.

— E você também.

Foi minha vez de fazer uma careta.

— Basta você se ater ao plano.

Ele se empertigou para me encarar, endireitando os ombros.

— Não.

— Como é?

— Disse que *não*. — Embora desse de ombros, um despeito venenoso e antigo brilhava nos olhos. — Odeio seu plano. É um plano terrível, e não vou concordar com nenhuma parte. Só estou aqui para recuperar Célie. Por que arrumaria briga com duas bruxas, ainda mais uma que quase me matou no nosso último encontro?

— Porque você é um Chasseur — respondi, entredentes. — Fez um juramento que se dedicaria a erradicar o oculto.

— Quer dizer que eu deveria erradicar você? — Ele se aproximou, inclinando a cabeça. — Quando, Reid? Como? Você preferiria que o arrastasse de volta até Cesarine, ou deveria decapitá-lo aqui mesmo, agora, queimando seu corpo até só sobrarem as cinzas? Com certeza seria mais fácil. — Deu outro passo, quase peito a peito comigo. — Que tal esse plano?

Minha visão ficou vermelha — se por raiva dele ou de mim, não sabia. Inspirei fundo pelo nariz. Expirei com força. Foquei em cada respiração, contando até dez. Finalmente, forçando minha voz a permanecer firme, falei:

— Não podemos simplesmente deixá-las vivas. Elas... elas fizeram algo comigo, Jean. Minha cabeça, tem algo de errado. Acho que roubaram minhas lembranças. Pedaços da minha vida. E a bruxa sardenta, ela...

— Lou — corrigiu ele.

— *Lou*. — O nome era amargo em minha língua. — Acho que foi ela a responsável.

Jean Luc revirou os olhos e voltou a andar.

— Ela preferiria morrer a machucar você. Não, nem... — Levantou a mão a fim de parar meu protesto. — Nem comece. É óbvio que algo *está mesmo* errado, mas matar Lou e Coco não vai resolver nada. *Não vai*, Reid. São as únicas pessoas que gostam de você. Não, já *disse* para não interromper. Se você as matar e retornar a Cesarine, os caçadores vão inevitavelmente encontrá-lo e executá-lo. Viu os cartazes de procurado.

Você é um dos criminosos mais notórios do reino, perdendo apenas para Lou. É perigoso demais para você ficar perambulando sozinho por estas áreas rurais... Um argumento que você mesmo acabou de provar, aliás... O que nos deixa apenas uma opção: você fica com as bruxas.

— Eu não...

— Você fica com as bruxas — continuou ele, sério —, e elas vão protegê-lo. Talvez até ajudem a desfazer o que aconteceu de tão *intrinsicamente* errado aí dentro dessa sua cabeça. É lógico que pode ser que precise se comportar com um pouco mais de charme para persuadi-las. Uma façanha quase impossível, eu sei...

— Elas vão desfazer de um jeito ou de outro — rosnei.

Ele parou, virando-se para mim com um suspiro impaciente.

— Parece que você ainda não entendeu, então me permita elucidar. Você não pode matar as duas. Não vou deixar. Você é um homem morto sem elas, e, além disso, vai se odiar mais tarde se o fizer. Apesar do que está pensando agora, aquelas mulheres são suas amigas. Sua família. Vi vocês todos juntos, e eu... — Ele parou de falar de repente, semicerrando os olhos, antes de se virar outra vez para continuar a andar pela neve. — Você é um idiota.

Olhei irritado para as costas dele, mas não tentei discutir. Tinha elucidado bastante, sim. Talvez eu não tivesse mais para onde ir naquele momento. Talvez meus irmãos me matassem se me encontrassem. Talvez eu *de fato* precisasse daquelas bruxas... para reverter o feitiço em minha mente, para garantir que Célie e o príncipe sobrevivessem. Mas Jean Luc estava errado sobre uma coisa: eu *podia* sobreviver sozinho. Tinha sido pego desprevenido antes. Não seria pego de novo.

E mataria Lou e Coco na primeira oportunidade.

A APOSTA

Lou

Coco permitiu que eu afundasse em minha miséria por aproximadamente três minutos — me abraçando o tempo todo — antes de se afastar e limpar minhas lágrimas.

— Ele não morreu, sabe.

— Ele me odeia.

Ela deu de ombros e vasculhou a mochila, tirando um frasco de mel.

— Acho que me lembro de ele já ter odiado você antes. Vocês dois superaram. — Combinou o líquido âmbar com sangue do antebraço antes de passar a mistura por cima da ferida em meu peito, depois se virou para examinar Beau. — Melhor nos acomodarmos enquanto esperamos.

— Esperamos o quê? — perguntou Beau, emburrado. Ostentando um hematoma brilhante e terrível, cortesia de Reid, engoliu o sangue e o mel. O inchaço desapareceu quase imediatamente.

— Reid voltar com o rabo entre as pernas. Não deve demorar muito. — Ela enxotou Beau. — Agora vá procurar madeira para uma fogueira. Está mais frio do que o peito de uma bruxa aqui.

— *Por quê?* — Embora tenha obedecido, pegando um graveto jogado a nossos pés, Beau olhava ao redor com nervosismo. — Não era melhor irmos embora? Morgane pode estar à espreita.

— Duvido — murmurou Coco —, se ela não se recorda de Lou.

Puxei a manga para baixo.

— Aqui. — Célie abriu um sorriso fraco, procurando algo na própria bolsa. Tirou agulha e linha. — Deixe que ajudo com isso. — Franzi a testa enquanto seus dedos delicados passavam o fio pela agulha e lenta, mas cuidadosamente, ela fixava o tecido de volta no lugar.

— Partimos assim que Reid retornar. — Coco percorreu a trilha em busca de pedras. — Se formos antes, pode ser que ele não nos encontre. Precisamos dele para ajudar a roubar o anel antes de podermos voltar a Cesarine. — Lançando um olhar imperscrutável para mim, acrescentou: — O plano é *esse* mesmo, não é? Irmos nos reunir com Claud e Blaise e as melusinas? Tramar um ataque final contra Morgane? Resgatar Madame Labelle da fogueira?

— É mais ou menos por aí, sim.

Beau fez uma carranca quando ela pegou o graveto dele.

— A propósito, como diabos vamos *roubar* esse tal anel? — sussurrou, injuriado. — O Château le Blanc é uma fortaleza, e, **mais uma vez**, Morgane pode muito bem estar escondida atrás daquela pedra ali neste exato instante, ouvindo tudo o que falamos.

— *Mais uma vez*, sem Lou como alvo principal, Morgane pode muito bem estar angariando forças para matar o seu pai enquanto discutimos — retrucou Coco. — Zenna disse que as bruxas estão se reunindo em massa no Château. Duvido que estejam trançando os cabelos umas das outras. Talvez já tenham até marchado para Cesarine. Com certeza facilitaria o nosso trabalho.

— E se não estiverem? A gente não podia só... despachar Morgane no Château?

— Da mesma forma como a gente podia tê-la despachado na praia? — Observei enquanto Célie passava de minha manga para o rasgo em meu peito. Embora o tecido ainda estivesse molhado com meu sangue, com o sangue e mel de Coco, ela não pareceu se importar. Mas eu estava achando difícil permanecer quieta. Permanecer *calma*. — Funcionou muito bem da última vez. Tenho certeza de que vai ser ainda mais tranquilo quando estivermos cercados por centenas de bruxas. — Virei para Coco e perguntei: — Por que não pensamos nisso antes?

Ela deu de ombros.

— Quem precisa de deuses e dragões, lobisomens e sereias, se podíamos ter dado conta de tudo sozinhos esse tempo todo?

— É, tudo bem. — Beau olhou irritado para nós, pisando forte até o outro lado da praia, enquanto Célie terminava de remendar minha camisa. — Foi só uma ideia.

Um pouco depois, ele voltou com um monte de gravetos, atirando tudo aos pés de Coco. Ela franziu a testa para ele na mesma hora e empilhou os galhos até formarem um quadrado.

— Falando sério, como foi que você conseguiu sobreviver até agora, Beauregard?

— Aqui.

Estalei os dedos, enfeitiçando a fricção entre os gravetos até doer. O padrão dourado se evaporou quando o fogo acendeu. Um calor delicioso me banhou, um descanso bem-vindo do frio gélido em meu peito. Por instinto, olhei para a trilha que dava na praia.

Ele vai voltar.

— Lou. — Como se lesse meus pensamentos, Coco virou meu queixo com um único dedo. — Você se esqueceu de incluir um passo fundamental em nosso plano: seduzir Reid. — Sorriu ao notar meu rosto inexpressivo. — Felizmente, calhou de você conhecer uma mestra na arte da sedução. Não se preocupe, Célie — acrescentou, com uma piscadela. — Também vou ensinar você no processo. Considere a sua primeira lição em devassidão.

Meu coração afundou com tristeza, e balancei a cabeça.

— Temos coisas mais importantes com que nos preocupar. Além do mais — acrescentei, odiando a pontada de amargura em minha voz —, não vai funcionar. Não desta vez.

— Não vejo por que não. Ele se apaixonou por você antes. — Coco abaixou a mão. — E eu diria que é a coisa *mais* importante.

— Reid não sabia que eu era uma bruxa na época. Achou que eu era a esposa dele.

— Detalhes. Suas almas estão entrelaçadas. Magia não pode mudar isso.

— Você não acredita realmente em almas gêmeas, acredita?

— Acredito em você. — Diante de meu olhar incrédulo, ela deu de ombros outra vez, observando as chamas crepitarem. — E *talvez* esteja disposta a abrir uma exceção quando se trata de vocês dois. Estive aqui esse tempo todo, sabe. Vi quando Reid tirou a vida do patriarca dele para salvar a sua. Vi quando atirou todas as crenças para o ar para aprender magia por você... e quando concordou em vestir calças de couro em uma companhia itinerante. Eu vi você sacrificar pedacinhos de si mesma para protegê-lo. Ele enfrentou uma alcateia inteira de lobisomens para retribuir o favor, e *você* lutou com unhas e dentes naquelas águas para voltar para ele. Você fez amizade com um deus, nadou com sereias, e agora pode até se transformar à vontade em três outras formas. Deve conseguir fazer um monte de outras coisas novas e divertidas. — Ela ergueu as sobrancelhas e os ombros ao mesmo tempo. — Com certeza não vou apostar contra você... a menos que esteja com medo demais para sequer tentar.

A voz odiosa de Nicholina encheu minha mente. *Mas você devia saber a* sorte *que teve de tê-lo enganado, ah, sim, porque se não tivesse... seu ratinho enganador... ele jamais a teria amado. Se tivesse sabido quem você é, jamais a teria* abraçado *sob as* estrelas.

Maldição.

Beau, que escutou tudo em silêncio, me observava com atenção demais para ser confortável. Ergueu uma sobrancelha.

— Não sei, não, Coco. Acho que ela vai conseguir.

Olhei irritada para o fogo, rebelando-me.

— Não começa, Beau.

— Por que não? — Os olhos escuros sondavam meu rosto e não deixavam nada passar. — Você mesma acabou de dizer. Não vai dar certo. Ele nunca mais vai voltar a amá-la. Estou apenas concordando.

— Não vou entrar nessa.

— É, você deixou isso bem óbvio. Melhor nem tentar do que falhar, não é? — Deu de ombros, sem emoção. — Estou completamente de acordo.

— Beau! — Os olhos de Célie se arregalaram em protesto. Talvez fosse ingênua demais para notar a manipulação do príncipe, ou, o que era mais provável, talvez insistisse em ser a otimista apesar de tudo. — Como pode dizer coisas tão cruéis? É óbvio que Reid vai amá-la. O laço que os dois partilham é *verdadeiro*. Você viu o beijo... acordou-o apesar da magia!

— Ah, Célie, já chega dessa baboseira de *amor verdadeiro*. — Ele voltou sua atenção impassível para mim. — Quer a verdade, minha irmã? Eu vou dizer a verdade. Você estava certa antes. Sem lembranças do seu relacionamento, você não passa de uma bruxa para Reid, e ele a odeia. Não é mais a esposa dele. Até onde ele sabe, *nunca* foi esposa dele. De fato, deve estar tramando maneiras criativas de matá-la neste exato momento. — Inclinou-se para a frente a fim de sussurrar de maneira conspiratória: — Aposto um bom dinheiro que vai ser estrangulamento. Ele nunca foi capaz de manter as mãos longe de você.

Os olhos de Célie lampejaram.

— *É sério*, Beau, não devia...

Imitei o movimento dele com um sorriso sombrio, debruçando-me em sua direção até nossos narizes quase se tocarem.

— Vamos aumentar as apostas. Acho que vai ser uma punhalada no coração.

Coco revirou os olhos enquanto Beau balançava a cabeça.

— Não é íntimo o bastante.

— Não há nada *mais* íntimo...

— Ah, discordo...

— Vocês dois são ridículos — disse Célie, ríspida, levantando-se em uma demonstração espetacular de mau gênio. — Querem aumentar as apostas? Estou colocando toda a riqueza do meu pai na mesa e apostando que Reid *vai* se apaixonar por você outra vez, *apesar* de saber que é uma bruxa.

Um momento de silêncio se passou enquanto ela me encarava com irritação. Suas bochechas estavam coradas.

— Achei que você tivesse roubado toda a riqueza do seu pai? — disse Beau com suspeita.

— Nem perto.

Ele franziu os lábios, considerando, enquanto eu fervilhava em silêncio. Estavam tratando a situação como um jogo, todos eles. Mas não era. Era a minha *vida*. E por que Célie se importava tanto, de qualquer forma? Reid arruinara o relacionamento dos dois em prol do *amor verdadeiro* por mim. Como se lesse meus pensamentos, ela sussurrou:

— Vocês dois têm algo especial, Louise. Algo precioso. Como pode não lutar por ele? Ele lutou por você.

Você já viveu com medo tempo demais.

O medo me ajudou a sobreviver.

O medo a impediu de viver.

— Acho que gostaria de aceitar sua aposta, Mademoiselle Tremblay — comentou Beau antes de se virar para Coco. — O que acha, Cosette?

A bela donzela tem alguma chance de seduzir seu galante cavaleiro? O amor verdadeiro vai prevalecer?

Coco alimentou o fogo com cuidado.

— Já sabe o que acho.

— Parece que temos um acordo. — Beau estendeu a mão para Célie, fechando-a ao redor do pulso da moça e apertando. — Se Lou falhar em seduzir o marido, você vai me entregar todo o tesouro do seu pai. — Os dentes dele luziram em um sorriso severo. — E se ela for bem-sucedida, eu vou lhe dar o *meu*.

Célie ficou imóvel, a indignação em seus olhos se apagando. Abriu a boca com assombro.

— O tesouro do rei Auguste?

— Correto. A menos, é óbvio, que nossa bela donzela tenha alguma objeção. — Estendeu a mão livre para mim, mas a estapeei para longe com uma carranca. Babaca. — Como pensei. — Estalou a língua baixinho. — Você é *mesmo* muito medrosa para isso.

Uma sensação de paralisia subiu por minha espinha enquanto olhava para eles. Embora tivesse aberto a boca para falar, para protestar *com veemência* contra aquele joguinho idiota, as palavras ficaram presas, e palavras totalmente distintas escaparam. Palavras honestas.

— Não estou com medo. Estou *aterrorizada*. E se ele tentar mesmo me estrangular ou me apunhalar no peito? E se nunca se lembrar? E se... — Engoli em seco e pisquei para impedir mais lágrimas. — E se ele não me amar?

Beau envolveu meus ombros com um braço, puxando-me para perto.

— Então vou ser um homem rico.

— Você já é um homem rico.

— Um homem *muito* rico.

— Você é um grande babaca, Beau.

Ele deu um beijo fraternal em minha têmpora.

— Temos uma aposta?

Descansei a cabeça em seu ombro enquanto ruídos ecoaram do caminho que dava na praia, e, como se fosse uma deixa, Reid irrompeu por ele. Jean Luc o seguia a uma distância segura. *Jean Luc*. Foi somente porque as últimas vinte e quatro horas tinham sido impensáveis que eu nem sequer fiquei surpresa ao vê-lo.

— Temos — respondi. A palavra tinha gosto de esperança. Era como uma armadura. Permiti que me envolvesse, fortalecendo meu espírito e protegendo meu coração. Reid *tinha* se apaixonado por mim uma vez, e eu ainda o amava com ferocidade. Era um amor especial. Era precioso. E eu lutaria por ele. — Temos uma aposta.

BURACOS NA TAPEÇARIA

Reid

A bruxa chamada Lou se afastou do príncipe herdeiro com um sorrisinho enquanto eu me aproximava. Tive que olhar duas vezes. Os olhos que antes brilhavam com pesar — com uma perda quase incalculável —, agora brilhavam com uma intenção maliciosa. Franzi a testa quando a outra bruxa, Coco, colocou-se diante dela, impedindo minha visão.

— Estava... — observei as duas, incrédulos — estava puxando o decote de Lou mais para baixo?

Desviei os olhos, furioso, mas voltei a olhar enquanto Célie se debruçava para beliscar as bochechas de Lou até ficarem coradas.

A meu lado, Jean Luc começou a correr. Não parecia notar o decote à mostra de Lou. Só tinha olhos para Célie. Girou a garota no ar, segurou sua face e a beijou. Na boca. Na frente de todos nós. Embora os olhos dela tenham se arregalado, surpresos, ela não protestou. Até envolveu o pescoço de Jean Luc com os braços, sorrindo contra seus lábios.

— Você está aqui — disse ela, feliz.

Ele devolveu o sorriso antes de descansar a testa na dela. Encarei-os. Não via Jean sorrir desde que éramos crianças.

— Estou — murmurou.

Algo mudou na expressão de Célie. Seu sorriso vacilou.

— Está aqui. — Olhou para ele, confusa. — Por que você está aqui?

— É, Jean. — Eu me aproximei, com o cuidado de manter um olho em Lou. Ela mantinha seus olhos em mim. Uma agitação serpenteou por minha coluna, inflamando ainda mais minha fúria. — *Por que* você está aqui?

Lou desfilou até nós, ainda sorrindo. Eu me recusava a recuar um passo sequer.

— Eu poderia fazer a mesma pergunta a você, Chass. — Bateu as pestanas e correu um dedo por meu peito. — Não conseguiu ficar longe, foi?

Agarrei o pulso dela e me aproximei. Mostrando os dentes. Ansiava por minha Balisarda.

— Até parece. É óbvio que você mexeu nas minhas lembranças, bruxa. Eu as quero de volta.

Ela inclinou a cabeça em direção à minha, sem se abalar.

— Humm. Acho que não vou poder ajudar com isso.

— Pode e vai.

— Apenas a bruxa que lançou o encantamento pode quebrá-lo. — Coco bateu com o quadril no de Lou ao passar por nós, jogando Lou para cima de mim até estarmos colados um no outro. Ela deu uma piscadinha. — Neste caso, a bruxa em questão é *você*.

Cerrei o maxilar e levantei as mãos até os ombros de Lou para afastá-la à força.

— É mentira.

— Por que a gente mentiria? Pode acreditar que você não é exatamente a companhia mais divertida do mundo... não agora, de qualquer jeito. Se houvesse uma maneira de recuperarmos a sua memória, já o teríamos feito. — Coco deu de ombros ao chegar à trilha. — É você quem vai precisar fazer, ou ninguém mais vai.

— Uma pena. — Lou empurrou a mochila com força contra meu peito. Segurei-a por reflexo. — Acho que vai ter que ficar com a gente até descobrir como fazer isso.

Seguiu Coco sem olhar para trás. Meu lábio se torceu com repulsa. Vestia calça. Justa. De couro. Aderia-se ao corpo delicado de uma maneira vulgar, indecente até. Balançando a cabeça, desviei os olhos para olhar a mochila em minhas mãos.

Suspeitava que ela fosse tudo menos delicada.

— Responda, Jean. — A voz de Célie voltou a chamar minha atenção. Ela olhava irritada para Jean Luc, feroz e implacável. — Você me disse que os padres... que o *rei*... tinham requisitado a sua presença no conclave.

— E requisitaram.

— Você *desobedeceu*?

— Eu... — Puxou a gola para tentar afrouxá-la. — Tinha que encontrar você.

Os olhos dela se estreitaram com suspeita.

— Por quê? Por que está aqui? Você... — Os olhos acusatórios se voltaram para mim. — Ele achou que eu não era capaz de me virar sozinha? Achou que fosse morrer na primeira oportunidade?

— Você quase caiu de um penhasco — murmurou Jean Luc, na defensiva. Quando o rosto de Célie se franziu em choque e indignação, ele acrescentou: — O quê? É *verdade*. Falei com padre Achille.

— Você falou com padre Achille? — A voz de Célie era tão fria que teria sido capaz de congelar água. De repente, ela se afastou dele, pescoço e coluna impossivelmente retos. Tensos como a corda de um arco. — Você andou me seguindo?

— Eu... bem, eu... É lógico. — Esfregou a nuca, envergonhado. — E dava para ser diferente?

— Há quanto tempo?

Ele hesitou, obviamente relutante.

— Desde... desde Cesarine.

A expressão dela ficou impassível.

— Você abandonou seu posto. Renunciou ao conclave.

— *Não*. — Jean Luc balançou a cabeça com veemência. — Deleguei minhas obrigações antes de partir. Me certifiquei de que o rei e seus pais permaneceriam resguardados...

— Meus pais sabem? Você contou a eles que planejava me seguir?

Ele parecia profundamente desconfortável.

— Contei. — Diante do olhar intenso e frio da moça, ele se apressou a dizer: — A gente tinha que ter certeza de que você estava bem, Célie. Eles... *eu*... não conseguia suportar a ideia de algo...

Ela não permitiu que terminasse. Em vez disso, socou-o no peito com a própria bolsa, se virando para seguir Coco e Lou. Ele cambaleou com o impacto.

— Célie. — Quando ela não se virou, sua voz ficou mais alta, suplicante. — Célie, por favor, espere...

Ela girou de repente, com os punhos cerrados.

— Não preciso de um *guardião*, Jean. Talvez seja uma surpresa para você, mas sei me cuidar. Posso até ser uma mulher... posso ser gentil, dócil e refinada, como uma *bonequinha fofa*, mas sobrevivi a mais coisas em meus dezoito anos do que você e meus pais juntos. Não se confunda e pense que sou feita de porcelana. Não pense que sou *fraca*.

Partiu sem mais uma palavra.

Com dificuldade para segurar a bolsa de Célie, Jean Luc tentou segui-la, mas o príncipe bateu no seu ombro, terminando de desequilibrá-lo. O rapaz caiu para a frente, xingando.

— Que azar, companheiro. — Beau não levantou um dedo para ajudá-lo. — Acho que tem barras de ouro aí dentro, literalmente. — Deu de ombros. — Ela foi a preferida das melusinas.

— Ela está de calça — disse Jean Luc, incrédulo, já ofegante. — *Célie*.

Tensão radiava por meu rosto, ombros e pescoço. Nada daquilo me interessava: as bruxas, suas mentiras, suas *roupas*. Mas, deixando as vestimentas e mau gosto de lado, as mulheres já tinham desaparecido depois da curva. Não podíamos nos dar ao luxo de perdê-las de vista. *Eu* não podia me dar ao luxo de perdê-las de vista. Não com minha memória em risco. Apesar das falsidades, me ajudariam a recuperar as lembranças, ou eu mesmo cortaria fora as mentiras direto de suas línguas. Eu só precisava ter paciência. Com uma carranca, ajeitei a mochila de Lou no ombro.

— Aonde estamos indo?

Beau começou a segui-las sem esperar por nós.

— Acho que estávamos a caminho de um castelo, para pilhá-lo.

No vilarejo seguinte, Jean Luc conseguiu duas montarias a mais para acelerar a viagem. Quando estendeu a mão para ajudar Célie a montar no cavalo dele, ela a estapeou para longe e subiu sozinha. Agora estava sentada com a postura reta e formal na sela, enquanto ele se empoleirava atrás.

Deixando quatro de nós para dois cavalos.

Encarei com irritação as bruxas, pronto para arrastá-las atrás do cavalo igual ao que Jean Luc fizera comigo. Beau pensava diferente. Sem me dar chance de falar nem de protestar, guiou Coco para montar no segundo cavalo, subindo logo depois.

Deixando dois para o último cavalo.

Era inaceitável.

— Me passe a corda. — Fui até Jean Luc, pegando sua mochila. O rolo de corda estava bem no topo. Certo. Endireitando os ombros, virei para encarar a bruxa. Os outros observavam, fascinados. — Não dificulte as coisas.

Os olhos dela pousaram nas amarras em minha mão. Seu sorriso vacilou.

— Você só pode estar de brincadeira.

— Não brinco. Estenda os pulsos. Você pode ir caminhando atrás do cavalo.

— Vá se foder.

Coco desmontou do cavalo, indo parar ao lado da amiga.

— Não nos obrigue a amarrar *você* atrás do cavalo, Reid. — Levantou um pulso para encostar nele a unha do polegar. Uma ameaça. — Se voltar a falar com ela desse jeito, o prazer será todo meu.

Minhas mãos apertaram a corda.

— Tente.

Beau revirou os olhos.

— Sinceramente, irmão, vai mesmo insistir nessa babaquice o tempo todo? Se for o caso, esta vai ser uma longa viagem.

— Não vou a lugar nenhum com esta bruxa montada no mesmo cavalo que eu.

Sem minha Balisarda, eu não tinha quase nenhuma defesa. Ela poderia me atacar naquele momento mesmo, e eu não seria capaz de detê-la. Como se lesse meus pensamentos, Lou bufou.

— Você não vai estar em mais perigo só porque vai cavalgar comigo. — Colocando um pé no estribo, atirou a perna por cima do lombo do cavalo. — Não seja estúpido, Chass. Suba de uma vez. Pode me amarrar mais tarde se quiser, mas não vou a lugar algum a pé.

Olhei irritado para ela.

— Não confio em você.

Ela retribuiu com um sorriso severo.

— Tampouco eu confio em você, e é por isso mesmo que deveria saber — tocou a bainha em sua coxa — que vou eviscerá-lo como um peixe se tentar qualquer coisa.

Não me movi. Nem Coco. Ela semicerrou os olhos, fixos em minha bandoleira.

— Só isso não basta. Passe as suas facas para cá.

— Sem chance.

Lou levantou o rosto para o céu, soltando um suspiro pesado.

— Tudo bem, Coco. Já dei uma surra nele antes. Posso dar outra.

— Estamos perdendo tempo — apressou Célie.

Jean Luc me lançou um olhar impaciente.

— Monta logo no cavalo, Reid.

Judas.

Relutante e furioso, subi para me sentar atrás dela, passando os braços ao seu redor para tomar as rédeas. Lou as entregou sem protestar.

— Tenha muito cuidado — adverti, com a voz baixa. — Você pode ter sua magia, mas não é a única que sabe eviscerar um peixe.

Ela virou o rosto para mim.

— Também não sou a única que possui magia. — Quando coloquei nosso cavalo para trotar, seguindo os outros, ela perguntou: — Já começou a ouvi-las? As vozes?

Encarei a estrada.

— Tenho a mente sã.

— Por enquanto.

Ignorei sua tentativa de provocação. Ignorei-a por completo. Até...

— Beau disse que estamos a caminho de um castelo?

— Château le Blanc. — Ela se ajeitou entre meus braços, soltando um suspiro curto quando a empurrei para a frente outra vez. — Meu lar ancestral.

— Vai assaltá-lo? — Tentei manter o tom casual. Frio.

Apenas uma Dame Blanche podia localizar o infame Château. Finalmente, tinha encontrado uma que estava disposta a me levar até lá. Quantos anos meus irmãos tinham desperdiçado procurando? Quantas bruxas eu capturaria naquele lugar, incautas e indefesas? Atrairia a grande pitonisa, La Dame des Sorcières em pessoa, para fora da toca? Estava torcendo para que sim.

Se Lou não podia me devolver minhas lembranças, então aquela talvez fosse a segunda melhor coisa que poderia me dar.

— *Nós* vamos assaltá-lo. — Não voltou a se recostar em mim. Para minha infelicidade, sua postura inclinada para a frente fazia com que seus quadris se alojassem mais firmemente entre minhas pernas. Cerrei os dentes para lutar contra a sensação. — Vai estar trancafiado na sala do tesouro, o cômodo mais alto da torre mais alta. É onde meu coven esconde todas as relíquias... todos os livros amaldiçoados, flores eternas e anéis mágicos.

— Seu pai ia borrar as calças, Célie — gritou Beau por cima do ombro.

— Cale a boca, Vossa Alteza — respondeu Jean Luc.

— Posso responder por mim mesma, Jean — retrucou Célie, entredentes.

Lou soltou um risinho antes de continuar.

— Minha mãe só me deixou entrar uma vez, e a porta é protegida por um feitiço poderoso. Vamos precisar arrombá-la de algum jeito... isso se conseguirmos chegar até lá. Há vigias de todos os lados. Centenas de bruxas habitam o lugar o ano inteiro. — Fez uma pausa. — Ainda mais agora.

Centenas de bruxas.

— Você disse que apenas a bruxa que lançou o encantamento pode quebrá-lo.

— Isso mesmo.

Trinquei o maxilar com irritação. Com decepção.

— Como vamos quebrar o encantamento da porta?

Ela apenas deu de ombros, os cabelos fazendo cócegas em meu rosto. Longos, volumosos e castanhos. Selvagens. Desafiando meu bom--senso, inspirei seu perfume. Ela tinha um cheiro doce que eu quase reconhecia... de baunilha e canela. Um agasalho quente em um dia frio de inverno. Neve em minha língua. Balancei a cabeça, sentindo-me inteiramente estúpido.

— Você não pensou em nenhuma estratégia, não é mesmo?

— Engarrafei litros de L'Eau Mélancolique. — O vento carregava a voz de Coco em uma espiral. Lou se inclinou para a frente para ouvir melhor, e me movi para tentar me distanciar, xingando mentalmente. Senti minhas bochechas esquentarem. Meu corpo não compreendia, era evidente. Lou não era uma mulher, era uma bruxa. — Talvez as águas restaurem a porta, e ela retorne a seu estado original antes do feitiço — continuou Coco. — Se não, talvez meu sangue consiga. É uma magia diferente da sua.

Jean Luc não dissimulou seu desdém.

— É uma porta. Nós a derrubamos.

Eu mal escutava a conversa. A cada trote do cavalo, os quadris da bruxa faziam fricção contra a minha virilha, para cima e para baixo, ritmicamente, até o calor banhar meu corpo inteiro. Olhei, com raiva e resoluto, para o céu. A situação tinha se tornado crítica. Em breve, ela notaria, e, em breve, eu teria que matá-la por isso.

— Algum problema, Chass? — murmurou ela após um momento.

— Problema nenhum — respondi, ríspido.

Ela ficou em silêncio por vários segundos.

— Pode me dizer se tiver — começou, depois pigarreou. Soava suspeitosamente como uma risada. — Deve ser muito *duro* cavalgar comigo assim.

Eu teria que matá-la.

— Falando sério, Reid. — Abaixando a voz, virou-se na sela para me encarar. Soltei um suspiro pesado ao sentir o movimento. — É melhor me afastar? — A sinceridade repentina em sua expressão me sobressaltou. Bem como o rubor em suas bochechas. A dilatação das pupilas. — Posso ir sentada atrás.

Mais à frente, Beau virou para olhar para mim antes de piscar e sussurrar no ouvido de Coco. Ela riu. Febril de raiva, ou... ou outra coisa, balancei a cabeça. O comportamento dissimulado deles era irritante.

Tudo era. Se bem que, na verdade, não podia nem sequer chamá-los de dissimulados. Sua comunicação era aberta, o que tornava tudo ainda mais exasperador. Estavam rindo da minha cara.

Eu só não sabia por quê.

E não seria humilhado por uma bruxa.

Apontei com o queixo para trás de mim.

— Vai.

Sem hesitar, ela se levantou nos estribos. Ou tentou. Não conseguia alcançar os dois ao mesmo tempo, ficando na ponta dos pés. Quase perdeu o equilíbrio. Não ajudei. Não a toquei. Não até ela se virar para me encarar, com os seios na altura de meus olhos. Quase me engasguei. Embora se mexesse para conseguir fazer as manobras necessárias, eles roçaram minha bochecha mesmo assim, e dei uma guinada para trás. O perfume de Lou era doce. Doce demais. Depressa, envolvi sua cintura com um braço, impulsionando-a para trás. Ela agarrou meus ombros para se apoiar. Suas coxas envolveram as minhas. Reprimi um grunhido.

Pelo menos, seus seios já não estavam mais no meu rosto... estavam pressionados nas minhas costas.

Deus estava tentando me matar.

Ela deslizou os braços ao redor do meu torso.

— Melhor?

— Como recupero minhas lembranças? — perguntei, em vez de responder. Uma vergonha horrenda comprimiu meu peito. Aquela reação física... jamais a sentira com tanta intensidade. Pior, o anseio não tinha diminuído. Só aumentava a cada segundo. Meu corpo se sentia... insatisfeito. Como se soubesse o que deveria vir a seguir. Como se o desejasse. Mas não fazia sentido. Ele não sabia de nada, não *desejava* nada, e com certeza não reconhecia aquele aroma doce.

— Vai ser doloroso. Só fiz algo parecido uma vez.

— E?

— E eu meio que... só me concentrei nos buracos na tapeçaria. Segui os fios soltos.

Bufei.

— Charadas.

— Não. — Ela me apertou mais forte, o pulso perigosamente próximo de uma de minhas facas. Não a adverti. — Não é nenhuma charada. Pense em uma lacuna específica na sua memória. Mantenha o foco. Lembre-se de tudo conectado a isso... as cores, os cheiros, os sons. Conscientemente, sua mente vai tentar preencher esses espaços vazios, mas, subconscientemente, você vai sentir que todas as explicações estão erradas. — Fez uma pausa. — É aí que você vai passar para as explicações ilógicas. As mágicas.

Tem certeza? Pense bem, Reid. Por favor. Pense. Sou a Lou, lembra? Sou a sua esposa.

Procurado vivo ou morto sob suspeita de assassinato, conspiração e bruxaria.

Rejeitei com violência os pensamentos. Simplesmente não eram verdade. E, apesar do que aquela criatura alegava, não pareciam *corretos*. Pareciam errados, de todas as maneiras. Antinaturais. Apertei as rédeas em meus punhos, fazendo o cavalo acelerar. Precisava me recompor. Reencontrar meu foco. Cravar uma faca no coração de uma bruxa deveria resolver meus problemas. Uma solução simples e lógica.

E melhor ainda se fosse uma bruxa sardenta.

PARAÍSO INVERNAL

Lou

Eu não estava preparada para retornar ao Château le Blanc. Um arrepio percorreu minha espinha ao sentir a familiaridade do vento, o gosto de sal, pinheiros e magia. Para além das brumas sinistras de L'Eau Mélancolique, as ondas rebentavam e as gaivotas cantavam. As primeiras tinham embalado meu sono todas as noites quando eu era criança... e as segundas tinham me acordado todas as manhãs. A janela de meu quarto dava para o mar.
— Parem. — Embora eu tenha falado baixo, Jean Luc puxou as rédeas do cavalo, virando-se para mim. — Melhor caminharmos a partir daqui. Minhas irmãs ficam à espreita, escondidas em meio às árvores, à noite.
Para minha surpresa, ele assentiu e obedeceu sem discussão nem desdém. Mas Reid se enrijeceu e balançou a cabeça.
— Suas *irmãs*.
— Você tem alguma? — Deslizando para fora da sela, fiz a pergunta com uma indiferença casual. Sabia a resposta, é óbvio, mas *ele* não sabia que eu sabia. Havia assustado Reid antes, falando de esposas e magia. Sua reação física a mim não ajudara. Se eu tinha qualquer chance de recuperar o que tivemos um dia, precisaria de mais do que apenas sedução. Mais do que súplicas. Precisaria me apaixonar por ele outra vez, pela pessoa que Reid era agora, e ele precisaria se apaixonar por mim. Quando não respondeu, tentei elucidar:

— Irmãs?

— Sei o que quis dizer — respondeu com aspereza.

Certo.

Tinha esquecido que ele era um babaca agora.

Jean Luc e Coco amarravam os cavalos às árvores enquanto Célie e Beau se aproximavam. Beau esfregou as mãos para afastar o frio.

— Qual é o plano? Invadimos, espadas em punho e bandeiras flamulando ao vento?

— Morgane mataria todos nós antes mesmo de cruzarmos a ponte. — Meus olhos se fixaram nas mãos de Célie, que as tinha entrelaçado à altura da cintura, a imagem encarnada da convencionalidade... não fosse pela agulha escondida entre elas. — O que é *isso* aí?

Devagar, ela abriu as mãos, revelando uma seringa de metal grosseira. Não se acovardou nem se retraiu sob meu olhar sombrio ao dizer, sem titubear:

— Uma injeção. Eu a perdi na praia, mas Elvire me devolveu. Planejo fincá-la no pescoço da sua mãe.

— Ah. — Coco e eu trocamos um olhar incrédulo. — Se é só para isso mesmo...

Os olhos de Reid brilharam, e ele deu um passo à frente, mas Célie tirou a agulha de seu alcance antes que pudesse tomá-la.

— Nem pense nisso. É *minha*.

Jean Luc e Coco juntaram-se a nós.

— Então qual *é* o plano, afinal? Temos alguma estratégia? — começou ele.

— Como foi que vocês entraram durante Modraniht? — perguntei a Coco.

— Madame Labelle transformou nossos rostos. — Ela deu de ombros, impotente. Mas Reid franziu o cenho ao ouvir o nome, adquirindo um olhar reflexivo e distante, enquanto encontrava a mãe em suas lembranças. Quando sua expressão virou uma carranca, eu soube que recordara que ela também era uma bruxa. — Você pode fazer o mesmo? Se bruxas do reino inteiro foram se reunir lá, poderíamos entrar sem levantar suspeitas.

— É possível, mas... — Balancei a cabeça com apreensão crescente. — Pode até ser que Morgane não se lembre de mim, mas vai se lembrar de como vocês se infiltraram no castelo. Outras bruxas também vão. Duvido que caiam no mesmo truque duas vezes... especialmente depois do ataque de Zenna. Vão estar em alerta máximo. Vão investigar todos os estranhos no castelo.

— Como foi que *vocês* entraram? — perguntou Coco a Jean Luc. — Você e os Chasseurs?

— Aguardamos na praia até Madame Labelle nos guiar pelo encantamento. Não tínhamos motivo para nos disfarçar. Queríamos que as bruxas nos vissem... que soubessem que a última coisa que veriam seriam nossos rostos.

Célie fez uma careta para a explicação gratuita.

— Encantador.

Ele adquiriu uma expressão solene.

— Continuo sendo um Chasseur, Célie. Ainda elimino o oculto. O que estou fazendo agora... perderia minha Balisarda se meus irmãos me encontrassem aqui. Iria parar eu mesmo na fogueira. — Gesticulou para o grupo. — Todos nós.

— A menos que apresentemos a cabeça da Dame des Sorcières a eles. — Reid olhou de maneira enfática para mim e para Coco. — E as das *irmãs* dela.

Beau apontou um dedo para ele.

— *Você* não tem mais o direito de falar...

— Só tenha certeza de que é isto mesmo que você quer. — Jean Luc tomou as mãos de Célie, ignorando os outros dois homens. — Ainda podemos recuar. Você tem uma escolha. Não tem nenhuma obrigação de fazer isto.

Os nós dos dedos de Célie ficaram brancos ao redor da seringa.

— Tenho, sim.

— Célie...

— E a sua obrigação não é eliminar o oculto, Jean. É eliminar o *mal*. — Ela se afastou, recuando até estar a meu lado. — Há mal morando naquele castelo. A verdade é que não temos escolha.

Os dois se encararam por vários segundos, sem desviarem o olhar, antes de Jean Luc finalmente soltar um suspiro.

— Se temos que entrar pela ponte, precisamos de algum tipo de disfarce. — Com relutância, retirou a bainha da cintura, retornando ao cavalo para escondê-la dentro da mochila. A safira no cabo da Balisarda cintilava enquanto ele tirava um conjunto de facas para substituí-la.

Reid arregalou os olhos, incrédulo.

— O que está fazendo?

— Pense, Reid. — Escondeu uma faca dentro de cada bota. — O único disfarce viável para nós é a magia. — Acenou com a mão na minha direção, recusando-se a olhar para mim. — E magia não vai funcionar se eu estiver com minha Balisarda.

Juntos, todos se viraram para me encarar. Como se eu tivesse as respostas. Como se os destinos deles estivessem nas minhas mãos. Com o estômago embrulhado, me forcei a devolver os olhares — porque, de certo modo, era verdade. Aquele era meu lar ancestral. Aquela era minha gente. Se eu não pudesse protegê-los ali, se não pudesse *escondê-los* de minhas irmãs, morreriam.

— Talvez eu devesse... — Pigarreei. — Talvez devesse ir sozinha.

A ideia foi recebida com uma objeção instantânea e resoluta, todos falando uns por cima dos outros. Coco e Beau se recusavam a me deixar entrar sozinha. Célie exigia uma chance de provar seu valor, e Jean Luc insistia que eu precisaria de sua expertise. Até Reid balançou a cabeça em um silêncio estoico, os olhos comunicando o que a boca se recusava.

Nada se colocaria entre ele e sua conquista.

Naquele momento, a conquista era Morgane le Blanc. Em breve ele iria se dar conta de que seu alvo tinha mudado, e o impulso vago de me matar acabaria se transformando em algo muito real e muito perigoso. Quando descobrisse que eu me tornara La Dame des Sorcières, eu não estaria mais a salvo ao seu lado. Não até que lembrasse. Não até que eu voltasse a conquistar seu coração.

— Vamos aonde você for — disse ele com determinação sombria.

Meu coração ficou apertado ao ouvir as palavras, e me virei, fechando os olhos. Uma teia de padrões dourados respondeu ao chamado. Estudando-os com cuidado — minhas pálpebras tremeram por causa da concentração —, descartei um após o outro, insatisfeita. Aquela espécie de magia, a necessária para se esconder seis pessoas, exigiria um alto preço. Talvez eu pudesse transformar seus corpos em vez de apenas os rostos. Transformá-los em pássaros, esquilos ou raposas. Uma pedra na boca de um texugo.

Soltando um suspiro frustrado, balancei a cabeça. Uma transfiguração desse tipo acabaria me matando. Beau teria que viver o restante da vida como pedra — ou, mais provável ainda, viver para sempre como uma, já que pedras não morrem. Após alguns instantes buscando padrões sem sucesso, Coco sugeriu baixinho:

— Você pode nos deixar invisíveis?

Não abri os olhos, aumentando a abrangência da procura para padrões de invisibilidade. Minha pele formigava com o esforço. Meu peito doía, uma pressão desconfortável crescia lá dentro. De algum jeito, aqueles cordões pareciam... simplórios. Inadequados. Quase fracos. Será que alguma coisa tinha acontecido com a minha magia? Era possível que Nicholina tivesse... me alterado de alguma forma? Franzi o cenho e me esforcei mais, batendo um pé diante da injustiça de tudo. Humilhada, senti o calor brotar em meu rosto.

Lá estava eu, La Dame des Sorcières — famosa e onipotente, Mãe, Donzela e Anciã —, e, ainda assim, não era nem sequer capaz de lançar um encantamento que protegesse meus amigos.

Minha irmã escolheu errado.

Podia sentir os olhos expectantes de todos em mim, esperando por um milagre.

Bati o pé outra vez, dessa vez em desespero, e a teia sob mim se recurvou e ondeou para fora. Sobressaltada, bati o pé de novo, por instinto.

Então, a teia se partiu.

Uma outra, de branco puro e ofuscante, aguardava sob a primeira, e a sensação de formigamento em minha pele se transformou em uma onda de poder bruto. Não. De *conscientização*. Eu sentia cada lâmina de grama, cada floco de neve, cada *galho de pinheiro* com tanta intensidade que cheguei a cambalear para trás, sem fôlego. Célie me amparou pelo braço.

— Lou? — chamou, alarmada.

Não me atrevi a abrir os olhos. Não quando a rede de baixo oferecia tão mais. Segui cada padrão, ansiosa e febril com tantas possibilidades. Considerara minha magia infinita antes. Pensava que sua única limitação era a minha própria imaginação.

Estava errada.

Minha magia de antes tinha fluído pela terra, mas aquela magia... *era* a terra. *Nossa* terra. A Deusa Tríplice não tinha apenas me outorgado suas formas. Tinha me outorgado o coração de todo nosso povo. Meu dedo estremeceu, e, com um impulso, a teia ondeou para fora, conectada a todos meus pensamentos, emoções e lembranças. Os de minhas ancestrais também. Eu não apenas sentia a grama. Eu *era* a grama. Tinha me tornado a neve e os pinheiros.

— Lou, você está me assustando. — A voz ríspida de Coco interrompeu meu assombro, e, como se por vontade própria, meus olhos se abriram. Ela estava parada diante de mim. No castanho de suas íris, eu via o reflexo de minha pele, brilhante e lustrosa. Luminosa. — O que aconteceu?

— Eu... — A dor em meu peito me impulsionou para a frente em meio às árvores. Não conseguia resistir à sua atração. — Estou bem — gritei por cima do ombro, rindo dos olhos arregalados e bocas abertas dos outros. Reid tinha tirado uma faca da bandoleira e me fitava com evidente suspeita. Não era nem capaz de me importar naquele momento. — Sei como nos esconder. Venham comigo.

Coco correu atrás de mim.

— *Como?*

Sorri para ela.

— Padrões brancos.

— Como aquele no acampamento de sangue? — Sua expressão esperançosa se esvaneceu. — O que a levou até Etienne?

Meu sorriso também desapareceu, e parei de andar, de repente incerta.

— Acha que são de Morgane?

— Acho que a gente deveria considerar a possibilidade. Seus padrões nunca foram brancos, foram?

— Ela também nunca foi La Dame des Sorcières — argumentou Beau. Embora eu e Coco tenhamos lançado olhares exasperados para ele, já era tarde. O estrago tinha sido feito, e a presença ameaçadora de Reid se agigantava atrás de mim.

— *Você* é La Dame des Sorcières?

Com minha nova expansão de consciência, podia sentir o peso de seus passos. Podia sentir a neve e o musgo sendo esmagados sob suas botas. Sua presença era mais pesada do que as dos outros, mais rígida e forte. Mais sombria. Bufei.

— Mais ou menos. — Virando para Coco, confiando que Beau e Célie e até Jean Luc fossem resguardar minhas costas, falei: — Não parece ser coisa de Morgane. Parece familiar, sim... quase familiar... mas também tenho a sensação de que sou eu. Acho... acho que posso confiar.

Ela assentiu uma vez, compreendendo. Mas como podia compreender? Eu mesma mal conseguia. Embora confiasse implicitamente na integridade daquela magia, em sua pureza, me sentia como uma canoa à deriva. A dor em meu peito continuou a aumentar, impelindo-me a esmo. Me arrastando sob sua corrente.

— Então faça — respondeu Coco com firmeza. — E rápido.

Fechando os olhos, ignorando o protesto veemente de Reid, expandi minha consciência, mais longe e mais depressa do que antes. Ali. A pouco mais de um quilômetro e meio ao norte, sob a ponte infame, um rio dava no oceano. Com um aceno de mão, a água se solidificou em gelo, mudando seu estado de matéria. O padrão branco explodiu, e meus amigos e eu nos dissolvemos em sombras.

Quando demos os primeiros passos sobre a ponte, meu corpo tentou voltar a se materializar, braços e pernas se acumulando e dispersando com tremores violentos. Mas não era meu corpo. Trincando os dentes, concentrada, olhei para minha mão estranha e desencarnada. A mão da Donzela.

— Merda.

Meu sussurro flutuou na escuridão enquanto a mão se dissipava em sombras outra vez.

— O que foi? — perguntou Coco com aspereza.

Eu quase não enxergava sua forma escura ao lado de Beau, embora os detalhes de sua aparência, como as expressões em seus rostos e o brilho dos olhos tinham sido perdidos com o encantamento. Agora pareciam simplesmente fragmentos de noite mais escuros do que o restante. Sombras humanoides. Ninguém conseguiria nos notar, a menos que estivesse procurando, e, mesmo assim, a fumaça obscurecia todos os vestígios do luar. Estávamos quase invisíveis.

— Nada. Só... me sinto estranha. — Mesmo incorpórea, minha cabeça ainda girava por causa da magnitude do poder diante de mim. De seu alcance. Como minha mãe tinha suportado? Como esse poder não a tinha esmagado? — É demais. É como se eu não conseguisse respirar.

— Então não respire — sugeriu Reid.

Se tivesse mãos, o estrangularia. Mesmo assim, talvez até tivesse seguido a sugestão, caso não tivesse olhado para cima, para depois da guarita no portão, para a larga expansão de terra montanhosa vazia ao redor do Château. Pisquei devagar, sem conseguir acreditar em meus olhos. Onde havia uma floresta poderosa e próspera, agora restava apenas pedras e terra.

— Onde estão as árvores?

Alguém esbarrou comigo. Jean Luc.

— Como assim? — perguntou.

— As árvores. — Gesticulei para a ladeira pedregosa acima de nós, esquecendo que ele não podia me ver. — Costumava haver árvores aqui antes. Árvores *por todo lado*. Cobriam a encosta da montanha inteira.

— É verdade. — Os passos pesados de Reid pararam a meu lado. — Eu lembro.

Seguimos em frente devagar, mais desconfiados.

— Talvez tenham derrubado todas. E recentemente. Olhem... não tem neve — comentou Beau.

Discordei de imediato.

— Não derrubaram.

— Como você sabe?

— Apenas *sei*.

— Não tem tocos — comentou Coco, inclinando-se para a frente.

— Estão vendo? Mas o terreno parece ter sido remexido.

— Talvez Zenna tenha queimado tudo, então. — Beau apontou para marcas chamuscadas na ponte, na guarita adiante. Provas da ira de Zenna. Ainda assim, os pelos em minha nuca se eriçaram. Aquelas árvores não tinham sido queimadas. Disso, eu tinha certeza.

— Parece até que... se desenraizaram e foram embora.

Reid fez um som baixo e depreciativo no fundo da garganta. Eu o ignorei. Recomecei a avançar em direção aos portões, concentrando-me no som de meus passos na madeira.

Qualquer que tivesse sido o dano provocado pelo ataque de Zenna, não restaram grandes evidências. A estrutura do Château permanecia intacta, e até a fachada do castelo não mostrava sinais de ter sido queimada. Magia era útil a esse ponto. Imaginava que Morgane não teria gostado da sensação de fuligem sob seus pés. Paramos do lado de dentro da entrada esfarelenta para escutar. Embora o ar no pátio fosse capaz de gelar até os ossos, a temperatura do interior era amena e agradável, apesar da vegetação crescida sobre os destroços do saguão. E o castelo... se animava à noite. Vozes ecoavam de todas as direções: para além da grande escadaria, pelos corredores, dentro do salão. Dois amantes passaram por nós de mãos dadas, e logo atrás, um servente corria, apressado, carregando uma bandeja do que, pelo cheiro, pareciam ser tortinhas de creme. Em seguida, um grupo de bruxinhas passou por nós para irem para fora, criar formas na neve. Embora não reconhecesse nenhuma delas, a familiaridade de tudo me fez sorrir. Nada havia mudado.

A meu lado, Reid desembainhou outra faca, e meu sorriso se desfez. Tudo havia mudado.

Ao menos Morgane não tinha enviado suas tropas a Cesarine. *Ainda* não.

— Fiquem perto — murmurei, seguindo para a escadaria. Embora meu corpo permanecesse sendo uma sombra, me ative aos cantos do cômodo.

A fumaça obscurecera o luar, mas ali dentro, velas acesas pingavam cera dos candelabros e faziam a luz bruxulear. Eu não arriscaria. — Morgane e Josephine estão aqui em algum lugar. Talvez Nicholina também.

— E a sala do tesouro?

— Venham comigo.

Guiei-os para dentro de uma porta estreita sob a escada, e depois por um corredor serpenteante. Embora tomando aquele caminho fôssemos demorar mais para chegar à torre que guardava os tesouros, poucas pessoas passavam por ali, e eu... eu não podia explicar o temor que se alastrava em meu peito. Quanto mais tempo escondia meus amigos nas sombras, mais agitada ficava. Como se a magia em si estivesse... estivesse se rebelando contra mim. Contra *eles*. Não fazia sentido, mas, mesmo assim, o propósito da Dame des Sorcières não era proteger seu lar?

Éramos intrusos ali, todos nós, com a intenção de furtar um tesouro sagrado.

De repente, em um lampejo, me dei conta de que minha magia não confiava em nós.

A atmosfera na passagem tinha gosto de ar parado, velho e úmido, e o musgo nas pedras abafava nossos passos. Para nossa sorte, naquele exato momento, uma porta se abriu mais à frente, e três figuras surgiram na semiescuridão. Congelei, com o coração batendo acelerado em meus ouvidos. Ouvi suas vozes antes de ver seus rostos.

Morgane, Josephine e Nicholina.

Seguiram adiante, absortas em uma conversa rápida, e agarrei Reid antes que elas pudessem nos notar, empurrando-o para dentro da cavidade na parede mais próxima. Célie e Jean Luc se atiraram atrás de nós enquanto Coco e Beau procuravam abrigo do outro lado do corredor. Mas o espaço era pequeno demais. Minha bochecha estava esmagada contra o peito de Reid, e, atrás de mim, o joelho de Jean Luc afundava em minha coxa. Célie estava tremendo visivelmente. Contorcendo meu braço, a abracei para esconder o movimento e a confortar ao mesmo tempo. Ninguém se atrevia a respirar.

— Não *me importa* o que você diz — sibilou Morgane para Josephine, agitada. Tinha prendido os cabelos em uma trança emaranhada, e os olhos permaneciam injetados. Fatiga conferia um tom cinzento à sua pele. — A hora é agora. Já me cansei desses joguinhos incessantes. As árvores se mobilizaram, e vamos segui-las, atacando direto e com violência enquanto o conclave delibera.

Josephine balançou a cabeça em um movimento brusco.

— Não acho que seja sábio. Devemos prosseguir conforme planejado. Sua filha, os filhos do rei, vão...

Morgane girou para encarar a outra bruxa, com as narinas dilatadas por causa da ira repentina.

— Pela última vez, Josephine, não *tenho* uma filha, e se precisar repetir mais uma vez, vou arrancar sua língua de dentro dessa sua maldita garganta.

Não tenho *uma filha.*

Ah. Senti um aperto inesperado no coração. Embora já suspeitasse de que ela tinha me esquecido, suspeitar e saber — *ouvir* — eram coisas muito diferentes. Não devia ter machucado tanto quanto machucou, mas ali, na casa onde passei a infância — cercadas por irmãs que tinham festejado quando meu sangue jorrou —, foi... doloroso. Só um pouquinho. Sondei o rosto sombreado de Reid. Perto assim, conseguia enxergar o formato de seus olhos, a boca tensa. Ele me encarou irritado.

Desviei o olhar.

Gargalhando, Nicholina cantarolou:

— Os mortos não recordam, tema a noite em que sonham. Pois em seu peito está a memória...

Morgane lhe deu um tapa no rosto sem aviso. O baque violento reverberou pela passagem.

— Não abra a boca — uma veia pulsava na testa da minha mãe —, nem *respire*, a menos que eu lhe dê permissão. Quantas vezes vou ter que puni-la para que entenda? — Quando levantou a mão outra vez, Nicholina se retraiu. Ela se *retraiu* de verdade. Mas, em vez de a golpear, Morgane bateu com as articulações dos dedos na testa de Nicholina. — Então? Quantas vezes? Ou seus ouvidos são tão obtusos quanto o seu cérebro, demônio inútil?

Nicholina murchou visivelmente diante do insulto, e sua expressão se tornou vazia. Olhou para além de Morgane enquanto uma marca vermelha com formato de mão aflorava em sua bochecha.

— Como pensei. — Com uma careta de desdém, Morgane recomeçou a se aproximar pelo corredor, as próprias bochechas manchadas de vermelho visíveis mesmo à luz de velas. — Devia ter matado você quando tive a chance.

Josephine apenas ergueu uma sobrancelha para a sua protegida e seguiu.

Célie não era a única que tremia agora. Minhas mãos também não paravam quietas enquanto Nicholina deslizava atrás das outras duas — tão vazia e sem vida quanto os espectros do lado de fora —, e até o coração de Reid batia um ritmo irregular contra minha orelha. Ele ficou rígido enquanto ela passava, mas senti sua mão deslizar devagar para cima em contato com minhas costas. Senti a faca. Se sua intenção tinha sido me matar, ou a Nicholina, jamais descobri. Porque antes de virar e desaparecer na curva do corredor, Nicholina girou para a reentrância onde nos escondíamos.

Seus olhos encontraram os meus.

E soube — tão instintivamente quanto soube que as árvores tinham saído caminhando e que minha magia queria proteger o Château le Blanc —, eu *soube* que ela tinha me visto.

A faca de Reid ficou imóvel ao mesmo tempo que Nicholina.

— Olá, ratinho — sussurrou Nicholina, com os dedos envelopando o recesso na parede. Medo puro e cristalino me inundou. Não podia fazer nada senão encará-la. Estava paralisada. Um único grito dela poderia matar a todos nós.

Aguardamos, segurando a respiração, enquanto Nicholina inclinava a cabeça.

Enquanto virava a curva sem um único ruído.

— O que estamos fazendo? — A voz de Reid soou em meu ouvido, baixa e furiosa. — Ainda podemos pegá-la. Vai.

Encarei o lugar onde ela tinha desaparecido, minha mente em um turbilhão. Ela não reapareceu, e nenhum alarme perturbou o silêncio. Nenhum ruído de perseguição.

— Ela nos deixou ir.

— Para nos matar mais tarde.

— Podia ter nos matado aqui mesmo, mas não matou. — Minha expressão tinha se transformado em uma carranca, totalmente desencantada com a intensidade da obsessão dele, incapaz de enxergar mais nada ao redor. Estava beirando a estupidez. Era tão obstinado assim quando o conheci? Seria possível que fosse a mente *dele* que era obtusa?

— Não sei por que, mas *sei* que não se olha os dentes de cavalo dado. Ela está com Morgane e La Voisin — acrescentei quando ele tentou se desvencilhar de mim. Fiquei imóvel. — Agora não é hora para esse confronto. Fizemos um acordo com Isla... entramos, saímos e devolvemos o anel a ela.

— Inaceitável. — A faca finalmente foi pressionada contra minhas escápulas. — Não vim aqui para furtar anel mágico nenhum, Louise. Se não sair da minha frente, vou encontrar outra bruxa para matar.

Enfiei o dedo no peito dele. Com força.

— Escuta aqui, babaca. — Minha voz se elevou ao dizer a palavra, e me apressei a baixá-la outra vez. — Isla precisa do anel. *Nós* precisamos das melusinas. Quanto mais rápido acabarmos aqui, mais rápido vamos unir forças com nossos aliados e mais rápido vamos poder formular um plano de ataque...

— Tenho um plano: atacar. Morgane está aqui, não em Cesarine.

— Sua *mãe* está em Cesarine.

— Não me importo com ela — rosnou, finalmente forçando caminho com o ombro. Caí em cima de Jean Luc, que tentou nos estabilizar, mas acabou exagerando e empurrando Célie contra Reid, e eu para o corredor sozinha.

Virei para ele, xingando alto — e congelei.

Manon me encarava.

— Olá? — Ela semicerrou os olhos com suspeita, percorrendo minha forma escura, e levantou a mão como se fosse me tocar. Recuei depressa. Não tinha outra escolha. Se me tocasse, sem dúvidas se daria conta de que era uma pessoa de carne e osso. Quando franziu o cenho ainda mais, fiz uma careta, percebendo tarde demais de que sombras não se *moviam* daquela maneira. — Quem está aí? — Tirou uma lâmina fina da manga. — Revele-se, ou vou convocar as sentinelas.

Por que todos os planos que eu arquitetava sempre acabavam indo pelos ares?

Com a boca tensa, abri o portal de poder em meu peito, sob o qual a teia branca cintilava. Seria arriscado trocar de forma, mas Morgane era esperta. Embora sem dúvidas estivesse ciente de que a Deusa Tríplice tinha revogado sua benção, talvez ainda não tivesse revelado a informação às súditas. De um jeito ou de outro, eu não podia simplesmente ficar parada, com uma faca apontada para o rosto e outra para as costas, e tampouco podia revelar minha forma verdadeira. O poder recém--descoberto com certeza tornaria as coisas mais fáceis.

Tentei me lembrar da sala de aula de minha infância, vasculhei a mente em busca de tudo que sabia sobre a Deusa Tríplice e suas formas.

Sua contraparte final é a Anciã, que representa envelhecimento e término, morte e renascimento, vidas passadas e transformações, visões e profecias. Ela é nossa guia. É o crepúsculo e a noite, outono e inverno.

Apropriado, uma vez que provavelmente morreríamos todos ali.

Foquei naqueles traços, tentando me centrar ao seu redor, enquanto outras lembranças se consumiam — minha vida naquele castelo, meu sangue na bacia, meu adeus a Ansel. O sentimento de aceitação profunda. Minha transformação na Donzela foi fácil, sem intenção, mas esta transformação veio mais fácil ainda. Outrora, talvez tivesse me identificado mais com a Donzela — e ainda me identificava, até certo ponto —, mas a fase alegre de luz já tinha passado. Eu vivera no inverno por tempo demais. Para minha surpresa, não me arrependia da mudança. Eu a abraçava.

Minhas mãos murcharam e racharam enquanto as sombras ao redor se dissipavam, e minha espinha se recurvou sob o peso de anos de fadiga. Minha visão ficou anuviada. Minha pele, flácida. Triunfante — imensamente satisfeita comigo mesma —, levantei um dedo cheio de artrose para o rosto perplexo de Manon. Eu tinha conseguido.

Tinha me transformado.

— Saindo para um passeio noturno, queridinha? — Minha voz era rouquenha, estranha, grave e desagradável. Gargalhei ao ouvi-la, e Manon recuou um passo. — A lua não está muito brilhante hoje, receio. — Minha língua se insinuou pelo espaço vazio entre meus dentes caninos enquanto a olhava de soslaio. — Devo acompanhá-la?

Ela se dobrou em uma cortesia apressada.

— Milady. Sinto muito. Eu... eu não a reconheci.

— Há noites em que preciso passar despercebida, Manon.

— Com certeza. — Abaixou a cabeça. Tarde demais, me dei conta de que estivera chorando. A maquiagem preta ao redor dos olhos tinha manchado suas bochechas, e o nariz ainda escorria. Ela fungou tão baixinho quanto conseguia. — Eu compreendo.

— Algo errado, criança?

— Não. — Respondeu depressa demais, ainda se afastando. — Não, milady. Perdão por tê-la incomodado.

Eu não precisava da Visão da Anciã para enxergar a mentira. Na verdade, não precisava nem sequer ter perguntado. Ela ainda estava de luto pela morte do amante, Gilles, o homem que matara com as próprias mãos. Tudo porque era filho do rei.

— Um chá de camomila, querida. — Quando ela piscou, confusa, elucidei: — Na cozinha. Faça uma infusão. Vai acalmar seus nervos e fazê-la dormir.

Com outra cortesia e agradecimento, ela partiu, e me recostei contra a parede mais próxima, curvada de alívio.

— Puta merda — murmurou Beau.

— Aquilo foi *incrível* — acrescentou Coco.

— Me solte. — Reid se desvencilhou de Jean Luc de modo rápido e eficiente, as veias na garganta saltadas de tensão, e se virou para o amigo em um rompante de fúria. — Ela estava isolada. Estávamos no controle da situação. Devíamos ter *atacado*...

— E depois o quê? — Jogando as mãos para o ar, cambaleei até ele. — Sério, qual é o próximo passo nesse seu plano de mestre, Chass? Escondemos o corpo dela até alguém topar com ele? Ou a enfiamos dentro de um armário? Não podemos arriscar que alguém fique sabendo que estamos aqui!

— Você está colocando a missão em risco, Reid — concordou Jean Luc, sombrio —, e a todos nós em perigo. Siga as ordens dela, ou vou precisar incapacitá-lo.

Reid se aproximou dele, nariz com nariz.

— Gostaria de ver você fazer isso, Jean.

— Ah, cale a boca, ou vou enfiar o *seu* corpo dentro da porra do armário. — Perdendo a paciência por completo, girei, ou melhor, titubeei, e recomecei a andar com dificuldade pelo corredor. — Já perdemos tempo demais aqui.

Reid me seguiu em um silêncio revoltado.

COISAS BELAS E MORTAIS

Reid

O Château le Blanc era um labirinto. Não tinha me aventurado para além do salão em Modraniht, então não podia fazer outra coisa senão seguir Lou. *Lou.* Ela não tinha me contado quem era de verdade. Por motivos óbvios. Não tinha me contado que herdara o poder da mãe — que *ela* se tornara La Dame des Sorcières.

Ela estava subindo uma escadaria velha e pouco firme. Coco e Beau a ajudavam de ambos os lados. Suas formas permaneciam escurecidas. Sobrenaturais. Como sombras.

— Você podia voltar ao normal — sugeriu Beau, amparando-a enquanto ela cambaleava.

— É melhor assim. Se encontrarmos alguém, não vão investigar com muita atenção.

A escada subia, serpenteante, por uma torre. Mas o teto havia desmoronado em alguns pontos. Como no salão, os elementos dominavam a maior parte dos cômodos. Neve caía gentil em um dos quartos mais opulentos, onde fogo crepitava em uma lareira ornamentada. A luz dançava nas tapeçarias que retratavam feras mágicas e mulheres belas — seus olhos pareciam nos seguir ao passarmos. Poderia jurar que uma delas chegou até a esticar o pescoço elegante.

— Este cômodo é para o uso pessoal de Morgane. — Lou apontou para uma escrivaninha de madeira em um canto. Uma pena de pavão escrevia em um pergaminho, sozinha. A neve caindo não molhava o papel, os carpetes nem as tapeçarias. Não manchava a madeira decorativa. Simplesmente derretia no ar quente e aconchegante. Em outro canto, uma harpa dedilhava-se a si mesma, criando uma melodia suave.

A cena inteira era inquietante.

— O quarto onde ela dorme também fica nesta torre. — Ela gesticulou para um cômodo atrás da harpa. — E o oratório. Quando eu morava aqui, ela me proibiu de entrar nesta parte do castelo, mas eu vinha escondida de qualquer maneira.

— E a sala do tesouro? — perguntou Jean Luc.

— Bem acima de nós. — Cambaleando até a estante ao lado da escrivaninha, ela estudou os livros. As sobrancelhas prateadas se franziram em concentração. — A porta fica em algum lugar... — Seus dedos pararam em um volume antiquíssimo com capa de tecido preto. Na lombada, letras tinham sido gravadas em dourado: *L'argent n'a pas d'odeur*. Tamborilou um dedo na capa, abrindo um sorriso malicioso. — Aqui.

Quando puxou o tomo para si, a parede inteira grunhiu. Engrenagens tiniram. E a estante... se abriu para fora. Lá dentro, uma escada íngreme e estreita desaparecia no escuro. Lou se curvou um pouco, ainda sorrindo, e estalou os dedos. O cheiro de magia explodiu ao redor — mais fresco do que antes —, e uma tocha na parede se acendeu.

— Depois de vocês.

Desconfiado, Beau pegou a tocha. Uma sombra levando luz. A imagem sobrenatural fez os pelos em meu braço se eriçarem. Em minha nuca também.

— Você não disse que a sala do tesouro ficava dentro do quarto dela.

— Não quis assustá-los.

— Ah, sim. — Hesitante, Beau pisou no primeiro degrau de madeira, que rangeu sob o peso. — As sombras, os espectros e as bruxas assassinas são besteira em comparação à cama de Morgane. — Ele hesitou outra vez e olhou para trás. — A menos que... acha que ela vai voltar logo?

Coco seguiu em frente antes que o covarde reconsiderasse.

— Acho que ela está ocupada tramando o fim do mundo.

— Este lugar... — Célie olhava com melancolia por cima do ombro enquanto subia. Seus olhos se demoraram na pena de pavão antes de se fixarem na harpa. Nas cordas douradas. Seu corpo balançava levemente ao ritmo da melodia inquietante. — É tão bonito.

Revirei os olhos.

— Você quase morreu ali fora, Célie.

— Não me esqueci — retrucou ela, ríspida e, de repente, na defensiva. Fiquei irritado com seu tom. — Acredite, me lembro muito bem do que a magia é. É só... — Tirando os olhos do quarto, virou-se para Jean Luc, para mim. Levantou a mão para pegar um floco de neve entre nós dois, e observamos enquanto se derretia na ponta de seu dedo, mesmerizados. Não. *Não* mesmerizados... revoltados. — Nunca me disse que podia ser tão bela também — terminou ela, mais baixo.

— É perigosa, Célie — lembrou Jean Luc.

Ela levantou o queixo.

— Por que não pode ser as duas coisas?

Nós dois sabíamos o que ela queria dizer. *Por que eu não posso ser as duas coisas?*

Jean Luc a fitou por vários segundos, inclinando a cabeça para o lado em contemplação. Quando finalmente assentiu, uma afirmativa para a pergunta silenciosa, ela o beijou na bochecha e subiu a escada com os outros. Ele foi atrás como um cachorrinho devoto e apaixonado, e um buraco se abriu em meu estômago como se tivesse tropeçado. A reação dele não deveria ter me surpreendido. Nem a dela. Célie estava obviamente sob a influência das bruxas, e Jean Luc jamais teria proferido uma única palavra contra ela.

Mesmo assim, me sentia... estranho, de alguma forma desengonçado quando fiz um movimento com o queixo em direção a Lou. Só restava ela. Os outros tinham partido em mais do que apenas no sentido literal.

— Vá na frente.

O sorriso banguela da bruxa se dissipou.

— Perdão, mas preferiria não terminar a noite com uma facada nas costas. Você entende, tenho certeza. — Agitou os dedos em uma ameaça mudassem palavras, impelindo-me adiante.

Com uma carranca, segui Jean Luc. Embora suas suspeitas fossem corretas — eu *queria* dar um fim à sua existência depravada —, eu não tinha outra escolha senão obedecer. Tinha perdido minha Balisarda.

— Achei que a porta fosse protegida por um encantamento poderoso.

Os passos dela eram pesados e desajeitados atrás de mim, a respiração ficando mais alta a cada degrau superado. Ofegante. Não ofereci ajuda. Se insistia em manter aquela magia odiosa, colheria sua recompensa.

— Passamos por *uma* porta — arfou ela. — Não por *a* porta. Achou mesmo que minha mãe protegeria seus pertences mais preciosos com apenas uma estante?

Seus pertences mais preciosos. As palavras fizeram com que um arrepio de empolgação expectante me percorresse. Com certeza, atrás daquela porta, haveria algo útil para a tarefa de eliminá-la — eliminar *todas* elas. Talvez, se eu o roubasse, fosse o que fosse, e entregasse ao novo arcebispo, poderia ter a chance de refazer meus votos e me juntar à irmandade outra vez. Meu lugar era com eles.

Mas assim que o pensamento se materializou, rejeitei-o. Se o arcebispo me aceitasse de volta tão depressa — eu, um homem culpado de assassinato e conspiração —, não seria um líder que se preze. Eu não poderia segui-lo. Não, daquele ponto em diante, eu buscaria apenas redenção. Mataria as bruxas, sim, mas não esperava qualquer recompensa. Se os cartazes de procurado fossem verdadeiros, eu não merecia uma recompensa.

Mas as mataria mesmo assim.

No topo da escada, os outros pararam diante de uma porta simples e discreta. Lou passou por mim, ainda sem fôlego. Agarrou o peito com uma das mãos e a maçaneta com a outra.

— Meu Deus. Acho que meus joelhos literalmente quebraram.

— Minha *māmā rū'au* pode fazer a previsão do tempo com os dela — comentou Beau.

— Ela deve ser uma mulher fascinante, e estou falando sério. — Endireitando-se na medida do possível, Lou tentou girar a maçaneta dourada. Não se moveu. Ao me ouvir bufar com desdém, murmurou:

— Tentar não dói.

Um momento de silêncio se passou enquanto ela encarava a porta, e nós a encarávamos.

Meu tom de voz estava cortante de impaciência quando falei:

— Então?

Encostando a palma da mão na maçaneta, ela me lançou um olhar igualmente afiado.

— Eu tinha razão. Um encantamento bem inoportuno foi lançado nesta porta, e vai demorar para quebrá-lo... isto é, *se* eu conseguir quebrá-lo. — Fechou os olhos. — Posso... senti-lo. Como um sexto sentido. A magia... repuxa meu peito. — Balançou a cabeça, abrindo os olhos outra vez. — Mas não sei se posso confiar.

A voz de Coco ficou sombria.

— Não acho que temos outra escolha.

— Ela quer proteger este lugar, mesmo de mim.

— Você controla a magia, Lou. Não o contrário.

— Mas e se...

— Mude sua perspectiva. — A resposta surpreendeu até mesmo a mim, e tinha saído de minha boca. Sob os olhares perplexos dos outros, de imediato me arrependi de ter falado. Minhas bochechas coraram de calor. *Por que* tinha falado? Precisava entrar no cômodo, é óbvio, mas... não. Era a única explicação. Eu precisava entrar no cômodo. Encarando cada um deles nos olhos, continuei: — Esta nova magia, ela quer proteger o castelo. Por quê?

Lou franziu o cenho.

— Porque é meu lar. O lar das minhas irmãs. Sempre foi nosso, desde que nos lembramos.

— Não é bem verdade — sussurrou Coco.

Lou se virou para ela.

— O quê?

— Minha tia conta outra história. — Coco se remexeu, obviamente desconfortável. — Sempre fala de uma época em que eram as Dames Rouges quem passeavam por estes corredores, não as Dames Blanches. — Diante da expressão atônita da amiga, se apressou em acrescentar: — Não importa. Esquece.

— Mas...

— Ela tem razão — interrompi, severo. — O que importa agora é se você, La Dame des Sorcières, ainda considera este lugar seu lar. — Quando Lou não respondeu, apenas me fitou com atenção, dei de ombros. Tenso. — Se não, seria lógico pensar que sua magia não vai mais protegê--lo, e sim redirecionar a proteção para o seu novo lar. Onde quer que seja.

Ela continuou a me encarar.

— Certo.

Cruzei os braços e desviei o olhar, imensamente desconfortável.

— Então? Aqui é o seu lar?

— Não. — Após outro momento longo e constrangedor, ela finalmente fez o mesmo, murmurando: — Não, não é.

Depois, fechou os olhos e expirou. Seu corpo inteiro relaxou com o movimento, despindo-se da pele murcha até já não parecer mais a Anciã, mas uma jovem. Uma jovem cheia de vida. Uma *bruxa*, repreendeu minha mente. Uma jovem bruxa cheia de vida. Ainda assim, enquanto ela estava com os olhos fechados, não pude deixar de estudá-la. Cabelos castanhos longos e feições élficas. Olhos puxados. Sardas do sol. No pescoço, um anel de espinhos circundava a sua pele. Rosas também.

Por que eu não posso ser as duas coisas?

O desejo inexplicável de tocá-la quase me sobrepujou. De traçar a curva delicada de seu nariz. O arco dramático da sobrancelha. Resisti ao impulso. Apenas tolos desejavam coisas belas e mortais. Eu não era um tolo. Não desejava. E com certeza não queria tocar uma bruxa, não importava como ela olhasse para mim.

Ela me olhava como se eu pertencesse a ela, e ela a mim.

— É uma fechadura — murmurou Lou, finalmente, com o rosto se contorcendo por causa do esforço. Sua testa brilhava de suor. — A magia. Sou a chave. La Dame des Sorcières lançou o feitiço, e apenas ela pode quebrá-lo. Mas eu... — fechou os olhos com mais força — as teias, estão todas fixas... não posso movê-las. São como ferro.

— Acha que é uma fechadura? — Célie se aproximou da porta, hesitante. — De tambor de pinos ou algo diferente?

Com os olhos ainda fechados, Lou franziu a boca. Desviei o olhar.

— Não tenho certeza. É como... é como se eu estivesse dentro dela, se é que faz algum sentido...

— Descreva, por favor!

— Não sei descrever o interior de uma tranca, Célie! Nunca vi antes!

— Bom, eu já, e...

— Você já? — perguntou Jean Luc, incrédulo. — Quando?

— Todo mundo precisa de hobbies. — Resoluta, passou por ele para encarar Lou, tomando suas mãos. — Abri o cadeado no cofre do meu pai, e posso ajudá-la a abrir este. Agora me diga, os padrões têm sulcos e pinos, ou lembram mais uma espécie de ábaco? São três ou mais fileiras paralelas?

Lou fez uma careta. Jean a imitou.

— Não tem fileiras — respondeu ela, com as articulações dos dedos brancas ao redor das de Célie. — Podem ser sulcos ou fendas. Eu... eu não sei dizer. — Inspirou com força, como se estivesse com dor. — Não sei se tenho o controle necessário para fazer isto. A magia... é mais forte do que eu. Eu... — Parou de falar, a voz ficando fraca, e balançou como se estivesse desequilibrada.

— Besteira. — Célie a amparou com mãos firmes. — No caixão da minha irmã... quando senti como se eu fosse flutuar e morrer... contei os sulcos na madeira para me acalmar. Eram trinta e sete, os que eu conseguia ver. Eu contava, várias e várias vezes, e respirava fundo a cada um. — Apertou as mãos de Lou. — Escute minha voz e respire... Você precisa de uma chave mestra.

Não consegui me conter. Dei um passo adiante, olhos fixos no rosto de Lou.

— Uma chave mestra? — repetiu ela.

— Esse tipo de fechadura tem um monte de obstruções que impedem que o mecanismo seja destravado sem a chave correta, sem os dentes corretos. Uma chave mestra não tem dentes. Forme a chave na sua mente... longa e fina, com apenas duas saliências na extremidade. Formate-a de acordo com o encaixe das duas obstruções finais e empurre.

Coco alternava o peso entre as duas pernas, com uma expressão confusa.

— Não entendo. Por que Morgane teria criado um sistema tão simples de chave e fechadura se pode usar magia?

— Quem se importa? — Beau também se mexia, ansioso, perto dos degraus, vigiando. — É uma fechadura encantada para uma porta encantada em uma merda de castelo encantado. Nada faz sentido. Só andem logo, pode ser? Acho que ouvi algo.

Lou trincou os dentes, pálida e trêmula.

— Se algum de vocês tivesse tentado abrir a porta, não teriam visto uma fechadura. Foi feita apenas para os olhos da Dame des Sorcières, mas também é... é a magia das matriarcas passadas testando a minha. Posso sentir o desafio. São os tesouros delas que estão lá dentro, e preciso... merecer... entrar. — Sua cabeça tremeu de modo abrupto a cada palavra, e depois os olhos se abriram depressa, voando para a maçaneta. Respondeu com um simples clique. Um silêncio pesado caiu enquanto encarávamos a porta.

Levantando um único dedo para a madeira, Lou empurrou, testando. A porta se abriu.

Entramos em um cômodo de ouro — ou pelo menos foi o que pareceu à primeira vista. Na verdade, o teto abobadado e paredes octogonais tinham sido feitos de placas de vidro prateadas. Refletiam as *couronnes* de ouro. Centenas. Milhares. As moedas se derramavam de todos os cantos, empilhadas de maneira precária, formando torres. Trilhas estreitas serpenteavam entre as pilhas como se fossem vias e becos em uma colossal cidade cintilante.

— Isto... — Beau esticou o pescoço para analisar o cume mais alto no teto.

Construído em uma torre, o quarto era mais alto do que largo, cilíndrico, como se tivéssemos entrado em uma caixinha de música. No centro do cômodo, uma bacia com fogo em cima de um pedestal. Nenhuma madeira alimentava as chamas. Não emitiam fumaça. Inspirei fundo. Embora magia recobrisse tudo, o ar era parado, com gosto de velho. Como uma espessa manta de poeira.

— Não é bem o que eu esperava — terminou ele.

Lou examinava correntes enferrujadas próximas à porta, os elos mais grossos do que seus punhos. Uma substância seca descamava do metal. Marrom, quase preta. Sangue.

— O que você esperava?

Beau pegou o que parecia ser um crânio humano antiquíssimo.

— Um relicário empoeirado cheio de bonecas sinistras e móveis antigos?

— É a sala do tesouro, Beau, não um porão. — Ela apontou para um monte de ouro do outro lado do caminho. Uma figura de madeira estava empoleirada em um sofá manchado. Ao lado, havia um pente dourado e um espelho com cabo rosado. — Apesar de ter uma boneca ali. Morgane me disse que era amaldiçoada.

Beau ficou branco.

— Amaldiçoada *como*?

— Só não olhe direto nos olhos dela. — Soltando as correntes, Lou pareceu escolher outra direção aleatoriamente e seguiu em frente. — Certo. Melhor nos dividirmos. Gritem se encontrarem algo que lembra um anel de ouro, mas *não* toquem em mais nada. — Ergueu uma sobrancelha por cima do ombro para nós. — Há um monte de coisas belas e mortais aqui.

Eu me esgueirei atrás dela enquanto os outros se separavam para procurar. Ao ouvir meus passos, ela se virou com um pequeno sorriso. No cômodo escuro, com o ouro amaldiçoado e fogo mágico, ela parecia mais uma bruxa do que nunca. Estranha e misteriosa. Quase surreal.

— Não conseguiu ficar longe, hein?

Eu não sabia por que a tinha seguido. Não respondi.

Quando ela sumiu atrás de um armário — as portas negras pintadas com flores pequeninas —, tirei uma faca da bandoleira. Sua risada fantasmagórica ecoou pelo ar pesadamente perfumado. O lugar em que ela desaparecera parecia cintilar, com as chamas da fogueira lançando uma luz dourada nas partículas de poeira. Um dedo roçou minha nuca. Girando, deparei com ela bem atrás de mim. Seus olhos brilhavam de uma maneira quase sobrenatural. Azuis. Não, verdes.

— Não vou deixá-lo me matar, sabe. Você não conseguiria se perdoar depois — disse.

Meus dedos doíam ao redor do cabo da adaga. Minha garganta se fechou. Não conseguia respirar.

— Só quero minhas lembranças de volta, bruxa.

Aqueles olhos perturbadores pousaram na minha lâmina, enquanto ela dava um passo à frente. Dois. Três. Até seu peito encontrar a ponta do metal, e fez ainda mais pressão, derramando uma gota de sangue. Só então seus olhos voltaram a encontrar os meus. Só então sussurrou contra meus lábios:

— É só o que eu quero também.

Encarei a faca. O sangue. Um golpe rápido bastaria. Um movimento simples, e La Dame des Sorcières estaria morta. Incapacitada, no mínimo. Não teria como me impedir de atirar seu corpo no fogo — no fogo *mágico*. Seria quase poético vê-la queimar ali. Seria reduzida a cinzas antes que os outros pudessem salvá-la.

Um golpe rápido. Um movimento simples.

Ela me enlouqueceria se eu não o fizesse.

Ficamos imóveis por mais um segundo, por mais centenas de segundos — tensos e suspensos —, mas um grito ressoou do outro lado do cômodo, interrompendo o embate.

— Aqui! — A risada de Célie surgiu entre nós. — Encontrei!

Com um sorrisinho, Lou recuou. Para longe de mim. Em sua ausência, eu conseguia respirar outra vez. Conseguia *odiar*.

Aquela mulher me enlouqueceria *até* eu fazer o que tinha que fazer.

— Você tem muita sorte — falei, sombrio, embainhando a faca.

— Que engraçado. Não é assim que me sinto.

Seu sorrisinho me pareceu frágil enquanto ela se virava para seguir a voz de Célie, presenteando-me com suas costas. Cada fibra de meu ser desejava investir. Atacar. Cheguei até a dobrar os joelhos, parando apenas quando uma safira cintilou em minha visão periférica. Congelei. De dentro de uma gaveta do armário, o cabo prateado de uma Balisarda se projetava para fora. Parecia ter sido jogada lá dentro de qualquer jeito. Guardada e esquecida. Um choque percorreu meu corpo. Como eletricidade.

Com cuidado, sem fazer barulho, deslizei a Balisarda para dentro de minha bandoleira.

Encontramos Célie, Jean Luc e Beau reunidos ao lado do fogo. Coco chegou junto conosco. No mesmo instante, Célie enfiou o anel absolutamente ordinário dentro da palma da mão de Coco.

— Encontrei — repetiu, sem fôlego por causa de toda a empolgação. Com algo mais. Quando seus olhos baixaram até a gola de Coco em um movimento quase imperceptível, segui-os. Um medalhão brilhava lá. — Aqui. Tome.

Coco examinou o anel por um longo momento antes de sorrir.

— *É óbvio* que seria você que o encontraria. — Com um aceno agradecido de cabeça para Célie, ela o entregou a Lou, que o colocou no dedo como se fosse seu lugar de direito. Franzi a testa. — Obrigada, Célie.

— Melhor irmos. Antes que Morgane volte — alertou Beau.

Concordando, descemos a escada, mas não foi Morgane que nos encontrou à porta.

Foi Manon.

NÃO ME FAÇA PERGUNTAS

Reid

Com os pés afastados e segurando ambos os lados do batente, ela nos fitava com uma expressão assustadoramente vazia. Estava nos encurralando. Qualquer vestígio de lágrimas tinha desaparecido desde que a encontramos no corredor lá embaixo.

— Chá de camomila, Louise?

Lou caminhou até a frente do grupo, a mão roçando a minha ao passar. O toque deixou minha pele formigando. Afastei a mão com brusquidão.

— Você estava com cara de quem estava precisando — comentou, gesticulando para a aparência desgrenhada de Manon. Seu tom de leveza parecia forçado, bem como seu sorriso. — Acho que não seguiu meu conselho. Quando foi a última vez que dormiu? — Manon não respondeu. Gritos no andar de baixo dissiparam o sorriso do rosto de Lou. Seus olhos se arregalaram. — Você... você contou a minha mãe...?

— Ainda não. Tinha que me certificar de quem era o intruso. Mas contei a outras pessoas. Em breve vão informar Nossa Senhora.

— Merda, merda, merda. *Merda.* — Soltando um suspiro ríspido e incrédulo, Lou cerrou os punhos antes de agarrar a gola de Manon e empurrá-la em direção às escadas. Beau fechou a porta. — Tudo bem. Não sabem que especificamente sou *eu* que está aqui. Ainda podemos...

— Você não vai escapar outra vez, Louise — cortou Manon, os olhos ainda apáticos e inexpressivos.

— Só... só... — Lou fechou um punho diante do rosto da bruxa, e Manon ficou rígida como uma tábua, incapaz de se mexer. — Só fique calada um pouco, Manon. Preciso pensar. — Virando para mim, Coco e Jean Luc, disse com urgência: — Não podemos sair da maneira como entramos. Alguma ideia brilhante?

— Lutamos — sugeri no mesmo instante.

Jean Luc franziu o cenho enquanto considerava a estratégia.

— Somos seis. Não sabemos o número do inimigo. Temos a vantagem do terreno mais alto, mas precisaríamos formar um gargalo...

Bati com um punho na porta.

— Temos um. Elas não podem quebrar o encantamento.

— Vocês são dois idiotas. — Lou virou olhos suplicantes para Coco. — Viu algo na sala do tesouro que a gente consiga usar?

— Você não pode simplesmente *mostrar* a elas que a Deusa retirou a benção de Morgane? — Beau agitava as mãos, frenético. — *Você* é a rainha delas agora, certo?

— De novo, por que é que *eu* não pensei nisso antes? Então vou sugerir isto, Vossa Alteza, por que *você* não ordena seu povo a parar de queimar bruxas, acabando de uma vez com todos os nossos problemas? — Voltou-se para Coco antes que ele pudesse responder. — Tinha fogo mágico lá.

Fechando os olhos com força, Coco massageou as têmporas.

— E vidro laminado. Também vi correntes e espadas e... — Seus olhos encontraram os de Lou mais uma vez, e alguma espécie de entendimento se passou entre as duas como um raio.

— A janela — falaram ao mesmo tempo.

Lou assentiu freneticamente.

— Vamos precisar escalar.

Coco já arrastava Beau e Célie escada acima.

— Vai ser arriscado...

— Não mais do que um gargalo...

Finalmente me dei conta das implicações de suas palavras. Meu estômago se revirou.

— *Não.*

— Vai dar tudo certo. — Dando tapinhas em meu braço de modo distraído, Lou correu para a escada. — Não vou deixá-lo cair. — Quando não fiz menção de segui-la, assim que os gritos atrás de nós começaram a ficar mais altos, ela perdeu a paciência, virando e puxando minha mão. Cedi um passo. Não mais. Ela tentou me persuadir com tom desesperado: — *Por favor*, Reid. Temos que escalar, ou não vamos sair daqui nunca mais. Não vão apenas me matar. Vão matar você também. De uma maneira horrível. Devagar. Quer um *gargalo*? Você não tem mais a sua Balisarda, então vai sentir cada segundo de tortura.

Mostrei os dentes em um sorriso.

— Vou arriscar.

Os olhos dela queimaram de frustração, e Lou levantou a mão outra vez.

— Se não se mexer, vou ter que *obrigá-lo*.

— Por favor — triunfante, abri o casaco, revelando a Balisarda e me colocando entre ela e a escada —, vá em frente.

Quando Lou ficou boquiaberta, perplexa, me deliciei. Com sua surpresa, seu medo, seu...

O cabo de outra faca acertou o topo de minha cabeça, e cambaleei para a frente, topando com ela. Lou tentou me segurar. Quase quebramos o pescoço. Atrás de nós, Beau ofegava, a faca ainda suspensa.

— Não preciso de magia para derrubar você. Vou *arrastá-lo* até o telhado se for necessário. Você não vai morrer assim.

Jean Luc surgiu ao lado dele. Ombro a ombro, avultavam acima de mim. Como se pudessem me intimidar. Como se pudessem me *ameaçar*...

— Não temos como derrotar um castelo inteiro de bruxas sozinhos — argumentou Jean Luc, tão traiçoeiro quanto covarde. Judas em pessoa. — Esta é a nossa melhor opção. Suba, ou vou ajudar a arrastá-lo.

Passos reverberavam mais altos. Reprimindo um xingamento — porque eles tinham *razão* —, peguei Manon e passei correndo por eles. O cheiro de magia explodiu atrás de mim enquanto Lou voltava a trancar a porta. Lá em cima, ela começou a mover os braços em movimentos frenéticos. O tesouro obedeceu, sofás e armários se movendo e se empilhando para formar uma escada precária.

— Está bem. — Beau se dobrou, apoiando as mãos nos joelhos. — Não vão conseguir passar pela porta. Temos tempo...

Atirei Manon em uma cadeira vazia.

— Não temos.

Ainda rígida, ela escorregou de lado para o chão.

— Em breve, o castelo vai ser completamente cercado. — Para Lou, murmurou: — Já disse que você não vai escapar outra vez.

— Ah, pelo amor de Deus, porra.

Lou avançou até ela, resoluta, enquanto Jean levantava Célie para cima de um guarda-roupa. Beau e Coco se apressaram para subir atrás. Agachando-se ao lado do corpo prostrado da bruxa, Lou a virou com outro movimento de mão. Manon relaxou de imediato, e Lou, gentilmente, — eu encarei, incrédulo — ajudou a bruxa a se sentar.

— Morgane ordenou que você matasse o seu amante, Manon. Gilles está *morto* por causa *dela*. Como pode continuar servindo uma mulher assim? Como pode ficar calada enquanto ela tortura e mata *crianças*?

As palavras de Lou foram como uma faísca num palheiro. Manon investiu com um rosnado feroz, agarrando os ombros da outra.

— Minha *irmã* é uma dessas crianças mortas, e não foi Morgane quem a matou. *Fui eu*. Gilles morreu pelas minhas mãos, de mais ninguém.

Fiz uma *escolha* naquele beco... uma escolha que não posso desfazer. Fui longe demais para voltar agora. — Lágrimas escorriam por suas bochechas ao confessar. Quando voltou a falar, sua voz falhou: — Mesmo que eu quisesse.

Assisti, perplexo, enquanto Lou secava as lágrimas da bruxa com movimentos apressados.

— Me escute, Manon. Não, *escute*. Olhe ao redor — gesticulou para os outros, para si mesma e para mim —, e me diga o que vê.

— Vejo *traidores*...

— *Exato*. — Lou segurou os pulsos de Manon, com os olhos arregalados e suplicantes. — Traí meu coven. Reid e Jean Luc traíram a Igreja deles, e Beau e Célie traíram a Coroa. Todos nós... estamos todos lutando por um mundo melhor, igualzinho a você. Queremos a mesma coisa, Manon. Queremos *paz*.

O corpo inteiro da jovem tremia por causa da emoção enquanto lágrimas continuavam a cair. Molhavam o colo de Lou. Molhavam o piso sujo, brilhando à luz da fogueira. Finalmente Manon deixou as mãos caírem dos ombros de Lou.

— Você nunca vai conseguir paz.

Por um momento, Lou estudou o rosto dela com melancolia e arrependimento antes de se levantar.

— Você está errada. Na vida, poucas escolhas não podem ser desfeitas, e chegou a hora de você fazer outra. Não vou prendê-la nem feri-la de nenhum jeito. Vá. Conte a Morgane que me viu, se achar necessário, mas não tente nos deter. Estamos de partida.

Manon não se moveu.

Lou seguiu para a pilha de móveis em silêncio, depois hesitou. Olhou por cima do ombro. Mas, em vez de Manon, seus olhos encontraram os meus, e ela murmurou:

—Já enrolou tempo o bastante, Reid. Suba. Prometo que não vai cair.

Engoli em seco. De alguma forma, ela sabia que meu peito tinha ficado apertado e minha vista, estreita. Sabia que minhas palmas tinham começado a suar. Sabia que eu hesitava ao lado de Manon não para proteger o grupo de sua ira, mas para adiar o inevitável. Pensando em alguma outra saída — *qualquer* saída — para não deixar o cômodo pela janela. O que significava que ela conhecia minha fraqueza, minha vulnerabilidade. A raiva me percorreu através da paralisia densa de meus pensamentos, impulsionando-me em direção à mobília.

— Como você conseguiu ficar com o seu? — sussurrou Manon, atrás de nós.

Tristeza anuviava a expressão de Lou enquanto olhava para mim.

— Não consegui.

Um por um, passamos pela janela apertada para chegar ao telhado. Minha cabeça latejava. Meu coração estava acelerado. Enquanto escalava a pilha de móveis, meu pé escorregou duas vezes, e eu quase despenquei. Embora Lou mantivesse um fluxo constante de encorajamento, eu só queria poder torcer o seu pescoço. O telhado poderia muito bem ter sido a ponta de uma agulha, de tão íngreme.

— *Vou* matá-la por isto — prometi.

Agachando-se, ela espiou por cima da beirada para onde os demais escalavam as pedras com ajuda de suas facas. Seus braços e pernas tremiam com o esforço. Com a tensão.

— Mal posso esperar, pode acreditar. — Tirou as próprias adagas da bota. — Até lá, acha que consegue chegar naquela torreta?

Segui a direção da lâmina. Logo abaixo, na base da torre onde estávamos, um coruchéu se erguia da lateral do castelo. Parecia prestes a desmoronar.

— É loucura.

— Você primeiro. Vou logo atrás.

Arrancando um dedo por vez do apoio nas telhas, que tinham se tornado minha única salvação, fui me arrastando pela inclinação. Lou avançava ao lado.

— Isso mesmo. — Assentiu com animação excessiva, com olhos brilhantes demais. Um sorriso largo demais. Ou estava mais preocupada do que admitia, ou estava gostando da situação mais do que deveria. Ambas as opções eram inaceitáveis.

Quando me aproximei da beirada, meu pé escorregou pela terceira vez.

Uma rajada de vento.

Uma sensação nauseante de leveza.

E uma mão.

A mão *dela*.

Quando meus dedos deslizaram da beirada, ela agarrou minha mão. A segunda logo se seguiu à primeira, envolvendo meu pulso. Minha visão girava com pontinhos pretos enquanto eu balançava no ar. Enquanto o vento soprava em meus ouvidos. Meu coração batia enlouquecido. Eu não conseguia vê-la direito, não conseguia ouvir suas instruções cheias de pânico. Só havia o chão se abrindo sob mim, e meu corpo suspenso no vazio. Impotente, tentei segurá-la. Seus braços tremiam sob meu peso.

— Me levanta! — Meus gritos soavam delirantes até a meus próprios ouvidos. — Me levanta *agora*!

Uma sombra se moveu em seus olhos diante do comando. Ela me lançou um sorriso felino.

— Diga que sou linda.

— Eu... *o quê?*

— Diga — repetiu, ríspida — que sou linda.

Encarei-a por um momento de parar o coração. Lou não podia estar falando sério, mas estava. Dos braços fracos aos olhos vingativos ao sorriso afiado, era tudo muito *sério*. Ela podia me soltar — *mesmo* — se não a satisfizesse logo. Não tinha como sustentar meu peso para sempre. Mas o que ela estava me pedindo? Para mentir? Para adulá-la? Não. Queria algo mais. Algo que eu não podia dar. Entredentes, cuspi:

— Você disse que não me deixaria cair.

— Você me disse muitas coisas também.

Tinha dito a verdade. Queria matá-la. Matar todas elas. Não cederia àquela heresia — aquele *grande romance* entre nós que ela tinha sonhado. Como se fosse possível. Como se uma bruxa e um caçador de bruxas pudessem ser qualquer coisa senão inimigos. Não me lembrava de nada disso. E queria menos ainda lembrar. Mas, naquele segundo, com o vento soprando com júbilo terrível, olhei para baixo. Um erro. Minha visão periférica escureceu. Minha mão escorregou um milímetro da de Lou.

— Está bem — falei rapidamente, odiando a mim mesmo. Odiando ainda mais a ela. — Você... você é muito linda, Lou.

— A mais linda que você já viu?

Quase chorei de frustração.

— Mais linda ainda. Não consigo nem pensar direito quando olho para você.

Ela sorriu, radiante, e a tensão se derreteu de seu rosto tão depressa quanto tinha chegado. Os braços pararam de tremer. Tarde demais, me dei conta de qual era seu jogo: sua magia não podia funcionar em *mim* graças à Balisarda, mas ela a usara para fortalecer o próprio corpo. Estivera fingindo o tempo todo. Alimentando meu medo. Provavelmente poderia ter me levantado com um único dedo. Uma ira renovada queimou, incendiária, em meu peito.

— Agora — disse ela, imensamente satisfeita consigo mesma —, diga que sou excelente cantora.

— Você... você...

— Estou esperando — cantarolou.

— Você é uma excelente cantora. Canta como um pássaro. Um anjo. E se não me levantar neste *segundo*, vou torcer esse seu lindo pescoço.

Ela esperou mais um segundo só para me humilhar. Depois mais um. E outro.

— Bem, agora que resolvemos *essa* questão. — Com um impulso poderoso, me puxou por cima da beira do telhado mais uma vez. Desmoronei ao seu lado em uma mistura de braços e pernas trêmulos, quase vomitando aos pés dela.

— *Nunca* mais minta para mim.

Ela me cutucou na bochecha.

— Eu não teria deixado você cair.

— Mentira!

— Bem — levantou um ombro tranquilo —, talvez até tivesse deixado você cair, mas não teria deixado se estatelar no chão. — Seu sorriso se tornou quase autodepreciativo. — Vai logo, Chass. Eu teria tirado este castelo inteiro do lugar antes de deixar você morrer.

— *Por quê?* — As palavras escaparam, repentinas e indesejadas. Não era hora para uma pergunta dessas. Também não era o lugar, não com bruxas rastejando por dentro e por fora do castelo. Deviam estar se reunindo lá embaixo naquele exato instante, querendo nos devorar. Manon já as teria avisado, querendo tirar proveito da vantagem. Mas nenhum grito soava do chão, e nenhuma magia nos encurralava. — Por que me salvou? Por que deixou a bruxa ir? Você... você a confortou. Secou as *lágrimas* dela. Nós dois queremos *matar* você.

Aquela nova compreensão me chocou a ponto de me calar. Manon queria matá-la. Eu não sabia *como* sabia, mas sabia. Manon, La Voisin e até Morgane, a própria mãe de Lou, a queriam morta. Mas — meus pensamentos se condensaram e estancaram como lama —, aquilo também não estava certo. *Não* tenho *uma filha*, alegara Morgane. Seria possível que ela também tivesse se esquecido da filha, da mesma forma como eu tinha me esquecido da minha esposa? Ou Lou teria mentido sobre as duas coisas? Eu a fitei com suspeita enquanto ela se levantava.

— Por quê? — repeti com firmeza.

Com um tapinha em meu rosto, Lou deslizou pela beirada do telhado sem mim. Sua voz subiu com o vento.

— Não me faça perguntas, *mon amour*, e não lhe direi mentiras.

Franzi a testa ao ouvir as palavras simples. Depois fiz uma careta. Traziam uma sensação diferente das outras, mordendo e picando como insetos. Balancei a cabeça para desalojá-las, mas persistiram. Enterraram-se mais fundo. Familiares, dolorosas e perturbadoras. *Não me faça perguntas*. Embora eu permanecesse no telhado, minha visão se escureceu de repente, e no lugar de telhas e fumaça, vi árvores, raízes retorcidas e uma garrafa de vinho. Olhos azul-esverdeados. Uma sensação nauseante de déjà vu. *E não lhe direi mentiras.*

Não. Balancei a cabeça, livrando-me das imagens, e finquei a faca na pedra. Estava acontecendo aqui. Outra punhalada na parede. Era real. Fui me abaixando mais. Era agora. *Clinc, clinc*. Não me lembrava dela. *Clinc*. Não tinha acontecido. *Clinc, clinc, clinc.*

Repeti o mantra durante toda a descida. Repeti até os olhos azul-esverdeados terem se dissolvido com as árvores, o vento e o Buraco. Minha dor latejou com uma dor renovada àquele nome. Ignorei, concentrando-me no mundo lá embaixo. Os outros me aguardavam em silêncio. Bruxas não se escondiam nas sombras. Pelo jeito, Manon não tinha nos traído. Eu não compreendia. Sem olhar para ninguém, saltei, aterrissando com impacto.

— Está tudo bem? — Lou me estabilizou por reflexo. Quando me retraí, sem responder, ela suspirou e gesticulou em direção às pedras atrás da torre, esgueirando-se pelas sombras como se tivesse nascido lá. Senti uma pontada no peito ao observá-la.

Não me faça perguntas, mon amour, *e não lhe direi mentiras.* Outra lembrança semicompleta. Inútil. Quebrada.

Como um caçador de bruxas incapaz de matar uma bruxa.

VERDADE OU CONSEQUÊNCIA

Lou

Na metade do caminho de volta para L'Eau Mélancolique, Célie adormeceu no cavalo. Jean Luc — que sucumbira a uma espécie de estupor horas antes — não tinha conseguido segurá-la a tempo, e ela caiu de cara na lama, ganhando um nariz sangrando no processo. Rapidamente concordamos que era necessário parar para descansar. Jean Luc alugara dois quartos na pousada mais próxima, contrabandeando-nos para dentro por uma porta dos fundos sob o abrigo da escuridão.

— Volto com comida — prometera ele.

Embora fumaça ainda ofuscasse o céu noturno, devia ser entre a meia-noite e a aurora. Tínhamos sido muito ágeis, considerando todos os obstáculos: entrando e saindo do Château le Blanc em pouco mais de uma hora. Mesmo assim, eram poucas as pousadas que serviam ceia às três da manhã. Mas eu suspeitava que o casaco azul de Jean poderia ajudar o dono da pousada a deixar de lado o horário esdrúxulo.

Coco, Célie e eu reivindicamos um dos quartos enquanto esperávamos, e Reid e Beau desapareceram no cômodo ao lado. Quase de imediato, Célie se atirou de barriga no colchão de palha, com a respiração ficando mais profunda e a boca se abrindo. O filete de baba caindo no travesseiro a transformava no próprio retrato da dama por excelência. Coco e eu puxamos cada uma um pé de bota para descalçá-la.

— Acho que não vou conseguir esperar a comida — comentou Coco, escondendo um bocejo com a mão.

Meu estômago roncou alto.

— Eu vou.

— Guarde um pouco para mim, pode ser?

Sorri quando ela desmoronou na cama ao lado de Célie. Era apertado. Nenhuma das duas pareceu notar.

— Pode deixar.

Um pouco mais tarde, Jean Luc entreabriu a porta, trazendo uma bandeja com figos secos, brioche e queijo comté. O aroma divino de ensopado de carne subia da terrina prateada ao centro, com o vapor fazendo cócegas em meu nariz. Imediatamente comecei a salivar, mas ele parou de repente quando notou Coco e Célie. Levantando um dedo a meus lábios, tirei as frutas secas, pão e queixo da bandeja e deixei sobre a mesinha de cabeceira. Gesticulei para que ele saísse para o corredor, hesitando apenas um segundo antes de partir um pedaço de queijo para mim.

Eu amava queijo.

— Estão exaustas. — Fechando a porta atrás de mim, atirei o pedacinho dentro da boca e quase gemi de prazer. — Podem comer quando acordarem.

Embora fosse óbvio que ficou irritado diante da perspectiva de cear comigo e não com Célie, Jean Luc assentiu e me guiou até o quarto dos homens. Beau acendera um candelabro na penteadeira, que lançava uma luz suave sobre a mobília esparsa: uma cama de solteiro, como a do nosso quarto, e uma bacia de porcelana para os hóspedes se lavarem. O lugar inteiro tinha uma atmosfera desgastada, mas aconchegante, devia ser em grande parte por causa da colcha colorida sobre a cama e do piso de madeira de tonalidade quente.

— As meninas caíram no sono — grunhiu Jean Luc, fechando a porta com o pé.

— É para eu me ofender? — Rodopiei me atirando na cama e caindo dramaticamente bem no colo de Beau. Estava recostado contra a cabeceira com as pernas esticadas, dominando mais do que a parte a que tinha direito do espaço. Bufando, ele me empurrou para fora da cama.

— É.

Sem me perturbar, atravessei o cômodo para investigar o conteúdo da terrina, mas Jean Luc afastou minha mão. Servindo o ensopado em tigelas de madeira rachada, acenou com o queixo para trás de si.

— Vá se lavar, pelo amor de Deus. Suas mãos estão imundas.

Infelizmente, Reid estava logo ao lado da bacia. Fez uma carranca enquanto eu me aproximava, movendo-se de maneira discreta para não me tocar. Quando espirrei água nele *por acidente*, marchou para o outro lado do cômodo.

— Se partirmos depois do café da manhã, vamos chegar a L'Eau Mélancolique pela tarde — falei para ninguém em particular. Energia ansiosa me percorria quando aceitei a tigela de ensopado e traguei seu conteúdo com voracidade, debruçada por cima da bacia como um rato, tentando resistir à tentação de preencher o silêncio e ar morto entre nós. Se aquele era o templo da masculinidade, eu não queria nada com ele.

Meus olhos deslizaram para Reid.

Bom. Queria *um pouquinho* só.

Comemos em silêncio até não restar mais nada da ceia. Então uma batida leve soou à porta.

— Capitão Toussaint? — perguntou uma voz fina e desconhecida. Os olhos de Jean Luc se arregalaram, e ele se virou para nos encarar, dizendo com movimentos labiais: *o dono da pousada*. — Minhas mais sinceras desculpas, mas posso entrar um momento? Minha esposa me deu uma bronca lá embaixo por conta de minha terrível falta de educação, e ela tem mesmo toda a razão. Trouxe uma garrafa de uísque como recompensa... nós o destilamos aqui mesmo usando o trigo do meu irmão... — Sua voz se elevou, cheia de orgulho. — E eu ficaria honrado em lhe servir pessoalmente um drinque.

— Er... — Jean Luc pigarreou. — Basta... basta deixar aí na porta.

Soou como uma pergunta.

— Ah. — Era um dom daquele senhor, sem dúvidas, conseguir imbuir uma palavra tão pequenina de tanta decepção. — Ah, bem, sim. Verdade. Que grosseria de minha parte. Já é muito tarde, é óbvio, e tenho certeza de que o senhor precisa descansar. Minhas mais sinceras desculpas — repetiu. A garrafa fez um ruído quando topou com a porta. — Tenha uma boa noite, capitão.

Não ouvimos seus passos recuarem. Eu quase podia vê-lo se demorando no corredor, talvez pressionando uma orelha contra a porta, esperando que o grande capitão fosse se apiedar e mudar de ideia. Reid e eu trocamos um olhar de ansiedade.

Como se fosse sua deixa, Jean Luc grunhiu baixinho.

— Er... Monsieur Laurent? — Ele nos lançou um olhar de desculpas antes de rapidamente juntar nossas tigelas e as esconder atrás da bacia. Semicerrei os olhos, incrédula. Com certeza não pretendia...? — Adoraria tomar um drinque. Por favor, entre.

Reid, Beau e eu não tivemos outra alternativa senão correr para encontrar um esconderijo, mas o cômodo tinha pouquíssimas opções. Como eu era a menor do grupo, mergulhei para debaixo da cama. Como era o mais estúpido, Beau se agachou atrás da penteadeira, para qualquer um ver. E Reid, sem escolha — e com certeza não pequeno, mas talvez até mais estúpido do que Beau —, rolou para debaixo da cama comigo, envolvendo minha cintura com um braço para impedir que eu aparecesse do outro lado. O movimento esmagou meu rosto contra seu peito, e me afastei, agarrando a gola de Reid com fúria. *O que diabos há de errado com você?*

Ele se virou de costas, me olhando feio, assim que Monsieur Laurent entrou.

— Ah, capitão, o senhor não faz ideia de como Madame Laurent ficará satisfeita ao saber que você vai experimentar nosso uísque. Vai ficar tão, tão satisfeita. Obrigado, muito obrigado.

O corpo enorme de Reid bloqueava minha visão do quarto, de modo que, bem devagar e com cuidado, me debrucei sobre seu peito, espiando por cima de seu ombro. Ele permaneceu completamente imóvel. Podia até ter parado de respirar.

Monsieur Laurent era um homem alto e esguio, trajando pijama e chinelos, e se ocupava com dois copos diante da penteadeira. Jean Luc se moveu discretamente para ocultar Beau.

— É uma honra experimentar, *monsieur*. Obrigado mais uma vez por nos oferecer abrigo a uma hora tão inconveniente. Minha companheira dorme no quarto ao lado — acrescentou, aceitando o copo de líquido âmbar ofertado. Bebericou rapidamente.

— Tenho que admitir — Monsieur Laurent deu um gole da própria bebida, recostando-se contra a mesa com ares de um homem que estava começando a se sentir em casa —, foi um choque encontrá-lo a nossa porta, capitão. — Riu baixinho. — Bom, nem preciso dizer isso, preciso? Perdão pelas boas-vindas que não foram das mais calorosas. Precaução nunca é demais. As bruxas estão ficando mais atrevidas, e abundam por estes lados. O senhor devia ouvir os sons fantasmagóricos da floresta à noite. — Estremecendo, ajustou a toca de dormir, revelando uma testa alta onde o cabelo começava a rarear. Apesar do tom casual, gotas de suor brilhavam por causa do nervosismo. Temia Jean Luc. Não; meus olhos se estreitaram com astúcia. Temia o casaco azul de Jean Luc. — De qualquer modo, achei que a maioria dos Chasseurs estaria em Cesarine para o conclave. — Tomou outro gole generoso de uísque. — Imagino que o senhor tenha ficado sabendo a respeito dos julgamentos?

Jean Luc, que, até onde eu sabia, não tinha ficado sabendo de coisa alguma, assentiu e esvaziou o copo.

— Não tenho permissão para falar sobre tais assuntos.

— Ah, sim, sim, evidente. Muito bem, senhor. — Quando Monsieur Laurent fez menção de encher o copo de Jean Luc outra vez, o capitão balançou a cabeça, e o dono da pousada fez uma expressão de decepção, mas se recuperou quase imediatamente, talvez até um pouco aliviado, e acabou com o restante do uísque em um único gole. — Vou deixá-lo a sós, então. Por favor, aceite esta garrafa como sinal de nosso agradecimento... não é todo dia que se aloja um herói. Estamos honrados, meu senhor, simplesmente *honrados* de recebê-lo.

Reid estava tão quieto e tenso que poderia ter criado raízes sob a cama. Com o maxilar trincado, olhava irritado para o estrado acima de nós sem nem sequer piscar, enquanto Monsieur Laurent saía do quarto e Jean Luc fechava a porta outra vez. A chave clicou na fechadura.

Reid ficou imóvel, obviamente dividido entre seu desejo de fugir de mim e o de se esconder de Jean Luc pelo resto da eternidade. Estudei seu perfil rígido iluminado por trás. Imaginava que... devia doer. Ouvir a reverência do dono da pousada pela pessoa que ele costumava ser, a pessoa que jamais voltaria a ser. Jean Luc tinha aquela honra agora, embora, a bem da verdade, se continuasse a esconder bruxas debaixo da cama, também perderia o privilégio em pouco tempo. Sem conseguir me segurar, afastei uma mecha de cabelos acobreados da testa de Reid.

— Ele não sabe.

— Quem não sabe o quê? — perguntou Reid, ríspido.

— O dono da pousada. Não sabe quem está aqui. — Quando ele balançou a cabeça, enojado (comigo, consigo mesmo, com a situação), falei com firmeza: — Não sabe o que é heroísmo de verdade.

— E você sabe? — Fez uma cara de escárnio para mim. — Você é uma heroína, Louise le Blanc?

— Não. Mas você é.

Embora tenha afastado minha mão, não se moveu para sair do lugar.

— Costumava ser. Agora estou escondido embaixo da cama com uma bruxa. Sabia que me encontraram no meio do lixo? — Quando não respondi, ele bufou, balançando a cabeça mais uma vez. — Óbvio que sabia. Você sabe tudo sobre mim, não sabe? — Seus olhos ardiam com emoção naquele pequeno santuário de sombras... e de fato era um santuário. Apertados e escondidos do restante do mundo, poderíamos ter sido as últimas duas pessoas vivas. — Então sabe que cresci sem rumo. Cresci sozinho. Eles me chamavam de garoto do lixo, e lutei com unhas e dentes por respeito... Quebrei narizes e ossos para consegui-lo... E matei a única pessoa que me considerava parte da família. Alguém assim lhe parece um herói?

Um nó se formou em minha garganta ao ver sua expressão. Ele parecia aquele menininho perdido e solitário.

— Reid...

A cabeça de Beau surgiu sob a cama.

— O que vocês dois estão falando cheios de segredinho aí embaixo?

Como se eu tivesse acendido um fósforo dentro de sua calça, Reid deu um pinote para trás para se afastar de mim, levantando-se e sumindo de vista. Beau o observou partir com uma expressão sobressaltada antes de estender a mão para mim. Na outra, segurava a garrafa de uísque.

— Algum progresso na sedução?

— Nenhum, graças a você.

— Tenho que proteger meu investimento. Mas e as lembranças dele...?

Franzi a testa.

— Coco acha...

— Sei o que Coco acha. — Enganchou um braço em meu pescoço, puxando-me para mais perto. Reid nos observava de cara amarrada do canto mais distante do cômodo. — Quero saber o que *você* acha. Aposta de lado, você preferiria que a gente se focasse em recuperar a memória dele? Sei que não podemos forçá-lo a reverter o padrão, mas talvez possamos dar uma ajudinha.

O peso das palavras se assentou em meu peito. Uma escolha. Ele tinha me oferecido uma escolha. Livre de julgamento ou reprovação, livre de conselhos, tinha me levado até uma bifurcação na estrada e agora esperava, paciente, que eu escolhesse esquerda ou direita. Beau me seguiria, qualquer que fosse a direção. Mas... olhei de relance para Reid. Ele já tinha feito uma escolha — uma escolha *estúpida*, mas uma escolha ainda assim. Tinha optado por um caminho sem me consultar, mas obviamente pensara que era o necessário a se fazer. *Tinha sido* mesmo necessário? Morgane me esquecera, sim, mas não esquecera sua ira contra a Igreja e contra a Coroa. O reino estava correndo mais perigo do que nunca.

Vou encontrá-la outra vez, Lou. Prometo.

Dissimulei um sorriso e dei um peteleco no nariz de Beau.

— Não pense que vai se safar da nossa aposta assim.

— Jamais sonharia com isso, minha irmã. — Ainda falando baixinho, ele me liberou com uma piscadinha e um sorriso, nosso acordo implícito, e balançou a garrafa de uísque diante de meu rosto. — Talvez uma bandeira branca, só por hoje? Não estou com muito sono.

Tomando a garrafa dele, bebi um gole do líquido. Queimou todas as palavras não ditas em minha língua. Todo o medo, a dúvida e a inquietação. Dei mais um gole.

— Nem eu.

— Agora quem é que está de segredinhos — resmungou Reid.

Nós dois olhamos para Jean Luc, que tinha atirado o casaco sobre a penteadeira. Levantei a voz e a garrafa ao mesmo tempo.

— E você, querido capitão? Podemos tentá-lo com isto?

— Vou para a cama. Vocês podem se envenenar à vontade.

Levantei a mão à boca, fingindo sussurrar a Beau:

— Ele não quer brincar.

Jean Luc parou no meio da ação de puxar a colcha.

— Brincar de quê?

— Verdade ou consequência. — Batendo as pestanas, tomei outro longo gole antes de entregar a garrafa a Beau. — Só algumas perguntinhas até cairmos no sono.

— Até caírem duros, você quer dizer. — Terminou de desfazer a cama e começou a subir. — Não, obrigado.

— Acho que é melhor mesmo. — Me encostei em Beau de maneira conspiratória, com os braços e as pernas já agradavelmente quentes. Ele deu uma risadinha, uma presença firme e familiar a meu lado. Uma âncora contra meus pensamentos rebeldes. *Você sabe tudo sobre mim, não sabe? Eles me chamavam de garoto do lixo.* — Ando passando *muito* tempo na companhia de Célie ultimamente, então tenho todo tipo de segredo interessante que posso deixar escapar sem querer.

Ele ergueu o tronco na mesma hora... depois semicerrou os olhos. Devagar, voltou a se deitar.

— Sei o que está fazendo.

— Como assim?

— Sei o que está *fazendo* — repetiu, enfático —, e não é por isso que decidi fazer a sua vontade desta vez. Me passe a garrafa. — Beau bateu com ela na palma aberta do outro, e o pomo de adão de Jean subiu e desceu ao dar um gole enorme. Limpando a boca, ele a entregou a Reid.

— Você começa.

Reid examinou a garrafa com desgosto.

— Não vou brincar.

— Ora, vamos, Chass. — Subi na ponta dos dedos, entrelaçando as mãos contra meu peito e balançando. — Por favor? *Prometo* que não vou obrigá-lo a comparar seu pau com o de Jean Luc.

O capitão abriu um sorrisinho.

— Agora, *neste* caso, concordo que é melhor não brincar mesmo. Eu não ia querer humilhar ninguém.

Indignado, os nós dos dedos de Reid ficaram brancos na garrafa.

— Você... não pode estar... — Fez uma careta. — Quais são as regras?

— São muito simples. — Beau tirou o uísque da mão dele antes de se atirar na extremidade da cama. Eu me sentei no chão, ainda gargalhando de triunfo, e dobrei as pernas sob o corpo. — Você escolhe verdade ou consequência. Se não escolher nenhuma das duas — Levantou a garrafa de maneira sugestiva —, você bebe. Parece justo?

Reid permaneceu de pé, cruzando os braços e olhando feio para nós como uma espécie de deus vingativo de bochechas coradas.

Meio que gostei.

— Eu vou primeiro. — Jean Luc pigarreou e descansou os cotovelos no joelho. Seus olhos claros encontraram os meus. — Lou: verdade ou consequência?

— Consequência.

Ele baixou os ombros, decepcionado. Era evidente que eu dera a resposta errada, e mais evidente ainda que não tinha pensado em uma consequência. Abanou a mão, petulante.

— Desafio você a cortar o cabelo com uma das minhas facas.

Em silêncio, ri e tomei um gole do uísque.

— Minha vez. — Esfregando as palmas das mãos, virei para Reid... e hesitei. Era minha primeira chance real de encantá-lo fora das circunstâncias usuais, fora de L'Eau Mélancolique, do assalto, do telhado.

Fora de perigo. Tinha que fazer valer a pena, e, no entanto, todos os pensamentos lógicos desapareceram de minha mente ao fitá-lo. O brilho de suspeita em seus olhos, o maxilar trincado e os braços flexionados... parecia uma parede impenetrável. Como Jean Luc, ele sabia qual era meu jogo, e não queria brincar.

Como eu o tinha fisgado em Cesarine?

Vasculhei a mente, tentando lembrar, sem sucesso. Presa na Torre dos Chasseurs, cercada por meus inimigos, eu era bruta, afiada e resguardada na maioria dos dias, atacando ao primeiro sinal de provocação. Tentara envergonhá-lo, diminuí-lo. Quase fora bem-sucedida em meus esforços, mas ainda assim ele se afeiçoara a mim. E eu a *ele*. Como? Quando? O uísque já tornava meus pensamentos arrastados, mesmo que ainda não as minhas palavras, fazendo-os rodopiar em uma lembrança única de aconchego e nostalgia. Na Torre, havia uma banheira e uma cama compartilhada, e livros, peças de teatro e vestidos...

Reprimi um grunhido frustrado. Através das paredes finas, os roncos de Coco ecoavam. Ela ainda não tinha me treinado na sutil arte da sedução — se é que tal arte existia. Eu nunca precisara disso. Reid tinha simplesmente... me amado — apesar de tudo —, e aquele amor o levara a fazer esta escolha odiosa, de me esquecer, de me salvar.

Eu a honraria.

De qualquer jeito, não era como se eu pudesse reverter o padrão. Mesmo sendo La Dame des Sorcières. Se ele não se recordava de nosso passado, eu forjaria um novo futuro, e selei a promessa com outro gole.

— Verdade ou consequência, Reid.

Não titubeou ao responder:

— Consequência.

Dando de ombros, apontei a garrafa para ele.

— Desafio você a se despir e dançar o *bourré*. Enquanto nós assistimos — acrescentei depressa quando ele se dirigiu à porta. Não pude reprimir um sorriso. Ele sempre fora inesperadamente arguto. — Não no corredor.

Ele fez uma carranca e parou no meio do caminho.

— Verdade.

— Me diga como se sente neste exato momento.

— Passa a garrafa. — Ele a tomou antes que eu pudesse protestar, e sufoquei a decepção. Talvez fosse melhor assim. Álcool também era uma espécie de verdade. Com alguns tragos mais, ele se tornaria um poço de informações.

— Bem, isso não vai ser nada bonito amanhã — comentou Beau.
— Minha vez agora. Louise, querida — disse, lançando um sorriso charmoso —, verdade ou consequência? E, por favor, escolha verdade.

Revirei os olhos.

— Verdade.

Ele abriu um sorriso felino para mim.

— Quem é a pessoa mais atraente aqui? Seja honesta, aliás, ou são duas doses de uísque.

Com uma piscadela lasciva, estendi o braço inteiro na direção de Reid, condenando-o com um dedo.

— Aquele homem ali. O sujeito de cabelos acobreados. É ele.

Reid fez outra carranca e interrompeu na mesma hora.

— Minha vez. Lou, qual é o seu maior medo?

— Você não perguntou se eu queria verdade ou consequência — argumentei.

Sua carranca ficou mais acentuada.

— Verdade ou consequência?

— Consequência.

— Eu a *desafio* a responder minha pergunta.

Ri e me apoiei nos braços, posicionados para trás, cruzando os tornozelos. *Inesperadamente astuto.* Ainda assim, sua pergunta deixava muito a desejar. Era óbvio que tentaria transformar o jogo em uma arma. Óbvio que tentaria usar qualquer vantagem para me enfraquecer. *Bom, que pena para você, companheiro.*

— Costumava ser a morte — falei de maneira informal —, mas uma prosinha rápida com nosso querido amigo Ansel mudou tudo. Ele está muito bem, aliás. — Todos os três homens me encararam com a boca aberta. Beau, em particular, parecia pálido. — Ele falou comigo em L'Eau Mélancolique. Passou um bom tempo nos seguindo, sabiam...

— O quê? — perguntou o príncipe, incrédulo. — *Como?*

— Ele era um cão branco.

— Ai, meu Deus. — Beau se atirou de costas na colcha, pressionando a ponte do nariz. — *O* cão branco? Achei que fosse um *mau augúrio*. — Com meu bufo, ele exclamou: — Estava sempre lá quando acontecia alguma calamidade.

— Provavelmente para *advertir* vocês.

— Não me dei conta de que ele... Não o vejo desde... — Engoliu em seco. — O que aconteceu com ele?

— Encontrou paz. — O quarto ficou silencioso depois de minhas palavras gentis, e fitei minhas mãos com intensidade, entrelaçando-as em meu colo. — Mas ele também me fez entender que não temo a morte. Ou, pelo menos, que não é morrer em si que temo. Não é a dor. É ter que me separar das pessoas que amo para sempre. — Olhei para cima. — Mas vou voltar a vê-lo. Todos vamos.

Reid parecia ter levado um tapa no rosto. Então também se lembrava de Ansel, ainda que apenas como um noviço. Lembrava que tinha morrido. Talvez simplesmente não tivesse esperado que eu ficasse de luto por sua morte, que seria capaz de sentimentos tão profundos por outra pessoa... eu, uma *bruxa*.

Pigarrei.

— Acho que é sua vez agora, Jean Luc.

Ele imediatamente olhou para Beau.

— Verdade ou consequência?

— Verdade.

— Célie chegou a falar de mim durante a viagem de vocês?

— Falou. — O príncipe se virou para Reid sem mais detalhes, apesar dos protestos veementes de Jean Luc. — Verdade ou consequência?

— Consequência.

Outro sorriso largo. Dessa vez, mais duro.

— Eu o desafio a usar magia para transformar seu cabelo ruivo em azul.

O rosto de Reid corou até alcançar uma coloração marrom-arroxeada.

— Não posso... Como ousa...

— Compartimentalizar não é saudável, irmão. Viu seu rosto naquele cartaz de procurado com a palavra feia que começa com B, mas acho que ainda não admitiu para si mesmo o que significa. — Ergueu uma sobrancelha em desafio. — Negação é o primeiro estágio do luto.

— Verdade — disse Reid entredentes.

— Sim, é. — Beau se inclinou para a frente, com uma expressão intensa. — Por que não consegue parar de olhar para a nossa encantadora Louise?

O rosto de Reid corou ainda mais. Aquela quantidade toda de sangue nas bochechas devia ser fisicamente desconfortável. Comecei a rir baixinho.

— Porque quero *matá-la*...

— Ah, ah, ah. — Beau sacudiu um dedo de reprovação antes de colocar a garrafa na mão de Reid. — São dois tragos por mentira.

Quando Reid engoliu os dois, furioso — sem hesitar, sem negar a falsidade —, um tipo inteiramente diferente de calor tomou meu peito, fluindo por meus braços e pernas. Eu me ajoelhei, inquieta de euforia. O cômodo girava com um lindo tom rosado.

— Verdade ou consequência, Jean Luc.

Ele nem fingiu estar interessado.

— Verdade.

— Você se arrepende do que aconteceu em Modraniht?

Um momento de silêncio se passou.

Relutante, os olhos dele foram até Reid, cuja expressão era assassina agora. Ou nauseada. Ainda assim, não interrompeu o jogo, e o repentino estreitamento de seus olhos traíam seu interesse. Queria saber a verdade. Queria muito saber. Após um momento, Jean Luc passou a mão no rosto e murmurou:

— Sim e não. Não me arrependo de seguir ordens. As regras existem por uma razão. Sem elas, temos caos. Anarquia. — Ele soltou um suspiro, sem olhar para ninguém. — Mas me arrependo das regras em si. — Abaixando a mão, perguntou a Reid: — Verdade ou consequência?

— Verdade.

— Seu coração ainda está com os Chasseurs?

Os dois se encararam por outro longo momento. Eu me inclinei para a frente, na expectativa, prendendo o fôlego, enquanto Beau fingia não estar ouvindo, sendo que na realidade esperava cada palavra cheio de ansiedade. Reid desviou os olhos primeiro, quebrando o silêncio.

— O seu está?

Jean Luc se esticou e tirou o uísque da mão do amigo. Depois de engolir, se levantou e me entregou a garrafa.

— Para mim, já chega por hoje.

A porta se fechou com um clique às suas costas.

— E então sobraram três — murmurou Beau, ainda brincando com a beirada da colcha. Piscou para mim de repente. — Eu a desafio a lamber a sola do meu sapato.

Mais uma meia hora de fanfarrice se seguiu. Os desafios que eu e Beau criávamos foram ficando cada vez mais ridículos — *faça uma serenata para nós, dê quatro piruetas, xingue como um marinheiro por vinte segundos sem parar* —, enquanto as perguntas ficavam cada vez mais pessoais — *qual é a coisa mais nojenta que você já colocou na boca?, qual é a coisa mais nojenta que já saiu do seu corpo?* —, até Reid estar completamente bêbado. Ele cambaleou até mim quando chegou sua vez, agachando-se e pousando a mão pesada em meu ombro. Uma luz cinzenta iluminava a janela.

Sua voz estava arrastada.

— Qual foi a maior mentira que você já contou?

Um pouco de uísque deve ter espirrado de meu nariz.

— Nunca contei que eu era bruxa. Na Torre Chasseur. Você não sabia.

— Isso é idiotice. Como eu poderia nunca ter notado?

— Essa é uma *excelente* pergunta...

— Lou, minha querida irmã — Beau atirou um braço por cima do rosto de maneira dramática, ainda deitado na cama —, você tem que me dizer: tenho alguma chance com Coco?

— Óbvio que tem! Ela só tem olhos para você. Qualquer um enxerga isso.

— *Ela* enxerga? — Ele me espiou com olhos cansados. A garrafa em sua mão continha uma quantidade alarmante de uísque... o que significava: quase nada. — Ela me chamou de Ansel, sabe. Dia desses. Não foi de propósito, óbvio, só meio que escapou. — Começou a virar a garrafa para a colcha, mas atravessei o cômodo e a peguei no último segundo. — Ela estava rindo de uma piada minha. — Olhou para mim de repente, o olhar mais aguçado e nítido. Mais calmo. — Ela tem uma risada linda, não tem? Amo a risada dela.

Com gentileza, o empurrei contra o travesseiro.

— Você ama mais do que apenas a risada de Coco, Beau.

Os cílios dele tremeram.

— Vamos todos morrer, não vamos?

— Não. — Puxei a coberta até o queixo dele, prendendo-a sob seu corpo. — Mas eu o desafio a se confessar para ela mesmo assim.

— Confessar... — Sua voz se perdeu em um enorme bocejo — ... o quê?

— Que você a ama.

Ele riu outra vez enquanto os olhos finalmente se fechavam, e seu corpo sucumbiu ao sono.

E então sobraram dois.

Virei para Reid, surpresa ao encontrá-lo bem atrás de mim. Os olhos fixos nos meus com uma intensidade profunda e perturbadora que não estava lá antes.

— Verdade ou consequência?

Borboletas explodiram em meu estômago enquanto ele se aproximava ainda mais. Calor banhava cada centímetro de meu corpo.

— Verdade.

Ele balançou a cabeça devagar.

Engoli em seco.

— Consequência.

— Me beije.

Minha boca se abriu por vontade própria enquanto eu olhava para ele — enquanto via o fascínio primevo em seus olhos —, mas mesmo através da névoa turva do álcool, do *desejo* profundo e desesperado, me forcei a recuar um passo. Ele me seguiu. Levantou a mão para segurar minha nuca.

— Reid. Você não... você está bêbado...

As pontinhas de suas botas encontraram meus dedos descalços.

— O que é isto entre nós dois?

— Um bocado de álcool...

— Sinto como se conhecesse você.

— Você me conheceu um dia. — Dei de ombros, desamparada, com dificuldade de respirar tão perto dele. Sentindo seu calor. O brilho em seus olhos... não olhava para mim assim desde antes da praia. Não tinha me olhado assim no cavalo, na ponte, na sala do tesouro, e nem mesmo debaixo da cama. Meu olhar foi até o uísque em sua mão, e o calor em minha barriga se tornou algo mais semelhante a náusea. *Álcool também era uma espécie de verdade.* — Mas, agora, não conhece mais.

A mão de Reid deslizou para a lateral de meu pescoço, e o polegar roçou meu maxilar.

— A gente tinha... um relacionamento romântico.

— Tinha.

— Então por que está com medo?

Segurei seu pulso com força para não deixar que o polegar resvalasse para meus lábios. Cada instinto em meu corpo se rebelava contra mim. Cada instinto desejava o toque dele. *Não assim.*

— Porque isto não é real. Você vai acordar com uma dor de cabeça latejante dentro de algumas horas e vai querer me matar outra vez.

— Por quê?

— Porque sou uma bruxa.

— Você é uma bruxa — repetiu as palavras devagar, languidamente, e não consegui resistir: descansei o rosto contra a palma de sua mão. — E conheço você. — Quando ele se desequilibrou um pouco, minhas mãos envolveram sua cintura para estabilizá-lo. Ele se debruçou para enterrar o nariz em meus cabelos e inspirou fundo. — Nunca fiquei bêbado antes.

— Eu sei.

— Você me conhece.

— Conheço.

— Verdade ou consequência?

— Verdade.

As pontas dos dedos de Reid percorreram minha cicatriz, e ele abaixou ainda mais a cabeça, roçando o nariz pela curva de meu pescoço e ombro.

— Por que você tem rosas na garganta?

Eu me agarrei a ele, sem saber o que fazer.

— Minha mãe me desfigurou com ódio. Coco me transformou com esperança.

Então ele parou, recuando um pouco para me olhar. Uma emoção indescritível sombreou seu olhar enquanto passava da minha cicatriz para meus lábios.

— Por que o seu cheiro é tão doce?

Embora uma pressão aumentasse atrás de meus olhos, a ignorei, colocando um dos braços de Reid sobre meus ombros para ampará-lo. Ele desmoronaria em breve. Desajeitado por causa do álcool, seus movimentos não tinham a graça típica — não tinham nem sequer coordenação básica —, e ele continuava instável, balançando. Com fervor, rezei para que não se lembrasse de nada daquilo pela manhã. Não devia tê-lo deixado beber tanto. Minha têmpora direita latejou de dor. *Eu* não devia ter bebido tanto. Com passos lentos e pesados, o arrastei até o outro lado do quarto, para a cama.

— Tenho cheiro de quê, Reid?

Sua cabeça caiu no meu ombro.

— De um sonho. — Quando o deitei com cuidado ao lado de Beau, sua perna inteira caindo para fora do colchão, sua mão capturou a minha e se demorou lá, mesmo depois dos olhos terem se fechado. — Você tem cheiro de um sonho.

A RESSACA

Reid

Eu sentia como se tivesse sido atropelado por um cavalo descontrolado.

Na ruela atrás da pousada, nossos próprios cavalos estavam irrequietos, nervosos, resfolegando e batendo os cascos. Segurei as rédeas com mais força. A parte de trás dos meus olhos latejava com uma dor oca. Quando senti o estômago se rebelar de repente, virei de costas para os animais, fechando os olhos contra a fraca luz da manhã.

— Nunca mais — prometi a eles, com amargura.

Nunca mais beberia outro gole de álcool.

O cavalo mais próximo de mim levantou o rabo e defecou em resposta.

O odor quase me descompôs. Pressionando o punho contra a boca, amarrei as rédeas com dificuldade em um poste e fugi para os quartos outra vez. Os demais guardavam seus pertences com movimentos lentos e arrastados. Coco observava da cama, enquanto Célie andava de um lado para o outro tentando ajudar. Mas não ajudava. Só tagarelava. Alto.

— Por que não me acordou? — Bateu no braço de Jean Luc antes de se abaixar para procurar debaixo da cama um pé de bota desaparecido do rapaz. — Você sabe que *sempre* quis experimentar uísque, e acabaram com uma garrafa inteira sem mim! E brincaram de verdade ou consequência! Como teve a coragem de me deixar dormir no quarto ao lado enquanto vocês se divertiam sem mim?

— Não foi divertido — resmungou Beau, aceitando sua camisa quando Lou a entregou. Em algum ponto da noite, a roupa tinha acabado dentro da bacia de tomar banho. Ele a espremia com uma expressão de imensa infelicidade. — Divertido é a última palavra que eu usaria para descrever a noite de ontem, aliás. Pode parar de falar agora, querida?

— Ah, bobagem! — Abandonando a busca debaixo da cama, Célie se levantou e plantou as mãos nos quadris. — Quero saber cada detalhe. Que perguntas fizeram? Que desafios aceitaram? Aquilo ali... — Seus olhos recaíram sobre uma mancha escura em um cantinho da mesa. — é sangue?

Andei até lá para limpar, as bochechas quentes, e murmurei:

— Caí fazendo uma pirueta.

— Ai, meu Deus! Está tudo bem? Na verdade... deixa pra lá. Esqueça que perguntei. É óbvio que vocês se divertiram *muitíssimo* sem mim, então um pouquinho de sangue pode ser a sua punição. Mas *têm* que me contar tudo que aconteceu, já que não se deram ao trabalho de me convidar. Para a sorte de todos, temos um bom tempo pela frente para vocês me contarem cada detalhe no caminho até L'Eau Mélancolique...

Jean Luc agarrou os ombros dela, com os olhos vermelhos e suplicantes.

— Amo você, Célie, mas, por favor... cale a boca.

— De acordo — comentou Beau, levantando o sapato no ar.

Embora a jovem tenha semicerrado os olhos para os dois, Coco interrompeu, com a voz se elevando até ter começado a gritar.

— O que foi? — Abriu um sorriso ainda mais largo ao notar nossas caretas coletivas. Cada palavra era uma alfinetada em meu olho. — Não conseguem nos ouvir? Célie, querida, precisamos falar mais alto.

Célie também sorria.

— Ah, *sim*, Cosette. Que grosseria abominável a nossa! Devo repetir tudo que acabei de falar?

— Acho que seria a coisa educada a se fazer.

— Tem razão. Seria mesmo. O que eu *disse* foi que...

— Por favor... — Beau se virou, desamparado, para Lou, que estava sentada no chão ao pé da cama, dobrando as roupas sujas e as guardando na mochila. Meu estômago voltou a se revirar ao vê-la. Bile me subiu à garganta. Ela não tinha falado com ninguém desde que acordara. Nem sequer me dirigiu um olhar. A verdade é que a causa do meu enjoo poderia ser só a vergonha que sentia... vergonha da lembrança da pele dela, macia e doce. Seu cheiro ainda me assombrava.

Eu a desafiara a me *beijar*.

Batendo o pé até a bacia para lavar o rosto, engoli ácido.

Quando ela não respondeu, Beau cutucou seu ombro, e Lou olhou para cima com uma expressão vazia. O rosto pálido. As sardas mais visíveis do que o normal.

— Pode forçar as duas a calarem a boca de algum jeito? Talvez soldar suas cordas vocais?

Lou levantou a mão às orelhas, tirando um pedacinho de tecido de cada uma.

— O que foi?

Todos a encaramos.

Tampões de ouvido. Tinha feito *tampões de ouvido* com um pedaço da colcha da pousada. Beau os tomou dela com um ar de reverência, colocando-os nos próprios ouvidos.

— Você é um gênio do mal.

Mas Lou não riu. Apenas ficou imóvel. Seus olhos recuperaram o foco e ela fitou o quarto devagar, como se tivesse perdida em pensamentos o tempo todo. Ainda segurava uma roupa íntima em uma das mãos quando perguntou:

— Não devíamos mandar avisar Claud? Sobre Morgane? — As palavras da mulher odiosa ecoaram entre nós: *A hora é agora. Já me cansei desses joguinhos incessantes. As árvores se mobilizaram, e vamos segui-las, atacando direto e com violência enquanto o conclave delibera.* — Também seria bom avisar Blaise, e ambos deveriam ficar cientes de Isla. Podemos coordenar algum tipo de defesa...

Não consegui reprimir um bufo.

— Acha mesmo que sereias e lobisomens podem coordenar qualquer coisa?

Seu olhar ficou repentinamente aguçado.

— Acho que todos os planos que já *coordenamos* foram à merda e acabaram em total e completo desastre.

— Precisamos deles — concordou Coco, firme, puxando os cordões da mochila para fechá-la e se levantando. — Vou mandar uma mensagem da praia. — Fez uma pausa. — Depois que Isla tiver concordado em nos ajudar.

Ao mesmo tempo, todos olhamos para o anel no dedo de Lou, que o girou, nervosa.

— Acha que podemos confiar nela? — Seus olhos encontraram os de Coco do outro lado do quarto. — Podemos confiar na sua mãe?

— Nós cumprimos a nossa parte no acordo. — Coco deu de ombros.

— E as águas não permitem falsidade.

— Certo. — Lou continuou girando a aliança. Girando, girando e girando. — E... o que é o conclave? O que estão *deliberando*?

Foi Jean Luc quem respondeu.

— Líderes religiosos do reino inteiro se reuniram em Cesarine para eleger um novo arcebispo. Também estão... — Limpou a garganta, de repente muito interessado em sua mochila — ... também estão *obtendo* informações de Madame Labelle.

O que estava implícito na palavra deixou todos tensos.

— Obtendo — repetiu Lou.

Jean Luc continuou sem olhar para ela.

— O fogo infernal continua castigando a cidade.

— O que você quer dizer com *obtendo*? — perguntou Coco, sem se abalar.

— Você sabe o que significa.

Todos me encararam no silêncio que se seguiu. Meu pescoço formigava por causa do calor. Meu rosto também.

— Não me importo.

Lou se levantou.

— Ela é sua mãe.

— Já disse que *não* me importo. — Com um rosnado, me virei para retornar aos cavalos, arrependido da decisão de me reunir com o grupo, de me reunir com *ela*... mas Célie apontou para minha mochila, com a testa franzida.

— Er... Reid? A sua mochila está se mexendo.

Minha mochila está... As palavras cortaram meus pensamentos um segundo tarde demais. Olhei para baixo.

Depois atirei a bolsa para o outro lado do cômodo.

Algo lá dentro soltou um guincho ao se chocar com a parede. Sementes, roupas e armas se espelharam pelo chão, junto com algo que parecia um doce e... e um *rato*. Célie gritou e pulou para cima da cama. Beau se juntou a ela. Lou, por outro lado, se abaixou depressa para recuperar o doce enquanto o rato fugia por uma rachadura na parede, depois o segurou entre dois dedos.

— Isto é o que acho que é?

— Como é que eu vou saber? — Furioso, recoloquei as sementes de volta no saquinho. Jean Luc me entregou minha camisa. Minha calça. Enfiei tudo na mochila outra vez, sem cerimônia. Depois, tentei tomar o doce da mão dela. — Seja o que for, é meu.

— É um rolo de canela. — Ela não o soltou. — Estava aí dentro esse tempo todo?

O pãozinho se partiu um pouco entre nossos dedos.

— Não lembro.

— Você se lembra de comprá-lo?

— Não.

— Então com certeza comprou para mim. É *meu*.

— Não é seu...

Célie pigarreou enquanto continuávamos a batalhar por um pão velho e duro.

— Um *rato* estava comendo isso aí agorinha há pouco, correto?

— Não tudo. — Com olhos ardentes, Lou puxou com força, e o rolo de canela se partiu ao meio. Ela abriu a boca para dar uma boa mordida.

Fogo se acendeu em meu próprio peito, e tentei roubá-lo dela.

— Devolve isso...

Coco estapeou o pãozinho para fora da mão de Lou antes que eu pudesse.

— Não — disse simplesmente. — Não vamos fazer isso. — Guardando o saco de sementes na minha mochila, voltou a arrumar a sua própria. — Comportem-se, crianças.

Lou e eu nos encaramos irritados.

A RIXA

Lou

Mais tarde naquele dia, a névoa nos envolveu.

No limite da trilha que dava na praia, desmontamos dos cavalos olhando ao redor, através da neblina, em busca de qualquer sinal de vida. Constantino morrera, então será que as águas não tinham mais guardião? Podíamos simplesmente... caminhar até a orla? *Deveríamos* fazer isso?

— Beau, Célie e Jean Luc, melhor vocês ficarem aqui, só por precaução — sussurrei. — A magia de Isla protegeu vocês antes, mas não sabemos se vai nos conceder a mesma cortesia desta vez. Eu vou levar o anel até ela. — Olhei para Coco. — Você vem?

Sem responder, ela enganchou o braço no meu em um esforço admirável de manter a normalidade. Mas não havia nada de normal sobre aquele lugar. Nada de normal na maneira como nos abaixamos ao mesmo tempo para tirar as facas das botas. Apesar da hora, ainda dia, fumaça escondia o sol, e as brumas escureciam a região, mergulhando-a em eterno crepúsculo. Densa como água, a neblina se colou a nós enquanto dávamos um passo à frente, limitando nossa visibilidade... e foi por esse motivo que berramos quando a mão de Reid segurou meu cotovelo.

— Nem pense nisso.

Eu me desvencilhei com um grito indignado.

— Não *faça* isso! Se você quer vir junto, tudo bem, mas *avise* antes. Eu podia ter cortado sua mão fora!

Coco semicerrou os olhos.

— Ele pode estar planejando coisa pior.

Ele a encarou, a névoa ondulando ao redor de seu corpo alto.

— Não confio em nenhuma das duas. Não vou deixar vocês saírem do meu campo de visão.

— Você também não está exatamente nos fazendo cair de amores por você — retrucou Coco, falsamente doce.

— Tenho uma Balisarda. Pode ser que haja bruxas por aqui.

— Ah, mas *há* bruxas por aqui.

Ele cerrou os dentes.

— Manon pode ter contado às outras sobre o que roubamos. Podem estar à espera.

Por um momento, ela fingiu estar refletindo sobre a possibilidade, antes de dar de ombros.

— Está bem. Contando que não enfie essa Balisarda em *mim*. — O fato de ela ter virado as costas pra ele, puxando-me, era prova do progresso dos dois. Reid seguiu sem mais comentários.

Avançamos pela trilha tão silenciosamente quanto era possível, atentos a qualquer ruído, mas não havia som algum. Nem o agitar de folhas, nem o rebentar das ondas, nem o canto das gaivotas. Não, aquele silêncio era uma criatura viva, sobrenatural, denso e opressivo. Quando chegamos à praia, hesitamos, piscando para a repentina luz do sol e nos aproximando uns dos outros mais do que teríamos em situações normais.

— Basta jogar o anel dentro da água, ou...?

Como se meu sussurro tivesse quebrado alguma espécie de encanto, Angélica se materializou da água como se fosse um espectro, silenciosa e etérea, com a água escorrendo do vestido de prata pura. Quando seus olhos pousaram em Coco, o rosto tranquilo se abriu em um sorriso de tirar o fôlego.

— Cosette. Você retornou.

— Eu disse que retornaria.

Tirando o anel de ouro do dedo, o estendi depressa para ela.

— Aqui. É seu.

— Obrigada, Louise. — Seu sorriso se apagou um pouco ao examinar a aliança simples em sua palma. Embora brilhasse inocentemente no sol, nós duas sabíamos qual era sua verdadeira natureza. Sua história tinha sido forjada em morte e magia até ambas terem se tornado uma só. — Faz muito tempo desde que vi este anel pela última vez. — Com arrependimento, seus olhos se ergueram até Coco. — Quase vinte anos, na verdade.

— Isso significa que Isla está disposta a nos ajudar? — perguntei.

Ela me ignorou, tomando as mãos de Coco.

— Filha. Eventos já começaram a se desenrolar. Receio que esta seja a última oportunidade que teremos de conversar.

Coco tentou se afastar, sem muito entusiasmo.

— Já disse que não quero conversar.

— Precisa querer.

— Não...

A voz de Angélica se transformou em um sussurro fervoroso enquanto ela se aproximava, mas, no silêncio, o som ainda ecoava. Ouvimos cada palavra.

— Por favor, entenda. *Nunca* quis deixar você, mas só de pensar em mantê-la presa sob as águas a sua vida inteira... como um peixe em um aquário, para ser examinada, admirada e seduzida... Eu não conseguia suportar essa ideia. Você merecia muito mais. Acredite. Sempre a observei de longe, querendo desesperadamente me juntar a você na superfície.

Coco se desvencilhou das mãos de Angélica.

— E por que não fez isso?

— Você sabe por quê.

— O que sei que você tem *medo*.

— Tem razão. — Angélica continuou, sussurrando: — Eu a abandonei nas mãos de uma mulher cruel na esperança de que um dia ela amasse você, que lhe desse as ferramentas para trilhar seu próprio caminho... e isso ela fez. Você a superou. Superou nós duas.

— Fale comigo, Chass — sibilei, desejando desesperadamente que Beau não tivesse roubado meus tampões de ouvido.

Ele me fitou com suspeita desvelada.

— Sobre o quê?

— Qualquer coisa. O que vier à...

— Você pode tentar se justificar o quanto quiser. — Coco nem se importou em abaixar a voz. — Quantas vezes já visitei esta praia, gritando por você? Quantas vezes você me ignorou?

— Você teria vivido uma vida pela metade comigo, Cosette. Eu queria mais para você.

Sem conseguir me conter, olhei de relance para trás para ver Coco encarando a mãe, incrédula.

— E o que *eu* queria não importava, *maman*? Você e *tante*... tudo com que se importam é essa rixa idiota. Sou apenas um dano colateral, não sou? Sou eu quem sofre.

— *Todos* nós sofremos — respondeu Angélica, cortante. — Não se engane, Cosette. Sua tia e eu fomos duas das primeiras bruxas a existir. Sim — ela assentiu para a filha, que estava boquiaberta —, vivi uma centena de vidas. Mais, talvez. O tempo passava de maneira diferente. — Para mim, levantou a mão com impaciência. — Venha, Louise le Blanc. Também devia ouvir isto. Uma batalha está prestes a começar, mais catastrófica do que qualquer outra que este mundo já viu, e todos nós temos que desempenhar nossos papéis. Este é o meu.

Eu me aproximei, hesitante.

— Não temos tempo para isso. Morgane já está a caminho de Cesarine...

— Se quer derrotar sua mãe, *e* minha irmã, você vai arranjar tempo.

Seu tom não dava espaço para discussão, e, no segundo seguinte, ela tinha tirado uma lâmina fina da manga, cortando a palma das mãos. Seu sangue caiu, espesso, na areia, e gavinhas pretas se retorceram para cima, criando cadeiras. Ela apontou para os assentos, com o sangue ainda escorrendo pelos pulsos. Florzinhas roxas, acônitos, brotavam dos pingos na areia.

— Sentem-se. Agora. Não vou pedir de novo.

Acônitos eram um *alerta*.

Agarrei a manga de Reid e o forcei a se sentar, afundando em minha própria cadeira sem discutir. À minha frente, Coco fez o mesmo, e Angélica ficou no centro do pequeno círculo macabro. Ela girou devagar para encarar cada um de nós nos olhos.

— Esta é a sua história, de todos vocês, então escutem muito bem. No começo, a magia vivia dentro de todas as bruxas. Sim, você ouviu direito, Louise — acrescentou quando tentei interromper. — Embora você nos chame de Dames Rouges agora, a magia das suas ancestrais era mais parecida com a nossa do que com a sua agora. Fluía por seu sangue, vibrava em suas veias. As bruxas viviam em harmonia com a natureza, sem nunca pedir mais do que davam, e sem nunca desafiar o caminho natural. Elas viviam. Morriam. Prosperavam. — Abaixou a cabeça. — Eu era uma dessas primeiras bruxas, bem como minha irmã gêmea, Josephine.

— O que aconteceu? — sussurrou Coco.

Angélica deu um suspiro.

— O que sempre acontece. Com o tempo, algumas de nós começaram a desejar mais... mais poder, mais liberdade, mais *vida*. Quando um segmento de minha gente começou a fazer experimentos com a morte, uma grande rixa surgiu entre nós. — Angélica se ajoelhou diante da filha, tomando suas mãos outra vez. — Sua tia era uma delas. Implorei para Josephine voltar atrás, esquecer aquela obsessão com a imortalidade, mas quando a encontrei comendo o coração de uma criança, não pude mais ignorar sua doença. Tinha que agir. — Uma nova haste subiu pela cadeira de Coco, formada das lágrimas de Angélica. Como as flores de acônito, suas pétalas eram roxas, mas era uma espécie diferente. Beladona. — Proibi minha irmã de retornar ao Château le Blanc.

— Você morava lá? — perguntei, espantada.

— Todas morávamos. É o que estou tentando dizer, Louise... esta é a grande rixa entre as Dames Blanches e Dames Rouges. Embora eu tenha proibido Josephine de retornar, ela não ouviu minha advertência, e reuniu outras bruxas que pensavam como ela para organizar uma rebelião. — Estremecendo, Angélica se levantou, e a haste de beladona cresceu, enroscando-se no encosto da cadeira de Coco. — Nunca vi tanto sangue.

Eu a encarei, com o coração martelando no peito, quando outra lembrança veio à tona: sangue correndo como um rio do templo, ensopando os cabelos e as bainhas das bruxas caídas no caminho. *A Rixa*. E, de repente, tudo fez sentido — não tinha sido Coco quem vi naquela lembrança. Tinha sido Angélica. *Angélica* era a mulher sem rosto.

Ela fechou os olhos.

— Mataram-nas. Nossa gente. Nossas mães, irmãs, tias e sobrinhas... todas mortas em uma única noite, abatidas como animais. Apesar de tudo, Josephine não conseguiu me matar. Não depois do nosso pacto de sangue.

— Ela não podia torturá-la — falei, me dando conta da verdade.

— Não, mas ela *podia* me banir, e foi o que fez sem hesitar. Não voltamos a nos encontrar por muitos anos. — Cruzou os braços, apoiando as mãos nos cotovelos dobrados, e pareceu se curvar. — Eu observei de longe enquanto as Dames Rouges colhiam o que tinham plantado, quando entenderam o alto preço da vitória... Todas as bruxas que nasceram depois do massacre não traziam magia dentro de si. Se foram amaldiçoadas pelas irmãs assassinadas ou pela própria Deusa, não sei dizer. Suas filhas, as primeiras Dames Blanches, foram obrigadas a extirpar sua magia da terra e seguir a ordem natural das coisas e logo ultrapassaram em número suas progenitoras. A influência de minha irmã foi minguando, enquanto seus experimentos continuavam, mais e mais sombrios. As Dames Blanches começaram a suspeitar dela, e, quando o momento oportuno chegou, eu me aproveitei do ódio delas, de seu medo, retornando ao Château e tirando Josephine do trono.

Pulando da cadeira, comecei a andar de um lado para o outro, com os pensamentos esporádicos e incompletos.

— Mas eu nem sabia que *você* era uma bruxa de sangue.

— Ninguém sabia. Guardei o segredo a sete chaves por anos, temendo a perseguição e escondendo a verdade de minha magia com esforço diligente. Era uma covarde, sempre fui, mas, no fim, pouco importava. Quando pulei para minha ruína, em L'Eau Mélancolique, Isla me salvou... ou melhor, salvou meu anel. — Passou o polegar pela aliança. — Minha magia. Sem ele, não sou completa, e, sem mim, L'Eau Mélancolique também não é. Por esse motivo, Isla quer que eu evite me envolver na sua guerra. Não entende que é *minha* guerra também.

Com a voz rouca de emoção mal contida, Coco murmurou:

— Se Josephine morrer, você também morre.

Suas palavras foram como um soco no estômago.

De repente, Angélica se virou, a faca apenas um borrão ao cortar a beladona que tentava se enroscar no pescoço de Coco. Tomei um susto, Reid se sobressaltou e Coco pulou da cadeira com um pequeno berro. Nenhum de nós notara as gavinhas se esgueirando, frutos do sofrimento e da raiva de Angélica. Quando ela voltou a falar, sua voz estava baixa.

— Todos temos que desempenhar nossos papéis.

Coco a fitou.

Atravessei o círculo para apertar as mãos de minha amiga.

— Isso quer dizer que Isla *não vai* se aliar a nós?

A mão de Angélica se fechou ao redor do anel.

— Isla é muitas coisas — passando por nós, flutuou em direção às águas. As cadeiras feitas de trepadeiras murcharam enquanto Reid se aproximava, e as flores de acônito escureceram até virarem montinhos de cinzas —, mas não é uma mentirosa. Vocês devolveram meu anel e passaram por Morgane. Provaram-se aliados dignos, Louise. Embora não possa intervir diretamente nos eventos que estão para acontecer, ela permitirá que as melusinas escolham se querem caminhar ao seu lado em Cesarine. Ela permitirá que *eu* escolha.

— E elas vão? — perguntei.

— E *você* vai? — perguntou Coco ao mesmo tempo.

Ela inclinou a cabeça.

— Eu mesma guiarei as melusinas que se dispuserem a ir até Cesarine daqui a três dias.

— O que vai acontecer em três dias? — perguntou Reid com a voz tensa.

Angélica apenas continuou a caminhar para as águas, que permaneciam calmas e paradas. Na orla, ela parou graciosamente, entrelaçando as mãos na altura da cintura.

— O Oráculo lhes oferece um último presente. — Quando três cálices de ferro se materializaram diante de mim, o terror brotou em minha barriga. Reid franziu a testa e se ajoelhou depressa para examinar um.

— Bebam das águas — disse Angélica — e verão.

HOMENS SANTOS

Reid

O cálice de ferro me pareceu familiar quando o peguei e levei aos lábios. Familiar *demais*. Como se tivesse descido um lance de escadas, mas não notado o último degrau. Assim que a água gelada tocou minha língua, uma força invisível me tragou para a frente, e caí para o horizonte.

    No segundo seguinte, reemergi no tribunal formal da catedral. Reconheci na mesma hora os bancos duros e os painéis de madeira nas paredes. As notas de mel no ar. Das velas de cera de abelha. Banhavam o cômodo com uma luz bruxuleante, pois as cortinas estavam fechadas nos vitrais pontudos. Eu mesmo guardara as portas abobadadas — atrás do palanque, atrás do arcebispo — pelo menos umas dez vezes enquanto os culpados aguardavam o veredito. Naquele salão, não tínhamos condenado muitos. O rei Auguste e sua guarda cuidavam dos criminosos banais, enquanto as bruxas nem sequer tinham direito a um julgamento. Não, as pessoas que prestavam testemunho ali tinham sido acusadas de crimes que ficavam no meio do caminho: conspiração, cúmplices do oculto e até tentativa de bruxaria. Em todos os anos que passei com os Chasseurs, tinham sido poucas e raras as pessoas que simpatizavam abertamente com as bruxas. Algumas tinham sido tentadas com poder. Outras seduzidas por beleza. Outras tinham procurado obter magia para si.

Até o último homem ou a última mulher, tinham todos queimado na fogueira.

Engoli em seco quando Lou e Coco aterrissaram a meu lado.

Tropeçando um pouco, Coco topou com o homem de cabelos prateados a nosso lado. Ele nem deu sinal de perceber. Na verdade, quando o ombro dela atravessou o braço dele, incorpóreo, franzi o cenho. Então não podiam nos ver.

— Desculpe, senhor — murmurei, testando a teoria.

Não respondeu.

— Também não podem nos escutar — afirmou Lou.

Em desacordo com suas palavras, estava sussurrando. Seus olhos se fixaram em algo no centro da câmara. Virei. Fiquei pálido. Com uma carranca e postura feroz, Philippe, que um dia fora meu camarada de luta, arrastava minha mãe até o palanque. Estava amordaçada e amarrada. Sangue, tanto preto e seco quanto vermelho-vivo e fresco, manchava por completo o vestido que ela usava, e seu corpo pendia, flácido. Drogada. Seus olhos piscavam entre o sono e o despertar.

— Meu Deus. — Coco levou a mão à boca, horrorizada. — Meu *Deus*.

Philippe não se preocupou em desatar as mãos de minha mãe. Apenas pregou a orelha dela na madeira. Com um berro, ela acordou com um solavanco, levantando o tronco, mas o movimento apenas exacerbou sua posição, rasgando a cartilagem. Seus berros logo se transformaram em soluços enquanto Philippe dava risada. Sob a influência da droga, ela não conseguia suportar o próprio peso, e quando caiu no chão, sua orelha se separou da cabeça por completo.

Vermelho tingia minha visão. Sem pensar, comecei a andar, parando apenas quando outro homem se levantou, do outro lado do salão. Da mesma forma que reconhecera o cálice de ferro, reconheci seu rosto — barba grisalha, bochechas cavadas e olhos tempestuosos —, embora tenha levado vários segundos para identificar de onde.

— Isso era mesmo necessário, caçador? — A voz severa cortou o burburinho do cômodo. Imediatamente, todas as outras vozes silenciaram. Todos os olhos se viraram para ele, que não desviou a atenção de Philippe. — Se não me engano, esta mulher já foi incapacitada pela cicuta, segundo as instruções do curador. Não apresenta qualquer ameaça em sua presente condição. Sem dúvidas, presumo que medidas adicionais como esta são cruéis e incomuns? — Embora tenha soado como uma pergunta, todos sabiam que não era. A censura em seu tom era evidente.

E foi então que o identifiquei — parado entre os bancos de igreja, com uma tigela de ensopado nas mãos cheias de artrose. *A maioria das pessoas da Igreja não receberia nem a própria mãe de braços abertos se fosse uma pecadora.*

Achille Altier.

Mas já não era o homem intratável e recurvado da paróquia do cemitério. Tinha penteado e hidratado a barba com óleo. Estava bem aparada. A batina, também, resplandecia na semiescuridão. Mas a maior diferença era que estava se portando diferente — empertigado, mais alto — e dominando o cômodo com uma facilidade que invejei.

Philippe não gostou, endireitando os ombros. Olhou ao redor para os rostos austeros e impassíveis do conclave.

— É uma bruxa, padre. Precaução nenhuma é demais.

— Está dizendo que sabe mais do que os padres na nossa enfermaria?

O rosto do Chasseur empalideceu.

— Eu...

— Ora, vamos. — O homem a nosso lado se levantou também, quase tão alto e grande quanto eu.

Apesar dos cabelos grisalhos — grossos e brilhantes como os de um homem mais novo —, ele irradiava jovialidade e vitalidade. Pele reluzente. Feições clássicas. Alguns poderiam até considerá-lo um homem belo.

Mas reluzia uma malícia nos olhos azul-claros. Deus o criara como o oposto de Achille em todos os sentidos possíveis.

— Não nos apressemos a condenar Chasseur Brisbois por nos proteger contra a concubina do Diabo, cujo poder está justamente em sua falsidade. — Ele arqueou uma sobrancelha grossa. — Embora eu seja obrigado a censurar o sangue que ele derramou em nosso palanque.

Philippe se apressou em baixar a cabeça.

— Perdão, padre Gaspard.

Padre Gaspard. Minha mente rapidamente preencheu a lacuna. Padre Gaspard *Fosse*. Reconhecia o nome da temporada que passei ao norte de Amandine, onde ele comandava a maior paróquia do reino fora de Cesarine, conquistando grande renome no processo. O arcebispo não gostara nada de sua ambição, de sua dissimulação. A língua astuciosa. Desde o começo, eu não tive uma boa impressão de padre Gaspard. Mas ali — vendo-o em carne e osso —, me dava conta de que o arcebispo falara a verdade. Pelo menos naquele caso.

Padre Gaspard não era um homem santo.

Franzi a testa diante de minha própria conclusão repentina. O que tinha presenciado para pensar assim? Ele tinha defendido um Chasseur de críticas abertas. Tinha feito sua paróquia prosperar. Ambos deveriam ter sido feitos admiráveis, bíblicos, mas não eram. *Não eram*, e eu não entendia — nem a ele, nem a Igreja, nem aquele calor em meu peito e a sensação de formigamento em minha pele. Como se eu tivesse ficado pequeno demais para ela.

— Está perdoado, criança — disse o padre, apesar da barba grisalha de Philippe. — *Tudo* é perdoável na busca de nossa nobre causa. O Pai conhece seu coração. É Ele quem compele sua mão a ser violenta contra estas criaturas.

Gaspard desceu os degraus em direção a Philippe. Devagar. Quase como se fosse um passeio. Fino, altivo e superior. Talvez padre Achille tivesse revirado os olhos. Apesar disso, também desceu, seguindo Gaspard até o outro lado da câmara. Os dois se encontraram no palanque, um de cada lado. Minha mãe no meio.

Achille se colocou diante dela. Sua batina escondia o corpo comatoso dela.

— Ele jamais compele nossas mãos a serem violentas.

— Recue, velho. — Embora não passasse de um murmúrio, a voz de Gaspard ainda assim reverberou pelo salão silencioso. Daria para ouvir uma agulha caindo no chão. — Estamos aqui para queimar uma bruxa, não para mimá-la.

Minhas bochechas coraram de raiva, de uma dor inexplicável. Mas não *devia* ter ficado agitado, não devia ter ficado *magoado*, e com certeza não devia ter sentido qualquer tipo de preocupação pela bruxa sendo julgada Da mesma forma como acontecera com Célie e Gaspard, porém eu não consiga explicar minhas próprias decisões.

Eu não a amava mais.

Não gostava de padre Gaspard.

E não queria que minha mãe — uma bruxa — sofresse. Não queria que morresse queimada.

Senti uma vergonha nauseante me percorrer e desmoronei no banco mais próximo. Desesperado para recuperar a compostura. Quando Lou me seguiu, pousando a mão em minhas costas, me forcei a contar até três, cinco, dez. Qualquer coisa que fizesse meus pensamentos turbulentos voltarem a entrar em foco. Sabia o que precisava fazer. Imaginei com nitidez... eu desembainhando a faca para cortar fora a mão dela. Para cravá-la em seu peito.

Com a mesma nitidez, me vi puxá-la para perto e enterrar o nariz em seu pescoço. Sentir o gosto de sua cicatriz. Abrir suas pernas sobre meu colo e tocá-la com gentileza, ou sem gentileza, ou da maneira como ela quisesse. Quando seus lábios se abriram, roubei meu nome e o guardei para sempre — não um grito de dor, mas de desejo.

É assim que se toca uma mulher. É assim que você me toca.

A dor partiu meu crânio em dois diante da cena tão realista, e me curvei para a frente, agarrando a cabeça. Expulsando as palavras odiosas. A voz odiosa. Quando se espalharam e se perderam, a dor diminuiu, mas minha vergonha ardia mais forte do que antes. Intolerável. Fiz menção de arrancar sua mão de cima de mim. Parei no último instante.

Quando ela se inclinou por sobre meu ombro, seus cabelos fizeram cócegas em minha bochecha.

— Reid?

— Nenhuma decisão foi tomada ainda — rosnou Achille.

Gaspard sorriu. Um gato com um segredinho.

— Óbvio que foi. Não posso culpá-lo por sua ignorância, uma vez que seu idealismo fez com que vários lhe virassem as costas. Não ousam falar livremente na sua presença por medo de censura. — Quando Achille não lhe deu a satisfação de uma resposta, nem uma carranca, nem um piscar de olhos, o padre continuou: — Mas, por favor, esperemos Vossa Majestade contar os votos. Está para chegar a qualquer momento. — Inclinou-se para a frente para sussurrar algo na orelha de Achille. Um sussurro de verdade dessa vez. Não dissimulado. Enrijecendo, Achille murmurou uma resposta. Como se tivesse recebido permissão, o conclave retomou a conversa baixa, todos esperando pela chegada de meu pai.

Lou se sentou a meu lado.

— Não vão jogar sua mãe na fogueira *de verdade*. Não se preocupe.

Sua coxa estava pressionada contra a minha. Eu me forcei a me afastar.

— Vão, sim.

Coco fez uma careta e deslizou até o lado de Lou, balançando a perna, agitada.

— Infelizmente, acho que ele está certo. É provável que Auguste vá querer queimá-la só por despeito por causa do Fogo Infernal.

Lou olhou para mim, de olhos arregalados e alarmada.

— O que vamos fazer?

— Nada. — Quando ela ergueu uma sobrancelha, nada impressionada, fiz uma carranca e acrescentei: — Não há nada que *possamos* fazer. Ainda que eu quisesse ajudá-la, e não quero, não dá tempo. Minha mãe é uma bruxa e vai queimar por seus pecados.

— *Você* também é um bruxo — retrucou Lou, ríspida. — E ainda que não fosse, conspirou bastante com a gente. — Contou meus crimes nos dedos, e cada um era uma faca recoberta de veneno. — Você se casou com uma bruxa — eu não lembrava —, dormiu com uma bruxa — queria ter dormido —, escondeu e protegeu uma bruxa, várias vezes — fechei meus olhos, sentindo o estômago se revirar —, e o melhor de tudo: *assassinou* outras pessoas por uma bruxa. Por quatro bruxas, para ser mais precisa. — Meus olhos se abriram enquanto ela apontava para nós três e depois para o chão. — E a mais importante delas está sangrando naquele carpete agora mesmo. Por você, aliás. Ela se sacrificou por *você*. O *filho* dela. O filho que ela *ama*.

A maioria das pessoas da Igreja não receberia nem a própria mãe de braços abertos se fosse uma pecadora.

Mas eu também não era um homem santo.

Cerrei os punhos e desviei o olhar.

— Não sei usar magia.

— Sabe, sim. — Com tom casual, Coco examinava uma cicatriz no pulso. — E você praticou várias vezes quando Lou não estava diretamente envolvida, o que significa que está *escolhendo* esquecer. — Quando abri a boca para responder, para rosnar, ela apenas apontou para mim. — Cale-se. Não estou interessada em desculpas. Isla nos presenteou com esta visão, então temos que prestar atenção. Estamos aqui por um motivo.

Olhei irritado para ela, e ela retribuiu o gesto. Cruzando os braços, Lou expirou com força pelo nariz. Ainda com raiva. Pelo jeito, também tínhamos isso em comum. Após um momento, ela perguntou:

— O que Madame Labelle tem a ver com a eleição de um novo arcebispo?

— Estão usando o indiciamento dela como a própria corte de justiça deles. — Não deveria ter explicado nada. Só não consegui parar. Apontei com o queixo em direção a Achille e Gaspard, e acrescentei: — Aqueles dois estão competindo pelo título.

Coco fez uma careta e sondou a câmara. Presumi que em busca de algo que Isla gostaria que encontrássemos.

— É melhor que Achille vença.

Lou olhou para nós.

— Você o conhece?

— Era o padre em Fée Tombe. Ele nos reconheceu dos cartazes de procurados, mas mesmo assim nos abrigou durante uma noite e até nos ofereceu café da manhã. Não era muito fã de Beau — acrescentou Coco, como se fosse outro ponto em favor do homem. — Seria o primeiro arcebispo decente que Belterra já viu.

— Não vai vencer. — Para provar a teoria, gesticulei para os homens aglomerados logo abaixo de nós. Tinham juntado as cabeças para sussurrarem. Com os pescoços tensos e as vozes agitadas. Lou e Coco se entreolharam antes de se inclinarem para escutar.

— ... não está se ajudando em nada — sibilou o homem cujos cabelos começavam a rarear. — Não com o histórico dele.

— Que histórico? — perguntou seu companheiro mais jovem, mas igualmente calvo.

O terceiro, também calvo, mas com uma longa barba, balançou a cabeça.

— É óbvio que você não estaria ciente, não é, Emile? Aconteceu antes de você nascer.

— Esta não é a primeira campanha dele. — O primeiro fez uma expressão de desdém para Achille, exalando uma hostilidade inexplicável. — Achille tentou angariar votos e competir com Florin durante o último conclave, mas retirou a candidatura no último momento.

— Nunca deu uma explicação — acrescentou o barbudo. — Apenas se enclausurou naquela paroquiazinha horrenda ao norte.

— O velho Florin levou o título, e ninguém nem sequer ouviu falar de Achille por quase trinta anos... até agora.

Uma batida soou, e os homens pararam de falar, observando enquanto Philippe saía para o corredor, fechando as portas atrás de si. O homem calvo bufou e recomeçou a fofoca maliciosa.

— Ouvi falar que o irmão dele se apaixonou por uma bruxa. Não consigo lembrar seu nome.

— Audric — complementou o velho barbudo, reflexivo. Ao contrário do colega, parecia menos inclinado a odiar Achille. Olhava-o com algo que era quase curiosidade. — Meu pai disse que Achille ajudou a família inteira a passar despercebida pela fronteira.

O mais jovem franziu a boca.

— Não sabia que ele tinha simpatia por bruxas.

— Como não? — O primeiro apontou para onde Achille ainda escudava minha mãe. — Não tem a menor chance de conseguir a maioria dos votos. Não com sua postura... toda essa conversa de paz e civilidade com as *criaturas* deste reino. O conclave jamais o indicará. É evidente que o tempo de reclusão afetou seu bom senso.

Lou bufou com veemência inesperada.

— Acha que ele vai sentir se eu cortar fora a língua dele?

Sem conseguir permanecer quieto, desci os degraus em direção a minha mãe.

— Não toque neles.

— Por quê? — Ela correu para me seguir. — Ele é *obviamente* um filho da...

As portas abobadadas se abriram com violência antes de ela terminar. Vestido com uma capa de pele de leão com a juba envolvendo seus ombros, meu pai entrou no tribunal. Philippe e três caçadores que não reconheci o acompanhavam. Em harmonia, a congregação inteira se levantou e fez uma reverência. Todos os presentes. Até Achille. Meu estômago se revirava quando parei de supetão ao lado do palanque.

Na última vez que nos vimos, ele me ameaçara com tortura. Com ratos. De imediato, meu olhar resvalou para minha mãe, que estava estirada, imóvel. Embora um dia seu vestido tivesse sido verde-esmeralda, eu já não conseguia mais identificar a cor — um tom de marrom, talvez. Eu me ajoelhei para examinar seu abdome. Quando seus olhos acompanharam meu movimento, parei, petrificado.

— Sim, sim, *bonjour*. — Auguste abanou a mão, agitado. Não tinha sorrisos para oferecer naquele momento. Nem formalidades vazias. Sondei-o com ódio crescente. Seus cabelos permaneciam imaculados, é óbvio, mas as olheiras tinham se aprofundado. Os dedos tremiam sem motivo. Ele os escondeu sob a capa. — Não posso demorar muito. Embora este fogo maldito tenha abrandado um pouco — vários ao redor do salão encararam ao ouvir o termo profano, mas Auguste não se desculpou —, os curadores finalmente acreditam ter descoberto uma solução: uma planta rara da Forêt des Yeux. — Seguindo em frente, fez um movimento, ordenando que Achille se afastasse de minha mãe. — Vamos acabar com isto.

Coco bufou e resmungou:

— Não existe *solução*, seja fruto ou não.

Franzi a testa.

— Como você sabe?

— Porque o fogo foi criação do meu sofrimento. — Com uma expressão solene, ela encontrou meu olhar. — E não há solução para esse tipo de sofrimento. Só tempo. O fogo pode abrandar, sim, mas nunca vai se extinguir de verdade.

Lou assentiu, fitando minha mãe, e minha mãe... jurei que a encarava de volta. Agachando-se ao lado dela, Lou pousou a mão em seu braço enquanto Auguste prosseguia com seu discurso maçante.

— Todos conhecemos os crimes desta criatura. — Apontando, fez uma careta de desdém para a figura imunda de minha mãe. — Com os próprios lábios, este ser admitiu a culpa. É uma bruxa. Uma bruxa poderosa. Prometeu que abateria o lago de fogo em troca de sua vida, mas *Deus* encontrou nossa cura. Os curadores já começaram os testes. Até o final da semana, prometem algo que vai extinguir o Fogo Infernal, e então, esta bruxa queimará por seus pecados.

Esta bruxa. As palavras não deviam ter machucado. Ela *era* uma bruxa. Mas também era minha mãe e a antiga amante *dele*. Ele se deitara com ela. Tinha até a amado, se o que minha mãe dizia era verdade. Madame Labelle com certeza o amara. Agora, sua barriga sangrava por causa das mordidas de ratos, e ela levantava a mão ferida para o rosto de Lou, que tentou sem sucesso segurá-la, sua própria mão atravessando sem fazer contado.

Foi só então que registrei o restante das palavras do rei: *até o final da semana*. Senti o coração apertar. Ela seria jogada na fogueira até o final da semana. Não daria tempo de alcançá-la. Estava perto demais.

Vários dos presentes aplaudiram o discurso do rei — inclusive o homem calvo —, mas apenas Achille fez um som de protesto.

— Sua Majestade, há protocolos a serem seguidos. Sem um arcebispo eleito, o conclave deve fazer uma votação oficial...

— Ah. — Auguste franziu o nariz ao se virar. — Novamente o senhor, padre...?

— Achille, Vossa Majestade. Achille Altier.

— Achille Altier, o senhor entende que o apoio da Coroa é necessário para se obter o arcebispado?

— É preferível. Não necessário.

Auguste levantou uma sobrancelha, sondando o homem com novos olhos.

— É mesmo?

— Por favor, Achille — interrompeu Gaspard, diplomático. — A palavra de Sua Majestade é divina. Se ele proclamou que a bruxa deve queimar, ela vai.

— Se a palavra dele é divina — resmungou Achille —, não deveria ter nenhum problema em deixar que façamos uma votação. O resultado estará de acordo com sua vontade.

— *Alguma* coisa tem que estar. — Auguste olhou irritado para ele antes de levantar os braços e se dirigir a toda a audiência, com um tom de voz rude e impaciente. — Os senhores ouviram o homem. Seu padre Achille quer uma votação, e terá uma votação. Todos que forem a favor de queimar a bruxa, levantem as mãos.

— Esperem! — Achille levantou os próprios braços, com os olhos arregalados de pânico. — A bruxa ainda pode se provar útil! Os curadores não aperfeiçoaram o extintor ainda... se tudo falhar, se matarmos esta mulher, que esperança teremos de extinguir o fogo? — Então se dirigiu apenas para Auguste: — O conhecimento dela foi valioso para os curadores. Posso trazer um deles até aqui para testemunhar.

Auguste respondeu entredentes:

— Não será necessário. Este conclave já escutou o suficiente de suas divagações absurdas.

— Com todo respeito, Vossa Majestade, a busca por conhecimento não é absurda. Não quando a vida de uma mulher está em risco...

— Cuidado, padre, ou considerarei o que fala heresia e não apenas divagação.

A boca de Achille se fechou depressa, desaparecendo sob a barba, e Auguste voltou a se dirigir à congregação.

— Vamos tentar outra vez, sim? Todos que forem a favor de queimar a bruxa, levantem as mãos.

Todas as mãos no tribunal se levantaram. Todas, menos uma. Embora Achille observasse os colegas decidirem o destino de minha mãe com uma expressão imperscrutável, manteve as mãos fixas nas laterais do corpo. Firme. Implacável. Mesmo sob o olhar funesto do rei.

— Parece que o senhor perdeu a votação — comentou Auguste, desdenhoso. — Minha palavra *é* divina.

— Vamos resgatá-la — sussurrou Lou, cheia de fúria, para Madame Labelle. — Não sei como, mas vamos. Prometo.

Era possível que Madame Labelle tivesse balançado a cabeça.

— Por que esperar até o final da semana? — A voz de Achille tremia com autocontrole. — Já tomou sua decisão. Por que não queimar a bruxa gora?

Auguste riu e levou a mão, ameaçadora, ao ombro de Achille.

— Porque ela é apenas a isca, seu tolo. Temos peixes muito maiores para fisgar. — A Philippe, disse: — Espalhe a notícia pelo reino inteiro, capitão. Madame Helene Labelle *irá* para a fogueira — lançou um olhar significativo em direção a Achille —, e todos que fizerem objeções vão ter o mesmo fim.

O padre fez uma referência rígida para o rei.

— O senhor deve seguir sua consciência, Vossa Majestade. E eu, a minha.

— Certifique-se de que a sua consciência o leve para a frente da catedral daqui a três dias. Ao pôr do sol, o senhor mesmo vai acender a pira. — Com isso, saiu pelas grandes portas abobadas mais uma vez, e o tribunal se dissipou em fumaça.

PARTE IV

Qui sème le vent, récolte la tempête.
Quem planta vento colhe tempestade.
— Provérbio francês

O QUE É A FELICIDADE

Lou

Embora Angélica e seus cálices de ferro já tivessem desaparecido quando reemergimos, encontramos Beau, Célie e Jean Luc flutuando na enseada dentro de um barco de pesca. De um *barco de pesca*. Do deque, Célie sorria com uma empolgação palpável, segurando o leme com ambas as mãos. Seu sorriso logo se dissipou ao notar nossas expressões sombrias, e ela gritou:

— O que aconteceu?

Esperei até subirmos a bordo para responder.

— O presente de Isla foi uma merda.

Não conseguiríamos chegar a Cesarine antes de Madame Labelle virar cinzas. Quando Coco disse isso — explicando a decisão do conclave, o envolvimento de padre Achille e as palavras finais de Auguste —, Beau deu tapinhas na popa do barco.

— *Este* é o presente dela. Ou pelo menos o de Angélica. Vai nos levar até lá a tempo. — Deu de ombros e acrescentou: — Eu não me preocuparia tanto com as ameaças de meu pai. Ele tem tendências dramáticas, mas tem ainda menos noção do que está fazendo do que nós.

— Você não o viu. — Torci os meus cabelos para tentar secá-los, amaldiçoando o frio. As mechas já tinham começado a congelar, e meu corpo inteiro estava arrepiado. — Não estava encenando. Sabe que vamos tentar resgatar Madame Labelle. Planeja nos encurralar, como já fez antes. — Olhei ao redor do barco decrépito. E *isto* não vai conseguir nos levar a Cesarine rápido o suficiente.

— Vai, sim. — Empurrando Célie delicadamente para o lado, Beau fez um aceno positivo de cabeça enquanto Jean Luc baixava a vela, e deslizamos pelas águas com velocidade. — Aprendi a velejar quando tinha três anos. — Ergueu uma sobrancelha convencida para Coco, acrescentando: — Foi o almirante da Marinha Real em pessoa quem me ensinou.

A meu lado, Coco esfregava os braços para esquentá-los, e Reid tensionava todos os músculos do corpo, recusando-se a tremer apesar de seus lábios já terem adquirido uma coloração azulada. Célie correu para pegar lençóis da cabine na parte de baixo. Mas não ajudariam. Não o bastante. Relutante, busquei os padrões brancos, preparando-me quando cintilaram, respondendo. Franzi a testa com a sensação — a gama de possibilidades ainda me sobressaltava, mas após um ou dois segundos de aclimatação, me senti... bem. Como se estivesse me espreguiçando depois de passar tempo demais em uma posição. Mais curioso ainda, em vez de me puxar em direção ao Château le Blanc, a magia parecia estar me puxando para...

O que importa agora é se você, La Dame des Sorcières, ainda considera este lugar seu lar. Se não, seria lógico pensar que sua magia não vai mais protegê-lo, e sim redirecionar a proteção para o seu novo lar. Onde quer que seja.

Depois, ficou fácil demais puxar um cordão. Uma explosão de ar quente envolveu primeiro Reid e Coco — depois a mim —, e assisti, impressionada, enquanto a neve ao longo do caminho para a praia derretia. Calor em troca de calor. O padrão branco se dissipou com o gelo.

— Como você fez isso? — perguntou Coco, desconfiada.

— Derreti a neve.

— Achei que a natureza exigisse sacrifício. — Ela semicerrou os olhos, examinando meu rosto e meu corpo à procura de qualquer sinal de dano físico. — Como é que derreter neve pode ser um sacrifício?

Dei de ombros, sem saber como explicar o novo poder que era estranho até para mim. Morgane parecera, como Dame des Sorcières, não ter limites, e — pelo menos nesse sentido natural — talvez de fato não tivesse tido.

— Eu *sou* a neve.

Ela só me olhou. Todos me olharam. Até Célie, enquanto retornava com cobertas meio mofadas. Envolvi a minha nos ombros, afundando-me em seu calor. O padrão tinha nos secado, mas o vento amargo não tinha ido embora. Tentei e provavelmente não consegui explicar:

— É como... Antes, minha magia me parecia uma *conexão* com meus ancestrais. Eu recebia meus padrões através deles. Agora, como Dame des Sorcières, eu *sou* eles. Sou suas cinzas, sua terra, sua magia. Sou a neve, as folhas e o vento. Sou... ilimitada. — Foi minha vez de ficar imóvel, encarando. Com certeza soava como uma lunática ensandecida, mas não sabia mais como descrever a sensação. Talvez palavras *não pudessem* descrevê-la.

— Mas — Coco pigarreou, visivelmente desconfortável — você ouviu o que aconteceu com minha tia quando parou de respeitar as regras e o equilíbrio natural. Ela e suas seguidoras foram longe demais. Massacraram o coven inteiro como resultado, e a Deusa as puniu. Ela... Ela puniu sua mãe também.

— Na Mascarade des Crânes, a Deusa deu uma chance à minha mãe de se redimir. Ela a advertiu. Quando Morgane a ignorou, Aurore retirou a benção dela. Está vendo? Existem regras e equilíbrio. E não posso... — Comecei a refletir e contemplei os padrões. — Não posso fazer nada que não seja *natural* com esta magia. Ou pelo menos não acho que possa. Não posso matar, nem...

— Morte é algo natural. — Reid olhava, resoluto, por cima dos trincanizes. Como ainda não tínhamos saído de L'Eau Mélancolique, as águas embaixo não se agitavam. Ele segurou sua coberta com mais firmeza e engoliu em seco. — Todo mundo vai morrer um dia.

— Verdade — concordei devagar, recordando as palavras de Ansel, que tinham sido reconfortantes de alguma forma, como uma benção. Mas as de Reid não eram. Pareciam mais uma ameaça... não: uma promessa.

Franzi o cenho outra vez, semicerrando os olhos enquanto encarava suas sobrancelhas pesadas, sua expressão abatida. Pela primeira vez desde que perdera parte da memória — fora o dia da nossa brincadeira bêbada —, não exalava malevolência. Não mantinha uma mão na bandoleira.

— A morte é algo natural, mas assassinato não é.

Dando de ombros, Reid não respondeu.

Resisti ao desejo de me aproximar dele.

— Está tudo bem, Chass? Beau tem razão. A gente *vai* conseguir alcançar sua mãe a tempo...

Ele se virou e desceu antes que eu pudesse terminar a frase. A porta bateu às suas costas.

Um silêncio constrangedor caiu sobre nós, e um calor tomou conta das minhas bochechas.

Coco começou a procurar algo dentro da mochila, virando de costas para o vento gelado.

— Você não devia precisar de ajuda para saber que ele quer que você vá atrás dele. — Tirou um pedaço de pergaminho, um frasco de tinta e uma pena antes de se sentar no chão do barco. Sem cerimônia, usou o joelho como mesa e começou a escrever uma mensagem. Para Claud, provavelmente. Para Blaise. — A menos que *precise* de ajuda? Posso ensinar um jeito excelente de se aliviar o estresse...

— Conheço *vários* jeitos de aliviar o estresse, obrigada. — Quando o vento tornou impossível Coco manter a folha parada, fiz um movimento de mão. A corrente de ar cessou apenas por um instante, imobilizando o barco junto. Tínhamos acabado de chegar ao oceano aberto, e as ondas finalmente rebentavam contra o casco. — Ele não se interessaria por nenhuma delas.

— Ah, acho que ele está *muito* interessado. — Seu sorrisinho desapareceu quando Coco olhou para cima, e ela começou a bater com a ponta da pena no papel ritmicamente. — O que vou dizer para Claud?

Resignada, me atirei ao lado dela, envolvendo-a com a coberta também. Do outro lado do deque, Beau comandava o leme enquanto Célie se empoleirava no único banco disponível. Jean Luc se juntou a ela.

— Meu pai pode estar planejando nos prender — concordou Beau —, mas ainda temos uma coisa a nosso favor. — Apontou para Célie e Jean Luc. — Temos estes dois agora. Ele não sabe disso.

— Sabe que abandonei meu posto — resmungou Jean Luc.

Coco balançou a cabeça.

— Mas não sabe *por quê*. Se ficou sabendo da ausência de Célie, o que duvido, conhecendo Tremblay, pode até suspeitar que você a tenha seguido, mas ninguém nunca vai acreditar que ela veio nos procurar, e muito menos se aliar conosco. Não depois de tudo que aconteceu.

— Temos o elemento surpresa. — Ao fundo de minha mente, um plano começava a tomar forma. Não o investiguei muito detalhadamente, brincando com um fio solto na coberta em vez disso. Deixando que nascesse. Não resolveria o problema que Morgane representava... mesmo que, na realidade, *problema* fosse uma palavra branda demais para o retrato que Angélica pintara. *Uma batalha está prestes a começar, mais catastrófica do que qualquer outra que este mundo já viu.*

Não podíamos focar nisso. O plano tinha mudado. Madame Labelle vinha primeiro, e depois — só *depois*, vinham as batalhas catastróficas. Puxei o fio com fúria, desfazendo parte da costura.

— Não vamos ter como nos infiltrar na cidade sem sermos detectados. Não conseguimos antes, mesmo quando ninguém tinha ideia de que estávamos a caminho. Agora vão estar nos esperando.

— Estou ouvindo um *mas* aí? — perguntou Beau.

Olhei para ele. Olhei para todos.

— Talvez a gente não *precise* entrar às escondidas. Talvez possamos anunciar nossa chegada. — Dei um sorrisinho, embora não estivesse com vontade alguma de sorrir. — Talvez até deixemos que nos capturem.

— *O quê?* — exclamou Beau.

— Não, olha só. — Eu me debrucei para a frente, apontando para Célie e Jean Luc. — Temos uma aristocrata com um desejo de morte e um caçador perdidamente apaixonado por ela. Um *caçador*. Ele tem talentos letais e é altamente treinado, e, mais importante ainda, tem o respeito da Coroa e da Igreja. Se Célie tivesse partido em uma busca por vingança... contra mim, contra Reid, contra todas as bruxas... *É óbvio* que ele iria atrás dela. *É óbvio* que poderia nos incapacitar e é óbvio que nos levaria de volta a Cesarine para nos ver queimar. Até prenderia o príncipe herdeiro rebelde no processo.

— Vão jogar vocês todos na prisão. — O vento agitava os cachos selvagens de Célie enquanto pensava. — A mesma prisão onde eles mantêm Madame Labelle presa.

— Exato. Jean Luc pode dispensar os guardas, e eu vou usar magia para nos libertar.

— Vão injetá-los com cicuta — lembrou Jean Luc.

— Não se você já tiver feito isso. — Eu me atirei, prostrada, para fins de demonstração, a cabeça rolando sem sustentação sobre o ombro de Coco. — Você esquece que sou uma mentirosa muito talentosa, e seus irmãos confiam em você.

— Se escaparem sob minha guarda, eles vão saber que os ajudei. Vão me tirar o título de capitão.

Coco, que estivera anotando o plano, riscando e reescrevendo à medida que ia se formando, olhou para cima com uma expressão sombria.

— Vão fazer muito pior do que isso. — Tirando uma faca do manto, cortou uma linha fina no antebraço, posicionando o corte acima do papel. A cada gota, o pergaminho crepitava até desaparecer. A mim, disse: — Pedi a Claud, e acho que a Zenna e a Seraphine também, que encontrem Blaise e depois se reúnam com a gente na pousada Léviathan. Se conseguiram curar Toulouse, Liana e Terrance, também vão conseguir curar Madame Labelle.

Quando Jean Luc não se pronunciou, Célie se aproximou, entrelaçando os dedos nos dele.

— É a coisa certa a se fazer, Jean. Os Chasseurs deveriam proteger os inocentes. A única coisa que Madame Labelle fez foi amar o filho. Se não fosse pelo sacrifício dela, o rei estaria torturando Reid agora.

— Além disso — interrompeu Beau, franzindo os lábios —, não querendo ser *aquela* pessoa, mas já sendo: o seu título não vai valer de nada se Morgane matar todo mundo.

— É um argumento sólido — concordou Coco.

Jean Luc fechou os olhos, o rosto sério e tenso. No céu ensolarado, gaivotas cantavam, e a estibordo, ondas quebravam na orla distante. Embora eu não conhecesse bem Jean Luc, suas emoções estavam sempre à flor da pele, tão expostas quanto seu casaco... um casaco pelo qual ele esforçara muito para obter. Mais do que a maioria dos Chasseurs. E todo aquele esforço — toda a mágoa, a inveja e o despeito — teria sido em vão se ele nos ajudasse agora. Ao fazer *a coisa certa*, ele perderia tudo.

Não, não conhecia Jean Luc muito bem, mas eu o entendia melhor do que a maioria das pessoas.

Após mais um momento, ele abaixou o queixo em concordância. E tristeza.

— Certo. Só me digam o que tenho que fazer.

— Obrigada, Jean — agradeceu Célie, dando um beijo na bochecha do rapaz.

O último dos pergaminhos desapareceu com o sangue de Coco, e a mensagem foi enviada.

Mas, em vez de alívio, senti um terror renovado me percorrendo. Terror renovado e raiva antiga. A raiva fervilhava logo abaixo de minha pele enquanto eu encarava a porta para a cabine. Jean Luc nos ajudaria, sim, e Claud e Blaise também. Tínhamos um dragão do nosso lado, bem como uma das primeiras bruxas existentes. Melusinas e *loups-garou*. Uma *deusa* me abençoara com a magia de La Dame des Sorcières, de modo que eu podia mudar de forma — podia alterar o próprio tecido da natureza — com um aceno de mão. Morgane não sabia da minha existência, e Auguste não sabia de nosso plano. Nunca antes tivemos um elemento surpresa para usar — de fato, nunca antes estivemos tão bem-preparados para o que estava por vir. Nosso plano era excelente. O melhor que já arquitetáramos.

Não fosse por um problema muito alto e muito *irritante*.

Meus olhos poderiam ter criado buracos na porta, tamanha a intensidade.

Seguindo meu olhar, Coco cutucou meu ombro.

— Vá falar com ele.

— Ele jamais vai concordar com o plano.

— Você não tem como saber até ter tentado.

Bufei.

— Tem razão. Ele provavelmente vai *adorar* o nosso plano. Vai dar a ele a chance de realizar suas fantasias de mártir. Porra, ele vai querer ser amarrado à fogueira por causa de todo o ódio que sente por si mesmo, de toda a vergonha ou... ou de algum senso equivocado de *dever*.

Ela me lançou um sorriso torto.

— Não foi isso que eu disse.

— Foi o que quis dizer.

— Não foi, juro. — Ela colocou o braço sobre meus ombros e me abraçou, inclinando-se para mim e abaixando a voz: — Aqui está sua primeira lição na arte da sedução: ser honesto é sexy pra caramba. Não, não é o que você está pensando — acrescentou quando bufei outra vez. — Honestidade vai além de contar a ele quem você costumava ser, quem *ele* costumava ser, quem vocês dois eram juntos. Você já tentou isso, e não funcionou. Precisa *mostrar* a ele. Permita a si mesma ser vulnerável, para ele também poder ser. Esse tipo de honestidade... *esse* tipo é íntimo. Honestidade nua e crua.

Bati com a cabeça de leve contra o casco, soltando um suspiro pesado.

— Você esquece que sou uma mentirosa. Não *sei* ser honesta.

O sorriso dela aumentou.

— Com ele, você sabe.

— Ele me deixa furiosa pra cacete.

— Com certeza.

— Quero arrancar fora os olhos dele.

— Estou completamente de acordo.

— Talvez roube a Balisarda para raspar as sobrancelhas dele com ela.

— Adoraria ver isso.

— Vou ser honesta se você também for.

Ela virou o rosto para o meu, confusa, e encontrei seus olhos.

— Como assim? — perguntou, desconfiada. Mas pela maneira como seu olhar viajou de relance para Beau (tão rápido que eu poderia nem ter notado), ela sabia *exatamente* o que eu queria dizer. Fingi ponderar minhas palavras, tamborilando um dedo no queixo.

— Bem... Célie me contou sobre um certo beijo.

Coco estreitou os olhos em uma advertência.

— Célie precisa cuidar da própria vida.

— Me parece que *você* também precisa cuidar da própria vida. — Reprimi um sorriso diante da súbita expressão assassina dela. — Anda. Você não acabou de me dizer que honestidade é sexy pra caramba?

Ela arrancou o braço dos meus ombros, cruzando-o com o outro diante do peito. Escondendo-se um pouco mais dentro das cobertas.

— Não projete o que você e Reid têm em cima do que Beau e eu temos. O nosso não é um grande romance arrebatador. Não somos amantes trágicos. *Nós* fomos um casinho sem compromisso, só isso.

— Coco, Coco, Coco. — Topei com o ombro *dela* desta vez. — Quem é a mentirosa agora?

— Não estou mentindo.

— Achei que tinha dito que honestidade era *nua e crua*? Achei que tinha dito que era *íntima*?

Ela fez uma careta e desviou o olhar, apertando o medalhão contra o peito.

— Nua e crua demais. Íntima demais.

Meu sorriso se apagou aos poucos ao notar a dor em suas palavras.

— Quando foi a última vez que você se deixou ser vulnerável na frente de alguém?

— Sou vulnerável com você.

Mas eu não contava, e ela sabia. Vasculhei a memória tentando recordar todos os relacionamentos sérios de Coco — uma bruxa chamada Flore, Babette e Beau. Não sabia se devia contar Ansel também. Aquelas emoções tinham sido sérias, sim, mas não recíprocas de ambos os lados.

— Isso... isso tudo tem a ver com Ansel? — perguntei, um pouco hesitante.

Ela me lançou um olhar mordaz.

— Não. — Uma pausa. — Bom, não mais. — Curvou os ombros, e seus braços penderam do lado do corpo. Olhou para as palmas da mão em seu colo. — Tinha a ver com ele, no começo. Mas ele... ele me visitou nas Águas Melancólicas, Lou.

Senti meus olhos marejarem.

— Eu sei.

Ela não pareceu chocada com a revelação, e seu olhar se tornou reflexivo. Como se não tivesse nem sequer me escutado.

— Ele me disse que queria que eu fosse feliz. Que se Beau fosse capaz de fazer isso, que eu não deveria hesitar. — Balançou a cabeça, triste. — Mas nem sei o que é felicidade.

— Óbvio que sabe...

— O que *sei* — continuou ela, determinada, falando por cima de mim — é que Beau não tem a obrigação de me mostrar. Não é obrigação de ninguém me mostrar, só minha. Se não sei como me fazer feliz, como ele poderia? Como minha mãe ou minha tia poderiam?

Ah. Um momento de silêncio pulsou entre nós enquanto as peças do quebra-cabeça se encaixavam. Eu a fitei, desejando tanto abraçar os seus ombros tensos. Intencionalmente ou não, Coco tinha sido abandonada por todos que ousou amar. Exceto por mim. Não era coincidência que só se permitisse ser vulnerável com uma pessoa. Ainda assim... meu coração ficou apertado quando olhei para Beau, que nos lançava olhares discretos a cada poucos segundos.

— Ele não é sua mãe nem sua tia — sussurrei.

Ela ficou tensa.

— Ele é um *príncipe*.

— E você é uma princesa.

— Nós lideramos povos diferentes. A gente de Beau vai precisar da orientação dele, e a minha gente, da minha. Olhe ao redor, Lou. — Estendeu os braços para os lados, como se Morgane, Josephine e Auguste estivessem no barco. — Independe de como as coisas terminem em Cesarine, nossos reinos não estão alinhados. Nunca vão estar. Não temos um futuro juntos.

Levantei uma sobrancelha, repetindo as palavras dela:

— Você não tem como saber até tentar. — Quando ela me olhou irritada, sem responder, tomei suas mãos. — Não, me escute, Coco. Se você não quer Beau, tudo bem. Prometo que não vou dizer mais nada. Mas se *quer*, e se ele também quer você, os dois vão encontrar um caminho. Vão dar um jeito. — Por vontade própria, meus olhos se viraram para a porta da cabine. — Só você pode decidir o que é felicidade para você.

Ela apertou minhas mãos com mais força, lágrimas cintilando em seus olhos.

— Já disse, Lou. Não *sei* o que é felicidade.

— Não tem problema não saber. — De repente, puxei-a para se levantar, finalmente a abraçando. Beau, Célie e Jean Luc pausaram a conversa murmurada para nos observar, sobressaltados. Eu os ignorei. Não me importava. — O problema é parar de tentar. Temos que *tentar*, Coco, ou jamais vamos encontrar.

Coco assentiu contra minha bochecha, e suas palavras ecoaram em meus ouvidos.

Honestidade vai além de contar a ele quem você costumava ser, quem ele costumava ser, quem vocês dois eram juntos. Precisa mostrar a ele.

Mais uma vez, olhei para a porta. A raiva permanecia, é óbvio — ferida antiga —, mas o terror tinha sido substituído por uma determinação férrea. Por um novo propósito. Minha felicidade incluía Reid, e eu jamais pararia de lutar por ele. Jamais deixaria de tentar. Coco seguiu meus olhos com um sorriso pequeno. Empurrando-me para a frente com gentileza, sussurrou:

— Um brinde! Vamos encontrar nossa felicidade.

LEVE-ME PARA O ALTAR

Reid

Tive que me curvar para entrar na cabine, quase quebrando o crânio no processo, antes de me empertigar para inspecionar meu santuário. Uma cozinha cheia de tigelas e panelas à direita. Um sofá gasto à frente Uma mesa circular. Atravessei o cômodo em duas passadas. Uma cama estava escondida atrás de cortinas de estampa xadrez na proa do navio. Mais duas passadas. Um segundo par de cortinas escondia outra cama na popa. Os lençóis cheiravam levemente a mofado. A sal e peixe.

Quando meu estômago soltou um ronco audível, vasculhei os armários em busca de comida. A missão dava algum propósito a minhas mãos. Foco a minha mente. Fome tinha solução. Uma solução óbvia e tangível. Aquela dor podia ser curada com pão duro, com um pote de vegetais em conserva. Deixei os dois itens no balcão. Cortei uma fatia do pão com minha faca. Tirei a tampa do pote de cenouras e rabanetes. Procurei um prato e um garfo, sem estar de fato prestando atenção no que fazia. Quando os encontrei, comi depressa, resoluto, com movimentos eficientes. Focado.

A dor em meu estômago não diminuiu.

A culpa continuou a revolvê-lo até eu empurrar o prato para longe, enojado por causa das cenouras. Do barco. De mim mesmo.

Não conseguia parar de pensar nela.

Vamos resgatá-la. Não sei como, mas vamos. Prometo.
Sempre me considerei um homem convicto. Nunca tinha ouvido o que era convicção até aquele dia.
Você *também é um bruxo. E ainda que não fosse, conspirou bastante com a gente. Você se casou com uma bruxa, dormiu com uma bruxa, escondeu e protegeu uma bruxa, várias vezes, e o melhor de tudo*: assassinou *outras pessoas por uma bruxa. Por quatro bruxas, para ser mais precisa. E a mais importante delas está sangrando naquele carpete agora mesmo.*
Jamais deparara com uma veemência assim. Uma paixão assim.
Eu odiava aquilo.
Eu odiava *Lou*.
Eu odiava o fato de não a odiar nem um pouco.
Meus pensamentos giravam em círculos enquanto eu lavava o prato. O pote vazio. Enquanto os retornava ao armário, junto com o pão. Afundando no sofá, encarei a porta da cabine sem parar. Eu não podia matá-la. Não podia tocá-la daquele jeito. Não podia tocá-la de *jeito nenhum*. Ao pensar novamente naquilo — a ideia de ceder à tentação, de passar os dedos nas costelas dela, ou talvez de perfurá-las com minha faca —, a bile me subia à garganta. Talvez pudesse deixá-la, então, deixar *todos* eles para trás, como planejara fazer no começo.
A ideia me causou uma dor física.
Não, não podia deixá-la, não podia matá-la, não podia *tê-la*, então havia apenas uma solução. Uma solução óbvia e tangível. Se fosse honesto comigo mesmo, já deveria tê-lo feito. Devia tê-lo feito assim que vira meu rosto naquele cartaz. Deveria ter sido fácil.
A coisa certa raramente era a mais fácil.
A porta se abriu com violência antes que eu concluísse o pensamento, e Lou irrompeu cabine adentro. Os cabelos selvagens. O queixo determinado. Ainda vestia a calça de couro *imunda*, e a renda na parte de cima da camisa tinha se afrouxado. A gola tinha escorregado, deixando

um ombro à mostra e revelando uma clavícula. Longa e delicada. Meu olhar se demorou ali por um segundo mais do que deveria antes de eu desviá-lo, furioso comigo mesmo. Com ela. Encarei o chão, raivoso.

— Acho que você já passou *bastante* tempo aí de cara emburrada. — Suas botas entraram em meu campo de visão. Tinham parado a poucos centímetros das minhas. Próximas demais. Encurralado no sofá, não podia me mexer sem ficar de pé, sem roçar meu corpo no dela ao passar. A cabine era apertada demais. Quente demais. O perfume doce de Lou dominava o ar. — Vai logo, Chass — disse, curvando-se para me encarar nos olhos. Seus cabelos caíram, longos e volumosos, entre nós dois. Agarrei os joelhos com as mãos. Não a tocaria. *Não* tocaria. — Sei que as coisas ficaram um pouco... bem, *péssimas* no tribunal, mas temos um plano para salvá-la agora. Vamos enganar Auguste.

— Continuo não me importando.

— E continuo não acreditando em você. — Quando não olhei para ela, Lou se endireitou, e meus olhos traidores seguiram o movimento. Ela plantou as mãos nos quadris. — Vamos enganar Auguste — prosseguiu, determinada a me contar, eu querendo ouvir ou não —, fingindo que Jean Luc nos prendeu.

De repente, minha atenção se focou em seu rosto. Em suas palavras.

— Vamos nos entregar?

— *Fingir* nos entregar. — Sua expressão se abrandou ao notar alguma coisa na minha. — Estamos só fingindo, Chass. Depois que libertarmos sua mãe, nós também vamos dar o fora daquele lugar. Coco vai reunir Claud e Blaise e, com sorte, até Angélica, e vamos nos encontrar todos na pousada Léviathan.

Claud, Blaise e Angélica. Deuses, lobisomens, bruxas e sereias.

Balancei a cabeça.

— Para com isso. — Lou estalou os dedos para chamar a minha atenção. Semicerrou os olhos com suspeita. — Sei o que está pensando... está estampado neste seu rosto besta... e a resposta é *não*.

Fiz uma carranca para o dedo dela.

— É? E o que estou pensando?

— Você quer *arruinar* o meu plano brilhante...

— É *mesmo* um plano brilhante.

O elogio devia tê-la aplacado. Em vez disso, apenas alimentou sua ira. Apontou o dedo para meu peito.

— Não. Não, não, não. *Sabia* que você ia vir com essa ideia idiota de martírio, como se você apodrecer na prisão ou morrer queimado na fogueira fosse resolver tudo. Vou explicar bem, Chass: não vai. Não vai resolver nada. Na verdade, só vai complicar ainda mais uma situação que já é complexa, porque, além de salvar sua mãe e enfrentar Morgane... e La Voisin, Nicholina e uma variedade enorme de outras coisas desagradáveis pra cacete... também vou ter que resgatar *você*.

Minha pele esquentou diante das profanidades que dizia. Diante da *boca* dela.

— Olha a língua — rosnei.

Ela me ignorou, cutucando meu peito outra vez. Mais forte.

— Sei que está sentindo *grandes emoções* agora, mas não vai fazer nenhuma burrice com elas. Está me entendendo? Você não vai para a *prisão* só porque ama a sua mãe. Não vai *morrer* só porque quer foder uma bruxa. Su-pe-ra.

Enfatizou cada pausa com uma estocada de dedo.

Meu sangue quase fervia. Com um zumbido no ouvido, passei por ela com um empurrão, seguindo para a porta. Se insistia em continuar na cabine, eu retornaria ao deque. Podia suportar os outros, mas ela... *ela* falava comigo como se eu fosse uma criança. Uma criança perdida e *petulante* precisando de um bom sermão. De disciplina. Era demais. Girando para encará-la no último segundo, estourei:

— O que faço ou deixo de fazer não é da sua conta. — Uma breve pausa. — E não quero *foder* nenhuma bruxa.

— Não? — Rápida como um raio, cruzou a pequena distância entre nós. Em seus olhos, raiva brilhava, brutal, ardente e bela. E algo mais, algo parecido com determinação. Quando seu peito roçou meu estômago, meus músculos se contraíram de maneira quase violenta. — O *que* você quer, então? — Ela se aproximou ainda mais, o rosto inclinando-se para o meu. Sua voz adquiriu um tom sério e severo. — Decida-se. Não pode ficar me enrolando para sempre, se comportando uma hora de um jeito, e na outra, de um jeito totalmente diferente. Quer me amar, ou quer me matar?

Olhei para ela, o calor subindo por meu pescoço. Corando minhas bochechas.

— É uma linha tênue, não é? — Ficando na ponta dos pés, praticamente sussurrou as palavras contra meus lábios. — Ou... talvez não queira nem uma coisa, nem a outra. Talvez queira mesmo é me adorar. É isso, Chass? Quer idolatrar meu corpo como você costumava fazer antes?

Não consegui me mexer.

— Posso mostrar como, se você esqueceu. *Eu* me lembro de como idolatrar *você* — murmurou.

Minha visão ficou vermelha com a imagem. Se era ira, desejo ou simplesmente *loucura*, eu não sabia. Não me *importava*. De um jeito ou de outro, estava condenado. Minhas mãos agarraram os ombros dela, o maxilar, os cabelos, e meus lábios encontraram os seus com brutalidade. Lou reagiu no mesmo instante. Atirando os braços ao redor de meu pescoço, deu um impulso para cima. Segurei sua perna, levantando-a ainda mais e enganchando seu corpo em volta do meu. Minhas costas colidiram com a porta. Rolamos. Não conseguia desacelerar meus quadris, minha língua. Uma pressão foi crescendo na base de minha coluna enquanto eu pressionava o corpo contra o dela. Enquanto ela se afastava, sem fôlego. Enquanto fechava os olhos e passava os dedos por meus cabelos.

Não parei.

Meu joelho deslizou por entre as pernas dela, prendendo-a contra a porta. Segurei suas mãos acima da cabeça. Imobilizei as duas ali. Idolatrei seu pescoço com minha língua. E a clavícula — a *maldita* clavícula. Mordi com gentileza, saboreando a maneira como o corpo dela reagia sob o meu. Eu sabia que iria reagir. Não sabia *como*, mas sabia que ela faria aquele exato som. Como se meu corpo conhecesse o de Lou de uma forma que minha mente não conhecia. Mas, sim, meu corpo a conhecia. Intimamente.

Posso mostrar como, se você esqueceu. Eu me lembro de como idolatrar você. As palavras me levaram a um estado febril. Estava sendo guiado pelo instinto e provei o pescoço dela, o ombro, a orelha. Não me cansava de tocá-la, não era o suficiente. A madeira grunhiu sob meu joelho, a pele irritada e assada por causa da pressão, da fricção. Por instinto, segurei os pulsos com apenas uma mão, usando a outra para trazê-la mais para perto, para longe da porta. Percorri as costas de Lou com aquela mão, massageando, enquanto ela rebolava o quadril pela minha coxa. Pelo contorno rígido ali.

— Era assim que eu fazia? — Passei meu nariz pela clavícula dela, quase delirante com o perfume. Meu quadril deu um impulso para a frente, involuntariamente. A pressão aumentou. Embora uma voz no fundo da minha cabeça me avisasse para não continuar, eu a ignorei. Nós queimaríamos por nossos pecados, nós dois, ali, naquele instante. Puxei os cordões da calça dela. Os da minha. — Era assim que eu *adorava* você?

Os olhos de Lou permaneceram fechados enquanto ela arqueava o corpo para o meu, enquanto um tremor o percorria inteiro. Eu me deliciei com a visão. Saboreei. Quando sua boca se abriu em um fôlego surpreso, engoli o som com voracidade, afundando a mão ainda mais. Os dedos em gancho. Entrando e saindo. Procurando. Naquele momento, eu podia tê-la — podia *idolatrá-la* — e fingir que era minha.

Só daquela vez.

Minha garganta se constringiu inexplicavelmente com o pensamento, e meu peito ficou apertado. Movia os dedos mais rápido agora, perseguindo a promessa vazia. Pressionando o corpo dela contra a porta mais uma vez.

— Me mostre — sussurrei, sem fôlego. — Por favor. Me mostre como costumávamos ser.

Seus olhos se abriram, e ela parou de se mover de repente.

— O que foi?

Não respondi. Não *podia* responder. Balançando a cabeça, a beijei de novo, querendo desesperadamente tentar. Querendo desesperadamente aliviar aquela *dor* entre nós — aquele desejo que eu conhecera um dia e que quase recordava. Eu o queria. Eu o temia. Beijei Lou até não saber mais diferenciar.

— Reid. — Os dedos dela se fecharam ao redor de meu pulso. Com um sobressalto, me dei conta de que ela tinha se desvencilhado. Tirou minha mão de dentro da calça, os olhos fixos e firmes nos meus. Brilhavam com uma emoção intensa. Embora quisesse nomear o sentimento que vi lá, reconhecê-lo, eu não o faria. *Não podia.* — Não... assim, não. Você não está pronto.

— Estou *bem...*

— Não acho que esteja. — Inclinando-se para a frente, deu um beijo em minha testa, muito de leve. A ternura do gesto quase me desfez. A intimidade. — Devagar, Reid. Temos tempo.

Devagar, Reid. Temos tempo.

Temos tempo.

Derrotado, me afastei, a testa indo descansar na curva de seu pescoço. Minhas mãos apoiadas na porta. Lou deslizou devagar até o chão enquanto o silêncio se prolongava. Quando não o quebrei, apenas fechei os punhos contra a madeira, ela roçou a bochecha nos meus cabelos. *Esfregando* mesmo. Fechei os olhos.

— Converse comigo.

— Não posso. — As palavras saíram, densas, de minha boca. Confusas. — Me desculpe.

— Nunca se desculpe por estar desconfortável.

— Não estou *desconfortável*. Estou... Estou... — *À deriva*. Assim que virei o rosto para encará-la, me arrependi da decisão. Suas sobrancelhas, seu nariz, suas *sardas*. E os olhos... podia me afogar naqueles olhos. A luz que se infiltrava pelas janelas cintilava dentro da profundeza turquesa. Perto como estávamos, eu conseguia ver o círculo de azul cristalino ao redor das pupilas de Lou. Os salpicos de verde-água das íris. Ela não podia continuar *olhando* para mim assim. Não podia continuar me *tocando* como se... como se ela... — Por que não me lembro de você?

Os olhos bonitos piscaram.

— Você escolheu esquecer.

— *Por quê?*

— Porque você me amava.

Porque você me amava.

Atirando as mãos para o ar, atravessei a cabine. Não fazia sentido. Se eu a amava, por que a deixei? Se a tinha aceitado mesmo sendo uma bruxa — se eu *me* aceitara —, por que tinha aberto mão de tudo? Tinha sido feliz? *Ela* tinha sido feliz? A maneira como Lou dizia meu nome... era muito mais do que apenas um momento fugaz de desejo.

Muito mais.

Como um inseto atraído pela luz, a encarei novamente.

— Me mostre.

Ela franziu o cenho em resposta, os cabelos ainda mais selvagens do que quando entrara. O decote mais baixo. Os lábios inchados e a calça aberta. Por entre os cordões, alguns centímetros da sua pele me provocavam. Quando comecei a diminuir com a distância entre nós — outra vez —, ela inclinou a cabeça para o lado em um movimento felino.

— Como assim?

Engolindo em seco, me forcei a parar. A repetir as palavras.

— Me mostre como costumávamos ser antes.

— Está me pedindo... você *quer* lembrar? — Quando apenas a fitei, ela balançou a cabeça devagar, se aproximando. Ainda me estudando. Parecia estar prendendo o fôlego. — Silêncio não é uma resposta.

— Não sei.

As palavras saíram de um só fôlego, tão honestas quanto eu era capaz. Apenas dizê-las me deixou em carne viva. Mal conseguia olhar para ela. Mas olhei. Olhei, obrigado a reconhecer minha própria indecisão. Meu desespero e minha esperança.

Uma pausa enquanto ela considerava. Um pequeno sorriso perverso.

— Está bem.

— O quê?

— Sente-se — apontou um dedo para trás de mim — no sofá.

Afundei nas almofadas em silêncio, de olhos arregalados — o coração martelando no peito —, enquanto ela se encostava contra a mesa, de frente para mim. Sentou-se na beira. Tão perto que poderia tocá-la. Algo em sua expressão deteve minha mão, mesmo quando ela flexionou o pulso, trancando a porta da cabine. O cheiro de magia explodiu ao redor.

— Pronto. Ninguém pode nos ver agora. Também não podem nos escutar.

— É para me assustar?

— Assusta?

Eu a encarei com um olhar sombrio. Intencionalmente ou não, tinha me envolvido com uma bruxa — uma bruxa a quem eu desejava em todos os sentidos da palavra. Uma bruxa que queria saborear, sentir e *conhecer*. Tudo aquilo deveria ter me assustado. Em especial a última coisa. Mas...

— Não.

— Me diga onde você gostaria de me tocar, Reid. Me diga, e o farei por você. Eu vou mostrar como costumávamos ser.

Eu a fitei, faminto, mal ousando acreditar. Ela me fitava de volta. Após outro momento, ergueu uma sobrancelha, descalçando uma bota de cada vez. E então as meias.

— Se preferir não fazer isto, vou entender, é óbvio. Temos duas camas aqui. Podemos simplesmente descansar um pouco.

— Não. — A palavra escapou como um reflexo. Rápida e imponderada. Amaldiçoando minha própria avidez, soltei um suspiro irregular. *Devagar, Reid. Temos tempo.* Lou me dera aquela oportunidade para que eu pudesse me dominar. Recuperar alguma gota de controle. Ela tinha obviamente subestimado a atração que exercia sobre mim. Meus polegares coçavam para percorrer suas solas descalças, para deslizar por seus dedos e subir pelos tornozelos. Olhei de soslaio para a porta. Ela fingiu um bocejo.

Meus olhos se fixaram nos dela, sondando, e vi a verdade. Ela queria meus pensamentos nítidos, sim, mas não apenas por mim. Por ela também. *Decida-se, Reid,* tinha dito. *Não pode ficar me enrolando para sempre, se comportando uma hora de um jeito, e na outra, de um jeito totalmente diferente.*

Deslizando para a beira do sofá, com cuidado para não a tocar, falei:

— Quero... quero que você... — Mas as palavras não vinham. A honestidade me sufocava. A honestidade e o medo. Medo de até onde eu iria, até onde ela iria, de onde já tínhamos chegado.

Lou inclinou a cabeça para o lado, o olhar aceso com fogo. Ameaçava devorar a nós dois.

— O que você quiser, Reid. — Com um tom de voz mais baixo, ela continuou: — Me diga.

Meu medo se derreteu ao ouvir a profundidade de sua voz. A emoção pura e incontida.

Amor.

Rapidamente afastei o pensamento.

— Tire a calça.

Se o pedido a surpreendeu, ela não demonstrou. Não hesitou. Devagar, de um modo torturante, Lou deslizou a calça para baixo. Sem tirar os olhos dos meus. Não até ter se despido por completo do couro.

Minha boca ficou seca ao vê-la.

A clavícula dela tinha me hipnotizado. Agora, toda a extensão de suas pernas estava diante de mim. Com ela ainda sentada sobre a mesa, a ponta dos dedos mal alcançava o chão. Mas a camisa esvoaçante a cobria. Escondia Lou de mim. Resistindo ao desejo de me inclinar para a frente, fechei os dedos na almofada e observei, em silêncio, enquanto ela se apoiava nas mãos atrás das costas, balançando os pés como se estivesse entediada.

Não estava.

— E agora? — perguntou. O engasgo em sua voz revelou a mentira. A fala sem fôlego.

— Sua camisa.

— Era para você me dizer onde gostaria de me tocar.

— Quero vê-la primeiro.

E queria. Queria — não, *precisava* — vê-la do mesmo modo como um homem faminto precisa de alimento. Ela semicerrou os olhos, mas gradualmente levantou a bainha da blusa, revelando mais da pele. Centímetro por centímetro, torturante. Depois de tirá-la por cima da cabeça, atirou a camisa a meus pés.

— E agora?

Ela ficou nua. Gloriosamente nua. Embora ansiasse por tocá-la, por estender o braço e traçar a curva da sua cintura, mantive as mãos agarradas às almofadas do sofá. Ela queria que eu ditasse cada toque. Pequenas decisões, na verdade, mas decisões ainda assim. Honestas. Não podiam existir mentiras entre nós. Não assim.

Não assim.

— Sua coxa — falei, sem conseguir tirar os olhos dos tornozelos dela, das panturrilhas, dos joelhos. Sem conseguir pensar de modo coerente, sem conseguir falar mais do que umas poucas sílabas. Enfeitiçado demais para ficar envergonhado. — Toque-a.

A barriga dela ondulou com um riso diante do comando. Os ombros tremeram também. Eu me deliciei com o som, com a *visão* — cada tomada de ar, cada expiração. Embora cada risada fosse alta e nítida, deleitada, ela não tinha o direito de soar tão inocente. Não quando seu corpo queimava como o pecado encarnado.

— Preciso de mais, Chass. Seja específico. — Inclinando o corpo para a frente, passou a mão casualmente pelo meio da coxa. — Aqui? — Quando balancei a cabeça, engolindo em seco, ela subiu um único dedo na pele. E continuou subindo. — Ou... aqui?

— Qual é a sensação? — Sem conseguir evitar, me empertiguei, depressa, instável. Minhas mãos tremiam com a necessidade de tomar o lugar das dela, mas resisti. Não podia tocá-la agora. Jamais pararia. — Imagine que é minha mão, e me diga exatamente qual é a sensação na sua pele.

Com uma piscadela, Lou fechou os olhos.

— É... quente.

— Só quente?

— Febril. — A outra mão subiu até a garganta, até o pescoço, enquanto ela continuava a acariciar a coxa. — Me sinto febril. Queimando.

Febril. Queimando.

— Seu dedo. Mova-o mais para cima. — Quando ela obedeceu, levando-o entre as pernas, quase rasguei as almofadas. Meu coração martelava rápido. — Qual é a sensação aí?

Ela soltou o fôlego em um sopro enquanto movia o dedo. Suas pernas tremiam. Eu desejava dolorosamente agarrá-las. Prender Lou contra a mesa e terminar o que tínhamos começado. Mas aquilo... não era como antes. Era diferente. Era *tudo*.

— Me diga, Lou. Me diga o quanto está queimando.

— Me sinto... — Os quadris dela rebolavam em um ritmo lento com seu dedo, e a cabeça pendeu para trás, a coluna arqueando — ... bem. É tão bom, Reid. A sensação é tão boa.

— Seja específica — falei, entredentes.

Quando ela me contou quais eram as sensações — molhado e sensível, doloroso e *vazio* — caí de joelhos. Ela falara de idolatria. Entendia agora. Ainda assim não a toquei, nem quando adicionou um segundo dedo, depois um terceiro, e falou em um suspiro:

— Queria que fosse você.

Eu também queria.

— Afaste as pernas. — Suas pernas se abriram. — Me mostre como você se toca.

E ela mostrou.

Primeiro, seu polegar começou fazendo círculos delicados. Depois, não delicados. Os movimentos foram ficando mais rápidos, menos graciosos, enquanto as pernas tensionavam e tremiam. Também senti cada pressão do dedo dela — a pressão crescente, a dor aguda. A necessidade de gozar. Consegui engolir um fôlego. Dois. E...

— Pare.

A palavra brusca a sobressaltou, e ela congelou, com o peito ofegante. Uma camada fina de suor brilhava sobre a pele. Eu ansiava por sentir o gosto. Ficando de joelhos, segurei a mesa de ambos os lados do corpo de Lou.

— Abra os olhos. — Quando ela obedeceu, ainda arquejando baixinho, continuei: — Olhe para mim. Não se esconda. Eu disse que queria ver você.

Aqueles olhos se fixaram nos meus com foco absoluto. Ela nem sequer piscava quando seus dedos recomeçaram os movimentos entre nós. Devagar em um primeiro momento, mas depois ficando mais e mais rápidos. Nos lábios dela... Eu me inclinei para chegar mais perto, quase a tocando. Nunca tocando. Quando suspirou meu nome — uma condenação, uma súplica, uma *oração* —, o som por pouco não me desfez. Minha mão afundou dentro da minha própria calça. Ao primeiro toque, quase cedi.

— Eu... — Lou descansou a testa contra a minha, quase desesperada agora. Uma gota de suor deslizou por entre seus seios enquanto se movia. Sem pensar, acompanhei o caminho que o líquido trilhou. — Eu o faço sentir *desejo*, marido? Isto deixa você... *envergonhado*?

Não. *Deus*, não. Nada sobre aquilo me deixava envergonhado. Meu peito se constringiu ainda mais ao ouvir a palavra, apertado demais, pequeno demais para conter as emoções se rebelando lá dentro. Não podia descrevê-las, a não ser pelo fato de que eram... *ela* era...

— Você me faz sentir bem. Completo.

Senti um arrepio percorrer minha espinha ao confessar. Ao dizer a verdade. Minha pele formigava com expectativa. A voz de Lou talvez tenha falhado em um soluço, meu nome, e, no instante em que gozou, eu a acompanhei. Sua mão agarrou meu ombro. A minha, seu joelho. Nossos olhos permaneceram abertos enquanto estremecíamos juntos, e quando desmoronei sobre seu corpo — acabado —, Lou roçou os lábios nos meus. Gentis, dessa vez. Hesitantes. Esperançosos. Seu queixo tremeu. Sem uma palavra, eu a tomei nos braços, apertando-a.

Desde a praia, ela se mostrara tão forte. Firme e implacável. Imune à dor ou à ofensa. Mas ali — depois de quebrar, de se estilhaçar sob meu olhar —, parecia frágil como vidro. Não, não vidro.

Minha *esposa*.

Eu não conseguia lembrar. Aquelas memórias tinham desaparecido, deixando apenas grandes rachaduras de vazio em minha identidade. Em minha mente. Em meu coração.

Não, não conseguia lembrar.

Mas agora eu queria.

A BARRIGA DA FERA

Lou

Na terceira manhã, quando o sol raiou no horizonte, entramos nas águas de Cesarine.

Jean Luc segurava o leme com mais força do que o necessário, os dedos torcendo a madeira em gestos agitados.

— A coisa vai ficar muito feia, e muito rápido. — Seus olhos resvalaram até mim e Reid, que estava às minhas costas na balaustrada. Não se distanciava desde o primeiro dia na cabine, falando pouco e franzindo a testa muito. Era de se esperar. Não era o tipo que tinha casinhos. Nosso tempo naquela mesa significara algo para ele.

Ele só não sabia *o quê*.

Ainda assim, quando achava que ninguém estava olhando, o surpreendia franzindo o cenho e balançando a cabeça, como se estivesse em debate silencioso consigo mesmo. Às vezes, seu rosto chegava até a se contorcer de dor. Não me atrevia a especular a respeito da causa — não me atrevia a ter *esperança* —, concentrando-me no que ele me dera de livre e espontânea vontade. Embora tivesse falado pouco, suas palavras tinham sido preciosas.

Você me faz sentir bem. Completo.

Apesar do frio de amargar, senti um calor me percorrer ao lembrar.

Não tinha sido a decisão final — de jeito algum —, mas tinha sido *uma* decisão. Naquele momento, Reid tinha me escolhido. Em todos os momentos desde então, tinha escolhido ficar perto, dormir a meu lado, escutar quando eu falava. No dia anterior, quando me ofertara o que restava de sua comida, carrancudo e confuso, Beau tinha até oferecido pagar o que devia à Célie.

Parecia bom demais para ser verdade.

Eu me agarrei àquilo como se minha vida estivesse em jogo.

— Quando atracarmos, o capitão do porto vai chamar a guarda real, que vai alertar os Chasseurs — explicou Jean Luc. — Vou mandar que nos escoltem até o castelo para pedir uma audiência com o rei, e ele vai me conceder quando ficar sabendo quem capturei.

Célie levantou a injeção.

— Lou e Reid vão fingir que estão incapacitados enquanto estiverem na cidade.

— Mesmo assim, vão precisar ficar amarrados. — A Beau, Jean Luc acrescentou: — Bem como o senhor, Vossa Alteza.

— Quando os pais de Célie vierem pegá-la no porto, vou me esgueirar para debaixo da carruagem. — Coco fitava a silhueta da cidade enquanto nos aproximávamos. Embora ainda fosse pequena e indistinta, estava cada vez maior. — Vou aguardar pelo sinal com Claud e os outros na pousada.

Reid esperava atrás de mim, sua presença cálida e constante. Uma espécie inquietante de calma tomava suas feições sempre que discutíamos as estratégias. Como se tivesse resvalado para outro estado de consciência, distante do caos e do tumulto de suas emoções. Ri baixinho, abafando o som com a palma da mão. A compartimentalização era forte naquele homem.

— Depois que nos deixarem nas celas, Coco vai criar uma comoção grande o suficiente para merecer a atenção dos Chasseurs — continuou ele. — Jean vai insistir que os guardas intervenham, e ele mesmo vai assumir a função de nos vigiar temporariamente.

— Vou usar magia para nos libertar, incluindo Madame Labelle — expliquei. — Beau e Jean Luc vão nos contrabandear para fora do castelo pelos túneis, sem chamar atenção.

Jean Luc parecia agitado.

— Auguste sabe dos túneis.

— Mas não os conhece como eu — retrucou Beau, sombrio. — Sei como nos tirar de lá.

O olhar de Jean Luc voou até mim e Reid. Seus dedos continuavam se retorcendo.

— Vai ter bem mais coisa entre a parte de *escoltar vocês até o castelo* e a de *deixar vocês nas celas*. Sabem disso, correto?

A coisa vai ficar muito feia, e muito rápido.

— Sabemos. — Não pela primeira vez, o rosto angustiado de Estelle passou por minha mente. O corpo mole. Uma bota pressionando sua bochecha, um punho fechado segurando seus cabelos. Outros rostos se seguiram depressa, outros murmúrios. *Viera Beauchêne escapou depois de tentarem queimá-la junto com sua esposa... foi ácido em vez de fogo. Um experimento. E...* — Creio que Sua Majestade tem uma afinidade por ratos.

— Vou fazer tudo que puder para proteger vocês, mas...

— Se queremos que o plano funcione, você vai ter que ser crível na hora de desempenhar seu papel — terminou Reid por ele, em um tom severo. — Todos nós vamos.

Jean Luc assentiu.

— Vai ser doloroso.

— A dor é passageira. — Eu não sabia de onde as palavras tinham vindo, mas eram verdadeiras. — E se dermos um passo em falso, um que seja, a dor vai ser muito pior. As *consequências* vão ser muito piores. — Um silêncio pesado caiu enquanto eu recordava o tormento das línguas de fogo subindo por minhas pernas e meus braços, das bolhas estourando em minha pele, do calor separando músculos e ossos. Estremeci de leve. — Podem acreditar.

Quando chegamos perto o bastante para enxergar edifícios distintos e pessoas transitando como formiguinhas pelas ruas, Jean Luc atirou rolos de corda para nós. Não olhava para ninguém.

— Está na hora.

— Deixe bem apertado — instruí Reid, que atou meus tornozelos um segundo depois. Agachado diante de mim, manteve o toque gentil, gentil *demais*, e parecia detestar ter que apertar as amarras. Seu polegar percorreu uma pequena veia em meu pé até o tornozelo, onde ela desaparecia. Mas seu dedo continuou subindo. Ele o fitava, concentrado.

— Você vai fingir estar incapacitada — resmungou, finalmente. — Não preciso machucá-la.

— Precisamos ser convincentes.

— Ninguém vai ficar olhando para os seus pés.

— Reid. — Quando me sentei mais para a frente para pousar a mão em sua bochecha, ele encontrou meus olhos com relutância, e sua compostura finalmente ruiu. Apenas um pouquinho. Pressionou o rosto contra minha palma, sem conseguir evitar, e emoção finalmente se agitou em seus olhos. Parecia temor. — Se as coisas derem errado, não vou ser a única a ir para a fogueira. Sua mãe também vai. *Você* vai. E isso... isso é inaceitável.

O pomo de adão dele subiu e desceu.

— Não vai acontecer.

— Tem razão. Não vai. Agora — ofereci um sorrisinho pouco entusiasmado —, pode, por favor, me amarrar como um Chasseur amarra uma bruxa, ou vou precisar pedir a Coco?

Reid me fitou por um único segundo antes de olhar por cima do ombro. Atrás de nós, Coco ajudava Beau com as amarras dele enquanto

Célie voejava ao redor, tentando, sem sucesso, prestar alguma assistência. Ele abaixou a voz.

— Me diga como lembrar.

Um instante de silêncio, de *choque*, tanto meu quanto dele.

— O quê? — perguntei, duvidosa, certa de que tinha ouvido errado em meio à comoção. Um vento soprou enquanto nos aproximávamos da costa, e vozes se elevaram das docas. Gaivotas cantavam no céu na luz ofuscante da manhã. E meu coração... quase forçava o caminho para fora do peito. — Você disse que quer...?

— Lembrar, sim. — Outra vez, ele olhou para Coco e para os demais, movendo-se discretamente a fim de bloquear a visão deles. — Você disse... mais cedo, disse que apenas magia poderia me ajudar. *Minha* magia. Disse que eu podia reverter o padrão. O que isso quer dizer?

— Quer dizer... — Me forcei a respirar fundo, assentindo para ele, para mim, para Deus ou para a Deusa, ou quem quer que fosse que estivesse pregando aquela peça terrível em mim. — Quer dizer que você...

— Não quer dizer nada por enquanto — interrompeu Coco, abaixando-se do nosso lado de repente. Apertou minha mão antes de se virar para Reid. — Por favor, pense bem nisso. Não precisamos de Morgane finalmente se lembrando de Lou enquanto estamos na cidade. Já temos muita coisa contra nós sem uma mãe vingativa na lista.

— Mas... — comecei, desesperada.

— Quando você se lembrou de Bas, aquilo quase matou vocês dois. — Coco segurava ambas as minhas mãos agora, com uma expressão honesta. Talvez tão desesperada quanto eu. — Estamos a poucos *segundos* da orla de Cesarine, e temos um plano para resgatar Madame Labelle. Depois, se for o que vocês dois decidirem, vou ajudar Reid a lembrar de todas as maneiras que puder. Você sabe que vou. Mas *agora* precisamos de vocês dois amarrados, ou nós sete vamos arder na fogueira antes do anoitecer.

Nós sete.

Merda.

Engolindo em seco, continuei assentindo sem parar, mesmo enquanto Reid fazia uma carranca e começava a amarrar os próprios tornozelos. Aquilo era maior do que nós dois. Sempre fora maior do que nós dois.

— Vamos, *sim*, ter um depois, Lou — sussurrou Coco com ferocidade, virando para atar minhas mãos atrás de minhas costas. Fez o mesmo com Reid. — Vamos superar isso juntos, *todos* nós, e começar de novo. Vamos construir aquele pedacinho de paraíso. Juntos — repetiu com convicção. — Prometo.

Juntos.

Deixei o corpo ficar mole contra as tábuas do barco enquanto ela ia se esconder lá embaixo, enquanto vozes chamavam por Jean Luc, reconhecendo-o, enquanto o barquinho entrava no porto, e homens pulavam a bordo para ajudá-lo a atracar. Reid pressionou a cabeça contra o topo da minha. A única demonstração de conforto que conseguia me dar. Uma sensação aguçada pinicava minha pele como agulhas enquanto minha magia lutava para se insurgir, para protegê-lo, para proteger meu *lar*, mas a sufoquei. Era tarde demais para voltar atrás. Tínhamos entrado na barriga da fera.

NÓS SETE

Lou

Quase tudo correu de acordo com o plano.

As pessoas demoraram um pouco para notar nossa presença, imóveis e esquecidos no chão, mas ao quase pisar no pé de Reid, um cavalheiro de nariz adunco gritou de surpresa — depois gritou mais alto de medo, com o reconhecimento se acendendo no rosto de pele negra.

— Aquele ali é... Não é...?

— Reid Diggory, isso mesmo — confirmou Jean Luc com desdém, materializando-se a nosso lado. Cutucou minhas costelas com a bota, e rolei de lado, caindo contra Reid. Ele se enrijeceu discretamente. — E a esposa dele, a herdeira da Dame des Sorcières. Eu os apreendi em um vilarejo ao norte de Amandine.

Os olhos do marinheiro se arregalaram.

— Sozinho?

— Eu tirei a própria Morgane le Blanc de combate sem nenhuma ajuda, não tirei? — Jean levantou uma sobrancelha arrogante diante do choque do homem. — O senhor descobrirá que tudo é possível com a motivação correta. — Apontou com o queixo para Célie, que estava perto do leme, fingindo estar amedrontada conforme era esperado de seu papel, e depois acrescentou: — Eles levaram algo que me pertence.

Àquela altura, mais pessoas já tinham nos cercado, com os olhos enormes e curiosos. O medo ainda não tinha se alastrado. Aqueles homens viviam predominantemente do mar, onde as bruxas eram pouco mais do que contos de fadas em comparação ao perigo muito real que Isla e suas melusinas representavam.

— E quem é ela? — perguntou outro, fitando Célie.

— Mademoiselle Célie Tremblay, filha do visconde. O pai dela é conselheiro pessoal de Sua Majestade. — O maxilar de Jean Luc ficou tenso. — O senhor deve ter ouvido falar nele por causa de sua filha mais velha, Filippa, assassinada por bruxas no ano passado. Célie achou que podia vingar a irmã e foi atrás destes dois sozinha. — Ao ouvir as risadas de escárnio do marinheiro, Célie endireitou os ombros, na defensiva, apenas por um segundo antes de recordar qual era seu papel. Abaixando os olhos, obedeceu ao comando de Jean Luc quando ele a chamou para abraçá-la. A mão no ombro da garota apertava com mais força do que o necessário, a único sinal visível da tensão do capitão. Ainda assim, sua voz pingava com arrogância quando acrescentou: — Ela é uma jovem tola, mas o que mais poderíamos esperar de uma mulher tão bela? — Quando os homens riram, como um bando de gado imbecil, ele estalou os dedos em direção a um dos que estavam mais à frente do grupo. — Mande avisar ao pai dela. Ele vai apanhá-la e discipliná-la como achar que deve.

O mensageiro olhou para Beau com a testa franzida.

— Não vai ser só o pai dela que vai disciplinar alguém.

Depois saltou para fora do barco e desapareceu, substituído quase de imediato pelo capitão do porto. Um homem baixo e atarracado com um bigode de pontas retorcidas para cima espetacular. Ele se portou com a ferocidade de um texugo enquanto tomava meu rosto para examinar. Não foi gentil. Os músculos de Reid ficaram rígidos sob meu corpo.

— Não acreditei quando ouvi — rosnou, virando meu queixo para um lado, depois para o outro, com força o bastante para deixar marcas.

— Mas é mesmo ela, no final das contas. A filha da bruxa escrota em carne e osso. — Sorriu e se empertigou outra vez, virando-se para se dirigir a Jean Luc. — Vamos avisar seus irmãos agora mesmo, é óbvio, se é que já não estão a caminho. Notícias assim se espalham depressa.

— Com um aceno de mão, outro marinheiro partiu. — Vou ficar esperando alguma espécie de comenda por ter permitido que atracassem aqui. Uma captura dupla, talvez.

Jean Luc olhou irritado para ele.

— Atreve-se a extorquir um capitão dos Chasseurs?

— Não, um capitão, não. — Sem se deixar amedrontar pela ira de Jean Luc, o homem cruzou os braços, ainda sorrindo. — Auguste é um velho amigo meu, sabia? Dizem por aí que sentiram sua falta, *capitão*.

Jean Luc estreitou os olhos enquanto meu estômago afundava.

— O que você está querendo dizer?

O homem simplesmente deu de ombros e olhou para trás, para a comoção na rua.

— Presumo que logo ficará sabendo.

Um verdadeiro batalhão de Chasseurs galopava em nossa direção, tonitruante, arrancando berros dos pedestres no caminho. Mais e mais pessoas — marinheiros, pescadores e ambulantes — reuniam-se ao redor do barco. Todos esticavam os pescoços para ver que confusão toda era aquela, alguns tapando as bocas com as mãos ao nos avistarem, outros sibilando entredentes. Uma mulher chegou até a atirar um peixe, a mira impecável. Atingiu a bochecha de Reid antes de cair, morto. Beau fingiu se debater contra as amarras.

— Já chega — rosnou.

O capitão do porto estalou a língua.

— Ora, ora, ora, Vossa Alteza. — Agachou-se diante de Beau, examinando o rosto do rapaz de todos os ângulos. — A última vez que o vi, ainda usava fraldas... — Mas antes que pudesse terminar o restante das palavras humilhantes, o primeiro caçador se aproximou. Reconheci-o de La Mascarade des Crânes.

— Philippe — disse Jean Luc.

Fez uma carranca quando o homem em questão — bastante grande e amedrontador, embora nem de perto tão grande e amedrontador quanto Reid — passou por ele com uma falta de respeito descarada. Chegou até a topar com Jean Luc, como se fosse apenas um móvel no caminho, fazendo o capitão tropeçar dois passos para trás.

— Perdeu o juízo? — perguntou Jean Luc.

— Circundem a área. — Philippe comandava e gesticulava enquanto os irmãos fechavam o cerco ao redor do barco, ao redor de *nós*. Ignorou Jean Luc por completo. Ao capitão do porto, disse: — Sua Majestade chegará em breve.

— Ele está vindo para *cá*? — Jean Luc levantou a voz acima do tumulto, determinado a ser ouvido. Botas pisoteavam enquanto a guarda real e a polícia chegavam, sem se importarem com meus dedos no caminho. Quando Philippe pisou nos de Reid de propósito, ouvi o *crac* cruel de ossos quebrando. Reid nem sequer se retraiu. — *Por quê?*

— Para apreender os prisioneiros, é óbvio — respondeu o capitão do porto.

— Não. — Jean Luc balançou a cabeça de maneira frenética. — Não, ele não deveria circular a céu aberto assim. Morgane está aqui. Está na cidade...

O sorriso de Philippe me gelou os ossos.

— Isso não depende mais de você, Jean. Não mais.

O rei chegou um segundo depois — no exato momento que chegaram Monsieur e Madame Tremblay. Com um ruído alto, a carruagem da família parou um pouco distante do porto, e a mulher irrompeu pela barricada de soldados, gritando pela filha sem decoro.

— Célie! Célie! — Mal notava os guardas correndo às suas costas. Jean Luc se colocou na frente, bloqueando o avanço, enquanto a mulher abraçava a filha. — Ah, graças a *Deus*...

— *Controle-se*, mulher! — rosnou o marido ao também entrar no deque, circundando a mim, a Reid e à barricada de Chasseurs que nos guardava. — Não tem *vergonha*? *Desculpe-se agora* mesmo... — Eu teria rido do espetáculo se o rei não os tivesse seguido a bordo. Se seus olhos não tivessem se fixado nos de Reid. Se não tivesse levado a mão ao bolso de veludo para tirar duas seringas metálicas.

Ah, merda.

— *Rebonjour, fils.* — Seus olhos viajaram de Reid para mim, e algo predatório se acendeu neles. Algo venenoso. Um sorriso largo e radiante transformou seu rosto, que antes atraente, estava de tirar o fôlego. Literalmente, o ar ficou preso em minha garganta. Aquele sorriso pertencia a Reid. A Beau. Eu o conhecia como a palma de minha mão. — *Fille.*

Chasseurs, soldados e policiais se afastaram quando Auguste se aproximou, e até Madame Tremblay se aquietou, finalmente se dando conta da precariedade da situação. As pessoas não sorriam assim por qualquer motivo. Especialmente reis. Eu mal ousava respirar quando ele se agachou diante de mim. Quando também segurou meu queixo entre os dedos polegar e indicador. Seu toque era mais leve do que o do capitão do porto. Ele me manuseava como se fosse porcelana fina, com o polegar percorrendo as marcas em meu rosto como se quisesse amenizá-las.

— Shh, shhh. Não se aflija, Louise. Você não tem ideia de quanto tempo esperei por este momento.

Jean Luc se apressou em interceder.

— Vossa Majestade, por favor, me permita...

— Não lhe permitirei coisa alguma. — As palavras frias de Auguste detiveram Jean. Mas o olhar do primeiro não deixou o meu. Estudava meus lábios ao continuar: — Está doravante despojado de seu título de capitão, Chasseur Toussaint. Todas as suas obrigações futuras serão passadas a seu novo capitão, Philippe Brisbois.

— *Philippe?* — O rosto de Jean Luc se franziu, e olhou de um para o outro, com o peito inflando de fúria. — Apreendi e incapacitei dois dos bruxos mais notórios do reino. Recuperei o *filho* do senhor...

— O que você *fez* — começou Auguste, ríspido — foi desobedecer a minhas ordens diretas. Sua presença no conclave não foi um pedido. Foi um comando. Ao abandonar suas responsabilidades, abandonou também seu título. Espero mesmo que ela tenha valido tudo isso. — Ele torceu o lábio quando olhou para Célie. — Ela *é* de fato muito bonita.

Jean Luc abriu e fechou a boca, quase apoplético. Mesmo em meio às terríveis circunstâncias, senti uma pontada de tristeza por ele. De uma hora para outra, tinha perdido tudo. Mas quando Auguste liberou meu queixo, manuseando a primeira seringa, o medo suplantou todas as outras emoções. Lancei um olhar de pânico a Jean, urgindo que se recompusesse.

— Conheci sua mãe certa vez, Louise — comentou Auguste, ainda dando petelecos, *tap tap tap*, na seringa. — Já ela... *ela*, sim, é estupenda. Um diamante da maior pureza. É uma pena, de verdade, que seja uma demônia devoradora de almas. Igualzinho à *sua* mãe — acrescentou para Reid, inclinando a cabeça para o lado a fim de examinar a agulha. Uma gota de cicuta escapou da ponta. Minha magia reagiu diante da visão, padrões brancos serpenteando ao meu redor. Vibravam com a necessidade de proteger Reid. Proteger a todos. Eu quase tremia tentando me controlar. Ignorante de minha batalha, Auguste acariciou meus cabelos e puxou meu corpo mole para o colo. — Você não é nada parecida com ela, evidentemente, coitada. É o próprio retrato do seu pai, não é? — Ele chegou tão perto, que pude sentir a menta em seu hálito. — Eu odiava aquele homem. Torna as coisas mais fáceis, creio eu... um pouco fáceis *demais*, até. Quando anunciei a execução de Helene, eu sabia que vocês viriam, mas jamais teria esperado tanta fraqueza.

Pressionou a seringa contra meu pescoço.

— Vossa Majestade. — Embora Jean Luc não se atrevesse a dar um passo adiante, sua voz tinha se elevado com urgência. — Apliquei uma nova injeção nos prisioneiros um pouco antes de atracar. Se lhes der outra dose tão depressa, temo que morrerão antes de chegarem à fogueira.

Auguste levantou uma sobrancelha.

— Você *teme* a morte deles?

— Uma escolha ruim de palavras. — Jean Luc abaixou a cabeça. — Por favor, me perdoe.

Mas o olhar de Auguste já estava afiado com suspeita.

— Só existe uma maneira de se matar uma bruxa, caçador, e não é por envenenamento. Não tem o que *temer*. Ainda assim, sou uma pessoa benevolente. Não vou injetar os prisioneiros outra vez.

Deixei escapar um longo e lento suspiro de alívio.

Talvez Auguste tenha sentido o movimento. Talvez não. De qualquer jeito, gesticulou para que Jean Luc se aproximasse, pressionando a injeção em sua mão antes de se levantar, depois me levou consigo, aninhando-me em seus braços. Meus braços pendiam no ar, impotentes.

— *Você* vai.

Merda, merda, *merda*.

Jean Luc piscou, a expressão se tornando vazia.

— Eu, Vossa Majestade?

— Isso, caçador. Você. Uma grande honra, não? Apreender *e* incapacitar dois dos mais notórios bruxos do reino?

A sugestão ficou evidente no silêncio que se seguiu. Até o vento cessara para escutar melhor. Como se quisesse tirar a prova de suas suspeitas, Auguste beliscou a carne em minha coxa e girou os dedos — com força. Trinquei os dentes para suportar a dor. Ele não nos pegaria com um beliscão, nem com um queixo machucado, nem com um dedo quebrado. Os padrões brancos continuavam a se agitar, furiosos. Exigiam vingança. Eu não os usaria. Ainda não. Se os utilizasse, todos saberiam que Jean Luc estava mentindo. Saberiam que os tinha traído, e então ele *realmente* perderia tudo — o casaco, a Balisarda e a *vida*. Célie também seria comprometida.

Nós sete.

Não, nosso plano ainda podia funcionar. Jean Luc podia fingir me injetar de alguma forma, e nós...

— Estou esperando — pressionou Auguste, sombrio.

Embora Jean Luc batalhasse para manter o rosto impassível, o pânico cintilou nas profundezas dos olhos claros — pânico e remorso. Seu olhar encontrou o meu por apenas um segundo, antes de ele baixá-lo para a seringa. Naquele segundo, eu soube. Ele não fingiria nada. Não *podia* fingir — não com tantos olhos fixos em nós. Não bem debaixo do nariz do rei.

O que me deixava duas opções.

Eu podia atacar o rei naquele momento, e contar com a *possibilidade* de conseguirmos sair daquela situação à força, condenando Jean Luc, Célie e Madame Labelle no processo. *Ou* podia me permitir ser envenenada e confiar que os outros nos resgatariam. Nenhuma das opções era infalível. Nenhuma das duas garantia nossa fuga. No caso da segunda, pelo menos, estaríamos todos em uma localização centralizada com Madame Labelle. Se resgatassem uma pessoa, poderiam resgatar todos nós. E, embora Claud alegasse não poder intervir, não nos abandonaria lá para morrer, abandonaria?

Tive uma fração de segundo para decidir antes de Jean afundar a agulha em meu pescoço.

Uma dor pungente explodiu com o impacto do metal, e a cicuta — tão gelada e viscosa quanto me lembrava — espalhou-se tal qual um lamaçal por minhas veias. Pude apenas sentir o filete quente de sangue escorrendo antes da dormência se alastrar, antes de minha visão escurecer, antes de Coco sair, sem ser detectada, da água e alcançar a carruagem de Tremblay.

Os padrões brancos batalharam a escuridão, ardendo ainda mais ofuscantes e quentes à medida que eu perdia a consciência.

Auguste manteve um de meus olhos abertos, mesmo quando rolou para dentro da órbita.

— Não se aflija, *fille*. Esta dor vai passar. Ao pôr do sol, você vai queimar junto com meu filho e a mãe dele em um lago de fogo infernal.

Quando acariciou minha bochecha — quase com ternura —, os padrões brancos finalmente esmaeceram, finalmente sucumbiram, finalmente se dissolveram em nada.

Tínhamos ido da barriga da fera direto para a merda.

NOSSA HISTÓRIA

Lou

Meu corpo despertou aos poucos. Primeiro um tremor de mão e cócegas nos pés, antes de a luz começar a dançar em minhas pálpebras fechadas e minha boca ressecar. Meus olhos e língua pareciam inchados e pesados, enquanto meu estômago se revirava de náusea. Minha consciência voltou logo depois — ou talvez não tenha sido "logo" coisa nenhuma —, e senti pedras frias sob minhas costas, bordas duras, uma dor silenciosa crescendo em minhas costelas, em minha têmpora. E uma dor mais aguda em meu pescoço.

Devagar, fui me dando conta de tudo.

Jean Luc tinha nos envenenado. Tínhamos sido jogados na prisão. Seríamos queimados ao pôr do sol.

Meus olhos se abriram depressa com a última percepção.

Que horas eram?

Encarando o teto, tentei mover os dedos, respirar apesar da náusea sufocante. Precisava encontrar Reid e Beau. Precisava me certificar de que estavam bem...

Só então me dei conta de duas coisas, como cartas sendo reveladas em um jogo de tarô: pele quente fazia pressão contra a minha à direita, e barras de madeira cruzavam o teto. Engolindo em seco, virei a cabeça com uma dificuldade enorme. *Graças a Deus.* Reid estava estirado a meu lado, o rosto pálido, mas o peito subindo e descendo profundamente.

Barras de *madeira*.

Uma tosse abafada soou de algum lugar próximo, e fechei os olhos com força, ouvindo com atenção. Passos se aproximavam, e uma porta pareceu se abrir com um rangido. Após mais alguns segundos, fechou-se outra vez. Abri os olhos com cuidado, espiando por entre os cílios. As mesmas barras de madeira no teto e no chão corriam na perpendicular também. Lisas e aplainadas à mão, seccionavam o cômodo em dois e formavam uma espécie de gaiola ao redor.

Uma gaiola.

Meu Deus.

Mais uma vez, me forcei a respirar. Embora o cômodo permanecesse escuro, iluminado por uma única tocha, não aparentava ser uma masmorra. No centro, havia uma mesa colossal, circular e coberta pelo que parecia ser um mapa, pedaços de pergaminho e... e...

Não fui me conscientizando aos poucos dessa vez. Veio tudo como uma torrente enorme, de uma vez só, e rolei para a esquerda, para longe de Reid. Não estávamos na masmorra do castelo, mas na sala do conselho da Torre dos Chasseurs. Eu reconheceria aquela mesa em qualquer lugar, exceto pelo fato de que, em vez de desenhos de minha mãe feitos a carvão, retratos de meu próprio rosto me encaravam. De Reid. Limpando a garganta da bile, levantei o tronco com cuidado, apoiada nos cotovelos, para olhar ao redor. Não havia macas, nem sequer penicos.

— Beau? — Um sussurro rouco, minha voz mesmo assim reverberando alta demais na escuridão. — Você está aqui?

Ninguém respondeu.

Xingando baixinho, me arrastei de volta para junto de Reid, sentindo-me cada vez mais centrada. Não sabia por quê. Também devia estar inconsciente — sem me mover nem pensar com facilidade relativa. Nada fazia sentido, a não ser... Respirei fundo outra vez, convocando minha magia, tanto a dourada quanto a branca. Embora os padrões dourados se enroscassem, lentos e confusos, do outro lado da gaiola, os brancos explodiram diante de mim, vingativos. Sua presença apaziguou a náusea em meu corpo como um bálsamo. Minha visão se desanuviou, e meu estômago se assentou. A dor aguda em minhas têmporas diminuiu. Óbvio. *Óbvio.* Aqueles padrões tinham sido a benção de uma deusa. Eram maiores do que eu, eternos, mais fortes do que meus ossos e carne humanos.

Tinham me salvado.

Ficaríamos todos bem.

Com um sorriso triunfal, verifiquei as pupilas de Reid, os batimentos cardíacos e a respiração. Podia sentir o veneno em seu sangue, podia quase *enxergá-lo* sob a pele como uma nuvem tempestuosa e tóxica. Com delicadeza, um padrão branco se enroscou ao redor dele, iluminando as feições pálidas com um brilho sutil. Com um movimento de minha mão, o cordão pulsou e começou a drenar a cicuta. A pedra ao redor de Reid a absorveu como se fosse uma esponja, devolvendo-a à terra, onde era seu lugar. Quando a última gota saiu, o padrão se dissolveu em pó branco, e as pálpebras de Reid tremeram e se abriram. Eu me afastei, sentando-me nos calcanhares enquanto ele se orientava e aclimatava com o cômodo. Comigo.

Ele levantou a mão para tocar uma mecha de meus cabelos.

— Você está brilhando.

Dei de ombros, sorrindo, travessa.

— Deusa Divina, você sabe.

— Tanta arrogância.

— Tanta beleza e graça.

Ele bufou, sentando-se e esfregando o pescoço. Pode ter sido minha imaginação, mas pensei ter visto um sorriso tristonho brincar em seus lábios.

— Por que não estou enjoado?

Meu sorriso aumentou.

— *Curei* você.

Grunhindo, ele balançou a cabeça, e dessa vez não foi imaginação: ele com certeza sorriu.

— Você realmente não sabe o significado de humildade, né?

— E *você* realmente não sabe o significado de gratidão...

Passos outra vez, mais apressados. Nós dois nos atiramos ao chão, fingindo estar inconscientes, assim que a porta se abriu.

— O que foi? — perguntou uma voz, desconhecida e grave.

— Achei ter ouvido a voz de alguém.

Inquietação se infiltrou na voz do primeiro.

— Melhor injetar outra dose?

O segundo pigarreou.

— Ainda *parecem* desacordados.

— Philippe vai nos esfolar vivos se um deles morrer sob os nossos narizes.

— A cicuta é apenas uma precaução. As barras vão mantê-los lá dentro. — Uma pausa. — Philippe disse que a madeira é... especial. Veio da Forêt des Yeux.

Após mais alguns segundos de silêncio ansioso, fecharam a porta.

— Fale baixo da próxima vez — sibilei, cutucando as costelas de Reid. Ele virou o rosto para mim, indignado.

— Eu não estava...

— Foi brincadeira, Chass.

— Ah. — Franziu a testa quando riu. — É mesmo hora de ficar brincando?

— No nosso caso, *nunca* é hora de ficar brincando. Se a gente esperasse até estar fora de situações em que nossa vida está em risco, só iria rir no caixão. — Ficando de pé, inspecionei a prisão com mais atenção. Embora fosse obviamente feita de madeira, ainda parecia... anormal. Feita e ao mesmo tempo não feita. A luz da tocha iluminou veios de prata na madeira. *A cicuta é apenas uma precaução. As barras vão mantê-los lá dentro*. Eu me inclinei para perto a fim de cheirá-la enquanto Reid se levantava.

— O que são? — perguntou.

— Não sei. O cheiro parece ser de amieiro, mas a madeira é... metálica? Não me lembro de nenhuma árvore assim em La Forêt des Yeux. Você lembra?

— Uma árvore metálica — ecoou ele, devagar.

Nossos olhares se cruzaram, horrorizados com a nova revelação.

— Não pode ser...?

— Não é...?

— Meu Deus — suspirei, retraindo-me. Senti as barras subitamente geladas sob meu toque. Opressivas. — Eles a derrubaram. A sua Balisarda.

A meu lado, Reid fechou os olhos em reconhecimento, em derrota, pressionando a testa contra a madeira. Com a voz tensa, perguntou:

— Como a encontraram?

— Ficava bem na beira da estrada. Bas e sua turba chamaram os Chasseurs quando nos encontraram. — Para testar, pressionei um dedo contra uma das barras. A luminosidade dos padrões brancos se enfraqueceu quase de imediato. Não. Não, não, *não*. — Eles a teriam visto no mesmo segundo... Uma árvore enorme com tronco prateado, frutos pretos e espinhos letais.

— Você consegue usar magia para nos tirar daqui?

Soltei a barra, retornando ao centro da gaiola, igualmente distante de todos os lados. Embora os padrões brancos tenham brilhado outra vez, flutuavam sem se fixar quando alcançavam a madeira, incapazes de tocá-las ou atravessá-las. Não era um sinal promissor. Fechando os olhos, foquei minha energia, busquei a fechadura nas barras — mais simples do que a da porta da sala do tesouro no Château le Blanc, feita de ferro, mas estrategicamente posicionada do lado de fora da madeira mágica. Quanto mais eu tentava alcançá-la, mais o padrão se esgarçava, até se desintegrar de todo.

— Merda.

Em defesa de Reid, ele nem sequer pestanejou. Em vez disso, segurou as barras com firmeza, testando seu peso.

— Posso quebrá-las.

— Você está com um dedo quebrado.

Isso não o impediu de tentar fraturar a madeira pelos dez minutos que se seguiram. Com as articulações ensanguentadas e os braços trêmulos, ele finalmente socou uma das barras com toda a força, conseguindo apenas quebrar outro dedo. Quando levou o punho para trás para voltar a golpear, furioso, revirei os olhos e o arrastei para o centro da gaiola.

— Sim, *muito* obrigada. Ajudou muito.

— O que vamos *fazer*? — Agarrou os cabelos, frustrado. Eu o detive antes que pudesse fazer mais estragos a si mesmo. Os dedos quebrados tinham inchado até dobrarem de tamanho, e o sangue tinha coagulado, escuro e arroxeado, sob a pele. Ele se virou de costas. — Seu plano *brilhante* tem algumas lacunas.

Reprimi uma carranca, enroscando outro padrão ao redor da mão dele.

— Não posso controlar todas as variáveis, Reid. Pelo menos *esta* não envolvia bigodes e muletas. Agora, calado, ou vou dar uma lacuna de verdade de que reclamar. — Uma ameaça vazia. Os Chasseurs tinham nos desarmado antes de nos atirar ali.

— Era para ter sido sugestivo? Nunca sei com você.

Puxei o padrão, que recolocou os dedos dele no lugar, estilhaçando minha própria irritação no processo. Reid fez uma careta e puxou a mão — agora curada — para fora da minha.

— Obrigado — resmungou após uma pausa. — E... desculpe. — A palavra soava cheia de dor.

Quase ri. Quase. Infelizmente, sem minha irritação para me distrair, o pânico voltou a se alastrar. Não podia usar magia para nos tirar da gaiola, e Reid não podia quebrar as barras. Talvez eu pudesse nos esconder de alguma forma, como fizera na ponte. Se nossos inimigos não nos vissem, não poderiam nos levar para a fogueira. Mesmo enquanto o pensamento se formava, eu já sabia que não era uma solução efetiva. Não podíamos nos esconder ali para sempre, invisíveis. Talvez se abrissem a porta para investigar...

— Os outros vão vir nos resgatar. — Se falei para ele ou para mim mesma, não sabia dizer.

— Philippe não vai deixar Jean Luc chegar nem perto deste lugar.

— Que bom, então, que Jean Luc não é nosso único aliado. Coco vai saber onde estamos. Vai trazer Claud, ou Zenna, ou Blaise, e vão nos tirar daqui.

Ele me fitou com franqueza.

— Acho que você não está entendendo quantos caçadores vivem nesta torre, Lou.

Descansei os cotovelos no joelho, inclinando-me para a frente.

— Acho que *você* não está entendendo que eu já morei aqui também.

— Morou? — Seu tom estava cheio de surpresa. — Como?

— Eu era sua *esposa*. Mesmo se quisesse, o arcebispo não poderia ter nos separado... e ele não queria. Foi ele quem arranjou o casamento.

— Por quê? — Então foi ele quem se inclinou para a frente, com os olhos fixos nos meus. Faminto por informação. Suas palavras de mais cedo ecoaram em meus ouvidos: *me diga como lembrar.* Se íamos mesmo morrer ao pôr do sol, o argumento de Coco já não se aplicava mais, não é? Outra ideia louca se formou no encalço daquele entendimento. Se Reid lembrasse, Morgane também lembraria. Se os outros não viessem atrás de mim, *ela* com certeza viria. Colocaria a torre abaixo, tijolo por tijolo, se ficasse sabendo que os Chasseurs pretendiam me queimar.

Óbvio, o que Reid dissera ainda era válido. Ela não tinha conseguido destruir aquela torre antes. Sem seu título, dificilmente conseguiria naquele momento.

— Você sabe por quê. — Dei de ombros, os pensamentos se emaranhando em um nó de confusão. Meu pé balançava, inquieto. — Sou filha dele. Ele queria que você me protegesse.

Reid bufou outra vez, raivoso, e gesticulou ao redor.

— Fiz um excelente trabalho.

— Nossos amigos vão nos resgatar, Reid. Temos que confiar neles.

— Onde estão, então? Por que não estão aqui?

— Com sorte, estão ocupados resgatando sua mãe e seu irmão. *Esse* era o objetivo desta empreitada toda, afinal, se você não está lembrado.

O rosto de Reid ficou corado, e ele desviou os olhos.

— É óbvio que estou.

De repente, os guardas abriram a porta. Na fração de segundo que levou para a maçaneta girar, uma terceira ideia se formou, e, em um impulso, me transformei na Donzela enquanto dois Chasseurs entravam. Seus olhos se arregalaram ao me ver.

— Ah, *messieurs*, por favor! — Eu retorcia as mãos com um grito, andando de um lado para o outro ao longo das barras sem as tocar. — A bruxa... ela me enganou. Sou uma empregada da copa, mas enquanto lavava os lençóis, ouvi uma voz cantando uma canção tão linda. — Eu falava mais depressa agora, sem gostar do brilho calculista nos olhos do homem mais velho. — *Tive* que segui-la, *messieurs*... como se uma força externa me obrigasse, era como se eu estivesse *em transe*... E só acordei depois de ter aberto a porta e a liberado. Por favor, *por favor*, me soltem enquanto o outro dorme. — Gesticulando para Reid no chão, deixei meu lábio inferior tremer e lágrimas escorrerem por minhas bochechas. Fingir angústia era mais fácil do que tinha pensado. — Sinto muito. Podem abater do meu salário, podem me dispensar, podem até me *açoitar*, mas, por favor, não deixem que ele me machuque.

Embora o mais jovem parecesse estar prestes a correr em minha defesa, o outro o deteve com um sorriso. Não era de compaixão.

— Já terminou?

Funguei alto.

— Não vão me ajudar?

Em duas passadas, o homem cruzou o cômodo e alcançou a mesa circular, folheando os papéis. Tirou um de debaixo de um peso em forma de crucifixo e o levantou para a luz. Embora fosse um esboço de linhas rudimentares, o desenho mostrava meu rosto, o rosto da *Donzela*, de maneira satisfatória. Minha expressão sofrida se desfez enquanto me recostava nas barras. Voltei a minha forma normal.

— Bom para você.

— Sim — comentou ele, examinando-me com curiosidade. — É bom, sim. Parece que você herdou os dons da sua mãe. Sua Majestade ficará feliz em saber.

— Ela... ela é a filha de La Dame des Sorcières?

— Parece que ela *é* La Dame des Sorcières agora.

A preocupação do mais jovem se dissipou no mesmo instante, substituída por algo semelhante a assombro. Talvez uma pitada de medo. Voracidade.

— Nós a capturamos?

— Vocês não capturaram ninguém. — Meu próprio medo afiou minha voz. Eu o empurrei para longe. Os outros viriam. *Viriam*. — Posso perguntar que horas são?

O guarda mais velho recolocou o desenho no lugar antes de se aproximar da gaiola. Embora mantivesse a postura casual, suor se acumulava acima da boca. Eu o deixava nervoso. *Ótimo*.

— Pode perguntar. Mas não vou responder. É melhor vê-la ficar inquieta por causa do nervosismo. — Quando enfiei o rosto por entre as barras, de maneira ágil e súbita, ele cambaleou para trás. Em sua defesa, não chegou a xingar, apenas agarrou o peito com uma risada baixa.

— Melhor usar a injeção? — O mais jovem retirou seringas do casaco. — Dar uma lição na criatura?

— Não. — O outro balançou a cabeça e foi saindo do cômodo. — Não, acho que estamos infligindo a dose certa de tormento, não acha?

Os dois fecharam a porta com um *clique* ressonante.

Então Reid *me* puxou para longe das barras.

— Os outros vão vir — garantiu.

Um pouco mais tarde, sons de confusão reverberaram do corredor para provar o que ele dissera. Vozes se elevaram até se transforem em berros, e o ruído de metal contra metal tiniu a canção mais doce. Ficamos de pé em um pulo, encarando a porta e aguardando.

— É agora. — Meus dedos se fecharam ao redor das barras, expectantes. — Estão aqui.

Reid franziu a testa para as vozes agudas, femininas. Não me eram familiares; não pertenciam a Coco, a Célie, a Zenna, nem mesmo a Seraphine. Pareciam as vozes de... *crianças.*

— Deixem-nos em paz! — gritou uma delas, indignada. — Soltem-nos!

— Acho que não — rosnou um Chasseur. — Não desta vez.

— Seu pai não vai ficar nada satisfeito, Victoire.

— Meu pai pode ir catar coquinho!

— Isto não está *certo* — berrou outra criança. — Tirem as mãos de cima de nós *agora*. É o nosso *irmão* lá dentro, e ele não fez nada de errado...

Suas vozes foram ficando distantes enquanto os Chasseurs as arrastavam para longe.

— Violette e Victoire. — Reid encarou a porta como se pudesse abri-la apenas com a força de vontade. — Elas nos tiraram da masmorra antes de La Mascarade des Crânes.

— Siga a lembrança — instruí, desesperada. Se nem as filhas do rei podiam entrar desimpedidas na Torre dos Chasseurs, a probabilidade de nossos amigos conseguirem tinha acabado de desaparecer em uma nuvem de fumaça.

— O quê?

— Você quer lembrar. É assim que vai conseguir. — Sem chances de escapar daquela prisão *odiosa*, ignorante da hora, de onde nossos amigos estavam, do que seria de nossa própria vida, aquilo tinha, de repente, se tornado a coisa mais importante do mundo. A mais urgente. Reid tinha que lembrar. Se íamos morrer ao pôr do sol, ele tinha que se lembrar de mim. A aposta, a sedução, o plano... tudo ficou pequeno à luz daquele momento crítico. — Siga a lembrança, para a frente ou para trás, até chegar a um bloqueio. E então *force* passagem.

A boca de Reid se retorceu.

— Eu... já *tentei*. Os últimos dias... não fiz nada senão tentar colocar as pecinhas no lugar.

— Tente outra vez. Tente mais.

— Lou...

Quase esmaguei suas mãos nas minhas.

— E se eles não vierem?

Reid segurou as minhas com igual fervor, a voz baixa e feroz ao me puxar para seu peito.

— *Vão vir.*

— E se não puderem? Se não conseguirem entrar despercebidos? E se tiverem que lutar? E se Claud não puder intervir, ou se tiverem sido capturados no castelo, ou... — Meus olhos se arregalaram, alarmados. — E se já estiverem mortos?

— Pare, *pare*. — Ele segurou meu rosto, abaixando-se para me encarar nos olhos. — Respire. Me diga o que tenho que fazer.

Demorei um momento para me recompor e acalmar meu coração acelerado. Ele aguardou com paciência, os polegares massageando minhas têmporas. A intimidade do gesto me agitou tanto quanto aliviou. Após um tempo me afastei e disse:

— Depois de Violette e Victoire resgatarem vocês da masmorra, vocês retornaram à pousada. Você se lembra disso?

Ele seguiu meus passos.

— Lembro. Tomei um banho.

— E depois?

— E depois eu... — seu rosto se contorceu — conversei com Claud. Contei sobre a captura da minha mãe.

Entrelaçando os dedos nos dele, balancei a cabeça.

— Não. "Eles a pegaram, Lou. Estão com minha mãe, e ela não vai voltar." Foi o que você me disse.

Ele me fitou, perplexo.

— E o que aconteceu depois?

— Me diga você. — Quando ele não abriu a boca, apenas me encarou, fiquei na ponta dos pés para beijar sua bochecha. Reid envolveu minha cintura com os braços. — Quando roubei as lembranças de Bas — murmurei contra sua pele —, não me dei conta do que tinha feito até voltar a vê-lo. Eu tinha essas... essas lacunas nos meus pensamentos. Não o eliminei completamente da memória, só os momentos românticos, mas ele não me reconhecia. Tive que encontrar um gatilho para ajudá-lo a se lembrar... uma lembrança que fosse a chave para o restante.

Ele se afastou para me olhar.

— Pode ser qualquer coisa.

— Para mim, foi o instante em que conheci Bas no Soleil et Lune.

— Onde foi que a conheci?

— Na porta da confeitaria do Pan. — Eu o girei em direção à fechadura, apressada. — Imagine uma porta. Você estava bloqueando a saída como um gigantesco babaca, assistindo à parada de boas-vindas de Beau na rua. — Ele virou para me olhar com uma carranca por cima do ombro. — O quê? É *verdade*. Foi uma grosseria completa. Tentei passar por você... — imitei o movimento —, mas não tinha espaço para nós dois. Você acabou virando e quase quebrou meu nariz com o cotovelo. — Quando ele girou para me encarar, levantei seu cotovelo e joguei minha cabeça para trás, fazendo uma pantomima do assalto. — Lembrou alguma coisa?

Sua expressão era de completa tristeza.

— Não.

Merda.

— Talvez não seja esse o seu gatilho. — Tive que me esforçar para manter a voz estável. — Pode ser outra coisa... como quando você me perseguiu dentro dos bastidores do Soleil et Lune, ou quando nos casamos na orla do Doleur, ou... ou quando fizemos sexo pela primeira vez no telhado.

Ele semicerrou os olhos.

— Consumamos nosso relacionamento em um telhado?

Assenti, depressa. Depressa demais.

— No Soleil et Lune também. Estava tão frio... tente imaginar. O vento na sua pele nua.

Quando mais guardas chegaram para ver o que estávamos fazendo, nós os ignoramos, e depois de uma ou duas provocações, foram embora. Os ponteiros do relógio continuavam a rodar. O pôr do sol se aproximava a cada segundo. Não ouvimos nenhum outro grito no corredor. Não houve uma segunda tentativa de resgate. *Onde* estavam os outros? Reid balançou a cabeça, esfregando o rosto com a mão enquanto caminhava de um lado para o outro.

— Não me lembro de nada disso.

— Mas você... Vi quando começou a lembrar. Vi a dor na sua expressão. *Dói.*

Ele atirou os braços para o alto, cada vez mais frustrado. Ou talvez abalado. Talvez ambos.

— Aconteceu poucas as vezes, e, mesmo assim, sempre que eu tentei forçar passagem... seguir a lembrança... era como se estivesse pulando dentro do vazio. Não há nada *lá*. Não tem parede para quebrar. Não tem porta ou fechadura para abrir, nem janela para estilhaçar. As lembranças simplesmente *não estão lá*.

Lágrimas malditas marejaram meus olhos.

— O padrão pode ser revertido.

— Que *padrão*? — A voz dele se elevou até ser quase um grito ao girar para me encarar, o maxilar trincado e bochechas coradas. — O *mundo* inteiro parece pensar que sou um bruxo... e estou prestes a queimar na fogueira, então deve ser mesmo verdade... Mas não posso... não sei... nunca nem cheguei a *ver* um padrão, Lou. Nem uma manchinha de ouro, branco ou azul de merda. É como se essa pessoa que você conhece... como se ela não *existisse*. Não sou ele. Não sei se um dia vou voltar a ser ele.

Quando as lágrimas escorreram livres por meu rosto, ele grunhiu e as secou, umidade cintilando em seus próprios olhos.

— Por favor, não chore. Não consigo suportar ver suas lágrimas. Me faz... me faz querer colocar o mundo abaixo para pará-las, e não posso... — Ele me beijou outra vez, com força e desespero. — Me conte. Me conte tudo. Vou lembrar desta vez.

Dentro da fortaleza de seus braços, repeti tudo. Contei a história de nós dois: o braço cortado e os lençóis manchados, o livro *La Vie Éphémère*, a visita ao teatro e ao mercado, o templo, a trupe, o relicário de curiosidades. Contei sobre Modraniht e La Mascarade des Crânes, e todos os momentos que passamos juntos entre um evento e o outro. Todas as mudanças monumentais em nosso relacionamento. A banheira. O porão. O funeral.

Contei sobre magia.

Ele não se lembrou de nada.

Às vezes sua expressão se contorcia, mas ao abraçar a dor, ao correr atrás das lembranças, tudo o que encontrava era fumaça e espelhos.

Aos poucos nos demos conta de que os guardas faziam turnos de duas horas (*disso* Reid se lembrava), visitando-nos brevemente a cada meia hora. Quando a última dupla apareceu, eu chorava abertamente enquanto Reid me aninhava em seu colo.

— Não vai mais demorar muito — escarneceu um deles. Já o outro não quis se demorar, puxando o companheiro para fora do cômodo com uma expressão desconcertada.

Ainda assim, ninguém veio nos resgatar.

Eu rezava para que tivessem sobrevivido. Rezava para que tivessem resgatado Madame Labelle e Beau, e que tivessem fugido da cidade. Não podia suportar a ideia de nos verem queimar. Embora não fosse culpa deles, jamais se perdoariam, e Coco... ela já sofrera o bastante. Já tinha perdido *muita* coisa, bem como Madame Labelle, Beau, Célie e até Jean Luc. Talvez tivéssemos sido estúpidos de sonhar com algo mais. Algo melhor. Eu ainda rezava para que eles pudessem encontrar aquilo.

Se alguém merecia paz, eram eles.

Reid descansou o rosto em meus cabelos.

— Sinto muito mesmo, Lou. — Silêncio recaiu entre nós, tenso como a corda de um arco. Aguardei que arrebentasse. — Queria...

— Não. — Devagar, levantei a cabeça para olhar para ele. Meu coração se contraiu ao ver a angústia em seu rosto familiar. Percorri o formato de suas sobrancelhas, de seu nariz, de seus lábios, fitando cada feição individualmente. No fundo, eu sempre soubera como aquilo terminaria. Sentira desde o momento em que nos conhecemos, desde o instante em que vislumbrara a Balisarda em sua bandoleira: dois amantes trágicos reunidos pelo destino ou pela providência. Pela vida e pela morte. Pelos deuses, ou talvez monstros.

Terminaríamos em uma fogueira.

Fazendo um movimento com a mão, nos escondi dos olhares de qualquer caçador que pudesse estar vigiando. Magia explodiu ao redor.

— Me beije, Reid.

CONFESSIONÁRIO

Reid

Encarei o rosto manchado de lágrimas de Lou com meu peito dolorido. Ela não precisava me convencer. Faria qualquer coisa que me pedisse. Se beijá-la fosse impedir que outra lágrima escorresse, eu a beijaria milhares de vezes. Se sobrevivêssemos àquela noite, eu secaria suas lágrimas com beijos pelo resto de sua vida.

Aonde quer que tu fores irei eu, e onde quer que pousares, ali pousarei eu.

Ela sussurrara as palavras para mim como se fossem uma oração. E eu ainda as sentia. Sentia cada uma.

Como pude pensar um dia que o sentimento entre nós não era sagrado? A conexão. O que eu sentia por Lou era visceral, primordial e *puro*. O sentimento me consumiria, se eu permitisse. Consumiria a nós dois.

Mas a fitei por tempo demais. Com mais lágrimas, ela jogou os braços ao redor do meu pescoço e enterrou a cabeça em meu ombro. Amaldiçoando meu erro, segurei seu rosto entre as mãos. Com delicadeza. Muita delicadeza. Levantei seu queixo para que ela me olhasse. E então — com cuidado deliberado — pressionei meus lábios contra os de Lou.

Eu não podia abrandar aquela dor. Não podia corrigir aquele agravo. Muito provavelmente, nós dois queimaríamos na fogueira ao pôr do sol.

Mas eu podia abraçá-la.

— Amo você — murmurou Lou, os cílios tremendo enquanto eu beijava suavemente suas bochechas. Nariz. Pálpebras. — Amei você antes, amo você agora, e vou amar você depois. — Meus lábios deslizaram pela garganta dela. Em direção à cicatriz. A cabeça de Lou pendeu para trás, exibindo o pescoço para mim. Completamente vulnerável. — Antes de minha mãe cortar minha garganta em Modraniht — as palavras soavam como uma confissão —, pensei que jamais voltaria a ver você. Uma bruxa e um caçador de bruxas não podem se encontrar na vida após a morte.

Levantei a cabeça.

— Vou encontrá-la outra vez, Lou. — As palavras me vieram com prontidão, como se estivessem esperando na ponta da língua. Minha própria confissão. Talvez já as tivesse dito antes. Não conseguia lembrar. Não importava. Embora eu tivesse perdido nosso passado, me recusava a perder nosso futuro. Nem a morte me tiraria aquilo. — Prometo.

Ela encontrou meus olhos com calor lânguido.

— Eu sei.

Apesar da urgência de nossa situação — os caçadores fazendo patrulha do lado de fora, e o sol se pondo sobre a cidade —, Lou não tinha pressa enquanto deslizava as palmas da mão para dentro da gola de minha camisa, por minhas costas abaixo. Minhas próprias mãos alcançaram, devagar, a bainha de sua camisa. Levantando o tecido da barriga, centímetro por centímetro, a deitei no chão. Ela tirou minha camisa por cima de minha cabeça. Calor se concentrava entre nós enquanto ela traçava a cicatriz em meu torso com um dedo, enquanto eu deslizava por seu corpo. Enquanto provava cada curva. Com cada fôlego, cada toque — sedutor e lento, como se buscasse algo —, a intensidade crescia. O desespero silencioso.

Seus dedos se fecharam nos meus cabelos.

Minha língua acariciou seu quadril.

— Você costumava me chamar de "sua herege" — disse ela em um suspiro, arqueando as costas e direcionando minha boca para baixo. Mais para baixo.

Eu a reencontraria, sim, mas ainda tínhamos aquele momento. Aquela última hora ofegante.

— Você ainda é. — Puxando a calça dela para baixo, a virei. Prendendo Lou. Suas unhas arranhavam as barras no chão enquanto eu a levantava pelos quadris para beijá-la. Enquanto a acariciava ali. Os tremores que percorriam seu corpo aumentaram cada vez mais até, finalmente, ela se perder — mordendo a mão para abafar o som — e a trouxe para perto, apertando-a contra meu peito. Depois contra as barras. Esperei com a respiração arquejante.

Sua cabeça pendeu para trás, sobre meu ombro, e ela levou a mão a minha nuca. Trouxe os lábios para encontrar os meus.

— Não ouse parar agora.

Eu afundei dentro dela sem mais palavras — sem conseguir falar, ainda que tentasse —, envolvendo sua cintura com um braço. Senti o calor percorrer todo meu corpo. Descontrolado, meu outro braço a puxou para trás, envolvendo os ombros de Lou. Segurando-a contra mim. Quando seus dedos se fecharam em meu antebraço, não consegui tirar os olhos deles. Lisos e reluzentes sobre minha pele mais pálida e mais áspera. A simples imagem fez meu peito se contrair a ponto de ser doloroso. Tão similares. Tão diferentes. Não podia suportar. Não podia *respirar*. Ela era... ela era como o paraíso, mas me forcei a me mover devagar. Profundamente. Me obriguei a saboreá-la. Quando gemeu, tapei sua boca com a mão.

— Shhh. Vão ouvir.

Ela pensava diferente.

Girando em meus braços, me derrubou e prendeu minhas mãos acima de minha cabeça. Debruçando-se para a frente, Lou mordeu meu lábio inferior.

— Deixe que ouçam.

O pouco de fôlego que me restava se foi de uma vez só. Lutei para permanecer parado enquanto ela se movia em cima de mim, sentindo a pressão crescer até fechar os olhos. Até não aguentar mais. Até minhas mãos encontrarem os quadris dela, e eu a estimular a se mover mais depressa, ajustando o ângulo. Assistindo enquanto sua boca se abria, a respiração se acelerando. Embora a pressão em meu abdome tivesse aumentado a ponto de se tornar uma dor física, cerrei os dentes para evitar transbordar. *Ainda não*. O corpo de Lou se movia em perfeita harmonia com o meu. *Ela* era perfeita. Tinha sido tão tolo quando não o enxergara antes. Como não enxergara.

Quando ela estremeceu com seu orgasmo um pouco depois, eu também me deixei levar — e, naquele momento, ouro cintilou na periferia de minha visão. Um vislumbre apenas. Estava lá e depois não estava mais, antes que eu conseguisse percebê-lo de todo. Um fruto da imaginação.

Um fragmento de lembrança permaneceu, no entanto. Um punhado de palavras. *Minhas* palavras.

Obedece a quem a conjura.

Uma dor abalou meus sentidos quando compreendi, e me curvei, quase caindo para o lado. Os olhos de Lou se arregalaram, cheios de alarme.

— Reid? — Ela me sacudiu, fraca. — O que foi? O que está acontecendo?

— Nada. — A dor passou tão depressa quanto tinha vindo. Tão inexplicavelmente quanto tinha surgido. Quando ela continuou sem se convencer, balancei a cabeça. — Estou bem. Verdade.

— Uma lembrança?

— Já foi embora.

Com um suspiro cansado, ela me abraçou. Retribuí, quase a esmagando. Ficamos sentados assim por vários minutos, apenas segurando um ao outro. Respirando. A bochecha dela caiu, pesada, contra meu ombro.

— Melhor você se vestir — murmurei finalmente. — Os caçadores...

— Não acho que eu consiga me mover.

— Posso ajudar.

Seus braços me apertaram por mais um instante, mas Lou não protestou quando primeiro a vesti com a sua camisa e coloquei a minha em seguida. Depois a calça dela. Lou nem se importou em amarrar os cordões. Em vez disso, desmoronou contra meu peito outra vez. Suas pálpebras tremiam. Engolindo em seco, acariciei seus cabelos dela.

— Durma. Vou acordá-la se algo acontecer.

— Pode ser que eles ainda venham. — Ela reprimiu um bocejo, os olhos se fechando. — Nossos amigos. Pode ser que ainda nos resgatem.

— Pode ser.

Abracei-a com mais força do que o necessário enquanto ela resvalava para o sono. O silêncio pareceu crescer e se estender depois. A tocha bruxuleou.

— Pode ser — repeti com firmeza. Para ela. Para mim mesmo. Para quem quisesse ouvir.

Pode ser que ainda nos resgatem.

Mas não resgataram.

UMA ÚNICA FAÍSCA

Reid

Trinta minutos mais tarde, quando a porta se abriu, soube imediatamente que a hora tinha chegado.

Dois Chasseurs se seguiram ao primeiro, ombros rígidos e Balisardas em punho. Mais dois depois. E mais uma dupla. E outra. Continuaram entrando até terem ocupado a sala do conselho por completo. Mais deles aguardavam no corredor do lado de fora. Dezenas deles. Embora eu tenha sondado seus rostos à procura de Jean Luc, ele não estava lá.

Lou acordou com um sobressalto ao ouvir os passos, os olhos ainda pesados de sono.

— O que é...?

Ela inspirou asperamente enquanto olhava ao redor, levantando o tronco. O Chasseur mais próximo baixou os olhos para os cordões da calça dela. Riu alto. Depressa, torci o corpo para bloquear a visão — puxando-a para ficar de pé —, mas ela apenas se inclinou para o lado e abriu um sorriso felino para o caçador.

— Viu algo interessante?

Apesar da bravata, seus olhos continuavam vermelhos e inchados. Luzentes demais. A mão tremia em meu braço.

O homem torceu o lábio.

— Até parece.

Com uma risadinha de escárnio, ela examinou a calça dele de maneira sugestiva. Depois me contornou, amarrando os cordões com indiferença casual.

— Duvido muito.

— Sua... — Ele avançou para as barras, mas quando Lou o encontrou lá, movendo-se com agilidade letal, o homem mudou de ideia no meio do caminho. Apontando a Balisarda para o rosto dela, disse: — Esse seu comportamento vai mudar já, já. Suas últimas palavras serão só gritos.

Ela gesticulou com um dedo para que ele chegasse mais perto.

— Por que não vem aqui me mostrar?

— Lou. — Com a voz baixa, em advertência, puxei o tecido das costas da camisa dela. Recuou um passo. Ao redor, os Chasseurs espelharam o movimento, aproximando-se. — Não os provoque.

— Acho que já é um pouco tarde para isso.

— Tem razão. — A voz grave de Philippe precedeu sua entrada na sala. Diante de sua chegada, os Chasseurs se separaram em dois grupos, um de cada lado. O sorriso de Lou se tornou selvagem. Vestido com um terno impecável azul-escuro e dourado, com a medalha de capitão brilhando na lapela, ele a encarou como se fosse um inseto na sola de sua bota. Depois, sorriu com frieza. Fez uma reverência. — O sol se pôs, *ma Dame*. Sua pira fúnebre a aguarda.

Lou recuou mais um passo. Seu braço roçou o meu. Embora o sorriso permanecesse fixo em seu rosto, seus olhos correram do cômodo para o corredor. De Philippe para os Chasseurs. Meu coração martelava com violência enquanto eu os contava. Eram dezenas. Um esquadrão inteiro.

— São muitos.

Lou gesticulou para a porta da gaiola com uma risada estilhaçada.

— Que bom que temos um gargalo.

Olhei para ela. Seu peito subia e descia em fôlegos curtos. Meus próprios braços e pernas tremiam de adrenalina.

Um Chasseur às nossas costas abriu um sorrisinho de escárnio.

— Vocês têm que sair alguma hora.

Lou girou para olhar feio para ele.

— Não temos, não.

— Vão *morrer de fome*.

— Ora, vamos. Sua Majestade não vai demonstrar tanta paciência. Decretou que queimaríamos esta noite. — O sorriso dela se alargou.

— Não vai cair bem para ele se a execução não correr de acordo com o plano, vai? Imagino que os súditos já estejam bastante inquietos por conta do Fogo Infernal. Bastante amedrontados. — Dirigiu-se diretamente a Philippe então: — Também não vai cair bem para *você*.

Em um impulso repentino, acrescentei:

— Especialmente depois de minha mãe ter escapado.

Murmúrios baixos correram pela sala diante da alegação, e a expressão de Philippe se enrijeceu. Senti uma onda de alívio, ainda que tenha durado pouco. Eles a tinham salvado. Coco, Jean Luc e Célie, de alguma forma, tinham salvado minha mãe. Estava a salvo. Lou quase gargalhava, lançando-me um olhar de apreciação de canto de olho.

— Ela será apreendida — respondeu o capitão de maneira brusca.

— Não se enganem.

— Você precisa de um ponto a seu favor, Phil. Não pode se dar ao luxo de ficar esperando. — Lou agitou os dedos para ele. — Acho que vai entrar aqui mais cedo do que tarde.

Um Chasseur diferente — mais jovem do que os anteriores, praticamente ainda um noviço — empunhava a Balisarda como se fosse um crucifixo.

— Acha que sua magia pode nos fazer algum mal, bruxa?

— Eu *acho* — começou ela, devagar — que não vai ser tão difícil desarmar você, *mon petit chou*. Creio que vocês todos já conheçam o meu marido. — Apontou com o polegar para mim. — O Chasseur mais jovem na irmandade. O capitão mais jovem também.

— Ele não é nenhum capitão — retrucou Philippe com um tom sombrio.

Lou levantou uma sobrancelha.

— Bom. Ele com certeza deu uma surra em *você*.

Coloquei a mão no ombro dela, evidentemente desconfortável. Suor frio escorria por minhas costas. Quando Lou olhou para mim, balancei a cabeça. De maneira quase imperceptível. *O que está fazendo?*, eu tentava perguntar.

Quando Lou levantou o mesmo ombro — tão discretamente que ninguém mais poderia ter visto —, tive minha resposta. Ela não sabia. A fanfarronice, as provocações, as ameaças... eram todas tentativas desesperadas de ganhar tempo. Simpatia. *Qualquer* coisa.

Tínhamos ficado sem ideias.

— Vai logo, Phil — continuou, e, com suas palavras, o cheiro fraco de magia me envolveu. Os outros também sentiram. Alguns rosnaram e se enrijeceram, os nós dos dedos apertando os cabos das Balisardas, e olharam para Philippe em busca de instrução. Outros se remexeram, agitados. Mas uns poucos estudavam Lou com fascínio enquanto a pele dela começava a reluzir. — Abra a porta. Venha brincar comigo.

Palavras diferentes ressoaram dentro de minha cabeça. Ainda era sua voz, mas suave e trepidante. *Reid.*

Eu a fitei.

Quando abrirem a porta, disse ela, ainda observando Philippe, *fique perto de mim. Não posso atingi-los diretamente com magia, mas* posso *colocar esta torre abaixo. É nossa melhor chance.* Depois: *acha que Beau conseguiu escapar também?*

Eu não sabia e não podia responder. Não quando Philippe aceitou um arco do Chasseur a seu lado. Uma aljava de flechas com pontas azuis.

— Hoje, não — rosnou, encaixando uma flecha com precisão experta. Quando apontou diretamente para o rosto de Lou, ela semicerrou os olhos. Já não estava sorrindo. — Como você mesma disse, não tenho tempo para joguinhos. O reino aguarda.

Soltou a corda sem aviso. Antes que eu pudesse me atirar para frente — antes que pudesse sequer gritar —, a flecha voou na direção dela com mira impecável. Mas Lou girou no último segundo, ainda mais rápida do que o projétil, e se agachou no instante em que a ponta se fincava na parede atrás de nós. Os Chasseurs que haviam estado lá já tinham se afastado. Formavam fileiras na frente e nas laterais da gaiola, criando uma espécie de curral. Um corredor.

Mais arcos surgiram ao redor de nós. Mais flechas.

Corri para Lou, agarrando sua mão e a arrastando para o fundo da gaiola. Eu tinha que fazer algo. *Agora*. Lou falara em magia, em conjurar cordões dourados. Eu me foquei neles — em criar um escudo, uma arma, a porra de uma *chave*. Qualquer coisa para escaparmos. Nenhum padrão respondeu ao chamado. Óbvio que não. Rolei para o lado quando Philippe atirou uma segunda flecha.

— Por que se dar ao trabalho de fazer uma fogueira? — Com um rosnado, Lou levantou a mão, e a haste da flecha se quebrou no ar. Quando caiu a nossos pés, eu a peguei depressa, cravando-a em um Chasseur tolo que tentou nos surpreender por trás. Ele caiu como uma pedra. Olhos rolando para dentro de órbita. Braços e pernas convulsionando. Lou o encarou com horror. — O quê...

Philippe já encaixava uma nova flecha na corda.

— Cicuta.

O projétil quase arranhou meu ombro. Passou tão perto, que rasgou a manga da camisa. Os olhos de Lou se acenderam ao avistar o rasgo no tecido. Sua pele pulsava com uma luz sobrenatural. Quando se colocou na minha frente, sua voz soou com calma fatal. *Etérea*. Não era uma única voz, mas várias. Reverberavam em harmonia com um timbre de arrepiar.

— Não vão tocar nele.

Imune ao encantamento, Philippe gesticulou para os outros erguerem os arcos. Todos os vinte.

Lou mostrou os dentes.

Diante do comando ríspido do capitão, flechas voaram dos dois lados. Mais do que vinte. Mais do que *quarenta*. Cortavam o ar com precisão letal, mas todas viravam pó ao chegarem a um metro de nós. Simplesmente... se desintegravam. Eu sentia mais do que via a barreira no ar. Uma camada fina, como a de uma bolha de sabão. Um escudo. Os punhos de Lou tremiam com o esforço de mantê-la enquanto mais flechas voavam.

— Como posso ajudar? Me diga, Lou!

— Um padrão — respondeu ela, entredentes. — Você pode fortalecer... minha magia.

— *Como?*

— Concentre-se. — As flechas choviam, cada Chasseurs equipando e atirando em momentos diferentes. Um assalto constante. Lou fez uma careta de dor, como se pudesse *sentir* cada ponta envenenada, e o escudo ondulou. — Você *é* um bruxo. Aceite o fato. Concentre-se no resultado que deseja, e... os padrões vão aparecer.

Mas não apareceram — não *estavam* lá —, não importava o quanto me concentrasse. Ouro não cintilou. Foquei mais. Nela. No escudo. Na ponta das flechas o rasgando. Uma vibração estranha começou em meus ouvidos. Vozes. Sussurros. Não eram minha voz ou a de Lou, mas a de *outros*. Ainda assim, ouro não surgiu, e soltei um rugido de frustração, de *fúria*.

— Você consegue, Reid — disse Lou, com urgência. — Já conseguiu antes. Vai conseguir de novo. Só tem que...

Ela não chegou a terminar a frase. Sem serem detectados, dois Chasseurs tiveram sucesso em fazer o que seus irmãos caídos não tinham feito. Levando as mãos por entre as barras — aproveitando-se do escudo dela —, agarraram a camisa de Lou e a puxaram para trás, contra a madeira.

A bolha protetiva estourou no mesmo instante.

Gritando o nome dela, mergulhei para a frente, tirando o braço de um dos guardas de seu pescoço, mas uma dor aguda perfurou minha coxa. Não olhei. Não *podia* — não enquanto eles fincavam as agulhas de uma seringa, duas, *três* na garganta de Lou, todas ao mesmo tempo. Nem quando ela arqueou as costas, o corpo se debatendo e as mãos se estendendo para mim.

— Reid! *Reid!*

Ouvi sua voz como se estivesse dentro de um túnel. Por fim, ela se desvencilhou, segurando-me no momento em que meus joelhos cederam. A Torre tremia ao redor. O corpo dela se sacudia com o impacto de flecha pós flecha, enquanto me escudava. Mais de uma se projetava de suas costas. Dos braços. Das pernas. Ainda assim, me arrastou em direção à porta, que Philippe tinha escancarado.

Mãos puxavam nossas roupas e nossos cabelos, atirando-nos para o chão da sala do conselho. Minha visão foi se apagando enquanto eles cercavam Lou como se fossem formigas. Ela desmoronou, imóvel, sob as seringas. Eles a matariam antes de chegar à fogueira. *Lou*. Trincando os dentes, delirando de dor — de medo —, me concentrei na pele dela, cada vez mais opaca, me concentrei com mais vontade do que jamais fizera na vida. Joelhos duros pressionaram minhas costas.

Ela vai morrer, vai morrer, vai morrer

Ouro explodiu em minha visão — e fiquei de pé em um pulo —, mas era tarde demais.

Uma agulha perfurou meu pescoço, e o mundo foi engolido por trevas mais um da vez.

Acordei com gritos.

Com fumaça. Com a sensação de palha pinicando meus pés e madeira dura às minhas costas. Com amarras apertadas em meus pulsos.

Sentindo o estômago se revirando, abri os olhos. Levaram um instante para entrarem em foco. Minha visão girava.

Tochas.

Bruxuleavam na escuridão, lançando uma luminosidade alaranjada no cenário. Nos rostos. Tantos rostos. A cidade inteira estava aglomerada na rua. Com um sobressalto, me dei conta de que estava acima deles. *Não.* Fechei os olhos, dobrando-me para a frente com ânsia de vomito. As cordas me mantiveram na vertical. Preso. Eu não estava de pé. Meus olhos se arregalaram outra vez quando finalmente entendi.

Uma estaca.

Tinham me amarrado a uma estaca na fogueira.

Depois, os detalhes voltaram depressa, desorientando meus sentidos — os degraus da catedral, a plataforma de madeira, a presença quente às minhas costas.

— Lou. — A palavra se arrastou por minha língua por conta da cicuta. Minha cabeça latejava. Lutei para virar o pescoço. — *Lou.*

Seus cabelos cascateavam por cima de meu ombro, e a cabeça pendia, mole. Ela não respondeu. Estava inconsciente. Comecei a me debater com mais vontade, tentando enxergá-la, mas meu corpo se recusava a obedecer. Pelo menos, alguém tinha arrancado as flechas de pontas azuis do corpo dela. Tinham-na vestido com uma camisola limpa. Senti a raiva me percorrer tão depressa quanto a droga diante de mais uma injustiça. Um Chasseur a tinha despido. *Por quê?*

Olhei para baixo, para a camisa simples e a calça de lã que eu estava vestindo. Tinham removido minhas botas.

Couro não queima.

Casacos azuis margeavam as ruas, formando uma barricada. Mantinham a multidão afastada. Semicerrei os olhos e pisquei devagar, esperando a cena ficar mais nítida. Philippe estava entre eles. Jean Luc também. Reconheci os cabelos pretos. O pescoço grosso e a pele marrom. Não olhava para mim, sua atenção focada em Célie, que estava parada na frente da multidão com os pais. Não via Coco. Nem Beau. Nem Claud, Blaise ou Zenna.

Ninguém.

— Lou. — Com cuidado para não movimentar demais os lábios, para manter a voz baixa, tentei cutucá-la com o cotovelo. Meus braços se recusavam. — Pode... me escutar?

Era possível que ela tivesse se mexido. Apenas um pouquinho.

Mais gritos quando uma criança passou pela barricada. Uma menininha. Corria atrás de... de uma bola. Corria atrás de uma bola, que rolou até parar à base da plataforma.

— Você não é tão alto quanto pensei — comentou, olhando para mim sob a franja cor de mogno. Familiar. Minhas pálpebras tremelicaram. Havia duas dela agora. Não... uma criança diferente se juntara à primeira. Um menininho de pele clara, com olheiras. Ele segurava a mão da primeira com uma expressão solene. Embora jamais o tivesse visto, quase reconheci seu rosto.

— Não perca as esperanças, *monsieur* — sussurrou.

Outro berro. Um Chasseur marchou à frente para enxotá-los. Minha boca não conseguia formar as palavras direito.

— Eu... conheço você?

— *Le visage de beaucoup* — respondeu ele com um sorriso inquietante, que aumentou e girou com minha visão. Um sorriso exuberante à luz do fogo. — *Le visage d'aucun.* — Sua voz foi se apagando à medida que se distanciava.

O rosto sempre visto é um rosto nunca lembrado.

Palavras vazias. Sem sentido.

— Lou — supliquei, mais alto agora. Desesperado. — Acorde. Você tem que acordar.

Não acordou.

Risada imperiosa a meu lado. Padrões dourados. Não: cabelos. Com uma tocha na mão, Auguste entrou em meu campo de visão. As chamas não eram laranja, mas pretas como piche. Fogo Infernal. Fogo eterno.

— Já acordou. Ótimo.

Atrás dele, Gaspard Fosse e Achille Altier subiam a plataforma, o primeiro com um sorriso empolgado e o segundo com uma expressão nauseada. Achille olhou de relance para mim por apenas um segundo antes de murmurar algo para Auguste, que fez uma carranca e resmungou:

— Não importa. — Olhando para mim, acrescentou: — Os frutos de sua Balisarda podem não ter detido este fogo maldito, ainda não, mas sua madeira sem dúvidas é responsável por este dia glorioso. — Levantou a mão para tocar uma mexa dos cabelos de Lou. — Fizemos aquela gaiola especialmente para vocês dois. Um final agridoce, não é? Ser morto pela sua própria lâmina?

Quando não respondi, apenas o encarei, ele deu de ombros e examinou a tocha.

— Se bem que não será a Balisarda a desferir o golpe final. Talvez eu devesse agradecer pelos padres terem falhado. Agora vocês dois queimarão eternamente.

— E a sua cidade... também — consegui dizer.

As palavras me custaram. Achille se retraiu e desviou os olhos enquanto eu sufocava com bile e tossia com a fumaça. Não interveio dessa vez. Não disse uma palavra. Como poderia? A pira já tinha sido construída. Ele mesmo teria sido atirado nela em seguida.

Com um último sorriso de escárnio, Auguste se virou para se dirigir ao reino.

— Meu amado povo! — Abriu os braços. O sorriso ainda mais largo. De imediato, a multidão silenciou, com a atenção voraz voltada para o rei. — Hoje, enfim, erradicaremos um grande mal que atormenta nosso reino. Olhem bem: Louise le Blanc, a nova e nefasta Dame des Sorcières, e seu *marido*, o homem que um dia os senhores conheceram como Capitão Reid Diggory.

Vaias e chiados reverberaram.

Embora eu tentasse conjurar padrões, eles apenas cintilavam, entrando e saindo de foco, em um borrão dourado. A cicuta tinha cumprido seu propósito. Meu estômago se revirava. Minhas mãos se recusavam a se mover. Tinham recoberto as cordas com a substância. *Concentre-se.*

— Sim, contemplem — continuou Auguste, mais baixo. Levantou a tocha à altura dos nossos rostos. — Uma bruxa e um caçador de bruxas, apaixonados. — Outro risinho. Algumas pessoas da plateia ecoaram a risada. Outras, não. — Eu lhes pergunto isto, caros súditos... — Moveu o fogo em direção a Achille, iluminando os olhos escuros. Fervilhavam com repulsa enquanto encaravam seu rei. Com revolta. — Salvou o reino? O *romance arrebatador* desses dois? Conseguiu nos unir, por fim? — Gesticulou para a fumaça no céu, para a pedra chamuscada da igreja, para os edifícios escurecidos, em ruínas, que recobriam as ruas. Chasseurs tinham sido postados perto dos escombros, contendo as chamas. — Não — sussurrou Auguste, seu olhar se demorando nos casacos azuis. — Acho que não.

Quando voltou a falar, sua voz se transformou em um grito.

— Não pensem que não ouvi seus murmúrios! Não pensem que não percebi sua dúvida! Não temam nem pensem que os Pedros e os Judas entre vocês, os desertores e os traidores, continuarão a vagar, livres! Não vão. Nossa nação está dividida... estamos à beira do abismo... mas me permitam elucidar a verdade, aqui e agora: não cairemos.

Capturou o queixo de Lou.

— Esta bruxa, esta *demônia*, pode parecer uma mulher... sua mãe, quem sabe. Sua irmã ou sua filha. Mas não é, meus caros. Não é nem sequer um ser humano, e com certeza não é capaz de *amar*. Não, esta diaba amaldiçoou nosso reino com morte e destruição. Roubou seus filhos e seu meio de subsistência, corrompeu quem um dia foi nosso grande e nobre protetor. — Soltando o queixo de Lou, Auguste se virou para mim, torcendo o lábio. Lutei para recuperar a sensação em minhas mãos. *Qualquer* sensação. Os padrões dourados cintilaram.

— Reid Diggory. — O rei balançou a cabeça. — Traidor. Assassino. *Bruxo.* Você é a maior decepção deste reino.

Atrás dele, Achille revirou os olhos.

Franzi o cenho diante do gesto incongruente. A primeira agulha de sensação perfurou minha palma enquanto a cabeça de Lou se erguia.

— Lou — sussurrei, desesperado.

Voltou a cair.

— Ouçam muito bem! — Auguste levantou os braços, a tocha, o olhar brilhando com uma emoção selvagem. As pessoas assistiam, segurando a respiração e seguindo, vorazes, a trajetória do fogo. — Não serei enganado outra vez, povo amado! Capturei este grande inimigo, e com a morte dos dois, começaremos uma jornada repleta de vitória e salvação. *Eu* os guiarei. O legado dos Lyon perdurará!

A multidão começou a gritar alto encorajada por padre Gaspard. Batiam os pés e aplaudiam, mesmo quando Philippe e seus Chasseurs trocaram olhares cautelosos. Cabelos de luar brilharam. Empurrando a tocha para Achille, Auguste ordenou:

— Adiante, padre. Mate-os... mate estas criaturas de que se apieda tanto... ou se juntará a elas no Inferno.

Embora tenha hesitado, Achille não tinha escolha. Seus dedos se fecharam devagar ao redor da tocha. Franzi ainda mais a testa. Pareciam... mais retos do que me lembrava. A pele mais jovem. Marrom e lisa. Quando meu olhar voltou para o rosto dele, as bochechas pareceram se alargar, se *mover,* os ossos da face subindo. Os olhos se alongaram. O nariz também. A barba grisalha caiu aos pedaços, os cabelos ficaram mais escuros, e a pele... as rugas desapareceram quando ele deu uma piscadinha para mim.

Depois, virou-se para o rei.

— Sabe, *père* — começou, arrastando as vogais, o que restava das feições de padre Achille se derretendo com as palavras —, é muita hipocrisia da *sua* parte falar em grandes decepções.

Enojado, Beau balançou a cabeça.

Eu o fitei, boquiaberto.

Beau.

— Mas você... você era... — Com o queixo caído, Auguste passou os olhos pela forma do filho antes de seus dentes baterem audivelmente ao fechar a boca outra vez. Uma veia saltava em sua testa. — *Magia.*

O verdadeiro padre Achille surgiu de um beco atrás da catedral. Com uma expressão austera, ele segurava a mão da menina de cabelos cor de mogno. Acenando, entusiasmado, Claud Deveraux saiu de detrás dele, e... e Coco. Ela sorriu para mim, triunfante, soprando um beijo. O corte na palma de sua mão ainda sangrava.

Tinham vindo.

Senti um alívio tão profundo, que quase cheguei a rir.

Lou soltou um fôlego trêmulo.

— Reid...

O formigamento em minha palma se estendeu até meus dedos. Os padrões começaram a ficar mais nítidos.

— Estou aqui, Lou. Estamos todos aqui.

— Desculpe a demora, irmã minha. — Beau correu para ela, tomando cuidado com a tocha, enquanto Chasseurs se aproximavam correndo, os gritos abafados em meio ao caos repentino. Philippe gesticulava de modo frenético enquanto a multidão se dispersava. Berrava. Enquanto os espectadores puxavam crianças para longe, ou chegavam mais perto para assistir, abrindo caminho à força pela guarda real, pela polícia. Um homem chegou até a pular para a plataforma com um grito feroz de "Queimem o rei!" antes de Philippe agarrá-lo pela gola e jogá-lo no chão.

— Sustentem a barricada! — rugia o capitão.

Quando Chasseurs avançaram para a plataforma, Blaise se materializou bem abaixo... junto com Liana, Terrance, Toulouse e Thierry. Os lobisomens tinham se transformado parcialmente, os olhos brilhando e os caninos se alongando. Dezenas mais se desgarraram da multidão para se juntarem a eles. Batendo as mandíbulas. Rosnando. Lobos totalmente transformados emergiam de todos os becos. Encontraram o metal dos Chasseurs com garras e dentes.

Beau tentava desatar as amarras de Lou com uma mão. Apressado. Desajeitado.

— Descobrimos que a Torre dos Chasseurs é tipo uma fortaleza. Quem iria imaginar? Não podíamos chegar até vocês lá, mas *aqui*... — Pausou a explicação rápida quando Lou gemeu, e seu olhar foi para o sangue na camisola dela. Os furos em seus braços, em seu peito. O tom de Beau exalava uma ameaça calma. — O que diabos fizeram com ela?

Embora minhas mãos tremessem e convulsionassem, não conseguia movê-las. Não conseguia *ajudar*. Lutei para retomar o controle.

— Flechas envenenadas. Rápido...

— Você se atreve a escolher essa gente? — sibilou Auguste. Outra veia pulsava em sua garganta. Parecia menos atraente naquele momento. Mais enlouquecido. — Em detrimento do seu próprio *pai*?

Antes que Beau tivesse a chance de responder, Philippe finalmente subiu a plataforma, e Auguste investiu.

Tudo aconteceu em câmera lenta.

Beau girou para afastá-lo, fazendo um arco com a tocha pelo ar, e uma única faísca voou. Pairou, imóvel, por um segundo — por milhares de segundos — antes de flutuar quase preguiçosamente até o chão. Até a palha.

Não pude fazer mais nada senão assistir, horrorizado, enquanto pegávamos fogo.

CHUVA DE LUZ

Reid

O fogo se espalhava mais depressa do que o normal, alastrando-se pela cama de palha, por nossos pés, em questão de segundos.

O Fogo Infernal. A chama eterna.

Não existe solução, explicou Coco, *seja fruto ou não.*

Como você sabe?

Porque o fogo foi criação do meu sofrimento. E não há solução para esse tipo de sofrimento. Só tempo.

Apesar do calor abrasador, um temor gelado me dominou. Gritando o nome de Lou, me virei para ela, determinado a escudá-la. A protegê-la do inevitável. Eu não desistiria. Não cederia. Se conseguíssemos nos libertar, poderíamos pular e nos salvar...

Em pânico, Philippe topou com Auguste, derrubando-o do palanque. Uma língua de fogo alcançou a manga do rei, engolindo-a no mesmo instante, e Auguste caiu no chão — se retorcendo e gritando —, enquanto Philippe tirava o manto de leão dele, tentando arrancar a camisa em chamas. Mas o tecido já tinha derretido na pele. Philippe se retraiu, reconhecendo que a batalha estava perdida.

— Oliana! — Auguste estendeu a mão em direção à esposa, que aguardava ao lado da plataforma. Em silêncio, ela se virou e entrou na igreja. Empalidecendo diante do caos na rua, padre Gaspard correu atrás dela.

Philippe esmagou a mão de Auguste enquanto também fugia.

— Saia... daqui. — Quase inaudível, Lou fez um movimento brusco de cabeça para Beau. Ele ainda lutava contra as cordas, fazendo caretas diante das línguas de fogo. Lambiam suas botas. Botas de couro. — *Vá.*

— Não — rosnou ele.

O calor nos consumia agora. A dor. Lá embaixo, os gritos de Auguste cessaram de repente. Braços e pernas se imobilizaram. Pele e carne derretendo contra os ossos. Com olhos vazios, ele encarava sua cidade incendiada para sempre.

As chamas dançavam em seu cadáver.

— Não posso... não posso extingui-las. — Adrenalina ribombava por meus ouvidos, abafando a voz de Lou. Embora seu rosto estivesse torcido com concentração, eu mal podia enxergar através da fumaça, mal podia *respirar*. O fogo continuava a se alastrar. Avançava dos becos, das portas escondidas, de todos os cantos e rachaduras enquanto os Chasseurs que sobraram abandonavam seus postos. As chamas serpenteavam pelos canos. Deslizavam pelas janelas. Devorando a cidade centímetro por centímetro. Casas. Lojas. Pessoas.

Um grito intenso soou da rua.

Coco.

Lutava para nos alcançar, facas luzindo, sendo fincadas em alguém que fora tolo o bastante para tentar barrar o caminho. A multidão se transformara em uma turba ao seu redor. Corpos colidiam. Mulheres puxavam os filhos para longe, berrando e batendo às portas mais próximas, enquanto homens tolos tentavam entrar na briga.

— A magia... é muito... — Lou estremeceu com uma tosse, ainda imersa em seus padrões, enquanto Coco finalmente conseguia abrir caminho. — Não é *minha*.

Desesperada, Coco rodeava a plataforma à procura de uma brecha nas chamas. Seus gritos se perderam em meio ao tumulto.

— Estou quase — os dedos de Beau puxavam as cordas — conseguindo.

A voz de Lou se elevou para um grito. Foi arrancado de sua garganta, à flor da pele e terrível. Aterrorizado.

— Já é tarde demais...

— *Saia* daqui, irmão! — Minha própria voz se juntou a dela. — vá!

O fogo subia por nossas pernas. Pelas pernas de Beau. Consumia tudo em seu caminho: cordas, roupas, *pele*. Sem uma estaca para sustentar seu corpo, Beau desmoronou contra nós.

— *Não* vou embora sem vocês. — Mas os joelhos cederam com as palavras, e ele caiu. Seu rosto se contorcia enquanto gritava de dor, enquanto bolhas estouravam em seu pescoço, em seu rosto.

— Vai, sim — disse Lou, entredentes. Olhou para Coco com lágrimas nos olhos. — Cuidem um do outro.

As amarras em seus tornozelos tinham se desintegrado, e ela levantou uma perna, chutando Beau no peito. Ele cambaleou para trás — um pilar de fogo —, e caiu nos braços de Coco.

Ela o fitou, horrorizada.

— Não. — A jovem balançava a cabeça freneticamente, caindo. Cobrindo a pele de Beau com camadas de neve. Ele se debatia, desamparado. — Beau. Beau, olhe para mim... — Dedos de fogo subiam pelos braços dela, mas Coco os ignorou. Meus próprios músculos espasmavam e tremiam enquanto eu assistia, impotente. A neve não fazia nenhum efeito contra as chamas. Não havia uma saída, não existia nada que o extinguisse, nenhuma magia que pudesse nos ajudar. Nem mesmo a de Lou. — Não, não, *não*. Por favor, Beau. *Beau.*

— Sinto muito mesmo, Reid — disse Lou, sem ar. — Não posso detê-lo, mas posso... posso ajudar... — Ela girou para me encarar nos olhos. — Amo você. Encontre paz.

Encontre paz.

As palavras se romperam e crepitaram entre nós, deslocadas. Eu com certeza tinha ouvido mal. Não podia ser aquilo mesmo. Pois ali — queimando em um lago de fogo escuro — não podia haver paz. Não para ela. Não para mim. Não enquanto nossos ossos se derretiam e nossa pele caía.

Ela flexionou a mão.

As cordas em meus punhos se rasgaram, e voei da plataforma em uma rajada de ar quente. Aterrissando com violência na rua, girei para olhar para Lou. Mas já não conseguia ver, não conseguia *ouvir*. A dor me roubava todos os sentidos, e os padrões dourados se dissolveram em pó, assentando-se sobre a cena como um véu.

Mas aquela cena não era mais a mesma.

A multidão foi se apagando em meio ao ouro, substituída por outra plateia. O fogo eterno sumiu. Uma estaca diferente fulgurava no céu, e uma bruxa diferente se contorcia nela. Os cabelos de palha de milho queimaram primeiro. Eu estava em frente à plataforma, com as mãos entrelaçadas e o arcebispo ao lado. Uma Balisarda brilhava em meu peito.

Assassino de bruxas assassino de bruxas assassino de bruxas

A lembrança se dissipou antes que eu pudesse de fato registrá-la.

Mas a dor — o *calor* excruciante — esvaneceu de repente quando a nova magia explodiu ao redor. Seu cheiro sobrepujou o da fumaça. O fedor de carne queimada. Embora as chamas ainda devorassem minhas roupas e deixassem minha pele cheia de bolhas, eu só sentia a neve. A meu lado, os olhos de Beau se abriram. Ele se aquietou nos braços de Coco.

Então Lou começou a gritar.

Gritou e gritou até o ponto em que sua garganta deveria ter se rompido com o som. Até o ponto em que seu coração deveria ter parado. Dava para ver a agonia em seu rosto enquanto se contorcia. Como se sua dor tivesse triplicado. Quadruplicado.

Finalmente entendi.

Lutei para me levantar.

Ela tinha tomado nossa dor para si. Era tudo o que podia fazer.

— *Lou*. — Coco soluçava o nome da amiga, balançando Beau enquanto os dois queimavam. Suplicando. Quando suas lágrimas caíram, chiaram em contato com o rosto do príncipe. Mas, em vez de alimentar as chamas, as gotas as extinguiram. A pele dele crepitou. *Curada*. Um trovão retumbou no céu. — Não faça isto, Lou, *por favor...*

Outra lembrança ressurgiu sem aviso. Mais forte do que a primeira. Caí de joelhos outra vez.

Quando? Quando foi que você ficou sabendo?

Durante a execução da bruxa. Quando... quando Lou teve aquele ataque. Todos acharam que Lou estava tendo convulsões, mas eu a vi. Senti o cheiro de magia.

Uma dor mais profunda do que a causada pelo fogo surgiu com a lembrança, enquanto as lágrimas de Coco se adensavam. As primeiras gotas de chuva começaram a cair — a chuva de Coco. Dissera que tinha sido seu sofrimento que provocara o fogo. Agora, parecia que seu amor o abrandaria. Onde as gotas tocavam, o chão crepitava e soltava vapor. As chamas se apagavam. Mas os gritos de Lou... continuavam. Estavam me partindo ao meio. Protegi a cabeça com as mãos e avancei. A chuva encharcava minha camisa. Minha pele.

As bolhas em meu corpo se fecharam.

Estava queimando, Reid. Não sei como, mas ela retirou a dor daquela bruxa. Trouxe-a para si, no lugar da outra.

Mas eu já sabia. Em meu âmago, já tinha feito a conexão. Tinha reconhecido o altruísmo de Lou, mesmo na época. Não tinha sido capaz de admitir. Não tinha sido capaz de confrontar a verdade, mesmo enquanto cuidava de minha esposa à beira da morte e ajudava na sua recuperação. Porque Lou tinha *mesmo* quase morrido para salvar outra pessoa.

Naquele momento, eu me apaixonara por ela.

A dor em minha cabeça foi aumentando e aumentando quando me dei conta daquilo. Não podia suportar. Incoerente — sofrendo, rugindo —, eu puxava os cabelos. Beliscava o rosto. Vagamente, ouvi a plataforma desmoronar, sentindo mãos urgentes em meus ombros.

— Reid! *Reid!* — Mas os gritos de Beau e Coco não agigantavam-se mais do que o vendaval tumultuoso que era minha mente. Os cantos da minha visão começaram a escurecer. Perda de consciência pairava sobre mim, ameaçadora. O chão subiu para me encontrar.

Um padrão desabrochou, cintilando.

À primeira vista, parecia dourado, ligando meu peito às ruínas da plataforma. Ao lugar em que a madeira, a fumaça e o fogo tinham engolido Lou. Quando levantei a mão trêmula, porém, me dei conta de que estivera errado. O cordão brilhava com dimensão.

O azul de meu casaco. O branco dos flocos de neve. O vermelho de sangue em uma forja.

Uma centena de outras cores — *lembranças* —, todas entrelaçadas, criando um único fio.

Puxei.

Energia pulsou para frente em uma onda, e desmoronei sob seu peso, ouvidos zumbindo com silêncio. *Sangrando.*

Um grito agudo e primevo cortou o ar.

Não era Lou. Nem Coco. Levantando a cabeça com dificuldade para conseguir ver através da multidão histérica e da tempestade, reconheci as feições pálidas e os cabelos de luar de Morgane le Blanc. Ela também estava caída. Os mais próximos fugiram quando a viram, escorregando na neve derretida. Na lama. Chorando e gritando pelos entes queridos. Os rostos sujos de fuligem.

Com uma expressão de confusão, Josephine estava agachada ao lado de Morgane.

Atrás delas, Nicholina sorria.

Corri em direção à plataforma sem olhar para trás. Minha voz falhou ao pronunciar o nome de Lou. Eu me lembrava dela. Eu me *lembrava*. O Doleur, o sótão, o telhado — a história inteira que ela tecera na prisão de madeira. Era tudo verdade. Era tudo *real*.

Vou encontrá-la outra vez, eu tinha lhe dito.

Ela levara a promessa a sério. Não tinha desistido de mim. Nem quando a insultei, ameacei e imaginei mil formas diferentes de matá-la. Eu pensaria em mil outras maneiras de reparar meu erro. Jamais a deixaria outra vez. Minha voz foi ganhando força. Ganhando esperança.

— Lou! Lou!

Ela continuou sem responder. Com o fogo finalmente extinguido pela chuva de Coco, os escombros fumegavam de leve. Mergulhando, tirei tábuas chamuscadas do caminho, cinzas e os restos da estaca. Beau e Coco seguiam em meu encalço.

— Onde você está? — perguntei, entredentes, empurrando madeira para os lados, sem parar. — Vai logo. *Onde* você está?

Mãos pálidas se juntaram às minhas na busca. Célie. Outras mais escuras. Jean Luc. O olhar deles encontrou o meu, com expressões determinadas e acenos firmes de cabeça. Não vacilaram, mesmo quando meu próprio corpo estremecia. *Por favor, por favor, por favor...*

Quando uma tábua a minha direita se mexeu, sem ter sido tocada, a arranquei do lugar. Ela tinha que estar ali. *Tinha* que...

Lou surgiu em uma chuva de luz.

A BATALHA FINAL

Lou

Poder inundou meus braços, minhas pernas e meus pulmões, e queimei não com fogo, mas com luz, que brilhava através de minha camisola ensanguentada, pelas feridas ao longo de meu corpo, explodindo em raios ofuscantes de magia. Mesmo com a chuva de Coco ainda caindo, densa e pesada, as gotas não me molhavam como aos outros — não, meus cabelos e pele absorviam todas, e me curavam, me fortaleciam, apaziguavam meu coração dolorido. Tinham gosto de esperança. De *amor*.

Encontrei o rosto manchado de lágrimas de Coco em meio às ruínas, sorrindo e descendo delicadamente para aterrissar a seu lado.

Ela conseguira. Embora a cidade ainda fumegasse, ondeando com suavidade — mesmo que sua tristeza pela perda de Ansel durasse para *sempre* —, o fogo tinha se extinguido. Ela o dominara. Dominara a *si mesma*.

Retribuindo meu sorriso, ela tomou a mão de Beau e assentiu.

— Lou. — Ainda agachado, com uma tábua de madeira na mão e os olhos marejados, Reid olhou para mim. Com amor, alívio e... *reconhecimento*. Lembrança. Brilhou entre nós, como se fosse um ser vivo, tão reluzente e radiante quanto um padrão. Ele se levantou devagar. Nós nos encaramos por um longo momento.

— Você me encontrou — murmurei.

— Prometi que encontraria.

Nós nos movemos ao mesmo tempo, um cambaleando para o outro, os braços e pernas se emaranhando até eu não saber mais onde os dele terminavam e os meus começavam. Sem fôlego, aos risos, Reid me rodopiou no ar, e giramos, giramos e giramos. Eu não conseguia parar de beijar o sorriso dele. Suas bochechas. O nariz. Reid não protestou, rindo ainda mais alto, erguendo o rosto para o céu. A fumaça tinha se dissolvido enquanto Coco nos assistia — as nuvens de chuva também —, até restar apenas uma noite de inverno cristalina. Pela primeira vez em semanas, as estrelas luziam. A lua minguante reinava, suprema.

O começo do fim.

Quando Reid finalmente me colocou de volta no chão, soquei seu ombro.

— Seu grande *babaca*. Como *pôde*? — Segurei seu rosto entre as mãos, quase febril de tanto riso. — Por que não me deixou comer aquele rolo de canela?

As bochechas dele permaneciam coradas, o sorriso largo.

— Porque não era *seu*.

Uma nova onda de gritos irrompeu atrás de nós, e nos viramos todos ao mesmo tempo, a alegria murchando levemente. A cena voltou a entrar em foco aos poucos. Chasseurs e *loups-garou* ainda batalhavam — encharcados e sangrando —, enquanto pedestres fugiam ou lutavam. Alguns soluçavam, agarrados a pessoas queridas caídas na lama. Outros batiam sem parar nas portas das lojas, buscando abrigo para os feridos. Para si mesmos.

Dos dois lados da rua, bruxas tinham surgido, bloqueando todas as saídas.

Reconheci algumas do Château, outras do acampamento de sangue. Eram mais do que jamais poderia ter imaginado que existissem. Deviam ter se esgueirado para fora de cada cantinho do reino... talvez do mundo. Minha pele foi perdendo o brilho enquanto arrepios eriçavam meus pelos.

Pior: do outro lado, Morgane se levantava.

— Aqui. — Célie tirou a bolsa do ombro e a virou ao contrário. A bandoleira de Reid caiu no chão. As facas e sementes. Sua própria injeção. Coco e Beau se abaixaram para pegar as adagas, e segui seu exemplo, minha magia pulsando com expectativa. Ela sentia o perigo presente. Ansiava por atacar, *proteger*, enquanto Morgane endireitava os ombros. Enquanto levantava o queixo e encontrava meus olhos.

Embora os sons de metal tinindo e dentes batendo devesse ter abafado a voz dela, eu ainda assim a ouvi bem. Como se estivesse a meu lado.

— Olá, filha.

Minhas próprias palavras saíram, calmas.

— Olá, mãe.

Olhei para os pés descalços de Reid. O peito ensopado. Minha própria camisola arruinada. Até os outros trajavam apenas roupas de lã — e Célie um *vestido* —, o que os deixava lamentavelmente vulneráveis a qualquer ataque. Talvez não à magia, mas aço podia ferir da mesma forma. Respirei profundamente. Não podíamos lutar assim. Não ainda.

Com um movimento de mão, sondei a rede branca de padrões em busca de um mais adequado àquela situação, algo defensivo, algo como... algo como uma *teia*. Voltei a sorrir enquanto a ideia se formava por completo. Nicholina falara de uma aranha nas profundezas de La Forêt des Yeux. L'Enchanteresse, uma criatura canibal cuja teia estava entre os materiais mais leves e fortes do mundo natural.

Procurei pelas aranhas, estendendo a consciência ao norte, ao leste, em direção às árvores seculares ao redor da cidade. Seu lar. Mas os padrões não seguiram, e sim mergulharam para dentro da rua. Hesitei. Árvores não viviam no subterrâneo. Talvez... talvez as aranhas tivessem ido se esconder lá embaixo por causa do inverno. Mas eu não tinha tempo para especular. Não com Morgane do outro lado da rua, flanqueada por Josephine e Nicholina. Não com as bruxas fechando o cerco.

Tomando outro fôlego profundo, puxei seis cordões idênticos. Os padrões se estenderam na horizontal até uma miríade de fibras aparecer — tão finas quanto fios de seda —, formando um tecido denso que seria nossa armadura.

Escuro e justo, leve e flexível, substituiu nossas roupas em uma explosão de pó cintilante.

Em algum lugar lá embaixo, seis aranhas murcharam.

Morgane bateu palmas.

— Que esperta, querida. Você usa minha magia muito bem. Enfim, faz jus à companhia com quem anda... ladrões, todos vocês.

— Não roubei nada de você, *maman*.

— Você roubou *tudo* de mim. — Os olhos esmeralda de Morgane brilhavam como vidro quebrado. Denteados e afiados. A emoção neles transcendia a malícia, era ódio puro e visceral. — Mas não se engane... Estou aqui para reclamar o que me pertence, e vou aniquilar todos os homens, mulheres e crianças que tentarem me impedir. — Fez um movimento de cabeça, e as bruxas avançaram. — Matem todos.

Um rugido poderoso estremeceu a cidade, e uma asa escura encobriu a lua.

Um segundo depois, Zenna pousou a meu lado. As pedras no pavimento racharam sob seu peso. Quando bufou, desdenhosa, espirrou fogo pelas narinas. Bruxas, lobisomens e caçadores saíram do caminho. Das costas de Zenna, vestida com sua própria armadura, Seraphine desembainhou um antiquíssimo montante.

Não pude evitar. Ri com deleite.

Coco contara sobre a tortura a que Toulouse e Thierry tinham sido submetidos. Contara sobre a promessa de Zenna de *comer* minha mãe. Espiando de detrás da anca de Zenna, perguntei a Morgane:

— E dragões, também?

Zenna enfatizou o desafio com uma nova resfolegada de fogo.

Rosnando de fúria, Morgane recuou enquanto Chasseurs e bruxas avançavam. Balisardas brilharam. Magia explodiu no ar. Zenna voltou a resfolegar, alçando voo, arrancando-os da rua, um a um e...

Comendo todos.

— Ah, que *nojo* — exclamou Beau, fazendo uma careta. — Dá para imaginar a indigestão que...?

Antes que ele tivesse a chance de terminar, Morgane bateu palmas uma última vez. O cheiro pungente de magia tomou o ar.

O chão tremeu em resposta.

Por toda a extensão do campo de batalha, pessoas tentavam manter o equilíbrio. Até Philippe parou, um pouco trôpego, com a Balisarda a meros centímetros da garganta lupina de Terrance. Reid ficou tenso. Seus olhos se estreitaram. E depois...

— Para baixo!

Ele me pegou e se atirou para fora da plataforma. Aterrissamos com impacto, rolando enquanto galhos saíam da terra, quebrando os degraus da igreja. Não pararam de vir. Dezenas mais emergiram depressa, monumentais, criando troncos e raízes, estilhaçando os bonitos vitrais. Crescendo *através* do vidro. Pedras choviam sobre nossas cabeças, obrigando-nos a nos separar e dispersar pela multidão. Perdi Coco e Beau de vista na hora, junto com Célie e Jean Luc. Baixa e esguia demais, eu não tinha como navegar pela torrente de pessoas. Não sabia diferenciar amigo de inimigo.

Apenas a mão de Reid impediu que um *loup-garou* me derrubasse.

As árvores continuavam a crescer. Esmagavam coruchéus e destruíam arcos até a Cathédral Saint-Cécile d'Cesarine ruir e só restarem escombros. Até a floresta tê-la reclamado.

Aquilo explicava as aranhas.

Mas não fazia *sentido*. A floresta pertencia a *Claud*, não a Morgane. Como era possível que...?

As árvores se mobilizaram, e vamos segui-las, atacando direto e com violência.

As árvores ao redor do Château. Meu estômago se revirou. Ela tinha trazido seus próprios soldados.

Elas não pararam, despedaçando a rua, os galhos se enganchando em cabelos e mantos enquanto se estendiam para os céus. A mulher a meu lado gritou quando um deles se prendeu à sua saia. Quando a levantou, mais e mais alto, até o tecido se rasgar. O galho quebrou.

Ela despencou.

Minha magia se contorcia, selvagem. Em pânico, tentei acalmá-la, tentei me concentrar, mas a mulher caía rápido demais...

Poucos segundos antes de atingir o chão, a árvore pareceu estremecer. Assisti, incrédula, quando Claud Deveraux entrou em cena. Assoviando uma melodia alegre. A árvore se *dobrou* — rangendo e grunhindo —, e seus galhos se curvaram para pegar a mulher no ar. Para aninhá-la em seu abraço macabro.

Claud me lançou uma piscadinha.

— Que bom ver você por aqui, boneca. O que achou da minha irmã?

Eu me engasguei com uma risada enquanto a desconhecida gritava, contorcendo braços e pernas para escapar da árvore. Ela tinha parado de se mover.

— Achei... achei que você não pudesse intervir. — E se podia... — Onde é que você *esteve* esse tempo todo?

Claud estalou a língua, brincalhão. Sua mera presença parecia funcionar como um escudo; o colidir de corpos minguou ao redor, como se todos instintivamente soubessem que deviam mudar de trajetória.

— Vamos, vamos, Louise, ou vou começar a achar que é autocentrada. Embora seja doloroso para eu admitir, você e seus amigos sabem se virar bastante bem sem mim, e tenho um reino inteiro no mundo natural para governar.

— *Até* parece. — Achando graça, ajudei Reid a desenroscar a mulher da árvore. Autocentrada. *Hunf.* — Mas, *de novo*, achei que você não pudesse...

— Ah, você achou certo, princesa. — Embora Claud ainda sorrisse, o ar ficou denso com o fedor de podre. De decomposição. Fungos venenosos se abriram aos pés dele. Os *loups-garou* mais próximos de nós se inflaram de ira, rosnando como se estivessem possuídos, e atacaram com selvageria renovada. — Não estou intervindo. De fato, tudo que estou fazendo no momento é governando o reino em questão. — Seu sorriso se tornou sombrio, e ele virou para sondar a rua. Seus olhos lampejaram, felinos. — E o defendendo de invasores.

Eu não precisava perguntar para saber quem ele estava procurando. E Morgane tinha coragem de *me* chamar de ladra.

— Como ela controla as árvores? — perguntou Reid, recuando um passo quando a mulher o empurrou para longe e fugiu pela rua, ainda berrando, histérica.

— Uma dia, as árvores a amaram também.

Ao pronunciar as palavras sinistras, o corpo de Claud quase dobrou de tamanho, e ele se transformou por completo: uma galhada enorme irrompeu de sua cabeça. Cascos rasgaram seus sapatos. E as árvores... se curvaram diante de Claud enquanto ele avançava pela rua como o Homem Selvagem.

Seu rei.

Seu deus.

— Espere!

Ele parou ao ouvir meu grito, arqueando uma sobrancelha enquanto me olhava por cima do ombro. O gesto parecia humano demais nas feições animais.

— Minha mãe — continuei, com expectativa e temor. — O que você vai fazer com ela?

Os olhos amarelos piscaram. Sua voz saiu grave e rouca, como o rugido de um urso.

— Ela invadiu meu reino. Meu ser. Eu a punirei.

Punir.

Ele virou e desapareceu em meios às árvores sem dizer mais nada. Tarde demais, me dei conta de que deveria segui-lo. Claud deixara evidente qual era sua intenção — era um deus, e ela o tinha explorado. Embora tivesse advertido Morgane — embora a própria Deusa Tríplice tivesse a despojado de seus poderes —, ela não se tinha importado. Não tinha se rendido. Minha batalha se tornara a batalha deles. Claud me levaria diretamente até Morgane e, juntos, poderíamos...

Reid me puxou na direção oposta, onde a multidão era mais densa.

— Temos que evacuar as pessoas.

— O quê? Não! — Balancei a cabeça, mas sem Claud para nos proteger, o caos recomeçara. — Não, precisamos encontrar Morgane...

— Olhe ao redor, Lou. — Ele não ousava largar minha mão, mesmo enquanto os mais próximos de nós fugiam de uma Dame Rouge que arrancara o coração de dentro do peito de um homem. Batiam desesperados nas janelas das lojas, implorando por abrigo, mas os mercadores tinham bloqueado as portas. Nos dois extremos da rua, bruxas de sangue tinham aberto cortes nos braços. Onde seu sangue se derramava, gavinhas pretas se retorciam em direção ao céu, formando uma cerca viva espessa. Uma barricada. — Estas pessoas... elas não têm para onde correr. São *inocentes*. Você ouviu Morgane. Não vai parar até estarem todos mortos.

— Mas eu...

— Claud é um *deus*. Se pretende matar Morgane, vai matar. Temos que reduzir as fatalidades.

Minha magia pulsava sob a pele, urgindo para que eu o escutasse. Para que fosse com ele. Reid tinha razão. Sim. Era óbvio que tinha razão.

Com um último olhar ansioso para as costas de Claud, assenti, e corremos em direção ao padre Achille e à Gabrielle, a irmã de Etienne, que estavam presos em um círculo de cipós. Uma bruxa de sangue fechava o cerco de espinhos ao redor deles. Mais atrás, Célie corria com Violette e Victoire para dentro do estabelecimento comercial mais próximo — uma pâtisserie comandada por ninguém mais e ninguém menos do que Johannes Pan.

Quando Gabrielle gritou, o homem irrompeu para a rua com um rolo de massa, berrando e brandindo o pedaço de pau, tresloucado. Golpeou a cabeça de uma bruxa de sangue, fazendo um ruído de embrulhar o estômago. Quando ela desmoronou, os espinhos murcharam, e padre Achille e Gabi se libertaram.

— Venham, venham! — Pan gesticulava para Gaby se juntar a ele enquanto Reid, Jean Luc e padre Achille se reuniam.

Outras bruxas surgiram, com os olhos fixos nas três meninas.

Pelo jeito, o plano continuava sendo exterminar a linhagem dos Lyon, apesar da morte de Auguste.

Inspirando fundo, dedilhei um padrão, que cintilou e se expandiu como uma camada fina por sobre a confeitaria. A mesma proteção recobria o Château le Blanc e a porta da sala do tesouro. Era um pedacinho de minha magia — um pedacinho de todas as Dames des Sorcières que vieram antes de mim. Quando deixaram meu corpo, os padrões brancos perderam um pouco da luz. Só um pouco. Minha conexão com eles se enfraqueceu. Um sacrifício digno.

Ninguém entraria na pâtisserie sem minha permissão. Peguei a mão de Gaby enquanto ela passava, apertando com força.

— Não saia lá de dentro — instruí. Meus olhos encontraram os de Violette e os de Victoire. Irmãs de Beau. Meias-irmãs de Reid. — Nenhuma de vocês.

Embora Gaby e Violette assentissem fervorosamente, não gostei do maxilar trincado e teimoso de Victoire. Célie empurrou as três para dentro da confeitaria antes de chamar um casal histérico para entrar também.

— Furem os bloqueios! — Padre Achille apontava para as cercas espinhosas. Um monte de Chasseurs lutava para fazer as bruxas recuarem. — Todos que tiverem espada ou faca!

— Não temos *nada* disso — exclamou um homem cheio de pânico, correndo à frente.

Reid empurrou a Balisarda para ele.

— Agora tem. *Vá.* — Quando mais homens se aproximaram com as mãos estendidas, Reid tirou faca após faca da bandoleira. Mais e mais até não restar nenhuma.

— O que está fazendo? — perguntei, alarmada.

Com a voz sombria, ele levantou as mãos.

— Eu sou uma arma.

Os homens viraram e marcharam para as cercas-vivas, cortando espinhos com toda a força que tinham.

Reid apontou para os estabelecimentos nas cercanias.

— Arrombe as portas. Dirija toda essa gente para dentro dos edifícios — disse a Jean Luc. — Lou e eu vamos trancá-los com encantamentos...

Parou de falar quando Philippe e uma equipe de caçadores rompeu a fileira de bruxas, abatendo-as com uma eficiência brutal. Feridas em forma de mordidas sangravam sem parar na perna dele. Apontando a Balisarda para mim e Reid, rosnou:

— Matem-nos.

Levantei a adaga e me coloquei na frente de Reid. Nós *éramos* armas, sim — nossa magia era mais afiada do que qualquer lâmina —, mas apenas como último recurso. Se ele me ensinara algo, era que não devia passar dos meus limites. Ele também não o faria. Mas, antes que eu pudesse acertar Philippe, Jean Luc se postou à nossa frente. Para minha surpresa, um monte de Chasseurs seguiu o exemplo.

— Não seja estúpido, Philippe. Os dois não são nossos inimigos.

Os olhos de Philippe quase saíam da órbita.

— São *bruxos*.

— E estão nos *ajudando* — disse outro Chasseur, ríspido. Não o reconheci. Não me importava. — Abra os olhos antes que você acabe nos matando. Cumpra o seu dever.

— Proteja o reino — acrescentou o homem ao lado do primeiro.

— Crianças. — Achille abriu caminho à força por entre eles. — Não temos tempo para isto, nem somos suficientes para nos dividirmos. Aqueles que tiverem Balisardas *têm* que enfrentar nossas atacantes.

— Ele tem razão. — Reid assentiu, sondando a rua. Caçadores combatiam bruxas e lobisomens, enquanto tanto as bruxas quanto os lobisomens também se digladiavam. O pandemônio reinava. — Chasseurs, se não puderem matar, acertem as mãos delas. Dames Blanches não podem lançar feitiços com precisão sem as mãos... cortem nos pulsos, mas não derramem o sangue de uma Dame Rouge de jeito nenhum. A menos que estejam mortas, o sangue delas vai mutilar vocês.

— Como sabemos quem é o quê? — perguntou o primeiro Chasseur.

— As Dames Rouges têm muitas cicatrizes pelo corpo. Ataquem depressa, e com precisão. Deixem os lobisomens e as árvores em paz.

— *Deixar* em...? — O rosto de Philippe tomou uma coloração púrpura. Balançava a cabeça de um lado para o outro. — Não faremos isso. Chasseurs: comigo. Não deem ouvidos a estes hereges. Sou seu capitão, e *vamos* atacar depressa e com precisão. — Para enfatizar, fincou sua Balisarda no coração da árvore mais próxima. O rugido de Claud reverberou de algum lugar para além da catedral. Com o rosto torcido de deleite, Philippe cravou a faca mais fundo. — Derrubem-nos! Todos eles! Árvores, lobisomens e bruxas!

— *Não.* — Passei por Jean Luc assim que os caçadores começaram a obedecer, mutilando as árvores com eficiência brutal. Raízes se levantaram como açoites para capturá-los. — Não, *parem*...

Mas gritos agonizantes logo soaram dos bloqueios, e virei para ver bruxas empalando homens com seus espinhos. *Merda.*

Sem hesitar, Reid correu para eles. Suas mãos se moviam no ar, buscando e puxando, e magia fresca estourava ao redor. Três das bruxas berraram em resposta, e novas queimaduras subiram pelos braços de Reid. Mas não podia salvar aqueles homens. Sem Balisardas, todos ali estavam vulneráveis... incluindo ele.

A quarta bruxa fechou um punho, e Reid cambaleou, segurando o peito.

Merda, merda, *merda.*

Meus pés se moveram por instinto. Tomando a Balisarda de um Chasseur preso, corri em direção ao meu marido. Veias saltavam em seu pescoço, em seu rosto. As mãos procuravam uma faca na bandoleira, puro reflexo. Voltaram segurando apenas sementes. Jogando-as para o lado, caiu de joelhos, apoiado nas mãos.

Atirei a Balisarda e acertei a bruxa na testa.

Zenna cuidou do resto. Suas mandíbulas batiam com ferocidade enquanto voava baixo, incinerando bruxas e espinhos. Quando as chamas se apagaram, arranquei a Balisarda do crânio da bruxa e a empurrei para Reid.

— *Eu* sou uma arma. — Ofegante, repeti as palavras idiotas, imitando-o. Uma risada me subiu à garganta. Não a reprimi, apesar das circunstâncias terríveis. Apesar dos corpos chamuscados das bruxas a meus pés. Jamais voltaria a reprimir risadas. Não por elas. — O mundo vai *tremer de medo* diante de mim...

— Cale — a voz dele também falhou com uma risada — a boca.

Eu o puxei para se levantar.

— Meus inimigos vão *lamentar* o dia em que ousaram desafiar...

— Está tudo bem. — Ele balançou a cabeça como se quisesse desanuviá-la. — Vá ajudar os outros.

— Estou ajudando. — Dando um beijo intenso nos lábios dele, o empurrei em direção à pâtisserie. — Estou ajudando os outros ao ajudar *você*, seu grande babaca altruísta. Se der esta Balisarda para outra pessoa, vou obrigar você a engoli-la mais tarde. Considere morto o cavalheirismo.

Ele soltou mais uma risada enquanto mergulhávamos outra vez para dentro da confusão.

Os momentos seguintes foram um borrão de magia e sangue. Seguindo as instruções de Reid, os caçadores livres decepavam as mãos de bruxas, enquanto aqueles que tinham sido capturados pelas árvores de Claud tentavam decepar raízes. Padre Achille guiava um grupo de homens e mulheres até a forja mais próxima em busca de armas. Aqueles que não eram capazes de lutar seguiam Célie até açougues e lojas de doces, qualquer estabelecimento que se dispusesse a abrir as portas. Jean Luc e Reid derrubavam as que não eram abertas espontaneamente. Eu seguia atrás, imbuindo cada fechadura com magia.

As bruxas não se deixavam abalar. Eu as sentia atacar cada porta, cada janela, os padrões sibilando e golpeando como se fossem cobras dando bote em minha magia. Provocavam os que estavam do lado de dentro — *me* provocavam —, sussurrando as maneiras como os matariam. Reid e Jean Luc abriam caminho por elas, deixando um rastro de corpos.

Na metade do caminho, Reid notou meu rosto pálido e franziu o cenho. Apenas dei de ombros e segui em frente. Não importava. O número de corpos de nossos aliados estirados nas ruas era menor do que os dos inimigos. Embora Zenna não pudesse soltar quanto fogo quisesse — não sem nos assar no processo —, arrancava bruxa atrás de bruxa. Quando encurralaram Coco e Toulouse, ela os libertou. Quando perseguiram Beau e Thierry — o primeiro gritando por Coco a plenos pulmões —, Seraphine alvejou as inimigas de onde estava. Em cima de Zenna. Tínhamos nos preparado para aquilo. Blaise e sua alcateia, a Troupe de Fortune, até Jean Luc e seus Chasseurs — de todos os lados, eles reclamavam sua vingança. Liana e Terrance arrancavam mãos de pulsos com os dentes enquanto Toulouse e Thierry injetavam um trio de bruxas com cicuta.

Ainda assim, uma inquietação avassaladora desceu por minha coluna. A ponto de quase me paralisar.

Morgane desaparecera sem deixar rastros.

Enquanto a batalha se espalhava pelas ruas, eu procurava por ela. Por Claud. Por qualquer sinal de galhada ou de cabelos da cor do luar. Ele podia até já ter se livrado dela, mas por alguma razão estranha, eu não acreditava que tivesse sido o caso. O ar na cidade ainda estava insuportável com o fedor de magia e podridão. Seiva escura escorria como sangue de onde Balisardas tinham perfurado as árvores. Fungos subiam pelas fachadas das casas. Do castelo. A atmosfera parecia carregada — *irada* —, e só piorava.

Mais de uma vez, jurei ter ouvido a risada de Morgane. Minha inquietação se aprofundou até ter se transformado em terror.

Reid tinha conseguido recuperar mais três Balisardas — de onde, eu não sabia —, e as dera a Gaby, Violette e Victoire, que surgiam inesperadamente a cada poucos minutos, chiando e cuspindo, todas ensanguentadas, perseguindo as bruxas que as tinham perseguido. Na terceira vez, Reid e Beau estouraram quase apopléticos de fúria.

— Estão tentando *matar* vocês! — Beau abrira a porta do Soleil et Lune com violência e as atirara lá dentro. — Juro por Deus, vou amarrar as três naquelas cadeiras...

— Estão tentando matar *vocês* também — retrucara Victoire com um rosnado quando Reid bateu a porta, e depois socou a madeira. — Deixe-nos sair! Queremos lutar!

Outra gargalhada foi soprada com o vento, e girei, procurando. Os pelos em minha nuca se eriçaram. Não tinha imaginado. A risada parecia ter vindo de perto, tão perto que poderia até me tocar. Confirmando minha sensação, Reid franziu a testa na entrada do teatro.

— O que foi isso? — perguntou.

— Tranque-as aí dentro.

— O quê? — Seus olhos encontraram os meus. Pressentindo o que eu estava prestes a fazer, deu um passo à frente, mas Victoire abriu a porta outra vez. Reid hesitou. — Lou, o que... aonde é que você está *indo*?

Não respondi, já correndo pela rua, ignorando seus chamados. Não importava quantas vezes Beau interviesse, nem quantas pessoas Reid levasse para abrigos seguros. Ninguém estava a salvo, não de verdade — não com Morgane ainda no controle. Todos os movimentos que fizera até aquele instante tinham sido calculados. Nada mudara. Ela *sabia* que Claud e Zenna se juntariam a nós — também sabia sobre os *loups-garou* —, e é óbvio que havia tomado medidas ofensivas. As bruxas continuariam a atacar. Não parariam até terem dado cabo de tudo, destruindo a Coroa, a Igreja e todos seus perseguidores. Mas, sozinhas, bruxas não podiam derrubar um dragão. Não podiam matar um *deus*.

Não, aquelas bruxas eram a defensiva, não a ofensiva.

E aquilo era, sem dúvidas, uma armadilha.

— Onde você está? — Entrei em uma ruela secundária, seguindo um vislumbre de cabelos de luar. A voz de Reid tinha ficado para trás. — Achei que tinha se cansado de joguinhos? Apareça. Apareça e me enfrente, *maman*. É o que você quer, não é? Só nós duas?

Outra rua. E outra. Agarrava o cabo da adaga com uma mão, padrões brancos se enroscando e dançando pelas pedras do pavimento, pelas lixeiras, pelas portas de madeira, pelas janelas quebradas e pelos jardins de ervas. Ela riu outra vez. Quando corri atrás do som, chegando ao Parque Brindelle, alguém agarrou a minha mão.

Quase apunhalei Manon no olho.

— Ela não está aqui, Louise. — Com a voz baixa, não me olhou nos olhos, os seus voando em todas as direções. Dois cortes idênticos cruzavam suas bochechas. Embora um sangrasse, recente, o outro parecia mais antigo. Já começara a cicatrizar. Ela recuou, tirando a mão suada e pegajosa da minha e se misturando às sombras. — Você tem que voltar.

— O que você está fazendo aqui? Não devia estar com as nossas *irmãs*?

Ela hesitou diante do tom de amargura em minha voz. Ainda mais baixo, respondeu:

— Você fala como se tivéssemos escolha.

— Onde ela está? Me diga, Manon.

— Ela vai nos matar. — Quando passou os dedos pela ferida em processo de cicatrização, entendi. Ainda que Manon não tivesse revelado nossas identidades a Morgane, tinha *permitido* que ladrões escapassem. Ainda recuando, tocou a outra bochecha. A que ainda sangrava. — Ou os seus caçadores vão.

Um buraco se abriu em meu estômago. Consciente de cada passo e cada som, a segui, oferecendo a mão. Oferecendo uma escolha.

— Venha comigo. Não vou deixar que ninguém a machuque.

Manon apenas balançou a cabeça.

— O dragão vai cair, mas ainda assim estamos em menor número. Morgane sabe disso. Não deixe que ela manipule o...

Um galho se quebrou atrás de nós. Pulei, cortando o ar atrás de mim com a faca, mas a voz de Coco se elevou em um grito. Levantou as mãos, agitada.

— Sou eu! Sou só eu! O que está acontecendo? Vi você passar correndo. Aconteceu alguma coisa com Reid? Com *Beau*? Eu o perdi de vista e...

— Os dois estão bem. — Levei a mão ao peito com alívio insidioso. — Era Manon. Ela disse... ela disse que...

Mas quando virei para a bruxa outra vez, já não estava mais lá. Tinha sumido.

Em seu lugar estavam Josephine e Nicholina.

QUANDO UM DEUS INTERVÉM

Lou

Aconteceu rápido demais para que eu conseguisse impedir. Com um rosnado, Coco me puxou para trás de uma árvore, cortando seu braço no mesmo movimento. Assim que minhas costas tocaram o tronco, percebi duas coisas: a primeira, que uma substância quente e úmida recobria a madeira — junto com urtiga —, e a segunda, que a combinação derreteu imediatamente minha armadura.

Depois, veio a dor. Uma dor *violenta*.

Transpassou meus braços e pernas enquanto galhos serrados perfuravam minhas mãos e meus pés, levantando-me no ar como Jesus na cruz. Embora eu tenha tentado chamar por Claud, por Zenna, por *qualquer* pessoa, espinhos atravessaram minha boca, laceraram meus lábios e minhas bochechas, amordaçando-me com as pontas envenenadas. Desamparada, me debati, mas os espinhos apenas se fincaram ainda mais fundo.

Coco tentou me alcançar, horrorizada, mas Nicholina avançou, dando uma risada quando Coco borrifou sangue no rosto, depois deu um soco em suas costelas. Não. *Através* das costelas. Em direção ao coração. Sufocando, com os olhos arregalados, mas sem enxergar, Coco arranhava o pulso de Nicholina.

Quando Nicholina apertou, Coco ficou assustadoramente imóvel.

— Nicholina. — A voz grave de Josephine cortou a noite. — Basta.

Ela olhou para a mestra, parando de rir. Ambas sustentaram o olhar uma da outra por tempo demais, até que, relutante, Nicholina retirou a mão da cavidade torácica de Coco. Os olhos da minha amiga se reviraram, e ela desmoronou, inconsciente.

— Odiosa — resmungou Nicholina.

Josephine não reagiu. Apenas me fitou. Deixando a postura impassível, apontou o queixo para mim e pronunciou as palavras arrepiantes:

— Me traga o coração dela.

Se Nicholina hesitou — se uma sombra cruzou seu rosto —, o movimento foi quase imperceptível. Eu não podia fazer nada senão assistir, delirante de dor, enquanto ela dava um único passo em minha direção. Dois. Três. Meu coração batia ferozmente, bombeando mais sangue de Josephine por minhas veias. Mais veneno. Eu não fecharia os olhos. Ela veria seu reflexo nas profundezas dele. *Veria* o monstro que se tornara, a perversão da pessoa que tinha sido um dia: suas feições, as feições do *filho* dela, deturpadas até se tornarem algo doentio e errado. Quatro passos. O sangue de Coco ainda gotejava da mão de Nicholina. Queimava a pele.

Ela ignorou.

Mas no quinto passo seu olhar viajou de relance para o Doleur. Serpenteava atrás de nós ao longo de toda a cidade, o rio em que o arcebispo quase me afogara, onde eu e Reid tínhamos feito nossos votos. Josephine seguiu os olhos de Nicholina, rosnando para algo que eu não conseguia enxergar. Tentei me esforçar para escutar, mas o rugido da água não revelava nada.

— Ande — urgiu Josephine depressa. — *Agora*.

Nicholina se moveu com urgência renovada, mas seu corpo inteiro estremeceu com a passada seguinte. O pé tropeçou. Deslizando, ela caiu de joelhos com um movimento desajeitado. Confusão retorceu o rosto fantasmagórico. Confusão e... e *pânico*. Trincando os dentes, se esforçou para se levantar enquanto seus músculos espasmavam. Enquanto se rebelavam contra ela.

Eu a encarava, sem ousar ter esperança.

— Atrevidos, odiosos. — Cada palavra explodia de dentro dela em uma expiração cortante, como se estivesse sentindo dores terríveis. O corpo inteiro de Nicholina se dobrou. Ainda assim, continuou rastejando para a frente, as unhas se cravando na terra. — *Ratinhos*... ardilosos...

— Inútil. — Com os lábios torcidos com repulsa, Josephine marchou adiante, chutando Nicholina nas costelas ao passar. Com força. — Eu mesma o farei.

A cabeça da outra se levantou com uma expressão assustadoramente vazia.

Em meu primeiro dia em Cesarine, um cachorro de rua tinha vagado até a lixeira onde tinha me escondido. Tremendo e sozinho, seu único pertence era um osso. Eu assisti a uma criança cruel roubá-lo e bater no animal com o osso até o cão reagir, avançando nela para morder sua mão. Mais tarde, naquele mesmo dia — depois de a menina ter corrido para longe, chorando e sangrando —, um homem que estava passando fizera uma pausa para acariciar a cabeça do cachorro, dando-lhe um pouco de calisson para comer. O cachorro o seguira até sua casa.

Como o cão de rua, Nicholina também perdeu a compostura, fincando as unhas na panturrilha da mestra.

Josephine se sobressaltou, semicerrando os olhos, incrédula, e depois os arregalou, furiosa. Com um rosnado feroz, se abaixou para agarrar os cabelos de Nicholina, levantando a serva à força e afundando os dentes em sua garganta. Senti a bile subir pela minha enquanto assistia àqueles dentes esmagarem e baterem — refestelando-se com voracidade —, e a Nicholina se debater, impotente. Seus gritos terminaram em um gorgolejo.

Josephine tinha arrancado suas cordas vocais.

Mesmo assim, não parou. Continuou bebendo e bebendo até as mãos de Nicholina ficarem moles, e seus pés penderem, flácidos. Bebeu até sons de água soarem atrás de nós, acompanhados por ondulações agudas. Gritos de guerra. Quando a primeira mulher nua passou correndo, com os cabelos prateados cascateando às costas e um tridente lampejando, nunca pensei que ficaria tão agradecida por ver as costas de Elvire.

Soltando o corpo de Nicholina, Josephine girou com olhos selvagens. Sangue escorria de sua boca, mas ela interceptou o tridente de Elvire antes que atingisse seu crânio. Aurélien derrubou minha árvore com um único golpe de porrete. Ele me amparou com uma ternura surpreendente, enquanto Lasimonne se ajoelhava ao lado.

— Minha senhora manda seus cumprimentos. Perdão, isto vai doer — avisou.

Arrancou os espinhos de minha boca e tirou os cravos de minhas mãos e de meus pés, enquanto Olympienne, Leopoldine e Sabatay avançavam para Josephine. Dezenas de melusinas passaram, encontrando suas presas entre as árvores — as bruxas de sangue que tinham se reunido para assistir a minha execução.

Enquanto eu tossia e tentava recuperar o fôlego, Aurélien e Lasimonne me arrastavam para fora da zona de perigo.

— O que podemos fazer? Como podemos curá-la? — perguntou o primeiro

— Não podem fazer nada, a menos que tenham um antídoto escondido nos seus... não bolsos. — Tossi junto com uma risada, descansando as mãos no colo. Tinham me recostado contra uma árvore. Aquela, felizmente, livre de sangue. — Vão. Meu corpo vai sarar.

Mesmo que devagar.

Não precisaram ser convencidos. Com duas reverências impecáveis, lançaram-se para a batalha mais uma vez. Tentei respirar, me ancorar em minha magia. Já tinha me desintoxicado de cicuta uma vez. Faria o mesmo com o sangue de Josephine. Embora os padrões não brilhassem mais com tanta intensidade quanto antes — espalhados pela cidade inteira, finos demais —, as árvores de Brindelle ajudavam. Mesmo naquele momento, o poder do bosque sagrado fluía por mim, aprofundando minha conexão. Reestabelecendo meu equilíbrio.

Só precisava de tempo.

Com um sobressalto, me lembrei de Coco.

Tentando sem sucesso me levantar, procurei por ela em meio ao caos de bruxas de sangue e melusinas serpenteando pelas sombras das árvores, e a encontrei sentada junto às raízes de outra arvoreta. Atrás dela, Angélica a ajudava a se levantar.

Soltei um suspiro trêmulo de alívio... até as duas se virarem para Josephine.

Ela lutava com sangue e metal, cortando e golpeando melusinas com força e agilidade sobrenaturais. Se o sangue delas não se derramava, o de Josephine compensava, e ela borrifava a substância nos olhos daqueles que a atacaram, nas orelhas, nos narizes e nas virilhas. Todos os pontos vulneráveis de seus corpos humanos. Quando Elvire caiu para trás, emaranhando-se nos espinhos pretos de outra bruxa, Angélica a libertou com habilidade equivalente à da irmã.

Josephine rosnou.

Com um movimento de cabeça, Angélica limpou a seiva do espinho da faca, passando a lâmina pelo tecido do vestido. Tinha escolhido trajar um vestido.

— Escolheu o lado errado, irmã.

— Pelo menos escolhi um lado. — Josephine não se acovardou quando Angélica se aproximou. Coco a seguia, com os olhos arregalados e ansiosos. Tentei ficar de pé outra vez. — Por tempo demais, você falou de certo e errado, de bem e mal, de conceitos simplórios que não existem. Não de verdade. — Ela circundava Angélica, que deteu Elvire com um aceno de mão. — Só existe a busca, cara irmã. De conhecimento. De poder. De *vida*. Mas você sempre teve medo de viver, não é? Desejava poder, mas traiu sua própria gente. Procurou amor e afeto, mas abandonou a filha. Mesmo agora, anseia por liberdade, mas permanece presa debaixo do mar. Você é uma *covarde*. — Cuspiu a palavra e continuou o cerco.

Angélica girava com ela, mantendo Coco atrás de si.

— Você é tão tola — murmurou.

— *Eu* sou a tola? Como acha que isto vai terminar, irmã? — Josephine torceu a boca, gesticulando entre as duas. — Vamos continuar com esta farsa? Você vai se cortar para poder me atingir? Nós duas sabemos que não pode fazer mais do que isso. Uma não pode viver sem a outra. Não posso matá-la, e você não pode me matar.

— Você está errada.

Josephine semicerrou os olhos.

— Não acho que esteja.

— Devemos todos desempenhar nossos papéis. — Entrelaçando os dedos nos de Coco, Angélica olhou para trás e apertou a mão da filha. — Por um novo regime.

Josephine olhou de uma para a outra. Talvez tenha sido a maneira como Coco balançou a cabeça, com lágrimas nos olhos, ou talvez a profunda aceitação no sorriso de Angélica. A maneira como tocou o medalhão de Coco e sussurrou:

— Use-o sempre.

Por qualquer que tenha sido o motivo, ela recuou um passo. Depois outro. Quando Angélica voltou a encará-la, avançando devagar, com a faca na mão, Josephine abandonou todo o fingimento. Virou-se e fugiu.

Nicholina a capturou pelo tornozelo.

Sem ser vista, tinha se arrastado para a frente, com a garganta dilacerada, cada fôlego um som molhado e oco. Sua pele tinha ficado acinzentada. Como a de um cadáver. Lutava para manter os olhos abertos enquanto seu sangue se esvaía.

Não soltou.

Horrorizada, Josephine tentou chutá-la para se libertar, mas acabou escorregando no sangue da subalterna, caindo com um baque. O movimento lhe custou caro. Reunindo o que restava de força, Nicholina se arrastou pelas pernas da mestra enquanto Angélica avançava.

— *Saia de cima de mim*, sua maldita nojen... — Mesmo se arrastando para trás com chutes violentos, Josephine não conseguia se desvencilhar.

— Senho... ra... — gorgolejou Nicholina.

Os olhos de Josephine se arregalaram com um pânico legítimo. Virando-se, tentou se levantar, mas Nicholina manteve o aperto firme, prendendo as pernas dela. Angélica vinha logo atrás. Quando Josephine desmoronou outra vez, contorcendo-se e rosnando, Angélica se ajoelhou ao lado, passando a lâmina ao longo do pescoço da irmã em um movimento preciso.

Bem na base do crânio.

As três morreram juntas.

Não foi poético. Não foi grandioso, heroico nem monumental, como seria de se esperar. Os céus não se abriram, e a terra não as engoliu. As três mulheres — as mais antigas e poderosas do mundo — morreram como qualquer outra pessoa teria morrido: os olhos abertos e os corpos frios.

Coco puxou a mãe para longe, lutando contra as lágrimas. Ignorando a batalha ao redor.

Cambaleei para perto. Quando me viu, ela disse meu nome com um soluço, lançando os braços ao meu redor.

— Está tudo bem? — Afastou-se para me olhar, desesperada, limpando as lágrimas. Seus dedos tocaram meu rosto. — Meu Deus. Aqui... me deixe... me deixe curar você...

— Poupe suas forças. Já estou sarando.

O olhar dela voltou para a mãe.

— Temos que terminar isto, Lou.

Devagar, me ajoelhei, fechando os olhos delas, uma de cada vez. Até os de Nicholina. Até os de Josephine.

— Nós vamos.

Ela amparou meus ombros enquanto caminhávamos, trôpegas, pelas árvores até chegarmos à rua outra vez. Para a surpresa de Coco — e nem tanto para a minha — uma porção das bruxas de sangue tinha parado de lutar quando identificaram o corpo de Josephine. Algumas se ajoelhavam ao lado dela. Outras fugiam. Mais ainda olhavam para Coco como se estivessem perdidas, espelhando a expressão abatida da jovem. Diante da retirada repentina das bruxas, as melusinas continuaram em frente, seguindo os sons de gritos e de aço.

Claud, ainda na forma de Homem Selvagem, virava a esquina no fim da rua, correndo. Quando nos avistou, começou a se mover mais rápido, levantando a voz

— O que foi? O que aconteceu? Ouvi seu chamado...

Algo se moveu depressa demais atrás de nós.

Um lampejo de branco. Cabelos de luar.

— CUIDADO! — O berro inesperado de Célie cortou o céu, mas era tarde demais.

Não podíamos deter os eventos seguintes. Paralisadas de medo, ficamos imóveis enquanto Morgane se erguia para nos enfrentar. Enquanto levantava uma adaga para fincar em meu coração. Enquanto Claud nos lançava para trás, e os lábios dela se retorciam em um sorriso macabro.

— Ah, não. — A risada fantasmagórica de minha mãe reverberou pelo bosque. — Ah, não, não, não.

O chão sob nós começou a tremer.

— Parece que você quebrou as regras, querido. — Estalando a língua, Morgane balançou a cabeça. — Regras antigas.

Compreendi tudo em um segundo nauseante.

— Ele interveio — repeti em um sussurro.

Ao mesmo tempo, Coco e eu nos viramos para Claud, que permanecia sozinho, a calma estampada em sua expressão. O pavimento rachava e fissurava ao redor. A terra tremia. Ele nos encarou nos olhos.

— Corram.

O ABISMO

Reid

— Pode, por favor, *correr*? — Incrédulo, olhei por cima do ombro para Beau, que ficava para trás. Segurava as costelas com uma mão. A cada passo, quase empalava a si mesmo com a própria Balisarda.

Ele a roubara de Philippe.

Não tínhamos nos dado ao trabalho de libertá-lo.

— Corra *você*. — Ofegante, gesticulou para a rua vazia com a outra mão. Empunhava uma segunda faca. — Não consigo nem *respirar*, porra, e caso você ainda não tenha notado... não tem ninguém aqui!

Fiz uma carranca e continuei em frente.

Seu argumento era válido.

A rua — aquela rua, todas as ruas pelas quais passáramos nos últimos quinze minutos — estava deserta. Tínhamos conseguido prender a maioria dos pedestres dentro de suas casas, dentro de estabelecimentos comerciais. Dentro de quaisquer edifícios que pudéssemos fortificar. Padre Achille e Johannes Pan tinham convertido o açougue anexo à confeitaria em uma enfermaria. Tratavam dos feridos lá dentro. Reuniam os mortos.

As bruxas tinham... se recolhido.

Acontecera devagar. Quase imperceptivelmente. Em um momento, eu estava lutando contra dezenas delas. Bruxas demais para contar. Lobisomens e caçadores, homens e mulheres, e até melusinas, saindo do Doleur como serpentes marinhas, batalhavam com unhas e dentes para contê-las. Mas depois de uma hora, foram se retirando da confusão, uma a uma. Deslizando por entre nossos dedos. Como se respondessem a um chamado silencioso.

Minha respiração ficava mais rápida a cada passo. Não podiam ter simplesmente *se evaporado*.

Minha voz adquiriu um tom de determinação, severo.

— Precisamos encontrá-las.

— O que *precisamos* é encontrar as nossas benditas irmãzinhas. — Gesticulando com a faca para que eu parasse, Beau agarrou os joelhos. Olhei feio para ele, voltando, e o puxei. Nós a encontraríamos. Se não, nos reuniríamos com Lou, Coco, padre Achille, Jean Luc e Célie e traçaríamos uma nova estratégia.

Mas, quando viramos a esquina, todo *planejamento* desapareceu.

Ao fim da rua, uma horda de bruxas se escondia nas sombras.

Beau chiava enquanto eu o empurrava para trás de uma lixeira, mas não importava — dezenas de cabeças já tinham virado em nossa direção. Soltei um suspiro pesado. Resignado. Devagar, me levantei. Beau me seguiu com um xingamento, resmungando:

— Já ouviu falar em manifestação?

— Cale a boca.

— *Você* cala a boca. — Levantou a Balisarda e a faca com as articulações dos dedos brancas enquanto três bruxas se desgarravam do restante. As outras voltaram sua atenção para algo no centro do grupo. Algo... ruidoso. Semicerrando os olhos, me aproximei. — Na verdade, não cale. Adoraria ouvir qual é o próximo passo no seu plano de *vamos encontrar as bruxas sedentas por sangue...*

O tinido de metal. Elos grossos.

Uma corrente.

Franzi a testa quando as três se moveram, ombro a ombro, para bloquear minha visão. Era uma corrente. Uma *corrente* antiga e encrustada. Do pequeno vislumbre que tinha tido, parecia longa o suficiente para cercar metade de Cesarine. Era larga também. Uma lembrança acossava meu subconsciente, semiformada. Já tinha visto aquela corrente na sala do tesouro do Château le Blanc.

— Olá, principezinhos — cantarolou a bruxa do meio.

Com um arrepio de choque, reconheci as feições de Modraniht. Parecia ter acontecido anos atrás.

— Elaina.

— Não. — Beau fez uma careta quando o trio parou diante de nós. Cabelos pretos e narizes finos idênticos. Lábios cheios. Elas os torceram, ameaçadores, em movimentos espelhados. — Aquela é Elinor. Eu reconheceria a aura de desdém em qualquer lugar. — Apontou para os dentes dele, abrindo um sorriso charmoso. — Está lembrada de mim agora, querida? Está *vendo* só a chance que perdeu?

— Ah, me lembro bem de você, *Burke*. Você me fez de *idiota* na frente do coven inteiro.

— Não importa agora — interrompeu a irmã, Elaina ou Elodie.

— Passamos a noite inteira procurando vocês dois — terminou a terceira. — Obrigada por facilitarem para nós.

Embora as três tenham enganchado os dedos ao mesmo tempo, nada aconteceu. Padrão algum respondeu. Beau agitou a Balisarda para elas, sorrindo outra vez.

— Algo de errado?

Elinor mostrou os dentes.

— Pergunte à sua irmã.

— O que isso...

Atacaram antes que ele tivesse a chance de terminar, tirando adagas de dentro das mangas e investindo contra nós. Elaina e Elodie para mim.

Elinor para ele. Embora fossem ágeis — e furiosas —, era evidente que as irmãs não tinham sido treinadas em combate físico sem magia. Com um sentimento de temor crescendo depois de ouvir aquelas últimas palavras arrepiantes, despachei a primeira delas depressa enquanto Beau batalhava com Elinor, os dois equiparados. O sangue da irmã ainda pingava de minha lâmina quando encarei Elodie.

A terra sob nós se moveu.

Cambaleei, olhando para baixo, incrédulo. As pedras do pavimento se partiram em pedacinhos. Ao redor, edificações rachavam. Azulejos recobriam a rua. E Zenna... de algum lugar no céu, ela soltou um rugido poderoso. As bruxas ficaram tensas, redobrando os esforços, apressadas. Metade delas tinha escalado canos, passando a corrente por entre telhados, como arame. Magia recobria tudo.

Eu não conseguia entender. Não conseguia pensar. O chão continuava tremendo. Percebendo minha distração, uma das irmãs golpeou com a adaga de modo poderoso. Embora tenha me retraído, levantado minha própria faca para me defender, outra lâmina passou zunindo por meu rosto — tão próxima, que pude sentir o calor em minha bochecha — e foi se alojar no peito da bruxa.

Com um gemido surpreso, ela caiu de joelhos, tombando de lado, e não voltou a se mover.

Atrás de nós, Beau esperava, triunfante. Elinor imóvel a seus pés.

— *Viu* só? — Mesmo gesticulando com a Balisarda para o corpo da bruxa vingativa, desviou os olhos depressa. Engoliu em seco. — Salvei sua vida.

Bloqueei a visão de Beau dos corpos. Bati em seu ombro com o meu, forçando-o a se virar.

— Também ateou fogo em mim.

— Talvez você pudesse conjurar um pouco do fogo para o resto destas...

Com outro rugido retumbante, Zenna entrou em nosso campo de visão. A imagem de suas asas contra o céu e das chamas brancas me roubou o fôlego. E lembrei. Um palco iluminado por tochas. Um manto estrelado. E Zenna... Zenna tecendo um conto de apertar o coração, uma história de dragões e donzelas.

Uma corrente mágica a família dela brandiu contra o dragão.
E quando a Tarasca enfim desceu, seu pai o derrubou ao chão.

Com Seraphine em suas costas, Zenna mergulhou para baixo — baixo demais — procurando por alguém nas ruas. Quando nos avistou, desceu ainda mais. Não notou a corrente até já ser tarde demais.

— Espere! Não, pare!

Vendo meus braços se agitando em desespero, ela voltou a se inclinar para cima, mas seu pé se enganchou nos elos mesmo assim. A corrente se moveu por vontade própria, enroscando-se rapidamente ao redor de sua perna, da anca. Com um urro de fúria, Zenna começou a cair, e no processo, sua perna — voltou à forma humana. De uma maneira horripilante. As bruxas avançaram como formigas quando ela tombou. O impacto atirou Seraphine pelo ar com uma velocidade assustadora, e ela se chocou com as lixeiras mais próximas a nós.

— Meu Deus — exclamou Beau. — Meu Deus, meu Deus, meu *Deus*.

Os rugidos de Zenna se transformaram em gritos enquanto Seraphine tentava se mover. Corri para ela, chutando as lixeiras para o lado.

— Seraphine...

Ela empurrou minhas mãos com uma força surpreendente.

— Vão! — Embora Beau tentasse erguê-la, ela também se desvencilhou dele, desembainhando outra espada das costas. Brandia as duas com destreza espantosa. — Encontrem Claud e os outros. Encontrem Lou. Ele *interveio*.

— O quê? — perguntou Beau, perplexo.

Meu olhar disparou para Zenna, a quem as bruxas tinham prendido e açoitado com a corrente. Àquela altura, estava totalmente transformada. Era uma mulher outra vez. Vulnerável.

— Deixe-nos ajudar...

— Não sou nenhuma donzela. — Ficando de pé em pulo, ela nos empurrou para o lado e marchou para a companheira. — Encontrem Claud. Deixem Zenna comigo.

O chão deu uma guinada poderosa em resposta, sem nos deixar escolha.

Corremos.

— *Aonde* estamos indo? — O grito de Beau acordou meus sentidos, mas o ignorei, correndo mais rápido. Mais ainda.

Sangue pulsara forte em meus ouvidos enquanto seguíamos a fissura no chão, acompanhando seu trajeto ao longo da Costa Oeste, para além da mansão de Tremblay, e parando do lado de fora de Parque Brindelle. Edifícios ruíam. Bruxas e melusinas se dispersavam, fugindo.

Claud estava no meio da rua, completa e cuidadosamente imóvel. Encarava as árvores esguias de Brindelle.

Encarava Coco e Lou.

A fissura aumentou por entre as duas, abrindo e forçando-as a se separarem e pularem para longe.

— LOU! — Seu nome rasgou minha garganta, mas o gritei mais alto. Gritei como louco. Quando ela levantou o rosto, os olhos encontrando os meus, um punho gelado de medo apertou meu coração. Embora eu tenha tentado evocar um padrão dourado, nenhum deles poderia ter impedido. Não poderia ter parado. Ela ainda assim tentou, apontando as mãos para o chão. Seu corpo inteiro se retesou. Estremeceu. O cheiro pungente de magia explodiu acima da grama, das pedras, das árvores — mais forte do que nunca —, mas a fissura ficava maior, mais profunda, mais *antiga*, do que até mesmo La Dame des Sorcières.

Juntos, impotentes, assistimos à terra se abrir por completo.

A Claud despencar para dentro de suas profundezas em silêncio.

À rachadura continuar crescendo, se *espalhando*, até Parque Brindelle — até *metade* da cidade — ter sido separada do restante, dividida pela boca enorme de um abismo. E não parava de aumentar. A voz de Coco se elevou para se juntar à minha, e ela recuou para ganhar impulso, preparando-se para um salto impossível...

No último segundo, Beau a puxou pela camisa e a segurou com força.

— *Perdeu o juízo?*

— Me *solta*! — Ela socou o peito dele, bateu os pés e girou para lhe dar uma cotovelada brutal. Só então ele a soltou, tentando recuperar o fôlego.

— Por favor, Coco, *não*...!

Mas ela não pulou. Em vez disso, mergulhou para a beira do abismo, a mão se fechando ao redor do pulso de uma bruxa de sangue. E de outra. Aos berros, elas pendiam, desamparadas. Suas unhas arranhavam as pedras e a pele de Coco. Entendendo o que ela queria fazer, Beau correu para ajudar, e, juntos, puxaram as bruxas de volta para cima, caindo em uma confusão de pernas e braços.

Quando a poeira baixou, Beau, Coco e eu estávamos de um lado do abismo.

Lou e Célie estavam agarradas uma à outra do lado oposto.

Atrás delas, Morgane le Blanc aguardava.

COMO COMEÇAMOS

Lou

O horror no rosto de Reid, o *terror* absoluto, era uma imagem que eu jamais esqueceria. Embora corresse de um lado para outro na beira do abismo, procurando pela menor abertura, por um padrão, por um *milagre*... era melhor assim. De verdade. O que quer que acontecesse dali em diante, seria entre mim e minha mãe.

Exatamente como tínhamos começado.

Alinhada com meus pensamentos, Morgane fez um arco com o braço, e, numa explosão de magia, Célie voou pelo ar, colidindo com uma árvore de Brindelle. Duas bruxas de sangue que tinham ficado presas daquele lado se abaixaram para pegá-la, para... não. Esperança ardeu, selvagem e ofuscante, em meu coração. Para *ajudá-la*. Estavam ajudando Célie. Naquela fração de segundo, pensei em Manon, em Ismay, nas Dames Blanches e Dames Rouges que tinham sido feridas pelo ódio de Morgane. Que tinham se sentido encurraladas entre a Igreja e o coven. Que tinham vivido com medo tão debilitante quanto o meu.

Esperança não é a doença. É a cura.

Dentre todas as possibilidades, era óbvio que tinha sido Célie a encontrar Morgane. Quem a seguira, sem ser vista, enquanto a mulher se esgueirava pela cidade. Minha mãe jamais teria suspeitado. Jamais teria acreditado que uma boneca de porcelana tão bonita podia desenvolver dentes e garras. Mas, se ela achava que Célie se estilhaçaria — se achava que *eu* me estilhaçaria —, seria o último erro de sua vida.

Daquela vez, eu não hesitaria.

— Lou! LOU! *Célie!*

Reid, Coco, Beau e Jean Luc gritavam nossos nomes em frenesi, as vozes se misturando. Ao olhar para eles, a determinação se afiou em uma ponta letal em meu peito. Já tínhamos perdido tanto, cada um de nós. Pais, mães, irmãs e irmãos. Nossos lares. Nossa esperança. Até nossos *corações*.

Já bastava.

Encontrei os olhos de Reid por último, demorando-me mais neles do que nos dos outros. Quando balancei a cabeça devagar, determinada, ele parou, o peito ofegante. Nós nos encaramos por um segundo, a batida de um coração.

Depois, ele assentiu.

Amo você, falei.

E eu amo você.

Morgane fez uma careta de desdém, abaixando o capuz do manto de leão de Auguste enquanto avançava. Ela o roubara do cadáver do rei na catedral. Embora estivesse chamuscado em alguns pontos, a bruxa o trajava como um troféu. Os dentes do animal morto brilhavam ao redor da garganta, em um sorriso horripilante, e a juba se espalhava, altiva, por seus ombros.

— Chega de fugir, Louise. Chega de se esconder. — Apontou para o outro lado do abismo, onde Blaise e o restante da alcateia tinham se aglomerado. Onde Elvire e suas melusinas ainda tentavam cruzar a fissura, onde Claud despencara para encontrar um destino desconhecido. — Seu deus caiu, seu dragão pereceu, e seus preciosos *aliados* não podem alcançá-la aqui. Tenho que admitir... você é bem mais esperta do que eu imaginava. Que astucioso da sua parte, se esconder atrás daqueles que são mais poderosos do que você. Que *cruel*. Temos mais em comum do que você pensa, querida, mas a hora chegou, finalmente. Você está sozinha.

Mas não estava. Não de verdade. Em vida ou em morte, alguém me encontraria. Alguém me *amaria*. Meu estômago se revirou ao lembrar do sangue coagulado na garganta de Nicholina. Da expressão vazia de Josephine. Embora a primeira talvez tivesse encontrado paz com o filho, a segunda poderia dizer o mesmo? Morgane poderia dizer o mesmo? Ela pisava sobre os cadáveres sem nem sequer olhar para eles. Tinham menos importância para a bruxa do que a lama sob suas botas.

— Seus generais estão mortos — falei, baixo. — Acho que é *você* quem está sozinha.

As bruxas de sangue se enrijeceram quando Morgane parou, virando para chutar o rosto impassível de Josephine.

— *Foram tarde.*

Com um sentimento devastador de tristeza, eu a encarei enquanto meus padrões brancos ondulavam, fracos. Não poderia matá-la com eles. Não diretamente. A morte era algo natural, sim, mas assassinato não era. Pouco importava, de qualquer forma. Quando tentara juntar duas metades do mundo, tentando salvar Claud — um deus, um *amigo* — de sua própria magia, eu quase me destruíra. Meus padrões tinham se distendido de maneira irreversível. Alguns chegaram a se romper. Os que permaneciam tinham ficado apagados de fatiga.

Morgane não sabia disso.

Examinei cada um deles com cuidado, procurando uma distração, algo que me permitisse chegar perto. Algo que a debilitasse por tempo o suficiente para que eu atacasse. Com delicadeza, os padrões se estenderam à frente.

— Já amou alguém neste mundo, *maman*?

Ela bufou e levantou as mãos.

— *Amor*. Amaldiçoo a palavra.

— Alguém já a amou?

Ela semicerrou os olhos para mim. Torceu a boca em indagação.

— É verdade — admiti, ainda mais baixo. — Eu amei você um dia. Parte de mim ainda ama, apesar de tudo.

Meu dedo tremeu, e a água do Doleur começou a serpentear constante e silenciosa pela grama sob nossos pés. Derretia a neve. Limpava o sangue. Se Morgane notou, não reagiu. Embora suas feições permanecessem distorcidas com rancor, ela me estudava como se estivesse fascinada. Como se jamais tivesse me ouvido dizer algo assim, embora eu lhe tivesse dito mil vezes. Uma lágrima solitária escorreu por minha bochecha, e o padrão de dissipou. Uma lágrima por um rio. A profundeza de ambos era infindável.

— Você me deu vida — continuei, mais alto então, as palavras jorrando mais depressa do que pretendera. Catárticas. — Óbvio que a amei. Por que acha que permiti que você me *acorrentasse* a um *altar*? Aos dezesseis anos, estava disposta a *morrer* por você. Minha mãe. — Outra lágrima caiu, e a água fluiu com mais velocidade. Tocava a bainha do vestido dela. — Nunca devia ter me pedido aquilo. Sou sua filha.

— Você nunca foi minha filha.

— Você me deu à luz.

— Eu lhe dei um *propósito*. O que deveria ter *feito*, amada? Aninhado você em meus braços enquanto as filhas de outras irmãs morriam? Enquanto *queimavam*? Deveria ter valorizado a sua vida mais do que a delas?

— Deveria! — A confissão explodiu de dentro de mim com um choque de arrependimento gelado, e me aproveitei disso, cerrando os punhos. A água ao redor dos pés de Morgane congelou, sólida. Prendendo-a no lugar. — *Deveria* ter me valorizado... deveria ter me *protegido*... porque sou a *única* pessoa neste mundo que ainda ama você!

— Você é uma *tola* — rosnou ela, com fogo crepitando na ponta de seus dedos. — E uma tola previsível, ainda por cima.

Com um golpe de Morgane, o gelo se derreteu, e um caminho de fogo se abriu em minha direção. Mas não queimou minha pele, a atravessou — atingindo direto meus órgãos. Minha temperatura corporal subiu enquanto meu sangue literalmente começava a ferver, meus músculos a espasmarem e minha visão a girar. Aos gritos, Célie tentou correr para me ajudar, mas as bruxas de sangue a impediram, recuando para longe de Morgane. Com medo. Com ódio.

Com segundos para reagir, puxei outro padrão, e a árvore de Brindelle mais próxima de mim murchou, reduzida a cinzas.

O leão do manto de Auguste se reanimou.

Caí de joelhos, soltando fumaça pela boca, enquanto os dentes do animal afundavam no pescoço de Morgane. Berrando, ela girou, tirando uma faca da manga, mas o leão semiformado se agarrou às suas costas. Tendões e músculos continuavam a se regenerar com velocidade terrível. Onde antes havia mangas, patas poderosas se levantaram para segurar os ombros de Morgane. As patas traseiras chutavam suas costas.

O ataque de fogo de Morgane se dissipou enquanto ela se debatia, e me forcei a me levantar. A *respirar*.

Quando a bruxa fincou a lâmina da adaga no peito da criatura, a besta soltou um rosnado final antes de cair, imóvel. Minha mãe atirou a carcaça entre nós. Sangue jorrava das feridas em seus ombros, pescoço e pernas, mas ela as ignorou, cerrando outro punho.

— É o melhor que consegue fazer? — Sob minha armadura, contra minha pele, senti uma espécie de cócegas alarmante. O rastejar de patas. — Você pode se autointitular La Dame des Sorcières... pode matar árvores e roubar rios... mas jamais conhecerá esta magia como eu a conheci. Jamais dominará seu poder como eu domei. Apenas *olhe* para você. Mesmo em tão pouco tempo, ela já enfraqueceu seu espírito frágil. — Depois investiu com mais vigor, um brilho letal em seus olhos. — A Deusa escolheu errado, mas não preciso da benção dela para dominar *você*.

Recuando — mal escutando as palavras dela —, arranquei a armadura. Centenas de aranhas saíram do tecido. Dos fios de seda delas próprias. Rastejavam por meu corpo em uma onda de pernas, perfurando minha pele com as presas. Cada mordida me causava uma alfinetada de dor, um formigamento de dormência. Berrando por reflexo, com o coração palpitando, esmaguei todas as que estavam ao meu alcance, arrancando os cadáveres convulsionantes dos braços, das pernas, do peito...

— Você nasceu para ser imortal, Louise. — Morgane levantou as mãos, imbuindo toda a sua fúria, frustração e *culpa* em outra rajada de fogo. Rolei para desviar, esmagando as aranhas restantes no processo, e peguei a pele de leão para usar de escudo. — Embora estivesse destinada a morrer, seu nome teria perdurado para sempre. Poderíamos ter feito história juntas, nós duas. Você pode me desprezar agora, pode me odiar para sempre, mas eu lhe dei tudo, *sacrifiquei* tudo, por você. Por *amor*.

Alimentando a pele de leão com força por intermédio de outro padrão, me agachei. Em seguida, a grama sob os pés de Morgane pegou fogo. Ela pulou para longe, soltando um chiado.

— Você não pode imaginar o sofrimento que seu nascimento me causou. Nem *você* pode imaginar a amargura que senti. Devia tê-la matado ali mesmo. Cheguei até a levantar a faca, preparada para fincá--la no seu coraçãozinho recém-nascido, mas você... você segurou meu dedo. Com o punho inteiro, me segurou, piscando aqueles olhos sem visão. Tão serena. Tão contente. Não consegui fazer nada. Em um único momento, você amoleceu meu coração. — As chamas se apagaram de forma abrupta. — Naquele dia, falhei com a nossa gente. Levei dezesseis anos para voltar a me fortalecer. Mesmo assim, eu teria lhe dado tudo. Teria lhe dado *grandeza*.

— Eu não *queria* grandeza.

Atirando o escudo para o lado, me levantei. O coração dela podia ter amolecido por um bebê recém-nascido, mas nunca me amara; não a *mim*, a pessoa que eu era de verdade. Tinha amado a ideia de mim. A ideia de grandeza, de salvação. Eu confundira sua atenção por amor genuíno. Não sabia o que era amor verdadeiro na época. Olhei para o outro lado do abismo, para Reid, Coco e Beau, que estavam parados de mãos dadas à beira do penhasco, pálidos e em silêncio.

Naquele momento, eu sabia o que era amor; sabia o que era o amor *e* a dor. Dois lados da mesma maldita moeda.

— Eu só queria *você*.

Quando fechei a mão, soltando um suspiro pesado, minha dor se transformou em um vento tempestuoso: dor pela mãe que ela poderia ter sido, pelos momentos bons, pelos ruins, por todos que não tinham sido nem um nem outro. Dor pela mãe que eu perdera, muito antes daquela que estava diante de mim.

O vento a fez recuar, mas ela girou no ar, e o impulso a levou para perto de Célie. Uma intenção maliciosa ardia nos olhos de Morgane. Antes que eu tivesse a chance de detê-la, moveu os dedos, e Célie deslizou para longe das bruxas de sangue como se fosse puxada por uma corda invisível. Morgane a capturou. Usou o corpo da garota como escudo, pressionando a faca contra seu esterno.

— Criança tola. Quantas vezes tenho que repetir? Você não pode me derrotar. Não pode nem sequer ter a *esperança* de vencer. Um dia, poderia ter sido imortal, mas agora, seu nome vai *apodrecer* junto com seu cadáver...

Sem explicação, ela parou de falar, a boca se abrindo e formando um "O" cômico.

Mas não tinha graça. Não tinha graça nenhuma.

Cambaleando para trás, ela atirou Célie para longe com um ruído de surpresa e... e olhou para baixo. Segui seu olhar.

Uma agulha estava enterrada em sua coxa, a seringa ainda vibrando por causa do impacto.

Uma injeção.

Eu a encarei, em choque. Alívio. Horror. Cada emoção lampejou por mim com abandono selvagem. Uma centena de outras mais. Todas passando depressa demais para nomear. Para *sentir*. Só conseguia assistir, entorpecida, enquanto Morgane caía de joelhos em um movimento fluido. Enquanto os cabelos cascateavam por sobre seus ombros, menos prateados do que vermelho-sangue. Com os olhos ainda fixos na seringa, ela caiu de lado. Não se moveu.

Metal frio tocou a palma da minha mão, e a voz de Célie soou de longe.

— Precisa que eu termine?

Senti quando balancei a cabeça. Meus dedos se curvaram ao redor do cabo da adaga. Engolindo em seco, me aproximei do corpo imóvel de minha mãe. Quando afastei seus cabelos do rosto, os olhos dela rolaram para me fitar. Suplicantes. Não pude evitar. Eu a puxei para deitá-la em meu colo. Ela engoliu em seco por vários segundos antes do som finalmente sair.

— Fi...lha...

Memorizei os olhos esmeralda.

— Sim.

Depois deslizei a lâmina de Célie por sua garganta.

TERMINA COM ESPERANÇA

Lou

Na primeira vez que dormira ao lado de Reid, tinha sonhado com ele.

Mais especificamente, sonhara com seu livro, *La Vie Éphémère*. Ele tinha me presenteado com um exemplar naquele mesmo dia. Seu primeiro segredo. Mais tarde na mesma noite, depois de Madame Labelle ter dado seu aviso — depois de eu ter acordado em um emaranhado de lençóis e pânico gelado —, eu me arrastei para me deitar ao lado dele no chão duro. Sua respiração me fizera cair no sono.

Ela está a caminho.

O medo de minha mãe tinha literalmente me empurrado para os braços dele.

O sonho se insinuara devagar, como o matiz acinzentado que cobria o mundo antes da aurora. Como na história, Emilie e Alexandre tinham caído, lado a lado, no sepulcro da família dela. Seus dedos frios se tocando para todo o sempre. Na página final, os pais tinham chorado pelos dois, lastimando a perda de vidas tão jovens. Tinham prometido deixar de lado sua rixa, o preconceito, em nome dos filhos. Eu tinha sonhado com essa cena, mas não tinham visto os corpos de Emilie e Alexandre, e sim o meu e de Reid.

Na manhã seguinte, quando acordei, uma sensação de inquietação me invadiu, perseguindo-me pelo resto do dia. Colocara a culpa no pesadelo. Na lembrança de minha mãe.

Naquele momento, na rua, segurando-a em meus braços, não pude deixar de lembrar a imagem serena de Emilie e Alexandre.

Não havia nada de sereno naquilo.

Nada de fácil.

Ainda assim, lembrei da voz de Reid enquanto segurava *La Vie Éphémère...*

Não termina em morte. Termina com esperança.

A PÂTISSERIE DE PAN

Reid

Lou ficou abraçada à mãe por muito tempo. Eu esperava à beira do abismo, mesmo depois de Coco e um grupo de bruxas de sangue terem construído uma ponte de cipós. Mesmo depois de Célie e suas novas amigas — duas bruxas chamadas Corinne e Barnabé — terem cruzado o penhasco, com as pernas bambas. Jean Luc envolvera Célie em um abraço desesperado, enquanto Coco cumprimentava as bruxas com alguma hesitação. Ela se recordava das duas de sua infância. A dupla também se lembrava de Coco.

Chegaram até a desnudar os pescoços antes de seguirem caminho para encontrar as companheiras. Um sinal de submissão.

Coco as assistira partir, visivelmente abalada.

Nem tudo tinha sido tão civilizado. Uma bruxa — uma Dame Blanche que chorava, aos soluços — tinha tentado me atacar pelas costas enquanto eu aguardava. Jean Luc fora obrigado a injetá-la com cicuta e a amarrar seus pulsos. Mas não a matou, nem mesmo quando Célie se distanciou para falar com Elvire. Aurélien tinha sido abatido. Outros também. Como a Mão do Oráculo, Elvire começara a recolher seus mortos, preparando-se para retornar a Le Présage.

— Não podemos deixar nossa senhora esperando — murmurou ela, fazendo uma reverência profunda. — Por favor, prometa que irá nos visitar quando puder.

Beau e Coco se apressaram a procurar por Zenna e Seraphine.

Comecei a segui-los, mas Coco balançou a cabeça. Seu olhar viajou até Lou, imóvel segurando o corpo da mãe.

— Ela precisa mais de você — murmurou Coco.

Assentindo, engoli em seco, e após outro momento, dei um passo hesitante para a ponte.

Alguém gritou atrás de mim.

Desembainhando a Balisarda roubada, girei, preparado para mais um ataque de outra bruxa. Em vez disso, encontrei duas: Babette amparando Madame Labelle enquanto manquejavam pela rua. Um sorriso enorme cruzava o rosto de minha mãe.

— Reid! — Acenou com o corpo inteiro, presumidamente curada pelo sangue de Babette. As lesões e hematomas do julgamento tinham desaparecido, substituídos por pele vibrante, se não um pouco pálida. Soltei um suspiro cortante. Meus joelhos ficaram fracos com uma onda vertiginosa de alívio.

Ela estava bem ali.

Estava *viva*.

Atravessando a rua em três grandes passadas, encontrei minha mãe no meio do caminho, esmagando-a em meus braços. Ela sufocou em uma risada. Deu tapinhas em meu braço.

— Calma, filho. A parte interna do corpo demora um pouco mais para se regenerar, sabe. — Embora ela ainda sorrisse, radiante, dando tapinhas afetuosos em minhas bochechas, os cantos de seus olhos estavam tensos. A expressão de Babette, às suas costas, estava atipicamente grave.

Encontrei o olhar da mulher por cima da cabeça de minha mãe.

— Obrigado.

— Não me agradeça. — Abanou a mão a esmo no ar. — Sua mãe me ofereceu meu primeiro trabalho nesta cidade. Eu lhe devia um favor.

— E continua me devendo outros vários — acrescentou Madame Labelle, virando-se para fitar a cortesã com petulância. — Não pense que me esqueci de quando pintou meu cabelo de azul, Babette.

Só então Babette abriu um sorriso inocente. Após um momento, olhou ao redor discretamente.

— Me diga, caçador, viu nossa encantadora Cosette por aí?

— Está com Beau. Foram para o norte.

Seu sorriso se apagou um pouco.

— Entendo. Se me dão licença.

Partiu sem demora, e envolvi a cintura de Madame Labelle com um braço para estabilizá-la.

— Onde você estava? Está bem?

— Tão bem quanto possível, dadas as circunstâncias. — Deu de ombros delicadamente. — Seguimos o exemplo da sua esposa e nos escondemos no sótão do Soleil et Lune. Ninguém nos aborreceu lá. Talvez não soubessem de sua importância para Lou. Se soubessem, suspeito que Morgane teria colocado o teatro inteiro abaixo só por despeito. — Quando acenei com a cabeça para as duas do outro lado da fissura, a expressão dela mudou. — Oh, céus. Oh, *céus*. Que tristeza. — Os olhos penetrantes encontraram os meus, cheios de arrependimento. — Babette me contou que Auguste faleceu com seu próprio fogo. Homem estúpido, *arrogante*. — Como se tivesse se dado conta tardiamente da falta de tato das palavras, Madame Labelle deu tapinhas em meu braço outra vez. — Mas ele... ele era muito...

— Ele a torturou — falei, sombrio.

Ela suspirou, abatida.

— Sim, torturou.

— Ele merecia coisa pior do que a morte.

— Talvez. Temos que nos contentar com o fato de que, esteja onde estiver, está sofrendo muito. Talvez com *ratos*. Ainda assim... — Ela cambaleou levemente, pouco firme. Meu braço apertou sua cintura. — Era seu pai. Sinto muito por isso, mas jamais me arrependerei de você. — Tocou meu rosto uma vez mais antes de olhar para Lou. — Você deve ir. Mas se antes puder me levar até o banco mais próximo, ficaria muito grata. Gostaria de ver o sol nascer.

Eu a fitei, incrédulo.

— Não posso deixá-la sozinha num banco.

— Besteira. É óbvio que pode. Nenhuma bruxa com o mínimo de juízo nos atacaria agora, e as que se atreverem... bem, creio que mais do que um Chasseur sobreviveu, e aquele padre Achille provou-se um *belo...*

— Vou pará-la por aqui. — Mesmo balançando a cabeça, o canto de minha boca estava curvado para cima. Por vontade própria. — Padre Achille está fora de questão.

Não era verdade. Ela podia ficar com quem quisesse. Eu os apresentaria um ao outro pessoalmente.

Depois de situá-la em um banco com jasmins-amarelos florescendo dos dois lados, dei um beijo em sua testa. Embora a noite ainda dominasse os céus, a aurora logo chegaria. Com ela, um novo dia. Eu me ajoelhei para fitar minha mãe nos olhos.

— Amo você. Acho que nunca cheguei a dizer.

Bufando, ela se ocupou das saias. Ainda assim, notei seus olhos. Reluziam com lágrimas repentinas.

— Só espero ouvir isso todos os dias de agora em diante. Você vai me visitar pelo menos três vezes por semana, e você e Louise vão dar meu nome ao seu primogênito. Talvez ao segundo filho também. Isso me parece razoável, e a você?

Dei um risinho e puxei uma mecha de cabelos dela.

— Verei o que posso fazer.

— Vai logo, então.

Mas, enquanto voltava, ouvi vozes em uma ruela lateral. Vozes familiares. Um choro lamurioso. Franzindo a testa, segui o som até encontrar Gabrielle e Violette. Estavam no degrau da entrada de uma casa, uma de cada lado de Beau, que as abraçava. Coco pairava logo atrás, com a mão tapando a boca. Aos pés do grupo, Ismay e Victoire estavam estiradas de maneira antinatural, de barriga para baixo, cercadas por seis bruxas. Ninguém se mexia.

Abalado, sem conseguir avançar, assisti enquanto o rosto de Beau se contorcia em um soluço, e depois enquanto ele puxava as duas meninas para o peito. Os ombros delas tremiam ao se agarrarem ao irmão. As lágrimas viscerais. Angustiadas. Íntimas. A imagem me atingiu como um soco no estômago. Meus irmãos. Embora não tivesse tido a oportunidade de conhecer Victoire tão bem quanto conhecia Beau, podia ter tido a oportunidade de conhecê-la. *Teria* conhecido. De modo inesperado a dor me calou fundo.

Deveria ter sido eu naquelas pedras. Morgane *me* quisera, não a ela. Quisera Beau. Não Victoire, uma criança de treze anos.

A culpa inundou meu peito, e finalmente virei de costas. Caminhei na direção de Lou outra vez. Aguardei.

Dessa vez, ela levantou o rosto para me cumprimentar.

Sustentei seu olhar.

Com um aceno positivo de cabeça, ela alisou os cabelos de Morgane, o toque terno. Cheio de pesar e anseio. Fechou os olhos da mãe. Depois, levantou-se pesadamente — como se carregasse o peso do céu nos ombros — e a deixou lá.

Quando atravessou a ponte, estendi os braços para ela, e Lou desmoronou dentro deles sem emitir um único som. Seu rosto estava pálido e retraído. O coração, despedaçado. Eu me inclinei para encostar a testa na dela.

— Sinto muito, Lou.

Ela segurou meu rosto. Fechou os olhos.

— Eu também.

— Vamos passar por tudo isso juntos.

— Eu sei.

— Aonde quer que tu fores...

— ... também irei eu — terminou ela, baixinho. Abriu os olhos e me deu um beijo. — Quem sobreviveu?

— Vamos descobrir.

Como eu suspeitara, o abismo tinha dividido a cidade ao meio. Lou e eu o percorremos de mãos dadas. Próximos à catedral, encontramos Toulouse e Thierry. Encaravam as profundezas escuras com Zenna e Seraphine. Ninguém falava.

— O que acha que aconteceu com ele? — murmurou Lou, parando. Aquela vigília não era para nós. Era para eles. A Troupe de Fortune. A família de Claud. — Acha que ele... morreu?

Franzi a testa diante da possibilidade. Senti uma pressão aumentar em meu peito. Atrás dos olhos.

— Não acho que deuses *possam* morrer.

Quando nos viramos para partir, Terrance saiu das sombras. Como nós, ele, Blaise e Liana assistiam a uma distância respeitosa. Ignorando a mim e Lou, encontrou os olhos de Toulouse e Thierry.

— Vocês podiam vir conosco. — Sua voz ressoou mais grave do que eu me lembrava. Sangue pingava de seu peito nu. Da lateral do rosto. A orelha tinha sido arrancada por completo, se durante a batalha ou antes, eu não sabia. Com um sobressalto, me dei conta de que devia ter conhecido os gêmeos no Château le Blanc. Quando todos tinham sido... torturados juntos. Liana também.

Senti o estômago revirar ao pensar nisso.

Blaise parou ao lado do filho, pousando a mão no ombro dele.

— Seria uma honra. — Pigarreou, engasgado com a emoção. — Meus filhos... me contaram como vocês os reconfortaram. Como deram esperança aos dois. Jamais poderei recompensá-los por essa bondade.

Os irmãos lançaram olhares discretos em direção à Zenna e à Seraphine. A primeira deu de ombros. Embora queimaduras em forma de elos de corrente marcassem sua pele visível — de algum jeito, estava trajando um vestido fúcsia cintilante —, o restante parecia relativamente ileso. Seraphine também. Sangue manchava sua armadura, mas não parecia ser o sangue dela. Encarei as duas, incrédulo.

— Como foi que elas escaparam?

— Quem? O que aconteceu? — perguntou Lou.

— As bruxas... derrubaram Zenna com uma corrente mágica.

— Ah. — Vislumbrei um sorriso em seus lábios. — A corrente da Tarasca.

— Como na história de Zenna.

— Ela *disse* que aquele não era o seu nome verdadeiro.

Franzi a testa enquanto ela me puxava para longe a fim de procurarmos os outros.

Acabamos na pâtisserie de Pan.

Do lado de fora das janelas vedadas por tábuas, padre Achille e um grupo grande de caçadores tentavam libertar seus irmãos. Philippe ainda berrava ordens de dentro da gaiola de raízes. Ninguém escutava. Quando finalmente o liberaram, o capitão tentou acertar Achille com selvageria, mas o padre desviou com a agilidade de um homem muito mais jovem antes de derrubá-lo. Foram necessários cinco Chasseurs para contê-lo. Mais um para algemá-lo.

— Não *podem* fazer isto! — Veias saltavam na testa de Philippe enquanto se debatia. — Sou um *capitão* dos Chasseurs! *Padre Gaspard!* — As veias estavam quase estourando. — Alguém o traga até aqui... PADRE GASPARD!

Padre Gaspard não obedeceu, continuando agachado atrás de uma árvore na capela. Os Chasseurs tinham-no expulsado enquanto procuravam pela rainha Oliana, que encontraram presa sob o púlpito. Embora tivesse quebrado a perna, logo teria que confrontar uma dor muito maior. Eu não invejava o Chasseur encarregado de contar a ela a respeito da filha. Pela primeira vez em muito tempo, não invejava Chasseur algum.

Sem saber bem o que fazer com Philippe, Jean Luc e Célie decidiram acorrentá-lo a um poste usado para amarrar cavalos ao fim da rua. Onde não poderia ser ouvido. Graças a Deus.

Minutos depois, os dois se juntaram a nós na confeitaria.

Desmoronando em uma cadeira vazia, Jean Luc esfregou o rosto.

— Vamos ter que organizar abrigos o mais rápido possível. Pedir aos cidadãos que disponibilizem suas casas para receber os que ficaram sem.

Célie se sentou ao lado dele, serena. Fuligem manchava suas bochechas pálidas, e os cabelos pendiam, lisos e sem viço, por conta da chuva de Coco. De suor. Um corte ainda sangrava em sua têmpora. Ela gesticulou para o açougue vizinho à confeitaria.

— Os feridos vão precisar de tratamento. Temos que chamar curadores das cidades mais próximas.

— Meu Deus. — Jean Luc grunhiu e se levantou em um pulo. — Ficou algum padre na enfermaria? Alguém foi verificar se há sobreviventes? — Diante de nossos olhares inexpressivos, ele balançou a cabeça e marchou para a rua em busca de padre Achille. Em vez de se juntar ao rapaz, Célie olhou para nós, nervosa. Entrelaçou as mãos no colo.

— Er... Lou? Acha que... Sinto muitíssimo, mas... pode devolver meu vestido agora?

Lou piscou, confusa. Com uma risada suave, Célie gesticulou para a armadura.

— *Ah*. — Lou soltou um risinho também e abanou a mão. O cheiro pungente de incenso explodiu no ar. — Sim, óbvio.

Começando pelos pés, a armadura de Célie foi se desfazendo até deixar seu vestido de luto à mostra, e a moça espalmou a cintura, ansiosa. Ao encontrar fosse o que fosse que estava procurando, a tensão deixou seus ombros, e ela relaxou. Só um pouco.

— Certo. Muito obrigada. — Abriu um sorriso radiante para Lou. Lançou um olhar rápido para mim. Parecia... inexplicavelmente significativo. Quando Jean Luc gritou por ela um momento depois, Célie fez uma careta e se encaminhou para a porta. — Volto em um instante.

Lou a observou partir com um sorriso divertido, esticando o pescoço para observá-la através da janela.

— O que foi *aquilo*?

— Ela deve... gostar muito de vestidos?

Lou revirou os olhos.

Em seguida, Coco e Beau nos encontraram. Embora lágrimas ainda manchassem o rosto de meu irmão, ele as secou com um sorriso suave, puxando uma cadeira para se sentar ao lado de Lou. Depois enganchou a cabeça dela em um mata leão e bagunçou seus cabelos.

— Reid contou que salvei a vida dele?

Ela não o empurrou para longe.

— *Não* contou.

— Então é um babaca *espetacular*, o seu marido. Atirei uma faca com precisão tal, que teria deixado Mort Rouge na poeira...

— Você também ateou fogo em mim. E na Lou — retruquei, mordaz.

— Besteira. E também... detalhes. — Com um suspiro dramático, manteve Lou presa por mais um momento. Seus olhares se encontraram, e os sorrisos dos dois foram se apagando aos poucos. — Como você está, irmã minha? — perguntou, sério.

As mãos dela pousaram no antebraço de Beau.

— Estou... melhor agora, acho. O choque está começando a ir embora. É como... como se finalmente pudesse respirar. — Apertou o braço dele, e seus olhos piscaram depressa. — Sinto muito, Beau. — Quando ela olhou para Coco, ele a soltou. — Por todos vocês.

Coco passou um dedo por um veio na madeira da mesa.

— Perdi minha mãe já faz muito tempo.

— E eu, meu pai — acrescentou Beau, a voz baixa.

Mas não Victoire. A culpa ressurgiu com força redobrada. Eu sobrevivera a eventos traumáticos o bastante para saber que a culpa sempre estaria presente. Não havia sentido algum na morte da menininha. Nenhuma explicação poderia justificá-la. Também não havia explicação para o fato de termos queimado bruxas crianças. Victoire merecia coisa melhor. Todas elas mereciam.

Nós também.

Ficando de pé, estiquei o pescoço em busca de Pan. Quando cheguei, ele já tinha desaparecido em um quarto dos fundos, mas não podia se esconder de mim para sempre. Fui, resoluto, até o balcão e toquei a campainha. Toquei outra vez. Se uma vozinha dentro de minha cabeça me repreendia — se me chamava de grosseiro por acossar um padeiro depois de ele ter arriscado a vida pela minha —, a ignorei. As bruxas não tinham arruinado seu forno. Eu mesmo assaria os pães e doces se ele não quisesse. Com certeza descobriria um jeito.

— O que você está fazendo? — Da mesa, Lou me olhava cheia de suspeita. — Tem que ser muito gentil com Pan agora.

— Sempre fui gentil com...

— Está tocando a campainha.

— Não é para isso que ela existe?

— Ele não é um *gato*, Reid — argumentou Beau com um sorrisinho malicioso.

— É grosseria ficar tocando a campainha — concordou Coco.

Lou assentiu.

— Sem falar que é irritante.

— Muito — complementou Beau.

Fiz uma careta para todos eles.

— Estou *tentando* comprar rolos de canela. — Para Lou, resmunguei: — Acho que estou devendo um a *você*, especialmente.

De imediato, sua expressão mudou, e Lou se inclinou para a frente com olhos brilhantes, entrelaçando os dedos sobre o tampo da mesa.

— Já disse hoje que acho a sua bunda absoluta e completamente atraente?

Bufei com um riso assim que Pan saiu de seu esconderijo. Com uma carranca, arrancou a campainha de cima do balcão.

— O que foi? O que você quer? Não está vendo que não estamos abertos? — Gesticulou freneticamente para a janela. — Aconteceu uma *guerra* aqui, meu jovem. Acorde! — Quando estalou os dedos sob meu nariz, resisti à vontade de revirar os olhos. — Não podemos todos nos acovardar e tremer, abandonando nossos entes queridos. Ah, não! Alguns de nós têm que proteger este grande reino. Você está tratando nossa bela Lucida como uma verdadeira princesa agora, não está?

Lancei um olhar cáustico por cima do ombro. Beau e Coco se balançavam de dar risada. Lou me fitou de volta com uma expressão perfeitamente plácida. Bateu as pestanas.

— Como uma rainha — respondi, irônico.

Pan franziu a testa para mim como se contemplasse algo.

— Muito bem. Prepararei os seus rolos de canela — voltou a estalar os dedos —, mas você vai pagar o preço inteiro.

Abri um sorriso rígido.

— Obrigado.

De volta à mesa, Lou pisou no meu pé.

— Uma bunda verdadeiramente espetacular.

Um momento de silêncio se prolongou. Depois outro. Do lado de fora, padre Achille ainda coordenava tudo com Jean Luc. Com Célie. Tinham enviado mensagens aos vilarejos vizinhos, pedindo provimentos. Pedindo curadores. Apenas dois haviam sobrevivido ao ataque de Morgane à Torre, mas eles mesmos precisavam de atenção médica. Ou pelo menos pensei ter ouvido que eram dois. Atrás do balcão, Pan se ocupava e se movia de maneira ostensiva, batendo todas as panelas e fazendo grande algazarra com todos os utensílios disponíveis.

— O dobro do preço — resmungou ele em dado momento.

Por fim, Beau soltou um suspiro trêmulo. Seu sorrisinho tinha desaparecido. Os olhos reluziam outra vez.

— O que vamos fazer agora? A catedral está destruída. O castelo também, pelo jeito. O arcebispo está morto, o rei está morto, La Dame des Sorcières está morta... er, quer dizer, a antiga. — Lançou um olhar de desculpas a Lou.

Ela deu de ombros, tensa, traçando as linhas na palma de minha mão com o dedo.

— O Château ainda está de pé. Acho que é meu agora. Podemos... morar lá. — Ergueu o olhar para Coco. — Todos nós.

Um sorriso largo se abriu no rosto da amiga.

— Não acho que padre Achille vá achar ruim.

— *Se* for eleito.

— Será — garantiu Beau. — Padre Gaspard quase molhou a batina quando Morgane deu as caras. Ele é um político. — Acenou com a cabeça para a janela. Para padre Achille. — Não um líder.

— E você, é um líder, Beau? — perguntou Coco, baixinho.

Ele a estudou por um momento, os lábios franzidos. Indeciso.

— Não sei ainda.

Ela abriu um sorrisinho para ele.

— Temos isso em comum.

— Nem me fale — resmungou Lou. — Eu não conseguia colocar ordem em um sótão, que dirá uma porra de um *castelo*.

Ficamos em silêncio até Célie colocar a cabeça para dentro da pâtisserie outra vez. Com um aceno rápido, gesticulou para que eu me aproximasse. Beijei a mão de Lou antes de me levantar para ir. Jean Luc estava do outro lado da porta. Inclinando o corpo, a fechou atrás de nós, e Célie... chegava a *dar pulinhos* de empolgação.

— Tenho uma coisa aqui para você. — Continuou falando por cima de mim antes que eu pudesse responder: — Quando Jean Luc roubou seus pertences da Torre, decidi não guardar junto com o resto... bandoleira, facas e tudo mais... porque me pareceu muito importante. Não queria que você perdesse no calor da batalha.

Jean Luc assentiu.

— Eu disse a ela que pertencia à sua mãe.

Entendi tudo. Expectativa e ansiedade brotaram.

— Óbvio, quando Lou encantou nossas roupas, achei que *eu* o tinha perdido. — Balançou a cabeça, sorrindo, mas fatigada. Levando a mão por dentro da faixa em sua cintura, tirou uma aliança fina familiar com uma madrepérola incrustada. Brilhava mesmo na luz cinzenta. O sorriso da garota se alargou ainda mais quando a depositou em minha mão. — Aqui. Agora faça o que quiser com o anel. É seu.

Encarei-o, assombrado. Ao contato, senti o calor irradiar pelo corpo. Meu coração começou a martelar no peito.

— Obrigado, Célie.

— Não é só isso. — Jean Luc tocou o cabo da Balisarda em minha bandoleira. A safira brilhava em meio ao couro. — Falei com padre Achille. Concordamos, nós dois... que temos um lugar para você na irmandade, se quiser. Esta Balisarda é sua.

A felicidade em meu peito diminuiu um pouco. Mas... não. Não deixaria. Não dessa vez. Desembainhando a faca com uma mão, a estendi a Célie.

— Acho que existem pessoas mais adequadas. — Quando seus dedos se fecharam ao redor do cabo, Célie arregalou os olhos, chocada. — Duas mocinhas muito espertas me disseram que gostariam de ser caçadoras um dia. Não como são agora, mas como deveriam ser: legítimos cavaleiros cavalgando para eliminar o mal. Para defender o reino e proteger os inocentes. Uma delas chegou até a jurar que usaria vestidos no processo.

— Ah, não posso... — Célie balançou a cabeça depressa, tentando me devolver a Balisarda. — Nem sei brandir uma espada. Não teria como usar isto.

— Não é preciso brandir uma espada para proteger os inocentes, Célie — disse Jean Luc, assentindo para mim com apreciação. Respeito. Seu peito ficou estufado de orgulho ao olhar para ela. — Você provou que isso é verdade, mais do que qualquer outra pessoa.

Também assenti, afastando-me da porta. Abrindo-a.

— A Torre está arruinada. É hora de recriá-la.

Ela me lançou um sorriso hesitante antes de Jean Luc a levar para dentro da confeitaria.

Não os segui. Não de imediato. Fitei o anel em minha mão.

— O que está fazendo aí fora sozinho? — Lou tocou meu ombro, e virei, guardando a aliança no bolso. Ela olhou de um lado para o outro com um sorriso sugestivo. — Está se divertindo com todos os seus amiguinhos?

Diante do olhar inquisitivo, não resisti. Um sorriso largo se abriu em meu rosto, e a beijei na boca com intensidade. Quando recuei, ela deu um peteleco em meu nariz antes de acariciar o local com o polegar, sua mão se demorando em meu rosto.

— Entre. Pan disse que os rolos de canela já estão prontos.

Rocei os lábios contra a palma de sua mão.

— Acho que estou no Paraíso.

EPÍLOGO

Ansel

O verão floresceu, lento e lânguido, no Château le Blanc. Sálvia e lavanda se agitavam pela montanha em tons intensos de roxo e azul; margaridas brancas e amarelas cresciam livres por entre as pedras, ao longo dos riachos, junto com o rosa das estancadeiras e os trevos. Eu nunca tinha visto cores tão intensas. Nunca tinha sentido um calor igual nas bochechas, como o beijo de uma mãe, o abraço de um amigo. Se as vozes — não, as *risadas* — de meus amigos não tivessem me chamado, teria ficado em meio à paz daquelas flores selvagens para sempre.

No dia do casamento, Lou vestia ramos de cada uma delas.

Sentada com as pernas cruzadas em sua cama de infância — os fios dourados da manta brilhando no sol da tardinha —, ela esperava pacientemente enquanto Coco entrelaçava as flores para criar uma coroa.

— Pare de se mexer — repreendeu a amiga, sorrindo e puxando uma mecha dos cabelos de Lou. — Está fazendo a cama inteira balançar.

Lou se sobressaltou ainda mais.

— Ah, vai tremer um monte hoje à noite.

As bochechas de Célie ficaram afogueadas, bem como as minhas. Quando tirou um vestido marfim simples do armário para disfarçar o constrangimento, sorri, sentando-me na *chaise* ao lado de Madame Labelle. Ela não podia me enxergar, é óbvio, mas pela maneira como seus olhos brilharam, pela maneira como dançaram, pensei que podia pelo menos sentir minha presença.

— Você, minha cara amiga, é deliciosamente depravada.

— Ah, por favor. — Com outro sorriso enorme, Lou girou para encarar Coco. — *Quem* foi mesmo que perdeu a virgindade em cima de...

Tossindo delicadamente, Célie perguntou:

— Posso sugerir que adiemos esta conversa para quando a companhia for mais apropriada? — Seus olhos voaram até Violette e Gabrielle, que iam de um lado ao outro, examinando tudo e mais um pouco. Os detalhes folheados a ouro no teto. A poeira lunar no peitoril da janela. A harpa dourada em um canto do cômodo, e os soldadinhos de latão sob a *chaise*. Quando criança, Lou tinha pintado bigodes nos rostos deles. Um baú ao pé da cama ainda continha espadas de madeira e instrumentos quebrados, livros lidos pela metade e um coelho branco. De pelúcia, óbvio.

A gata muito real a meus pés chiava para ele.

Lou a chamara de *Melisandre*. A gata. Não o coelho. Com o rabo quebrado e os dentes tortos, a felina cinza listrada não era linda, mas ninguém diria pela maneira como Lou a olhava. Encontrara o animal miando, indignado, em um beco, após a batalha de Cesarine, e adotou a pobre criatura no mesmo instante, para o descontentamento de Reid.

Melisandre não gostava de Reid.

— Por favor, não se preocupe, Mademoiselle Célie. — Com papoulas presas nas tranças pretas, Violette dava risadinhas e pulinhos de empolgação enquanto Madame Labelle gargalhava ao meu lado. — Todas aqui conhecemos a histórias dos pássaros e das abelhas. Não é, Gaby? *Incrivelmente* romântico, tudo.

— *Eu* acho o eufemismo muito bobo. — Gabrielle estava de joelhos a meu lado, amassando o vestido verde-oliva, e tentava atrair Melisandre com um cordão. O gato soltou outro chiado antes de olhar para mim com uma expressão desconfortável. Sorrindo, me ajoelhei para coçar atrás de suas orelhas, e o chiado se transformou em ronrom. — Como se *preci-*

sássemos da imagem de pássaros botando ovos para entender ovulação, ou de uma abelha depositando pólen para entender fertiliza...

— Ai, meu Deus. — As bochechas de Célie adquiriram uma coloração rosada tão bela quanto a de seu vestido, e ela depositou o outro vestido marfim na extremidade da cama. — C*hega* de falar sobre isso. Já está quase na hora da cerimônia. Vamos ajudá-la a se vestir?

Quando Lou assentiu e se levantou, Melisandre me abandonou na mesma hora, correndo para o lado da mãe. Lou não hesitou em pegá-la no colo e a abraçar contra o peito.

— E como é que está minha *amada* abelhinha? Tão bonita. — Assentiu com apreciação para Célie, que criara uma versão miniatura da coroa de flores de Lou para a gata. Melisandre ronronou ao receber todos os elogios e atenção de Lou, esticando o pescoço, incrivelmente satisfeita consigo mesma.

Bufando, Coco ajudou Célie a desamarrar os cordões do vestido de noiva.

— Você está sabendo que Reid está fazendo planos de exterminá-la agora mesmo, não é?

Soltando uma risadinha, Madame Labelle se levantou para se juntar às outras.

— Foi culpa dele mesmo. Vaidade, teu nome é gato.

Mesmo Manon — que estivera escondida a um canto, em silêncio, sem saber bem qual era seu lugar no meio de tanta gente —, se aproximou, um pouco de hesitante, pegando a fita que usariam para unir e atar as mãos dos noivos durante o casamento. Quando Lou lhe lançou uma piscadinha, Manon sorriu. Um sorriso pequeno, um pouco incerto, mas um sorriso ainda assim. Eu o reconhecia. Eu tinha aberto o mesmo sorriso várias vezes. Eu me levantei, fui para o lado dela.

A bruxa encontraria um novo lugar ali. Todos encontrariam.

— Ele a insultou! — Lou deixou um beijo no nariz marcado por cicatrizes da gata, sem se abalar. — Além do mais, o xixi saiu todo com

uma lavagem só. Nenhum mal irreparável. — Para Melisandre, disse:
— Ele nunca mais vai zombar quando você estiver cantando, não é, abelhinha? Não, não vai, não.

Melisandre soltou um miado lamurioso, esfregando a cabeça no queixo de Lou.

Desviei o olhar enquanto as mulheres a ajudavam a se vestir.

Embora calor ainda corasse minhas bochechas, já não era mais vergonha, era... orgulho. Estava quase explodindo de orgulho. Havia muito tempo que Lou merecia aquele momento — *todos* aqueles momentos, os grandes, os pequenos e os médios. Ela tinha sofrido mais do que a maioria das pessoas, mais do que qualquer um merecia sofrer. Só podia torcer para que ela tivesse mais do que sua cota de felicidade daquele dia em diante.

Esperança.

Não era a doença.

Por Deus, ela tinha se empenhado tanto. Todos eles tinham.

Reid a valorizaria, eu tinha certeza. Faria tudo a seu alcance para garantir que ela fosse feliz, e Lou retribuiria em dobro, mais do que o dobro. Embora eu soubesse pouco da vida quando ainda estava entre eles, mesmo então, reconhecia que o amor dos dois era capaz de mudar tudo. Um amor que destruiria o mundo. Um amor que o reconstruiria melhor.

O amor deles tinha sido a cura.

— O que acham? — O murmúrio baixo de Lou provocou uma pressão atrás de meus olhos. — Está bom?

Esperei para ouvir as exclamações de Madame Labelle e de Célie, a risada de Violette e de Gabrielle, a fungada do nariz entupido de Coco, e até a inspiração de surpresa suave de Manon, antes de me virar e olhar para minha amiga mais querida.

* * *

No antigo bosque de pereiras sob o sol de fim de tarde, Reid ia de um lado para o outro. A iluminação emprestava aos cabelos dele uma tonalidade mais dourada do que acobreada, fazia os bordados e fios na jaqueta cintilarem. Tinha deixado a bandoleira de lado para a ocasião, optando por prender uma única espada à cintura. Ele a segurava com uma mão enquanto pisava a trilha que tinha feito na grama. Passava a outra mão pelos cabelos, bagunçando-os.

Beau o observava, achando muita graça na situação.

— Não me diga que está nervoso.

— Não estou nervoso. — Reid bufou como se tivesse sido insultado, mas os olhos voaram para a extremidade oposta do bosque, onde os convidados já tinham começado a chegar. Seria uma cerimônia intimista. Tinham convidado apenas as pessoas que amavam ou em quem confiavam: Zenna e Seraphine, Toulouse e Thierry, Johannes Pan e a esposa. Babette conversava com algumas bruxas, todas vigiando Jean Luc e padre Achille de rabo de olho, desconfiadas. No limiar do bosque, Blaise e os filhos esperavam, falando pouco, até que Toulouse os chamou para irem se sentar com eles. Até Elvire e Lasimonne tinham ido presenciar a cerimônia, sentadas de maneira majestosa, exibindo seus vestidos de diamante e brincos de anzol.

Reid, Beau e Jean Luc tinham passado a manhã inteira enchendo o bosque de cadeiras. Nos encostos, tinham meticulosamente prendido laços e flores de cores vibrantes — papoulas, calêndulas, peônias e centáureas. Vermelhos e dourados, rosas e azuis, todos dentro de camas de verde profundo. Mais flores se derramavam dos tocos das pereiras ao longo do bosque, onde musgo exuberante trepava e recobria a madeira nodosa.

Reid olhou feio para os tocos, o único elemento fora de lugar na cena inteira. No dia anterior, tinha se esforçado para construir o caramanchão de gavinhas e flores ao fim do bosque. Cada detalhe tinha sido planejado. Cada flor posicionada da maneira perfeita.

Beau seguiu o olhar do irmão com uma expressão melancólica.

— Ah, se Claud estivesse aqui... Podia ter feito novas árvores crescerem.

Reid olhou para ele, incrédulo.

— Também pode muito bem estar *morto*.

— Não sabemos se está ou não. Ele é um deus. Talvez depois de cumprir sua pena...

— O chão se abriu e o engoliu.

— ... pode ser que retorne, novinho em folha — terminou Beau, resoluto, pousando a mão sobre o ombro de Reid. Obrigando-o a parar. — Relaxa, irmão. É o dia do seu casamento.

— Eu sei. — Reid assentiu para si mesmo, desvencilhando-se para voltar a andar de um lado para o outro. — Eu *sei*. Só quero que seja tudo perfeito.

— E *está* tudo perfeito.

Ele tinha razão. Lou amaria tudo.

Se meu coração doía por não poder participar daquele momento também, daquela lembrança, a dor se abrandou quando avistei uma cadeira vazia na primeira fileira. Em uma moldura lustrosa, tinham colocado um desenho meu, fixo com um buquê de girassóis. Senti uma onda de calor quando me ajoelhei para estudá-lo.

Tinham guardado um lugar para mim.

Quando Coco deslizou adiante com seu próprio vestido de cor marfim e flores trançadas nos cachos pretos, o calor em meu peito desabrochou, renovado. O esforço corava suas bochechas, e seus olhos escuros brilhavam com empolgação ao olhar de Reid para Beau, levantando o buquê de girassóis de meu assento.

— Está na hora. — Fez um pequeno aceno de cabeça para Beau. — Ela está esperando.

Com um sorrisinho, Beau endireitou o casaco e passou as mãos pelas ondas imaculadas dos cabelos.

— Finalmente. — Apertou o ombro de Reid antes de se virar. — Chegou meu momento de brilhar.

Bufando, Coco revirou os olhos e disse:

— Ninguém vai estar olhando para você.

Ele ergueu uma sobrancelha maliciosa.

— *Você* vai.

Ela levantou o ombro em um movimento casual, falando por cima dele enquanto avançava pelo corredor por onde a noiva passaria.

— Veremos.

— *Sim*, nós... — Ele derrapou até parar, no meio do caminho, os olhos voltando-se para Jean Luc. As flores em sua cadeira tinham afrouxado e caído um pouco, e o capitão tentava fixá-las de novo. — Francamente, Jean, o que foi que eu disse? Queremos que pareçam ter sido *organicamente* espalhadas, como se as margaridas tivessem florescido na própria cadeira. Você está deixando a coisa toda muito certinha. — Quando Jean Luc fez uma carranca para ele, nada satisfeito, Beau o empurrou para o lado com um cotovelo para ajeitar as flores ele mesmo. — Como tetas em um porco.

— Cuidado, Vossa Majestade. — Com um sorriso irônico, Jean Luc atirou um punhado de edelvaisses caídos na cabeça de Beau. O rei de Belterra deu um pulo para trás, soltando um xingamento feio e penteando os cabelos com os dedos. — Vai arruinar seus cachos perfeitos.

— Vou *matar*...

Antes que os dois rapazes começassem a brigar, Coco segurou a mão de Beau e o arrastou pelo corredor. Sorrindo, mesmo a contragosto, os segui, virando a curva para onde Lou aguardava, fora de vista, com Madame Labelle, Célie e Manon. Beau balançou a cabeça quando a viu, soltando um assovio baixo de apreciação.

— Reid vai perder a cabeça.

Lou lançou uma piscadinha e agitou os ombros.

— É esse o plano.

Madame Labelle arrumou um dos cachos da futura nora, posicionando-o graciosamente a fim de emoldurar a maçã do rosto sardenta de Lou.

— Você está linda, *fille*. Até breve. Venham. — Gesticulou para que Célie e Manon se juntassem a ela, deixando Lou, Coco, Beau e eu sozinhos à sombra de uma pereira murcha. A única que sobrevivera. Quando Reid sugerira fazer a cerimônia ali, Madame Labelle protestara, explicando que Morgane tinha incendiado as árvores em um ataque de fúria. Reid já sabia, é óbvio. Sabia como o amor podia deturpar as pessoas mais belas, os lugares mais belos, e transformá-los em coisas cruéis e sombrias. Também sabia que aquele bosque tinha sido especial para sua mãe, para todas as Dames Blanches.

Lou concordara, e, juntos, o tornaram belo outra vez.

Quando Coco estendeu o buquê de girassóis para a amiga, o sorriso de Lou se apagou um pouco. Seu dedo percorreu a curva da moldura.

— Acha que ele está assistindo?

Coco enganchou o braço no dela.

— Acho que ele não perderia seu casamento por nada.

— Ele devia estar aqui. Devia estar me acompanhando também.

Beau reivindicou o outro braço de Lou, batendo com o dedo em meu retrato.

— Mas ele vai.

— Eu vou — sussurrei, dando um sorriso. Em resposta, uma brisa gentil soprou os galhos acima de nós, trazendo um calor agradável, o zumbido baixo de abelhas e o cheiro fraco de narcisos. De novos começos.

Caminhei ao lado deles enquanto levavam Lou até o altar.

Embora Claud tivesse desaparecido, sua cadeira vazia permanecia ao lado da minha, e Seraphine cantava uma linda balada que falava de amores perdidos e amores encontrados enquanto Reid aguardava sob o caramanchão. Madame Labelle estava ao lado do filho, com as fitas que usariam na cerimônia entrelaçadas entre os dedos. Ela lançou uma piscadinha para padre Achille na plateia.

Beau pigarreou, e todos — seres humanos, bruxas, lobisomens e sereias — viraram-se ao mesmo tempo para nos encarar. Encarar Lou. O fôlego dela ficou preso na garganta, e suas mãos apertaram Coco e Beau por reflexo.

— Respire, irmã minha — murmurou o rei. — Respire.

— Vá, Lou. — Mesmo que ela não pudesse me enxergar, não pudesse me ouvir, falei as palavras ainda assim, empurrando-a para a frente com gentileza. — Encontre paz.

Lou pareceu relaxar ao sentir o toque quente da brisa em seu rosto.

Então seus olhos encontraram Reid, e o mundo inteiro se apagou para que a conexão ofuscante entre duas almas brilhasse. Todos podiam ver. Todos podiam *sentir*. Se estendesse minha mão, sabia que poderia tocá-la. Embora eu não soubesse nada sobre padrões mágicos, o fio que conectava Lou e Reid — a força de atração gravitacional, uma força *cósmica* — era magia por si só. Unia os dois. E os manteria unidos.

Ele a fitava com o sorriso mais radiante e devastador.

Ela ficou atônita ao vê-lo, com um sorriso um pouco abobado, um pouco espantado, enquanto Reid passava os olhos pelo vestido marfim, pelas mangas longas e dramáticas, pelas flores maravilhosas nos longos cabelos soltos de Lou. As rosas marcadas em seu pescoço. O sol de verão tinha deixado a pele dela reluzente outra vez. Acentuara as sardas em seu nariz. Quando ele avançou para tomar a mão da noiva, passou os lábios pelas marquinhas de sol, tentando beijar cada uma.

— Está vendo algo do seu agrado? — murmurou ele ao pé do ouvido dela.

Ela o fitou com apreciação.

— Vamos acabar logo com isto.

* * *

Os votos dos dois não foram os tradicionais. Não daquela vez. Tampouco a cerimônia. Terminou assim que o sol tocou as montanhas, com a luz dourada alongando as sombras no bosque. Vagalumes começaram a piscar. Sempre curiosos, *feu follet* logo apareceram, o brilho misterioso iluminando um caminho por entre as árvores retorcidas. Duas vezes, Beau puxou Gabrielle, enxerida, para longe, deixando a menina indignada.

— Irmão *chato!* Só queria *olhar!*

Quase não dava para ouvir os protestos por cima da música.

Várias bruxas tinham saído do castelo com bandolins, alaúdes e liras debaixo dos braços. Outras traziam vinho. A maioria das que tinham permanecido no Château le Blanc estava reunida no bosque, curiosas e desconfiadas. Embora mantivessem distância de padre Achille e de Jean Luc — e de Elvire e de Blaise também —, nenhuma levantou a mão contra eles. Com seu charme, Toulouse chegou até a convencer uma a dançar com ele, e outra pediu uma dança a Liana.

Não demorou muito até o restante das presentes seguir os exemplos. Salvo por Lasimonne, que — com um grito de "Tem *quatro* pernas!" — começou a correr atrás de Melisandre com uma fascinação abjeta. A gata chiou, miou e fugiu para a segurança do castelo. Revirando os olhos, Elvire continuou a examinar as flores, dando uma mordida cuidadosa em uma peônia. Pan estapeou a mão dela, horrorizado.

— Não — disse, sério, balançando o dedo. — De jeito nenhum, *ma douce*. Venha a Cesarine, e vou preparar algo doce para você, está bem?

Virando, assisti a Coco e Beau dançarem por um longo momento agridoce. Ele disse algo que a fez rir — rir *de verdade*, o tipo de risada que transformava seu rosto por completo. O som me deixou até tonto. Ele a rodopiou para mais perto na vez seguinte, com a atenção totalmente focada na expressão dela. Saboreando a visão.

— Eu poderia fazer muito mais do que apenas velejar aos três anos — contou a ela com tom imperioso. — Sir D'artagnan Delmore le Devere me ensinou a dançar assim que aprendi a andar.

Infelizmente, escolheu aquele momento para rodopiar Coco outra vez, fazendo a moça topar com Jean Luc e Célie. Jean Luc recuperou o equilíbrio sem tanta dificuldade, girando Célie para longe com um braço, enquanto segurava Coco pela cintura com o outro. Beau, que escorregara com o impacto, foi cambaleando até um toco de árvore e quase caiu. Jean Luc abriu um sorrisinho.

— Sir D'artagnan Delmore le Devere é meu padrinho, Vossa Majestade.

Coco deu uma gargalhada.

Torci para que ela nunca mais parasse.

No centro, Lou e Reid dançavam com bochechas coradas e olhos luminosos. Quando ela pisou nos pés dele pela terceira vez — um pouco alterada pelo álcool —, Reid a levantou nos braços e a girou, várias e várias vezes até Lou gritar com deleite, deixando a cabeça pender para trás, pedindo para ir mais rápido. Ele não perdeu o equilíbrio uma única vez. Não afrouxou os braços uma única vez.

Até a acompanhou quando Lou começou o coro de "Liddy Peituda". Embora os dois cantassem terrivelmente fora de tom, todos aplaudiram a tentativa quando terminaram o dueto, e Lou fez uma reverência dramática. Com as faces vermelhas, Reid riu e tentou se afastar — sair dos holofotes —, mas a esposa o trouxe de volta.

— Ele não foi *magnífico*? — falou, cheia de orgulho, gargalhando quando o rubor nas faces de Reid se intensificou. Madame Labelle assoviou de onde estava com o braço enganchado no de padre Achille. — Digam como ele é magnífico, pessoal. Como é *impressionante*.

Balançando a cabeça, ele a abraçou com firmeza e carregou para o toco de árvore mais próximo.

— Está me envergonhando, esposa.

— Olha só como o seu rosto está vermelho. — Ela gargalhou e abraçou a cintura dele. — Espere só até a nossa lua de mel... os poucos dias de êxtase em que terei você todinho só para mim.

Reid abriu um sorrisinho.

— Só acredito vendo. Suas irmãs não conseguem deixar você sozinha nem por uma hora.

— É por isso mesmo que não vamos ficar no Château.

Ele levantou uma sobrancelha.

— Ah, é?

— *Ah, é* — confirmou ela, assertiva. — Tem um chalé lá na praia... Era da minha avó. Fiz uma boa faxina, só para nós dois. — Lou roçou o nariz no peito dele, como um gato. — Coco vai se virar para cuidar do castelo na minha ausência.

Reid deu de ombros, o canto da boca ainda curvado para cima.

— Você deve ter mesmo razão. Ela é muito mais diplomática.

— *Com licença.* — Lou deu uma cotovelada nas costelas de Reid, com indignação fingida, levantando a voz para quem quisesse ouvir. — Devo contar aos nossos convidados como é *impressionante* o tamanho do seu pé? E sobre todas aquelas outras coisas *maravilhosas* que você sabe fazer com a língua?

Reid tapou a boca dela com a mão.

Os dois caíram na gargalhada enquanto uma senhora bastante idosa manquejava para o bosque.

Não a reconheci, mas os outros evidentemente reconheceram: Lou e Reid se empertigaram, Coco e Beau pararam de dançar, até Célie se aproximou um pouco de Jean Luc. Embora ninguém parecesse alarmado, uma corrente de tensão tinha se materializado com a presença da mulher. Curiosamente, Zenna sorriu.

— Olá, queridinhos! — Braceletes tilintaram no pulso da mulher quando ela acenou, ignorante da recepção pouco calorosa que recebera. O manto escarlate fluía ao seu redor. — Que noite *sublime* para um casamento. E não podiam ter escolhido uma localização mais feliz, verdade.

— Madame Sauvage. — Reid lançou um olhar rápido e nervoso para Coco, Beau e Célie. Suas palavras soaram mais como uma pergunta: — Seja bem-vinda.

Lou semicerrou os olhos.

— Como a senhora encontrou este lugar?

— Ah. — Madame Sauvage segurou as mãos de Lou, dando um beijo nelas. — Felicidades, minha cara, pelos recentes votos. Parece que perdi uma noite muito agradável, e você, por sua vez, perdeu a oportunidade de aproveitar minha cativante companhia. — Os olhos anuviados se demoraram na bruxa que tocava o bandolim. — Presumo que você tenha dado seu nome correto desta vez? Nada de *Larue* ou coisa do tipo?

Lou franziu ainda mais a testa, mas não moveu as mãos.

— Como ficou sabendo disso?

Madame Sauvage ignorou a pergunta, virando-se para Reid. Beliscou a bochecha dele.

— E você, meu jovem? Plantou as sementes, como me prometeu?

— Eu... — Ele olhou para Lou outra vez, ainda mais em pânico do que antes. — Sinto muito, Madame Sauvage, mas eu... não sei onde as coloquei.

— Quer dizer que você as *perdeu*? — Quando Reid assentiu, ela estalou a língua, decepcionada. Eu me aproximei, estudando o rosto da senhora. Me parecia... familiar, de alguma forma. Como se a tivesse conhecido antes. E sua decepção... Olhei ao redor, incerto... Até parecia encenação. Zenna ainda sorria atrás de nós, e o sorriso tinha contagiado Seraphine, Toulouse e Thierry. Madame Sauvage piscou para o trio.

— Bem, Monsieur le Blanc, como prosseguiremos, então? Fizemos um *acordo*, se não está lembrado.

Reid assentiu de maneira sombria.

— Vou encontrar outra pérola para a senhora, *madame*. Prometo.

— Você me prometeu — Madame Sauvage abriu os dedos devagar, revelando um punhado de sementes em sua palma — plantar as sementes.

Todos encaramos os grãozinhos.

— Como foi que...? — começou Reid.

Os olhos escuros da idosa reluziram. Pressionando as sementes dentro da mão do rapaz, disse:

— Uma localização feliz, de fato. Se você as plantar... se *cuidar* bem delas... crescerão. — Quando Reid não se moveu, apenas examinando os carocinhos com desconfiança desvelada, Madame Sauvage o cutucou no peito. — Bem, o que está esperando? Plante agora! Os ponteiros do relógio não voltam para mim e só estou ficando mais velha.

— Não tenho uma *pá* aqui...

Com um suspiro impaciente, Lou abanou a mão, e as sementes voaram para a frente em uma explosão de magia, espalhando-se pela extensão do bosque. No segundo seguinte, afundaram na terra por conta própria.

— Pronto. — Enganchou o braço no de Reid. — Tudo resolvido? Cumprimos nossa parte deste acordo ridículo?

Árvores irromperam do solo.

Pereiras.

Erguiam-se rapidamente em direção ao céu, com flores brancas se abrindo e caindo para revelar frutas verdes e duras. Doze ao todo — uma árvore para cada semente plantada. Lou soltou uma exclamação de surpresa enquanto Reid encarava, Beau dava um salto para trás e Madame Labelle se esticava, incrédula, para tocar uma das frutas mais baixas. Balançando a cabeça, virou para a mulher mais velha.

— Quem *é* a senhora?

Madame Sauvage fez uma mesura, olhando de maneira significativa para Lou.

— Uma amiga.

Ela virou-se de costas sem dizer mais nada, e, tão de repente quanto tinha chegado, desapareceu, deixando apenas o aroma peculiar de... de *terra*. De grama nova e seiva de pinheiro e peras. Ainda sorrindo, Zenna, Seraphine, Toulouse e Thierry a seguiram.

Lou os observou partir, boquiaberta, até que caiu em uma risada inesperada. Até que ficou sem fôlego enquanto ria. Virou-se para Reid, com lágrimas de alegria marejando os olhos azul-turquesa.

— Aquele enxerido filho da *mãe*...

Mas não escutei o restante. Porque, no limiar do bosque, Madame Sauvage virou o rosto para encontrar meus olhos. *Meus* olhos. Com um pequeno sorriso, inclinou a cabeça para algo atrás de mim.

— Ansel.

Virei ao ouvir a voz, ao sentir a presença. Tornaram-se tão familiares para mim quanto as minhas próprias.

Na base da montanha, duas figuras esperavam. Os cabelos e maxilar dele eram meus também. Os olhos e a pele dela também.

— Está pronto, querido? — A mulher estendeu a mão marrom-clara para mim, e seu sorriso... era tão cálido quanto os dos meus sonhos. Tão cálido quanto aquela noite de verão.

— Aquele jovem tem perguntado por você de novo — comentou o homem, envolvendo os ombros da mulher com um braço. — Etienne.

Borboletas explodiram ao ouvir o nome.

Por vontade própria, meus pés se moveram em direção aos dois, meus lábios se curvando em um sorriso. Mas não pude deixar de olhar para trás mais uma vez... para Lou, Reid, Coco e Beau. Passeavam por entre as pereiras, sentindo cada tronco e experimentando as folhas. Rindo deles mesmos com Terrance, Liana e Manon.

Se você as plantar... se cuidar *bem delas... crescerão*.

Meu sorriso aumentou. Madame Sauvage tinha desaparecido, deixando todos para trás para recomeçarem a vida.

Segurando a mão da minha mãe, fiz o mesmo.

AGRADECIMENTOS

Tenho uma grande dívida com muitas pessoas, não apenas pela criação deste livro, mas pela série como um todo. Indo direto ao ponto, as mais importantes são *vocês*. Os leitores. *Obrigada* me parece muito clichê para expressar minha gratidão, mas, de verdade, palavra alguma poderia descrever a emoção que sinto quando penso em como foram gentis, como foram entusiásticos. Embora a pandemia tenha se abatido sobre nós apenas alguns meses depois de *Pássaro & Serpente* ter sido publicado, todos vocês fizeram mais do que eu jamais poderia imaginar para mostrar seu apoio. As lindas fotos, ilustrações, letras de música, cosplays e vídeos... Sinto um nó na garganta agora mesmo só de pensar em tudo isso. Os três últimos anos mudaram minha vida, e meus leitores continuam sendo a parte mais importante. De Lou e Reid, de Coco, Ansel, Beau e de *mim*, nosso muito obrigado, muito, *muito* obrigado.

Jordan, já disse um milhão de vezes, mas vou dizer de novo — não poderia ter escrito este livro sem você. Quando escritores me pedem conselhos ou orientação, eu quase sempre digo para encontrarem o que amam e se aprofundarem nisso sem cerimônia nem vergonha. Você me dá permissão para seguir meu próprio conselho. Este livro — *todos* os meus livros — não teriam metade da inteligência, metade dos beijos, metade da *graça* sem a sua contribuição. Você é minha musa? Provavelmente. Amo você, daqui até a lua, e depois até Saturno.

    RJ, Beau, James e Rose, palavras nunca vão ser capazes de expressar a grandeza de meu amor por vocês. O prazo para este livro poderia ter sido um peso para mim, mas não foi. Obrigada pela paciência. Obrigada pela compreensão. Obrigada pelo amor, respeito e apoio enquanto, juntos, corremos atrás de nossos sonhos loucos. Zane e Kelly — e Jake, Brooke, Justin, Chelsy e Lewie —, não podemos encolher nossa família, mas, mesmo que pudéssemos, eu os escolheria. Obrigada por serem minha rocha coletiva. Amo vocês mais do que podem imaginar.

    Jordan, Spencer, Meghan, Aaron, Adrianne, Chelsea, Courtney, Austin, Jamie, Josh, Jake, Jillian, Aaron, Jon e Kendall, vocês são minhas pessoas favoritas no mundo, e o apoio incondicional que deram a mim e a meus livros é muito valioso para mim. Não mereço nenhum de vocês. Katie, Carolyn, Isabel, Kristin, Adrienne, Adalyn e Rachel, há algo de muito especial sobre amizades que começam no mundo da escrita e se transformam em amizades da vida real, e não poderia me sentir mais honrada de chamá-las de minhas amigas.

    Sarah, me sinto tão inacreditavelmente grata por ter uma agente tão calorosa e acessível ao meu lado. Erica, editora excepcional, não tenho como agradecer por sua paciência inesgotável e sua visão infalível para esta série (e prometo que vou terminar meu próximo projeto no prazo! Prometo!). Stephanie Guerdan, foi tão maravilhoso trabalhar com você. Alexandra Rakaczki e Jessica White, sou muito grata por seus olhos aguçados, e prometo que não vai ter nenhuma Célie e nenhum Philippe no meu próximo livro! Allison Brown, obrigada por todo o tempo e energia que despendeu nesta série. Jessie Gang e Alison Donalty, suas capas continuam me deixando de boca aberta; atribuo muito do sucesso desta série ao seu talento, e ao de Katt Phatt. Rachel Horowitz, Sheala Howley e Cassidy Miller, bem como Sophie Kossakowski, Gillian Wise,

Sam Howard, Karen Radner e a equipe de vendas inteira, obrigada por trabalharem tanto nos bastidores para garantir que estes livros fizessem sucesso.

Mitch Thorpe, Michael D'Angelo, Ebony LaDelle, Audrey Diestelkamp e a equipe inteira da Epic Reads: vocês todos são estrelas. De verdade, não tenho como agradecer seu entusiasmo e apoio dados a esta série, bem como todos os recursos e oportunidades que me ofereceram.

Este livro foi composto na tipologia Janson Text LT Std,
em corpo 11/17,3, e impresso em papel off-white,
no Sistema Cameron da Divisão Gráfica
da Distribuidora Record.